JEN WILLIAMS

DER NEUNTE REGEN

The Ninth Rain

浪人
RONIN

Der Neunte Regen
The Ninth Rain

The Winnowing Flame Buch 1

von Jen Williams

Aus dem Englischen
von Claudia Kern & Björn Sülter

Die englische Originalausgabe erschien 2017 unter dem Titel »The Ninth Rain« bei HEADLINE PUBLISHING GROUP an Hachette UK Company.

Deutsche Erstausgabe 2026

Übersetzung: Claudia Kern und Björn Sülter
Covergestaltung: by wayan-design unter Verwendung von Motiven von
AdobeStock © Martin
Druck & Bindung: OSDW AZYMUT Sp.zo.o. Warszawa, Polen
E-Book-Konvertierung: 3w+p GmbH
ISBN: 978-3-98955-120-6 (Printausgabe)
ISBN: 978-3-98955-593-8 (E-Book)
Für Informationen wende dich an Ronin Hörverlag, Heusteg 47, 91056
Erlangen
www.ronin-hoerverlag.de

Für Paul
(den meisten als Wills bekannt)
Mit Liebe von deiner Schwester

Mein lieber Marin, du bittest mich, am Anfang zu beginnen, aber du ahnst nicht, was das bedeutet. Anfänge sind sehr schwer zu definieren, fast so schwer wie wahre Enden. Wo soll ich also beginnen? Wie soll man einen Wandteppich wie diesen auftrennen? Natürlich gab es einen Faden, mit dem alles begann, aber dafür muss ich weit ausholen; über den Beginn deines jungen Lebens hinaus und sogar über den Beginn meines eigenen. Sag nicht, ich hätte dich nicht gewarnt.

Aus den privaten Briefen von Master Marin de Grazon, von Lady Vincenza »Vintage« de Grazon

Prolog

Vor zweihundert Jahren

»Werden wir Schwierigkeiten bekommen?«
Hestillion griff nach der Hand des Jungen und drückte sie kurz. Er sah mit weit aufgerissenen, feuchten Augen zu ihr hoch – seine Angst war nicht zu übersehen. Es kamen nicht viele Menschen nach Ebora – aber Angst hatten sie alle. Sie schenkte ihm ein Lächeln und ging mit ihm ein wenig schneller den hallenden Korridor entlang. Zu beiden Seiten von ihnen hingen riesige Ölgemälde an den Wänden. Sie waren staubig und grau. Einige hatte man wie Leichen mit Laken bedeckt.
»Natürlich nicht, Louis. Du bist doch bei mir, oder etwa nicht? Ich kann im Palast überall hingehen, wo ich will. Und du bist mein Freund.«
»Ich habe gehört, dass die Leute verrückt werden können, wenn sie ihn nur ansehen.« Er hielt inne, als ob er spürte, dass er etwas Falsches gesagt haben könnte. »Eboraner natürlich nicht. Ich meine andere Menschen, die von außerhalb.«
Hestillion lächelte ihm erneut zu. Dieses Mal war es aufrichtiger. So etwas hatte sie in den Träumen der Delegierten gespürt. Ygseril befand sich im Mittelpunkt ihrer nächtlichen Wanderungen. Meist war er unsichtbar, aber doch immer da. Seine Wurzeln krochen aus allen Ecken hervor. Alle hatten Angst vor ihm, dank der bösen Träume, hervorgerufen von den Geschichten und Gerüchten der letzten Jahrtausende. Hestillion hatte sich versteckt gehalten, während sie ihre Albträume erforscht hatte. Die Menschen hatten nur wenig für die eboranische Kunst des Traumwandelns übrig.

»Es ist wirklich ein erschreckender Anblick, das verspreche ich dir, aber er kann dir nichts anhaben.« In Wahrheit hatte der Junge Ygseril bereits gesehen, zumindest teilweise. Der große Schatten des Baumgottes mit seinen silbrigen Ästen ragte über dem Dach des Palastes auf, und man konnte ihn von der Mauer und sogar von den Ausläufern des Gebirges aus erkennen; so hatte man es ihr zumindest gesagt. Der Junge und sein Vater, der Weinhändler, hätten es kaum übersehen können, als sie in Ebora eingetroffen waren. Sie hätten den Baumgott auf ihrer Reise mit den zähen, kleinen Bergponys bestimmt bemerkt, während der Wein rhythmisch in den Holzfässern schwappte. Auch das hatte Hestillion in ihren Träumen gesehen. »Wir sind da, schau.«

Am Ende des Gangs befand sich eine kunstvoll geschnitzte Doppeltür. Einst waren die in das Holz geätzten Phönixe und Drachen mit Goldfarbe bemalt gewesen. Ihre Augen hatten geleuchtet und jeder Zahn, jede Klaue und jede Kralle war aus Perlmutt gewesen. Doch all das war längst abgeblättert oder abgenutzt, staubig und traurig wie alles andere in Ebora. Hestillion lehnte sich mit ihrem Gewicht gegen eine der Türen, die sich langsam öffnete und sie in einen leichten Staubregen hüllte. Im Inneren befand sich die höhlenartige Halle der Wurzeln. Sie wartete, bis Louis sich orientiert hatte.

»Ich … oh, es ist …« Er griff nach oben, um seine Mütze abzunehmen, und erinnerte sich dann, dass er sie in seinem Zimmer gelassen hatte. »Lady Hestillion, das ist der größte Ort, an dem ich je gewesen bin!«

Hestillion nickte. Sie zweifelte nicht daran, dass es so war. Die Halle der Wurzeln befand sich in der Mitte des Palastes, der wiederum im Zentrum von Ebora lag. Der Boden unter ihren Füßen bestand aus blassgrünem Marmor, mit Gold geätzt – zumindest hier war es noch nicht abgenutzt –, und darüber spannte sich die Decke als glitzerndes Gitter aus Kristall und fein gesponnenem Blei, das die schwache Sonne des Tages hereinließ. Aus dem Marmor brach auch Ygseril selbst hervor: uralte graugrüne Rinde, gewellt und verdreht, ein verschlungenes Gewirr aus Wurzeln, die sich in alle Richtungen ausbreiteten, und Äste, die blattlos hoch über sie hinausragten und sich durch das kreisrunde Loch im Dach in die Höhe reckten. Dort glitzerten kleine Stücke des blauen Himmels, als würden sie von den Armen Ygserils in Scherben geschnitten. Die Rinde des Baumstamms war faltig und zerknittert, wie die Haut eines ausgetrockneten Leichnams. Was, wie sie fand, durchaus angemessen war.

»Was denkst du?«, wollte sie wissen. »Was hältst du von unserem Gott?«

Louis presste die Lippen zusammen und suchte offensichtlich nach einer Antwort, die ihr gefallen würde. Hestillion hielt ihre Ungeduld im Zaum. Manchmal hatte sie das Gefühl, sie könnte die stotternden Gedanken aus den Köpfen dieser einfältigen Besucher herausreißen. Die Menschen waren ja so *einfach* gestrickt.

»Er ist sehr schön, Lady Hestillion«, sagte er schließlich. »So etwas habe ich noch nie gesehen, nicht einmal in den tiefsten Rebwäldern. Mein Vater sagt, dass dort die ältesten Bäume von ganz Sarn wachsen.«

»Nun, streng genommen ist er gar kein richtiger Baum.« Hestillion ging mit Louis über den Marmorboden zu der Stelle, an der die Wurzeln begannen. Die Lederstiefel des Jungen gaben seltsame, dumpfe Töne von sich, während ihre Seidenpantoffeln nur ein leises Flüstern vernehmen ließen. »Er ist das Herz, der Beschützer, die Mutter und der Vater von Ebora. Der Baumgott nährt uns mit seinen Wurzeln, er erhebt uns in seinen Zweigen. Als unsere Feinde, die Jure'lia, zuletzt kamen, fiel der Achte Regen von seinen Ästen und das Wurmvolk wurde aus ganz Sarn vertrieben.« Sie hielt inne, schürzte die Lippen und fügte den Rest nur in Gedanken hinzu: *Und dann starb Ygseril und überließ uns alle dem sicheren Tod.*

»Der Achte Regen, als die letzten Kriegsbestien geboren wurden!« Louis starrte auf den gewaltigen Baumstamm, der sich über ihnen erhob, und ein Lächeln erschien auf seinem rundlichen, aufrichtigen Gesicht. »Die letzte große Schlacht. Mein Vater erzählte, dass die Krieger der Ebora Rüstungen trugen, die so hell waren, dass man sie nicht ansehen konnte. Sie ritten auf den Rücken schneeweißer Greifen und ihre Schwerter loderten wie Feuer. Die große Seuche der Jure'lia-Königin und ihres Wurmvolkes wurde zurückgedrängt, und ihre Giganten riss man in Stücke.«

Er hielt inne. Dank seiner Begeisterung für die alten Schlachtengeschichten hatte er sich in ihrer Gegenwart endlich entspannt. »Der Leichenmond macht mir Angst«, beichtete er ihr. »Meine Oma sagt, wenn er dir zuzwinkert, bist du beim nächsten Sonnenuntergang tot.«

Bäuerlicher Blödsinn, dachte Hestillion. Der Leichenmond war nur ein weiterer zerstörter Gigant, der wie eine Fliege in Bernstein am Himmel hing. Sie hatten mittlerweile den Rand des Marmors erreicht, der von einem Obsidianring eingefasst war. Dahinter verschlangen sich die Wurzeln, die wie gekrümmte Rücken silbergrüner Seeungeheuer in die Höhe ragten. Als Hestillion die Wurzeln betreten wollte, blieb Louis stehen und zog ihre Hand scharf zurück.

»Das dürfen wir nicht!«

Sie sah in seine großen Augen und lächelte. Dann ließ sie ihr blassgolden schimmerndes Haar über eine Schulter fallen und warf ihm den naheliegendsten Köder zu. »Hast du etwa Angst?«

Der Junge verzog das Gesicht, und gemeinsam stiegen sie auf die Wurzeln. Er stolperte, da seine Stiefel zu steif waren, um sich der Struktur der Rinde anzupassen. Hestillion dagegen erklomm diese Wurzeln schon, seit sie laufen konnte. Vorsichtig führte sie ihn weiter hinein, bis sie sich dem gewaltigen Baumstamm selbst näherten und nichts anderes mehr sehen konnten als eine graugrüne Wand aus Graten und Wirbeln. So nah, wie sie nun waren, wollte man fast glauben, Gesichter in der Rinde zu erkennen; vielleicht waren es die traurigen Gesichter all jener Eboraner, die seit dem Achten Regen gestorben waren. Die dichten Wurzeln unter ihren Füßen schlängelten sich spiralförmig in die Dunkelheit hinab. Hestillion kniete sich hin und schlug ihr Seidengewand zur Seite, um es nicht so sehr zu zerknittern. Sie löste ihren breiten gelben Gürtel von der Taille, wickelte ihn um ihren rechten Arm, bedeckte damit ihren Ärmel und zog das Ende unter der Achsel fest.

»Komm, knie dich neben mich.«

Louis sah nun wieder unsicher aus, und Hestillion konnte nahezu jeden Gedanken auf seinem Gesicht ablesen. Ein Teil von ihm sträubte sich gegen die Vorstellung, vor einem fremden Gott zu knien – selbst vor einem toten. Also schenkte sie ihm ihr sonnigstes Lächeln.

»Nur zum Spaß. Und auch nur für einen Moment.«

Er nickte und kniete sich etwas weniger anmutig neben sie auf die Wurzeln. Er drehte sich zu ihr um, vielleicht um eine Bemerkung über die sonderbar glatte Beschaffenheit des Holzes unter seinen Händen zu machen. Doch Hestillion zog das Messer aus ihrem Gewand und hielt es im gedämpften Licht der Halle in die Höhe. Es war so scharf, dass sie es ihm nur an die Kehle drücken musste. Sie bezweifelte, dass er die Klinge überhaupt gesehen hatte, so schnell war alles vorbei. Einen Augenblick später war der Junge auf den Rücken gefallen und sein Blut lief dick und rot über seine Finger. Er zitterte und trat unkontrolliert um sich, ein Ausdruck ohnmächtiger Überraschung auf dem Gesicht. Hestillion lehnte sich so weit zurück, wie sie konnte, und blickte zu den entfernten Ästen hinauf.

»Blut für dich!« Sie atmete langsam ein. Das Blut hatte den Gürtel an ihrem Arm durchtränkt und sickerte schnell in die Seide darunter. So viel zum Thema saubere Angelegenheit. »Lebensblut für deine Wurzeln! Ich verspreche dir das und mehr!«

»Hest!«

Der Schrei kam von der anderen Seite des Flurs. Sie drehte sich um und sah die schlanke Gestalt ihres Bruders Tormalin an der halb geöffneten Tür stehen. In der staubigen Dämmerung wirkte sein schwarzes Haar wie Tinte auf einem Blatt Papier. Selbst aus dieser Entfernung konnte sie den Ausdruck der Besorgnis auf seinem Gesicht erkennen.

»Hestillion, was hast du getan?« Er lief auf sie zu. Hestillion sah auf den Körper des Weinhändlerjungen hinunter, dessen Blut sich schwarz von den Wurzeln abzeichnete, und blickte dann hinauf zu den Ästen. Es war keine Antwort zu hören, keine frischen Knospen oder fließenden Säfte zu erkennen. Der Gott war immer noch tot.

»Nichts«, sagte sie verbittert. »Ich habe überhaupt nichts getan.«

»Schwester!« Er hatte den Rand der Wurzeln erreicht, und sie konnte erkennen, wie er versuchte, sein Entsetzen über ihre Tat zu verbergen. Sein Gesicht war ausdruckslos. Das machte sie nur noch wütender. »Schwester, das … das haben sie doch schon versucht.«

Kapitel 1

Vor fünfzig Jahren

Tormalin schulterte seinen Rucksack und rückte den Schwertgürtel zurecht. Er konnte deutlich hören, dass sich von hinten eine Kutsche näherte, begnügte sich für den Moment aber damit, sie und die unvermeidliche Konfrontation, die sie mit sich bringen würde, zu ignorieren. Stattdessen fokussierte er sich auf die verlassene Durchgangsstraße vor ihm und den Leichenmond, der silbern im frühen Nachmittagslicht vom Himmel herabschaute.

Einst war dies eine der prächtigsten Straßen der Stadt gewesen. Fast alle Adligen Eboras hatten hier ein oder zwei Häuser besessen. Die Straße war voller Kutschen und Pferde gewesen, erfüllt von Dienern, die Besorgungen machten, und von Karren, die Waren aus ganz Sarn verkauften. Überall konnte man Eboranerinnen treffen, deren Gesichter von Schleiern verdeckt oder deren Haare – je nach Mode der Woche – zu hoch aufragenden, kunstvollen Formen geflochten waren, oder Eboraner, die in Seide gekleidet erlesene Schwerter bei sich trugen. Nun war die Straße in einem erbärmlichen Zustand, und überall wuchs Unkraut aus dem Stein. Es gab hier keine Menschen mehr. Die wenigen Überlebenden waren in Richtung des zentralen Palastes gezogen. Dafür gab es jedoch Wölfe. Tormalin hatte bereits die Anwesenheit einiger gespürt, die seinen Schritten folgten. Sie hielten sich gerade so außer Sichtweite. Alles, was er sah, war ein Paar gelber Augen, die unheilvoll aus den Schatten einer verfallenen Villa starrten. Unkraut und Wölfe – das war alles, was vom glorreichen Ebora noch übriggeblieben war.

Die Kutsche kam näher, und das scharfe Klackern der Pferdehufe durchschnitt schmerzhaft laut die Stille. Tormalin seufzte, immer noch entschlossen, nicht hinzusehen. Weit in der Ferne war die blasse Linie der Mauer zu erkennen. Er würde die Nacht im Wachturm verbringen, wenn er sie erreichte. Wann waren die Wachtürme zuletzt besetzt gewesen? Vermutlich würde das im Palast niemand mehr wissen. Die Blutpest war ihre größte Sorge.

Die Kutsche hielt an, und die Tür schwang klappernd auf. Er hörte niemanden aussteigen, aber sie war schon immer äußerst leichtfüßig gewesen.

»Tormalin!«

Er drehte sich schließlich doch um und verzog das Gesicht zu einem Lächeln. »Schwesterherz.«

Sie trug gelbe Seide, bestickt mit schwarzen Drachen. Die Farbe schmeichelte ihr nicht – das Gelb war zu grell für ihr blasses, goldenes Haar und ihre Haut, die an Pergament erinnerte. Dennoch musste er zugeben, dass nichts auf der zerstörten, von Wölfen bevölkerten Straße heller leuchtete als sie.

»Ich kann nicht fassen, dass du das wirklich tun wirst.« Sie huschte zu ihm hinüber, hielt ihre Robe dabei von ihren Sandalen fern und tänzelte anmutig über die Risse im Boden. »Ich meine, du hast schon einige dumme, egoistische Dinge getan, aber das?«

Tormalin richtete seinen Blick auf den Kutscher, der peinlich bemüht war, sie nicht anzusehen. Er war ein Mann aus dem Flachland, dessen rötliche Haut von einer breitkrempigen Kappe verdeckt wurde. Er war ein menschlicher Diener, sicherlich einer der wenigen, die es in Ebora noch gab. Einen Moment lang fiel Tormalin auf, wie seltsam er und seine Schwester auf ihn wirken mussten; wie fremdartig. Die Eboraner waren größer als die Menschen, langbeinig, aber anmutig, und ihre Haut – welche Farbe sie auch haben mochte – glänzte wie fein gemasertes Holz. Die Menschen sahen im Vergleich dazu fast … schäbig aus. Und dann waren da natürlich noch die Augen. Die Menschen hatten nie viel für eboranische Augen übriggehabt. Tormalin verzog das Gesicht und wandte seine Aufmerksamkeit wieder seiner Schwester zu.

»Ich spreche schon seit Jahren davon, Hest. Ich habe den letzten Monat damit verbracht, meine Angelegenheiten in Ordnung zu bringen, Karten zu sammeln, meine Reise zu organisieren. Bist du wirklich nur aufgetaucht, um ausgerechnet jetzt deine Überraschung zum Ausdruck zu bringen?«

Sie stand vor ihm, einen ganzen Kopf kleiner als er, und funkelte ihn an. Ihre Augen hatten genau wie seine die Farbe von getrocknetem Blut oder altem Wein.

»Du läufst davon«, sagte sie. »Du lässt uns alle zurück, damit wir hier zu Staub zerfallen.«

»Ich werde viel Gutes für Ebora tun«, antwortete er und räusperte sich. »Ich beabsichtige, zu allen großen Orten der Macht zu reisen. Ich werde neue Handelswege eröffnen und von unserer Notlage berichten. Irgendwann wird man uns helfen.«

»Das ist überhaupt nicht das, was du vorhast!« Irgendwo in der Ferne heulte ein Wolf. »Orte der Macht? Eher zum Rumhuren und Saufen in verrufenen Tavernen.« Sie lehnte sich noch näher zu ihm heran. »Du hast gar nicht vor, wiederzukommen.«

»Dank dir haben wir seit Jahrzehnten keinen anständigen Wein mehr im Palast, und was die Hurerei angeht …« Er bemerkte ihren Gesichtsausdruck und wandte den Blick ab. »Ach. Nun ja. Ich dachte, ich hätte dich letzte Nacht in meinen Träumen wahrgenommen, kleine Schwester. Du wirst langsam wirklich gut. Ich habe dich nicht gesehen, nicht ein einziges Mal.«

Dieser Versuch der Schmeichelei machte sie nur noch wütender. »In den vergangenen drei Wochen sind die letzten vier Mitglieder des Hohen Rates an Blutpest erkrankt. Lady Rellistin hustet bei jeder Sitzung in ihr Taschentuch, während ihre Haut aufbricht und blutet. Alle anderen, die noch übrig sind, irren im Palast umher und sehen zu, wie wir alle langsam sterben und uns in Nichts auflösen. Dein eigener Cousin Aldasair hat schon vor Monaten aufgehört, mit irgendjemandem zu sprechen, und Ygseril ist ein toter Wächter, der die letzten Jahre von –«

»Und was soll ich dagegen tun?« Mühsam senkte er seine Stimme und sah erneut zum Kutscher hinüber. »Was kann ich tun, Hest? Was kannst du tun? Ich werde nicht hierbleiben und zusehen, wie alle sterben. Ich will nicht mitansehen, wie alles zusammenbricht. Macht mich das zu einem Feigling?« Er hob die Arme und ließ sie dann wieder sinken. »Dann bin ich gerne ein Feigling. Ich will da draußen sein, jenseits der Mauer, und die Welt sehen, bevor mich die Blutpest mitreißt. Ich habe vielleicht noch hundert Jahre zu leben, und ich will sie nicht hier verbringen. Ohne Ygseril –« Er hielt inne und kämpfte gegen eine so starke Welle der Trauer an, dass er sie fast schmecken konnte. »Ohne ihn werden wir verblassen, wir enden schwach, gebrochen und alt.« Er deutete auf die verlassene Straße und die zerstörten Häuser, deren Fenster wie leere Augenhöhlen aussahen. Seine Stimme wurde sanfter. Er wollte sie nicht verletzen, wenn alles ohnehin schon so schwer war. »Was Ebora einst war, Hestillion, existiert nicht mehr. Es ist eine Erinnerung, und sie wird nicht wiederkehren. Unsere Zeit ist vorbei, Hest. Das Alter oder die Blutpest werden uns irgendwann holen.

Also komm mit mir. Es gibt so viel zu sehen, so viele Orte, an denen Menschen leben. Komm einfach mit.«
»Tormalin der Schwurlose«, spuckte sie förmlich aus und trat einen Schritt von ihm weg. »So haben sie dich genannt, weil du ein Faulpelz warst, und ich dachte immer: Wie können sie es wagen, meinen Bruder so zu nennen? Sogar im Scherz. Aber sie hatten recht. Du sorgst dich um nichts anderes als um dich selbst, Schwurloser.«
»Ich sorge mich um dich, Schwester.« Tormalin war plötzlich sehr müde, und er hatte noch einen langen Weg vor sich, um vor Einbruch der Nacht eine Unterkunft zu finden. Er wünschte sich, sie wäre ihm nie hierher gefolgt und dass ihre sture Borniertheit ihnen dieses Gespräch erspart hätte. »Du hast recht. Es ist mir nicht wichtig genug, hierzubleiben und euch alle sterben zu sehen. Ich kann das einfach nicht tun, Hest.« Er räusperte sich und versuchte, das Zittern in seiner Stimme zu verbergen. »Ich kann einfach nicht.«
Ein rauer Wind wehte über die Straße und erfüllte die Stille mit dem kalten Geräusch von trockenem Laub, das über den rissigen Stein kroch. Tormalin wurde plötzlich schwindlig, so als stünde er am Rande eines Abgrunds, einer großen Leere, die ihn zu sich zog. In diesem Moment wandte Hestillion sich von ihm ab und ging zurück zur Kutsche. Sie kletterte hinein und das Letzte, was er von seiner Schwester sah, war ihr zarter weißer Fuß in dem gelben Seidenpantoffel. Der Kutscher trieb die Pferde an, die offensichtlich froh waren, wegzukommen, da sie Wölfe in der Nähe witterten. Vor seinen Augen fuhr die Kutsche in zügigem Tempo davon.
Er sah ihr einen Moment lang nach; das einzig Lebendige in einer toten Landschaft, die silbernen Zweige von Ygseril wie eine zu Eis erstarrte Wolke hinter ihnen.
Und dann ging er.

Tormalin hielt auf der Kuppe eines niedrigen Hügels inne. Er hatte die Ruinen der Stadt längst hinter sich gelassen und war seit etwa einem Tag nur noch durch unwegsames Buschland gereist. Hier und da konnte man Überreste alter Karren erkennen, die wie Schlangenknochen im Staub lagen, oder Hütten, die einst Besuchern von Ebora gedient hatten. Tor war beeindruckt, dass sie überhaupt noch standen, auch wenn ein starker Windstoß sie sicher jeden Moment in Stücke reißen konnte. All das waren Überbleibsel aus der Zeit vor den Aaskriegen, als die Menschen noch freiwillig die lange Reise nach Ebora angetreten hatten. Er war damals kaum mehr als ein Kind gewesen. Mittlerweile hatte sich eine tiefviolette Dämmerung über das Buschland gelegt, und am Rande von Eboras zerstörten Grenzregionen ragte die Mauer vor ihm auf. Ihre weißen Steine strahlten im schwindenden Licht als tristes Lila.

Tor schnaubte. Das war es also. Wenn er erst einmal jenseits der Mauer war, würde er auch nicht zurückkehren. Denn trotz allem, was er Hestillion gegenüber behauptet hatte, war er kein Narr. Ebora selbst war eine Krankheit, und sie alle längst infiziert. Er musste hier weg, solange es noch ein paar Vergnügungen zu erleben gab, bevor er selbst zu demjenigen würde, der sich in einem fein eingerichteten Schlafzimmer langsam zu Tode hustete.

Weit rechts ragte ein Wachturm wie ein Reißzahn aus der Mauer und hob sich scharf und zackig gegen den Schatten des Berges ab. Die Fenster waren alle dunkel, doch es war gerade noch hell genug, um die eingemeißelten Stufen zu erkennen. Hatte er erst ein Dach über dem Kopf, würde er ein Feuer machen und sich für den Abend einrichten. Er stellte sich vor, wie er auf einen Beobachter wirken würde: der einsame Abenteurer, der zu unbekannten Orten aufbricht, sein sagenumwobenes Schwert in der Scheide – aber bereit, es beim ersten Anzeichen von Gefahr zu ziehen. Er hob sein Kinn und stellte sich die scharfen Züge seines Gesichts vor, die vom unheimlichen Schein des Sichelmondes erhellt wurden. Sein glänzendes schwarzes Haar, das sogar im Zopf glatt und seidig wirkte. Fast wünschte er sich, er könne sich selbst sehen.

Seine Abenteuerlust beflügelte ihn, und während er die Treppe hinaufstieg, spürte er, wie frische Energie durch seinen Körper strömte. Die Tür des Turms wurde von einem Haufen trockener Blätter und anderer Überbleibsel des Waldes halb offengehalten. Hätte er besser aufgepasst, wäre ihm aufgefallen, dass das Laub vor Kurzem zur Seite geschoben worden und im Turm nicht alles so dunkel war, wie es hätte sein sollen. Doch Tor dachte nur an den Weinschlauch und den in helles Wachs gewickelten Käse in seinem Rucksack. Er hatte sich dieses kleine Festmahl für den Moment aufgespart, wenn er das nächste Mal ein Dach über dem Kopf hätte, und soweit es ihn betraf, war dieser baufällige Turm dafür gut genug.

Er stieg die kreisförmig angeordneten Stufen hinauf zum Turmzimmer. Diese Tür war zwar verschlossen, er konnte sie aber mit dem Ellbogen problemlos aufstoßen und fiel halb hindurch in den runden Raum dahinter.

Bewegung, Scharren und Licht. Er hatte sein Schwert schon halb herausgezogen, als er die schmuddelige Gestalt am hinteren Fenster als Mensch erkannte – es war ein Mann mit dunklen Augen inmitten eines schmutzigen Gesichts. Im Zentrum des Raumes brannte ein kleines, räucherndes Feuer. Die beiden Fenster waren mit zerbrochenen Brettern und Lumpen verdeckt. Nach dem ersten Schreck war er nun eher verwundert; er hatte nicht erwartet, an diesem Ort auf Menschen zu treffen.

»Was tun Sie hier?« Tor hielt inne und steckte sein Schwert zurück in die Scheide. Er sah sich in dem Turmzimmer um. Es schien, als ob der Ort schon mindestens eine Weile bewohnt war – fein säuberlich abgenagte Knochen von kleinen Hühnern lagen überall auf dem Steinboden herum, daneben schmutzige Lumpen, zwei kleine verkrustete Zinnschüsseln und eine halbleere Flasche mit irgendeiner dunklen Flüssigkeit.

Tor räusperte sich. »Was ist los? Können Sie nicht sprechen?« Der Mann hatte fettiges, hellblondes Haar und einen stoppeligen Bart in derselben Farbe. Er presste sich immer noch an die Wand, ließ dann aber abrupt seine Schultern sinken. Die Energie, die er für die Flucht zusammengerafft hatte, schien ihn verlassen zu haben.

»Wenn Sie nicht sprechen wollen, muss ich mir mit Ihnen das Feuer teilen.« Tor schob mit seinem Stiefel einen Haufen Lumpen beiseite, setzte sich vorsichtig auf den Boden und schlug die Beine übereinander. Als er seinen Weinschlauch herausholen wollte, kam ihm etwas in den Sinn. Wäre er nicht gezwungen, ihn mit dem Mann zu teilen? Er beschloss, ihn noch eine Nacht länger aufzusparen. Stattdessen nahm er seinen Rucksack ab und suchte darin nach seiner kleinen Reiseteekanne. Das Feuer war erbärmlich, aber mit einer Handvoll getrockneter Blätter, die er für diesen Zweck mitgebracht hatte, wurde es schon bald etwas heller. Das Wasser sollte damit zum Kochen zu bringen sein.

Der Mann starrte ihn noch immer an. Tor machte sich daran, etwas von seinem Wasservorrat in eine flache Blechschale zu kippen und in seiner Tasche nach einem der kleinen Teebeutel zu suchen, die er eingepackt hatte.

»Eboraner.« Die Stimme des Mannes erinnerte an ein verrostetes Scharnier und vermischte verschiedene Dialekte des Flachlands, die Tor gut kannte. Er fragte sich, wie lange es her war, dass der Mann überhaupt mit jemandem gesprochen hatte. »Blutsauger. Mörder.«

Tor räusperte sich und passte sich der Sprechweise des Mannes aus dem Flachland an. »Ach, so ist das also?« Er seufzte und lehnte sich zurück. »Ich wollte Ihnen gerade Tee anbieten, alter Mann.«

»Sie nennen mich alt?« Der Mann lachte. »Ausgerechnet Sie? Mein Großvater hat mir Geschichten über die Aaskriege erzählt. Ihr seid Blutsauger. Ihr fresst die Leute auf dem Schlachtfeld bei lebendigem Leib. Das hat mein Großvater mir erzählt.«

Tor musste wieder an sein Schwert denken. Genau genommen befand sich der Mann unerlaubterweise auf eboranischem Land.

»Ihr Großvater dürfte gar nicht mehr am Leben gewesen sein. Die Aaskriege liegen über dreihundert Jahre zurück.«

Keiner von ihnen war damals dabei gewesen, und doch taten sie alle so, als wäre es eine persönliche Beleidigung. Warum mussten sie die Erinnerung weitergeben? Über all die Jahre hinweg gaben sie die Geschichten weiter, so wie sie auch braune Augen und abstehende Ohren weitergaben. Warum konnten sie es nicht einfach vergessen?

»So war es nicht.« Tor stocherte in der Blechschale herum und ärgerte sich darüber, wie verkrampft seine Stimme klang. Plötzlich wünschte er sich, dass die Fenster nicht vernagelt wären. Er saß hier drinnen fest und musste den Gestank des Mannes ertragen. »Keiner wollte … als Ygseril starb … er hat uns immer versorgt und genährt. Ohne ihn drohte der Tod unseres ganzen Volkes. Ein langsamer Übergang ins Nichts.«

Der Mann schnaubte belustigt. Erstaunlicherweise kam er jedoch zum Feuer hinüber und hockte sich hin.

»Ja, euer Baumgott ist gestorben und hat euer kostbares Elixier mitgenommen. Vielleicht hättet ihr damals alle sterben sollen, anstatt uns das Blut auszusaugen. Vielleicht hätte das passieren sollen.«

Der Mann ließ sich nieder und musterte Tor mit seinen dunklen Augen, als ob er irgendeine Art von Erklärung erwartete. Eine Erklärung für Generationen von Völkermord.

»Was machen Sie hier oben? Dies ist ein Außenposten. Kein Zufluchtsort für Landstreicher.«

Der Mann zuckte mit den Schultern. Unter einem Haufen Lumpen holte er eine fettverschmierte Silberflasche hervor. Er öffnete sie und nahm einen Schluck. Tor stieg der Geruch von starkem Alkohol in die Nase.

»Ich besuche meine Tochter«, sagte er. »War jahrelang weg. Ich habe Geld verdient und es dann wieder verloren. Zeit, nach Hause zu gehen und zu sehen, was los ist. Sehen, wer noch lebt. Meine Leute hatten eine Siedlung in den Wäldern westlich von hier. Ich kann wohl von Glück reden, wenn ihr Eboraner dort noch jemanden am Leben gelassen habt.«

»Ihr Volk lebt in einem Wald?« Tor hob eine Augenbraue. »In einem ruhigen, hoffe ich?«

Das schmutzige Gesicht des Mannes verzog sich zu einem halbseitigen Lächeln. »Nicht so ruhig, wie wir es gerne hätten, aber wo ist das jetzt schon noch so? Diese Welt ist vergiftet. Oh, wir haben dicke, starke Mauern, machen Sie sich da mal keine Sorgen. Oder zumindest … hatten wir die damals.«

»Warum haben Sie Ihre Familie für so lange Zeit allein gelassen?« Tor dachte an Hestillion. Das kaum hörbare Scharren der gelben Hausschuhe, der Duft von ihr, der seine Träume durchwehte. Traumwandeln war schon immer ihr besonderes Talent gewesen.

»Ach, ich war damals ein anderer Mann«, antwortete er, als ob das alles erklären würde. »Werden Sie mir mein Blut aussaugen?«

Tor blickte finster drein. »Wie Sie bestimmt wissen, war Menschenblut nicht der Segen, für den man es gehalten hat. Es gibt leider keinen wirklichen Ersatz für Ygserils Elixier. Diejenigen, die es übertrieben haben … haben dafür gebüßt. Inzwischen gibt es Vereinbarungen. Absprachen mit den Menschen, um die wir uns kümmern.« Er setzte sich ein wenig aufrechter hin. Wenn er einfach zu einem anderen Wachturm gegangen wäre, könnte er jetzt seinen Wein trinken. »Sie werden entschädigt, und wir nehmen das Blut nur noch in … kleinen Dosen zu uns.« Er sparte aus, dass es kaum eine Rolle spielte – die Blutpest kümmerte sich nur wenig darum, wie viel Blut man zu sich genommen hatte. »Es ist wirklich nicht hilfreich, wenn Sie versuchen, alles so erbärmlich klingen zu lassen.«

Da krümmte sich der Mann vor Lachen, schaukelte hin und her und klammerte sich an seine Knie. Tor schwieg und ließ den Mann gewähren. Er kümmerte sich wieder um die Zubereitung des Tees. Als das Lachen des Mannes zu einem leisen Schniefen verstummt war, holte Tor zwei Tonbecher aus seiner Tasche und hielt sie hoch.

»Werden Sie mit eboranischem Abschaum Tee trinken?«

Einen Moment lang sagte der Mann gar nichts. Sein Gesicht war unbewegt. Das wenige Wasser in der flachen Zinnschale war heiß, also goss Tor es in den Topf und über die verschrumpelten Blätter. Ein warmer, würziger Duft stieg

empor, der sich fast umgehend im säuerlich-schweißigen Geruch des Raumes verlor.
»Ich habe Ihr Schwert gesehen«, sagte der Mann. »Es ist ein schönes Schwert. Solche Schwerter sieht man heute gar nicht mehr. Woher haben Sie es?«
Tor runzelte die Stirn. Wollte der Mann andeuten, dass er es gestohlen hatte? »Es war das Schwert meines Vaters. Aus Winnow-geschmiedetem Stahl, wenn Sie es wissen müssen. Man nennt es den Neunten Regen.«
Der Mann schnaubte verächtlich. »Wir haben den Neunten Regen noch nicht erlebt. Der letzte war der Achte. Ich hätte gedacht, Sie würden sich daran erinnern. Warum nennen Sie es den Neunten Regen?«
»Das ist eine lange und komplizierte Geschichte, die ich nicht mit irgendeinem Menschen teilen möchte, der mich bereits mehr als einmal beleidigt hat.«
»Ich sollte Sie töten«, sagte der Mann leise. »Ein Eboraner weniger. Das würde die Welt für meine Tochter sicherer machen, nicht wahr?«
»Sie können es gerne versuchen«, sagte Tor. »Ich glaube allerdings, dass es besser für sie gewesen wäre, ihren Vater in jungen Jahren bei sich zu haben, um ihre Welt sicherer zu machen.«
Das ließ den Mann verstummen. Als Tor ihm den Tee reichte, nahm er ihn entgegen und nickte, vielleicht aus Dank oder Zustimmung. Sie tranken schweigend, und Tor beobachtete die schwarzen Rauchschwaden, die sich unter der Decke kräuselten und durch einen Spalt entwichen. Schließlich legte sich der Mann auf seiner Seite des Feuers hin, mit dem Rücken zu Tor. Dieser nahm an, dass man von einem Menschen wohl nicht mehr Vertrauen bekommen konnte. Er zog seine eigene Bettrolle heraus und machte es sich auf dem

steinigen Boden so bequem wie möglich. Er hatte noch einen weiten Weg vor sich und wahrscheinlich würden ihn auch noch schlimmere Orte zum Schlafen erwarten.

Tor erwachte in stickiger Dunkelheit. Nur ein feiner, grauer Lichtstreifen am Rand des Fensters verriet ihm, dass der Morgen dämmerte. Der Mensch schlief noch immer neben der Glut des Feuers. Tor raffte seine Sachen zusammen, bewegte sich so leise wie möglich und blieb schließlich über den Mann gebeugt stehen. Die Falten in seinem Gesicht sahen unglaublich tief aus, als hätte er schon tausend Leben gelebt anstatt der lächerlich kurzen Zeit, die man den Menschen zugestand. Er fragte sich, ob der Mann seine Tochter wiedersehen würde oder ob er überhaupt eine Tochter hatte. Würde sie ihn noch kennen wollen? Manch abgebrochene Bande ließen sich nicht wieder kitten. Ohne groß darüber nachzudenken, nahm er ein Päckchen Tee aus seinem Rucksack und legte es neben den ausgestreckten Arm des Mannes, wo er es bemerken würde, sobald er aufwachte. Zweifellos würde der Tee ihm besser bekommen als die gefährliche Substanz in seiner Silberflasche.
Draußen erhellte ein schwaches Licht aus dem Osten die Welt, und sein Atem bildete eine Wolke, als er dieses Mal die Stufen auf der anderen Seite der Mauer hinunterging. Er versuchte, sich darüber zu freuen – schließlich ging er damit über die Grenze von Ebora hinaus, und das für immer. Aber sein Rücken war steif von der Nacht auf den kalten Steinen, und alles, woran er denken konnte, war, wie froh er sein würde, die Mauer nicht mehr sehen zu müssen. Seine Träume waren von halb verdeckten, aus rotem Stein gemeißelten Gesichtern heimgesucht worden, von denen er

wusste, dass sie im Inneren hohl und verrottet waren. Das hatte nicht gerade für einen erholsamen Schlaf gesorgt.

Dichter, tiefgrüner Wald bedeckte die andere Seite der Mauer. Er hatte sich wie eine Flutwelle bis an die Steine herangepirscht. Schnell verlor sich Tor in diesem Wald, und als die Mauer außer Sichtweite war, spürte er, wie die Anspannung aus seinem Körper wich. Sein stetiger Aufstieg würde ihn zu den Ausläufern des Tarahüttengebirges und von dort aus direkt zum westlichen Pass führen.

Um die Mittagszeit wurden die Bäume lichter und der Boden felsiger. Tor drehte sich um und wurde vom Anblick Eboras, das sich unter ihm ausbreitete, wie ein mondsüchtiger Hase erfasst. Die verfallenen Gebäude der äußeren Stadt waren staubgrau und zerstört, die Straßen kaum mehr als Kinderzeichnungen im Dreck. Bäume und Gestrüpp hatten die Gehwege überwuchert und schimmerten wie dunkle Wunden des Bösen, während über dem fernen Palast die stille Gestalt Ygserils wie ein silbernes Gespenst wirkte, dessen kahle Äste am Himmel kratzten.

»Warum hast du uns verlassen?« Tor leckte sich über die Lippen, sein Mund war plötzlich trocken. »Siehst du überhaupt, was du getan hast? Siehst du es?«

Der Baumgott war so tot wie der Leichenmond, der am Himmel über ihm hing und schwieg. Tormalin der Schwurlose wandte dem großen Baum den Rücken zu und ging in der aufrichtigen Hoffnung davon, Ebora nie wieder sehen zu müssen.

Kapitel 2

Vor fünf Jahren

Du fragst mich, lieber Marin, wie ich mich mit einem so offensichtlichen Unruhestifter einlassen konnte (natürlich mit deinem üblichen Taktgefühl – ich freue mich, dass meine Schwester immer noch Geld für dein Pensionat verschwendet). Ich fand ihn, wenn du es denn so genau wissen musst, sturzbetrunken vor einer Taverne. Neben ihm lagen mehrere leere Flaschen im Staub. Es war ein schwüler Tag, und er hatte sein Gesicht der Sonne zugewandt und genoss sie wie eine Katze. Auf dem Boden, ein paar Zentimeter von seinen langen Fingern entfernt, lag das schönste Schwert, das ich je gesehen hatte. Es war dick beschmiert mit teilweise geronnenem Blut. Nun ja. Du weißt ja, wie selten es ist, einen Eboraner zu sehen, Marin, also sagte ich zu ihm: »Mein Lieber, was bei Sarns gesegneten Knochen hast du getrieben?« Er grinste mich an und sagte: »Wild gewordene Monstrositäten getötet. Jeder hier hat mir für meine Dienste einen Drink spendiert. Gibst du mir auch einen aus?«
Ich frage dich also, wie könnte man einen so offensichtlichen Unruhestifter nicht *lieben? Manchmal frage ich mich, ob wir nicht doch alle vom selben Blut sind.*
Aus den privaten Briefen von Master Marin de Grazon, von Lady Vincenza »Vintage« de Grazon

Vintage hob die Armbrust und genoss das vertraute Gewicht in ihren Händen. Nach einigem Gerangel hatte sie sich einen dicken Ast auf halber Höhe eines Baumes gesichert und konnte in etwa fünfzehn Metern Entfernung den Erbsenkrabbler im gegenüberliegenden Weinstock erkennen, ohne dass ein Hindernis zwischen ihm und dem Pfeil in ihrer

Armbrust lag. Er war ein großer, sich langsam bewegender Bastard, eher wie eine Blattlaus, aber von der Größe eines Katers, mit dunkelgrünen Flecken auf der glitzernden Haut – eine echte Laune der Natur. Er hing an einer Ranke und riss mit seinem durchsichtigen Kiefer voller Eifer an den fetten, violetten Weintrauben, die er zwischen seinen Vorderbeinen eingeklemmt hielt. Es waren *ihre* Weintrauben. Trauben, die sie fast dreißig Jahre lang kultiviert und angebaut, verfeinert und sortiert hatte, bis ihre Früchte – und was noch wichtiger war, deren Wein – als die besten gegolten hatten, die je aus den Weinwäldern gekommen waren.
Und der kleine Bastard kaute gedankenlos darauf herum. Ohne jede Wertschätzung.
Vintage zielte und drückte den Abzug der Armbrust. Sie wusste um die Anspannung, die sich dadurch in ihren Armen aufbauen würde. Trotzdem flog der Pfeil zielsicher und leicht. Der Erbsenkrabbler zerplatzte wie ein prallgefüllter Ballon aus Haut und besprenkelte Reben und Ranken mit wässrigen Eingeweiden. Vintage verzog das Gesicht, wenngleich sie auch einen Hauch von Genugtuung verspürte; die Armbrust, die ihr Bruder vor so vielen Jahren entworfen hatte, funktionierte noch immer.
Sie befestigte die Waffe wieder an ihrem Gürtel und glitt den Baumstamm hinunter, ohne sich um ihre bereits mehrfach geflickte Lederhose zu sorgen. Dann bahnte sie sich einen Weg durch das Laub bis zu der Stelle, an der der Erbsenkrabbler sein unschönes Ende gefunden hatte. Dem Schaden an der Pflanze nach zu urteilen, hatte die Kreatur einen Großteil des Tages damit verbracht, sich durch ihre Trauben zu fressen – und zur Abwechslung sogar ein wenig an der Rebe selbst genagt. Es handelte sich um die Gilly-Rebe, eine besonders robuste Pflanze mit Ästen, die stellenweise den

Umfang ihrer Oberschenkel aufwiesen, und Trauben, die so groß wie eine Faust werden konnten. Und doch konnten selbst sie einen anhaltenden Befall mit Erbsenkrabblern nicht überstehen.

»Ein Ärgernis«, murmelte sie leise vor sich hin. »Genau das bist du.«

Es waren keine Krabbler mehr zu sehen, doch der Anblick ihrer dezimierten Trauben bescherte ihr trotzdem ein flaues Gefühl in der Magengegend. Es sollte hier gar keine Erbsenkrabbler geben, nicht in diesem unberührten Teil des Rebenwaldes. Dies war ein ruhiger Ort, so frei von Gefahren, wie man es in Sarn nur sein konnte – sie hatte viele Jahre damit verbracht, dafür zu sorgen.

Vintage zog sich den Hut mit der breiten Krempe tiefer ins Gesicht, wandte sich ab und ging in Richtung Westen, wo sie einen ganz bestimmten Aussichtsbaum kannte. Sie war davon überzeugt, dass sie sich viel zu viele Gedanken machte und dass sie mit zunehmendem Alter immer paranoider wurde.

Allerdings war sie noch nie gut darin gewesen, ihren Impulsen zu widerstehen.

Der Wald war stickig und grün und summte vor Leben. Sie spürte es auf ihrer Haut und schmeckte es auf der Zunge – lebendig und stets im Wachstum. Ringsherum ragten die hohen, dicken Stämme der Weinreben auf, die meisten länger als zwei Männer, die mit Kopf und Fuß aneinanderlagen. Ihre verschlungenen Äste wanden sich umeinander wie betrunkene Herren, die sich nach einer besonders harten Nacht mit zu viel Branntwein gegenseitig festhielten. Und die Reben schlangen sich um sie herum; riesige, pralle Früchte, wohin sie auch blickte – violett und rosa und rot, blassgrün und tiefgelb. Einige versteckten sich im Schatten

und andere glühten in den heißen Sonnenstrahlen, die es bis hier herunterschafften.
Gerade hatte sie die sich abzeichnende Form des Ausgucks mit der leuchtend roten Farbe in der Mitte entdeckt, als sie etwas durch das Unterholz auf sich zukommen hörte. Instinktiv griff sie nach der Armbrust an ihrem Gürtel, doch die Gestalt, die rechts von ihr aus dem Gebüsch auftauchte, hatte ein schmales, weißes Gesicht und blondes Haar, das ihr auf der schweißnassen Stirn klebte. Vintage seufzte.
»Was machst du hier draußen, Bernhart?«
Der Junge sah sie verblüfft an. Er war, wenn sie sich recht erinnerte, etwa elf Jahre alt und das jüngste Mitglied ihrer Belegschaft. Er trug weiche Kleidung aus braunem und grünem Leinen, und ein kurzer Bogen baumelte über seinem Rücken. Er hatte nur vergessen, seinen Hut aufzusetzen.
»Lady Vincenza, Master Ezion hat mich gebeten, Sie zu suchen.« Er holte tief Luft und wischte sich mit einer Hand über die schweißnasse Stirn. »Es gibt etwas im Haus zu erledigen, wofür man Sie braucht.«
Vintage schnaubte. »Etwas Geschäftliches? Warum sollten sie mich dafür brauchen? Ich habe Ezi schon vor Jahren gesagt, dass er solche Dinge selbst regeln kann.« Sie kniff die Augen zusammen. »Sie wollen mich nicht hier draußen im Rebenwald haben. Ist es nicht so, mein Junge?«
Sein verschwitztes Gesicht lief zartrosa an, und als er sprach, starrte er wie versteinert auf ihren rechten Ellbogen. »Sie sagten, es sei sehr wichtig, Mylady.«
»Bernhart, sag mir eins: Wer sorgt dafür, dass es am Vorabend des Mondfestes Honiggebäck für all die kleinen Lümmel gibt?«
Bernhart räusperte sich. »Sie sagten, Sie seien schon seit

Tagen hier draußen, und dass es sich für eine Dame Ihres Alters nicht ziemen würde, Mylady.«
Vintage brach in Gelächter aus. »Bernhart, bitte versprich mir eins: Wenn du irgendwann erwachsen bist, habe bitte so viel gesunden Menschenverstand, um eine Frau von vierzig Jahren nie mit dem Ausdruck ›eine Dame Ihres Alters‹ zu bezeichnen. Ich garantiere dir, dass das nicht gut für dich ausgehen würde, mein Lieber.« Sie seufzte und betrachtete sein blasses Gesicht und die viel zu rosigen Wangen. »Komm mit mir. Ich möchte einen Blick vom Aussichtsbaum werfen. Wirst du mich begleiten, junger Mann? Es scheint, als ob meine alten Knochen deine Hilfe brauchen könnten.«
Bernhart grinste schief. »Darf ich vielleicht einmal Ihre Armbrust ausprobieren?«
»Fordere dein Glück lieber nicht heraus.«

Der Aussichtsbaum verfügte am Stamm über eine Reihe grob gesägter Holzbretter, was das Klettern einfacher gestaltete als bei ihrem vorherigen Ausguck – obwohl dieser hier viel höher war. Als sie die schlichte Aussichtsplattform schließlich erreichten, konnten sie weit über den Wald blicken. Das dunkle Grün der Baumkronen breitete sich unter ihnen wie eine zerknitterte Decke aus, und die fernen Berge waren nur als grauer Schatten am Horizont zu erkennen. Inmitten all dieses üppigen Lebens lag ein gewaltiges Gebiet verzerrter Eigentümlichkeit. Vintage brauchte den Jungen gar nicht anzusehen, um zu wissen, dass auch er es anstarrte.
»Wächst es?«, fragte er nach einer Weile.
»Zweimal im Jahr gehen wir zur Grenze hinunter«, sagte sie leise. »Wir gehen alle zusammen: unsere Stärksten, unsere Klügsten und unsere Mutigsten. Dann drängen wir das Wachstum zurück und düngen den Boden mit Salz. Marin,

die Götter seien ihm gnädig, bringt sogar seine Priesterfreunde mit, und sie segnen den Boden.« Sie seufzte. »Aber trotzdem wächst es, Jahr für Jahr.«

»Aber es ist doch tot«, sagte Bernhart. »Es ist ein totes Ding. Nichts darin kann mehr am Leben sein.« Er hielt inne, und Vintage fragte sich, ob seine Mutter ihm das erzählte, wenn er einen besonders schlimmen Albtraum gehabt hatte. Das Haus befand sich zwar nicht in der Nähe der Wildnis, aber offenbar nahe genug für schlechte Träume. »Es ist nur die leere Hülle eines Giganten. Warum macht sie den Wald ...« Er hielt inne und rang nach dem richtigen Wort. »Warum macht sie den Wald krank?«

»Sie zieht Parasitengeister an«, entgegnete Vintage. Sie nahm das Fernrohr von ihrem Gürtel und hielt es ans Auge. Das zerstörte Waldstück wirkte plötzlich viel näher, und sie runzelte die Stirn, als sie über die geschwärzten Äste und den wabernden Nebel blickte. »Es ist längst tot, Bernhart. Nur noch die leere, zerstörte Hülle eines Jure'lia-Schiffes. Aber es ist wie eine Leiche, die Fliegen anzieht. Die Parasitengeister werden davon angelockt. Wenn wir wüssten, warum oder wie, oder was sie wirklich sind ...« Sie ließ das Fernrohr sinken und biss sich auf die Lippe. »Ich wollte schon immer mehr über sie und ihre Verbindung zum Wurmvolk herausfinden. Es steht so wenig über die Jure'lia geschrieben, und die Eboraner haben sich immer sehr bedeckt gehalten, wenn es um ihre regelmäßigen Auseinandersetzungen mit ihnen ging. Alles, was wir noch haben, sind die Überreste ihrer Giganten und eine Menge sehr unangenehmer Geschichten. Wenn die Eboraner doch nur etwas ... kontaktfreudiger wären. Aber natürlich haben sie heutzutage überhaupt keine Zeit mehr für Menschen.« Sie kräuselte die Lippen, als ein Gesicht aus der Vergangenheit unaufgefordert in ihrem

Kopf auftauchte – Augen in der Farbe von getrocknetem Blut, ein sardonisches Lächeln und die Erinnerung an ihre Hände. Ihre Berührungen waren immer so warm gewesen. Nur mit Mühe gelang es Vintage, sich von den angenehmen Gedanken loszureißen.

»Ihr habt sicher jedes Buch, das je darüber geschrieben wurde, Mylady. Über die Wildnis, das Wurmvolk und die Parasitengeister«, sagte Bernhart. »In Eurer Bibliothek, meine ich.«

Vintage lächelte und legte kurz ihre Hand auf das Gesicht des Jungen. Ihre Finger zeichneten sich tiefbraun auf seiner weißen Wange ab. »Es gibt größere Bibliotheken als meine, Bernhart. Und ich vermute, dass ich das, was ich wissen will, nicht in einem Buch finden kann. Genau genommen –«

Sie spürten und hörten es gleichzeitig; ein leises Grollen, das unangenehm in ihrer Brust vibrierte. Eher unwillkürlich blickte Vintage zurück in den wilden Teil des Waldes. Dort, wo es am dunkelsten war, erzitterten die Baumkronen, die geschwärzten Blätter raschelten. Eigentlich hätten sie es aus dieser Entfernung gar nicht hören können, aber sie vernahmen es trotzdem: ein nüchternes, hohles Geräusch, wie das Rauschen von Wasser auf trockenem Boden. Ein durchscheinender, schmutzig-gelber Umriss schob sich kurz zwischen den oberen Ästen der Bäume hervor. Dunkle Flecken auf dem Rücken der Gestalt und mehrere Wedel mit seltsamen weißen Lichtern an ihren Enden waren zu erkennen. Der Parasitengeist drehte sich für einen Moment in die Luft und streckte seine Wedel blindlings in den hellen Himmel über ihm, dann sank er wieder in die Tiefe. Sein seltsam grollender Schrei schwand mit ihm.

»Zur Hölle mit den Göttern, das kann kein gutes Omen sein.«

Vintage schaute den Jungen an und sah, dass er ganz still

dastand und die Augen weit aufgerissen hatte. Die Röte auf seinen Wangen war verschwunden. Sanft berührte sie seine Schulter, und er zuckte zusammen, als würde er aus einem Traum aufwachen. »Weißt du, ich hätte wirklich Lust, Ezion das Fell über die Ohren zu ziehen, weil er dich allein hierhergeschickt hat. Komm, Bernhart, wir bringen dich nach Hause. Ich lasse dir vom Koch ein paar Honigkuchen machen.«

Sie hatten sich im Speisesaal versammelt. Das beste Besteck und Porzellan lag auf dem Tisch aus Weinholz ausgebreitet. Es schien fast, als warteten sie darauf, dass der Imperator persönlich auf ein Rosinenbrötchen vorbeikam. Die Familienmitglieder von Vintage trugen trotz der Hitze ihre besten Seiden- und Satinkleider. Sie beobachtete mit besonderem Vergnügen ihre Gesichter, als sie zum Tisch schritt und ihre festen Stiefel laut auf dem polierten Boden aufschlagen ließ. Vintage nahm ihren Hut ab und warf ihn auf den Tisch, während ihre Augen bereits die Leckereien musterten, die die Bediensteten für das Abendessen vorbereitet hatten. Direkt hinter ihr lungerte Bernhart in der Tür herum. Obwohl sie ihm gesagt hatte, dass er gehen könne, war er unwillig, den Schauplatz eines sich anbahnenden Streits zu verlassen.
»Ist noch etwas von dem guten Käse übrig?«, fragte sie und zog mit staubigen Fingern einen Teller zu sich heran. »Der mit den Beeren drin?«
»Schwester.« Ezion erhob sich langsam. Er trug eine dunkelblaue Seidenjacke über dem gestärkten Hemdkragen, und seine dunklen Augen funkelten vor Ungeduld. »Ich bin froh, dass du zu uns zurückgekehrt bist. Vielleicht möchtest du dich für das Abendessen umziehen?«
Vintage sah sich am Tisch um. Der Blick von Carla, Ezions

Frau, traf ihren mit kaum zu bändigender Freude, und Vintage zwinkerte ihr zu. Die Frau war mal wieder hochschwanger, ihr runder Bauch dehnte das exquisit geschneiderte Kleid bis zum Äußersten, während die verschiedenen Nichten und Neffen von Vintage mit Besteck und Tellern klapperten.

»Ich glaube, ich fühle mich wohl, wie ich bin, Ezi.« Sie streckte die Hand aus und hob eines der winzigen Gebäckstücke mit den Fingern auf, wobei sie den kleinen Finger ausstreckte, als würde sie eine feine Porzellantasse halten. »Was hast du dir eigentlich dabei gedacht, Bernhart allein in die Reben zu schicken?«

Ezion runzelte für jeden erkennbar die Stirn. »Er ist ein Diener, Vincenza. Ich habe angenommen, dass es zu seinen Aufgaben gehört, derartige Dinge zu tun.«

Vintage erwiderte das Stirnrunzeln, drehte sich wieder zur Tür um und hielt dem wartenden Jungen das kleine Gebäckstück hin. »Hier, Bernhart, nimm das und mach dir einen schönen Tag. Ich bin sicher, du kannst noch ein paar Pfeile mit hübschen Federn ausstatten.«

Bernhart warf ihr einen unsicheren Blick zu. Der sich anbahnende Streit schien ihn mehr zu interessieren als die Süßigkeit, doch schließlich entschied er sich für das Gebäck. Er nahm ihr das Stück aus den Fingern und verließ den Raum, nicht jedoch, ohne die Tür sorgfältig hinter sich zu schließen.

»Der Junge wird eines Tages die Reben für uns pflegen. Du weißt, es ist seine Aufgabe, dort draußen zu sein, Vincenza. Wenn wir nicht –«

»Die Wildnis breitet sich aus«, unterbrach sie ihn. »Und wir haben heute einen Parasitengeist gesehen, der sich über die Baumkronen erhob. Er war wirklich sehr groß.«

Ein paar Momente lang erwiderte Ezion nichts. Seine Kinder

beobachteten das Geschehen mittlerweile mit großen Augen. Sie waren mit den Geschichten über den kranken Wald aufgewachsen, auch wenn beim Abendessen nicht oft darüber gesprochen wurde.

»Alles ist unter Kontrolle«, sagte er schließlich mit monotoner Stimme. »Wir beobachten es. Da gibt es nichts, worüber man sich Sorgen machen muss. Deshalb kannst du auch im Haus bleiben und musst nicht in den Wäldern herumschleichen. Du hast dich zu sehr aufgeregt.«

Vintage verspürte einen schmerzenden Stich der Wut, doch Carla ergriff das Wort.

»Wie kann es sich ausbreiten, Vin? Müssen wir die Grenzen vielleicht häufiger kontrollieren?«

Vintage schürzte ihre Lippen. »Ich weiß es nicht. Das ist genau das Problem. Wir wissen einfach nicht genug darüber.« Sie holte tief Luft und bereitete sich darauf vor, einen alten Streitpunkt wieder aufleben zu lassen. »Ich werde im Frühjahr gehen. Ich habe schon viel zu lange gewartet, aber es ist noch nicht zu spät. Ezion, mein Lieber, wir müssen Nachforschungen anstellen, müssen in die Welt hinausgehen und herausfinden, was wir können. Es gibt da draußen außerhalb unserer eigenen Wälder einige Stätten mit alten Giganten, von denen ich lernen kann. Wir müssen mehr über die Wildnis und die Parasitengeister erfahren. Genug mit dem Lesen und dem Schmökern in alten Büchern. Ich muss gehen.«

Ezion gluckste vor Lachen, was ihm überhaupt nicht gut zu Gesicht stand. »Nicht das schon wieder. Es ist lächerlich. Du bist eine vierzigjährige Frau, Vincenza, und zudem das Oberhaupt dieser Familie! Ich werde ganz sicher nicht zulassen, dass du quer durch Sarn nach Gott weiß wohin läufst.«

»Genau so ist es! Ich bin eine vierzigjährige Frau, die ihr

ganzes Leben damit verbracht hat, diesen Ort zu führen, diese Reben anzubauen und diesen Wein herzustellen.« Sie deutete grimmig auf die Glaskelche, die alle mit dem blassgoldenen Wein gefüllt waren, der aus der Traube Farrah's Folly hergestellt wurde. Das konnte sie an der Farbe erkennen. »Und ich habe genug davon. Für all das hier«, sie breitete die Arme aus, »bist ab sofort du verantwortlich, Ezion. Und nicht mehr ich.«

Sie nahm ihren Hut vom Tisch und setzte ihn sich wieder auf den Kopf, bevor sie aus dem Zimmer stürmte und die Tür so fest zuschlug, dass man noch draußen das Besteck klappern hörte.

Im Korridor lehnte sie sich kurz an die Wand und war überrascht, wie stark ihr Herz klopfte. Das war die Wut, sagte sie sich. Dann tauchte Bernharts Kopf hinter einer Ecke auf.

»Geht es Ihnen gut, Mylady?«

Sie hielt inne. Ein langsames Kribbeln arbeitete sich von ihren Zehen nach oben. Es fühlte sich an, als stünde eine große Veränderung bevor. Wie die Schwere in der Luft, wenn ein Sturm aufzog. Niemand würde sie jetzt noch aufhalten können.

»Mir geht es gut, Bernhart, mein Lieber.« Sie grinste ihn an und freute sich, dass der Junge zurücklächelte. »Hol mir meine Reisetaschen aus dem Lager, Junge. Ich werde verdammt noch mal sofort aufbrechen.«

Kapitel 3

Jetzt

Die Droge Akaris wird hergestellt, indem man eine bestimmte Kombination aus Substanzen auf extreme Temperaturen erhitzt, dann abkühlt, rührt und siebt. Nur das Winnowfeuer kann die erforderlichen Temperaturen erzeugen und scheint die Substanzen auch auf andere, weniger offensichtliche Weise zu beeinflussen. Akaris wird nur an einem einzigen Ort hergestellt: in der Winnowry auf der Insel Corineth, vor der Küste von Mushenska. Auch an anderen Orten wurde versucht, die Droge mit Hilfe von eigenen, illegalen Finsterhexen herzustellen, doch nahmen all diese Versuche ein abruptes und ziemlich unangenehmes Ende. Die Winnowry, so sagt man, ist rücksichtslos, wenn es darum geht, ihre eigenen Interessen zu schützen.

Was die Droge selbst betrifft: In ihrer reinen Form versetzt sie den Konsumenten in einen tiefen und traumlosen Schlaf (der wertvoller ist, als man denkt). In Verbindung mit verschiedenen Stimulanzien jedoch, von denen es in Sarn eine große Auswahl gibt, führt sie zu einer Art Wachtraum. Allen Berichten zufolge sind die Träume unter dem Einfluss von gepanschtem Akaris äußerst lebendig, wild und oft nervenaufreibend.

Auszug aus den Tagebüchern von Lady Vincenza »Vintage« de Grazon

Noon wachte auf. Irgendwo unten stritt jemand. Sie glitt aus ihrem schmalen Bett und warf einen Blick aus dem winzigen, verschmierten Fenster. Draußen war es wieder einmal bedeckt, ein einziges Grau, von oben bis unten. Sie ging zu den Gitterstäben ihrer Zelle hinüber. Es gab wenig zu sehen. Die riesige Leere, das Herz der Winnowry, breitete sich direkt unter ihr aus. Auf der anderen Seite befand sich die nördliche Wand mit Zellen, die alle identisch mit ihrer waren; gehauen aus totem schwarzen Fels, die Böden und die Decken nicht mehr als Gitter aus massivem Eisen. In der Winnowry war es immer düster, die winzigen Fenster in dicken Schichten mit Blei und Wachs verschmiert, und die Öllampen in den Gängen spendeten nur ein nebliges, gelbstichiges Licht.

Noon lehnte sich gegen das Gitter und lauschte. Die meiste Zeit war die Winnowry erfüllt von der Stille Hunderter Frauen, die in Angst lebten – vor sich selbst und voreinander.

»Sprich leiser, Finster-Anya«, war die flüsternde, auf sonderbare Weise metallisch klingende Stimme einer der Schwestern zu hören. Man konnte ihre Anspannung erkennen.

»Das werde ich nicht!« Anya war eine der älteren Finsterhexen, doch ihre Stimme klang an diesem Morgen nicht nur wegen ihres Alters brüchig. Die Frau war schon seit fast zwanzig Jahren hier, doppelt so lange wie Noon. Noon konnte sich kaum vorstellen, wie das war. Aber sie fürchtete, dass sie es herausfinden würde.

»Was kannst du schon tun? Was kannst du mir antun? Es wäre besser für mich, tot zu sein – für uns alle.« Die Stimme der Frau hallte durch den weiten Raum und wirkte dabei wie ein Echo, als wäre sie gefangen.

Anya stammte aus Reidn, einem riesigen Stadtstaat weit im Osten, den Noon noch nie gesehen hatte, und sie sprach in der dort üblichen, irgendwie beruhigend-beschwingten Sprache. Finsterhexen konnten überall geboren werden. Die Winnowry war voller Frauen aus ganz Sarn, und in den letzten zehn Jahren hatte Noon all ihre Sprachen kennengelernt. Das war, wie sie betreten feststellte, der einzig positive Nebenaspekt an diesem Ort.

»Niemand wird dich töten, Finster-Anya.« Die Schwester, die

zu ihr sprach, benutzte die für die meisten in Sarn übliche Flachlandsprache. Sie wählte ihre Worte ruhig und mit Bedacht – vielleicht in der Hoffnung, so den Eindruck zu erwecken, dass alles in Ordnung war und an diesem Ort nichts außer Kontrolle geraten konnte. Ihr Gebrauch der verbreiteten Sprache deutete zudem darauf hin, dass sie wollte, dass jeder das wusste.

»Oh nein, ich bin zu nützlich! Wenn du mich tötest, hast du eine Sklavin weniger, um deine Droge herzustellen.« Ein Krachen und das Klappern von Eisen waren zu hören. Finster-Anya warf sich gegen die Gitterstäbe. Noon blickte durch das Eisengitter direkt nach unten und sah Finster-Marians blasses Gesicht, wie es aus der Zelle zu ihr hinaufblickte. Die Tätowierung mit dem Fledermausflügel auf ihrer Stirn schien fast zu leuchten und wirkte dadurch wie von ihrem Körper getrennt. Noon berührte unbewusst ihre eigene Stirn, da sie wusste, dass das gleiche Zeichen auch in ihre Haut eingebrannt war.

»Was macht sie da?«, flüsterte Marian. Noon schüttelte nur den Kopf.

»Du wirst dich beruhigen, Finster-Anya. Beruhige dich sofort, oder ich unternehme etwas.«

Ein bestürztes Gemurmel war von der anderen Seite der Winnowry zu hören. Der ganze Ort erwachte, und jede Finsterhexe lauschte, um mitzubekommen, was als Nächstes passieren würde.

Noon drückte sich gegen die Gitterstäbe. »Hey! Lass sie in Ruhe!« Ihre Stimme, die eher an Flüstern und das Sprechen leiser Worte gewöhnt war, überschlug sich, als sie schrie: »Lass sie einfach in Ruhe!«

»Ich soll mich beruhigen? Versuch es doch!«, schrie Finster-Anya. Das rhythmische Schlagen ihres Körpers gegen die

Gitterstäbe hallte schrecklich laut durch das riesige Nichts. Noon presste die Lippen aufeinander und spürte, wie ihr eigenes Herz schneller schlug. Solch unkontrollierte Wut war in der Winnowry nicht erlaubt. So etwas gehörte zum Schlimmsten, was sie tun konnten.

Und dann tauchte unfassbarerweise ein grünlich-blaues Licht in der Düsternis auf, das ihr Gefängnis erhellte.

Noon taumelte von den Gitterstäben zurück, als sie Marian unter sich keuchen hörte.

»Feuer und Blut! Oh, jetzt hat sie es geschafft«, murmelte Noon. »Sie hat es verdammt noch mal geschafft.«

Aus den anderen Zellen ertönten Rufe, von unten war ein gellender Schrei zu hören. Irgendwo musste jemand den Hebel betätigt haben, denn einer der riesigen Wassertanks, die über ihnen aufgereiht waren, kippte zur Seite. Ein Schwall von Wasser, schwarz und silbern im schwachen Licht, stürzte herunter durch die Zellen auf der gegenüberliegenden Seite und rauschte durch die Eisengitter, sodass jede Finsterhexe auf dieser Seite der Winnowry von einem Moment auf den anderen klitschnass war. Die Frauen schrien auf – das Wasser war eiskalt – und das Winnowfeuer, das gerade so außer Sichtweite war, erstarb. Noon zitterte, als ein feiner Nebel aus Wassertröpfchen auf sie zuflog, und wich ein paar Schritte zurück. In der empörten Kakophonie aus den Stimmen von fünfzig plötzlich durchnässten Frauen konnte sie nicht hören, was mit Finster-Anya geschah, aber sie vernahm das Klirren einer Zellentür von irgendwo unter ihr.

»Es wird eine Woche dauern, bis sie den Tank wieder auffüllen können«, sagte Marian mit leiser Stimme. »Es ist so schwierig, ihn wieder aufzufüllen. Deswegen benutzen sie ihn nur ungern. Aber es scheint, dass sie in letzter Zeit immer schwieriger zufriedenzustellen sind.«

»Empfindliche Bastarde«, stimmte Noon zu. Sie trat wieder an die Gitterstäbe heran. »Bastarde!«

Doch ihr einsamer Schrei ging im Echo des tropfenden Wassers unter. Noon starrte auf die gegenüberliegenden Zellen und die durchnässten, unglücklichen Frauen. Sie presste ihre Hand auf den Mund und biss auf einem losen Hautfetzen an ihrem Daumen herum. Es würde wahrscheinlich genauso lange dauern, bis die Frauen auf der anderen Seite getrocknet waren, wie es dauerte, den Tank wieder aufzufüllen. Man würde ihnen keine trockene Kleidung geben, und die Winnowry war immer feucht und kühl. Die hohen schwarzen Steine ihrer Türme blickten auf ein kaltes und gefährliches Meer hinunter. Die Insel, auf der man sie erbaut hatte, war von allen Bäumen und Gräsern befreit worden – selbst die oberste Schicht des Bodens hatte man abgetragen. Wenn es etwas gab, das man über die Schwestern sagen konnte, dann, dass sie gründlich waren.

»Wie hat sie das geschafft?«, flüsterte Marian. Ihre Stimme war unter dem Stöhnen der anderen Finsterhexen kaum zu hören. Das stetige Tropfen klang wie ein sanfter Regen, während sich das Wasser seinen Weg durch die Zellen bahnte.

»Die Schwester muss so dumm gewesen sein, in die Nähe des Gitters zu gehen.«

Sie wussten beide, dass das sehr unwahrscheinlich war. Die Wächter der Winnowry trugen lange Handschuhe und Ärmel, üppige Kapuzen hielten ihr Haar zurück und ihre Gesichter waren verborgen durch glatte Silbermasken mit schmalen Schlitzen für Augen und Mund. Für sie wäre es eine Katastrophe, wenn eine Finsterhexe ihre nackte Haut berühren würde, obwohl Noon sich oft fragte, was die Hexe, die ihre Lebensenergie stahl, davon hatte. Man könnte genug nehmen, um sie bewusstlos werden zu lassen – *oder sie zu töten*, flüsterte eine Stimme in ihrem Kopf – aber was dann? All das half nichts, wenn man sich nicht bereits außerhalb der Zelle befand oder zumindest schon kurz vor dem Ausgang …

Noon setzte sich auf die Gitter am Boden und schob ihre Finger durch die Lücken. Marian griff nach ihr, aber wie immer war der Abstand zu groß, als dass sie sich hätten erreichen können. Sie wollten sich einfach nur gegenseitig versichern, dass sie nicht allein waren.

»Irgendwie hat sie es geschafft«, sagte Noon leise. »Sie ist nah genug rangekommen, um sich zu nehmen, was sie brauchte.« Ihr Herz hämmerte immer noch in ihrer Brust. »Was glaubst du, ist mit ihr passiert? Glaubst du, sie ist entkommen?«

Marian antwortete nicht sofort. Als sie es tat, klang sie besorgt. »Natürlich nicht. Das weißt du doch, Noon. Sie haben sie übergossen und dann weggebracht. Es gibt keinen Weg hier raus. Das weißt du.«

»Das weiß ich«, stimmte Noon zu und knabberte wieder an ihrem Daumen. »Ich weiß es.«

»Finster-Noon. Aufstehen, bitte.«

Noon rappelte sich auf. Sie erkannte die Stimme von Schwester Owain, blickte auf und sah die große Gestalt vor ihrer Zellentür.

Die Maske der Frau schluckte auch noch den letzten Rest des gedämpften Lichts, und nicht zum ersten Mal fragte Noon sich, ob die Schwestern überhaupt echte Menschen waren oder nur Geister aus Metall und Wolle. Schwester Owains Gewand war im traditionellen Dunkelblau der Winnowry-

Schwestern gehalten. An ihrem Gürtel hing ein schwerer Holzknüppel mit einer stumpfen Metallkappe.
»Was ist?«
Schwester Owain neigte den Kopf, und mit einem Mal konnte man ihre Augen hinter der Metallmaske erkennen. Also doch kein Geist.
»Es ist Zeit für deine Säuberung, Finster-Noon. Das weißt du doch. Ich hoffe, du wirst uns heute Morgen keinen Ärger machen. Oder möchtest du vielleicht, dass auch der Südblock eine frühe Dusche abbekommt?«
Als Noon nicht antwortete, bückte sich Schwester Owain und schob ein Tablett durch den Schlitz am unteren Ende der Gitterstäbe.
»Mach dich bereit, Hexe.«
Auf dem Tablett stand eine flache Schale mit blassgrauer Asche. Daneben lagen ein Stück meergrüne Seide und ein Paar lange graue Handschuhe. Noon ballte die Hände zu Fäusten, während ihr Gesicht rot anlief. Es war immer das Gleiche: eine Mischung aus Vorfreude und Scham. Schwester Owain klopfte an das Gitter.
»Beeil dich, Hexe. Wir zögern die Säuberung nicht hinaus, das weißt du.«
Noon kniete nieder und hob das Seidentuch auf. Sie ließ es wie jedes Mal einen Moment durch ihre Finger gleiten – nichts anderes in der Winnowry war so weich –, dann strich sie ihr kurzes schwarzes Haar zurück und bedeckte es mit dem Schal. Sie wickelte ihn um ihren nackten Hals und knüpfte hinten einen einfachen Knoten. Als Nächstes drückte sie ihre Hände in die pudrige Asche, sodass ihre Handflächen und Finger damit bedeckt waren; sie schimmerte fast weiß auf ihrer olivfarbenen Haut. Vorsichtig, damit sie die Asche nicht einatmete oder husten musste, verteilte sie sie

auf ihrem Gesicht. Dreimal wiederholte sie den Vorgang, bis das feine graue Pulver ihre Wangen, die Nase und ihre Lippen bedeckte. Sogar auf ihren Augenlidern befand sich eine dünne Schicht, und auch auf dem eingebrannten Zeichen der Winnowry auf ihrer Stirn. Der einsame Fledermausflügel war fast nicht mehr zu erkennen.

»Noch eine Schicht, wenn ich bitten darf, Finster-Noon. Ich bin heute Morgen nicht in der Stimmung für halbe Sachen.«

»Warum? Was soll das bringen? Wozu ist das überhaupt gut?«

Schwester Owain schüttelte leicht den Kopf. Sie wusste ganz offensichtlich, dass Noon sich absichtlich schwierig anstellte, konnte aber trotzdem nicht widerstehen, das übliche Winnowry-Gebet aufzutischen.

»Buße, Hexe. Wir bestreuen dich mit Asche, um dich als das zu kennzeichnen, was du bist. Wir bedecken deine Haut, damit du nicht mit der Welt in Berührung kommst.«

Noon seufzte und verteilte mehr Asche auf ihrem Gesicht. Dabei spürte sie, wie sie an den Stellen, an denen sie bereits zu dick war, wieder abfiel. Der Geruch in ihrer Nase war trocken und seltsam und kitzelte in ihrer Kehle. Ohne abzuwarten, ob Schwester Owain nun endlich zufrieden war, zog sie sich die langen grauen Handschuhe an.

»Das ist gut«, sagte Schwester Owain. »Sehr gut. Wenn ich nun deine Tür öffne, trittst du nach draußen. Ich weiß, dass du nicht so dumm bist, mir den Tag zu verderben, Finster-Noon.«

Noon blickte nach unten, als die Zellentür zur Seite gerüttelt wurde, und als sie nach draußen trat, legte ihr die Schwester sofort ein Paar dicke Handschellen um die Handgelenke – eine Stahlschlaufe, die mit zähen Leinenbändern verbunden war. Sie waren *nervöser* als sonst.

Schwester Owain schob sie eilig den Gang entlang, so schnell, dass Noon nicht einmal Zeit hatte, mit einer der anderen im Südblock eingesperrten Frauen einen Blick zu wechseln. Sie gingen mehrere Treppen hinunter und passierten drei hohe, verschlossene Türen, die alle aus dickem Ebenholz bestanden und mit Stahl vernietet waren. Dann befanden sie sich plötzlich draußen. Wie immer hielt Noon den Atem an, als der eisige Seewind über sie hinwegfegte und ihr das bisschen Wärme aus dem Körper sog, das sie in ihrer Zelle gesammelt hatte. Der Geschmack von Salz auf ihrer Zunge traf sie wie ein Schlag, und ihre Augen tränten. Sie ließen das Hauptgebäude der Winnowry mit seinen vier Türmen hinter sich, die wie Skalpelle den Himmel zerrissen, und gingen auf den Kreis aus weißen Gebäuden zu, welche die Winnowry wie ein Paar greifende Hände umschlossen. Aus diesen Gebäuden ragten hohe Alabasterschornsteine hervor, deren Spitzen mit Ruß beschmiert waren. Ihnen zu Füßen lag steinige Erde, hier und da mit Fledermausguano verschmiert.

Noon drehte sich um und ließ schnell die Augen schweifen. Traf man den richtigen Moment, war es möglich, einen Blick auf das ferne Ufer des Festlandes zu erhaschen, wo die Stadt Mushenska wuchs und gedieh. Heute war die See rau und warf Nebel und Gischt auf. Doch für einen kurzen Moment konnte sie sie sehen; die Hafenlampen waren angezündet worden, ebenso wie die großen Leuchtfeuer über dem Marktplatz. Am grauen Himmel war ein Klecks zu sehen – das Tarahüttengebirge – und irgendwo darunter, aber zum Glück außer Sichtweite, das Flachland, in dem sie geboren worden war. Viel näher, am Strand der Winnowry selbst, befand sich ein kleiner Anlegesteg, an dem ein schmales Händlerschiff vertäut war. Noon erhaschte einen Blick auf die sorgfältig verschlossenen Fässer, die an Bord gerollt wurden, und auf einen Mann mit graumeliertem Bart, der sich mit einer hochgewachsenen Frau in einem meergrünen Schal unterhielt. Zeit genug, um die stachelige Form der Fledermaus-Tätowierung auf ihrer Stirn zu erkennen. Doch dann zerrte Schwester Owain an Noons Arm, sodass sie fast den Halt verlor.

»Ist sie eine Agentin?«, fragte sie und nickte in Richtung der Personen auf dem Steg. »Sie verkauft eure Drogen weiter, ist es das? Eine der Lieblingsfinsterhexen, die eure schmutzigen Geschäfte erledigen?«

»Mach nur weiter so, Finster-Noon, und ich werde für dich einen besonderen Termin mit der Ertrunkenen vereinbaren. Was sagst du dazu?«

Noon schürzte die Lippen und spürte, wie die Asche sich löste und abblätterte. Sie hätte zu gern wieder auf der Haut an ihrem Daumen herumgekaut. Die Agentin und das Boot waren bereits hinter den Ofenanlagen außer Sichtweite geraten.

»Was ist denn heute mit dir los?«, murmelte Noon. »Du schaust aus der Wäsche wie ein Pferdearsch.«

Zu ihrer Überraschung drehte sich Schwester Owain nicht einmal um, um sie anzustarren. Stattdessen schüttelte sie nur kaum merklich den Kopf, als wolle sie unangenehme Gedanken vertreiben.

»Albträume«, sagte sie. »Keiner kann richtig schlafen.«

Noon konnte darauf nichts erwidern. Sie wusste nicht, wo die Schwestern schliefen, aber sie war bereit zu wetten, dass es dort bequemer war als auf der Pritsche in ihrer Zelle. Dann erreichten sie ihr Ziel, und Schwester Owain griff nach oben und zog an dem Seil, das über der Tür des Priesters hing. Irgendwo drinnen läutete eine Glocke. Auf beiden Seiten der

Tür, tief in den weißen Stein gemeißelt, standen die beiden Figuren des Ordensgründers Tomas. Die eine stand mit dem Rücken zum Betrachter und ging auf eine stilisierte Linie zu, von der Noon wusste, dass sie das Meer darstellen sollte. Bei der anderen war sein Gesicht nach vorn gewandt und trug einen Ausdruck, von dem Noon annahm, dass er eine Mischung aus Schrecken, Ehrfurcht und Rechtschaffenheit darstellen sollte. Für sie sah er vor allem gefasst aus. Um die Schultern trug er Girlanden aus Seegras, und in den Händen hielt er Muscheln.

»Tu einfach, was man dir sagt«, murmelte Owain. »Alles wird gut werden. Das Böse in dir muss ausgelöscht werden. Dann wird alles gut.« Noon ließ ihren Arm schlaff herunterhängen. Die Frau war abgelenkt, und sie befanden sich draußen. Wenn sie außer Reichweite springen und rennen würde, war es möglich, den Strand zu erreichen, bevor der Alarm ausgelöst wurde. Von dort aus könnte sie es sogar überleben, nach Mushenska zu schwimmen. Zumindest wenn es ihr gelang, die Handschellen loszuwerden.

Plötzlich war der Griff um ihren Arm fest wie ein Schraubstock. »Glaube nicht, dass ich es nicht in deinen Augen sehen kann, Finsterhexe.« Owain sah nun überhaupt nicht mehr abgelenkt aus. Ihre Augen flackerten durch die schmalen Schlitze der Maske.

»Was ist mit Finster-Anya passiert?« Die Frage war heraus, bevor Noon wusste, dass sie sie stellen wollte. »Wo ist sie jetzt?«

Owain zeigte sich unbeeindruckt. »Wir geben dir eine Chance, hier zu leben, Hexe. Eine Chance, das Böse, das in dir steckt, wegzubrennen.« Sie hielt inne, und Noon hörte, wie sie sich hinter ihrer Maske die Lippen leckte. »Gerade du solltest wissen, wo du hingehörst. Mörderin.«

Noon bewegte sich nicht, die Kälte auf ihrer Haut stand im krassen Widerspruch zu den Visionen aus Feuer, die ihren Kopf erfüllten. Dann schwang die Tür des Priesters klappernd auf, und sie wurde in die Obhut der Männer übergeben.

Im Inneren des Ofengewölbes war es stets heiß. Es war ein so starker Kontrast zur feuchten Winnowry, dass Noon schwindelig wurde. Ein beißender, bitterer Geruch lag in der Luft, eine Mischung aus Rauch und der Droge Akaris, und ein entferntes Dröhnen war zu hören – von anderen Finsterhexen in anderen Teilen des Gebäudes, die ebenfalls ihre Säuberung durchführten. Sie wurde von Vater Wasten geführt, einem großen, schlanken Mann mit einem roten Haarkranz oberhalb der Ohren und einem karottenfarbenen, spitzen Kinnbart. Die Gewänder der Männer waren in einem hellen Blauton gehalten, der Saum mit einer Reihe kräuselnder Linien verziert – sie symbolisierten das Meer, das Tomas so lange in seinem Schoß gehalten hatte. Sie trugen keine Masken, sondern stattdessen kurze, tödliche Klingen an ihren Gürteln.
»Warum heißt es ›Schwester‹ für die Frauen und ›Vater‹ für die Männer?«, wollte Noon wissen. Die kahlen weißen Wände waren im oberen Bereich braun, was am jahrzehntelang aufsteigenden Rauch lag, und der Boden war aus grauem Schiefer, der sich durch ihre Hausschuhe leicht warm anfühlte.
»Finster-Noon, diese Frage stellst du jedes Mal, wenn ich dich sehe.«
»Das liegt daran, dass du mir nie eine gute Antwort gegeben hast.«
Vater Wasten räusperte sich. »Die Schwestern sind deine Hüterinnen, mutige Frauen, die sich trauen, in der Nähe des

Bösen zu leben, das du in dir trägst. Sie wagen es, dir nahe zu sein, genau wie Schwestern es würden.«

»›Nahe sein‹ ist ein komischer Ausdruck für das, was sie tun.«

»Und Mutter Cressin ist das Oberhaupt unserer Familie, wie du weißt.«

»Die Ertrunkene?«

Vater Wasten verzog den Mund, sodass sich sein karottenartiger Bart vor ihm aufstellte, als würde er ihm den Weg weisen. »Du solltest mehr Respekt zeigen.«

»Ich bin böse, schon vergessen? Und außerdem nennen alle sie so.«

Sie erreichten den Hochofen selbst. Wasten nahm ihr die Handschellen ab und führte sie durch die großen Eisentüren in einen Raum, der so eng und rund war, dass die rußgeschwärzten Wände aus ihrem Blickfeld verschwanden. Eine andere Finsterhexe, deren Namen Noon nicht kannte, wurde gerade hinausgeführt. Ihre Haut glänzte vor Schweiß und ihre Augen starrten ins Leere. Sie sah Noon nicht einmal an, als sie an ihr vorbeiging, und sie stolperte, als hätte sie keine Knochen mehr in ihren Beinen.

»Du weißt, was du zu tun hast. Also mach dich bereit, Finster-Noon«, sagte Vater Wasten mit ernster Stimme. Die andere Finsterhexe ging, und Noon trat in die Mitte des runden Raumes. Sie zog die Handschuhe aus und warf sie auf den Boden. Danach zog sie das langärmelige Hemd aus und legte es darüber, sodass sie nur noch ihre Weste trug. Dann folgten ihre weichen Hausschuhe – sie zog es vor, barfuß zu sein. »Du bist die Schwachstelle zwischen den Welten, du bist der Riss, durch den das Böse eindringen kann. Dies ist deine Buße.«

Noon hustete in ihre Hand. »Pferdescheiße.«

Vater Wasten ging und ließ die Eisentür hinter sich ins Schloss fallen. Nach ein paar Sekunden öffnete sich eine weitere Tür, und ein schlanker junger Mann trat ein. Noon sah weg. Es war Lehrling Lusk. Sie hasste es, wenn es Lehrling Lusk war.

Er war groß, seine Haut glänzte wie teure Sahne, und seine Schultern und sein Hals waren leicht gerötet von der Arbeit, die er draußen zu verrichten hatte. Zum Beispiel räumte er vergessenen Müll weg und schrubbte den Fledermausguano von den Steinen. Sein Haar glänzte so blond wie Maisseide. Noon erinnerte sich, solchen Mais im Flachland gesehen zu haben, ganze sonnengelbe Felder, wie in einem Traum. Seine Augen waren blau. Er hatte sein Hemd bereits ausgezogen, seine Brust war muskulös, und der niedrige Bund seiner weiten grauen Hose saß ihm auf den Hüften.

Einmal hatte Noon sich gefragt, warum sie nicht einfach Pflanzen für die Säuberung benutzten oder sogar irgendwelche Tiere. Sie hatte nicht die Schwestern oder die Priester gefragt, sondern eine andere Finsterhexe, die schon länger hier war als sie. *Die Menschen kommen darüber hinweg,* hatte die Hexe ihr gesagt. *Sie ruhen sich aus und kommen zurück. Hast du jemals Lebensenergie von Gras genommen? Es ist sofort tot, nicht wahr? Man könnte vielleicht Schweine oder Ziegen verwenden, aber dann braucht man jemanden, der sich um sie kümmert, und man bräuchte eine Menge Ziegen. Männer hingegen – vor allem dumme Männer, die nichts Besseres zu tun haben – können auf sich selbst aufpassen.*

Lusk kam zu ihr herüber und nickte ihr einmal zu. »Bist du bereit, Finster-Noon?« In seinen Augenwinkeln bildeten sich kleine Fältchen, als er besorgt die Stirn runzelte.

Noon seufzte. »Bringen wir es hinter uns.«

Er nickte erneut und ging vor ihr auf die Knie. »Wie immer ist es mir eine Ehre, dir bei deiner Säuberung zu helfen.«

Sie blickte auf ihn und seinen gesenkten Kopf hinunter.

Lusks Schultern glänzten im Lampenlicht. Sie waren glatt und zeigten vereinzelt Sommersprossen. Da üblicherweise jeder, den sie sah, sich verhüllte, um nicht versehentlich mit ihr in Kontakt zu geraten, war es schockierend, so viel nacktes Fleisch zu sehen, so viel unbedeckte Haut. Ein Teil von ihr wurde nicht müde, es zu sehen.

Lusk räusperte sich. »Bist du bereit, Finster-Noon?«

Sie blickte nach oben, in die undurchdringliche Finsternis über ihnen. Dort gab es viele weitere Eisengitter, auf denen flache Pfannen voll mit den Substanzen lagen, die sie zur Herstellung von Akaris verwendeten. Sie trat hinter ihn, atmete tief durch und legte ihre Hände auf seinen Rücken. Dabei stützte sie sich fast auf ihn. Seine Haut war warm, und sie konnte ihn jetzt auch riechen – er roch nach Seife und dem Schweiß der Ernsthaftigkeit. Eine leichte Röte wanderte von ihren nackten Fußsohlen bis zum Scheitel, und sie spürte ein wenig tiefer in ihn hinein, um seine Lebensenergie zu finden. Schwer atmend murmelte Lusk ein zustimmendes Gebet, und nicht zum ersten Mal fragte sie sich, was einen Mann an einen Ort wie diesen brachte, um diese besondere Aufgabe mit all ihren Risiken zu übernehmen. Doch schwoll das Winnowfeuer bereits merklich an, und sie schob den Gedanken beiseite.

Ihre Handflächen kribbelten, und wie in einem Schauer floss seine Energie zu ihr. Sie nahm sie begierig auf, ließ sich von ihr ausfüllen, ließ sie die Dunkelheit verdrängen, sich sammeln und wachsen und aufsteigen. Lusk war dafür ausgebildet, und sie wusste – mehr oder weniger genau –, wie viel sie nehmen durfte. Aber je mehr sie beim ersten Kontakt aufnehmen konnte, desto reiner würde ihr Winnowfeuer sein. Und der Moment war gekommen.

Noon hob eine Hand und deutete hinauf in die Dunkelheit

über ihnen. Ein Knistern erfüllte die Luft. Eine blaugrüne Flamme kräuselte sich vom Ende ihres Arms und schoss in den hallenden Schornstein hinauf. Eine knappe Sekunde später war sie eingehüllt in eine glühende Säule aus ätherischem Feuer, die nach oben schoss und donnernd gegen die stählernen Wände des Schlunds über ihnen krachte. Das Tosen des Feuers erfüllte ihre Ohren, alles war hell erleuchtet. Die Muskeln in ihrem Gesicht verrieten ihr, dass sie grinste, und sie labte sich an jedem Augenblick. Das Feuer strömte aus ihr heraus wie Wasser aus einem gebrochenen Damm, und sie genoss die Kraft. Hier, in diesem kurzen Moment, war sie frei und mächtig.

Lusk erzitterte leicht unter ihrer Berührung, und sie erinnerte sich daran, dass sie mit einem Teil ihres Bewusstseins die Lebensenergie überwachen musste, die sie ihm entnahm. Er wurde bereits müde, und sie war überrascht, wie viel sie ihm entzogen hatte. Irgendwo über ihnen kochten die flachen Pfannen mit den Chemikalien, und die Priester von Tomas warteten darauf, ihr kostbares Akaris zu ernten. Sie fragte sich, wie viel sie für sich selbst herstellten und wer es außerhalb der Winnowry verwendete.

Noon stellte sich auf die Zehenspitzen, sie streckte sich so hoch sie konnte für einen letzten Stoß – dann erloschen die Flammen abrupt. Sie sackte zusammen, wobei sie beinahe stolperte. Lusk wollte ihr zuerst helfen, zog sich dann aber zurück. Kontakt außerhalb der Säuberung war strengstens untersagt. Noon zitterte, die graue Weste klebte ihr schweißnass am Rücken. Auch Lusk war blasser als zuvor, seine Stirn und Brust mit Schweiß überzogen.

Die Stahltür öffnete sich krachend und Vater Wasten erschien.

Er beäugte die beiden misstrauisch und nickte ihr zu. »Zieh dich an, Finster-Noon.«
Ohne sie anzusehen, drehte Lehrling Lusk sich um und ging durch die andere Tür. Währenddessen zog Noon hastig ihr langes Hemd und die weichen Hausschuhe wieder an, auch wenn sie es verabscheute, solange sie so verschwitzt war. Sie würde nirgendwo hingehen dürfen, bis sie es tat. Erst als ihre Hände wieder in den langen Handschuhen steckten, betrat Vater Wasten den Raum vollständig.
»Wieder einmal bist du gesäubert, Finster-Noon. Kurz gesagt, bist du nun rein.«
Noon strich sich mit der Hand übers Gesicht und zog eine Grimasse, als sich die Asche mit dem Schweiß vermischte und schmierige Streifen hinterließ. Sie fühlte sich überhaupt nicht rein. Sie fühlte sich klebrig und schmutzig, und sie schämte sich auf eine sonderbare Art. Die Säuberung erzeugte immer zuerst ein Gefühl der Erleichterung und dann, gleich danach, Schuldgefühle. Das Zischen der Flammen und das unheimliche Licht machten es leicht, sich an Dinge zu erinnern, die sie lieber vergessen wollte. Dinge, die sie vergessen *musste.*
Als sie nichts sagte, hielt Vater Wasten mit seiner behandschuhten Hand ein kleines Stoffsäckchen hoch und legte es in ihre Handfläche. Das war ihre kleine Portion Akaris, die ihr einen traumlosen Schlaf bescheren sollte. Nicht von dem, was sie gerade hergestellt hatte – das war noch viel zu heiß und musste erst gerührt und gesiebt werden –, sondern aus einem älteren Vorrat. Sie knetete es zwischen ihren Fingern und fühlte die körnige Struktur des Pulvers durch ihre Handschuhe. Unter den Blicken von Wasten zog sie trotz der störenden Handschuhe die Kordel auf und schüttete sich den Inhalt in den Mund. Sie spürte das vertraute würgereizauslö-

sende Kitzeln, als die Droge ihren Mund ausfüllte, und dann, sobald sie mit ihrem Speichel in Berührung kam, wie sie glitschig wurde, fast ölig. Akaris schmeckte nach nichts, und sie schluckte alles mit verzogenem Gesicht herunter, bevor sie den Beutel an Wasten zurückreichte. Viele der Frauen zogen es vor, kein Akaris zu konsumieren. Sie nahm an, dass ihre Träume für sie eine Flucht aus der Winnowry bedeuteten und ihnen süße Erinnerungen an ihr altes Leben bescherten. Das galt jedoch nicht für Noon.

»Du weißt, warum du hier bist, Finster-Noon, oder etwa nicht?«

Noon sah zu ihm auf. Seine Augen waren braun und feucht. Er konnte seine Abscheu vor ihr nicht verbergen.

»Weil ich draußen eine Gefahr darstellen würde.«

Er nickte. »Das Böse zeigt sich durch dich, Mädchen. Alle von deiner Sorte sind verdorben, aber hier hast du wenigstens eine Aufgabe. Du solltest dankbar sein. Wie viele hättest du noch töten können, wenn du frei wärst?«

Noon starrte ihn nur an, bis er sich schließlich wieder der Tür zuwandte, um sie langsam in ihre Zelle zurückzubringen.

Kapitel 4

Um die Jure'lia und ihre Königin richtig verstehen zu können, müssen wir etwas über die Gegenseite wissen. In jüngster Zeit werden die Eboraner fast ebenso sehr gehasst und verachtet wie die Invasoren selbst; höchstens die Tatsache, dass sie seit Jahrtausenden unzählige Angriffe des Wurmvolkes abwehren konnten, rettet sie.

Was sollten wir über die Eboraner wissen? Über Generationen hinweg wurden sie von ihrem Gott Ygseril, der Außenstehenden eher prosaisch als »der Baumgott« bekannt ist, in ihrer Herrlichkeit erhalten. Das Elixier ihres großen Baumes, das sie tranken, machte sie fast unsterblich – ewig jung, unmenschlich stark, unempfindlich gegen die meisten Verletzungen und Krankheiten und für menschliche Augen vielleicht sogar schön. Und dann, am Ende des Achten Regens, des letzten großen Krieges mit den Invasoren, starb Ygseril plötzlich. Es gab kein Elixier mehr. Die Eboraner begannen zu altern, wurden schwach. Sie wurden krank, genau wie die Menschen, und erlagen Verletzungen und Infektionen. Doch im Gegensatz zu den Menschen bekamen die Eboraner nicht so einfach Kinder, und ohne das Elixier wurden Neugeborene immer seltener. Es war eine Katastrophe. Ihre großen Städte jenseits der Mauer begannen zu verfallen, das Volk der Eboraner war verzweifelt.

Mit der Zeit entdeckte man, dass menschliches Blut als Ersatz für das Elixier verwendet werden konnte (siehe Journal 73 über Lady Carmillion für die unter Umständen zweifelhaften Details dieses Vorfalls). Das Blut war natürlich nicht annähernd so mächtig wie das Götterelixier, aber es verlangsamte den Alterungsprozess, gab ihnen ihre Kraft und Vitalität zurück und wirkte in kleinen Dosen fast wie ein Aufputschmittel. Über einen

gewissen Zeitraum und in ausreichender Menge konnte es, bis zu einem gewissen Grad, sogar schwere Verletzungen heilen.
Es überrascht also nicht, dass sich die Beziehungen zwischen den Eboranern und ihren menschlichen Nachbarn rasch verschlechterten.
So begannen die Jahre der Aaskriege. Die Eboraner fielen sporadisch in die umliegenden Gebiete ein – wobei die nomadischen Flachlandvölker die Hauptlast der Angriffe trugen – und raubten menschliche Gefangene, um sie als Spender zu verwenden. Schließlich töteten und »ernteten« sie ihre menschlichen Opfer einfach auf dem Schlachtfeld. Aus Verzweiflung? Aus Furcht? Vielleicht. Ohne ihre von Ygseril geborenen Kriegsbestien waren die Eboraner nicht mehr so furchterregend wie früher, aber sie waren immer noch stärker als der durchschnittliche menschliche Krieger und konnten sich schneller heilen. Es war ein Gemetzel, und wer weiß, wo es geendet hätte? Nur, dass sich menschliches Blut nicht als ihre Rettung, sondern als ihr Fluch herausstellte.
Der erste aufgezeichnete Fall der Blutpest war Lady Quinosta. Sie war berüchtigt für ihren übermäßigen Konsum menschlichen Blutes – bei jeder Mahlzeit kippte sie Flasche um Flasche, sie badete sogar darin. Doch eines Tages wachte sie mit schrecklichen Schmerzen auf, ihr Körper war steif und unbeweglich geworden. Ihre weiße Haut verhärtete sich und wurde rissig, sodass darunter leuchtend rotes Fleisch zum Vorschein kam. Sie bekam einen schrecklichen Husten, und ihre seidenen Taschentücher waren schon bald mit dem getränkt, was als eboranisches Blut durchgeht. Sie legte sich ins Bett und verlebte dort einen sechs Monate andauernden, qualvollen Todeskampf. Menschliches Blut konnte das Fortschreiten der Krankheit nicht aufhalten – es verschlimmerte ihren Zustand sogar.
Und sie war nur die Erste.

Die Eboraner wurden dezimiert. Und die wenigen, die die Krankheit überlebt haben, halten sich nun im Land jenseits des Tarahüttengebirges auf. Viele, so heißt es, trinken noch immer in regelmäßigen, kleinen Dosen Menschenblut. Genug, um Alter und Schwäche in Schach zu halten, aber nicht genug, um die Blutpest heraufzubeschwören. Das hoffen sie zumindest.
Auszug aus den Tagebüchern von Lady Vincenza »Vintage« de Grazon

Am Boden der Flasche befand sich noch etwas mehr als ein Zentimeter Wein. Tormalin befreite seinen Arm aus den Laken, griff hinüber und schnappte sie sich. Es gab keine Gläser in Reichweite des Bettes, aber er war auch kein Wilder, also goss er den restlichen Wein stattdessen in eine von Sareenas leeren Räucherschalen. Er nahm einen Schluck. Dann entdeckte er das Tablett mit Käse und Früchten, das sie auf dem kleinen Tisch auf der anderen Seite abgestellt hatte. Schnell rollte er sich in diese Richtung, wobei er nur knapp verhindern konnte, dass die Weinschale auf den Laken auskippte und aus dem Bett fiel.
»Was machst du da?«
Sareena war zurückgekehrt und hielt eine Flasche mit süßlich duftendem Öl in den Händen. Sie trug die violette Seide, die er ihr bei einem früheren Besuch gekauft hatte – sie schmiegte sich genauso an und wirbelte um ihren Körper, wie er es sich beim Kauf vorgestellt hatte. Er lächelte.
»Ich bin hungrig, meine Süße.«
Sie hob eine Augenbraue und setzte sich dort aufs Bett, wo sein Körper eine warme Stelle hinterlassen hatte. Tor trank den letzten Schluck Wein aus und stellte die Schale auf den Tisch, bevor er mit den Fingern ein Käsestückchen auf dem Teller hin und her jagte. Immer wieder entwischte es ihm.

»Es überrascht mich nicht, dass du hungrig bist«, sagte Sareena. Sie legte die immer noch verschlossene Flasche aufs Bett und wischte ihm einige Haarsträhnen aus dem Gesicht. »Aber muss es denn immer Käse sein?« Sie rümpfte die Nase, was Tor reizvoll fand. »Und immer nur der ganz würzige.«
Tor streckte die Beine aus und legte einen Arm unter den Kopf, während er über den Käse nachdachte. »Liebe Sareena, es gibt nur wenige Dinge, die so gut sind wie ein schönes Stück Käse und ein anständiges Glas Wein.«
»Nur trinkst du ihn nicht einmal aus einem Glas.« Sie richtete sich auf und bereitete sich darauf vor, ihn zu necken. »Ich bin mir absolut sicher, dass das Haus der Langen Nacht nicht nach exotischen Käsesorten riecht oder lächerliche Trinkgefäße aufbewahrt.«
Tor setzte sich auf und legte den Käse beiseite. Er spürte, wie der Wein sein Blut erwärmte, und alles im Raum war angenehm verschwommen. Dennoch versuchte er, sich zu konzentrieren. »Du hast natürlich recht.« Er nahm ihre Hände und strich mit den Daumenkuppen über die empfindliche Haut ihrer Handgelenke. Der frühe Pfad: Die erste Berührung des Frühlings. »Es ist ein sehr ernster Ort, und wir haben einen Vertrag, du und ich. Verzeih mir, Sareena, dass ich dich vernachlässigt habe.«
Ihre Wangen erröteten leicht, und sie versteckte sogar ihr Lächeln vor ihm. Es gefiel ihm, dass sie immer noch schüchtern war und selbst nach all diesen Monaten bei seinen Worten auf diese Weise reagierte.
»Wenn du wüsstest, wie eifersüchtig meine Schwestern sind«, sagte sie. »Dann wäre dir klar, dass es keiner Vergebung bedarf.« Ihr Lächeln war jetzt verrucht. »Unsere Vereinbarung ist für mich sehr zufriedenstellend, Tormalin der Schwurlose.«

Er ließ seinen Blick auf ihr ruhen und fuhr mit seinen Fingern sanft die Innenseiten ihrer Unterarme hinab. Ihr Zittern spürte er mehr, als dass er es sah. Der frühe Pfad: Das sich öffnende Blatt.

»Willst du das Öl?«, fragte sie. Ihre Augen – ein tiefes Dunkelbraun, genau wie ihr Haar – waren so groß. Als er lächelte, biss sie sich auf die Lippe.

»Gleich.«

Tor kniete sich hin, schob eine Hand um ihre Hüfte und ließ sie auf ihrem Rücken ruhen. Ganz sanft zog er sie an sich und berührte mit seinen Lippen die weiche Stelle, wo ihr Hals in die Schultern überging. Eine Reihe von Küssen, federleicht. Der frühe Pfad: Das erste Erwachen des Frühlings.

»Mmm.« Sareena wiegte sich in seiner Umarmung, und er konnte das Lächeln in ihrer Stimme hören. »Bringen sie dir all das wirklich im Haus der Langen Nacht bei?«

»Ich habe das …«, er lenkte seine Aufmerksamkeit auf die andere Seite ihres Halses, »… jahrelang studiert.«

Dann folgte er den feinen Linien hinauf zu ihrem Gesicht und küsste ihren Mund – zuerst bestimmt, dann leidenschaftlich. Die Morgensonne: Das Gebet der Morgendämmerung. Sie erwiderte den Kuss begierig, strich mit ihren Händen über seine Arme und dann über seine nackte Brust. Schnell zog er sie hoch und legte sie vor sich hin. Sie lachte verschämt und war wie immer davon überrascht, wie stark er war. Vorsichtig zog er an einer der Seidenschnüre, die ihr Kleid zusammenhielten, und der obere Teil begann sich zu lösen. Sie zappelte ein wenig und Tor lächelte – er hatte gewusst, wie sich die Seide auf ihrer Haut anfühlen würde, und sie extra für diesen Effekt anfertigen lassen.

Er beugte sich über sie, küsste die nackte Haut ihres Brustbeins und berührte sie mit seiner Zungenspitze. Die Morgensonne: Die Verbeugung des Herzens. Sie seufzte, und als sie wieder sprach, klang ihre Stimme heiser.

»Das fühlt sich sehr gut an, Tor. Ich kann dir gar nicht sagen, wie sehr …«

Er folgte den Linien ihres Körpers nach unten, strich die Bänder aus violetter Seide beiseite und kostete dabei von ihrer Haut. Sie roch nach Aprikosen und Rauch, und auf seiner Zunge lag ein schwacher Hauch von Öl, der von ihrem gemeinsamen Nachmittag zeugte. Ihre Hände fanden sein Haar und zogen und zerrten daran, ließen es durch ihre Finger gleiten. Sie gab nun leise Geräusche von sich und schnappte nach Luft. Er sollte es langsamer angehen. Die Mittagssonne: Eine Seidenblume. Er zog sich leicht zurück, ließ seine nackten Schenkel an der Innenseite ihrer eigenen entlanggleiten – Die hohe Sonne: Auf der Jagd nach Blättern – und war zufrieden, als sie zwischen den Laken erschauderte. Die violette Seide war vollständig heruntergefallen und ihr Anblick wunderschön. Er beugte seinen Kopf zu ihren Brüsten und fing dabei ihren Blick auf. »Du bist wie ein Festmahl«, sagte er ihr, »und ich, meine Süße, habe einen Bärenhunger …«

Irgendetwas Massives krachte gegen die Kammertür und beide sprangen auf. Tor hob den Kopf, sein Haar hing ihm ins Gesicht.

»Oh nein.«

Ein weiteres Krachen. Es klang verdächtig nach einem festen Stiefel, der gegen die Tür trat.

»Oh nein.«

»Tor!« Die Stimme war auffallend laut. Tor zuckte zusammen. »Ich weiß, dass du da drin bist. Ich habe dir gesagt, dass du mich bei Sonnenuntergang treffen sollst, und nun steht bereits der Mond hoch am Himmel!«

Tormalin setzte sich auf. »Ich bin gleich bei dir, Vintage! Das hat doch keine Eile. Ehrlich, wir beschäftigen uns seit Jahren mit diesen Dingern, und es ist nicht so, als würden sie irgendwo hingehen …«

Es gab einen weiteren dumpfen Schlag.

»Sareena, meine Liebe«, hörte er seine Stimme sagen, »schlüpf doch bitte wieder unter die Decke, ja? Sei ein gutes Mädchen.«

Sareena hob eine Augenbraue – das amüsierte Zucken ihrer Lippen war ihm nicht entgangen – und schlüpfte dann auf die andere Seite des Bettes, wo sie sich rasch in die Bettdecke hüllte. Plötzlich flog die Tür auf, und eine Frau mittleren Alters mit dunkelbrauner Haut und dicht gelocktem schwarzem Haar stürmte in den Raum.

»Vintage!« Tor setzte eine empörte Miene auf und zog die Decke um seine Taille. »Das ist wirklich inakzeptabel. Inakzeptabel. Wie kannst du es wagen, mich zu unterbrechen …«

»Liebling, wenn ich darauf warten würde, dass du das Bett dieser guten Frau freiwillig verlässt, würde ich bis zum Zehnten Regen warten. Und hör auf, dich wie eine Jungfrau zu benehmen. Da gibt es nichts, was ich nicht schon gesehen hätte.« Sie lächelte Sareena freundlich zu, die ihr fröhlich zuwinkte.

Tor stotterte und tat sein Bestes, um beleidigt auszusehen, aber es war schwierig, die moralische Oberhand zu behalten, wenn man nackt vor einer Frau stand, von der man zufällig wusste, dass sie eine Armbrust am Gürtel trug. »Wirklich, Vintage, wir haben unser Geschäft noch nicht abgeschlossen, und es ist eine Beleidigung für die Lehren des Hauses der Langen Nacht.«

»Bist du betrunken?« Vintage stürmte ins Zimmer, schnappte

sich die leere Weinflasche und schaute auf das Etikett. »Und dann auch noch von diesem Gesöff?«
»Ja, ich bin ziemlich betrunken, und das ist auch der Grund, warum ich dich nicht auf deiner neuesten lächerlichen Suche begleiten kann. Es wäre für uns beide gefährlich. Und zweifellos auch für unschuldige Zuschauer.«
»Unsinn.« Vintage stellte die Flasche ab und warf ihm einen verächtlichen Blick zu. »Zieh dir die Hose wieder an, mein Lieber, oder ich werde deinen Lohn ausgeben, um diesem Mädchen einen anständigen Wein zu kaufen.«
Tor sank in sich zusammen. Er spürte die Niederlage. Zwar brauchte er, was Sareena ihm geben konnte, aber eines brauchte er noch mehr: Geld.
»Du verlässt Mushenska?«, fragte Sareena. »Du gehst über die Mauer hinaus? Ist das sicher, Vin?«
Tor zwinkerte ihr zu. »Mach dir keine Sorgen, meine Süße. Was dort draußen ist, kann einen eboranischen Krieger und sein sagenumwobenes Schwert nicht schrecken.«
»Ich bin sicher, das Mädchen hat für einen Abend genug von deinem sagenumwobenen Schwert gehört.« Vintage wandte sich wieder der Tür zu. »Du hast Zeit, bis ich die Pferde hole. Schönen Abend noch, Sareena, meine Liebe, und schick mir die Rechnung für den Wein.«

Vintage wühlte in ihrem Rucksack, während sie auf Tor wartete. Das Gasthaus »Zum Eismond«, in dem Sareena untergekommen war, lag am äußersten Rand von Mushenska. Von dort aus konnte sie die Laternen der Stadtmauer und das große Leuchtfeuer sehen, welches das Nordtor markierte. Wenn der Kerl sich beeilte, konnten sie den Ort vor Sonnenaufgang erreichen.
Notizbücher, Tinte, Ersatzpfeile. Haferkuchen, Schinken,

Wasser, Käse. Ein dickes Paar Lederhandschuhe, eine kleine Auswahl winziger Glasgefäße, bereit für jede Art von Probe, die sie vielleicht nehmen würde. Messer, verschiedene kleinere Klingen für feine Arbeiten. Zeichenkohle, Fett, Öl, ein Bündel kleiner Stöcke und einige andere Kleinigkeiten, von denen sie hoffte, dass sie sie nicht brauchen würde. Mit einem Seufzer zog sie die Klappe ihres Rucksacks zu und sicherte ihn. Sie war so gut vorbereitet, wie sie es nur sein konnte. Vielleicht würde sich dieses Mal die ganze Vorbereitung lohnen.

Ein höfliches Räuspern machte sie auf seine Anwesenheit aufmerksam. Tor konnte sehr leise sein, wenn er wollte.

»Du hast mich aus einem warmen Bett gezerrt. Ich nehme an, du hast spektakuläre Gründe.«

Vintage tadelte ihn. »Mein Lieber, wann habe ich denn jemals keine spektakulären Gründe?« Sie führte ihn um die Ecke des Gebäudes in die Ställe, wo zwei junge Pferde auf sie warteten. Dort befand sich auch ein Rucksack für Tor, der bereits an seinem Sattel hing.

»Noch mehr Giganten-Fragmente, nehme ich an? Nun ja, ich hatte eine ganze Flasche Wein, also musst du mich vielleicht noch mal an die Einzelheiten erinnern«, sagte er.

Vintage blickte an seiner hochgewachsenen Gestalt empor. Er sah nicht wie ein Mann aus, der gerade erst eine Flasche Wein getrunken hatte und aus dem Bett gestiegen war. Im sanften Licht der Lampen wirkte sein hübsches Gesicht wie aus feinem Marmor gemeißelt, sein langes schwarzes Haar hatte er zu einem Zopf am Hinterkopf gebunden. Seine klaren Augen, deren Iriden in diesem Licht eine tiefrote Farbe annahmen, sahen sie leuchtend und aufmerksam an. Allerdings war er auf seine ihm eigene, ärgerliche Art gekleidet – was bedeutete, dass er eine wahllose Sammlung an

Seidenstoffen, Pelzen und abgenutztem Leder zusammengewürfelt hatte und es doch irgendwie schaffte, darin äußerst elegant auszusehen. In den Jahren, in denen sie gemeinsam durch Sarn gereist waren, hatte Vintage ihn stets gelassen erlebt, selbst dann, wenn er von jemandem aus dem Bett geworfen worden war. Das einzige Anzeichen dafür, dass er sich hatte beeilen müssen, war der fehlende Schmuck – er trug nur einen einzigen silbernen Ohrring in Form eines Blattes und einen silbernen Ring mit einem klobigen roten Stein an seiner linken Hand; bei Tageslicht betrachtet hatten seine Augen genau die gleiche Farbe wie der Stein. Seinen Schwertgürtel hatte er bereits angelegt, und sein Schwert, der Neunte Regen, ruhte bequem auf seinem Rücken.

Sie grinste zu ihm hoch. »Mehr Giganten-Fragmente oder zumindest die Möglichkeit, welche zu finden. Lass uns aufbrechen. Wir sprechen beim Reiten weiter.«

Gemeinsam bestiegen sie ihre Pferde und bahnten sich den Weg durch die breiten, gepflasterten Straßen von Mushenska, einer großen und überfüllten Stadt, in der an jeder Ecke und in jedem Fenster Lichter brannten. Die Menschen fühlten sich sicherer, wenn die Schatten in Schach gehalten wurden. Schließlich tauchte die große Stadtmauer vor ihnen auf. Vintage bemerkte die Leuchtfeuer entlang der Mauer, die Männer und Frauen, die mit mächtigen Langbögen bewaffnet waren, und die massiven schwarzen Formen der Kesselwagen. Sie enthielten Öl, das im Handumdrehen angezündet und umgekippt werden konnte. Während ihres Aufenthalts in Mushenska war sie nie Zeugin eines Zwischenfalls geworden – sehr zu ihrem Verdruss –, aber einmal war sie von einer Reise zurückgekehrt und hatte den qualmenden Körper eines großen wilden Bären gesehen. Und die Kratzspuren, die er an den Wänden hinterlassen hatte. Er war vier Meter groß gewesen, seine Muskeln so gewaltig, dass er fast unförmig wirkte. Was er sich dabei gedacht haben mochte, die Mauer anzugreifen, wusste Vintage nicht – die gefährliche Tierwelt von Sarn verhielt sich nicht immer vernünftig.

An den stark gepanzerten Toren trafen sie auf drei Wächter. Diese zeigten sich sehr besorgt darüber, dass sie in der Nacht hinausreiten wollten – zumindest bis Vintage ihnen jeweils einen kleinen Beutel mit Münzen reichte. Nur die älteste, eine stämmige Frau mit einer Narbe auf der Knubbelnase, sah Vintage dennoch mitleidig an.

»Wenn es nicht bis zum Morgen warten kann, dann sind Sie hier richtig.« Sie warf einen Blick auf Tor, sah jedoch schnell wieder weg. »Aber bleiben Sie auf der Straße. Weiter draußen gibt es Stellen, die zugewuchert sind, aber immer noch besser, als in der Wildnis zu sein.«

Vintage nickte ernst. Die aufrichtige Sorge der Frau berührte sie. Dann wurden die Tore für sie geöffnet und sie ritten mit ihren Pferden in die milde Nacht hinaus. Vor ihnen erstreckte sich die nördliche Straße, die aus Mushenska herausführte. Sie war unscheinbar und bestand aus brauner, verwitterter Erde. Buschiges Grasland säumte ihren Rand, und in der Ferne war der Wald zu sehen – oder, wie die Wächterin es genannt hatte – die Wildnis. Vintage wusste, dass die Wildnis näher rückte, je weiter sie sich von der Stadt entfernten. Die Stadtmenschen bemühten sich, sie zurückzuhalten, aber ihre Bemühungen fruchteten nur bis zu einem gewissen Punkt; die Wildnis wuchs unaufhaltsam weiter. Vintage räusperte sich, als sich die Tore rumpelnd hinter ihnen schlossen. Die Straße war menschenleer, niemand in Sicht, und es war unheimlich still.

»Was ist denn los, Vintage? Wozu die Eile? Das hätte doch sicher bis zum Morgen warten können.«
Vintage berührte ihr Pferd mit den Absätzen ihrer Stiefel, und sie ritten elegant die Straße hinunter. »Es gibt eine Siedlung, nicht weit von hier entfernt. Nun, ich nenne es Siedlung. Es ist aber eher ein Ort, an dem ein paar Leute aufeinandergetroffen sind und beschlossen haben, dass sie vom Reisen genug haben. Eine Frau von dort kam heute früh an und bat um Hilfe. Sie haben Besuch bekommen. Die Hälfte ihres Viehs ist tot, und sie haben auch Menschen verloren.«
Tormalin schnaubte. »Was erwarten sie denn, wenn sie in der Wildnis leben?«
»Sie erwarten, ihr Leben leben zu können, wie es alle anderen Menschen auch tun.« Vintage rutschte in ihrem Sattel herum. »Außerdem ist es nicht die lebendige Tierwelt, die ihnen zu schaffen macht. Es ist ein Parasitengeist.«
Tor schwieg einen Moment lang. In der Ferne war der schrille und einsame Ruf eines Nachtvogels zu hören.
»Sie wurden noch nie zuvor von einem belästigt?«
»Nein. Das bringt mich zu der Annahme, dass es in der Nähe Überreste von Giganten geben könnte. Unentdeckte vielleicht sogar.« Sie sah zu Tor hinüber und lächelte. »Kannst du dir das vorstellen, mein Lieber?«
Tor wirkte nicht annähernd so begeistert. »Aber warum gerade jetzt?«
»Vielleicht wurden sie durch eine Erdverschiebung freigelegt. Ein umgeknickter Baum hat sie zutage gefördert oder vielleicht war es auch nur der Regen. Oder vielleicht hat etwas Großes sie ausgegraben.« Sie zuckte mit den Schultern. »Wie auch immer, es lohnt sich, einen Blick darauf zu werfen. Und je eher wir dort sind, desto größer ist die Chance, dass wir etwas zu sehen bekommen. Außerdem

haben wir beschlossen, diese Dinge besser im Dunkeln anzugehen, wenn wir können. Oder etwa nicht?«
Tor seufzte. »Du hast natürlich recht.«
Vintage nickte. Vor einem Jahr hatten sie einen unheimlichen Landstrich erforscht, der von den Einheimischen als die Dürre bezeichnet wurde. Es handelte sich um eine Schlucht mit häufigem Steinschlag und dem für die Wildnis typischen Pflanzenwuchs. Am anderen Ende, so hieß es, würden Parasitengeister spuken. Ein einheimischer Mann hatte darauf bestanden, sie zu begleiten. Er hieß Berron und war freundlich gewesen – genau wie die Wächterin am Tor – und er hatte sich aufrichtig um sie gesorgt. Er hatte helfen wollen. Sie hatten Stunden damit verbracht, durch die schattige Andersartigkeit der Schlucht zu klettern, bis sie an eine unerwartete freie Stelle gelangt waren. Die Schlucht war dort niedriger und ließ die Sonne herein. Die drei hatten einen Moment lang blinzelnd dagestanden, geblendet von dem unerwarteten Licht. In diesem Moment hatte der Parasitengeist Berron gepackt. Ein Wesen, das hauptsächlich aus Licht besteht, ist bei Tageslicht schwer zu sehen. So einfach war das.
Eine angenehme Stille legte sich über sie und sie ritten eine Zeit lang nur vom Geräusch der Pferdehufe begleitet den steinigen Weg entlang. Die Nacht war still und der Mond so dick wie eine volle Zecke. Sein Licht bestäubte die Wipfel der Bäume mit einem silbernen Schein. Bald würde die Wildnis immer näher kommen, sich durch das Gestrüpp fressen und auf die Straße zukriechen.
»Es verfolgt uns«, meinte Tor plötzlich. Vintage spürte beim Klang seiner Stimme einen Schauer der Erleichterung. »Meinst du nicht auch?«
»Unsinn, mein Lieber.« Sie zwang sich zu einem Lächeln. »Die

Wildnis ist kein Lebewesen. Wälder sind Wälder, hat mein Vater immer gesagt.«

»Hast du nachts viel Zeit im Weinberg verbracht?«

»Nein, eigentlich nicht. Die Arbeit, die wir verrichten mussten, erforderte Tageslicht, aber ich bin ein paar Mal nach Einbruch der Dunkelheit dort spazieren gegangen. Die Nacht macht etwas mit einem Ort wie diesem. Ich bin zwischen diesen Bäumen aufgewachsen, habe dort laufen gelernt und mir die Schienbeine aufgeschürft, aber nachts war es, als gehöre er nicht mehr zu mir.«

Sie spürte jetzt Tors Blick auf sich. »Hat es dich verängstigt?«

»Es hat mich erregt. Dass auch das Vertraute Geheimnisse bergen kann. Hier, schau, der Weg da vorne. Den müssen wir nehmen, und dann sind wir in ein paar Stunden da.«

Der Weg zweigte von der Hauptstraße ab und führte direkt zwischen die dunklen Bäume. Als sie abbogen, konnte man erkennen, wie die Bäume auf dieser neuen, kleineren Straße zurückgeschnitten worden waren; Baumstämme, deren stumpfe Enden wie blasse Imitationen des Mondes aussahen, flankierten sie auf beiden Seiten.

»Sei auf der Hut, mein Lieber«, sagte Vintage. Hier drängte die Wildnis von beiden Seiten auf sie ein, ein Vorhang der Dunkelheit versuchte, sich über ihnen zu schließen. Ihr Pferd erbebte. Es war ein reflexartiges Zittern der Muskeln, und sie legte ihre Hand auf seinen Hals, um es zu beruhigen.

»Daran musst du mich nicht erinnern.« Tor löste sein Schwert aus der Scheide.

Doch letztendlich gab es nur einmal eine brenzlige Situation. Vintage war in den Sattel gerutscht und ließ sich von den rhythmischen Bewegungen des Pferdes einlullen, als das Tier plötzlich auf die andere Seite des Weges sprang. Sie blickte auf und sah, wie Tor sich halb aus dem Sattel erhob. Auf der gegenüberliegenden Seite, direkt am Rande der Bäume, standen vier große, bullige Wölfe. In den Schatten waren sie kaum mehr als tödliche Umrisse, ihre Augen glühten wie gelbe Spiegelfragmente. Hinter ihnen, in den Bäumen selbst, spürte Vintage die Bewegungen von weiteren. Jeder Einzelne, den sie sehen konnten, war doppelt so groß wie ein normales Tier. Vintage hatte schon Wölfe gesehen – dunkle Gestalten, die nachts durch das Flachland streiften. Es waren scheue, wachsame Tiere – aber diese Kreaturen, die sie jetzt beobachteten, waren im Schatten der Wildnis aufgewachsen. Irgendwo hier, vielleicht vor Tausenden von Jahren, hatten sich die Überreste eines Giganten aufgelöst und seine unterschwelligen Gifte waren in den Boden gesickert, bis sie alles befleckten.

Tor zog sein Schwert. Es war eine stumme Bewegung gegen das weiche Leder seiner Scheide. Der Neunte Regen wirkte im Mondlicht fast flüssig. Doch Vintage schüttelte den Kopf.

»Warte. Warte.«

Vintage griff nach ihrem Rucksack und ließ, ohne den Blick von den Wölfen abzuwenden, ihre Hand in die Außentasche gleiten. Sie förderte eine Handvoll winziger weißer Objekte hervor, die an Birnen erinnerten und an der Spitze verdreht waren. Sie reichte sie an Tor weiter.

»Wirf sie. Ich weiß, dass du weiter werfen kannst als ich.«

Tor zog eine Augenbraue hoch, dann drehte er sich um und warf eine Handvoll in Richtung der Wölfe. Die kleinen Gebilde landeten mit einer Reihe überraschend lauter Knallgeräusche auf dem Feldweg, und die Tiere zuckten vor dem Lärm zurück. Vintage sah mit klopfendem Herzen zu, wie die größte Kreatur einen Schritt vortrat, sich schüttelte und sich dann zwischen die dichten Bäume zurückzog. Kurz darauf folgten ihr die anderen.

»Wir haben Glück, dass es ein schöner Sommer war«, sagte Vintage leise. »Wölfe, selbst die aus der Wildnis, nähern sich den Menschen nur sehr ungern – es sei denn, sie sind äußerst hungrig.«

Tor grunzte. »Das kannst du unmöglich mit Sicherheit wissen.«

»Natürlich nicht. Aber auch Vertrautes kann uns überraschen. Bist du etwa enttäuscht, mein Lieber? Wolltest du dich in der Dunkelheit einem Rudel Wölfe stellen?«

»Ich habe schon einen sehr anstrengenden Tag hinter mir, Vintage.«

Als sie sich ein Stück von der finsteren Stelle entfernt hatten, an der die Wölfe verschwunden waren, räusperte sich Tor. »An diesen Orten bekomme ich eine Gänsehaut.«

»So viel von Sarn ist heute schon so, dass wir es fast für normal halten.« Vintage seufzte und versuchte, ihre eigene körperliche Anspannung zu ignorieren. Es konnten sich Hunderte von Kreaturen wie die wurmversuchten Wölfe in der Nähe befinden, versteckt hinter den Bäumen, und sie beobachten. »Wir wechseln von einer sogenannten Siedlung zur nächsten, ohne uns zu fragen, ob wir überhaupt auf diese Weise leben sollten. Gibt es denn in Ebora keine solchen Orte?«

Wie immer, wenn Ebora erwähnt wurde, sah Tor etwas betrübt aus.

»Nein, die gibt es dort nicht.«

Vintage schürzte die Lippen. »Es gibt auch sichere Orte in Sarn. Solche, die nicht vergiftet wurden. Aber einst, bevor die Jure'lia ihre unerbittliche Invasion begannen … Wenn wir nur wüssten, was genau das Gift ist, wenn wir es isolieren und entfernen könnten …«

»Einst war Sarn sicher, und die Wurzeln spendeten uns allen

ihren Segen.« Tor seufzte. »Ich weiß nicht einmal mehr, ob sich mein Volk selbst noch an diese Zeit erinnern kann.«
Sie erreichten die Siedlung, als der östliche Himmel das erwartungsvolle Blau der Stunden vor der Morgendämmerung annahm. Das Dorf war von einer Mauer aus dicken Baumstämmen umgeben, und ein paar Fackeln brannten hell am offenen Tor. Vintage konnte dort drei Gestalten ausmachen, die in die Dunkelheit hinausstarrten.
»Siehst du sie?«
»Ich habe sie bereits vor einer halben Stunde gesehen, Vintage.«
»Benimm dich bitte. Sie werden wahrscheinlich sehr nervös sein.«
Einer der Männer winkte sie herüber, und Vintage ging voraus auf die Fackeln zu. Es waren zwei Männer und eine Frau. Jeder von ihnen trug ein Kurzschwert an der Hüfte, und einer der Männer hatte eine lange Mistgabel dabei. Hinter ihnen konnte Vintage eine baufällige Reihe aus Hütten und Verschlägen sehen, die allesamt ungewöhnlich gut mit Lampen und offenem Feuer beleuchtet waren.
»Wer seid ihr? Was wollt ihr hier?«
Vintage lächelte dem Mann zu, der gesprochen hatte. Sein Bart war struppig, und sein unruhiger Blick zeugte davon, dass er in letzter Zeit nicht gut geschlafen hatte.
»Mein Begleiter und ich kommen wegen einer gewissen Kara Frostjahr. Sie kam nach Mushenska, um Hilfe zu suchen. Bei euren derzeitigen, äh, Schwierigkeiten, meine lieben Freunde.«
Der Mann wirkte verwirrt. Er sah zu seinen Begleitern. »Aber du bist … Verzeih mir, aber du bist nur eine Frau. Wir hatten gehofft, dass Kara ein Heer der Stadtwache zurückbringen würde.« Sein Gesicht verdunkelte sich vor Wut. »Ihr seid

sicher hinter euren Mauern, aber wir sind hier draußen in der Dunkelheit.«

Vintage verzog die Lippen. Die Stadtwache hatte ihre eigenen Probleme. Jene Männer und Frauen, die sich für ein Leben in der Wildnis entschieden, galten im Allgemeinen als verrückt oder töricht, und sie konnte sich gut vorstellen, wie Kara Frostjahr empfangen worden war.

»Ich bin Lady Vincenza de Grazon, und euer kleines Problem ist zufällig mein Spezialgebiet.«

Tor wählte diesen Moment, um sein Pferd in den Lichtkegel zu führen. Er zog sein Schwert und drehte es so, dass das Lampenlicht an der Klinge entlang blitzte.

»Und ich, Tormalin der Schwurlose, bin gekommen, um euer Ungeheuer zu töten!«

Die drei traten gemeinsam einen Schritt zurück. Der Mann mit der Mistgabel stand mit offenem Mund da.

»Ein Eboraner? Hier?« Er fuchtelte mit der Mistgabel herum. »Du bringst ein Monster mit, um ein Monster zu töten?«

Vintage hörte Tor laut seufzen. Sie deutete auf sein Schwert. »Ich verstehe deine Vorsicht, guter Mann, aber erkennst du es nicht? Das ist der Neunte Regen, ein Schwert, das für eine künftige Schlacht geschaffen wurde, ein Schwert, das im Winnowfeuer geschmiedet wurde!«

Als die drei nicht auf ihre Worte reagierten, räusperte sie sich. »Stahl, geschmiedet im Winnowfeuer, ist das Einzige, was einen Parasitengeist verletzen kann.«

Als sie immer noch nichts sagten, beugte sie sich in ihrem Sattel vor. »Das müsst ihr doch wissen, oder etwa nicht?«

Nun trat die Frau vor. Sie hatte ein kantiges, strenges Gesicht, ihr schwarzes Haar war zu einem Dutt gebunden. »Ich weiß, dass unsere Schwerter ihm nichts anhaben konnten, und wenn ihr glaubt zu wissen, wie man den Parasitengeist töten

kann, bin ich gerne bereit, euch anzuhören. Mein Name ist Willa Evenhaus, und dies sind meine Cousins Dennen und Fera. Dies ist ein armer Ort, wie ihr sicher sehen könnt, und ich weiß nicht, was wir euch für eure Mühe anbieten können.« Die Frau holte tief Luft, und plötzlich konnte Vintage erkennen, wie müde auch sie war. Dass hier jemand richtig geschlafen hatte, war offenbar schon sehr lange her. »Aber wir werden euch gerne anbieten, was wir können, wenn ihr dieses … dieses Ding verschwinden lasst.«
»Ich will, dass es stirbt«, sagte der Mann, den sie als Dennen bezeichnet und der als erster gesprochen hatte. »Es hat Morins Jungen und Mutter Sren getötet. Es muss sterben.«
Tor steckte sein Schwert zurück in die Scheide. »Dann lasst uns über die Bezahlung sprechen …«
»… auf die wir nämlich verzichten«, ergänzte Vintage schnell. »Wir brauchen nur etwas zu essen und trinken und einen Platz für unsere Pferde.«
Willa nickte. »Kommt mit mir. Dennen, Fera – haltet Wache.«
Vintage und Tor stiegen ab und folgten der Frau mit ihren Pferden ins Dorf. Alles war ruhig. Das Licht zahlreicher Lampen warf einen sanften Schein auf den verdichteten Boden. Sie kamen an einer Koppel mit struppigem Gras vorbei, und Vintage nahm den mineralischen Geruch von altem Blut wahr. Da war ein dunkler Fleck, der in den Farben der Nacht nur schwer auszumachen war. Sie war jedoch bereit zu wetten, dass diese Leute hier den größten Teil ihres Viehs verloren hatten. Wahrscheinlich waren sie nachts aufgewacht und hatten die Schreie der Tiere gehört, als ihre Felle dahinschmolzen. Dann waren auch die ersten Dorfbewohner umgekommen. Sie hatte so etwas schon einmal gesehen.
»Hier.« Willa deutete auf ein niedriges, robustes Gebäude, in

dem es stark nach Pferd roch. Eine junge Frau kam heraus, ihre Augen weiteten sich in der Dunkelheit. Als sie Tor erblickte, trat sie erschrocken einen Schritt zurück.

»Mama?«

»Bring die Pferde rein, Duana, und mach es ihnen für die Nacht bequem.«

Das Mädchen sah aus, als ob sie tausend Fragen hätte, tat jedoch, was man ihr aufgetragen hatte. Als sie außer Sichtweite war, schüttelte Willa den Kopf.

»Wir hatten schon von diesen Parasiten gehört. Natürlich hatten wir das. Wir leben hier zwar mitten im Nirgendwo, doch wir kennen ein paar Geschichten. Aber so etwas gab es niemals hier in der Gegend. Wir wissen, was wir riskieren, weil wir in der Wildnis leben, aber diese Dinger – die sollten nicht hier sein.«

Vintage griff in ihren Rucksack und holte ein schmales, silbernes Fläschchen heraus. Sie reichte es der Frau, die es mit einem kurzen Nicken entgegennahm.

»Ich stimme dir zu. Bitte erzähle uns jetzt alles, was du weißt, meine Liebe«, sagte sie. »Jedes noch so kleine Detail könnte uns helfen.«

Willa schraubte die Flasche auf und trank drei schnelle Schlucke des starken Branntweins. Sie begann zu sprechen, ohne einen der beiden anzusehen, und Vintage zog Stift und Notizbuch aus ihrer Tasche, um eilig Notizen zu machen.

»Es war vor vier Nächten, als es zum ersten Mal kam. Ich hatte geträumt. Ein böser Traum, in dem ich in der Dunkelheit gefangen war, und ich spürte, wie alles um mich herum im Sterben lag. Da war etwas Schreckliches am Himmel.« Sie blickte auf und starrte die beiden nun direkt an. »Ich weiß, es klingt dumm, aber solch einen Traum hatte ich zuvor noch nie. Es könnte wichtig sein.«

Vintage nickte. Sie mochte diese Frau. »Du hast ganz recht, meine Liebe. Bitte, fahr doch fort.«
»Ich bin aufgewacht, weil Karas Ziege weinte. Ich lag da und hörte ihr zu und verfluchte sie, denn es war noch stockdunkel, und ich hatte noch drei oder vier Stunden Zeit, bevor ich aufstehen musste. Aber sie blökte, immer und immer wieder. Dann kreischte sie. Da lag etwas in diesem Geräusch … Ich sprang gerade aus dem Bett, als Duana in mein Zimmer kam. Ich sagte ihr, sie solle bleiben, wo sie sei.« Willa nahm einen weiteren Schluck Brandy. »Draußen lag ein gelblich-bläulicher Lichtschleier auf Karas Hütte, wie ein sich bewegender Heiligenschein. Als ich ihn ansah, fühlte ich mich unwohl. Als ob ich vielleicht noch schlafen würde. Ich rannte trotzdem hin und kam gerade noch rechtzeitig, um zu sehen, –« Sie hielt inne und blickte auf den mit Stroh bedeckten Boden hinunter.
Vintage spürte, wie Tor neben ihr ungeduldig wurde, und sie machte ihm deutlich, dass er schweigen solle.
»Ich habe die Ziege gesehen. Sie war ein dummes Ding – aber welche Ziege ist das nicht? Doch dann sah ich ihre Augen. Und das Teil, das über ihr stand. Es fuhr mit seiner – *Hand* – über die Schenkel der Ziege und sie platzten einfach auf. Die Haut löste sich und das, was drinnen war, was drinnen hätte sein sollen …«
»Atme tief durch, Willa.« Vintage sah sie an und versuchte, ihrem Blick standzuhalten. Es war selten, einen so klaren Augenzeugen vernehmen zu können, aber sie brauchten keine Beschreibung dessen, was mit der Ziege geschehen war. Die Folgen davon hatten sie schon oft genug gesehen. »Was hast du über Karas Ziege genau gesehen?«
Willa presste ihre Lippen zu einem schmalen Strich zusammen. »Es war groß, ein bisschen größer als Karas Hütte, und

es sah aus, als sei es aus Wasser gemacht.« Sie schaute Tor an, als ob sie darauf wartete, dass er sich über sie lustig machen würde. »Ich weiß nicht, wie ich es anders ausdrücken soll. Ich konnte durch das Ding hindurchsehen, aber nicht vollständig. Es war, als würde man durch Milchglas schauen. Und es hatte ungefähr die Form einer Person, nur dass die Arme dafür zu lang waren. Und es waren zu viele von ihnen. In seinem Inneren pulsierten blaue und gelbe Lichter. An den Enden der Arme befanden sich viele Finger, aber keine Hände.« Willa erschauderte sichtlich. »Es waren seine Finger, mit denen es die Haut der Ziege abzog, und das Fleisch schien einfach zu verbrennen, so als könnte es die Berührung nicht ertragen –«

»Gibt es in dieser Gegend irgendwelche Überreste von Giganten, meine Liebe?« Als sie den ausdruckslosen Blick der Frau sah, sprach Vintage erneut. »Irgendetwas, das das Wurmvolk zurückgelassen hat? Vielleicht verschlungene Teile aus merkwürdigem Metall?«

»Nein, nicht dass ich wüsste.«

»Sein Gesicht«, meldete sich Tor zu Wort. »Hast du etwas davon gesehen?«

Willa schüttelte den Kopf. »Es war über das arme Tier gebeugt, ich konnte es nicht erkennen. Shen, Morins Junge, ist über den Zaun gesprungen, und er hatte das Schwert seines Vaters dabei, der junge Narr.« Willa hob eine Hand und legte sie sich auf die Stirn. Ihre Finger zitterten leicht. »Ich sagte ihm, er solle verschwinden. Ich habe ihm gesagt –«

Ein Schrei ertönte, und Willa brach ab. Alle drei drehten sich zu der Stelle um, von der er gekommen war. Knapp eine Sekunde später ertönte ein weiterer. Die Panik darin war so klar wie der Sonnenaufgang.

»Willa, meine Liebe, geh hinein«, sagte Vintage schnell. »Behalte deine Tochter bei dir. Wir kommen wieder.«

Tor hielt sein Schwert im Anschlag, als sie den Weg zurückgingen, den sie gekommen waren. Auf halber Strecke sahen sie sie – die Kreatur war zurückgekehrt; ein Leuchtfeuer des Absurden am Rande des Dorfes. Während sie es beobachteten, bewegte es sich durch die Mauer aus Baumstämmen, als wäre sie gar nicht da. Ihr durchsichtiger Körper glitt lautlos durch das Holz. Der Geist war gut viereinhalb Meter groß. Sanft glühende Wedel umkreisten ihn wie die Blüten einer tödlichen Blume. Die beiden Wachen befanden sich inzwischen unter ihm; der eine kroch davon, während der andere in einem Akt unglaublicher Torheit versuchte, mit seiner Mistgabel nach der Kreatur zu stechen.

»Ha! Na ja, es ist wirklich *ein bisschen* höher als die Hütte«, kommentierte Tor. »Meinst du, sie wollte uns auf den Arm nehmen?«

»Sieh zu, dass du zwischen den Geist und diese Idioten kommst«, drängte Vintage. Sie hatte ihre Armbrust hervorgeholt und spannte mit den Fingern einen neuen Pfeil ein. Dabei wandte sie ihren Blick nicht von dem Parasitengeist ab. »Wenn wir ihn aus dem Dorf vertreiben, können wir ihn uns vielleicht genauer ansehen.«

Aber es war zu spät. Als sie ankamen, beugte sich der Geist gerade über den bedauernswerten Fera, der immer noch mit seiner Mistgabel nach ihm stocherte. Lange, spitz zulaufende Finger schlossen sich um ihn. Einen kurzen Moment dachte Vintage, dass der Geist dabei wie ein Kind aussah, das einen spannenden Käfer auf dem Boden betrachtete. Dann brach Fera auch schon zusammen. Er schrie, als sein Körper aufgeschlitzt wurde, und Vintage sah, wie ein Schwall aus Blut und anderen Flüssigkeiten auf den Boden klatschte. Die langen, durchsichtigen Finger bewegten sich noch immer durch Fera hindurch, und Vintage drehte sich der Magen um, als sie beobachtete, wie die Haut des Mannes ähnlich einem Teppich abblätterte, der auf dem Boden zusammengerollt wurde.

»Verdammt noch mal.« Sie hob ihre Armbrust, obwohl sie bereits wusste, dass es sinnlos war. »Hey! Langer!«

Sie drückte den Abzug und einer ihrer speziell angefertigten Pfeile bohrte sich in das nahezu unsichtbare Fleisch des Parasitengeistes. Er sah auf und nahm sie offenbar jetzt erst wahr – wie sie es geplant hatte. Jeder von Vintages Pfeilen war mit einer Spitze aus Winnow-geschmiedetem Stahl bestückt. Jeder einzelne davon war unbezahlbar. Im verschwommenen Fleisch der Kreatur war der Pfeil zunehmend schwerer zu erkennen und schien sich dann aufzulösen. Aber an der Stelle, durch die er eingedrungen war, blieb ein kleines geschwärztes Loch.

»Nun, seine Aufmerksamkeit solltest du damit auf jeden Fall haben.« Tor trat neben sie, sein hübsches Gesicht war von Abscheu verzerrt. »Dafür meine unendliche Dankbarkeit, Lady de Grazon.«

»Halt die Klappe. Sieh zu, dass du das Ding zurück in den Wald scheuchen kannst.«

Er warf ihr einen Blick zu. »Hast du den Verstand verloren? Es hat gerade jemanden getötet. Und ich stehe hier knöcheltief in den Eingeweiden des armen Mistkerls.«

»Mach, was ich gesagt habe.«

Auf wundersame Weise gehorchte er. Mit einem kleinen Schritt nach vorne schwang Tor die lange, gerade Klinge seines Schwertes vor sich her und forderte den Parasitengeist direkt heraus. Er berührte ihn nicht, aber der Geist ging zwei

große Schritte rückwärts und hielt dabei seinen Blick auf die Klinge gerichtet.
Er wusste nun, wen er vor sich hatte.
Vintage starrte auf sein Gesicht, oder was man als solches bezeichnet hätte. In seinem länglichen Kopf schwammen vier kreisförmige weiße Lichter umher wie unheimliche Augen. Weiter unten hing eine breite, mit sanft leuchtenden Wedeln gesäumte Klappe herunter.
»Sie sind alle verschieden«, murmelte Vintage. In Gedanken skizzierte sie das Biest bereits in ihr Notizbuch, wobei sie peinlich genau darauf achtete, sich die Wedel, die seltsam gespaltenen Füße und die spinnenartigen Hände exakt einzuprägen …
»Hast du noch andere Ideen, Vintage?«, rief Tor über seine Schulter. »Zum Beispiel darüber, was wir tun, wenn wir diesen Bastard hinter die Mauer getrieben haben?«
»Mach einfach weiter!« Wie von allein lud sie ihre Armbrust nach. Der Geist taumelte nun langsam rückwärts, sein länglicher Kopf schwang behäbig von einer Seite zur anderen und erhellte die Nacht. Sie hörte Schreie hinter sich und nahm an, dass die Dorfbewohner aus ihren Häusern gekommen waren und die auf dem Boden dampfenden Überreste ihres von innen nach außen gekehrten Verwandten entdeckt hatten. Doch Vintage hatte keine Zeit für sie.
»Dräng ihn vorsichtig weiter zurück«, rief sie Tor zu. »Vielleicht führt er uns zu den Überresten eines Giganten, wenn wir ihn nur vom Rückzug überzeugen, anstatt ihn zu verjagen.«
Sie konnte an Tors Haltung erkennen, dass er etwas ziemlich Unhöfliches erwidern wollte, doch dann schwang einer der Arme der Kreatur zu ihm hinunter. Tor sprang anmutig zur Seite und ließ den Neunten Regen in einem weiten Bogen

durch den dünnen Arm des Parasitengeistes gleiten, wodurch er gleich mehrere flatternde Wedel durchtrennte. Sofort verdunkelte sich der gläserne Körper der Kreatur und ihr Kopf spaltete sich in der Mitte. Ein hoher, schriller Ton erfüllte die Nacht, so laut, dass Vintage spürte, wie er in ihrem Trommelfell nachhallte. Sie zuckte zusammen, als auch die Dorfbewohner zu schreien begannen.

Die Armbrust auf das Monster und die Augen auf den Boden gerichtet, sprintete sie los. Da drüben. Qualmende Scherben von etwas, das wie Glas aussah, lagen auf dem Gras und wanden sich wie sterbende Schlangen. Mit ihrer freien Hand zog sie einen Lappen aus ihrem Rucksack und warf ihn über die Überreste, um sie aufzusammeln. Dann stopfte sie alles zurück in ihre Tasche. Der Parasitengeist heulte über ihr und Tor auf; aus dem höhlenartigen Loch in der Mitte seines Kopfes quollen dunkle Tentakel hervor wie blutige Zungen, und die vier Lichter blinkten wild.

»Vintage!«

Tor schlug heftig auf den Parasitengeist ein und trieb ihn mit aller Kraft zurück, während er Vintage wütende Blicke zuwarf.

»Hör auf, mich anzustarren, du Narr! Konzentrier dich darauf, dieses –«

Plötzlich war ein ganzer Chor aus Schreien zu hören, der jedoch sofort von einem seltsamen, unharmonischen Gebrüll übertönt wurde. Vintage drehte sich um und sah eine fremdartige Gestalt aus violetten und grünen Lichtern in der Nacht brennen. Ein weiterer Parasitengeist war aus der Dunkelheit aufgetaucht und kam direkt auf sie zu.

»Oh, das ist ja einfach wunderbar.«

Tor wich genau in dem Moment aus, als der erste Parasitengeist erneut nach ihm schlug – das Ding schrie noch immer, und die dunklen Tentakel, die ihm aus dem Kopf wuchsen, schlängelten sich wie verrückt. Währenddessen stapfte die zweite Kreatur mit gesenktem Kopf auf ihn zu. Vintage gelang es gerade noch rechtzeitig, aus dem Weg zu springen, sodass ihr Mantel mit den vielen Taschen hinter ihr flatterte. Nun näherte sich das Wesen Tor. Es unterschied sich deutlich von der ersten Kreatur, war jedoch ebenfalls aus seltsam verdrehtem Glasfleisch geformt und gedrungen wie eine Kröte, mit vielen winzigen violetten und grünen Lichtern, die an den Enden seiner Gliedmaßen umeinander drängten und herumwirbelten. Es hatte ein breites, fleischiges Maul, das beim Laufen aufklappte.

Mit einem Parasitengeist vor sich, einem, der gleich zu seiner Linken auftauchen würde, und den Dorfbewohnern im Rücken, blieben ihm nur wenige Möglichkeiten. Tor fuhr herum und schwang sein Schwert, als wäre es selbst aus Wasser. Beide Parasiten bäumten sich auf, und Tor schrie triumphierend. Gegen das Schwert seiner Vorfahren würden sie nicht bestehen.

Doch er hatte sich zu früh gefreut. Der große Parasitengeist schien mit einem Mal verärgert und schlug mit einer langen Hand nach ihm, während das Krötenwesen nach vorne taumelte. Tor wurde urplötzlich klar, dass er seine Klinge an zwei Stellen gleichzeitig brauchen würde. Als er nach der Schnauze des Kleineren schlug, stieß seine Klinge auf Widerstand und er spürte eine Welle der Genugtuung. Dann verlor er jedoch das Gleichgewicht und krachte in den Schmutz. Der Größere der beiden hatte ihn erwischt, und sein linker Arm wurde von einer seltsamen Kombination aus Schmerz und Taubheit durchzogen – es fühlte sich an, als hätte etwas versucht, ihm das Fleisch von den Knochen zu reißen.

»Stirb, du Bestie!« Einer der Dorfbewohner preschte mit

einem Kurzschwert voran, sein rötliches Gesicht glühte wild vor Angst.

»Nein, geh zurück, du Narr!«

Die Krötenkreatur traf den Mann an der Taille, als dieser gerade wild nach unten stach. Anstatt das Fleisch zu durchtrennen wie der Neunte Regen, blieb das Schwert des Mannes stecken, als hätte er es in ein Fass mit Teer gestoßen. Er zerrte einmal kurz daran und wollte dann fliehen, doch der Krötenparasit hielt ihn mit seinem breiten Maul am Umhang fest und zog ihn einfach zurück. Lange, spitz zulaufende Wedel schälten sich aus seinen Mundwinkeln und klatschten feucht um den Hals des Mannes. Tor kämpfte sich auf die Beine und griff nach dessen Schulter, in der Hoffnung, ihn aus dem Griff der Kreatur zu reißen. Dann presste das Wesen seine Wedel jedoch zu und der Kopf des Mannes zerplatzte wie eine überreife Frucht. Die seltsamen Anhängsel glitten durch das feuchte Durcheinander, wo gerade noch sein Hals gewesen war. Fast so, als suchten sie etwas. Tor ließ den Körper los und überließ dem Geist das nutzlose Fleisch.

»Das ist genug.«

Seine Worte waren leise, aber die beiden Parasitengeister drehten sich zu ihm um. Die Lichter in ihrem Fleisch drehten sich wie die Sterne nach zu vielen Gläsern Wein. Tor brüllte und stürzte sich auf die krötenförmige Kreatur, wobei er den Neunten Regen mit beiden Händen am Schaft vor sich hertrieb. Sein Arm pochte noch immer vor Schmerz, aber er hielt ihn ruhig. Voll Genugtuung sah er, wie sich das Wesen plötzlich umdrehte und davonhuschte. Tor schlug zu, die lange, gerade Klinge bohrte sich tief in den fleischigen Rücken. Dann zog er sie nach oben und zerriss den schwammigen Widerstand. Die offene Wunde färbte sich wolkengrau. Die

Kreatur kreischte und brüllte und fiel auf die Seite. Als sie starb, wechselte sie ihre Form, verschmolz und bildete sich neu, als ob sie versuchte, eine Gestalt zu finden, in der sie unverletzt war.

Tor wich zurück und wandte sich nun dem großen Parasitengeist zu – nur einen winzigen Moment zu spät. Die langen Arme sausten auf ihn zu, trafen ihn erneut und schleuderten ihn diesmal gegen einen nahen Zaun. Die Berührung des glasigen Fleisches wanderte seine Brust hinunter, und für ein paar schreckliche Augenblicke setzte sein Atem aus. Es war, als steckte etwas tief in seiner Kehle. Tor versuchte, sich aufzurichten, seine Stiefel gruben Furchen in den Schlamm. Doch eine Flut von Schwäche durchströmte ihn und hielt ihn an seinem Platz. Panik stieg seine Kehle empor. Sein Schwert befand sich nicht mehr in seiner Hand. Nur mit Mühe konnte er sich beruhigen. Mit der rechten Hand, die zum Glück immer noch auf seine Befehle reagierte, holte er eine Glasphiole aus seiner Tasche. Einhändig entkorkte er sie und presste sie an seine Lippen. Salziges Blut, das längst nicht so frisch war, wie er es gerne gehabt hätte, floss über seine Zunge und füllte seinen Mund. Er dachte kurz an Sareena und den schönen Nachmittag, den sie zusammen verbracht hatten. Sich vorzustellen, dass ihr Blut wie ihre Haut schmeckte – nach Aprikosen und Rauch – war angenehm; aber das tat es nicht. Es schmeckte nach Blut.

»Steh auf, Junge!«

Vintage sprintete auf ihn zu und fuchtelte beunruhigend mit der Armbrust herum. Tor gehorchte und spürte, wie die Kraft in seinen Arm und das Gefühl in seine Brust zurückkehrten. Er konnte wieder atmen. Er fühlte sich stark.

Hinter Vintage kauerte der große Parasitengeist über dem Körper seines Artgenossen, ein Arm war geschwärzt, wo Tor einige Wedel abgetrennt hatte. Doch als er Tor kommen sah, schien etwas an dessen Haltung ihn zu erschrecken und er begann, seltsame, sich räkelnde Schritte rückwärts zu vollführen.

»Tor, denk daran, dass wir ihm vielleicht bis zum Giganten folgen können.«

Tor glitt an Vintage vorbei, ohne sie anzusehen. Die Kreatur hatte ihn berührt. Sie hatte ihn verletzt. Das Ding hatte ihn beleidigt – es hatte Ebora selbst beleidigt. Das würde er nicht hinnehmen.

Doch die Kreatur war bereits im Begriff, zu verschwinden. Abrupt löste sie sich aus seinem Blickfeld, wie ein tiefer Schatten bei Sonnenaufgang. Er hatte schon einmal gesehen, wie sie im Nichts verschwanden und ihre Zerstörung zurückließen. Nach wenigen Augenblicken war nichts mehr von ihr zu erkennen. Übrig blieb der Leichnam des zweiten Geistes, der genau dort zerfiel, wo er lag. Er wurde zu einem Haufen geronnener Gallerte. Ihr seltsamer, fremdartiger Gestank erfüllte die Luft.

Tor steckte sein Schwert in die Scheide und beobachtete die dunkle Stelle, an der der große Parasit verschwunden war. Undeutlich nahm er Rufe wahr, Beschwerden von Vintage und Schreie von Dorfbewohnern. Doch das Blutfeuer verließ ihn jetzt und er fühlte sich seltsam leer.

Diese verdammte Leere.

Kapitel 5

In ihrem Traum befand Noon sich im Ofenraum. Lehrling Lusk kniete vor ihr, sein breiter Rücken glänzte vor Schweiß, während die Säule ihrer Flamme über ihnen tanzte. Sie spürte und genoss die Euphorie des Feuers. Sie versuchte, sie für immer in sich zu halten; versuchte, sich für den Rest ihres Lebens daran zu erinnern, wie sich Haut unter ihrer Berührung anfühlte.

Dann wurde der große Schornstein über ihnen zur Seite gerissen und der kreisförmige Raum mit Tageslicht geflutet. Als ihre Flammen flackernd erloschen, blickte Noon hinauf und sah einen Albtraum am Himmel über ihnen hängen: Der Leichenmond war zum Leben erwacht. Aus der Nähe betrachtet sah er aus wie ein fetter, mehrteiliger Wurm, dessen dickere Streifen in der Mitte mit pulsierenden Pusteln übersät waren. Der Kopf bestand aus einer sich windenden Ansammlung fingerartiger Wucherungen. Sie erkannte Dinge, die sich durch die Barriere drängten, Kreaturen, die neu am Himmel von Sarn waren und in eine unbekannte Atmosphäre hineingeboren wurden. Und sie wusste plötzlich, dass sie sterben würde, wenn sie sie ansah.

Als sie sich abwandte, schloss Lusk sie in seine Arme. Er zog sie an sich und schaute sie an, als wüsste er nicht, was sie war.

»Lass mich los! Wir müssen hier weg.«

Er lächelte, wobei er seine Lippen auf seltsame Weise verzog, als hätte er das schon bei anderen gesehen und würde es nun zum ersten Mal probieren.

»Du weißt, warum du hier bist, Finster-Noon, nicht wahr?«

Sie hob ihre Hände und drückte ihn von sich fort. Doch als ihre Finger sein Kinn berührten, wich sein Fleisch zurück, als wäre es aus rohem Teig. Sie schrie angewidert auf, während sich seine blasse Haut in klebrigen Strähnen löste. Dann fiel sein ganzes Gesicht in sich zusammen und enthüllte eine leere, hohle Dunkelheit. Es war nichts in ihm – keine Knochen, kein Blut – und doch sprach er irgendwie noch mit ihr. »Du wirst hier drin mit all den anderen sterben.«

Sie riss sich von ihm los und befand sich wieder in der Winnowry. Ihre Bewegungen waren wie jene, die sie aus Träumen schon kannte: ohne voranzukommen. Alle befanden sich außerhalb ihrer Zellen und drängten sich auf den schmalen Gängen. Die Wände wackelten und die Luft war erfüllt von Staub. Über ihnen schwankten die großen Wassertanks hin und her und spritzten Wasser auf diejenigen unter ihnen – der Teil von ihr, der irgendwie wusste, dass es nur ein Traum war, wunderte sich über dieses Detail. Die Frauen schrien und drängten sich aneinander, versuchten zu fliehen, wussten aber nicht, wohin sie gehen sollten.

»Raus!« Noon hielt sich die Hände vor den Mund und schrie. »Wir müssen nach draußen! Wenn wir alle zusammen auf sie losgehen, können sie uns nicht aufhalten!«

Marian griff nach ihrem Ärmel, und einen Moment lang dachte Noon, ihr Gesicht würde jeden Moment wie das von Lusk in sich zusammenfallen. Stattdessen biss sich das Mädchen aber auf die Lippe und schüttelte den Kopf.

»Aber sie sind doch draußen, Noon! Sie krabbeln überall in der Winnowry herum.« Sie fuchtelte mit den Armen umher, ihre nackte Haut war mit braunen Sommersprossen bedeckt. Erst da erkannte Noon, dass fette Kreaturen, die wie schwarze Käfer aussahen, von ihren Schultern herunterkrabbelten und mit Beinen aus winzigen Messern über ihre Ellenbogen kletterten. Während sie fassungslos zusah, schrie Marian auf, und die Käfer stürzten sich auf ihr Gesicht, um ihr in den Rachen zu laufen.

»Sie sind hier drin!«

Noon konnte nicht sehen, wer geschrien hatte, aber die Panik breitete sich wie ein Fieber aus. Alle rannten schreiend die schmalen Stufen hinauf. In ihrer Angst entzogen einige von ihnen den anderen Lebensenergie, und Noon sah, wie mehrere von ihren Mitgefangenen geschwächt zu Boden fielen, bevor sie von Ihresgleichen zertrampelt wurden. Sie sah, wie eine bedauernswerte Frau über das Geländer des Ganges kippte und in den sicheren Tod stürzte.

Noon stürmte ebenfalls die dunkle Treppe hinauf und wurde gegen so viele Körper gedrückt, dass ihr der Atem im Hals stecken blieb. In der Dunkelheit ertönten Schreie, Frauen schluchzten und riefen nach anderen. Irgendwo vor ihr jammerte jemand, dass alle Türen verschlossen seien und sie auf diesem Weg nicht rauskommen würden. Aber der Druck der unzähligen Körper war unerbittlich und drängte sie vorwärts. Es war nahezu stockdunkel, doch irgendwie konnte Noon die Leichen auf dem Boden erkennen; Frauen, die gestürzt waren und auf denen herumgetrampelt wurde, dazwischen die schrecklich wogende Flut aus schwarzen Käfern, die auf Marian herumgekrabbelt waren. Inzwischen waren sie überall. Von allen Seiten drängte sich das Fleisch der anderen Frauen gegen sie, und vielleicht wäre es einfacher und effektiver gewesen, die Flammen zu beschwören und sie alle zu verbrennen. Ein großer Orkan des Feuers und es wäre vorbei; besser als dieser hohle Albtraum, besser als der kriechende Tod.

Und dann war sie draußen.

Der Gigant, der einst der Leichenmond gewesen war, hatte lange Insektenbeine ausgestreckt, die Teile der Winnowry abbrachen und dabei schwarzes Gestein und weißen Marmor auf dem trostlosen Boden verstreuten. Noon lag allein im Dreck und war dem Himmel ausgeliefert. Während sie zusah, riss der Gigant, der auf bedrohliche Weise zum Leben erwacht war, die Spitze eines der Winnowry-Türme ab und eine Schar von Fledermäusen stob heraus. Den meisten der riesigen Kreaturen gelang es, wegzufliegen, aber einige wurden von den Beinen des Giganten und von den Dingen, die aus seinem pulsierenden Maul krochen, eingeholt. Noon hatte während ihrer Jahre in der Winnowry gelegentlich einen Blick auf die großen, umherfliegenden Fledermäuse werfen können, doch sie hatte noch nie gehört, dass eine von ihnen auch nur den kleinsten Laut von sich gegeben hatte. Nun kreischten die gefangenen Fledermäuse. Ihr Gekreische war so schrecklich und schrill, dass sie glaubte, ihre Trommelfelle könnten platzen.

Ohne darüber nachzudenken, was sie danach tun würde, drehte sich Noon um und floh in Richtung Strand. Sie versuchte, die Leichen auf dem Boden zu ignorieren. Als sie jedoch den Kopf hob, um über die Bucht auf die entfernte Stadt zu blicken, erkannte sie, dass der Himmel voll von Giganten war. Wie furchteinflößende Gewächse hingen sie unter den Wolken und ihr wurde bewusst, dass sie das gesamte Land unter sich aberntеten. Die Menschen der Stadt wurden ausgehöhlt und von innen heraus aufgefressen.

»Wir werden zurückkehren.«

Die Stimme war sanft, weiblich und befand sich direkt hinter ihrem rechten Ohr. Wie in vielen Träumen konnte Noon sich nicht bewegen oder den Kopf drehen – stattdessen starrte sie über die Bucht und beobachtete, wie sich die Stadt Mushenska in etwas Konturloses und Fremdartiges verwandelte.

»Wir werden zurückkehren, und Sarn wird endlich uns gehören. Niemand wird sich gegen uns stellen, Noon.«
Aber das stimmte nicht. Es gab diejenigen, die sich gegen die Eindringlinge stellten, die sich immer gegen sie gestellt hatten. Sie wurden von den Flachlandbewohnern verachtet und für die Aaskriege verflucht, aber ihr Volk hatte dennoch Lieder über sie gesungen und Geschichten über sie erzählt. Taumelnd betrachtete sie die Lücken zwischen den schrecklichen Gestalten am Himmel. Dort würden sie sein – denn dort befanden sie sich in jedem Märchen und Lied, an das sie sich aus ihrer Kindheit erinnern konnte. Große Ungeheuer mit elfenbeinernen Federn und silbernen Schuppen. Mutter Fast hatte Geschichten über die alten Schlachten gesungen, und ihre eigene Mutter hatte ihr Bilder in Büchern gezeigt. Doch am Himmel über Mushenska waren keine eboranischen Kriegsbestien, und an der Küste sah sie keine Armee aus glänzenden Rittern. Da waren nur die dunklen Schatten, die sich entfalteten, und sie wusste, dass auf den Straßen der Stadt – und in den zertrümmerten Gebäuden hinter ihr – Männer und Frauen starben und, was noch viel schlimmer war, trotzdem ihre Augen wieder öffneten …
Ein leises Kichern erklang hinter ihr, und als sie sich umdrehte, da sah sie eine humanoide Gestalt über den Sand laufen. Sie war schwer zu erkennen – alles verschwamm und bewegte sich, als ob die Gestalt sich nicht entscheiden konnte, welche Form sie annehmen würde – doch die Stimme war weiblich. Es musste ihre Königin sein.
»Wir werden zurückkehren. Und wo ist Ebora jetzt?«

Das Erwachen in der Realität erschreckte Noon. Sie lag nicht auf ihrer schmalen Pritsche, sondern auf dem Eisengitter des Fußbodens. Offenbar war sie im Schlaf heruntergefallen und hatte dann lange genug auf dem Metall gelegen, um sich tiefe rote Linien in ihre Haut zu drücken. Sie setzte sich auf und zitterte vor Schreck.

Der Traum fühlte sich an, als wabere er noch immer um sie herum, dick wie Nebel. Darin hatte sie wahre Verzweiflung erlebt; zuerst, als sie in der Dunkelheit gefangen gewesen war und wusste, dass sie alle dort unten sterben würden – dann beim Klang der Frauenstimme. In ihr hatte es keine Zweifel gegeben, nur Gewissheit: Sie alle würden sterben, und Sarn würde verloren sein.

Stöhnend rieb Noon sich mit den Händen über das Gesicht und spürte winzige Aschekörner unter ihren Fingern. Akaris sollte die Träume eigentlich unterbinden. Sie hatte seit Jahren keinen so lebhaften Albtraum mehr ertragen müssen.

»Noon? Geht es dir nicht gut?«

Marian sah zu ihr hinauf.

»Es geht mir gut. Ich hatte einen schlechten Traum.«

Selbst in der Dämmerung erkannte sie den überraschten Gesichtsausdruck ihrer Freundin.

»Akaris hat nicht gewirkt. Es war alles so real …«

Noon schluckte schwer. Real war eine Untertreibung. Als sie zu Marian hinunterblickte, erinnerte sie sich daran, wie die Käfer ihre Arme hinaufgekrabbelt waren – begierig darauf, in sie einzudringen und sie von innen aufzufressen. Vor allem aber erinnerte sie sich daran, in der Falle zu sitzen. Auf einmal war das Leben in der Winnowry mehr, als sie noch ertragen konnte, und der erdrückende Schrecken von zehn Jahren, in denen sie wie eine Spinne unter einem Topf gefangen gewesen war, brach über sie herein. Am ganzen Körper zitternd stand sie auf. Das Atmen fiel ihr schwer.

»Wenn Akaris nicht wirkt, solltest du es einer der Schwestern sagen.« Marians Stimme schwebte zu ihr herauf. Sie klang,

als käme sie aus großer Entfernung. »Vielleicht können sie dir mehr geben.«
Das könnten sie durchaus. In der Winnowry wurde jeder zum Ruhigsein angehalten. *Unerfreuliche Gemütszustände*, wie sie von den Schwestern genannt wurden, hatte man strengstens untersagt. Und eine Reihe schlechter Träume konnte zweifellos zu Unannehmlichkeiten führen. Noon, die bei ihrer Ankunft in der Winnowry unter schrecklichen Albträumen gelitten hatte, nahm jeden Tag Akaris ein und wusste den traumlosen Schlaf zu schätzen. Sie zwang sich zu einem tiefen, zittrigen Atemzug. Ihre Gefühlslage, das musste sie sich eingestehen, konnte durchaus als unerfreulich eingestuft werden.
»Finster-Noon? Was machst du da?«
Noon sah auf und erblickte eine der Schwestern, die durch die Gitterstäbe hereinspähte. Ungewöhnlicherweise hielt sie ihre silberne Maske in den behandschuhten Fingern. Sie sah alt aus; dunkle Ringe zogen die Tränensäcke der Frau noch tiefer, und ihre dünnen Lippen wirkten spröde. An ihrer Stimme erkannte sie, dass es sich um Schwester Renier handelte.
»Nichts. Wonach sieht es denn aus, was ich tue?« Sie spuckte die Worte förmlich aus, damit die Schwester nicht hören konnte, wie verängstigt sie war. »Was kann ich hier schon tun?«
Sie erwartete eine harsche Antwort, aber Schwester Renier schüttelte nur den Kopf und zog nach einem Moment ihre Maske wieder auf. Als sie erneut sprach, hatte ihre Stimme einen seltsamen metallischen Klang angenommen. »Ich habe keine Kraft mehr für so etwas, Finster-Noon. Mach dich bereit für deine Meditationen.«
Noon blinzelte. Meditation. Wie konnte sie das vergessen.

Dabei handelte es sich selbstverständlich um eine weitere Methode, *unerfreuliche emotionale Zustände* zu vermeiden – alle vier Tage musste jede Finsterhexe eine Reihe von Meditationen mit einem der Priester absolvieren. Das Tablett mit dem Schal, den Handschuhen und der Asche wurde durch den Schlitz geschoben, und sie kniete nieder, um alles entgegenzunehmen. Indem sie sich auf ihre Vorbereitung konzentrierte, reduzierte sich das Zittern ihres Körpers auf ein Zittern ihrer Finger. Als ihre Hände verborgen und ihr Gesicht mit dem feinen grauen Pulver bedeckt war, wurde die Zellentür rasselnd aufgezogen und sie trat heraus. Schwester Renier zog die Handschellen um Noons Handgelenke. Dabei rutschte ihr linker Handschuh leicht herunter, sodass die Haut ihres Unterarms frei lag. Noon blickte erschrocken auf, aber die alte Frau zog einfach den Ärmel darüber und ergriff ihren Arm, um sie in die Meditationskammern zu führen. Das Gewand der Schwestern verfügte am Ende des Ärmels über eine Schlaufe, die man sich um den Daumen wickeln sollte. Danach wurden die langen Handschuhe einfach über den Ärmel hochgezogen. Schwester Renier musste das beim Anziehen an diesem Tag vergessen haben, obwohl ein solcher Fehler eigentlich undenkbar war.

Die Frau führte sie aus dem Zellentrakt hinaus und in das eng gewundene Labyrinth aus Tunneln und Treppen, das die Winnowry durchzog. Sie erreichten eine Wendeltreppe und gingen hinauf. Am Ende, so wusste Noon, würden sie zu einigen Räumen mit relativ großen Fenstern gelangen, die natürlich alle versiegelt waren und vom Festland weg auf das Meer hinausgingen. Es gab nur wenig zu sehen, bis auf die stahlblauen Wellen, einige Wolken und gelegentlich einen entfernt kreischenden Vogel. Der Anblick sollte entspannend sein, damit es ihnen leichter fiel, den Kopf freizukriegen.

Heute jedoch erfüllte allein der Gedanke an die Weite des Ozeans Noon mit eiskaltem Schrecken. Zu leicht fiel es ihr in diesem Moment, sich den leeren Himmel bevölkert von den bauchigen Formen der Giganten vorzustellen. Sie würde hier drin gefangen sein, während die Winnowry um sie herum zerfiel – es gab zu viel Stein über ihnen, zu viel Stein auf allen Seiten. Es war wie ein Grab.

Irgendwo über ihr befand sich einer der Chirottürme, wo die Winnowry ihre Riesenfledermäuse beherbergte. Noon war noch nie dort gewesen, oder auch nur in der Nähe, aber man lebte nicht zehn Jahre lang in demselben Gebäude, ohne etwas darüber zu lernen. Die Idee kam ihr mit einer unwiderstehlichen Klarheit. Was hatte Finster-Anya gesagt? Was könnten sie ihr schon antun? Sie töten? Vielleicht wäre das eine Gnade.

»Schwester Renier, ist das da drüben eine Maus auf der Treppe?«

Es war ein billiger Trick, aber die Frau war müde und abgelenkt. Als sie den Kopf hob, um nach vorne zu sehen, wirkte ihr zerknittertes Gesicht sorgenvoll. Noon zog ruckartig ihren rechten Handschuh aus.

»Wo denn? Ich kann nichts sehen.«

»Sie sehen sie nicht?«

Noon drehte sich um und griff mit beiden Händen nach dem Arm der Frau – ihre nackte rechte Hand schob sie unter Schwester Reniers Handschuh und spürte, wie ihre Finger über ebenso nackte Haut glitten.

»Nein!«

Es war so einfach, wie eine Hand in Wasser zu tauchen. Noon entriss der alten Frau ihre Lebenskraft; sie hielt sich nicht zurück wie im Ofenraum, sondern ließ sich von ihrer eigenen

Not leiten. Schwester Renier taumelte auf der Treppe und sackte fast in sich zusammen.

»Nein ...«

Noon war überrascht, dass die alte Frau überhaupt sprechen konnte, blickte die Treppe hinter ihnen hinunter und dann nach oben, aber es kam niemand. In ihrem Innern begann die wirbelnde Kraft der Lebensenergie ein gefährliches Ausmaß anzunehmen. Sie musste sie irgendwie herauslassen.

Noon beließ eine Hand auf dem Arm der Frau, die andere legte sie um die Metallmanschette, die ihr Handgelenk umschloss. Sie konzentrierte sich so stark wie nie zuvor in ihrem Leben, um das Winnowfeuer einzig auf den silbernen Ring zu fokussieren. Einen Moment lang war Noon sich fast sicher, dass sie sich den Arm wegsprengen würde. Doch dann entstand ein grünlicher Lichtblitz, die Manschette zersprang in tausend Stücke und sie und Renier wurden rückwärts gegen die Wand geschleudert. Die alte Frau stöhnte und stieß sich von ihr weg.

»Ich bleibe nicht hier, um zu sterben«, verkündete Noon. In ihren Ohren dröhnte eine sich aufbauende Flut aus Panik. Sie ließ die Frau los, die entkräftet auf die Stufen sackte. Dann beugte sie sich hinunter und sprach direkt in ihr Ohr. »Ich hätte Sie verbrennen können«, zischte sie. »Vergessen Sie das nie.«

Lusk huschte gewohnt lautlos den Mittelgang der Chirotkammer entlang. Zu beiden Seiten hingen die großen Fledermäuse der Winnowry entspannt in ihren Nischen. Zumeist waren sie im Schatten verborgen, aber hier und da konnte er etwas von ihrem weichen weißen oder schwarzen Fell erkennen oder einen Flügelschlag erahnen. Für die Fle-

dermäuse war es mitten in der Nacht, und sie schliefen alle tief und fest – abgesehen von einem gelegentlichen Quietschen oder Schnaufen war alles friedlich.
Sich um den Chirotturm zu kümmern, war seine Lieblingsbeschäftigung. Er brachte den Fledermäusen ihr Futter – eine komische Mischung aus Früchten und toten Mäusen – und machte sauber, so gut er konnte. Dabei kratzte er Guano weg, wischte die Böden und entfernte Fellreste. Manchmal, wenn eine Fledermaus zurückkam, um eine Nachricht zu überbringen, säuberte er sie und kraulte sie hinter den Ohren. Alle Fledermäuse kannten ihn, und sie wussten natürlich, dass er talentiert im Ohrenkraulen war und gelegentlich sogar ein geschmuggeltes Stück rotes Fleisch für sie hatte. Manchmal, wenn auch nur ganz selten, kehrte eine Patrouille zurück und er nickte den Finsterhexen zu, die mit gesenktem Blick hinabstiegen. Bei ihnen handelte es sich um Agentinnen der Winnowry – Finsterhexen, die sich als kontrolliert genug erwiesen hatten, um für die Winnowry selbst zu arbeiten. Sie flogen quer durch Sarn, um nach Gerüchten über andere Finsterhexen in der Welt zu suchen, oder brachten Akaris zu den Orten, an denen es verkauft wurde. Einige von ihnen, sogenannte Alleinfliegerinnen, verrichteten Arbeiten, über die nie offen gesprochen wurde. Lusk fragte nicht danach. Es war nicht so, als ob man es ihm erklären würde. Und der Chirotturm war ruhig. Hier hatte er Zeit und Raum zum Nachdenken, um sich auf seine Meditation und die Lehren von Tomas zu konzentrieren.
Er saß an dem kleinen Tisch und reparierte gerade ein Stück Lederrüstung, als er von draußen Schritte auf der Treppe hörte. Er stand auf und war überzeugt, dass es jemand war, der eine Nachricht übermitteln wollte. Dazu würde er eine Nachrichtenröhre vorbereiten müssen.

»Ich bin gleich bei Ihnen –«

Die Tür flog auf und zu seinem Entsetzen stolperte eine Finsterhexe ins Zimmer, die Arme entblößt und die Augen wild funkelnd in dem vor Asche staubigen Gesicht.

Einen Moment lang starrten sich die beiden nur an. Dann erinnerte sich Lusk, was er zu tun hatte, und eilte zu dem Flaschenzug an der anderen Wand. Er war mit einem Glockensystem verbunden, das die gesamte Winnowry alarmieren würde.

»Halt!« Die Frau hob ihre Hand und ein grüner Schimmer baute sich um sie herum wild flackernd auf. »Nicht bewegen. Nicht mal ein bisschen.«

Lusk hielt inne. Die Frau atmete schwer.

»Finster-Noon?«

Vorsichtig betrat sie den Raum und schien sich dabei genau umzusehen. Sie betrachtete die Fledermäuse, die friedlich in ihren Nischen schliefen, und den breiten Streifen des tiefblauen Himmels über ihnen, durch den sie in das Gebäude hinein- und wieder herausfliegen konnten.

»Ich habe noch einiges übrig«, sagte sie. Wie um ihren Worten Nachdruck zu verleihen, stiegen die Flammen, die sich um ihre Hand schlängelten, ein paar Zentimeter höher und verschlangen mehr Luft. »Ich werde sie benutzen.«

Lusk hob seine Hände, die Handflächen nach außen gerichtet. »Finster-Noon, du solltest in deiner Zelle sein.«

»Ach, meinst du?« Sie funkelte ihn an und trat einen Schritt näher. Abrupt griff sie nach oben, zog das grüne Kopftuch herunter und warf es zu Boden. Das schien ihr eine große Befriedigung zu verschaffen. »Ich muss hier raus. Sofort.« Sie schluckte. Er hatte den Eindruck, dass es ihr schwerfiel, so viel zu reden. Ohne das Kopftuch stand ihr kurzes schwarzes Haar in alle Richtungen ab. »Ich sterbe nicht an diesem Ort.«

»Keiner muss sterben. Ich kann dich wieder nach unten bringen.« Lusk bemühte sich, so sanft wie möglich zu klingen und nicht daran zu denken, wie schrecklich es wäre, zu verbrennen. Er hatte diese Frau schon oft in den Ofenräumen gesehen, und obwohl sie immer eine gewisse Wut in sich trug, hatte sie nie besonders labil gewirkt. In diesem Moment waren ihre Augen jedoch wild und ihre Haltung die eines Tieres, das fliehen wollte. Oder angreifen. »Ich werde ihnen sagen, dass du dich verlaufen hast, und ich bin sicher, dass alles in Ordnung ist. Nur ein Missverständnis.«

»Nein.« Sie kam einen Schritt näher. Die Flammen um ihre Hand begannen zu erlöschen, und er wusste, dass die gestohlene Lebensenergie zur Neige ging. Bald würde er in Sicherheit sein und könnte versuchen, sie zu überwältigen. Aber er trug nur eine lose Arbeitsweste. Wenn sie ihm zu nahe kam, konnte sie auch ihm seine Energie rauben – so wie sie es während der Säuberung getan hatte.

»Mach eine von ihnen bereit.« Sie zeigte auf die Fledermäuse.

»Du kannst nicht von hier weggehen wollen! Finster-Noon, es ist nicht sicher –«

»Nicht sicher? Nicht sicher für wen?« Sie rieb sich mit der freien Hand über die Stirn und wischte die Asche weg, sodass Streifen ihrer olivfarbenen Haut und die krakeligen Linien der Fledermausflügel-Tätowierung zum Vorschein kamen, die alle Finster-Hexen kennzeichnete. »Dieser *Ort* ist verdammt noch mal nicht sicher. Tu es.« Ohne Vorankündigung trat sie auf ihn zu und streckte ihre Hände aus. Die grüne Flamme erlosch, aber der wilde Blick in ihren Augen war noch da. »Beeilung!«

Er wandte sich von ihr ab und näherte sich der nächstgelegenen Fledermaus. Es war ein Weibchen mit perlweißem Fell und einer weichen grauen Schnauze. Er nahm die Pfeife am

Fuß ihrer Nische in die Hand und stieß drei kurze Töne aus. Jede Fledermaus war darauf trainiert, zu erwachen und auf Kommando zu gehorchen. Die Fledermaus zitterte am ganzen Körper und klappte einen Flügel herunter, um ihn neugierig zu mustern. Ihre Augen waren wie Tintenfässer, die an den Rändern runzlig wurden.
»Guten Morgen, Fulcor«, sagte er leise. »Komm bitte für mich herunter.« Die Fledermaus huschte auf ihren Flügeln nach unten, bis sie in der Mitte der Kammer stand. Sie gähnte ausgiebig und entblößte einen leuchtend rosafarbenen Mund voller furchteinflößender Zähne. Lusk holte den frisch reparierten Gurt und machte sich daran, die Vorrichtung zu befestigen. Er spürte, dass Finster-Noon ihn aufmerksam beobachtete.
»Mach das bloß richtig«, sagte sie plötzlich. »Ich merke es, wenn du es nicht tust. Ich bin früher Pferde geritten.« Sie hielt inne und holte tief Luft. »Als ich klein war, hatte ich mein eigenes Pferd.« Sie fuhr sich mit den Händen durch die Haare, was sie noch mehr zerzauste. »Ich hatte einen Traum. Ich soll hier drin keine Träume haben, aber ich hatte einen. Das Wurmvolk kam und riss diesen Ort auseinander. Du warst auch da, aber du warst innerlich leer.«
Lusk spürte einen kalten Schauer auf seiner Haut. Nun stand fest, dass sie verrückt geworden war. Zehn Jahre an diesem Ort, im Alter von elf Jahren hierhergebracht, dazu die Monotonie und die Stille, hatten sie gebrochen. Manchmal passierte das. Sie war nicht die erste Finsterhexe, die den Verstand verlor. »Die Jure'lia? Sie haben seit Hunderten von Jahren nicht mehr angegriffen.« Er zog einen weiteren Riemen fest und tätschelte Fulcors pelzigen Kopf. »Ich habe gehört, dass der Achte Regen der letzte sein soll.«
Finster-Noon schüttelte den Kopf. »Es war zu real. Es war

dunkel, und alle versuchten, in Panik zu fliehen. Sie erstickten. Finster-Marian hatte Kreaturen in sich, die sie auffraßen.« Sie kam zu ihm herüber und sah sich die Fledermaus an. »Ist sie bereit? Ich muss von hier verschwinden.«

Aber Lusk hatte aufgehört. Ihre Worte hatten etwas in ihm bewirkt. »Die Leute sind hingefallen und konnten nicht mehr aufstehen?«

»Das habe ich doch gesagt«, antwortete sie gereizt. »Und dann war ich plötzlich draußen. Ihre Kreaturen waren am Himmel und schwebten über Mushenska.«

»Und die Toten lagen am Strand«, erwiderte Lusk mit schwacher Stimme. Er hatte es völlig vergessen. Es war ein schrecklicher Traum gewesen, den er vor einiger Zeit gehabt hatte, so schlimm, dass er auf seiner schmalen Pritsche aufgewacht war. Kurz darauf war die Erinnerung daran jedoch in tausend Stücke zerfallen, zu vage, um sich noch daran zu erinnern. »Da war eine Frau hinter mir, und sie sagte, dass sie zurückkommen würden.«

»Ihre Königin«, stimmte Noon zu. Sie kniff die Augen zusammen und ihre Stimme wurde leiser. »Du hast es auch gesehen?«

Lusk fuhr mit den Fingern durch Fulcors Fell. Er sollte sich auf den Flaschenzug stürzen. Er dachte, er könnte es wahrscheinlich schaffen, jetzt, wo sie abgelenkt war. Aber eine schreckliche Kälte hielt ihn an diesem Ort fest. »Woher wusstest du es?«, fragte er. »Woher wusstest du, dass sie es waren?«

»Was zur Hölle sollten sie denn sonst sein? Ich habe mein ganzes Leben lang auf einen geschaut – genau wie du.« Sie gestikulierte wütend in Richtung des Himmels über ihnen. Und er wusste instinktiv, dass sie über den Leichenmond sprach. Es fühlte sich an, als würde ein eiskalter Finger seinen Rücken herunterfahren, als er sich daran erinnerte, dass er in seinem Traum lebendig gewesen war.

»Was bedeutet das?«

»Das bedeutet, dass ich diesen Ort verdammt noch mal verlassen werde. Bevor sie hier ankommen und alles zerstören.«

Noon ging zum Hinterteil der Fledermaus, wo das Tier am tiefsten auf dem Boden kauerte. Vorsichtig stieg sie auf und zog sich auf Fulcors muskulösen Rücken, um ihre Beine in den Sattel zu setzen. Auf einer Fledermaus zu reiten bedeutete, mit angewinkelten Beinen zu sitzen und den eigenen Körper nach vorne zu neigen. Lusk stand immer noch unbeweglich da. In seiner Brust pochte ein Gefühl des Grauens. Doch dann sah er Noons ungeduldigen Blick. Ihm wurde klar, dass er immer noch die silberne Pfeife in der Hand hielt, und er reichte sie ihr schnell. Sie stand jetzt in Kontakt mit Fulcor und konnte sich die Energie der Fledermaus holen, wenn sie wollte.

»Ihr Name ist Fulcor«, sagte er, nicht sicher, warum er überhaupt sprach. »Drei kurze Pfiffe, um sie zu wecken, ein langer, um sie zu dir zu bringen, wenn sie nah genug ist, und vier, um sie zu entlassen. Sie wird bei dir bleiben, solange du die Pfeife hast, und sie kennt alle Grundkommandos. So werden sie trainiert. Sie ist – sie ist sehr freundlich. Aber sie hat auch ihren eigenen Kopf. Einige der Agenten bevorzugen gehorsamere Fledermäuse, aber …« Er brach ab, weil er merkte, dass er nur noch plapperte.

»Was wirst du jetzt tun?«, fragte sie. Ihre Stimme war angespannt, ihre Augen leuchteten vor Gefühlen, die er nicht lesen konnte – sie sahen schwarz aus, fast so schwarz wie die von Fulcor.

»Ich werde natürlich Alarm auslösen. Man wird Agenten auf

dich hetzen, und ich werde bestraft, weil ich das zugelassen habe.«

Einen Moment lang sagte sie nichts. Sie blickte in den Himmel und biss sich auf die Lippe.

»Gib mir etwas Zeit«, bat sie schließlich. »Nur eine kleine Weile. Um weit genug wegzukommen.« Sie schluckte schwer. »Ich habe niemanden umgebracht, nicht hier zumindest. Das ist das Mindeste, was du mir schuldest.«

Sie hatten beide den gleichen Traum gehabt. Das musste etwas zu bedeuten haben – Tomas hatte viel darüber geschrieben, nach Zeichen zu suchen. Und dies war das einzige Zeichen, welches das Leben ihm je gezeigt hatte. Mit dem Gefühl, vielleicht in einem weiteren Traum gefangen zu sein, hielt Lusk dem Blick der Frau stand und nickte einmal.

»Geh. Ich gebe dir so viel Zeit, wie ich kann.«

Finster-Noon nahm die Zügel auf. Fulcor drehte sich auf den Flügeln um und kroch auf die Plattform auf der anderen Seite des Raumes zu. Der Himmel schimmerte blau-grau über ihnen.

»Sie werden dich trotzdem verfolgen«, rief er. »Die Winnowry lässt niemanden einfach so davonkommen. Sie werden dich jagen.«

»Davon bin ich überzeugt. Aber ich werde immerhin nicht mehr in diesem verdammten Loch sein, und das ist die Hauptsache.« Finster-Noon beugte sich tief über die Fledermaus und sprach leise in ihr großes, runzeliges Ohr.

»Flieg!«

Kapitel 6

Als die gigantische Fledermaus sie in den Himmel katapultierte und Noon ihr Gesicht auf die Sonne richtete, fühlte es sich an, als hätte sie ihren Magen im Chirotturm zurückgelassen. Der kalte Wind schmerzte auf ihrer Haut und trieb ihr Tränen in die Augenwinkel. Endlich war sie draußen – zehn Jahre voller Gitter, Stille und Hoffnungslosigkeit – und schon lag die Winnowry weit hinter ihr. Sie fühlte sich zwischen Lachen und Weinen hin- und hergerissen. Unter ihr zog der Meeresstreifen vorbei, der die Winnowry vom Festland trennte. Das Wasser hatte die Farbe von glattem Stahl, und sie war sicher, nie etwas Schöneres gesehen zu haben. Unter ihren bloßen Händen konnte sie Fulcors lebendige Kraft spüren: heißes Blut, pulsierende Muskeln, ein donnerndes Herz. Freiheit.

Schneller, als sie es für möglich gehalten hätte, näherte sich Mushenska, der geschäftige Hafen mit seinen vielen Schiffen, und trieb den Geschmack der Gischt in ihren Mund. Erschrocken stellte sie fest, dass sie überhaupt nicht darüber nachgedacht hatte, was sie als Nächstes tun würde. Ihr Bedürfnis, außerhalb der Winnowry-Mauern zu sein, hatte alles andere aus ihren Gedanken verdrängt. Nun musste sie jedoch eine Entscheidung treffen, die wahrscheinlich über Leben und Tod bestimmen würde. Plötzlich war sie überzeugt davon, dass Lehrling Lusk sofort nach ihrem Aufbruch aus dem Chirotturm Alarm geschlagen hatte. Daher drehte sie sich im Sattel um, blinzelte mit den Augen gegen den Wind an und betrachtete die immer kleiner werdende Winnowry. Sie war so hässlich wie immer. Die verschlungenen Formen ihrer Türme rissen den Himmel auf, aber alles war ruhig. Noch verfolgte sie niemand, trotzdem musste sie außer Sichtweite gelangen, um zu überlegen, was sie als Nächstes tun sollte.

Mittlerweile führte Fulcor sie über Dächer hinweg, ein verwirrendes Sammelsurium aus braunen, grauen und schwarzen Formen, die hier und da von Rauch verschlungen wurden. In der Hoffnung, das Richtige zu tun, beugte sich Noon vor und sprach ein einziges Wort in das Ohr der Fledermaus.

»Runter.«

Fulcor gehorchte, sodass Noon verzweifelt an beiden Seiten ihre Schenkel gegen den Rücken des Tieres presste. Kurz darauf, mit einem letzten Surren der ledernen Flügel, kamen sie zum Stillstand. Die Fledermaus hatte sie auf einem überraschend überfüllten Flachdach abgesetzt. Der Ort war mit Kisten übersät, und es gab einen langen, gut gepflegten Garten. Noon schnallte sich vom Sattel ab und glitt von der Fledermaus herunter, wobei sie eine Art kleinen Schuppen auf der anderen Seite des Daches im Auge behielt. Sie vermutete, dass dies der Zugang zum Inneren des Gebäudes war.

»Es geht mir gut. Es geht mir gut.«

Aber das stimmte nicht, und als sie auf die Beine kam, fühlten sie sich auf sonderbare Weise knochenlos an, sodass sie in den dunklen Schmutz des engen Gartens stürzte. Ein Geruch von tiefer, reichhaltiger Erde und wachsenden Dingen, so alt, dass sie ihn schon fast vergessen hatte, stieg auf und überflutete sie. Sie gab einen erstickten Laut von sich – halb ein Schluchzen – und wie zur Antwort zwitscherte Fulcor.

»Es geht mir gut«, sagte sie erneut, obwohl sie am ganzen Körper zitterte. Sie streckte eine Hand nach den Pflanzen aus, die in fein säuberlich angeordneten Reihen wuchsen, und stellte erstaunt fest, dass sie direkt neben einer Tomaten-

pflanze zusammengesackt war. Die Gewächse hatten eine feste Schale und leuchteten in perfektem Rot. Nach kurzem Zögern streckte sie eine zitternde Hand aus und pflückte eine vom Stängel, wobei sie ein wenig zusammenzuckte. Sie hatte ganz vergessen, wie es sich anfühlte, etwas vom Zweig zu pflücken, hatte das weiche Gefühl von Tomatenhaut unter ihren Fingern verdrängt. In der Winnowry gab es kein frisches Obst oder Gemüse – das war viel zu gefährlich. Finsterhexen bekamen nur gekochtes Essen, das zu einer heißen, grauen Paste verrührt wurde.
Noon kicherte leise, hob die Tomate an ihre Lippen und biss hinein. Fleisch und Saft explodierten auf ihrer Zunge, und sie zuckte zusammen, als hätte sie jemand gezwickt. Es schmeckte wie … es gab keine Worte dafür.
»Wie das Leben«, murmelte sie. »Es schmeckt wie das Leben.«
Ohne auf die neugierige Fledermaus zu achten, die sie beobachtete, oder die Möglichkeit zu bedenken, verfolgt zu werden, pflückte Noon eine Handvoll Tomaten und aß sie langsam auf. Nach einer Weile merkte sie, dass sie dabei weinte. Ihre heißen Tränen verwandelten die blasse Asche in ihrem Gesicht in eine klebrige Kruste. Mit der Hand, die voller Tomatensaft war, zog sie den unteren Teil ihres Hemdes hoch und wischte sich damit das Gesicht ab. Leicht zitternd von der kühlen Brise, die direkt vom Meer herüberwehte, sah Noon sich um und zwang sich, aufmerksam zu sein. Mushenska erstreckte sich in alle Richtungen. Das Durcheinander aus Dächern und Schornsteinen war ihr völlig fremd. Es war auch Lärm zu hören, ein leises Rauschen, nicht unähnlich dem nächtlichen Meer, nur unterbrochen von den Rufen und Schreien der Menschen, die ihren Alltag bewältigten. Irgendwo da unten pries ein Mann frisches Brot an, und eine Frau schimpfte mit einer anderen über die

schlampige Arbeit, die ihr Sohn an einem Zaun geleistet hatte. Hier draußen, jenseits der Türme der Winnowry, lebten die Menschen ihr Leben, in einer Stadt, die gerade aufgewacht war. Es schien unmöglich.

Und dann, als hätte sie es heraufbeschworen, schob sich die Tür des kleinen Schuppens klappernd auf, und eine stämmige, rothaarige Frau mit sonnenverwitterter Haut trat auf das Dach hinaus. Ein leerer Korb baumelte an einem Arm, und Noon verstand, dass die Frau wahrscheinlich heraufgekommen war, um Tomaten zu ernten. Für ihr Frühstück. Das Gesicht der Frau verzog sich, erst vor Überraschung, dann vor Wut.

»Hey! Was glaubst du, was du da verdammt noch mal tust?«

Noon kippte nach hinten, die Hände in der Erde, und instinktiv zog sie die Lebensenergie aus den Pflanzen hinter sich. Die heiße grüne Flamme loderte für einen kurzen Moment in ihr auf und schoss dann in einer grellen Feuerblüte aus ihren Händen. Sie zischte harmlos nach oben und fügte dem Morgenhimmel nur eine zusätzliche Farbe hinzu, aber die ältere Frau stieß einen trällernden Schrei aus und taumelte rückwärts gegen die Tür, wobei sie sich mit einer Hand an die beachtliche Brust griff.

»Sei still.« Noon schluckte. Es war ein seltsames Gefühl, mit jemandem zu sprechen, der weder eine Finsterhexe noch ein Wächter der Winnowry war. Die Anstrengung schien alle Beherrschung aus ihrer Stimme zu saugen. »Sei still, beweg dich nicht. Bleib … einfach, wo du bist.«

Die Frau blieb stehen, wo sie war. Der Schrecken in ihrem Gesicht hatte sich wieder in Wut verwandelt. Langsam stand Noon auf und versuchte, so zu tun, als wären ihre Beine nicht aus Gummi. Sie war sich des Schmutzes unter ihren Fingernägeln und ihres verdreckten Gesichts sehr bewusst.

»Das alles hier gehört mir«, sagte die Frau und hielt ihr Kinn hoch. »Wenn du hier zum Essen kommen willst, geh wie alle anderen durch die Vordertür. Das Frosch und Glöckchen ist nicht deine private Speisekammer, Mädchen.«
Noon blinzelte. Die Frau dachte, sie sei in irgendeiner offiziellen Winnowry-Angelegenheit hier. Sie musste die Agenten gesehen haben, wie sie auf ihren eigenen Fledermäusen über die Stadt flogen, und sie nahm an, dass Noon eine von ihnen war, mit dem plötzlichen Verlangen nach Tomaten.
»Es tut mir leid.« Würde sich eine Agentin der Winnowry entschuldigen? Noon bezweifelte es. Sie versuchte, die Frau finster anzuschauen. »Aber ich werde mir nehmen, was ich brauche, wenn ich in offizieller Winnowry-Angelegenheit unterwegs bin. Ist dieser Ort –« Für einen Moment war ihr der passende Begriff entfallen. Die Menschen im Flachland kannten so etwas schließlich nicht, aber sie hatte die anderen Finsterhexen darüber reden hören. »Eine Taverne?«
»Aye, es ist eine Taverne.« Die Barbesitzerin sah jetzt weniger wütend aus, und ihre Augen wanderten interessiert über Noons Gesicht, wobei sie besonders auf die Fledermausflügel-Tätowierung auf ihrer Stirn achtete. Noon widerstand der Versuchung, sie mit ihren Händen zu verdecken.
»Ich reise nach Norden«, sagte Noon. Hinter sich hörte sie das Schnüffeln von Fulcor. Sie vermutete, dass die Fledermaus gerade ihren eigenen Anteil an Tomaten fraß. »Kannst du mir sagen, was nördlich von dieser Stadt liegt?«
Die Barfrau runzelte die Stirn und legte ihre hängenden Wangen in Fältchen. »Jenseits von Mushenska gibt es nichts als Wildnis. Ein paar kleine Städte und Siedlungen hier und da. Die Leute, die da draußen leben, sind alle wurmverseucht, wenn du mich fragst. Da sind mir solide Mauern al-

lemal lieber.« Sie neigte ihren Kopf zur Seite. »Das weißt du doch sicher, oder etwa nicht, Hexe?«

Noon hob ihr Kinn leicht an. »Kannst du mir etwas zu essen mitgeben? Was ich meine ist, du wirst mir Essen geben. Die Winnowry wird dich dafür bezahlen.«

Einige Augenblicke lang starrte die Barbetreiberin sie nur an. Die Stadt um sie herum wurde lauter und lauter – ihr Tosen war doch nicht wie das Meer, erkannte Noon. Es klang vielmehr wie eine große Bestie, eine langsam erwachende Bestie, auf der sie alle lebten.

»Warte hier.«

Mit diesen Worten verschwand die Frau wieder durch die Tür. Noon blieb wie angewurzelt stehen und spürte, dass Panik in ihr aufstieg wie eiskaltes Wasser in einen Brunnen. Die Frau plante, die Verantwortlichen der Winnowry zu alarmieren, und sie würde sie genau hierherführen, wo sie immer noch wie eine Idiotin wartete. Und dann würden sie sie zurückbringen – schreiend, genau wie sie es getan hatten, als sie das erste Mal gefangen genommen worden war. Doch diesmal würde ihr Weg nicht zurück in ihre Zelle führen. Sie würden sie direkt zur Ertrunkenen bringen, und sie würde diesem bleichen, triefenden Grauen und ihrem Becken gegenüberstehen. Vielleicht würden sie sie auch einfach auf der Stelle verbrennen, ohne sich um den kostbaren Garten der Frau zu kümmern …

Die Tür öffnete sich erneut und die Frau kehrte zurück. Sie hatte einen kleinen Leinenbeutel im Arm, den sie Noon zuwarf. »Bier, etwas Käse. Ein Stückchen Brot von gestern. Nimm es, Mädchen, und verschwinde von hier.«

Die Frau war zum Greifen nahe, ihre fleischigen, von Sommersprossen übersäten Arme frei von Ärmeln. Es schien unmöglich, dass jemand so unvorsichtig sein konnte, und einen Moment lang fehlte Noon die Luft zum Atmen. *Ich könnte dich sofort töten,* dachte sie. *In Sekundenschnelle.*

»Worauf wartest du, du törichte Kreatur?« Die Frau sah sie finster an. »Geh!«

Noon eilte zu Fulcor zurück, zerrte an den Zügeln des Tieres, um es von den Tomaten abzulenken, und schwang sich rasch in den Sattel. Sie schnallte den Beutel der Wirtin hinter sich fest, und er schien tatsächlich Essen und Trinken zu enthalten. Sie konnte das Plätschern des Bieres in einer Art Flasche hören. Erst als sie wieder in der Luft waren und sich auf den Weg zum Stadtrand machten, wurde Noon klar, dass die Frau ihre Geschichte keine Sekunde lang geglaubt hatte. Warum sollte sie auch? Eine einsame Winnowry-Agentin auf den Knien in ihrem Gemüsebeet, die Tomaten verschlang, als hätte sie seit Wochen nichts mehr gegessen, und deren Gesicht mit schlammigen Tränen übersät war. All das war für eine gefürchtete und respektierte Vertreterin der Winnowry kaum überzeugend.

Warum die Frau ihr trotzdem Vorräte gegeben hatte, konnte sie nicht verstehen.

Jenseits der Stadt Mushenska breitete sich die Wildnis wie ein bösartiger Schimmelpilz über das Land aus. Sogar von hier oben konnte Noon den Unterschied zu den normalen Waldstücken erkennen; die Wildnis war hier dichter, fremdartiger. Die Schatten schienen tiefer zu sein, und sie konnte verschlungene Abschnitte mit kahler Rinde sehen, wo sich die Bäume umeinanderschlangen und um den wenigen Platz kämpften. Es war inzwischen später Vormittag, und die Sonne brannte auf sie herunter, aber irgendetwas an dem dunklen Waldstück unter ihr ließ sie frösteln. Ihre Füße kribbelten, und sie fühlte sich ungeschützt. Sogar Fulcor schien sich nicht wohlzufühlen. Ihr sanftes Schnaufen und Zirpen, an das Noon sich bereits gewöhnt hatte, blieb aus. Stattdessen flog die Fledermaus sogar etwas schneller, als sei sie entschlossen, die Wildnis so bald wie möglich hinter sich zu lassen.

»Wir müssen irgendwo anhalten.« Noons Worte wurden vom Wind weggetragen, und sie verzog das Gesicht. Allein die Vorstellung, irgendwo zwischen diesen wurmverseuchten Bäumen zu landen, bereitete ihr eine Gänsehaut. Aber je länger sie in der Luft waren, desto größer wurde die Wahrscheinlichkeit, dass die unvermeidlichen Patrouillen – Winnowry-Fledermäuse, die echte Winnowry-Agenten mit sich führten – sie entdecken würden. Außerdem war ihr ganzer Körper unterkühlt und schmerzte. Ihre Augen taten weh, weil der ständige Wind sie tränen ließ, was ihr wiederum Kopfschmerzen bereitete. »Ich muss mich einfach eine Weile hinsetzen«, sagte sie zu Fulcor. »Etwas essen, ein Feuer machen und darüber nachdenken, wie es weitergeht.«

Die Fledermaus ließ sich nicht anmerken, ob sie dies für eine kluge Idee hielt oder nicht. Vor ihnen wich die grüne Landschaft einem Landstrich, der Noon so fremd vorkam, dass sie sich im Sattel von Fulcor aufsetzte, um ihn genauer zu betrachten. Es sah fast aus wie die Oberfläche eines Teiches voller Seerosenblätter, nur dass die kreisförmigen Gewächse riesig waren, so groß wie die Dächer, über die sie in Mushenska geflogen waren, und so hoch aufragten, dass sie die Höhe der Baumkronen erreichten. Jede dieser Kuppeln war braun oder beige oder blass cremefarben mit dunkelgrauen Flecken, und als sie darüber hinwegflogen und Noon einen tiefen, erdigen und irgendwie lebendigen Geruch wahrnahm, wurde ihr klar, dass es sich um massive Pilze handelte. Es ergab für sie zwar keinen Sinn, doch sie waren weniger beunruhigend als die verschlungenen Bäume. Also beugte sie sich vor, um wieder in Fulcors großes Ohr zu sprechen, und die Fledermaus führte sie in einer Spirale durch einen Spalt zwischen den Pilzen hinunter. Unter der Oberfläche dieses seltsamen, fleischigen Waldes befanden sich weitere riesige Fliegenpilze, deren Hüte kleiner und teilweise sogar farbenfroher waren; Noon sah blasses Rosa, tiefes Ocker und einige Exemplare in staubigem Blau. Weiße und graue Stängel, die mit Fransen aus cremeweißem Fleisch besetzt waren, schlängelten sich rundherum, und die schattigen Zwischenräume wurden hier und da von schwachen Sonnenstrahlen durchdrungen, in denen Staubflocken tanzten. Es war gespenstisch still.

Fulcor landete auf einem zerklüfteten Hügel aus schwarzer Erde, hob ihre Füße jedoch immer wieder nacheinander an und gab ein unzufriedenes Quietschen von sich. Noon schnallte sich und ihren Beutel ab und hatte gerade noch genug Zeit, auf den feuchten Boden zu steigen, bevor Fulcor mit ihren ledrigen Flügeln schlug und wieder aufstieg. Noon beobachtete, wie die Fledermaus unruhig von einem Stiel zum anderen flatterte und dabei aussah wie eine Motte, die in einem Lampenschirm gefangen war. Doch dann fand sie einen Platz zwischen den Hüten mehrerer Pilze und war weg.

»Oh.«

Noon stand da, starrte auf die Stelle, wo die Fledermaus verschwunden war, und versuchte, all die Schatten um sich herum zu ignorieren. Nach einem Moment blies sie zögerlich in die silberne Pfeife und kam sich dabei ein wenig albern vor. Doch die Fledermaus kehrte nicht zurück.

»Scheiße.«

Langsam wurde Noon klar, dass der Ort weder so ruhig noch

so verlassen war, wie sie zunächst angenommen hatte. In den Schatten nahm sie winzige Bewegungen wahr, Kreaturen, die in dieser feuchten Unterwelt lebten und vor ihrem Eindringen davonhuschten. Von überall her war ein trockenes Klacken zu hören, als würden Knochenwürfel in einem Becher hin und her geschüttelt werden. Noon versuchte, sich nicht auszumalen, was in diesem seltsamen Bereich der Wildnis leben mochte. Also sammelte sie rasch Farn und Stöcke, saugte die restliche Lebensenergie aus ihnen heraus und errichtete ein kleines Lagerfeuer auf einem Erdhügel. Die Stöcke waren noch zu feucht, aber sie nutzte das Winnowfeuer, bis ein paar kleine, rauchige Flammen loderten, neben die sie sich zitternd kauerte.

»Ich bin hier«, sagte sie. Das trockene, tickende Geräusch war leiser geworden, und sie vermutete, dass das, was es verursacht hatte, weitergezogen war. »Hier bin ich also.«

Es war sonderbar mild unter den Pilzen, und die Luft war dick. Aber die Feuchte des Bodens sickerte schnell durch ihre Winnowry-Pantoffeln, und eine tiefe Kälte bemächtigte sich ihrer Knochen. Plötzlich begann sie am ganzen Leib zu zittern. »Ich weiß nicht, wo ich bin«, sagte sie zu den lebhaften Schatten. »Aber ich bin frei. Ich habe nicht viel zu essen und ich habe keine Ahnung, wo ich mich befinde, aber ich bin der Winnowry entkommen.« Sie hob den Beutel auf, drückte ihn an ihre Brust und erinnerte sich an die Hektik und den Lärm von Mushenska. »Frei, um unter einem verdammten Pilz zu verhungern.«

Kapitel 7

Hestillion hielt mit der Hand am Türknauf inne und starrte den Korridor entlang. Da war nichts. Gar nichts.

Das glatte Holz war kalt unter ihren Fingerspitzen. Doch ihre Fingerspitzen waren im Moment ohnehin wie aus Eis und erinnerten sie fröstelnd daran, dass alles falsch war. Das Ende des Korridors lag im Schatten und das wenige Licht fiel gedämpft auf den abgenutzten Teppich. Es war ein wolkiggrauer Tag, und die Fenster viel zu schmutzig. Es gab niemanden mehr, der sie hätte putzen können – es sei denn, Hestillion würde einen Eimer aus den riesigen Räumen der Dienerschaft holen. Doch so weit war sie nicht. Noch nicht.

In dem Korridor gab es nichts zu sehen, doch Hestillion starrte trotzdem in die Leere und ließ sich in eine Art müde Trance gleiten. Wenn sie lange genug hier stand und über nichts nachdachte, konnte sie vielleicht aus ihrer Zeit heraustreten. Dann würde sie diesen Korridor entlanggehen und hinter jeder Tür Stimmen hören. Das Licht würde das schöne, starke Licht des Sommers sein, und niemand wäre tot. Sie würde mit ihrem Bruder lachen, und dieser ganze Albtraum würde ihr so albern vorkommen. Vielleicht war das alles nur ein Albtraum, den sie gewebt hatte, und der alle eine Zeit lang träumen ließ. Und Tormalin würde sie nachsichtig anlächeln und vorschlagen, dass sie auf sie anstoßen sollten, auf eine wahre Meisterin des Traumwandelns.

Aus dem Inneren des Zimmers drang ein schrilles, heulendes Keuchen an ihr Ohr, das Hestillion aus ihrer angenehmen Trance riss. Ihre Finger krallten sich in das saubere Leintuch, das sie in der einen Hand hielt, während sie lauschte, was als Nächstes passieren würde. Da war wieder dieses Keuchen, das nun immer heftiger wurde, Lungen, die um Luft rangen.

Ein paar Herzschläge lang geschah nichts – war es vorbei? War dies das Ende? Doch dann hörte sie das explosive Rasseln, als würde es die Luft zerreißen, und das Geräusch ließ sie zusammenzucken. Es war unmöglich, es zu hören, ohne sich dabei vorzustellen, wie Organe tief im Inneren zerrissen wurden und Blut auf die Laken spritzte. Es folgten ein weiteres flüsterndes Keuchen, eine erneute Pause und dann der starke Husten.

»Warte«, murmelte sie und lehnte sich an die Tür, um sie zu öffnen. Sie war nicht sicher, ob sie mit sich selbst sprach oder mit Moureni.

Der Raum war dunkel, bis auf das grau schimmernde Rechteck des Fensters. Sie konnte das große Himmelbett und ein stürmisches Meer aus weißen Laken ausmachen; die Form in der Mitte des Bettes bestand aus kleinen Hügeln, verschlungen und tückisch. Die Luft roch nach Blut und Staub, doch Hestillion war sich fast sicher, dass Ebora in den letzten hundert Jahren nach nichts anderem gerochen hatte.

»Guten Morgen, Lord Moureni«, sagte sie, glitt ins Zimmer und legte die Bettwäsche auf die Ecke des Bettes, als wäre sie ein Dienstmädchen und dies ihre Aufgabe. »Wie geht es uns denn heute?«

Moureni antwortete mit einem weiteren rasselnden Husten, der so heftig war, dass er unter den Laken erstarrte und sein Körper von den gewaltigen Krämpfen erschüttert wurde. Hestillion ging zum Fenster und zog die Fensterflügel so weit zurück, wie es ging. Es machte kaum einen Unterschied.

»Mädchen«, krächzte die Gestalt im Bett. »Was glaubst du denn, wie es mir geht?«

»Nennen Sie mich nicht so. Ich bin kein Kind, und ich habe einen Namen.«

Moureni fing erneut an zu husten. Als Hestillion sich wieder dem Bett zuwandte, sah sie in der Nähe des Kopfendes einen dunklen Fleck auf dem Laken.

Es war nicht die klare Flüssigkeit, mit der Eboraner aus einer oberflächlichen Wunde bluteten, sondern das tiefe, ölige, schwarze Blut, das sie vergossen, wenn der Tod nahte. Inzwischen tropfte Lord Moureni dieses schwarze Blut aus unzähligen Rissen seiner Haut am ganzen Körper. Es aus den weißen Laken herauszubekommen, war nahezu unmöglich.

»Gut, dass ich Ihnen frische Wäsche mitgebracht habe, nicht wahr?«

Auf der kleinen Kommode neben dem Bett stand ein Leuchter mit dicken weißen Kerzen, die schon halb heruntergebrannt waren, also zündete sie sie schnell mit den Streichhölzern aus ihrer Tasche an. Das warme gelbe Licht, das sich dadurch auf dem Kissen ausbreitete, war das hellste, das Hestillion seit Monaten gesehen hatte. Leider zeigte es aber auch das verwüstete Gesicht von Lord Moureni, und dieser Anblick war weniger ermutigend.

Er war einst ein stattlicher Mann gewesen. Beweise dafür befanden sich überall an den Wänden seiner stark verkleinerten Wohnung in Ygserils Palast. Beeindruckende Ölgemälde zeigten einen markanten Mann mit breiten Schultern, dicht gelocktem dunklem Haar und glänzender bronzefarbener Haut, der immer eine Art Militäruniform trug. Er befand sich oft auf der Spitze eines windgepeitschten Hügels und blickte über ein neu erobertes Gebiet. Der Himmel auf diesen Gemälden war fast immer stürmisch, als wäre Eboras sich ausbreitendes Reich selbst ein herannahender Flächenbrand – andererseits hatte der Künstler vielleicht auch nur gerne Wolken gemalt.

Jetzt war Lord Moureni nur noch die schrumpelige Hülle eines Mannes; alles, was an ihm einst voller Leben gewesen war, schien ausgehöhlt und trocken. Seine Haut, ehemals glatt und fast leuchtend, fühlte sich jetzt kreidig und körnig an – zumindest an den Stellen, wo sie nicht aufgerissen war und nässte. Er schaute aus seinen gelb-roten Augen zu ihr, und sie musste wegsehen. Sein dunkel gelocktes Haar, früher sein ganzer Stolz, bestand nur noch aus einer Ansammlung von halbherzigen Strähnen, von denen die meisten mit Schweiß an seiner breiten Stirn klebten. An seinem Kinn befand sich schwarzes Blut.

»Ich werde die Bettwäsche wechseln.« Hestillion nahm die Ränder der schmutzigen Decke zwischen ihre eiskalten Fingerspitzen und zog sie ihm weg. Moureni schrie auf, zog die Beine an seine Brust und zerrte an seinem zerlumpten Nachthemd, aber Hestillion ignorierte ihn. »Hört auf zu jammern.«

Er öffnete den Mund, um etwas zu erwidern, aber stattdessen hustete er erneut. Sein ganzer Körper war ein einziges Husten. Er drückte sich die Handgelenke an den Mund, aber sie sah es trotzdem: Blut, dick und krankhaft, das durch seine Zähne und Mundwinkel sickerte.

Ich sollte einfach gehen, dachte sie. *Jetzt umdrehen, die Tür schließen und loslaufen. Laufen, bis Ebora weit hinter mir liegt, und Lord Moureni soll sich zu Tode husten.* Es gab nichts, was sie für ihn tun konnte, oder für irgendjemanden von ihnen. Also sollte sie einfach gehen, wie ihr Bruder es getan hatte, und alles im Nichts verschwinden lassen – ein endloser Korridor aus Schatten und Erinnerungen und sonst nichts.

Stattdessen warf sie die blutbefleckte Decke hinter sich, griff nach der frisch gefalteten und breitete sie über der ausgemergelten Gestalt aus. Die Blutpest war gnadenlos und langsam. Die Betroffenen fühlten sich zunächst müde, dann begannen ihre Muskeln zu schmerzen. Als Nächstes fingen sie an zu husten. Das war der Anfang vom Ende. Die Haut wurde steif und wund, blätterte in großen Stücken ab oder riss auf, sodass rohes Fleisch darunter zum Vorschein kam. Der Husten selbst wurde zu einem Dämon, einer Kreatur, die mit rasiermesserscharfen Krallen und geschärften Zähnen angriff. In diesem Dasein zwischen Leben und Tod vegetierten sie monatelang, jahrelang, manche sogar jahrzehntelang dahin, bis Hestillion eines Tages ihre Hüllen entdeckte – die letzten Körpersäfte auf ihre Kleidung gespritzt, ihre Finger im letzten Todeskampf wie Baumwurzeln verschlungen. Das war das Ende, das die meisten, wenn nicht alle von ihnen, erwartete. Das oder ein langsames Verschwinden durch die Schwäche des Alters. Genau davor war Tormalin geflohen.

»Es gibt kein Zurück mehr.« Mourenis Stimme war ein saures Krächzen. Hestillion war überrascht, dass er überhaupt noch sprechen konnte. »So werde ich sein, bis ich sterbe.«

Hestillion wartete. Manchmal baten sie darum, es zu beenden, wenn das Leiden unerbittlich wurde. Im Bett klammerte sich Moureni an die frische Decke und zog sie bis zu seinem spitzen Kinn, das verschrumpeltem Wurzelgemüse glich.

»Ich erinnere mich an Ygseril«, fuhr Moureni fort. »Du wahrscheinlich nicht, du junges Ding, aber ich erinnere mich an die Zeit, als seine Blätter von den Zweigen hingen und der Saft floss. Damals waren wir wie Kinder. Wir hatten keine Ahnung, wozu das Schicksal fähig war. Was war das für eine schreckliche Lektion, die wir gelernt haben.« Der alte Mann – nicht wirklich alt für einen Eboraner, aber doch uralt – keuchte und schnaufte in einer Parodie von Lachen. »Der Achte Regen wird der letzte sein, den wir sehen, und wir werden Staub und Knochen sein, genau wie alle jenseits der Mauer. Genau wie die Menschen. Denn wir haben ihr Blut getrunken.« Moureni versteifte sich, als wollte er sich aufsetzen, aber ihm fehlte die Kraft dazu. Stattdessen rollte er sich auf die Seite. »Das ist ihre schmutzige Krankheit! Wir haben uns mit ihrem dreckigen Blut angesteckt. Das wird meine letzte Tat sein. Ich werde mein Schwert nehmen, meine glänzende Klinge, und –«

Zu Hestillions Erleichterung wurde er von einem Hustenanfall unterbrochen. Es war ein schrecklicher, schmerzhafter Hustenanfall, und für einige endlos scheinende Momente dachte Hestillion, dass er keinen Atem mehr hatte, dass er einfach mitten in einer Rede ersticken würde. Doch obwohl sich alle Risse in seiner löchrigen Haut öffneten und ölige Flüssigkeit ausströmte, war er am Ende noch am Leben. Seine Augen, die wie nasse Kieselsteine auf knochenweißem Sand lagen, starrten auf den Himmel des Bettes.

»Ich muss beim Versuch sterben, sie zu töten«, flüsterte er schließlich. »Das ist der einzige Weg … der einzige Weg, diese Blutkrankheit zu beseitigen.«

»Ich bin gestern Nachmittag durch die Stadt gelaufen«, entgegnete Hestillion. Sie stand langsam auf und ging zu der dunklen Holzvitrine hinüber. Hinter dem Glas befanden sich Medaillen und Trophäen aus der glorreichen Vergangenheit von Lord Moureni. »Die Türen der alten Bibliothek waren offen, also bin ich hineingegangen. Hunderte von Schriftrollen waren hervorgeholt und zerrissen worden, und an anderen Stellen hatte ein Tier eine Art Nest gebaut. Da war Kot.« Sie hielt inne und holte eine schwere Messingschale aus dem Schrank. Auf ihrem Boden lagen Goldmünzen. »Ich bin weitergegangen und eine Zeit lang haben mich zwei Wölfe verfolgt. Sie waren dünn und müssen hungrig gewesen sein, aber sie haben mich nur beobachtet. Ich glaube, sogar die Wölfe wissen, was für ein kranker Ort das jetzt ist. Sie wissen es besser, als verdorbenes Fleisch zu fressen.« Sie nahm die

Münzen aus der Schale und steckte sie in ihre Tasche. »Wenn Sie das Heiligtum von Ygserils Palast verlassen würden, Lord Moureni, hätten Sie vielleicht die Kraft, die erste Treppe zu erklimmen. Ich verspreche, dass dort draußen keine bösen, kranken Menschen auf Sie warten, die Sie töten könnten, selbst wenn Sie die Kraft hätten, Ihr Schwert zu heben.«

Moureni verstummte, und sie kehrte an sein Bett zurück, um ihm ein Glas Wasser aus einer Karaffe einzuschenken. Staub wirbelte im Wasser herum, aber das spielte kaum eine Rolle. Er würde es ohnehin nur benutzen, um den Blutgeschmack aus seinem Mund zu spülen – was sie als durchaus ironisch empfand.

»Hier ist Wasser für Sie. Kann ich Ihnen sonst noch etwas bringen?« Statt zu antworten, wandte die ausgemergelte Gestalt im Bett das Gesicht von ihr ab und starrte in die Schatten in der Ecke des Zimmers. Einen Moment tat sie es ihm gleich und fragte sich, ob auch er sich in einer Art Trance befand, auf der Suche nach einer Vergangenheit, die es nicht mehr gab. Von Ebora war nichts anderes übrig als Schatten und Staub.

Der Mann gurgelte und bereitete sich auf einen weiteren Hustenanfall vor, während Hestillion versuchte, sich aus ihrer Trübsal zu befreien. Sie schnappte sich die blutbefleckte Decke und schloss leise die Tür, bevor sie den Korridor entlangging. Zu ihrer Rechten kam sie an einer halb geöffneten Tür vorbei, und ohne einen Blick in das düstere Innere zu werfen, warf sie den schmutzigen Stoff hinein.

Es gab keine Bediensteten mehr, die sich um die Wäsche, die Fenster oder das Geschirr kümmern würden, aber es gab Räume über Räume voller Dinge, die für die inzwischen Verstorbenen vorbereitet worden waren: Tausende von gefalteten Laken, elegante Gläser, zarte Teller mit goldenen Verzierungen, unzählige Kleider und Gewänder. Vieles davon war hergestellt oder importiert worden, bevor die Blutpest sich anschickte, eine spürbare Delle in der Bevölkerung zu hinterlassen. Mittlerweile bezweifelte Hestillion, dass sie alles davon verwenden konnte, bevor es verschimmelte, verrottete oder einfach zu Staub zerfiel.

»Staub, überall Staub«, murmelte sie vor sich hin. Sie wischte sich abwesend mit der Hand über die Stirn, obwohl sie wusste, dass das Gefühl des Schmutzes nie ganz verschwinden würde. Sie trug ein gepolstertes Seidenkleid in einem dunklen Ockerton, das mit blassblauen und weißen Vögeln bestickt war, und Pantoffeln mit blauen Seidenfedern. Auf beides gab sie sehr gut acht. Am Ende eines jeden Tages kehrte sie in ihre Räumlichkeiten zurück und reinigte das Kleid mit den speziellen Bürsten, die sie für diesen Zweck besaß. Sie waren mit einer Art Pulver bestrichen, das die Seide auffrischte. Danach legte sie das Kleid sorgfältig zurück in ihren Schrank zu all den anderen. Es waren Kunstwerke – vor Jahren von Männern und Frauen aus Ebora angefertigt, die ihr Handwerk jahrzehntelang ausgeübt hatten. Es war ihr einfach unmöglich, sie zusammen mit allem anderen verderben zu lassen.

Ohne darüber nachzudenken, lief Hestillion durch die Gänge und gelangte schnell ins Zentrum des Komplexes. Der Palast war ein Gewirr, das sich von seinem Herzen aus wie ein Knoten aus verschlungenen Wurzeln ausbreitete. Er war über die Jahrhunderte organisch gewachsen, genau wie der große Gott, der in seiner Mitte thronte. Korridore kreuzten sich scheinbar willkürlich, riesige Räume tauchten aus dem Nichts und ohne Vorwarnung auf, kleine Kammern versteckten sich in Ecken und winzige Höfe erschienen wie Juwelen inmitten des Durcheinanders. Als Ebora noch lebendig ge-

wesen war, hatten sich regelmäßig unzählige Personen in diesem Labyrinth verirrt – wenn man jedoch hundert Jahre irgendwo lebte, kannte man irgendwann jeden Winkel und jedes Versteck.
Es gab noch andere Eboraner hier, die sich entweder verstreut im Palast oder draußen in der Stadt befanden. Es waren allerdings kaum mehr als eine Handvoll, und fast alle starben an der Blutpest. Sie blieben unter sich, als hätten sie alle die gemeinsame Entscheidung getroffen, dass es zu schmerzhaft war, einander sterben zu sehen. Hestillion sah sie manchmal; eine gebeugte Gestalt, die eine verlassene Straße entlanglief, oder ein hageres Gesicht an einem Fenster. Einige von ihnen, das wusste sie, bezahlten Menschen dafür, dass sie in die Stadt kamen und ihnen ihr Blut gaben. Der Gedanke daran ließ sie frösteln. Es musste die schiere Verzweiflung sein, zu wissen, dass das Trinken von Menschenblut die Krankheit nur noch stärker machte, und es dann trotzdem zu tun, nur weil man sich eine Zeit lang besser fühlte. Sie dachte an die Menschen, an ihre Abscheu und den Triumph in ihren Gesichtern, ihren alten Feind so gefallen zu erleben. Das galt sogar, wenn man ihnen Münzen für ihre Dienste in die Hand drückte.
Sie passierte einen Raum, in dem ein junger Mann an einem Esstisch saß. Vor ihm lagen Hunderte von Papierkarten ausgebreitet, jede etwa so groß wie seine Handfläche und mit leuchtender Tinte illustriert. Es waren Tarla-Karten. Da war der Gebrochene Mond, dessen gelbe Oberfläche wie ein Ei gespalten war; dort die Gerechte Kriegerin, die als Frau in einer silbern glänzenden Rüstung dargestellt wurde; daneben die Weise Frau, eine lächelnde alte Dame, deren Gesicht halb unter ihrer Kapuze verborgen lag. Tarla-Karten konnten für einfache Geschicklichkeits- und Glücksspiele verwendet

werden, oder man konnte mit ihnen die Zukunft voraussagen. So hieß es jedenfalls. Hestillion hatte eine Großtante, die Jahrzehnte ihres Lebens dem Studium der Tarla gewidmet hatte, und sie hatte nichts von Eboras Untergang vorhergesehen.

»Aldasair? Was machst du denn da?«

Der junge Mann blickte mit großen Augen auf. Sein braunes Haar hing ihm struppig und ungepflegt über die Schultern, und sein zerzaustes Seidenhemd hatte schon bessere Tage gesehen. Allerdings hing an der Tasche seiner dunkelblauen Weste noch immer die golden leuchtende Kettenuhr. Auf ihr war das Bild eines Greifen eingraviert.

»Ah, Hest. Ich lese die Tarla, Hest.«

»Nun, dann hast du zu viele Karten.« Sie betrat das Zimmer. Einige Karten lagen verstreut auf dem Boden. »Wie viele Kartenstapel hast du da? Drei? Du brauchst nur ein Dutzend Karten, um die Tarla zu lesen, Cousin.«

Aldasair blickte wieder auf die vor ihm ausgebreiteten Karten und legte die Stirn in Falten. »Nein, Hest. Ich versuche, die ganze Zukunft zu lesen. Ich muss *alles* sehen.«

Hestillion räusperte sich. »Also, was hast du gesehen?«

Aldasair seufzte. »Eigentlich hauptsächlich Karten.« Bisher war er um die Blutpest herumgekommen. Er war im gleichen Alter wie sie und zu jung, um an den Aaskriegen teilgenommen zu haben. Das hieß jedoch nicht, dass es ihm gut ging. »Werde ich Tormalin beim Abendessen sehen?«

In der Mitte des Tisches befand sich eine tote Spinne, die mit verkrümmten Beinen auf dem Rücken lag. Sie sah ziemlich vertrocknet aus. Hestillion fragte sich, wie lange Aldasair schon hier saß und seine Karten durchstöberte. War sie gestern an diesem Raum vorbeigegangen? Am Tag davor? Sie konnte sich nicht erinnern.

»Wir haben darüber schon mehrmals gesprochen, Aldasair. Tormalin ist vor Jahren gegangen. Vor Jahrzehnten. Er hat all seine Sachen und sein schickes Schwert eingepackt.« Hestillion streckte die Hand aus und schnippte die tote Spinne vom Tisch. »Dann hat er sich auf den Weg jenseits der Mauer und der Berge gemacht. Und jetzt verbringt er seine Zeit zweifellos damit, sich zu betrinken und sein Bett warm zu halten. In diesen Dingen war er immer besonders gut.«

Aldasair nickte langsam, als ob er ihr nicht glaubte, aber versuchte, sich selbst zu überzeugen. »Tormalin hat das Schwert mitgenommen?«

»Warum nicht? Wir brauchen es hier doch nicht mehr, oder? Der Neunte Regen wird nie stattfinden. Ygseril ist tot.« Sie strich mit den Fingern über die Karten und entlockte ihnen damit ein flüsterndes Geräusch. »Ich werde heute Abend im blauen Zimmer zu Abend essen, falls du mir Gesellschaft leisten willst, Aldasair.«

Der junge Mann nickte, blickte aber wieder auf die Karten hinunter. »Letzte Nacht bin ich hier drin aufgewacht, in der Dunkelheit. Draußen habe ich die Wölfe gehört. Hörst du manchmal die Wölfe, Hest?«

»Oh ja, ich höre sie die ganze Zeit.«

»In der Dunkelheit nahm ich Karten vom Stapel. Vier Karten. Und als es hell genug wurde, konnte ich sie erkennen. Der vergiftete Kelch – eine schlechte Entscheidung. Der fallende Stern – etwas nähert sich, das uns Unheil bringt. Und schließlich: die beiden alten Damen – ein neuer Weg wird entdeckt.«

Sie hatte angenommen, dass ihre Lippen zu kalt zum Lächeln wären, es gelang ihr aber trotzdem. »Schlechte Entscheidungen und böser Wille. Die Tarla war noch nie so genau.«

»Und die vierte sollte ich dir geben.« Aldasair hielt ihr eine staubige Karte hin. Darauf waren verschlungene grüne Formen zu sehen, die wie schrumpelige Finger in der Dunkelheit tasteten. Die Wurzeln. »Es war wichtig, dass du sie bekommst.«

Hestillion schaute ihn scharf an. »Wer hat dir das gesagt? Wer hat dir gesagt, dass du mir diese Karte geben sollst?«

Doch Aldasair hatte sich wieder den Karten zugewandt und ließ seine Fingerspitzen über sie gleiten, als suche er etwas darunter.

»Das blaue Zimmer«, erinnerte sie ihn, »wenn du Hunger hast.«

Hestillion schob die verstaubte und zerknitterte Karte in eine Tasche ihres gepolsterten Kleids und überließ ihn seiner Verwirrung.

Kapitel 8

»Bitte komm herein, Agentin Lin.«

Lin hielt an der Tür inne, um ihre Handschuhe zu richten. Sie waren aus feinem Kalbsleder, weich, biegsam – und sie störten sie. Außerhalb der Winnowry trug sie überhaupt keine Handschuhe, aber diese gackernden Hühner würden ihr den Platz wegnehmen, wenn sie es nicht tat. Da sie also schon Handschuhe tragen musste, konnten es wenigstens gute sein.

Sie blickte in das konturlos-metallische Gesicht der Schwester, die sie hereinführen sollte. Ihr Ton war höflich, aber es war klar, dass sie versuchte, außer Reichweite zu bleiben. Das Vertrauen zwischen den Agenten und der Winnowry war manchmal eine sehr zerbrechliche Angelegenheit.

»Hier entlang, bitte.«

Das Herz der Winnowry befand sich näher an den Öfen als am Gefängnis; Lin war sich nie sicher gewesen, ob es daran lag, dass die Akolythen von Tomas auf dieser kalten, feuchten Insel in der Nähe der Wärme sein wollten oder daran, dass sie Mauern zwischen sich und den Frauen bevorzugten, die sie gefangen hielten. Vermutlich beides. Während ihrer Zeit als Gefangene hatte Lin die kurzen Besuche im Ofenraum genossen, und wenn es nur war, um sich aufzuwärmen. Der zentrale Empfangsraum hingegen wirkte nicht besonders einladend; der Boden aus kühlen, grauen Steinplatten ließ die Kälte durch ihre Stiefel kriechen, und aus dem großen, quadratischen Fenster strömte grelles, trostloses Tageslicht herein. Der lange, geschwungene Tisch, hinter dem die Akolythen saßen, war ebenfalls aus Stein, und der einzige Sitz davor war – ohne ein besseres Wort dafür zu finden – ein schlichter, polierter Felsblock. Darauf lag eine dünne, ge-

polsterte Matte. Lin stellte sich daneben, hielt den Rücken gerade und den Blick auf das Fenster in der Ferne gerichtet.
»Agentin Lin«, begann Vater Stanz. Er lehnte sich auf dem Steintisch nach vorne und verschränkte seine Finger. »Ich nehme an, deine letzte Mission war erfolgreich?«
»Die Ziele wurden eliminiert«, antwortete eine kleine, kräftige Frau zu seiner Linken: Schwester Resn. Sie sah aus irgendeinem Grund wütend aus, und ihre langen, blauen Handschuhe sowie die silberne Maske lagen vor ihr auf dem Tisch, als könnte sie es nicht ertragen, von ihnen getrennt zu sein.
»In einige Rußflecke und einen unangenehmen Geruch aufgelöst, wie Schwester Resn schon angedeutet hat«, ergänzte Lin. »Ich hatte auf eine Ruhepause vor dem nächsten Auftrag gehofft.«
»Auf keinen Fall, Finster-Lin.« Diese Stimme gehörte zu Vater Eranis, der Lin immer mit ihrer alten Bezeichnung ansprach. Sie sah ihn direkt an und bemühte sich, ihr Gesicht ausdruckslos zu halten. »Bei uns ist ein Mädchen entlaufen.«
Lin hob eine Augenbraue. »Entlaufen?«
»Sie hat eine der Fledermäuse aus dem Chirotturm genommen«, fuhr Vater Stanz fort. »Wir untersuchen noch, wie sie überhaupt so weit gekommen ist, aber wie du dir vorstellen kannst, muss sie so schnell wie möglich hierher zurückgebracht werden. Es ist nicht sicher für sie, wenn sie sich außerhalb der Winnowry aufhält.«
»Möglicherweise hat ihr ein Lehrling geholfen«, sagte Schwester Resn. Ihre hängenden Wangen glühten rosa und zitterten leicht vor unterdrückter Empörung. »Wir glauben, dass sie … ihn verführt hat. Und sie hat Schwester Renier fast bis zum Tod ausgesaugt.«
Vater Stanz räusperte sich. »Es ist natürlich schwer zu sagen,

was genau passiert ist, aber der Alarm wurde eine Zeit lang nicht ausgelöst.«
»Um welche Hexe handelt es sich?«
»Finster-Noon, vom Volk aus dem Flachland. Erinnerst du dich …?«
Lin hob nun auch noch ihre andere Augenbraue. »Ich erinnere mich. Und ich habe schon immer gesagt, dass ihr ein besonders gutes Auge auf sie werfen solltet. Sie besitzt großes Potenzial für … Schwierigkeiten.« Lin ließ den Satz wirken und wollte, dass die anderen ihn mit Leben füllten.
»Aber das ist doch kein Problem für dich, oder, Finster-Lin?« Eranis beugte sich leicht vor. Wahrscheinlich dachte er, er würde dadurch einschüchternd wirken. »Tatsächlich scheint dieser besondere Fall wie für dich gemacht zu sein. Ich bin mir sicher, dass eine Hexe mit – äh – deinen Fähigkeiten sie im Handumdrehen zurückbringen wird. Weinend und flehend und bettelnd, wieder in ihre Zelle gesteckt zu werden. So wird es zweifellos kommen.«
Lin ignorierte ihn. »Könnt ihr mir sonst noch etwas sagen?«
»Du kennst ihre Geschichte. Sie ist eine Mörderin. Und auch eine Lügnerin – was sie erzählt, passt hinten und vorne nie zusammen.« Stanz blickte auf einen Stapel Papiere. »Mushenska ist natürlich nahe genug, um ein verlockendes Versteck darzustellen.«
»Wie wahrscheinlich ist es denn, dass sie und dieser Lehrling eine Beziehung hatten? Erlaubt ihr inzwischen mehr Verbrüderungen zwischen Lehrlingen und Finsterhexen?«
»Natürlich nicht!« Die Wangen von Schwester Resn wurden noch rosiger. »Aber die Versuchung könnte gewachsen sein. Die Hexen sind wie Risse, durch die Sünde in unsere Welt sickert, und selbst die Unschuldigsten können korrumpiert werden. Einem Jungen wie ihm hätte man den Kopf verdre-

hen können. So etwas ist in der Vergangenheit schon passiert, wie dir sicher bewusst ist.« Sie blickte Lin fordernd an, fast so, als wolle sie erreichen, dass sie mehr sagte.

»Hat sie Familie oder Bekanntschaften, zu denen sie zurückkehren könnte?«

Eranis gluckste leise. »Das Mädchen hat alle Verbindungen schon vor langer Zeit selbst zerstört. Ich nehme also an, es wird keine Probleme geben, Finster-Lin?« In seinem Tonfall lag eine gewisse Schärfe.

»Natürlich nicht.« Aus dem Augenwinkel beobachtete Lin das empörte Gesicht von Schwester Resn und fragte sich, ob die Frau es wagen würde, etwas zu ihr zu sagen. Als Lin eine Gefangene der Winnowry gewesen war, hatte Schwester Resn regelmäßig im Zellentrakt patrouilliert, und Lin hatte oft darüber fantasiert, der Frau die Haut abzulösen, oder ihr einfach in einer kurzen, glorreichen Sekunde die gesamte Lebenskraft zu entreißen. Sie ließ sich jedoch nichts anmerken, während sie darüber nachdachte. Sie durfte nur deshalb als freie Agentin im Namen der Winnowry agieren, weil man glaubte, sie völlig unter Kontrolle zu haben. Und das stimmte auch. Kontrolle war alles. Es war eine einfache Entscheidung – entweder sie lebte für den Rest ihres Lebens als Gefangene oder sie nahm die Freiheit, die man ihr anbot. Die Konsequenzen einer Auflehnung waren … unvorstellbar. »Ich werde eure entlaufene Hexe für euch finden. Habe ich die Erlaubnis, das Problem dauerhaft zu beseitigen, wenn es nötig sein sollte?«

Vater Stanz nickte feierlich. »Uns wäre es natürlich lieber, wenn es anders wäre, aber es ist durchaus möglich, dass es sehr gefährlich ist, sie zu bändigen. Die Winnowry vertraut auf dein Urteilsvermögen.«

»Das sollte sie auch. Ihr werdet in Kürze von mir hören.«

»Eine Sache noch, Finster-Lin.« Eranis betrachtete wieder die Papiere auf dem Tisch, konnte sich dabei aber ein Schmunzeln nicht verkneifen. »Mutter Cressin möchte mit dir sprechen, bevor du aufbrichst.«
Agentin Lin zeigte keine Regung. Kontrolle. Immer Kontrolle. Dann nickte sie. »Ich werde sofort zu ihr gehen.«

Mutter Cressin hatte ihre Räume im höchsten Turm des Gefängnistrakts der Winnowry. Das bedeutete, dass jeder, der sie besuchen wollte, eine schier endlose Wendeltreppe hinaufsteigen musste. Auf dem Weg nach oben gab es viele schmale Fenster, aber Lin machte sich nicht die Mühe, hindurchzuschauen. Sie zeigten nur die farblose Düsternis des Meeres oder den Blick über die Bucht nach Mushenska, die in ihrem eigenen Nebelschleier verborgen lag.
Die Ertrunkene.
So flüsterten es sich die Finsterhexen gegenseitig zu. Mutter Cressin, die nur selten im Gefängnis selbst zu sehen war, erschien gelegentlich bei den Säuberungen, wobei sie ihr Gesicht stets unter einer Kapuze verbarg. Hatte man Pech und die Schwestern waren der Meinung, dass man eine weitere Unterweisung in den Lehren von Tomas brauchte, wurde man in ihre Räume gebracht.
Am oberen Ende der Treppe befand sich eine Tür aus Treibholz, die halb offen stand. Der runde Raum lag im Dunkeln, und die dicken Matten aus alten Netzen, die die Fenster bedeckten, hielten das Licht erfolgreich draußen und die Kälte drinnen. Es gab ein kleines, eher halbherziges Feuer auf dem Rost und keine Teppiche auf den eisigen Fliesen. Zu Lins Rechten stand eine hochgewachsene Gestalt mit breiten Schultern, die von ihrem dunklen Mantel eher betont als verborgen wurden und deren Gesicht wie ein Stück geklopf-

tes Fleisch aussah. Ihr Haar war zurückgebunden. Agentin Lin nickte der Frau zu.

»Ich bin hier, um Mutter Cressin zu besuchen.«

Die Wache deutete nickend in den hinteren Teil des Raumes, wo die Schatten am undurchdringlichsten waren. Finster-Mary, Mutter Cressins Assistentin und Leibwächterin, hatte in Lins Gegenwart nie mehr als eine Handvoll Worte gesprochen. Darüber war sie jedoch nicht besonders böse. Lin vermutete, dass man in ernsthaften Schwierigkeiten steckte, wenn Finster-Mary einem viel zu sagen hatte.

Im hinteren Teil des Raumes befand sich ein riesiges, verziertes, tankartiges Becken. Es lag in einem schmiedeeisernen Rahmen, der mit verbogenem Metall in Form von Seetang verziert war. Lin wusste, dass sich darin Meerwasser befand, und sie konnte gerade so eine Silhouette ausmachen, die auf dem Boden kauerte. Ihre Arme waren gekreuzt, die Beine unter sich verschränkt. Mutter Cressin hielt den Kopf gesenkt und ihr Gesicht dadurch verborgen. Lin konnte die blassen Strähnen ihres weißen Haares ausmachen, die sich geisterhaft um ihren Kopf bewegten. Ab und zu entwich eine silbrige Luftblase aus ihrem Mund oder ihrer Nase und bahnte sich einen Weg an die Oberfläche. Ansonsten war das Wasser völlig still.

Agentin Lin holte tief Luft und hielt sie einige Sekunden lang an, bevor sie sich wieder umdrehte und Finster-Mary ansah. Die große Frau bewegte sich nicht.

»Soll ich hier warten, bis Mutter Cressin bereit ist, mich zu empfangen?«

Keine Antwort.

Agentin Lin räusperte sich. Sie wollte die Frau im Becken nicht ansehen, doch ihr Blick wurde trotzdem in ihre Richtung gelenkt. Sie hörte, wie der Wind um den Turm heulte, und der salzige Geruch aus dem Becken hing ihr in der Nase. Langsam, ganz langsam drang die Kälte in ihre Knochen, und die ganze Zeit über war sie sich ihres eigenen Atems bewusst, der in dem düsteren Raum ungewohnt laut klang.

Es war immer dasselbe, wenn man hierher gerufen wurde; Mutter Cressins sonderbares Ritual wirkte jedes Mal zutiefst beunruhigend, und Lin ertappte sich dabei, wie sie tiefer und tiefer einatmete, als würde sie selbst gegen den Druck des Wassers ankämpfen. Währenddessen verhielt sich die Gestalt im Becken vollkommen still und hielt ihr Gesicht verborgen. Lin wollte nicht daran denken, wie kalt das Wasser sein musste.

Die Ertrunkene hat das Meer im Blut, flüsterten sich die Finsterhexen heimlich im Dunkeln zu. Was auch immer Tomas und seine Schüler von ihrem eigenen Ertrinken mitgebracht hatten, Mutter Cressin hatte es immer noch – ein dunkles Wissen, das aus dem lichtlosen Sand auf dem Grund des Ozeans gesiebt wurde.

Als sie schon so lange gestanden hatte, dass die Frage in ihr aufkam, ob die alte Frau vielleicht endlich gestorben sei und friedlich ihren letzten Atemzug ins Wasser gestoßen hatte, breitete Mutter Cressin die Arme aus. Das Wasser wirbelte um sie herum, und plötzlich stieß sie sich in einem Wirrwarr aus Schatten und Staub vom Boden ab und erreichte mit präzisen, geübten Bewegungen den oberen Rand. Lin hörte, wie sie durch die Wasseroberfläche brach, aber aufgrund der Schatten sah sie nur eine schimmernde Gestalt in der Dunkelheit. Die alte Frau kletterte eine unsichtbare Leiter hinunter und verschwand hinter einem Paravent. Finster-Mary durchquerte den Raum, holte einige trockene Kleider aus einer Truhe und schob sie schnell hinter die Trennwand. Der kurze Blick, den Lin erhaschte, vermittelte ihr den Eindruck von schwarzen, salzbefleckten Lumpen. Sie vermutete, warten zu müssen, bis die Ertrunkene angezogen war, doch stattdessen drang ihre Stimme von hinter dem Paravent nach oben. Sie war sehr leise, wie die Stimme von jemandem, der wusste, dass die Umstehenden eher ihr Gehör strapazieren würden, als sie zu bitten, etwas lauter zu sprechen.

»Sie haben dir von unserem fehlenden Schützling erzählt?«

»Ich bin informiert worden, Mutter Cressin. Ich werde das Mädchen im Handumdrehen wieder bei uns haben.«

Es gab ein ersticktes Geräusch, als würde jemand Luft ausstoßen – aus Abscheu oder Unglauben vielleicht. »Es ist kein Mädchen. Es ist eine Abscheulichkeit. Vergiss nie, was du bist, Finster-Lin, nur weil wir dich frei in der Welt herumlaufen lassen.«

Lin starrte unentwegt auf die Trennwand. Sie dachte darüber nach, wie angenehm es wäre, diesen armseligen Rest einer Frau zu nehmen und in ihr verdammtes Becken zurückzustoßen – um herauszufinden, wie lange sie wirklich die Luft anhalten konnte. Oder man könnte sie aus dem Fenster ihres eigenen verdammten Turms werfen.

Kontrolle. Kontrolle zu jeder Zeit.

»Ich werde es nicht vergessen, Mutter Cressin.«

»Die Kreatur Noon ist die Bruchstelle, durch die das Böse in unsere Welt eindringt. Genau wie du. Sie befleckt die Welt, vergiftet sie. Sie muss kontrolliert werden.«

»Ja, Mutter Cressin.« Lins Blick wanderte zu Finster-Mary, aber die Frau starrte wieder nur teilnahmslos ins Leere. Kontrolle ist alles.

»Erinnerst du dich, Finster-Lin, als du noch nicht so kontrolliert warst?« Die Ertrunkene trat nun hinter dem Paravent hervor, von Kopf bis Fuß in schwarz gefärbtes Sackleinen gehüllt. Eine tiefe Kapuze verbarg ihr Gesicht, und ihre Füße, die so weiß wie der Unterleib eines Fisches waren, standen nackt auf den eisigen Steinplatten. »Erinnerst du dich an die Konsequenzen?«

»Ich war sehr jung«, entgegnete Lin. »Und die Schuld liegt nicht allein bei mir.«

Mutter Cressin blickte scharf auf, und Lin erhaschte einen kurzen Blick auf ein blasses, rundes Kinn.

»Du wagst es? Du wagst es, die Schuld unseren Priestern in die Schuhe zu schieben? Ausgerechnet du?«

Agentin Lin starrte auf das Becken. So nützlich sie auch für die Winnowry war, es gab immer genügend Frauen, die nur darauf warteten, ihren Platz einzunehmen. Es war wichtig, das nicht zu vergessen.

»Es tut mir leid, Mutter Cressin. Wahrlich, im Namen von Tomas. Was ich meinte, war, dass die *Konsequenzen*, wie Sie sagten, sowohl Priester als auch Finsterhexen betreffen. Ich hoffe, dass man sich daran erinnert, wenn in Zukunft – wenn künftige Entscheidungen getroffen werden.«

Mutter Cressin wandte sich ab, offenbar zu angewidert, um sie noch länger anzusehen. »Es passt mir nicht, Finster-Lin, dass wir deine Art überhaupt benutzen müssen. Es würde mich beruhigen, wenn jede Finsterhexe in eine Zelle gesperrt oder bei der Geburt still und leise aus dieser Welt genommen würde. Wenn es einen Weg gäbe …« Sie hielt neben dem Becken inne und streckte eine blasse Hand aus, um das Glas zu berühren. Alle ihre Fingerspitzen waren schrumpelig. »Auf diese Weise könnten wir beginnen, Sarn wirklich zu säubern.« Sie drehte sich wieder um. »Doch bis es so weit ist, so sagt man mir, muss ich deine Existenz weiter ertragen. Ich möchte, dass die Sache in aller Stille geklärt und die Kreatur zurückgebracht wird. Sie wird einige Zeit in den unteren Zellen verbringen und dann einen Zyklus wiederholter Säuberungen durchlaufen.«

Agentin Lin nickte. Es war bekannt, dass wiederholte Säuberungen Frauen töten konnten. Es hatte aber auch den Vorteil, sie so sehr zu erschöpfen, dass sie nicht mehr nachdenken konnten. Außerdem lieferte diese Vorgehensweise eine beträchtliche Menge der Droge Akaris.

»Es wird nicht schwierig sein, Mutter Cressin. Die Kreatur ist jung und allein und hat keine Familie, zu der sie fliehen könnte.«

Cressin nickte und wandte sich ab. Sie gestikulierte in Richtung Tür. »Geh. Das Meer ruft mich zurück.«

Agentin Lin stand da und beobachtete den jungen Mann, während die Stille zwischen ihnen immer deutlicher spürbar wurde. Die Winnowry hatten ihn in einer winzigen Zelle irgendwo in den Eingeweiden des Glutofens versteckt. Das einzige Licht stammte von ein paar kleinen Öllampen, die hoch in den Steinwänden hingen. Er saß in der hintersten Ecke und hielt den Kopf gesenkt. Natürlich handelte es sich dabei um eine Strafe, doch sie vermutete, dass es auch eine geschickte Methode war, um zu verhindern, dass die Nachricht von Finster-Noons Flucht im Gefängnis die Runde machte. Darüber musste sie grinsen. Als ob in einem Gefängnis jemals etwas geheim zu halten war. Der Mann war jung, sein Körper glatt und muskulös, und sein weißblondes Haar klebte ihm schweißnass am Kopf. Er war größer als sie, zweifellos auch stärker, aber er machte keine Anstalten, sie zu überwältigen. Der Junge wusste es besser.

Er räusperte sich und zwang sich, zu ihr aufzusehen. Er konnte die Stille offensichtlich nicht länger ertragen. »Bitte«, begann er schließlich, »wer bist du?«

Als Antwort streckte sie ihm ihre Arme entgegen, frei von Ärmeln und Handschuhen. Er verschränkte seine eigenen vor der nackten Brust. Ganz eindeutig eine selbstschützende Geste. »Lehrling Lusk, *ich* bin diejenige, die dir Fragen stellen wird. Weißt du, *was* ich bin?«

»Ich habe es ihnen doch schon gesagt.« Damit begegnete er ihrem Blick und versuchte, ein tapferes Gesicht aufzusetzen. Wie niedlich. »Die Schwestern haben mich immer wieder gefragt, und ich habe ihnen genau erzählt, was passiert ist.«

Lin nickte leicht und begann, ihre Unterarme langsam aneinander zu reiben. Das leise Reiben von Haut auf Haut war geräuschvoll in der winzigen Zelle, und sie sah, wie sich seine Augen senkten und der Bewegung folgten. »Die Schwestern haben es an mich weitergegeben. Sie sagten, Finster-Noon sei unerwartet im Chirotturm aufgetaucht, während du deinen Pflichten nachgingst. Sie hat dich überrumpelt und gedroht, dich und die Fledermäuse zu töten, wenn du Alarm schlägst. Aber sie hat dich nicht ausgesaugt. Lehrling Lusk, du hast die Fledermaus selbst gesattelt und dann zugesehen, wie sie sich fröhlich in die weite Welt aufmacht. Hört sich das für dich richtig an? Klingt das nach etwas, das genau so passiert ist?«

»Genau so ist es geschehen!«

Sie trat mit großen Schritten auf ihn zu, und er drückte sich an die Wand.

»Was wir denken, Lehrling Lusk, ist vielmehr, dass du vielleicht eine Art Affäre mit dem Mädchen hattest. Dass du sie, kurz gesagt, gevögelt hast.« Sie grinste über seinen schockierten Gesichtsausdruck. »Oh, so was kommt vor, sogar an diesem elenden Ort. Dafür braucht man nicht allzu lange, und du warst einige Male mit Finster-Noon allein – vollkommen unbeaufsichtigt. Habe ich recht?« Sie kam zu ihm, bis sie direkt über ihm stand. »Du kannst dir nicht vorstellen, wie viele Priester die Frauen gefickt haben, als ich noch hier eingesperrt war, Lusk. Das ist doch auch nicht normal, dass all diese Leute hier zusammen im Zölibat leben. Das habe ich schon immer gesagt.«

Abrupt kniete sie nieder und schlang ihre Arme um ihn, als ob sie ihn küssen wollte. Doch stattdessen griff sie bei der warmen Berührung seiner Haut zu und riss ihm brutal die Lebensenergie heraus. Er schrie auf und sackte gegen sie, doch sie spürte seinen Versuch, sich zu beherrschen, sich von ihr zurückzuziehen – schließlich wurden Priester darauf trainiert, diese Art von Strafe zu ertragen. Sie griff mit einer Hand nach seinem Kiefer und drehte seine verängstigten Augen zu ihren. »Du hast so viel zu geben, Lehrling Lusk. Ich kann verstehen, warum Finster-Noon von dir angetan war. Hast du sie noch einmal gefickt, bevor sie gegangen ist? War das der Preis für ihre Freiheit?«

»Nein.« Er musste sich zwingen, das Wort über die Lippen zu bringen, die schnell ihre Farbe verloren. »Wir haben nie …«

»Was glaubst du, wie lange du durchhalten kannst?« Sie war aufrichtig neugierig. Der Junge war bemerkenswert stark und seine Energie von einer Reinheit, wie sie sie schon lange nicht mehr gekostet hatte. Nach einer Weile fing man an, Dinge von den Menschen zu spüren, deren Energie man aufnahm; sie begann zu glauben, dass der Junge keine einzige Lüge in seinem Kopf hatte. Wirklich bemerkenswert. In der Zwischenzeit sammelte sich seine Energie in ihr, ein Sturm, der nirgendwo hinführen konnte. Sie hielt ihn in ihrem Inneren fest – Kontrolle, immer Kontrolle –, und zog sich erst zurück, als der Junge zu zucken begann. Befreit von ihr sackte er zu Boden und zitterte, als wäre er in einem Schneesturm gefangen. Sie wusste, dass seine schöne, warme Haut nun eiskalt war.

»Einer der Stärksten, von denen ich je gekostet habe, wenn ich ehrlich bin«, sagte sie mehr zum Raum als zu sich. Dann ging sie zurück zur Tür und drehte sich dort noch einmal zu Lehrling Lusk um, während sie die Flut der gestohlenen Lebensenergie in sich spürte. Sie würde sie herauslassen müssen, und zwar bald. Selbst die erfahrenste Finsterhexe konnte sie nicht ewig zurückhalten. »Hat sie dir irgendetwas darüber gesagt, wohin sie gehen wollte, Lehrling Lusk?«

Er hob, immer noch zitternd, vorsichtig den Kopf. Seine Augen waren glasig, und die Spitzen seiner Finger hatten sich grau verfärbt. Sie hatte ihn nicht völlig ausgesaugt, aber Lin vermutete, dass er trotzdem sterben könnte – das war unvorsichtig von ihr gewesen.

»Nichts«, krächzte er. »Sie hat ... nichts ... zu mir gesagt.«

»Nicht einmal, als du sie gefickt hast, Lusk?«

Er blickte auf und seine Augen weiteten sich. Lin wählte diesen Moment, um das Feuer herauszulassen. Sie hob die Arme, öffnete die Handflächen und spreizte die Finger. Eine Blüte aus Winnowfeuer, so grün wie frisches neues Gras, glomm in der winzigen Zelle und kräuselte sich zu dem zitternden Mann auf dem Boden. Agentin Lin hörte seinen abrupten, röchelnden Schrei und lächelte in sich hinein – mit einer Geste erhöhte sie die Temperatur der Flammen, und seine Schreie nahmen einen panischen Klang an. Das Feuer würde nah sein – nicht nah genug, um ihn zu töten, zumindest noch nicht, aber nah genug, um ihn zu verbrennen. Sie schloss die Hände und verschränkte die Arme vor der Brust. Es war genug. Das Donnern des grünen Feuers erstarb augenblicklich.

»Fällt dir noch irgendetwas ein, Lusk?«

Der Junge lag zusammengerollt wie ein Baby auf dem Boden und hielt sich die Hände vors Gesicht. Dann strich er sich hektisch über das versengte Haar auf seinem Kopf. Es löste sich unter seinen Fingern auf. Seine Knie, Schienbeine und Schultern glühten rot, und sein Gesicht sah ein wenig danach aus, als hätte er zu viel Sonne abbekommen.

»Bitte«, brachten seine aufgeplatzten Lippen keuchend hervor. »Bitte.«

Sie kicherte in sich hinein. »Nun, da kann ich kaum widerstehen.«

Diesmal positionierte sie ihre Hände so, dass die beiden einander zugewandt waren, und ließ einen Feuerstrahl auf den Platz neben den Füßen des Lehrlings niedergehen. Er schrie auf, zog seine Füße heran und versuchte, sich in die hintere Ecke des Raumes zu drängen. Sie folgte ihm jedoch mit ihrem Feuer, sodass es seine nackten Füße streifte. Schreie untermalten den süßlichen Geruch von verbranntem Fleisch. Lin atmete langsam und bewusst ein und genoss den Geruch, bevor sie ihre Arme wieder an die Brust legte und das Feuer zum Versiegen brachte. Die Energie, die er ihr gegeben hatte, war nun fast aufgebraucht, aber sie glaubte nicht, dass sie noch mehr brauchen würde. Der Junge weinte und umklammerte seine furchtbar zugerichteten Füße.

»Die Stadt«, murmelte er und Tränen liefen über sein verbranntes Gesicht. »Als sie Fulcor mitnahm, flogen sie in Richtung der Stadt. Ich habe sie beobachtet, ich habe sie fliegen sehen, und es sah so aus, als wäre sie dort gelandet.«

»Aber sicher doch«, erwiderte Lin fröhlich. Damit ging sie in Richtung Tür. »Danke, Lehrling Lusk. Ich werde ihnen natürlich sagen, dass du nicht mit der Hexe unter einer Decke steckst. Wenn dir das etwas bedeutet.«

Der Chirotturm war bis auf die Fledermäuse leer. Die Tiere hatten es sich, wie immer am Nachmittag, in ihren Nischen gemütlich gemacht. Hier und da hörte man ein leises Rumpeln und Scharren anstelle von Schnarchen – nur in einer der Nischen nicht. Lin ging zu dem leeren Platz hinüber und betrachtete ihn eine Weile. Die weiße Fledermaus, die Finster-Noon mitgenommen hatte, war nicht zurückgekehrt, was darauf hindeutete, dass sie noch bei ihr war. Lin hielt das für eine gute Nachricht, da eine Riesenfledermaus nur schwer zu übersehen war – vor allem am Himmel südlich der Berge. Aber es bedeutete auch, dass sie fast überall sein konnte. Die Riesenfledermäuse der Winnowry wurden gezüchtet, um widerstandsfähig und zäh zu sein, und konnten fast eine ganze Nacht lang ununterbrochen fliegen.
Lin wandte sich von der Nische ab und ging zu dem Teil des Turms, wo es kein Dach gab. Hier wartete das ihr zugewiesene Reittier auf sie und war bereit zum Aufbruch. Das lederne Gesicht der Kreatur war mit Narben übersät, und ihr schwarzes Fell kräuselte sich hinter den großen Ohren bereits ein wenig grau. Die Augen des Tieres beobachteten sie mit wacher Intelligenz. Mit einem schwachen Lächeln ließ Lin ihre nackten Hände durch das Fell gleiten.
»Hässliche Kreatur.« Sie nahm sich einen Hauch ihrer Lebenskraft, nur einen Hauch – aber gerade genug, um sich gegen die verdammte Nässe der Winnowry zu wärmen. Die Fledermaus stieß ein schrilles Jaulen aus und zitterte unter ihren Fingern, während Lin spürte, wie sich die geringe Menge Energie in ihr sammelte. Sie war froh, von diesem kalten, toten Ort wegzukommen und in das Land der Lebenden zurückzukehren. Schließlich gab es dort noch so viel Leben zu nehmen. »Die kleine Finster-Noon wird nicht lange verloren sein.«

Kapitel 9

Nun ja, Marin, natürlich habe ich ihn nach dem Blut gefragt – aber genau wie bei den Themen Ebora oder mögliche Familienangehörige, die er dort haben könnte, spricht er nur sehr ungern darüber. Ich weiß, dass er es in kleinen Dosen zu sich nimmt und kleine Fläschchen mit sich herumträgt, für den Fall, dass es benötigt wird. Wann dieser Fall eintritt, höre ich dich fragen? Nun ja.

Soweit ich weiß, wirken kleine Mengen Blut wie eine Art Muntermacher. Erinnerst du dich noch an das dickflüssige, schwarze Getränk aus Reidn, von dem du mal eine Zeit lang so besessen warst? Es roch nach verbrannten Hundehaaren und ließ dich nicht schlafen. Ich glaube, dass sehr geringe Dosen fast genauso auf das eboranische System wirken. Mit der Zeit verhindern sie, dass Eboraner so altern wie wir, und ich habe gelesen, dass große Mengen die Heilung einer Verletzung begünstigen können, obwohl ich das zum Glück noch nicht erleben musste. Tormalin ist keine blutrünstige Kreatur, die Kehlen aufschlitzt und sich satt trinkt, wie es die Eboraner in den Holzschnitten aus dem alten Buch in der Bibliothek taten – aber er nimmt seine Dosen regelmäßig zu sich. Zweifelsohne häufiger, als es »nötig« wäre.

Wird er sich mit der Blutpest anstecken? Ich weiß es nicht, mein Lieber.

Nach allem, was ich gelesen und aus Tors Andeutungen entnommen habe, glaube ich, dass der Ausbruch der Krankheit unvorhersehbar ist. Sie trifft Eboraner, die gelegentlich einen Becher einnehmen, und lässt diese schnell erkranken und noch schneller sterben. Und diejenigen, die ganze Seen von dem Zeug trinken, leben noch immer in der Stadt jenseits der Blutlosen Berge und warten darauf, dass sie von der Krankheit eingeholt werden. Nur die wenigen, die nie einen Tropfen getrunken haben, scheinen es garantiert zu überleben, doch sie werden stattdessen vom Alter und prosaischeren Krankheiten dahingerafft. Aber hoffen wir um meinetwillen, dass er davon verschont bleibt – einen eboranischen Leibwächter zu haben, hat meinem Ruf sehr gutgetan.

Auszug aus den privaten Briefen von Master Marin de Grazon, von Lady Vincenza »Vintage« de Grazon

Vintage starrte auf den faserigen Stiel. Sie hatte gedacht, dass es nur an den Schatten dieses seltsamen Ortes lag, musste nun aber feststellen, dass es wirklich da war: Schlieren von etwas Dickflüssigem, Klebrigem und größtenteils Farblosem zogen sich über die gesamte Länge des Stängels hinweg und dann auch über den nächsten, als ob jeder der hoch aufragenden Fliegenpilze im Vorbeigehen von etwas gestreift worden wäre. Kleine weiße Knötchen, die wie Blasen aussahen, wuchsen dort, wo die Substanz am dicksten war. Sie nahm ihr kleinstes Skalpell zur Hand und schabte vorsichtig etwas von dem befallenen Gewebe ab, bevor sie die Flocken in das bereitstehende Glasgefäß schob. Als sie versuchte, eines der Knötchen einzusammeln, riss es auf und eine dünne, rosafarbene Flüssigkeit lief heraus, die nach altem Käse roch. Vintage rümpfte die Nase.

»Einfach wunderbar«, kommentierte Tormalin. Er stand neben ihr, lehnte an einem der hoch aufragenden Stängel und beobachtete ihre Fortschritte mit gelangweiltem Blick. »Ich für meinen Teil bin mehr als froh, meine Zeit damit zu verbringen, dir beim Wühlen im Schlamm zuzusehen.«

»Mein Lieber, würdest du bitte aus dem wenigen Licht gehen, das mir noch bleibt? Schieb deinen dürren Hintern bitte woanders hin.«

Tor seufzte geräuschvoll und ging dorthin zurück, wo sie ihre Rucksäcke deponiert hatten. Wenige Augenblicke später hörte sie das unverwechselbare Geräusch, wie er eine Flasche hervorholte. »Ich habe keinen unerschöpflichen Vorrat bei mir, mein lieber Tormalin. Du solltest dich damit vielleicht erst einmal zurückhalten.« Diesmal gelang es ihr, ein ausreichend großes Stück Gewebe abzuschaben, sodass der Knoten intakt blieb. Sie nickte zufrieden. Es war nur eine kleine Sache, aber kleine Dinge konnten zu großen Erkenntnissen führen.

»Als ich zugestimmt habe, mit dir zu arbeiten, Vintage, hast du mir so viel Wein versprochen, wie ich trinken kann. Und zwar guten Wein.«

»Ja, das habe ich gesagt, oder?« Vintage stand auf und bemerkte, dass ihr der Rücken etwas wehtat. Seit dem Doppelangriff auf das Dorf waren sie ständig in Bewegung geblieben und hatten versucht, der Spur zu folgen, bevor sie kalt wurde. In Wahrheit war diese Spur aber nicht viel mehr als eine vage Vermutung und die Hoffnung auf etwas mehr Glück gewesen. Doch hier hatten sie endlich etwas Handfestes. Sie hatte so etwas schon zwischen ihren eigenen Reben gesehen, und nun, bei genauerer Betrachtung, war klar, dass dieser Fleck in der Wildnis mit seinen monströsen Pilzen von Parasiten befallen war. Abgesehen von den klebrigen Schlieren und den Blasen fühlte sich der Ort einfach nicht richtig an. Er fühlte sich heimgesucht an.

»Hier ist definitiv etwas.« Sie kehrte zu ihren Taschen zurück, wo Tor mittlerweile in fettiges Papier eingewickelte Päckchen untersuchte. »Wir müssen tiefer hineingehen.«

»Ich bin hungrig. Aber der Gestank hier macht alles unappetitlich.« Er legte die Päckchen zurück und runzelte leicht die

Stirn. »Wenn es hier irgendwo Fragmente von Giganten gibt, warum hat sie dann noch niemand gefunden?«
Vintage zuckte mit den Schultern und steckte das Probengefäß zurück in eine der Taschen. »Würdest du dich lange an diesem Ort aufhalten wollen? Es ist feucht. Es stinkt, wie du richtig bemerkt hast, entsetzlich, und wenn du nicht gerade ein unbändiges Verlangen nach Pilzen hast … Es könnte auch sein, dass die Teile der Giganten sehr klein sind. Vielleicht sind es Trümmer, die von einem der ersten Regen übrig geblieben sind.« Sie lächelte in sich hinein. »Wenn das der Fall wäre, mein Lieber, könnte dies einer unserer besten Funde werden. Eine noch unentdeckte Giganten-Stätte, mit Stücken, die klein genug sind, um sie genau untersuchen zu können. Vielleicht ist es nicht einmal allzu gefährlich.«
Tor schnaubte verächtlich. »Ich liebe es, wenn du solche Dinge sagst, Vintage. Das macht es nur noch amüsanter, wenn du dich irrst.« Er hielt inne und ließ den Rucksack auf den Boden plumpsen. Mit einer geschmeidigen Bewegung zog er sein Schwert aus der Scheide.
»Was ist los?« Vintage trat näher an den Eboraner heran und ließ dabei eine Hand sanft über die Armbrust an ihrer Hüfte gleiten.
»Da ist etwas hinter den Stängeln. Etwas, das sich bewegt.«
»Ein Parasit?«
Er bedeutete ihr, leise zu sein, und schlich dorthin, wo die Schatten am dichtesten waren. Vintage folgte ihm vorsichtig. Jetzt, wo sie näher dran waren, konnte sie es ebenfalls sehen – etwas Blasses, das sich zwischen den riesigen Stielen bewegte; schwarze und graue Umrisse waren zu erkennen.
»Kein Parasit«, flüsterte sie Tor zu. »Da sind keine Lichter.«
»Es könnte jemand sein, der versucht, uns einen Fund vor der

Nase wegzuschnappen«, antwortete er. »Sollen wir es uns genauer ansehen?«
Lautlos schoben sie sich zwischen den Stielen hindurch. Unter ihren Füßen breitete sich schwarzer Boden aus, auf dem hier und da kurze, dicke Pilzkappen in leuchtenden Farben aufploppten, die groß genug waren, um darauf zu sitzen. Nach Jahren der Patrouille durch die Weinreben war Vintage einigermaßen gut darin, sich leise durch das Unterholz zu bewegen. Dennoch hatte sie das Gefühl, dass ihre Bemühungen bei der jungen Frau, die auf der Lichtung vor ihnen auf und ab ging, umsonst waren. Sie hatte die Arme fest vor der Brust verschränkt und ihr kurzes, schwarzes Haar stand in alle Richtungen ab. Ihr Kopf war nach unten geneigt und ihre schmalen Augen starrten auf den Boden, als hätte dieser sie persönlich beleidigt. Die Frau trug dünne, graue Hosen und ein zerlumptes, langärmeliges Oberteil, das eher an Nachtwäsche als an Reisekleidung erinnerte. Unter Vintages prüfendem Blick hob sie ihre Hände zum Gesicht und rieb sich die Wangen. Scheinbar wollte sie die Reste von etwas wegwischen, das wie ein blasses Pulver aussah.
Plötzlich fiel Vintages Blick auf die Stirn der Frau. Dort befand sich die Darstellung eines Fledermausflügels, den man auf ihre glatte, olivfarbene Haut tätowiert hatte und der von ihrem widerspenstigen Haar halb verdeckt wurde. Eine Finsterhexe! Was, bei den Knochen von Sarn, machte eine Finsterhexe mitten in einem von Parasiten heimgesuchten Teil der Wildnis?
»Was haben wir denn hier?«
Bevor sie ihn zurückhalten konnte, trat Tor in den Schlamm, umrundete die dicken Fliegenpilze und ließ sein Schwert elegant in der Scheide verschwinden. Die Wirkung auf die junge Frau war sofort spürbar. Sie taumelte zurück und griff

nach dem verschlungenen Pilz hinter ihr. Vintage öffnete den Mund, um einen angemessenen Gruß zu rufen – sie nahm an, die Frau wolle fliehen –, als sich der Bereich zwischen ihr und dem Mädchen plötzlich mit einem riesigen smaragdgrünen Feuerball füllte.

Vintage wurde zurückgeschleudert, rollte unbeholfen einen niedrigen, schlammigen Hang hinab und blieb am Fuß eines der riesigen Fliegenpilze liegen. Einige Augenblicke lang lag sie wie betäubt da und blinzelte gegen die Lichtblitze an, die das grelle Leuchten in ihrem Blickfeld hinterlassen hatte. Dann wurde die Stille von Tormalin und dieser merkwürdigen Frau durchbrochen, die sich gegenseitig anschrien. Vintage konnte versengtes Haar riechen. Behutsam tätschelte sie ihren Kopf. Ihr Hut fehlte, aber ihre lockige Haarpracht schien intakt zu sein. Leicht stöhnend stand sie auf und wischte sich den feuchten Schlamm von der Hose.

»Nenn mir einen Grund, warum ich dir nicht die Kehle durchschneiden sollte!«

»Wer bist du? Warum schleichst du dich an mich heran?«

»Einen Moment mal!« Mit diesen Worten eilte Vintage zurück auf die Lichtung und hob beschwichtigend die Hände. Die junge Frau hatte ihre Faust erhoben, um die ein leuchtend grünes Winnowfeuer tanzte. Der Fliegenpilz direkt hinter ihr war stark verwelkt, die blasse Säule seines Stiels so verdreht und dunkel, dass die fleischige Kappe sich zur Seite neigte, als wolle sie weitere Angriffe abwehren. Vintage riss ihre Augen von diesem Wunder los und sah, dass Tor sein Schwert abermals gezückt hatte. »Beruhigt euch jetzt erst mal, meine Lieben. Kommt mit.«

Die junge Frau beachtete Tor nun nicht weiter und starrte stattdessen Vintage an. Sie sah aus wie eine Bewohnerin des Flachlands. Vintage war in den letzten Jahren viel in dieser

Region umhergereist, doch natürlich wurde in der Winnowry angeblich jeder Sinn für Identität eliminiert. Vintage zwang sich zu einem strahlenden Lächeln. »Es gibt hier keinen Grund für Feuer, Finsterhexe. Wir sind nur Fremde, die denselben Weg teilen, oder nicht?« Sie hielt inne, um einen verirrten Zweig aus ihrem Haar zu zupfen. »Lasst uns lieber ein paar Worte wechseln, bevor noch jemand getötet wird.«

»Du gehörst zu dem Eboraner?« Die Finsterhexe senkte ihre brennende Hand ein wenig, obwohl Vintage annahm, dass es eher aus Verwirrung als aus Vertrauen geschah.

»Naja, er ist mein Angestellter. Tormalin, mein Lieber, steck bitte das Schwert weg.«

Tor starrte sie an. »Diese Verrückte wollte dich in die Luft jagen!«

»Ich wollte euch beide in die Luft jagen.«

»Sicher war das nur ein Missverständnis. Tor, hol bitte unsere Rucksäcke. Diese junge Frau sieht aus, als könnte sie ein Glas Wein vertragen.«

»Ein ... Glas Wein?« Das Mädchen sah verwundert aus.

»Natürlich, meine Liebe. Meiner Erfahrung nach lernt man neue Leute bei einem Glas Wein viel besser kennen. Tor!«

Tormalin hielt inne, um der Finsterhexe noch einen giftigen Blick zuzuwerfen. Dann bahnte er sich den Weg zurück durch die Stängel, um ihre Rucksäcke zu holen. Vintage untersuchte flüchtig die glimmende Asche am Boden. Dann sah sie sich um: keine Decken zum Schlafen und nur ein einziger Beutel mit Vorräten. Nun, da sie genauer hinsah, erkannte sie zudem, dass die junge Frau etwas trug, das wie Hausschuhe aussah. Sie waren nass und schlammig. Es wurde immer bizarrer.

»Nun, dann wollen wir mal. Ich bin Lady Vincenza de Grazon,

aber du kannst mich Vintage nennen. Tormalin der Schwurlose dort ist, um es mal so auszudrücken, meine angeheuerte Arbeitskraft.« Sie hielt inne und sah, dass das Mädchen auf eine ermutigende Weise lächelte. Hinter sich hörte sie, wie Tormalin ihre Rucksäcke zu dem kleinen Lagerfeuer schleppte und dabei mehr Aufhebens als nötig veranstaltete. Die Finsterhexe räusperte sich.

»Ich bin Finster-Noon, eine Agentin der Winnowry.« Die grünlichen Flammen waren verschwunden, aber aus der Haltung der Frau konnte man ablesen, dass sie jeden Moment zurückkehren konnten. Vintage spürte, dass dies davon abhing, ob sie bereit war, eine so offensichtliche Lüge zu glauben. »Ich befinde mich auf einer ... vertraulichen Mission.«

»Mitten in der stinkenden Wildnis?« Tor stand nun mit verschränkten Armen neben ihren Taschen. »Was für eine Mission könnte das hier draußen wohl sein? Und was auch immer es ist, du bist auf jeden Fall völlig unzureichend darauf vorbereitet.«

»Ich könnte auch fragen, was ein blutsaugender Eboraner außerhalb eurer verfluchten Stadt zu suchen hat.« Das Mädchen hob ihr Kinn und schien sich wieder etwas mehr zurückzuziehen. Vintage verfluchte Tor im Stillen dafür. »Ich hätte nicht erwartet, ein Monster wie dich an diesem Ort zu sehen.«

Tor fletschte die Zähne. Er stand offensichtlich kurz davor, eine weitere Beleidigung auszuspucken. Daher trat Vintage geschickt vor ihn. »Ich glaube, ich habe Wein versprochen, oder? Hier ist er. Nicht mein bester, aber auch nicht der schlechteste, den wir je produziert haben. Komm mit, ich habe hier irgendwo ein paar Zinnbecher. Natürlich ist das nicht dasselbe wie richtige Gläser, aber ich denke, wir können damit leben. Meine liebe Finster-Noon, könntest du vielleicht das Feuer ein wenig anfachen? Es ist so ein schöner Trick, und du siehst aus, als könntest du etwas Wärme gut gebrauchen.«

Sie bedeutete den beiden, sich um das Feuer zu setzen, verteilte die Becher und schenkte ein wenig Rotwein aus. Dazu gab es Brotstücke und etwas Käse, der am Boden des Rucksacks leicht zerdrückt worden war. Finster-Noon wirkte nach wie vor distanziert, auch wenn ihr offensichtlicher Hunger die Sorgen für einen Moment beiseitegeschoben hatte. Tormalin hingegen, wie immer, sah aus wie eine beleidigte Katze.

»Wie lange bist du schon hier draußen, meine Liebe?«

Finster-Noon blickte von ihrem Stück Brot auf, das sie fest in beiden Händen hielt. Sie hatte an den Rändern geknabbert, als ob sie die Konsistenz genießen würde.

»Einen Tag und eine Nacht.«

»Nun, was für ein Ort, um die Nacht zu verbringen! Ich weiß zwar nicht, was die Winnowry hier draußen zu suchen hat, aber es gibt zweifellos Aspekte der Geschichte von Sarn, die uns alle betreffen.«

Finster-Noon behielt ihr Brot im Auge, während Tor Vintage einen hämischen Blick zuwarf. Sie räusperte sich.

»Ich meine, dass es viel aus der jüngsten Geschichte zu lernen gibt, und vielleicht ist dies ja einer der Orte, an dem diese Lektionen gelernt werden können.«

Tor verdrehte die Augen und prostete den beiden mit seinem Becher Wein zu. »Meine reizende Auftraggeberin möchte eigentlich fragen, ob du auch hinter den Überresten des Giganten her bist.«

»Was?« Die junge Frau wäre fast aufgesprungen. Ihre

schwarzen Augen waren plötzlich voller Sorge. »Ein Gigant? Hier in der Gegend? Sind wir sicher?«

»Nun, ja und nein.« Vintage stand auf und seufzte, als die Knochen in ihren Knien hörbar knackten. »Wir haben Grund zu der Annahme, dass sich irgendwo in der Pilzebene die Überreste eines Giganten befinden. Natürlich ist er schon lange tot, wahrscheinlich als Ergebnis des Achten Regens oder eines noch früheren Zwischenfalls. Auch wäre er damit Hunderte von Jahren alt. Aber wenn man an die Auswirkungen solcher Überreste denkt, sind wir nicht sicher. Auf unserem Weg hierher sind wir zwei Parasitengeistern begegnet, und wir rechnen damit, dass wir noch weiteren begegnen werden, bevor wir finden, was wir suchen. Hier, schau mal, die Zeichen sind überall um uns herum.« Sie ging um das Feuer zu den Stängeln direkt hinter ihnen. Auf ihnen waren ebenfalls Schlieren der durchsichtigen Substanz zu sehen, zusammen mit den weißen Knötchen. »Siehst du das? Parasitengeister können diese Spuren hinterlassen, wenn sie mit der Vegetation in Berührung kommen. Sie hinterlassen nur wenige physische Spuren, und wir wissen nur wenig über sie.« Ihre Mundwinkel zogen sich nach unten, als sie sich an die Verwüstung zwischen ihren Weinreben erinnerte. »Ich bin mir sicher, dass du die Geschichten gehört hast, meine Liebe. Parasitengeister sind in der Tat sehr gefährlich, und man findet sie oft in der Nähe von Überresten der Giganten.«

Finster-Noon sah gequält aus. »Giganten sind gefährlich. Warum seid ihr hier draußen?«

»Alles, was wurmverseucht ist, stellt eine Bedrohung dar.« Vintage hob ihren Zinnbecher auf. »So viele Teile von Sarn sind vergiftet, verzerrt und seltsam. Und alles nur wegen des Einflusses der Jure'lia. Ich möchte herausfinden, warum, Finster-Noon, und es aufhalten, wenn ich kann. Wie können wir verhindern, dass die Wildnis weiter wächst? Was sind die Parasitengeister, und wie können wir mit ihnen zusammenleben? Die Wildnis, das Wurmvolk, die Geister – sie sind alle irgendwie miteinander verbunden, wir können nur die Zusammenhänge nicht erkennen. Deshalb muss ich so viel wie möglich über sie lernen, und deshalb verbringe ich meine Zeit damit, wie Tor es so schön ausdrückt, an gefährlichen Orten im Schlamm zu wühlen. Dort, wo ich herkomme, Finster-Noon, machen wir Wein aus wurmverseuchten Trauben, und ein Teil unseres Landes wird langsam von der Wildnis verschlungen. Menschen haben ihr Leben verloren, als sie versuchten, die Wahrheit herauszufinden.« Sie hielt inne und erinnerte sich an die erste Eboranerin, der sie je begegnet war: Nanthema mit ihrer nutzlosen Brille und ihrem scharfen Verstand. »Es ist … eine Sache, die mir sehr am Herzen liegt.«

»Und warum ist der Blutsauger hier?«

»Sehr charmant«, murmelte Tor.

»Deine Leute haben meine seit Generationen abgeschlachtet«, erwiderte Noon tonlos. Ihre Augen leuchteten, auch wenn die dahinterliegenden Emotionen verborgen blieben. »Was ist mit euch geschehen? Lebt ihr alle noch in Ebora? Oder hat euch die Blutpest ausgelöscht?«

Tor saß ganz still da. »Das Schicksal meines Volkes geht eine Hexe nichts an.«

»Bitte, es gibt keinen Grund, sich zu streiten«, mischte Vintage sich sanft ein. »Es wird schnell dunkel an diesem Ort, und wirklich, meine Liebe, du solltest nicht allein hier draußen sein. Zusammen sind wir sicherer. Tor, glaubst du, dass es hier irgendwo Wild gibt? Warmes Essen würde uns bestimmt etwas aufmuntern, meinst du nicht?«

Schwer seufzend verschwand Tor in den Schatten und hielt

dabei sein Schwert im Anschlag, während Vintage noch etwas Wein einschenkte.

»Das sieht nicht nach einem Ort aus, an dem man ein paar fette Kaninchen jagen kann«, kommentierte Finster-Noon. Sie saß dicht am Feuer, die Arme um sich geschlungen, und vermied es, Vintage anzusehen.

»Oh, du würdest dich wundern. In der Wildnis sind alle möglichen Arten zu Hause. Tor ist vielleicht nicht viel mehr als eine hübsche Nervensäge, aber er stellt sich äußerst geschickt mit dem Schwert an und kann gut in der Dunkelheit sehen.« Vintage nahm einen weiteren Schluck Wein und genoss die Wärme, die er in ihrem Bauch verbreitete. »Also, wirst du mir jetzt sagen, was wirklich los ist?«

Einen langen Moment lang bewegte sich das Mädchen nicht. Sie war so still, dass Vintage dachte, sie hätte die Frage nicht gehört, aber schließlich schüttelte sie sich und berührte mit den Fingern kurz die Tätowierung auf ihrer Stirn.

»Du solltest mir keine Fragen stellen«, sagte sie schließlich, und ihre Stimme war so leise, dass sie fast im Knistern des Feuers unterging. »Du solltest überhaupt nicht mit mir reden.«

»Was ist, wenn ich dir helfen will?«

Das Mädchen blickte auf. Das Feuer spiegelte sich in ihren dunklen Augen, und ihr Mund war zu einem schmalen Strich geworden. »Ich bin eine Agentin der Winnowry. Warum sollte ich deine Hilfe brauchen?«

»Wie bist du hierhergekommen? Du wirst ja nicht den ganzen Weg von der Winnowry gelaufen sein.«

Finster-Noon holte die silberne Pfeife hervor und hielt sie Vintage entgegen, als würde dies die Frage beantworten. »Ich bin auf einer Fledermaus geflogen. Auf diese Weise reisen die Agenten der Winnowry.« Sie steckte die Pfeife in den Mund und tat so, als ob sie darauf pusten würde. Dann steckte sie die Pfeife wieder ein, wobei sie erneut Augenkontakt mit Vintage vermied. »Wie auch immer. Im Moment ist sie auf der Jagd. Die Fledermaus. Ich habe sie weggeschickt.«

»Nun ja.« Vintage stand auf. »Eines weiß ich: Du wirst krank, wenn du noch eine Nacht so gekleidet in diesem fauligen Loch verbringst. Hier.« Vintage ging zu Tors Rucksack und begann, Sachen hervorzuholen und sie gegen den Schein des Feuers zu halten, damit man sie besser sehen konnte. Das Tageslicht, das unter den Köpfen der Pilze bereits abgenommen hatte, verwandelte alles in ein samtiges Halbdunkel. »Dir wird das alles natürlich viel zu groß sein, aber du kannst die Ärmel hochkrempeln. Und ich habe ein Paar Ersatzstiefel.«

Finster-Noon riss die Augenbrauen nach oben und legte damit ihre Tätowierung in Falten. »Ich kann seine Sachen nicht nehmen. Nicht *seine* Sachen. Was, wenn er –«

»Unsinn, meine Liebe. Du erfrierst sonst. Außerdem hat Tor eine geradezu obszöne Anzahl von Hemden hier drin. Ich weiß nicht, warum er das Bedürfnis hat, sie überall mit sich herumzutragen. Hier … zieh das an, und das darüber. Ich weiß, es sieht dünn aus, aber eboranische Seide wärmt bemerkenswert gut.« Sie drückte dem Mädchen das Hemd in die Hand und ließ eine Jacke aus steifem, schwarzem Stoff mit einem hohen, bestickten Kragen folgen. Während Finster-Noon die beiden Kleidungsstücke nachdenklich ansah, ging Vintage zu ihrem eigenen Rucksack und holte ein Paar abgewetzte Lederstiefel mit Schnürsenkeln heraus, die vom Knöchel bis zu den Zehen reichten. »Zieh die hier auch an. Ich glaube zwar nicht, dass deine kleinen Füße die gleiche Größe haben wie meine, aber du kannst die Schnürsenkel festziehen und die Stiefel mit diesen Socken ausstopfen.«

Noon sah sie einen langen Moment nur an. Sie erinnerte Vintage an eine halb verwilderte Katze, die sich vor einigen Jahren bei ihr im Haus herumgetrieben hatte. Sie war nie zahm genug geworden, um in die Küche gelassen zu werden, und hatte stattdessen meist auf den breiten Steinstufen vor dem Haus herumgelungert. Dort hatte sie sich gesonnt, und wenn man ihr Fischreste auf einen Teller legte, fraß sie sie. Versuchte man aber, sich ihr zu nähern, beobachtete sie einen aus misstrauischen Augen. Kam man ihr zu nahe, lief sie jedes Mal davon.

»Danke«, sagte die junge Frau schließlich ein wenig steif. Sie zog ihre durchnässten Pantoffeln aus und warf sie hinter sich. Vintage bemerkte an der Art, wie sie es tat, mehr als nur einen Hauch von Genugtuung. Dann zog sie die dicken Wollsocken von Vintage an.

»Das macht meinen Rucksack auch gleich ein bisschen leichter, meine Liebe.«

Finster-Noon streifte sich das Hemd und die Jacke über, bevor sie die Stiefel schnürte.

Vintage nahm ein paar Meter von dem Mädchen entfernt Platz – nah, aber nicht zu nah. Immer noch musste sie an die Katze denken. »Ich habe in meinem Leben noch nicht viele Finsterhexen gesehen.« Sie versuchte dabei, möglichst emotionslos zu klingen. »Alle, die ich gesehen habe, trugen Schals oder Hüte, und ihre Gesichter waren stark gepudert.« Sie ließ die ungestellte Frage in der Luft hängen. Die Finsterhexe fuhr sich mit der Hand durch die Haare und sah ihr erneut nicht in die Augen. »Die Dinge ändern sich.«

»Wenn du eine Bürste brauchst, meine Liebe, lass es mich einfach wissen.«

Tor tauchte am Rand des Feuers auf und bewegte sich auf die ihm so eigene, beunruhigend leise Art und Weise. Am Ende

seines Schwertes hing etwas Fettes und Zappelndes, das er nun vor Vintage in den Schmutz fallen ließ.
»Es sieht nicht besonders lecker aus, ist aber eigentlich ziemlich schmackhaft, wenn man es lange genug kocht. Und es mit Wein ablöscht. Und viel Wein trinkt, während man es isst. Und danach noch viel mehr Wein trinkt, um zu vergessen, was man gerade gegessen hat.«
Vintage versuchte, keine Miene zu verziehen, konnte aber nicht umhin, Finster-Noons entsetzten Ausdruck zu bemerken. Tors Fang schien eine riesige Kellerassel zu sein, eine wurmverseuchte Kreatur, die in den Spalten der Pilzebene fett und aufgebläht geworden war. Sie war cremefarben und hatte eine erschreckende Anzahl steifer, grauer Beine.
»Und so etwas essen Eboraner gerne?«, fragte Noon. Ihr Tonfall war verdächtig unschuldig, und Vintage öffnete den Mund, um zu antworten, aber Tor stapfte bereits um das Feuer herum. Sein Gesichtsausdruck sprach Bände.
»Das ist alles, was es zu essen gibt, aber du kannst natürlich auch gerne hungrig weiterziehen.« Dann blieb er stehen und wandte sich Vintage zu. Die Empörung stand ihm ins Gesicht geschrieben. »Vintage, ich muss halluzinieren. Vielleicht ist meine Sehkraft durch den Feuerball, den diese Verrückte vorhin auf uns geschleudert hat, geschädigt worden. Aber es sieht wirklich so aus, als ob diese Hexe meine Kleider trägt. Wie, bei Ygserils tiefsten Wurzeln, kann das möglich sein?«
»Oh, sei still und hilf mir, diese Monstrosität aufzuspießen, die du mitgebracht hast. Finster-Noon, ich habe so etwas schon einmal gegessen, als ich durch das Reidn-Delta gereist bin. Es ist wirklich nicht so schlimm, wie es aussieht –«
Über ihnen ertönte ein krabbelndes, scharrendes Geräusch, und eine bleiche Form stürzte von den Köpfen der Pilze auf sie herab. Vintage rappelte sich auf und nahm allen Mut zu-

sammen. Doch dann erkannte sie ein Paar ledrige Flügel und einen behaarten Kopf. Die Fledermaus kreiste über ihrem kleinen Lager und ließ etwas vor ihre Füße fallen, bevor sie sich wieder hinaufschwang und durch die dunklen Lücken zwischen den Pilzköpfen zurück nach oben entschwand.
»Fulcor! Das war Fulcor.« Noon war nun ebenfalls auf den Beinen und lächelte zum ersten Mal. »Siehst du? Das ist die Fledermaus, mit der ich hergeflogen bin. Weil ich eine Winnowry-Agentin bin. Und schau.« Sie trat um das Feuer herum und kniete sich neben das, was die Fledermaus fallen gelassen hatte. Es war ein kleines, ziegenähnliches Geschöpf, von dem Vintage wusste, dass es in kleinen Herden durch die südlichen Wälder streifte. »Hier ist das Abendessen, das sie für mich holen sollte.« Die Finsterhexe richtete sich auf und ein wildes Glimmen lag in ihrem Blick. »Agenten der Winnowry essen keine Riesenkäfer.«

Kapitel 10

Natürlich wirst du, lieber Marin, im Laufe der Jahre von deiner guten Mutter und sogar von Ezion erfahren haben, dass Tormalin der Schwurlose nicht der erste Eboraner war, den ich je kannte. Tatsächlich war sie jemand, die sogar in den Hallen des Hauses wandelte und eine Zeit lang in dem Zimmer schlief, das später einmal dir gehören sollte. Ich hoffe, das ist irgendwie aufregend für dich.

Es war im Frühsommer, als ich gerade kurz vor meinem zwanzigsten Geburtstag stand. Deine Großmutter und dein Großvater lebten damals selbstverständlich noch, und ich hatte nur wenig Verantwortung, außer der, nicht wegzulaufen oder – wenn es sich vermeiden ließ – im Rebenwald getötet zu werden. Eines Tages kam eine Delegation von Kaufleuten zu uns, um mit uns über die mögliche Einrichtung einer Handelsroute mit Ebora zu sprechen. So etwas hatte es, wie sie erklärten, schon seit Jahren nicht mehr gegeben, wegen irgendeines Skandals, der sich wohl einige Zeit nach dem Ende der Aaskriege ereignet hatte. Unter ihnen war auch eine Eboranerin. Zunächst dachte ich, dass sie als Vertreterin ihres Volkes mitgekommen war, vielleicht um sicherzustellen, dass ihre Interessen ordnungsgemäß wahrgenommen wurden. Nun, unter anderem stimmte das sicher, doch im Laufe der Wochen wurde mir immer deutlicher, dass sie mehr an dem Wald interessiert war – und an seinem schrecklichen Geheimnis.

Eboraner sind, wie du sicher weißt, mein lieber Marin, für ihre himmlische Schönheit bekannt. Diese Frau stellte dabei keine Ausnahme dar. Sie war groß und kräftig, mit einer Haut wie warmer Marmor und Haaren, schwärzer als die Nacht. Sie trug, wie ich mich erinnere, diese seltsamen Faltenhosen, die sich über die Spitzen ihrer Lederstiefel bauschten, und eine purpur-

farbene Samtjacke, die immer mit einer Staubschicht bedeckt zu sein schien. Außerdem hatte sie eine zierliche Brille, von der ich mir ziemlich sicher bin, dass sie sie überhaupt nicht brauchte. Darüber hinaus – trotz ihrer unnahbaren Schönheit – war sie lustig und freundlich. Sie verließ regelmäßig die endlosen Diskussionen nach dem Abendessen, bei denen dein Großvater sich stets sehr bemühte, sie zu beeindrucken, und man konnte sie dann in einer der Küchen finden, wo sie mit den Bediensteten Pudding aß und ihnen unzählige Fragen stellte. Sie stellte wirklich viele Fragen, hörte sich aber auch aufmerksam jede Antwort an; wenn du älter wirst, Marin, wirst du erkennen, wie selten das eigentlich ist.

Ihr Name war Nanthema und sie war wunderschön.

Was du von deiner Mutter darüber gehört hast, kann ich schwer einschätzen, und ich wage nicht einmal daran zu denken, was Ezion dir erzählt hat, aber ich … [der Rest dieser Seite wurde abgerissen, und es blieb nur eine zerfetzte Kante zurück]

Aus den privaten Briefen von Master Marin de Grazon, von Lady Vincenza »Vintage« de Grazon

Der Morgen in der Pilzebene hatte etwas Beunruhigendes. Der Ort war noch immer düster und erfüllt von dem beunruhigenden Gestank aus Schmutz und Pilzen. Aber das Licht, das zwischen deren Köpfen hindurchsickerte, besaß eine blassgoldene Farbe und tanzte in leuchtenden Flecken über alle Gewächse. Vintage saß auf ihrem Rucksack und betrachtete das Schauspiel, zumindest wenn sie nicht gerade die schlafende Finsterhexe beobachtete. Noon lag zusammengerollt am erloschenen Feuer, die Knie fest an ihre Brust gepresst, ihre Hände über Kopf und Gesicht. Das Mädchen war bis in die Knochen verängstigt – und wenn die Angst einem schon so tief in den Schlaf folgt, hat man ein ernsthaftes Problem.

Vintage stand auf und wollte Wasser für weiteren Tee kochen, als Noon schlagartig wach wurde. Ein paar Sekunden lang glaubte Vintage, das Mädchen würde einfach aufstehen und weglaufen, so erschrocken sah sie sich um. Aber dann schien sie sich zu beruhigen.

»Wo ist der andere?«

»Tor? Ich habe ihn losgeschickt, damit er sich ein wenig umschaut. Wenn ich recht habe, sind wir dem, was ich suche, sehr nahe.«

»Teile eines toten Giganten.« Finster-Noon rieb sich mit den Händen über das Gesicht.

»Immer noch besser als Teile eines lebenden Giganten, meine Liebe.«

»Ich verstehe dich nicht. Du reist mit einem Eboraner, erkundest die Wildnis und suchst nach Dingen, die dich töten könnten. Das ergibt doch alles keinen Sinn.« Finster-Noon sah hoch, und Vintage bemerkte die dunklen Ringe unter ihren Augen. »Bitte erkläre mir mal, was es mit dem Eboraner auf sich hat. Weißt du, was sein Volk getan hat? Weißt du, was sie sind?«

»Natürlich weiß ich das, meine Liebe. Aber weißt du es auch?« Als sie Noons Blick sah, seufzte Vintage. »Tormalin ist sehr jung für einen Eboraner, was aber auch bedeutet, dass er fast vierhundert Jahre alt ist. Er war zu jung, um eine aktive Rolle in den Aaskriegen zu spielen, aber alt genug, um zu sehen, wie die meisten seines Volkes an den Folgen der Blutpest gestorben sind. Die schrecklichen Geschichten, von denen du gehört hast, haben sich zu einer Zeit zugetragen, als der junge Tormalin noch nicht einmal im Stimmbruch war.«

»Trinkt er Menschenblut?«

Vintage blinzelte. Das Mädchen war äußerst direkt. »Ich denke, das ist wirklich seine Angelegenheit.«

»Seine *Angelegenheit?«*

In diesem Moment entschied Tormalin, zurück ins Lager zu stapfen. Er machte dabei so viel Lärm, dass Vintage überzeugt war, er hatte ihr Gespräch gehört.

»Wir befinden uns auf einem kleinen Hügel.« Er sah keine der beiden an, sondern ging zu den Resten des Feuers hinüber und machte sich an den Überbleibseln des Essens vom Vorabend zu schaffen. »Ich habe den Rand gefunden. Unter uns gibt es eine Menge freiliegender Erde.«

Vintage stand auf. »Ein Erdrutsch?«

Tor zuckte mit den Schultern. »Könnte sein. Irgendetwas hat den Boden offenbar stark verschoben. Vielleicht war es auch eine Überschwemmung.«

»Lass uns das genauer ansehen, Tor«, sagte Vintage. »Das könnte genau das sein, wonach wir suchen.«

»Ich will mitkommen«, meldete sich Noon zu Wort. Sie stand auf und schlang die schwarze Jacke fester um ihre Taille. »Ich will sehen, was euch hier draußen so interessiert.«

Vintage tauschte einen kurzen Blick mit Tor, doch der Eboraner wandte sich ab und überließ die Entscheidung ihr. Sie lächelte die Hexe an.

»Aber natürlich, meine Liebe.«

Sie ließen ihr behelfsmäßiges Lager hinter sich und folgten Tor durch die hoch aufragenden Pilzstängel. Vintage lief direkt neben dem Mädchen und betrachtete die knolligen Gebilde, die sich zu allen Seiten auftürmten. »Hast du schon einmal einen Parasitengeist gesehen, meine Liebe?«

Es dauerte eine ganze Weile, bis die junge Frau antwortete. Und als sie es tat, klang ihre Stimme angespannt, als würde sie sich an etwas erinnern, das sie lieber vergessen wollte. »Ein einziges Mal. Damals war ich noch sehr jung, und ich habe ihn nur von Weitem gesehen. Ich stamme aus dem Flachland, und wir zogen immer im Frühling weiter. All die Karren, Zelte und Karawanen …« Ihre Stimme brach ab, und einen Moment lang legte sich ein sehr seltsamer Ausdruck über das Gesicht der jungen Frau. Ihre Augen wurden groß und glasig, und ihre Mundwinkel zogen sich nach unten, als wäre sie wieder ein Kind, das man in der Dunkelheit allein gelassen hatte.

»Geht es dir gut?« Vintage berührte Noons Arm, und die Finsterhexe zuckte zusammen, als ob sie sich verbrannt hätte.

»Alles okay. Ich habe nur … wir sind damals in der Dämmerung durch das Grasland gefahren, und ich habe etwas am Horizont gesehen. Viele Lichter, die tanzten. Ich fand das schön, aber Mutter Fast kam auf ihrem Reittier und hat gesagt, dass wir nicht hinsehen sollen. Dass wir verflucht wären, wenn wir es täten.«

Dann fuhr sie mit ruhigerer Stimme fort. »Vielleicht hat sie recht gehabt.«

»Eine Sichtung im Flachland also.« Vintage runzelte die Stirn. »Die Giganten-Überreste, die dort entdeckt worden sind, wurden vor acht oder neun Jahren verpackt und verteilt. Sie waren unglaublich alt und stammten unserer Meinung nach aus dem Dritten oder Vierten Regen.«

»Studierst du diese Dinge wirklich?« Im schwachen Licht sah das Gesicht der Hexe schmutzig aus. Reste von Asche waren darauf zu erkennen. »Wozu denn? Ich meine, was soll das Ganze?«

»Weil es mir Freude bereitet, das alles zu wissen!« Sie tätschelte den Arm des Mädchens. »Es hilft, die Dinge zu verstehen, meinst du nicht auch? Das macht sie weniger beunruhigend.«

Noon sah nicht überzeugt aus. »Dinge sind weniger *beunruhigend,* wenn man sich von ihnen fernhält. Verstecken ist viel einfacher.«

Vintage öffnete den Mund, um etwas zu erwidern, aber vor ihnen war Tor stehen geblieben. Sie hatten die Stelle erreicht, an der der Boden abfiel. Darunter war die Erde schwarz und aufgewühlt, in ihr schimmerten bleiche Wurzeln, die sich wie Skelettfinger in die Luft krümmten. Vintage vermutete die Ursache eher in einem Erdbeben als in einer Überschwemmung. So etwas war in diesem Teil der Welt nicht völlig unbekannt.

Hier bedeckten tiefe Schatten den Boden, die an den Stellen wie Pfützen zusammenliefen, an denen die Erde aufgebrochen war. Dennoch glaubte sie, in einer Spalte etwas Glänzendes zu erkennen, wo das Licht reflektiert wurde. Ihr Herz hüpfte und pochte in ihrer Brust, und sie atmete langsam ein, um es wieder zu beruhigen.

»Vorsichtig jetzt«, sagte sie zu den beiden. »Lasst uns langsam bergab gehen.«

Halb liefen sie, halb stolperten sie den Abhang hinunter, bis sie unten knöcheltief in Schlamm und Dreck steckten. Vintage war froh über ihre festen Stiefel. Aus dieser Perspektive konnte man erkennen, dass eine große Lücke im Boden klaffte; ein gewundener Riss spaltete die Erde, und drei große Pilze waren rückwärts umgefallen und reckten ihre sonderbaren Wurzeln in die Luft wie eine betrunkene Frau ihren Reifrock.

»Hier unten ist etwas.« Tor, der sich ein Stück vor den anderen beiden befand, hatte den Spalt erreicht und spähte in die Dunkelheit hinunter. »Es sieht aus wie … Metall.«

Vintage eilte zu ihm. Der Himmel weit über ihnen leuchtete wie eine zerbrochene Platte, durch deren Stücke das Licht nur in vereinzelten Strahlen hinunterdrang, und so war es schwierig, etwas klar zu erkennen. Aber ein wenig Licht war immer noch besser als kein Licht, und den Glanz des Mondmetalls konnte man nur schwer verwechseln – zumindest, wenn man so viele Jahre mit der Suche danach verbracht hatte.

»Schwing deine dürren Beine aus dem Weg. Ja, so ist es besser.« Vintage hockte sich an den Rand. Dort unten war tatsächlich etwas; das letzte Licht des Tages schimmerte auf einer glatten, runden Oberfläche von grünlich-goldener Farbe. Vintage biss sich auf die Lippe. Das Objekt steckte nur etwa anderthalb Meter unter ihnen im Schlamm fest und war teilweise mit losem Schmutz und verschlungenen Wurzeln bedeckt. Der Riss daneben war jedoch viel tiefer – die wahren Ausmaße des Lochs wurden also von der Dunkelheit verborgen.

»Ich glaube, ich kann es erreichen.« Vintage setzte sich auf die kalte, feuchte Erde und zuckte zusammen, als ihr eine Wurzel in den Rücken stieß. Dann ließ sie die Beine in das Loch hinabbaumeln. »Tormalin, mein Lieber, würdest du mich bitte festhalten? Nur für den Fall, dass der Rand instabiler ist, als er aussieht.«

Der Eboraner seufzte. »Um das hier sicher auszugraben, brauchen wir Seile und vielleicht sogar ein paar Leitern …« Als sie ihn anschaute, zog er die Augenbrauen hoch. »Ich wiederhole nur die Belehrungen, die du mir im Laufe der Jahre zugemutet hast.«

»Ach, Unsinn. Na los, beeil dich. Ich sollte es zu packen kriegen, wenn ich nur nah genug rankomme.«

Tormalin kniete sich hinter sie und hielt ihren Ellbogen fest.

Noon stand daneben und verschränkte die Arme vor der Brust.

»Es gibt noch mehr Fragmente«, sagte Vintage. »Ich kann weitere glänzende Metallstücke entlang dieses Risses sehen. Sie sind entweder beim Aufprall auf den Boden zerbrochen oder mit der Zeit auseinandergefallen.« Unbeholfen beugte sie sich vor und streckte eine Hand danach aus. Tormalins Griff verstärkte sich. »Das hier muss … sehr alt sein, wenn es erst jetzt ans Licht kommt.«

Ihre Finger berührten es, und sie spürte ein Kribbeln, das ihren Arm hochkroch. Eindeutig ein Giganten-Überbleibsel. Sie strahlte über das ganze Gesicht. »Fast geschafft. Lass mich noch ein bisschen tiefer hinunter, Tormalin, mein Lieber. Ja, so ist es gut …«

Hinter ihnen gab Noon einen erstickten Laut von sich.

Dann geschahen mehrere Dinge gleichzeitig. Die dunkle Erde wurde mit einem Mal von sich bewegenden, rosafarbenen Lichtern erhellt, die alles in eine albtraumhafte Atmosphäre einhüllten; ein auf- und abschwellender Schrei durchbrach die Stille, während Tormalin sich leicht umdrehte und leise schimpfte; und die feuchte Erde unter Vintage wegbrach, sodass sie in die Dunkelheit stürzte.

»Vintage!«

Sie fiel. Ihre Beine trudelten durch ein dunkles Nichts. Dann packte Tormalin ihren Arm. Sein blasses Gesicht hing über ihr, der Mund vor Schreck geöffnet. Der kleine Vorsprung, auf dem das halb vergrabene Artefakt lag, befand sich links außerhalb ihrer Reichweite. Sie schwang ihren freien Arm danach, verfehlte es aber um wenige Zentimeter.

»Verdammte Scheiße!«

Über ihr erschien ein schimmernder, lichterfüllter Umriss hinter Tormalin. Es war eine formlose Gestalt, die sich ständig bewegte und in sich verschmolz, während die rosafarbenen und weißen Lichter sich fast zu einer Art Kopf zusammenschlossen.

»Tormalin, pass auf!«

Der Eboraner griff bereits ungelenk nach dem Schwert, das er auf dem Rücken trug, aber das Gewicht von Vintage und die Unsicherheit seines eigenen Stands machten ihm die Sache unmöglich. Er schnaubte frustriert und zog ruckartig an ihr, um sie aus dem Loch zu befördern. Was nur dazu führte, dass der Boden unter ihm teilweise nachgab. Er musste zurückklettern, um nicht ebenfalls in den Spalt zu rutschen.

Mittlerweile schien der Parasitengeist das gesamte Blätterdach über ihnen auszufüllen. Er breitete sich zu beiden Seiten aus, Wedel wuchsen aus seinen Seiten und kräuselten sich in Tormalins Richtung. Der konnte noch immer sein Schwert nicht erreichen und lief darüber hinaus auch noch Gefahr, mit Vintage in den Riss zu fallen.

Tja, dachte sie, *wie schnell mir das Leben doch ins Gesicht scheißt.*

»Lass mich fallen!«, schrie sie ihren Gefährten an. »Ich klettere wieder raus!«

»Bist du verrückt geworden?«

Aus ihrem eingeschränkten Blickfeld sah Vintage, wie Finster-Noon in Sichtweite kam. Die junge Frau starrte wie gebannt zu dem Parasitengeist hinauf. Mit steifen, unnatürlichen Bewegungen trat die Finster-Hexe einen Schritt zurück und legte, die Augen immer noch auf den Geist gerichtet, ihre Hand auf Tormalins entblößten Nacken. Vintage sah den Eboraner zusammenzucken, als hätte man ihn mit einem heißen Schürhaken berührt, und er schrie auf – ob vor Schmerz oder Überraschung, konnte sie nicht sagen. Einen

Moment lang wurden seine Augen glasig, und sie fragte sich, ob er ohnmächtig werden würde. Das wäre für sie beide keine gute Nachricht.

Stattdessen hob Noon fast traumwandlerisch die andere Hand, aus der eine riesige Blüte grünen Feuers entsprang. Es schwebte nach oben und explodierte vor dem Parasitengeist. Chaos brach aus. Ein greller Lichtblitz sorgte dafür, dass Vintage für einige Augenblicke nicht wusste, wo sie war. Dann schwang Tormalin sie nach links. Die warme Präsenz seiner Hand auf ihrem Arm verschwand, und sie stürzte auf den schlammigen Vorsprung, wo sie etwas Hartes in den Magen traf. Als Vintage hochsah, erblickte sie einen lodernden Albtraum aus Flammen, der sich von ihnen wegbewegte, während sich die Silhouette von Noon wie ein winziger Schatten vor ihm abzeichnete.

»Was zur …?«

Dann sah sie den Parasitengeist, verzehrt vom Winnowfeuer. Tormalin kam taumelnd auf die Füße, eine Hand an seinem Nacken, als sei er verletzt, die andere schwang sein Schwert. Doch noch während sie zusah, brach die Kreatur zusammen, fiel zu Boden und wälzte sich dort in einer sehr menschlichen Geste der Verzweiflung. Erst jetzt wurde Vintage klar, dass sie seit der Explosion einen schrillen Schrei hörte, der stotternd zu einem kehligen Heulen geworden war. Trotz allem, was sie über die Parasitengeister und die von ihnen verursachten Todesfälle, die sie auch miterlebt hatte, wusste, verspürte sie einen Stich des puren Entsetzens. Sie platzierte ihren Stiefel auf dem metallenen Artefakt und hievte sich aus dem Loch. Dann kletterte sie den Rest des Weges hinaus, die Augen auf die sterbenden Flammen gerichtet. Mittlerweile färbten sie sich schlammgelb, und ein merkwürdiger Gestank erfüllte die Luft.

»Die Wurzeln mögen dich verfluchen! Was hast du mit mir gemacht?« Tormalin gestikulierte mit seinem Schwert hinter Noons Rücken herum, aber die junge Frau schenkte ihm keine Beachtung. Sie starrte gebannt auf den brennenden Umriss des Parasitengeistes, der zitternd am Boden lag und immer noch schreckliche Schmerzensschreie ausstieß. Dann hob sie die Hände, legte sie über ihre Ohren und fiel auf die Knie.
Die junge Finsterhexe zitterte am ganzen Körper.

»Es ist mir egal, warum du so aus dem Häuschen bist, Vintage. Diese Kreatur hat mich angegriffen!«
Bis sie auch das letzte Feuer gelöscht hatten, war der Gestank des verbrannten Parasitengeistes so überwältigend geworden, dass sie sich in ihr provisorisches Lager hatten zurückziehen müssen. Dank Vintage brannte dort das Feuer wieder, diesmal hatte sie Noon jedoch nicht um Hilfe gebeten. Und im Augenblick kauerten sie alle drei dicht gedrängt darum herum. Die Finsterhexe saß mit dem Rücken zu den Flammen und hielt die Arme um sich geschlungen. Sie schien die Lücken zwischen den Bäumen anzustarren, obwohl Vintage bezweifelte, dass sie überhaupt irgendetwas sah. Tormalin hatte dagegen eine Flasche Wein aus dem Rucksack zutage befördert und machte kurzen Prozess mit ihr. Dabei nutzte er jede Trinkpause, um sich zu beschweren. Ab und zu tastete er mit seiner Hand nach seinem Nacken und rieb sich dort die Haut, als ob sie schmerzte.
»Das stimmt natürlich. Du scheinst bei der Sache tatsächlich ein paar Gliedmaßen verloren zu haben. Und zweifellos auch eine ganze Menge Blut.« Vintage kramte in ihren Taschen nach den Notizbüchern und versuchte, das Zittern ihrer eigenen Finger zu ignorieren. Eine Waffe. Endlich verfügten

sie über eine furchteinflößende Waffe. »Oh halt, wie war das? Du bist vollkommen in Ordnung? Na, was für eine Erleichterung, mein Lieber.«
Tor spuckte seinen Wein fast in den Becher zurück. »Du weißt ja nicht einmal, was sie getan hat! Sie hat mir die Energie entrissen! Sie hat sie mir einfach … weggenommen. Wie eine Diebin.«
»Ich bin keine Diebin.« Noons Stimme klang sanft. »Ich habe nur genommen, was ich brauchte. Sonst wärt ihr jetzt beide tot.«
»Ach Quatsch! Wir hätten es auch so überstanden!« Tor versteifte sich. »Vintage und ich sind diesen Monstern schon oft begegnet und haben auch *ohne deine Hilfe* überlebt.«
»Was war das denn für ein brennendes Ding? Also, was war es genau?« Noon hatte sich wieder dem Feuer zugewandt, ihr Blick war auf Vintage gerichtet. »Ich weiß, dass wir sie Geister nennen, aber was *ist* es?«
»Das weiß niemand so genau, meine Liebe. Und genau das ist auch das Problem. Die Informationen, die wir über diese Parasitengeister haben, sind unglaublich spärlich. Wir wissen, dass es sie seit dem Achten Regen gibt. Zumindest existieren keine Aufzeichnungen über ihr Auftauchen vor dieser Zeit. Wir wissen auch, dass sie die Schiffreste der alten Invasoren heimsuchen. Und wir wissen, dass sie andere Lebewesen angreifen und töten können. Schon eine einfache Berührung mit ihrem Fleisch ist äußerst schädlich. Aber sie scheinen nicht wirklich den Konflikt zu suchen. Es passiert eher zufällig. Lebewesen kommen ihnen in die Quere, und dann werden sie auseinandergerissen.« Vintage presste ihr Notizbuch zwischen den Fingern zusammen und spürte einen jahrzehntealten Frust. »Wir wissen fast nichts über sie oder

die Invasoren.« Sie räusperte sich. »Deshalb würde ich gerne deine Dienste in Anspruch nehmen, Finster-Noon.«

Tormalin stieß ein kurzes Lachen aus, während Noon aus ihrer Starre zu erwachen schien.

»Bitte was?«

»Natürlich ist mir bewusst, dass du zurzeit in einer sehr wichtigen und geheimen Mission für die Winnowry unterwegs bist«, hielt Vintage inne und hustete in ihre Faust. »Wenn du das jedoch für den Moment beiseitelassen könntest, wäre ich gerne bereit, dir ein Gehalt zu zahlen, damit du uns auf unbestimmte Zeit begleiten kannst. Und sollte irgendjemand Fragen zu deinem Verbleib haben, meine Liebe, würde ich mich selbstverständlich persönlich darum kümmern.«

Das Mädchen sah erschrocken aus, und Vintage unterdrückte ein Grinsen. Noch einmal so jung zu sein und so sicher, dass andere die eigenen Lügen nicht durchschauten. »Hör mir mal zu. Soweit wir bisher wussten, hat das Winnowfeuer selbst kaum eine Wirkung auf Parasitengeister. Winnow-geschmiedeter Stahl ja, jedoch nicht die reinen Flammen. Aber *deine* schon.« Vintage schürzte die Lippen. Sie wusste, dass das, was sie als Nächstes sagen wollte, nicht gut ankommen würde. Und doch spürte sie instinktiv, dass es sich um die Wahrheit handelte. »Ich glaube, das lag an der Energie, die du dir genommen hast. Eboranische Lebensenergie. Zusammen habt ihr etwas Neues geschaffen. Etwas, das für die Geister tödlich ist.«

»Sag mal, Vintage, hast du vielleicht einen Schlag auf den Kopf bekommen?« Tormalin lächelte bemüht, aber sein Blick war versteinert. »Das lustige Feuerwerk vorhin hat uns alle fast umgebracht, ganz zu schweigen von dem, was diese

kleine Diebin mit mir gemacht hat. Und du willst sie bitten, es *noch einmal* zu tun?«
Vintage ignorierte ihn. »Nun ja, vielleicht kannst du ja einmal darüber schlafen, Finster-Noon. Das ist alles, worum ich dich bitte. Ich würde gerne morgen früh zu dieser Erdspalte zurückkehren. Hoffentlich hat die Nachtluft bis dahin den Gestank vertrieben. Anschließend holen wir dich aus diesem düsteren, wurmverseuchten Ort raus. So hast du auch noch genug Zeit, um über mein Angebot nachzudenken.«

Noon lag mit dem Rücken zum Feuer. Sie war froh über die Wärme, aber sie konnte sich nicht dazu durchringen, in die Flammen zu sehen.
Die Erschöpfung steckte ihr tief in den Knochen, aber an Schlaf war nicht zu denken. Ihr Geist war wie ein Vogel in einem Käfig – gefangen, in Panik umherfliegend und ohne einen Ausweg. Am meisten beschäftigte sie die Tatsache, dass die Frau *Bescheid wusste*. Sie wusste, dass sie keine Agentin war und dass ihre Geschichte schlimmer stank als Pferdemist. Sie war freundlich und höflich gewesen und hatte nicht direkt gesagt, dass sie ihre Lügen durchschaute, doch als sie Noon den Job anbot, war es in dem harten Glitzern ihrer Augen deutlich erkennbar gewesen. Noch nie zuvor hatte Noon jemanden wie Vintage getroffen. Ihre Klugheit drang aus jedem ihrer Worte und lag in jedem prüfenden Blick. Der Grund dafür mochte sein, dass sie älter war als Noon, auch wenn ihr Alter genau genommen schwer einzuschätzen war. Ihre warme, braune Haut sah fast faltenfrei aus, abgesehen von einer Handvoll kleiner Linien um die Augenwinkel und ein paar Lachfalten neben dem Mund. Sie hatte volle Hüften und ein Dickicht aus dunklem, gelocktem Haar auf ihrem Kopf, das hier und da von ein paar grauen

Strähnen durchzogen war. Ihre Augen waren freundlich, und in Noons Augen sah sie sehr schön aus. Was es für sie sogar noch schwieriger machte, ihr zu vertrauen.

Noon zog sich den Kragen der Jacke bis ans Kinn. Sie musste nachdenken. Aber jedes Mal, wenn sie die Augen schloss, kamen ihr wieder die Bilder, als wären sie auf die Innenseite ihrer Lider eingebrannt: das seltsame Wesen aus Lichtern und die sanfte Art, in der es sie umflossen hatte, wie eine tödliche Flut. Dann hatte sie ihr Feuer beschworen und damit die Nacht erhellt, wie mit einer gigantischen Fackel, und sie war vor Schreck und Euphorie erstarrt gewesen. Wild und schnell hatte der Parasitengeist gebrannt, und dann erst seine Geräusche … An den Gesichtern von Vintage und dem Eboraner hatte sie erkennen können, dass auch sie solche Laute nicht erwartet hatten. Allerdings hatten die beiden auch noch nie zuvor ein Lebewesen brennen hören. Da war sie sich sicher.

In der Dunkelheit rollte sich Noon so fest zusammen, wie sie nur konnte. Irgendwo, ganz tief in ihrem Kopf, war das Geräusch noch immer zu hören. Hinter sich vernahm sie die leisen Bewegungen und das Atmen der anderen.

Vintage schlief. Ihr Hut, den sie unbedingt von dem Spalt hatte zurückholen wollen, lag über ihr Gesicht drapiert. Das rhythmisch flötende Geräusch, das von ihr herüberdrang, war ihr Schnarchen. Der Eboraner schlief nicht und hielt im Dunkeln Wache über sie. Sie konnte hören, wie er sich hin und wieder bewegte, wie er gelegentlich seufzte, wenn er aufstand, um seine steifen Beine zu lockern, und wie sein Ledermantel knirschte.

Wie seltsam es doch war, hier in der Dunkelheit in solcher Gesellschaft zu sein. Zehn Jahre lang hatte sie nichts als die Winnowry und andere Hexen gekannt, und nun campte sie mit einem Eboraner. Es war, als schliefe sie neben dem Leibhaftigen, neben einem Ungeheuer aus einem der Märchen von Mutter Fast. Er war genau so, wie sie die Eboraner immer beschrieben hatte – schön, anmutig und schnell. Seine Augen waren so rot und grausam wie in den Geschichten, und es war nicht schwer, sich ihn auf den Schlachtfeldern der Aaskriege vorzustellen, wie er Männern und Frauen die Kehlen herausriss und ihr Blut trank, solange es noch warm war.

Doch da war noch etwas anderes. In ihrer Angst und Panik hatte sie ihm Energie entnommen, um ihr Winnowfeuer zu schüren. Es war nur eine kurze Berührung gewesen, doch in diesen wenigen Augenblicken hatte es sie erfüllt; etwas Dunkles und Altes und Unbekanntes. Sie hatte nie zuvor eine Energie wie diese gespürt, und genau wie das Winnowfeuer war sie beängstigend und grandios gewesen.

Sie wollte weit weg von hier sein, sie wollte allein sein, um es nie wieder spüren zu können.

Sie wollte sofort zu ihm gehen, ihre Hand auf die glatte Haut seines Nackens legen und es wieder schmecken. Vielleicht alles nehmen und zu jemand ganz anderem werden.

Noon schloss die Augen. Vielleicht hatte die Winnowry doch recht. Sie war zu gefährlich, um draußen in der Welt zu sein.

Kapitel 11

Die Geschichte von Tomas, dem Ertrunkenen, ist eine bemerkenswerte, wenn auch letztlich tragische Geschichte. Tragisch vor allem für die Hunderte von Frauen, die aufgrund seines ungewöhnlichen Lebensstils inhaftiert wurden.

Tomas war ein Fischer, so erzählt es die Geschichte. Eines Nachts war er allein mit seinem Fischerboot unterwegs, als ein großer Sturm über dem Riff heraufzog. Sein Boot wurde zertrümmert und Tomas versank in den Wellen. Er war angeblich für immer verloren. (Bruchstücke seines Bootes wurden interessanterweise in den letzten hundert Jahren als heilige Reliquien verkauft. Sie sollen von den Gläubigen gesammelt worden sein, nachdem sie am Strand aufgetaucht waren. Woher die Gläubigen ahnten, dass sie diese Stücke sammeln sollten, wo Tomas, soweit sie damals wussten, doch nur ein weiterer ertrunkener Fischer war, kann ich nicht sagen. Ich vermute aber, dass es ohnehin nicht sinnvoll ist, sich zu sehr mit den Ursprüngen »heiliger« Reliquien zu befassen.)

Hundert Tage später tauchte Tomas aus dem Meer auf, gefolgt von vier Männern und drei Frauen. Es muss ein beeindruckender Anblick gewesen sein, wie diese zerlumpten, durchnässten Gestalten aus den Wellen stiegen und den Strand entlangschritten. Tomas behauptete, er sei in einer Vision des unvorstellbar Bösen unter dem Meer gefangen gewesen. Eine schreckliche Welt existiere Seite an Seite mit der unseren, sagte er. Wir wären alle in Gefahr. Es gab dort eine Frau, so berichtete er, eine »glühende Frau«, die »mit einem unheimlichen Feuer brannte«, und sie war »Herz und Seele« dieses bösen Ortes. Die Männer und Frauen, die ihn begleiteten, bestätigten seine Geschichte zwar, doch soweit ich weiß, waren sie durch ihre Zeit unter dem Meer auch recht verwirrt. (Es ist sicher erwähnenswert, dass jeder von ihnen als eine auf dem Meer verschollene Person identifiziert werden konnte; einer war vor neun Jahren verschollen, aber keinen Tag gealtert, und zwei andere stammten aus demselben Schiffswrack.)

Tomas zog sich an einen abgelegenen Küstenabschnitt zurück. Dort blieb er für den Rest seines Lebens. Das Meer konnte er nie ganz hinter sich lassen. Er begann, gemeinsam mit seinen sieben Getreuen, fieberhaft Bilder und Schriften über seine schreckliche Erfahrung anzufertigen, in denen er uns vor der brennenden Frau warnte, die der Schlüssel zu dieser bösen Vorsehung war. (Es gibt, so scheint mir, einen bestimmten Typus von Mann, der sich vor der Vorstellung fürchtet, eine Frau könnte Macht ausüben – gleich welcher Art; dieser Typus ist bereit, seinen Schrecken in alle möglichen Formen zu kleiden, um ihn zu legitimieren.)

All das sprach sich herum. Menschen – Verzweifelte oder vielleicht auch Orientierungslose – schlossen sich ihm an. Schließlich kam eine Frau namens Milandra Parcs zu ihm. Sie hatte gute Gründe, Finsterhexen zu hassen, und sie erkannte in seinen Worten und Bildern eine Wahrheit, die sie längst in ihrem Herzen spürte: Die »brennenden Frauen« – bei denen es sich in ihren Augen um die Finsterhexen handelte – waren böse.

Tomas starb schließlich. Sein Körper wurde an einem hoch gelegenen Ort zurückgelassen, um von Vögeln und Tieren gefressen zu werden. Nur im Tod, so schien es, konnte er dem Meer entkommen. Milandra erschuf die Winnowry. Zunächst wurde sie der Öffentlichkeit als Zufluchtsort für diese Frauen verkauft – bei ihnen handelte es sich schließlich um Menschen, die sich häufig vor ihren eigenen außergewöhnlichen Kräften fürchteten. Doch als sich die Nachricht von der »Verderbtheit« der Finsterhexen zunehmend verbreitete (zweifellos durch die reizende Madam Parcs), entwickelte sich die Winnowry zu einem Ge-

fängnis. Seitdem holt man dort jede Frau oder jedes Mädchen zu sich, bei dem sich dieselbe »Verderbtheit« zeigt, und sie verbringen den Rest ihrer Tage an diesem erbarmungslosen Ort.
Was mich jedoch interessiert, ist, was tatsächlich mit Tomas und seinen sieben Anhängern geschehen ist, die er aus dem Meer geführt hat. Wo waren sie während ihrer fehlenden Tage, Monate und Jahre? War Tomas einfach nur verrückt, oder hatte er Teile einer großen Offenbarung gesehen?
Auszug aus den Tagebüchern von Lady Vincenza »Vintage« de Grazon

Am nächsten Morgen war der Himmel bewölkt, und ein fremdartiger Gestank lag noch über der Pilzebene. Tor wollte gerade den Mund öffnen, um sich bei Vintage darüber zu beschweren, als er sich erinnerte, was ihn verursacht hatte – der verbrannte Körper des Parasitengeistes. Vintage war bereits auf den Beinen, packte geräuschvoll ihre Taschen und holte Notizbücher hervor, während die Finsterhexe zusammengerollt am Feuer lag und noch immer schlief. In der Nacht hatte sie sich mit dem Gesicht den Flammen zugewandt und so nah an ihnen geschlafen, dass ein verirrter Funke ausgereicht hätte, um sie in Brand zu setzen. *Nichts anderes hätte sie verdient,* dachte er und starrte auf ihre reglose Gestalt herab. Die Welle der Schwäche, die ihn in dem Moment durchflutet hatte, als ihre Finger seine Haut berührten, war ihm nach wie vor gegenwärtig. So etwas hatte er noch nie gefühlt und wollte es auch nie wieder fühlen. Es hatte ihm die Blutpest in Erinnerung gerufen; auch sie machte den Körper zu einem Feind, der den eigenen Befehlen nicht länger gehorchte.
»Weckst du unsere Freundin bitte auf, Tor?« Vintage kramte in ihren Taschen herum, holte wahllos Gläser heraus, be-

trachtete sie und stopfte sie wieder hinein. »Wenn sie uns helfen will, wird sie das sehen wollen.«
»Zuerst einmal: Weck sie doch selbst auf. Und zweitens: Willst du diesen Unsinn wirklich mitspielen? Sie ist eindeutig eine entflohene Kriminelle.«
Vintage senkte ihre Stimme. »Eine entflohene Kriminelle, die einen Parasitengeist in Sekundenschnelle außer Gefecht setzen kann. Denk daran, wie nützlich das für uns sein könnte. Und hör auf zu jammern, Tormalin, mein Lieber. Es passt nicht halb so gut zu dir, wie du glaubst.«
»Meinst du mit ›außer Gefecht setzen‹ alles in Brand zu stecken?« Trotzdem ging er zu der schlafenden Gestalt hinüber, hob seinen Stiefel auf ihr Bein und verpasste ihr einen dezenten Stoß. Das Mädchen keuchte und rollte sich rückwärts. Jegliche Farbe wich aus ihrem Gesicht. Tor runzelte die Stirn. »Es gibt keinen Grund, sich so anzustellen. Komm, wir sehen uns das Ding an, das du gestern Abend zerstört hast, falls noch etwas davon übrig ist.«
Die Finsterhexe schaute sich die hoch aufragenden Pilze an, als ob sie herausfinden wollte, wo sie sich befand. Tor hockte sich hin und sprach leise zu ihr.
»Da ist jemand nicht an die Außenwelt gewöhnt, nicht wahr?«
Sie kniff die Augen zusammen, rappelte sich hoch und wickelte die schwarze Jacke fester um ihre Schultern. *Seine* schwarze Jacke. »Ich bin es nicht gewöhnt, im Angesicht eines Monsters aus einer Gruselgeschichte aufzuwachen, das direkt über mir steht.«
Vintage führte sie zurück zur Felsspalte. Tormalin zog den Neunten Regen aus seiner Scheide – auch wenn es nur ein einzelner Parasitengeist gewesen war, schadete es nicht, auf der Hut zu bleiben.

»Hier, seht«, sagte Vintage und deutete auf den aufgewühlten Boden, »überall liegen winzige Stücke des Mondmetalls vom Giganten verstreut. Dieses Ding muss im Dritten oder Vierten Regen abgestürzt sein, vielleicht sogar im Zweiten. Danach ist dann die Wildnis über seine alten Knochen gewachsen. Bis ein Erdbeben wohl alles wieder an die Oberfläche befördert hat.«

»Und da sind auch die Überreste unseres Parasitengeistes«, ergänzte Tormalin und deutete mit seinem Schwert darauf. »Lohnt es sich, sie in ein Glas zu kratzen?«

Was vor ihnen lag, sah wie eine zerbrochene Fläche aus stellenweise getrübtem Gelee aus, die hier und da mit dunklen Kratern durchzogen war. Tormalin griff nach unten, um mit dem Ende des Neunten Regens hineinzustechen, aber Vintage beförderte ihn unsanft mit dem Ellbogen aus dem Weg. »Berühr es nicht mit Winnow-geschmiedetem Stahl! Du beschädigst es nur noch mehr.« Sie zog einen langstieligen Löffel aus der Tasche und begann vorsichtig, den wabbeligen Dreck in ein Gefäß zu löffeln. Als sie die Masse berührte, schien sich die Substanz aufzulösen und in sonderbar faserige Klumpen zu zerfallen. Tormalin trat einen Schritt von den Überresten zurück. Beim Anblick dieser seltsamen Formen wurde ihm mulmig zumute.

»Wir haben noch nie zuvor so viel Material geborgen!« Vintage strahlte vor Freude. »Ich werde ein ganzes Set neuer Objektive kaufen müssen, um mir das anzusehen. Jetzt möchte ich dieses Loch noch einmal untersuchen. Schau mich nicht so an, Tor, ich werde dieses Mal vorsichtiger sein.«

Die aufgewühlte Erde hatte das Artefakt, das Vintage am Abend zuvor zu bergen versucht hatte, teilweise verdeckt. Trotzdem konnte man immer noch Stücke davon erkennen:

ein grünlich-goldenes Metall, das im Tageslicht ölig schimmerte.
»Ich hole es.« Tor stellte sich vor Vintage und bedeutete ihr, zurückzutreten. »Sieh mal einer an, jetzt kann man sogar die Ränder von diesem Ding erkennen. Ich kann dort drüben hinunterklettern.« Nach der Wucht des Angriffs vom Vortag hatte sich die Erde wieder gesetzt, sodass auf der anderen Seite des Lochs ein unwegsamer Pfad zu erkennen war. Tor steckte sein Schwert ein, ließ sich hinunter und begann, langsam in die Richtung des Metallobjekts zu steigen.
»Sei vorsichtig, mein Lieber! Wir wollen doch dein Schwert nicht verlieren.«
Tor blickte auf und sah, wie Vintage ihn anlächelte. Noon stand hinter ihr und hielt die Arme vor der Brust verschränkt. Ihr Gesichtsausdruck verriet Unsicherheit.
»Ich bin wie immer gerührt von deiner Sorge, Vintage.«
Als er das Artefakt berührte, stellte er zu seiner Überraschung fest, dass es sich unter seinen Fingern eher wie ein Stück Keramik anfühlte. Es war kühl, aber nicht so kalt, wie Metall sein konnte. Er schob den Schmutz und Schlamm beiseite, um die vollständige Form zu enthüllen; es war eiförmig, mit Einbuchtungen wie Grübchen in der breiteren Hälfte. Die Oberseite war zerbrochen. Aus dem Inneren sickerte eine dickflüssige Substanz. Sie besaß eine tiefgoldene Farbe, schimmerte aber auch in einem Regenbogen aus anderen Farbtönen.
»Was ist das?«, wollte Vintage kurzatmig wissen. »Was siehst du?«
»Warte mal.«
Er zog das Artefakt vorsichtig aus dem Schlamm. Dabei fiel jedoch noch mehr davon ab und enthüllte eine freie Stelle, an der das Öl dem Anschein nach bereits ausgelaufen war. Er

konnte den goldenen Fleck sogar auf dem dunklen Schlamm erkennen. Und genau an dieser Stelle wucherte die Vegetation. Eine Reihe kleiner Pflanzen war hier zum Leben erwacht, offenbar unterirdisch und außerhalb der Sichtweite der Sonne. Es gab dicke Äste mit Unmengen von Blättern, sogar Blüten und die Ansätze von Früchten. Er blinzelte verwirrt, als müsse er sich überzeugen, was er da sah.

»Tor, was ist los?«

»Hier, sieh selbst.« Tor packte das Artefakt unter einen Arm und räumte mit dem anderen den restlichen Schlamm beiseite. Dann trat er zurück und gab den Blick auf den lebendigen Garten frei. Es war ein seltsamer Farbfleck inmitten der schwarzen Erde und blassen Wurzeln. Von oben hörte er, wie Vintage nach Luft schnappte.

»Das Ei-Dings ist zerbrochen, es läuft eine Art goldene Flüssigkeit daraus. Und das scheint zu dem hier geführt zu haben.« Er deutete auf das Gewirr aus zarten Pflanzen.

Vintage schien wie vom Donner gerührt. »Zerbrochen? Gestern war es noch nicht zerbrochen. Haben wir es vielleicht kaputt gemacht?«

»Wie kann es diese Pflanzen verursacht haben?«, wollte Noon wissen. »Das ergibt doch keinen Sinn.«

»Ich vermute eine Art Jure'lia-Zauber, meine Liebe«, antwortete Vintage. Sie hatte ihren Blick nicht von dem unwahrscheinlichen Naturspektakel abgewandt. »Ich will von allem Proben haben, Tor, und das ganze Objekt soll mit uns zurück nach Mushenska. Ich werde dir die Gläser heruntergeben. Und ein Paar Handschuhe. Kannst du auch eine Probe der Flüssigkeit nehmen?«

Tor brauchte den Rest des Vormittags, um alles so zu verpacken, wie Vintage es sich vorstellte. Das eiförmige Artefakt wurde in eine zusammenklappbare Kiste gelegt, die sie mitgebracht hatte. Um es zu schützen, polsterte Tor die Kiste mit Schafwolle aus. Zudem hatte er unzählige Gläser mit Proben der seltsamen Pflanzen gefüllt, die über Nacht in der Dunkelheit gewachsen waren. Von der goldenen Flüssigkeit gelang es ihm nur, ein Fläschchen zusammenzukratzen, wobei er peinlich genau darauf achtete, nichts davon an seine Hände zu bekommen. Als er schließlich aus dem Loch kletterte, fühlte er sich schmutzig und müde und war überzeugt davon, dass es zumindest teilweise an dem lag, was die Finsterhexe in der Nacht zuvor mit ihm gemacht hatte. Er wollte Blut und spürte das Gewicht der kleinen Glasfläschchen in seinem Rucksack. Allerdings widerstrebte es ihm, sie vor der Hexe mit ihren wachsamen, dunklen Augen herauszuholen. *Es ist nicht einmal frisch,* sagte er sich. Was Sareena ihm gegeben hatte, war schon ein paar Tage alt, und seine Wirkung hatte mittlerweile deutlich nachgelassen.

»Das war also ein Stück von einem Giganten? Wie der Leichenmond?«

Das Mädchen hockte auf einem freiliegenden Wurzelbündel und hielt ihre Arme wieder um sich geschlungen. Für Tor sah sie aus wie ein kleiner, zerzauster Vogel, der jeden Moment die Flucht ergreifen konnte. Im Halbdunkel des Morgens war die Tätowierung auf ihrer Stirn nicht mehr als ein dunkler Fleck. Vintage notierte gerade in einem ihrer Notizbücher, was sie gefunden hatten. Auf die Frage des Mädchens sah sie jedoch lächelnd auf.

»Dieses Ding hat sich einst in einem Giganten befunden, ja. Aber ich vermute, dass er vor etwa tausend Jahren am Himmel über diesem Wald zerbrochen ist und ein Teil des Wracks hier landete. Danach hat ihn die Wildnis übernommen. Wie es scheint, reichen schon kleine Teile eines Giganten aus, um einen Parasitengeist anzulocken.«

»Aber es gibt auch noch … vollständige. An manchen Stellen.«
Vintage sah nickend zum Himmel hinauf. »Unser allgegenwärtiger Freund, der Leichenmond, ist einer von ihnen, meine Liebe. Irgendwie ist er an unserem Himmel gefangen. Und ja, es gibt auch noch andere. Berühmte Orte, an denen Giganten abgestürzt sind. Drei davon existieren nicht mehr, da sie von Plünderern zerpflückt oder von der Zeit weggefressen wurden. Einer, an der Küste von Kerakus, wurde teilweise vom Meer verschluckt.« Vintage hielt inne. Ein Schatten zog für einen Moment über ihr Gesicht, doch dann schien sie ihn abzuschütteln. »Zwei andere zerfallen langsam in Stücke und sind dabei, sich selbst vollständig zu verlieren.« Vintage stand auf und rieb sich energisch die Hände. Zwischen den Stängeln herrschte eine feuchte Kühle, ein Nebel, der sich um sie gelegt hatte. »Und dann sind da noch mal drei. Einer irgendwo in dem riesigen Wüstengebiet, das als ›Das singende Auge‹ bekannt ist. Einer auf den Höhen des Elru-Bergs, obwohl es hieß, dass er letztes Jahr auseinandergebrochen und dabei der größte Teil in eine Kluft gestürzt sei. Und der letzte befindet sich auf einem Stück Land, das einem gewissen Esiah Godwort gehört. Seine Familie hat Mauern drumherum gebaut, und man darf das Gelände nur mit seiner Erlaubnis betreten. Er hortet es für sich wie ein Drache sein Gold. Daher vermute ich, dass es sich dabei um das intakteste Exemplar handelt.« Sie räusperte sich. »Und *deshalb* glaube ich, wir sollten uns erfrischen, uns ein wenig sammeln und als Nächstes dorthin gehen.«
Tor lachte und ignorierte den perplexen Blick, den Noon ihm zuwarf. »Wie kommst du darauf, dass Godwort dich dieses Mal hereinlässt? Im Gegensatz zu den fünf anderen Malen,

die du ihn darum gebeten hast? Du weißt, dass es diesem wurzelverdorbenen Narren nicht um Geld geht.«

»Münzen werden uns da nicht helfen, da hast du ganz recht, Tormalin, mein Lieber. Aber jetzt haben wir etwas ganz anderes, das wir tauschen können.«

Für den Bruchteil einer Sekunde wanderte der durchtriebene Blick von Vintage zu der Finsterhexe, aber das Mädchen war unaufmerksam. Tor seufzte. Es schien, als wolle Vintage die Kreatur wirklich behalten.

»In Ordnung. Gut. Können wir jetzt aber bitte erst mal zurück nach Mushenska gehen?« Er griff nach dem größten Rucksack, der nunmehr mit verschiedenen Gläsern voller Schmutz und mit dem zerbrochenen Artefakt gefüllt war, und schwang ihn mit Leichtigkeit auf seinen Rücken. »Ich bin durstig.«

Kapitel 12

Was wissen wir also über die Jure'lia? Erstaunlich wenig, wenn man bedenkt, wie lange sie schon durch unsere Geschichte geistern.

Erstens kommt Jure'lia vom kesenstanischen Wort für »Wurm«, oder genauer gesagt »Wurmvolk«. Soweit wir wissen, war Kesenstan einer der ersten Orte, an denen eine Invasion stattgefunden hat; bei Bergbauarbeiten in diesem Land wurden Artefakte gefunden, die Tausende von Jahren alt waren. Wie die Jure'lia sich selbst nennen, wissen wir nicht.

Zweitens stammen die Jure'lia nicht aus Sarn. Oder zumindest nicht aus einem uns bekannten Teil davon – also nicht von der Oberfläche ... erkennt ihr jetzt das Problem? Sie tauchen etwa alle paar Jahrhunderte wie aus dem Nichts an unserem Himmel auf und beginnen mit der unerbittlichen Zerstörung unserer Länder, unserer Städte und unseres Volkes. Und ich meine »unser« hier im weitesten Sinne – die Jure'lia konzentrieren ihre Angriffe nicht auf ein bestimmtes Land oder eine bestimmte Nation und schicken auch keine Diplomaten, um über Bedingungen zu verhandeln. In der Vergangenheit hat es zwar Versuche der Verständigung gegeben, aber sie endeten für unsere Delegierten immer schlecht.

Wir nennen die Schiffe, mit denen sie ankommen, Giganten – und das aus gutem Grund. Diese Fluggeräte sind größer als alles, was man in Sarn finden kann. Sie ähneln, wenn überhaupt, der einfachen Kellerassel (zum Vergleich: Rolda de Grazon fertigte während des Achten Regens eine Reihe außergewöhnlicher Skizzen an, die im Archiv der Familie Grazon aufbewahrt werden, und die ich mit anderen zeitgenössischen Berichten verglichen habe. Mein lieber entfernter Cousin Rolda hatte ein gutes Auge). In diesen Giganten befinden sich die Samen ihrer

Streitkraft. Aber auch abgestürzte Giganten, die auf der Oberfläche von Sarn gelandet sind, haben sich als schwer zu erforschen erwiesen, und die meisten Berichte über ihr Inneres ergeben nur wenig Sinn. Generell nimmt man daher an, dass irgendetwas in den zerbrochenen Schiffen die Menschen um den Verstand bringt. Das ist kein beruhigender Gedanke. In jüngster Zeit wurde bekannt, dass Teile der zerbrochenen Giganten, Scherben ihres seltsamen grünen oder schwarzen »Mondmetalls«, Wesen erzeugen oder anziehen, die als »Parasitengeister« bekannt sind. (Mondmetall klingt zwar nach einem recht romantisch verklärten Begriff, ist aber in Wahrheit alles andere als das. Das ölig aussehende, grünliche Metall, aus dem Jure'lia-Artefakte meist bestehen, ist nach dem Leichenmond benannt. Auch er leuchtet in einem grünlichen, kupferfarbenen Licht, wenn die Sonne ihn genau trifft. Und nichts an dieser toten Kreatur deutet auf Romantik hin.) Niemand kann sagen, warum das so ist, ob die Parasitengeister aus Sarn selbst stammen oder ob sie eine direkte Folge dieser außerirdischen Technologie darstellen. Sie traten erst nach dem Achten Regen in Erscheinung, aus Gründen, die wir vielleicht nie erfahren werden. Eine Theorie, die ich als stichhaltig ansehe, ist, dass es sich bei ihnen um eine Art »schlafende Waffe« handeln könnte, die von den Jure'lia zurückgelassen wurde, um unser Land weiter zu vergiften, während sie selbst sich erholen. Das ist doch eine faszinierende Idee. In jedem Giganten befinden sich vermutlich mehrere Hundert »Mütter«. Doch wie bei allem, was mit den Jure'lia zu tun hat, sind wir uns nicht einmal sicher, ob diese Kreaturen rein organisch sind oder ob man sie auf irgendeine Weise herstellt. Mit ihren sechs beweglichen Beinen, die in einer Art zentraler »Schale« zusammenlaufen, sehen sie wie übergroße Spinnen aus – allerdings ohne Augen, Kiefer oder gar einen Unterleib. Stattdessen befindet sich in der Schale ein perlmuttfarbener

Sack, aus dem Tausende von »Wühlern« hervorgehen oder geboren werden. Diese Kreaturen sehen ein wenig aus wie Käfer mit weichen Körperhüllen. Sie sind schmal und haben mehrere Beine, und das ist leider auch schon alles, was ich weiß, denn von ihnen konnte noch nie organisches Material geborgen werden. Die Wühler sind am berüchtigtsten und der wahre Schrecken der Jure'lia. Das gilt auch für die Methode, mit der sie Sarn zu erobern drohen. Die Wühler verstecken sich im Körper eines menschlichen Opfers und »fressen« dessen Innereien weg, sodass ein hohles Inneres zurückbleibt, das mit einer seltsamen, schwarzen, zähflüssigen Substanz ausgekleidet ist. Was immer diese Substanz auch sein mag, sie ist in jedem Fall mehr als nur ein Abfallprodukt. Sie lässt das Opfer bei Bewusstsein und bis zu einem gewissen Grad kommunikationsfähig – obwohl natürlich jede Spur der früheren Persönlichkeit durch das Schwarmbewusstsein der Jure'lia ersetzt wurde. Solche unglücklichen Seelen sind praktisch tot – zumindest für ihre Familien und Freunde.

Wenn die Wühler ihre Arbeit getan haben, bleiben von ihren Wirten nur Drohnen übrig. Sie stellen die große Mehrheit der Jure'lia-Streitkräfte dar und fordern einen schrecklichen psychologischen Tribut von den Überlebenden. Wer gegen die Jure'lia kämpft, tötet Feinde mit den Gesichtern seiner Nachbarn, Freunde, seiner Familie und von geliebten Menschen. Aus Berichten über frühere Invasionen wissen wir, dass der moralische Zusammenbruch bei den Streitkräften verheerend war.

Ebenfalls in den Giganten enthalten sind die »Maden« (auch äußerst blumig als »Scheißer« bezeichnet, aber ich werde mich für meine Zwecke an den Begriff Maden halten). Maden sind riesige Lebewesen, etwa achtzehn Meter lang und sechs Meter breit. Sie bewegen sich sehr langsam und scheinen überwiegend nur aus einem Mund an einem Ende und einem Darmausgang am anderen zu bestehen. Dazwischen liegt ein fetter, mehrgliedriger Mittelteil (als Referenz hat der liebe Cousin Rolda wieder eine Reihe von Zeichnungen aus verschiedenen Winkeln angefertigt. Ich nehme an, er konnte einige Zeit damit verbringen, sie zu studieren, da diese Dinger eine ganze Weile brauchen, um jedwede Strecke zurückzulegen). Diese Kreaturen scheinen völlig organisch zu sein. Sie verfügen offenbar nicht über ein inneres Skelett, und folglich bleiben auch keine physischen Spuren von ihnen zurück. Sie bahnten sich bedächtig ihren Weg durch Sarn, bewacht von Müttern und Drohnen, und verzehrten dabei jedes organische Material: Bäume, Gras, Pflanzen, Feldfrüchte, Tiere – alles, was langsamer war als sie. Dann sonderten sie eine große Menge eines dicken, zähflüssigen und dunkelgrünen Schleims ab. Diese Substanz härtete aus, wurde beständiger als Stahl und erstickte alles, was mit ihr in Berührung kam.

An verschiedenen Orten in der Umgebung von Sarn kann man Beweise für diese »Erstickung« sehen – vor allem bei den sogenannten »tiefen Feldern« auf den Ebenen der Winterbäume. Hier erlebt man eine Landschaft, die so düster und erschreckend ist, dass ich nicht mehr als eine Stunde Besuch empfehlen würde. Durch die dicke Schicht aus lichtdurchlässigem grünem Lack kann man die unwiederbringliche Erde darunter erkennen, mit Strängen aus ebenso verlorenem Gras, das wie in der Zeit eingefroren scheint. Man findet dort auch eine ganze Reihe von Leichen – einige davon mit ziemlicher Sicherheit Drohnen, die den Maden nicht rechtzeitig aus dem Weg gegangen sind, aber auch Menschen, die vor der Invasion zu fliehen versucht hatten. Es ist in der Tat ein trauriger Anblick und zutiefst unheimlich – diese Männer und Frauen sind vor Hunderten von Jahren gestorben, doch die Madenflüssigkeit hat sie so gut konserviert, dass es aussieht, als hätten sie nur für einen kurzen Moment den Kopf in das Wasser eines Teichs gesteckt.

Etwas Ähnliches gibt es auch im Fonsein-Tempel der Verlorenen zu sehen, östlich von Brindlebrook in Reilans, beim Eisenmarkt-Ehrenmal in Mushenska und im Tal der Tausend Zähne – obwohl dieser besondere Abschnitt des »Lacks«, wie der Belag bekannt geworden ist, überbaut wurde und zu einer Art Attraktion für Reisende geworden ist. Es hat sich als nahezu unmöglich erwiesen, ihn zu entfernen, was die Frage aufwirft: Werden die Jure'lia schließlich gewinnen, indem sie uns einfach Stück für Stück überdecken, egal wie lange es dauert? Ein beunruhigender Gedanke.
Auszug aus den Tagebüchern von Lady Vincenza »Vintage« de Grazon

Als der triste Sommer verblasste und der Herbst über Ebora hereinbrach, hielt sich Hestillion die meiste Zeit in den weitläufigen Räumen von Ygserils Palast auf. Es stimmte, was sie Lord Moureni über die Wölfe erzählt hatte; es waren normale Wölfe, keine wurmverseuchten Kreaturen, die halb wahnsinnig geworden waren, und sie schienen sich nicht für ihr knochiges Fleisch zu interessieren. Das konnte sich in den kälteren Monaten durchaus noch ändern. Wer auch immer außerhalb des Palastes noch übrig war, würde auf seine ganz eigene Weise damit zurechtkommen müssen.
Es war ein kalter, grauer Morgen und kühl genug, dass sie ihren Atem sehen konnte, während sie durch die Gänge des Palastes lief. Zwar war es nur ein Kälteeinbruch – die wahre Brutalität des Winters lag noch in weiter Ferne –, aber es erinnerte sie daran, dass sie sich mit Feuerholz eindecken und die wärmeren Kleider aus dem Lager holen musste. Den heutigen Morgen hatte sie allerdings schon für andere Probleme reserviert. Vor der Halle der Wurzeln blieb sie stehen und warf unnötigerweise einen Blick über die Schulter, um

nachzuschauen, ob sie von jemandem beobachtet wurde. Die Türen öffneten sich so steif und schwerfällig wie eh und je. Sie musste sich mit ihrem gesamten Körpergewicht dagegenstemmen, um ihre schmale Gestalt durch den Spalt zu quetschen. Drinnen war die Halle ein Wald aus schattenhaften Umrissen, die sich geisterhaft im gedämpften Licht des Glasdachs abzeichneten. Vor hundert Jahren, als er noch lebte, war Hestillions Onkel Nourem zu der Überzeugung gelangt, dass die Leute aus dem Flachland auf der anderen Seite des Berges planten, sich zu verbünden, um Ebora zu plündern. Einst war er ein kluger Mann gewesen, aber die Jahre, in denen er das Sterben seines Volkes und die Anfänge der Blutpest mit ansehen musste, hatten ihn an den Rand der Paranoia getrieben. Er ordnete an, dass alle Wertsachen in der Halle der Wurzeln aufbewahrt werden sollten, weil dies seiner Ansicht nach der am besten zu verteidigende Ort in der ganzen Stadt wäre. Also brachte man ihre Kunstwerke, die Gemälde, Skulpturen und die schönsten Möbel in die Halle und deckte sie mit Laken ab, nur damit sie dann hier in aller Stille verrotten konnten. Hestillion erinnerte sich daran, wie sich der Raum nach und nach mit ihren alten Schätzen gefüllt hatte, während die Männer und Frauen, die die Gegenstände transportierten, Ygseril nicht ein einziges Mal ansahen. Für sie war der Gott nicht mehr da. Er war nur ein weiteres Relikt ihrer verlorenen Geschichte, das unter dem Himmel Staub ansetzte.

Hestillion bahnte sich ihren Weg zwischen den verhüllten Statuen von eboranischen Kriegsbestien und den hoch aufragenden Schränken mit unzähligen Blutfläschchen hindurch und steuerte auf den riesigen Geist in der Mitte des Raumes zu. Ygseril war eine drohende graue Präsenz, seine Zweige breiteten sich wie eine Wolke über ihrem Kopf aus.

Wie schon als Kind kletterte sie auf die dicken Wurzeln und spürte den festen, kalten Druck der gewellten Rinde durch ihre Pantoffeln. Es war so schwer, an diesem Ort warm zu bleiben. Sie würde sich ein prasselndes Feuer entzünden, wenn sie wieder in ihren Gemächern war.

»Hallo, alter Mann.« Sie setzte sich dorthin, wo der Stamm auf die Wurzeln traf, und lehnte sich mit dem Rücken an die kühle Rinde. Von hier aus erfüllte Ygseril die ganze Welt. »Ein weiterer ruhiger Tag.«

In der Halle der Wurzeln herrschte Stille. Es war eine Stille, die sich anfühlte wie ein unsichtbares Leichentuch. Hestillion konnte sich fast vorstellen, wie es über ihre Haut strich – klamm und anhänglich, wie der Tod. Musik war etwas, das sie ebenfalls mit dem allmählichen Zusammenbruch von Ebora verloren hatten. Wann hatte sie das letzte Mal dem Spiel von Instrumenten gelauscht oder einem Lied, das von jemand anderem gesungen wurde? Einst war Ebora voll von außergewöhnlich begabten Musikern und Komponisten gewesen, die Jahrhunderte ihres Daseins dem Lernen ihres Handwerks gewidmet hatten. Einst war Ygserils Palast ununterbrochen von Musik erfüllt.

Ihr Bruder hatte die meiste Zeit seines Lebens dem Schwertkampf gewidmet und dann den geheimnisvolleren Disziplinen, die im Haus der Langen Nacht praktiziert wurden. Er war sehr gut darin, wie er nicht müde wurde, ihr zu versichern. Und bei allem, was sie hörte, hatte er damit recht. Auch Hestillion hatte sich nie zur Musik hingezogen gefühlt und stattdessen Malerei und Stickerei studiert – ihre größte Leidenschaft galt jedoch dem Traumwandeln. Tormalin hatte immer gesagt, sie sei die beste Traumwandlerin, die Ebora jemals hervorgebracht hatte. Angeblich konnte sie sich in einem Traum so gut verstecken wie ein Grashüpfer in

einer Wiese. Ein verbittertes Lächeln umspielte ihre Lippen. Vielleicht hatte er auch damit recht gehabt, aber das spielte jetzt kaum mehr eine Rolle.
Während sie an das Traumwandeln dachte, glitten ihre Hände über die kalte Rinde unter ihr. Ein weiteres Mal sah sie sich um, als wollte sie sichergehen, dass sie allein war. Aldasair war seit Jahren nicht mehr hier gewesen. Das bedeutete jedoch nicht, dass er nicht doch plötzlich beschließen konnte, den Weg auf sich zu nehmen – sein Verstand verirrte sich zunehmend im Chaos.
Hestillion senkte den Kopf, schloss die Augen und spürte, wie ihr Geist in das schattige Unterdunkel versank. Es schloss sich um sie und war für Hestillion damit fast so tröstlich, als würde sie von einem geliebten Elternteil festgehalten. Sie blickte sich um. Nahezu vollständige Dunkelheit umgab sie. Einzig ein schwaches, sanft pulsierendes Licht war zu sehen, von dem sie wusste, dass es von Lord Moureni stammte. Er schlief und näherte sich immer mehr dem Punkt, an dem er ganz einfach nicht mehr aufwachen würde. Sie verspürte einen kurzen Anflug von Neugier auf die Träume des alten Herrn und fragte sich, ob er wohl längst vergangene, glorreiche Zeiten auf dem Schlachtfeld wiedererlebte. Doch die Gefahr, dass er stattdessen von Elend, Krankheit und einem langsamen Tod träumte, war zu groß. Sie hatte keine Lust, das mit ihm zu teilen.
Ein anderer träumender Geist in der Nähe war heller. Fast überraschte es sie, dass Aldasair immer noch schlief, obwohl die Sonne schon seit Stunden am Himmel stand. Aber was konnte man an diesem Ort auch anderes tun als zu schlafen? Sein träumender Geist war hell, wie eine Fackel in der Dunkelheit. Einen Moment lang erlaubte sie es sich, durch seine Anwesenheit Mut zu fassen, dann wandte sie sich von ihm

ab. Im Unterdunkel war Ygseril ein großer grauer Fleck, wie ein Schatten im Traumreich.

»Ygseril? Bist du da?«

Der graue Schatten veränderte sich nicht. Sie erkannte kein Licht, das auf einen träumenden Geist hinwies. Da war nicht einmal ein Flackern. Seit Hunderten von Jahren hatte sich daran nichts geändert.

»Ich glaube immer noch, dass du auf irgendeine Weise hier bist. Du schläfst nur tiefer als jeder andere von uns. Das ist alles.«

Hestillion bewegte sich auf den Schatten zu, bis er sie ganz umgab. Sie ließ ihr Bewusstsein tief in die sie umgebende Finsternis gleiten und spürte den vertrauten Widerstand beim Übertritt in einen Traum. Es war, als würde sie durch den dicksten Nebel wandern. Einmal, als sie und Tormalin noch klein gewesen waren, hatten sie das Zierwäldchen erkundet, das sich um die Nordmauer des Palastes schlängelte. Das war ein wunderschöner Ort. Jeder Baum, jeder kleine Hügel, jede Pflanze und jedes Bächlein war nach einem Entwurf von Eboras bestem Gärtner angelegt worden. In den Sommermonaten war es eine grüne Insel, erfüllt von Blüten und Blumenduft, aber sie waren mitten im Winter dort spazieren gegangen, und zwischen den Baumstämmen hatte sich ein herumwirbelnder Nebel gebildet. Dieser weiße Nebel hatte sie an die Vergänglichkeit denken lassen. Je mehr die Bäume und Pflanzen in ihm verschwanden, desto mehr war sie von einem schrecklichen Gefühl des Verlustes erfüllt worden. Sie hatte ihren Bruder angeschaut und dasselbe in seinem Gesicht gesehen. Damals hatten sie und Tormalin oft dieselben Gefühle geteilt. Das war lange her.

Dieser Nebel war jedoch viel beeindruckender. Ygserils Schatten befand sich überall um sie herum, und obwohl sie

mit jeder Faser ihres Traumselbst suchte, gab es nichts zu finden.
»Komm zu uns zurück, Ygseril. Komm zurück.«
Nichts. Hestillion schluckte schwer und spürte ein Echo desselben Verlustes und derselben Verzweiflung, die sie vor so langer Zeit im Garten mit Tormalin empfunden hatte. Hoffnungslos richtete sie ihr Bewusstsein nach unten und tastete sich durch das komplexe Labyrinth aus Ygserils Wurzeln.
Ihr Weg führte sie abwärts und noch weiter hinab in eine Dunkelheit, die mit dem Unterdunkel selbst konkurrierte, bis sie sich verloren fühlte, fast losgelöst von sich selbst. Es war verlockend, weiterzugehen; immer weiter, bis das, was sie mit ihrem eigenen Körper verband, zerbrach. Es würde die Verknüpfung kappen und sie für immer im Nebel verschwinden lassen. Besser das, als einen langsamen Tod zu sterben und dabei zuzusehen, wie Ebora sich in einen Albtraum aus Blut und leeren Korridoren verwandelte. Aber sie musste die Wahrheit anerkennen: Sie war zu gut darin. Sie war schon tiefer in das Unterdunkel gereist und hatte überlebt – und das mehr als einmal.
Ihr Herz stotterte. Ein winziger Lichtblitz war am Rande ihres Bewusstseins aufgeflackert, nur für den Bruchteil einer Sekunde. So schnell erschien er und verschwand wieder, dass sie sich nicht einmal sicher war, ob sie es sich nur eingebildet hatte. War es vielleicht eine Anomalie ihres eigenen Sehvermögens? Versuchte ihr Gehirn, Licht und Farbe zu erzeugen, nachdem sie so lange in der Dunkelheit gewesen war? Ohne weiter darüber nachzudenken, sprang Hestillion hinterher und suchte den Punkt, an dem sie das Flackern wahrgenommen hatte. Die Dunkelheit drängte sich um sie herum, mittlerweile war sie erdrückend, und sie konnte fast spüren, wie die unsichtbaren Wurzeln sie umgaben. Bildete sie es sich

nur ein, oder war das Grau hier heller? Für einen kurzen Moment kam es ihr fast so vor, als stünde sie in einem dunklen Raum, und jemand wäre neben ihr. Wenn sie die Hand ausstreckte, ohne hinzusehen, konnte sie die Person vielleicht berühren …

Eine Hand legte sich auf ihren Arm, urplötzlich und mit weit aufgerissenen Augen war sie wieder in der Halle der Wurzeln.

»Aldasair! Was machst du da?«

Der junge Mann kauerte neben ihr auf den Wurzeln. Sein zerzaustes Haar fiel ihm halb ins Gesicht. Er trug noch sein Nachtgewand, und seine Augen waren voller Schlaf. Wie lange hatte ihre Suche im Unterdunkel gedauert?

»Du hast geschlafen«, sagte er ein wenig abwehrend. »Ich wollte, dass du mit mir essen gehst. Und es ist jemand hier.«

»Du Idiot.« Hestillion schubste seine Hand weg. Hatte sie nur Aldasairs Anwesenheit in der Halle gespürt, oder war es etwas anderes gewesen? »Moment mal, was soll das heißen, es ist jemand hier?«

»Ich wollte Rala-Wurzel zu meinem Mittagessen. Also bin ich nach draußen gegangen, um zu sehen, ob sie im Singenden Rotgarten noch wild wächst.« Hestillion hob eine Augenbraue. So klar wie jetzt hatte sie Aldasair seit Monaten nicht mehr erlebt. »Da sah ich sie, wie sie die Große Straße in Richtung Palast entlanggingen. Sie kamen nur sehr langsam vorwärts und sahen sich alles an. Wenn sie sich nicht beeilen, werden sie von den Wölfen gefressen.«

Hestillion stand auf und schwankte ein wenig – sie war wirklich tief im Unterdunkel gewesen, als Aldasair sie herausgezogen hatte. Die Geschwindigkeit, mit der sie zurückgeholt worden war, hatte sie desorientiert. Sie warf einen Blick auf den Stamm von Ygseril und fragte sich, ob sie sich

das Licht nur eingebildet hatte. Doch es blieb keine Zeit, darüber nachzudenken. »Aldasair, willst du damit sagen, es sind Menschen in Ebora?«
Er strich sich mit den Händen über die Vorderseite seines Nachthemdes. Es war leicht staubig. »Das ist genau das, was ich meine. Übrigens sind alle Rala-Wurzeln tot.«

Hestillion eilte zum Eingangstor und strich sich das Haar hinter die Ohren, während Aldasair ihr zögerlich folgte. Wenigstens hatte sie heute Morgen eines ihrer feineren, gepolsterten Kleider angezogen. Es strahlte in einem tiefen Smaragdgrün und wies ein türkisfarbenes Muster aus spiralförmigen Schlangen auf. Und obwohl sie keinen Schmuck trug, waren wenigstens ihre Stiefel mit kleinen Edelsteinen besetzt. Das würde für ein Treffen mit Überraschungsgästen in jedem Fall reichen. Sie konnte sie bereits jenseits des goldenen Tores sehen. Es handelte sich um eine bunt zusammengewürfelte Gruppe aus Männern und Frauen, die dicht beieinanderstanden. Den Formen ihrer Gesichter und den kunstvoll verzierten Reisezelten nach zu urteilen, die sie bei sich trugen, handelte es sich um Bewohner des Flachlands – was an sich schon eine Überraschung darstellte. Seit den Aaskriegen waren die Flachlandbewohner nur noch selten freiwillig nach Ebora gekommen. Hestillion bemühte sich um einen neutralen Gesichtsausdruck und setzte dazu ihr einladendstes Lächeln auf, bevor sie durch das Tor schlüpfte. In diesen Tagen stand es dauerhaft offen.
»Seid gegrüßt!«, rief sie. »Ich kann euch gar nicht sagen, wie schön es ist, Besucher hier zu sehen. Ihr müsst einen weiten Weg hinter euch haben.«
Die kleine Gruppe beobachtete sie aus dunklen Augen. Alle trugen weiche Gamaschen aus Hirschleder und schwere

Wollgewänder, die in leuchtenden Farben – Rot, Gelb, Violett und Grün – auf ihren Schultern lagen. Kapuzen aus Rosshaar umrahmten ihre Gesichter. Unter ihrem Blick wichen die Männer und Frauen auseinander und gaben die Sicht auf eine stabile Holzsänfte mit einem stark gepolsterten Sitz in der Mitte frei. Darin saß eine winzige, uralte Frau, die größtenteils von Decken und ihrer eigenen Kapuze aus Rosshaar verdeckt wurde. Eine langfingrige Hand, die von der Witterung lederartig geworden war, umklammerte die Armlehne des Sitzes.

»Hast du hier das Sagen, Mädchen?« Die Stimme der Frau klang altersschwach, aber fest.

Hestillion trat vor und hielt ihre eigenen Hände gegen die Kälte in den Ärmeln verschränkt. »Ich nehme an, das könnte man so sagen. Bitte, lasst mich euch alle hineinführen. Was immer wir an Gastfreundschaft übrig haben, soll euch gewährt werden.«

Die Gestalt in der Sänfte hob ihre Hand und winkte die jüngere Frau herbei.

»Lass mich dich erst einmal ansehen. Es ist Jahre her, dass ich einen echten, lebenden Eboraner gesehen habe.«

Hestillion trat langsam vor. Sie sah die Männer und Frauen nicht an, die seitlich der Sänfte standen, konnte aber ihr Misstrauen spüren. Als sie näherkam, beugte sich die alte Frau vor und schob ihre Rosshaarkapuze zurück. Hestillions erster Instinkt war, nach Luft zu schnappen und wegzuschauen – aber sie schluckte den Drang herunter.

Die Frau musste fast hundert Jahre alt sein – in jedem Fall unsagbar alt für einen Menschen. Ihre Haut war so dünn wie ein getrocknetes Blatt und sah genauso zerbrechlich aus, sie war über und über mit bräunlichen Altersflecken übersät. Doch das war es nicht, was Hestillion so beunruhigte; irgendwann in der Vergangenheit musste die alte Frau schwere Verbrennungen erlitten haben. Die Haut in ihrem Gesicht und an ihrem Hals war grob und leuchtend rosa, das Fleisch geschmolzen und bis zur Unkenntlichkeit verstümmelt. Ihr rechtes Auge war nicht mehr da, an seiner Stelle erkannte Hestillion stattdessen eine glitschige Falte aus Narbengewebe. Ihr Haar bestand nur noch aus ein paar spärlichen weißen Zöpfen auf der linken Seite ihres Kopfes. Ihr Mund war kaum mehr als ein Schlitz, und das Auge, das übriggeblieben war, glomm in einem tiefen Dunkelbraun. Es starrte Hestillion mit einem stechenden Blick an.

»Ich bin Mutter Fast, Mädchen. Ich hatte einen Traum, und ich bin gekommen, um Ebora zu helfen.«

Kapitel 13

Es gibt eine letzte Person unter den Jure'lia, die es wert ist, näher betrachtet zu werden: die Königin. Sie scheint ein einziges, unabhängiges Wesen zu sein, das für den Schwarm denkt, Entscheidungen trifft und Befehle erteilt. Es besteht kaum ein Zweifel daran, dass sie das Herzstück der Jure'lia-Invasion darstellt. Dennoch ist nur sehr wenig über sie bekannt, und so bleibt sie im wahrsten Sinne des Wortes eine schattenhafte Gestalt. Dem Anschein nach ist sie zumindest humanoid, mit einem Kopf, zwei Armen und zwei Beinen – sie könnte sogar eine Art Rüstung tragen. Doch viele Fragen bleiben offen. Handelt es sich jedes Mal um dieselbe Gestalt oder um eine neue Königin? Was will sie? Warum ist sie die einzige Humanoide? Handelt es sich bei ihr um eine Drohne, die sie zuvor anderswo aufgesammelt haben?

Rolda de Grazon hat die Königin offenbar immer nur aus weiter Entfernung gesehen. Er konnte daher lediglich einige sehr grobe Skizzen von etwas anfertigen, das wie eine große Frau wirkt, die gerade hinter einer Reihe von Maden und Müttern steht. Sein Stil ist bemerkenswerterweise nicht so genau wie bei früheren Zeichnungen, und alle Bilder, die er von der Anführerin der Jure'lia mitgebracht hat, scheinen von Angst durchdrungen zu sein. Es fällt mir schwer, sie zu betrachten – es ist, als ob die schemenhafte Gestalt vor meinen Augen zittert und zerfließt, als ließe sie sich nicht auf Papier festhalten. Deswegen lege ich sie schnell wieder weg, in eine andere Mappe als den Rest. Die Bilder anzustarren, hilft ja auch nicht weiter.

(Ich denke oft an meinen tapferen und entfernten Cousin, wenn ich mich durch unser wertvolles Archiv arbeite. Er kehrte lebend aus dem Achten Regen zurück, was nur sehr wenige von sich behaupten konnten, und seine Tagebücher sind voller Lob für die

tapferen eboranischen Krieger und ihre Kriegsbestien, die so mutig gegen die Invasoren gekämpft haben. Insgeheim frage ich mich, ob er während des Krieges eine Art Affäre hatte. Unter seinen Habseligkeiten befindet sich ein Paar Seidenhandschuhe mit feiner eboranischer Naht. Trotz alledem war er ein gebrochener Mann. Aus seinen Aufzeichnungen weiß ich, dass er vorhatte, nach seiner Rückkehr ein Buch über den Achten Regen zu schreiben, aber er scheint in seinen späteren Jahren nicht mehr damit vorangekommen zu sein. Schließlich ging er eines Tages in den Rebenwald und kam nie wieder zurück. Ich stelle mir vor, dass er irgendwo dort draußen gestorben ist und dass seine einsamen Knochen unter einem der riesigen Bäume ruhen. Armer alter Kerl. Seine Aufzeichnungen und vor allem seine schönen Zeichnungen wurden zum soliden Rückgrat meiner eigenen Forschung.)

Das Letzte, was wir über die Jure'lia wissen, ist natürlich, dass die Eboraner die einzigen waren, die sie jemals vertreiben konnten. Die großen, anmutigen und tödlichen Eboraner mit der seltsamen Magie der sonderbaren Bestien, die ihnen von Ygseril, dem Baumgott, geboren wurden. Immer wieder sind die Jure'lia gekommen, und jedes Mal hat Ygseril seine außergewöhnlichen Früchte geschenkt, mit einer eboranischen Kriegsbestie in jeder silbernen Schote. Sie sind ein vielleicht noch größeres Geheimnis als die Jure'lia selbst. Es besteht kein Zweifel, dass Sarn ohne sie schon vor Jahrhunderten verloren gewesen wäre.

Auszug aus den Tagebüchern von Lady Vincenza »Vintage« de Grazon

»Was machen wir hier, Vintage? Wäre es nicht sinnvoller, in unsere Zimmer zurückzukehren? Wir sind seit Tagen unterwegs.«

Noon warf einen Blick auf den Eboraner, der die Straßen von

Mushenska anstarrte, als habe die Stadt ihm ein persönliches Unrecht angetan. Es war schwierig, sich auf seine Stimme zu konzentrieren. Um sie herum gab es so viele, die ihn zu übertönen drohten. Sie konnte kaum denken. Noon widerstand dem Drang, sich die Hände auf die Ohren zu pressen, und atmete langsam ein und aus. Die Stadt war überwältigend.

»Ich möchte euch etwas zeigen.« Seit dem Vorfall im Wald war Vintage voller Energie und hatte sie mit einem starren Lächeln auf dem Gesicht und einem stählernen Glanz in den Augen zurück nach Mushenska geführt. Irgendwie hielt Noon es für unklug, der Gelehrten zu vertrauen, aber ihre Möglichkeiten waren begrenzt. Als sie wieder auf der Straße angekommen waren, hatten sie eine Postkutsche genommen – ein schwer gepanzertes Fahrzeug, das von kräftigen Pferden gezogen wurde. In dem überfüllten Abteil hatte Vintage ein kleines Päckchen hervorgeholt und es Noon überreicht. »Nur ein Geschenk«, hatte sie gesagt. »Ich habe es für meine Nichte mitgenommen, als ich das letzte Mal durch Jarlsbad gereist bin, aber ich habe immer wieder versäumt, es ihr zu schicken. Ich glaube, der Stil ist derzeit in den großen Städten sehr angesagt.« Noon öffnete das Päckchen und fand darin einen weichen, schwarzen Filzhut mit einem lilafarbenen Seidenband, das ihr beim Tragen über die Stirn rutschte. Sie öffnete den Mund und wollte darauf hinweisen, was eine flüchtige Finsterhexe als Allererstes tun würde: Sie würde versuchen, die Tätowierung auf ihrer Stirn zu verdecken. Und in diesem Fall wäre der Hut alles andere als geeignet, sie lange vor den Patrouillen der Winnowry zu verbergen. Das zu sagen, hieße aber zuzugeben, was sie war. Also schloss sie den Mund wieder und nickte unbeholfen zum

Dank. Vintage wusste, was sie war, und versuchte trotzdem, ihr zu helfen. Nur warum?

Doch jetzt befanden sie sich in Mushenska, einer Stadt, die Noon nur kurz von den Dächern aus gesehen hatte. Sie zupfte an dem Seidenband ihres neuen Hutes herum und ließ den Lärm und das Leben um sie herum auf sich wirken.

»Ich denke, eine Besichtigung wäre lehrreich«, fuhr Vintage fort und führte sie an diesem hellen, heißen Tag tiefer in die Stadt hinein.

Männer, Frauen und Kinder drängten sich um sie herum. Ihre Köpfe und Arme waren unbedeckt. So viel Haut, so viele verschiedene Farben – blass wie Sahne und mit Sommersprossen übersät, in tiefem, warmem Braun wie poliertes Holz oder in einem satten Olivgrün, wie ihre eigene. Als sie das letzte Mal so vielen unverhüllten Menschen in dieser Form nahegekommen war, hatte sie noch im Flachland bei ihrer Mutter und ihrem Volk gelebt. Das war kein beruhigender Gedanke.

»Wirklich lehrreich wäre ein schönes heißes Bad mit einer anständigen Flasche Wein in der Nähe«, erwiderte Tormalin.

»Wir gehen zum Eisenmarkt-Ehrenmal«, fuhr Vintage fort, als hätte er gar nichts gesagt. »Warst du schon mal da, Mädchen?«

»Ich? Nein. Nein, natürlich nicht.«

Vintage nickte. Sie war so ernst, wie Noon sie bisher noch nicht erlebt hatte. »Meiner Meinung nach sollte sich das jeder mal ansehen.« Sie schlängelten sich tiefer in die Stadt hinein, bis sie zu zwei hohen Mauern aus makellosem schwarzem Stein gelangten, die sich zu beiden Seiten auftürmten. Die Stadt war hier bereits ruhiger, und Noon spürte, wie sich in ihrem Magen ein Gefühl des Grauens ausbreitete. Sie hatte schon einmal vom Eisenmarkt-Ehrenmal gehört, da war sie sich sicher. Allerdings konnte sie nicht mit Gewissheit sagen, worum es sich dabei handelte. Sie blickte in den dunstig-blauen Himmel hinauf, wobei sie gleichermaßen fürchtete und hoffte, Fulcor über ihnen kreisen zu sehen. Die Fledermaus war auf dem Rückweg nach Mushenska zweimal aufgetaucht und über sie hinweggeflogen. Danach war sie wieder verschwunden, anscheinend um ihren eigenen Fledermausgeschäften nachzugehen. In jedem Fall schien sie nicht das Gefühl zu haben, ihr oder der Pfeife bedingungslos gehorchen zu müssen.

Sogar die Fledermaus weiß, dass ich keine echte Winnowry-Agentin bin, dachte Noon. Sie ballte ihre Hände zu Fäusten. Der Drang zu fliehen war immer noch stark.

Vintage führte sie zwischen den Mauern entlang, bis sie zu einem einfachen, quadratischen Torbogen kamen. Darin befand sich eine Inschrift in einer Sprache, die Noon nicht lesen konnte.

»Was steht da?«

»Der Sechste Regen. Lasst uns die Verlorenen nicht vergessen, die diesen Ort niemals verlassen können.« Tors Stimme war sanft und klang amüsiert – als fände er es lustig, dass sie die Inschrift nicht lesen konnte.

»Wie recht sie doch haben«, murmelte Vintage. »Kommt mit.« Innerhalb der Mauern, die, wie Noon erkannte, nun eine Art Quadrat bildeten, befand sich eine sonderbar trostlose Oase der Ruhe. Das graue Kopfsteinpflaster von Mushenska endete abrupt und ging in braune Erde über, die mit einer dunkelgrünen Substanz bedeckt war. Sie wirkte dick und hart wie Glas, das in der heißen Sonne glänzte. Die glatte Substanz überzog den Boden von Wand zu Wand, und hier und da bildete sie bizarr gewundene Formen. Noon musste den Blick abwenden. Sie anzusehen, brachte ein beunruhigendes Gefühl mit sich. Der Ort war menschenleer.

»Was ist das? Was ist das für ein Zeug?«

Vintage führte sie auf den glatten Boden. Unter Noons geliehenen Stiefeln fühlte er sich glitschig an.

»Was weißt du über die Jure'lia, meine Liebe? Über das *Wurmvolk?*«

»Ich weiß das, was jeder weiß.« Sie runzelte die Stirn und musste an ihren Traum denken. Das Gefühl, dass er auf eine Weise realer als andere Träume war, hatte sie nicht verlassen. »Es sind Eindringlinge, die versucht haben, Sarn einzunehmen. Allerdings wurden sie jedes Mal aufgehalten.«

»Von meinem Volk«, fügte Tormalin hinzu. »Zurückgedrängt von tapferen eboranischen Kriegern und ihren Kriegsbestien.«

»Nun, meine Liebe, was du hier siehst, ist ein Teil dessen, wie die Jure'lia sich Sarn anzueignen versuchen. Wir nennen es Lack, obwohl das der Sache kaum gerecht wird.« Sie klopfte mit ihrem Stiefel dagegen. Das Tosen der Stadt war an diesem Ort nur noch ein entferntes Murmeln. »Die Jure'lia bringen ihre eigenen, riesigen Bestien mit, und die sondern dann *das* hier ab.« Sie deutete auf die gesamte Gedenkstätte. »Sie haben große Landstriche damit bedeckt und alles erstickt, was sich darunter befand oder langsam genug war, um darunter gefangen zu werden. Folgt mir.«

Sie führte sie in die Mitte des Platzes, während sie weitersprach. »Hier gab es tatsächlich einmal einen Markt. Das war, bevor Mushenska zu dem wurde, was es heute ist. In der Zeit vor dem Sechsten Regen war der Eisenmarkt der Ort, an dem man seine Waffen und seine Rüstungen kaufte.« Geistesabwesend tätschelte Vintage ihre Armbrust. »Damals war er noch ein ziemlich hinterwäldlerischer Ort, musst du wissen.

Es war nicht viel mehr als eine Ansammlung von Schmieden und Lederkünstlern im Zentrum eines Dorfes. Das Dorf hieß Vierbaum – aus nicht besonders fantasievollen Gründen. Und dann kamen die Jure'lia. Ein Gigant landete östlich des heutigen Stadtrands von Mushenska und ließ seine riesigen Maden frei. Diese beeindruckend großen Wurmkreaturen und ihre Helfer verzehrten schnell alles, was es in Vierbaum gab. Dann verteilten sie diesen gläsernen Dreck über das, was noch übrig war. Hier. Sieh mal.«

Vintage zeigte auf ihre Füße. Die durchscheinende Substanz war wie ein Blick in einen trüben See. Der Boden, der einst dort gewesen war, war abgesunken und hatte ein Loch hinterlassen. Darin schwebten in grünlichen Tiefen Gegenstände, die für immer im »Lack« gefangen waren. Noon kniff die Augen zusammen und versuchte zu erkennen, um was es sich handelte.

»Ernsthaft, Vintage?« Tor seufzte und verschränkte die Arme vor der Brust. »Und dafür zögerst du mein Bad hinaus?«

»Da unten sind Schwerter«, sagte Noon. »Sie hängen einfach da, mitten in diesem … Zeug. Sie sehen aus, als wären sie erst gestern geschmiedet worden. Und …« Sie hielt inne. Was sie zunächst für ein Kleiderbündel gehalten hatte, entpuppte sich bei näherem Hinsehen als rundliche, blasse Gestalt. Sie erkannte das Gesicht einer Frau, die dem Licht zugewandt war und scheinbar mit weit aufgerissenen Augen und zusammengepresstem Mund versuchte, den Atem anzuhalten. Ihre Haut war glatt und makellos, und ihr Haar, das unter dem Grün die Farbe von Seetang annahm, wallte um sie herum, als wäre sie beim Schwimmen eingefroren worden. Ihre Hände streckten sich flehend gen Oberfläche. »Da drin sind Menschen.« Noon spürte, wie ein Würgereiz in ihr aufstieg.

»Allerdings«, erwiderte Vintage. »Männer, Frauen und Kinder, die nicht durch den Hunger der Würmer gestorben sind, wurden oft unter dem Lack gefangen. Oder von Drohnen an ihn verfüttert.«

»Drohnen?«

»Das sind diejenigen, die von den Jure'lia entführt wurden. Weißt du, wovon ich spreche, meine Liebe?«

Noon nickte zaghaft. In ihrem Traum waren Hunderte von schwarzen Käfern über Finster-Marian hergefallen und hatten sich in Mund und Nase gestürzt, um sie von innen heraus aufzufressen.

Hinter ihnen war ein Geräusch zu hören, und eine Gruppe von etwa zehn Kindern strömte eifrig in die Gedenkstätte. Sie trugen alle einen Ausdruck ungeduldiger Langeweile zur Schau und wurden von einem großen Mann mit weißem Bart und dunklen Augenbrauen begleitet. Er sah kurz zu ihnen herüber, als sei er überrascht, noch jemanden hier zu sehen, dann setzte er einen Vortrag fort, den er wohl draußen begonnen hatte.

»Seht mal, Kinder … hier haben wir das Eisenmarkt-Ehrenmal. Der Eisenmarkt ging während des Sechsten Regens verloren, obwohl ein Großteil dieses Gebietes durch das plötzliche Eingreifen des eboranischen Reiches gerettet wurde.«

»Blutsauger«, flüsterte ein Kind dem anderen theatralisch zu. Noon spürte, wie sich Tormalin neben ihr versteifte. »Sie waren doch auch nur Monster, hat Mama gesagt.«

»Ich werde ihnen gerne mal zeigen, wie monströs wir heute noch sind, wenn sie Wert darauf legen«, murmelte Tormalin.

»Tormalin, es wäre mir wirklich lieb, wenn du wegen der Bemerkungen eines Kindes keinen Wutanfall bekommst.«

»Was sind das für komische Dinger?«, fragte ein Mädchen. Sie stand neben einem der stacheligen Gebilde, die der Lack geformt hatte, und ging dann wieder auf Abstand, als ob es schlecht riechen würde.

»Das weiß niemand. Die Jure'lia waren hirnlose Ungeheuer, die nur an Verzehr und Zerstörung dachten. Wahrscheinlich bedeuten sie überhaupt nichts.«

Vintage legte die Stirn in Falten.

»Zum Glück wurde die Bedrohung durch die Jure'lia beendet. Kann mir jemand sagen, wann das war?«

»Im Achten Regen«, riefen einige Kinder im Chor.

»Das ist richtig. Die Jure'lia-Königin wurde in der großartigen Hauptstadt von Ebora besiegt, und alle ihre Kreaturen und Schiffe starben von einem Moment auf den anderen. Der Achte Regen war die letzte Invasion von Sarns altem Feind.« Der hochgewachsene Mann deutete hinauf in den strahlenden Himmel, wo der Leichenmond einen grünlichen Lichtfleck bildete. »Ihr größtes Schiff versuchte zu entkommen, aber es starb, bevor es unsere Atmosphäre verlassen konnte.«

Eines der Kinder begann, auf dem Lack auf und ab zu springen. Offensichtlich wollte der Junge versuchen, ihn zu zerstören, was eine Handvoll seiner Freunde auf die gleiche Idee brachte. Noon beobachtete, wie ihr Lehrer tief durchatmete. Selbst er schien von der Gedenkstätte gelangweilt zu sein. Dann führte er sie wieder durch den schlichten Torbogen hinaus.

»Na, das ist ja wieder typisch«, murmelte Vintage. »Wir stehen hier auf einem der größten und schrecklichsten Artefakte in der Geschichte von Sarn, und sie sind kaum einen Wimpernschlag lang geblieben.« Damit wandte sie sich an Noon und wedelte mit dem Finger vor ihrem Gesicht herum, als wäre sie ebenfalls eine unwillige Schülerin. »Und sie halten die Jure'lia für hirnlose Monster? So ein Unsinn. Offensichtlich waren sie aus einem bestimmten Grund hier.

Wir kennen ihn nur nicht. Warum können die Leute nicht einfach *nachdenken?*«

»War es denn *wirklich* die letzte Invasion?«, fragte Noon neugierig. Sie dachte an die sanfte Frauenstimme in ihrem Traum, an die unsichtbare Präsenz hinter ihr. »Wurde die Jure'lia-Königin wirklich in Ebora besiegt?«

Zu ihrer Überraschung wandte sich Vintage an Tormalin. Nach einem Moment zuckte dieser mit den Schultern.

»Niemand weiß genau, was am Ende des Achten Regens geschehen ist«, sagte er schließlich. Seine Stimme triefte geradezu vor Widerwillen. »Selbst mein Volk ist sich nicht sicher, weil so viele in dieser Schlacht gestorben sind. Die Jure'lia-Königin war in jedem Fall dort, und die Ländereien jenseits der Mauer wurden mit dieser Substanz bedeckt, die ihr Lack nennt.« Er kräuselte die Lippen, als ob sich etwas Saures auf seine Zunge geschlichen hätte. »Wir haben das alles überbaut, um uns nicht mit solch hässlichen Dingen befassen zu müssen. Wir haben an diesem Tag an vielen Fronten gekämpft. Unsere Armee war über ganz Sarn verteilt. Aber ihre Königin war in Ebora. Krieger starben, unsere Kriegsbestien wurden von Drohnen überwältigt. Es sah aus wie das Ende der Welt. Und dann, plötzlich –«, er hob die Hände und ließ sie wieder fallen. »Die Königin war nicht mehr da, und all ihre kleinen Spielzeuge funktionierten nicht mehr. Sie fielen einfach tot um, mitten im Kampf. Und als wir das Chaos aufgeräumt und uns gegenseitig zum Sieg gratuliert hatten, fanden wir Ygseril kalt und tot vor. Seine Rinde war grau wie Asche.«

»Glaubst du …?«

»Dass die Königin ihn getötet hat, bevor sie selbst getötet wurde?« Tormalins Gesicht war ruhig und beherrscht. Er starrte sie aus seinen weinroten Augen an. »Mir ist es egal. Das Ergebnis ist so oder so dasselbe.«

»Na gut.« Vintage schürzte die Lippen. Zum ersten Mal, seit Noon sie getroffen hatte, sah sie müde aus. »Wir sollten das alles aber nicht einfach vergessen. Tausende von Menschen wurden getötet, ihre Eingeweide von der Seuche der Jure'lia aufgefressen. Leben wurden zerstört. Die Auswirkungen sind auch heute noch spürbar.« Wieder deutete sie auf den Lack unter ihnen. Noon konnte nun noch weitere humanoide Gestalten ausmachen. »Sieh dir diese armen Bastarde an. Es gibt keine Gräber für sie und keine Möglichkeit, ihre Körper zu bergen, ohne sie völlig zu zerstören. Also warten sie hier für immer. Sie sind ein eingefrorenes Stück Geschichte … und gelangweilte Schulkinder trampeln auf ihrer Ruhestätte herum. Das darf nicht in Vergessenheit geraten. Wir können das nicht einfach beiseitewischen.« Sie schüttelte den Kopf. »Ich muss erfahren, warum diese Menschen gestorben sind. Wir sollten das Rätsel um das Wurmvolk lösen *wollen.* Und nicht einfach so tun, als wäre es nie passiert.«

Einige Augenblicke lang herrschte Schweigen. Noon ertappte sich dabei, wie sie zu Tormalin hinüberblickte, der nur mit den Schultern zuckte.

»Komm schon, Vintage«, sagte er schließlich. »Lass uns zurück in unsere Unterkunft gehen, damit du mir etwas Wein besorgen kannst.«

Kapitel 14

Eine der am besten dokumentierten Tatsachen über die Eboraner ist, dass sie bemerkenswert langlebig sind. In den Tagen, als ihr Baumgott Ygseril mächtig war und vor Saft strotzte, hielt man sie im Volksmund für unsterblich – obwohl das nie wirklich der Fall war. In ihrer Blütezeit konnten die Eboraner mehr als tausend Jahre alt werden, wobei die älteste von ihnen schließlich im hohen Alter von tausendundzwei Jahren – und zweifellos erschöpft – von uns ging. Heutzutage, wo der große Ygseril nur noch ein trauriger Rest von dem ist, was er einmal war, werden die Eboraner oft um die fünfhundert Jahre alt – vorausgesetzt, die Blutpest sucht sie nicht vorher heim. Für den Rest von uns scheint eine solche Lebenszeit unvorstellbar, und oft habe ich das Gefühl, dass diese Kluft der wahre Grund für all den Streit zwischen unseren Völkern ist. Wir schaffen es einfach nicht, uns gegenseitig zu verstehen.

Da die Eboraner so viele Jahrhunderte zu füllen hatten, widmeten sie oft ganze Jahrzehnte ihres Lebens der Beherrschung bestimmter Fertigkeiten. Das führte dazu, dass das Land jenseits der Mauer viele der außergewöhnlichsten Maler und Komponisten Sarns hervorgebracht hat. Zahlreiche künstlerische Meisterwerke, sei es in der Bildhauerei, der Musik, dem Tanz und sogar der Kulinarik, verdanken ihre Entstehung eboranischen Frauen und Männern, die eigentlich nur die Zeit von einem Jahrhundert zum nächsten überbrücken wollten. Eine ihrer berüchtigtsten Künste (die für viele der skandalösesten Gerüchte über Eboraner verantwortlich ist) wird dabei im Haus der Langen Nacht gelehrt. Ich spreche natürlich von Sex.

Sex wird dort wie eine Art Priesterweihe behandelt. Männer und Frauen kommen in das Haus der Langen Nacht und schwören, sich den Lehren nicht weniger als zehn Jahre lang zu widmen.

In dieser Zeit lernen sie so viel, wie man sich nur vorstellen kann; sie studieren die Philosophie, die Wissenschaft und die Technik des Vergnügens. Sie lernen, welche Öle oder Weine, welche Seiden oder Ledersorten man wählt, üben den Tanz der Fingerspitzen und Zungen, bis hin zur Kunst der Enthaltsamkeit und der Reizüberflutung. Sex wird im Haus der Langen Nacht mit größtem Respekt behandelt, er gilt als das schönste und kostbarste Band zwischen zwei Personen, auch wenn es nur für eine Nacht ist. Die Absolventen dieser Akademie betrachten die Ausübung ihrer Künste als eine Art Gottesdienst.

Wie du dir vorstellen kannst, hat dies zu der Annahme geführt, dass alle Eboraner absurd talentiert im Bett sind. Es handelt sich dabei um genau die Art von Annahme, zu der Leute gelangen, wenn sie kaum Bücher lesen oder sich nicht wirklich die Zeit nehmen, mit betreffenden Personen zu sprechen. Die wenigen Eboraner, die sich über die Mauer hinausgewagt haben, bevor die Blutpest sie niederstrecken konnte, haben sich zwar oft menschliche Liebhaber genommen – allerdings handelte es sich dabei, soweit ich verstehe, nie um ein leichtfertiges Unterfangen, eben weil Sex für sie eine Art Gottesdienst darstellt. Selbst wenn mehrere Partner beteiligt sind, bestehen die ersten Lehren der Langen Nacht darauf, dass jeder im Voraus weiß, worauf er sich einlässt. Zweifellos wurden trotzdem immer wieder Herzen gebrochen; aber ich hatte stets den Eindruck, dass es sich um eine auf sonderbare Weise respektvolle Lehre handelt.

Mein lieber Kollege Tormalin der Schwurlose hat selbst mehrere solcher »Absprachen« getroffen, und obwohl seine Moral in einigen Bereichen zweifelhaft ist, verhielt er sich in dieser Hinsicht jederzeit tadellos. Er behauptete natürlich auch, ein Jahrzehnt Studium würde gar nicht ausreichen, und daher habe er sich auch gleich ein halbes Jahrhundert seinem »Streben nach Wissen« gewidmet. Er war, wie er sagte, immer am Lernen.

Nebenbei bemerkt ist nur sehr wenig über die Familiennamen der Eboraner bekannt. Soweit ich weiß, gilt es als »unhöflich«, außerhalb von Ebora über sie zu sprechen. Es ist ein Akt von großem Vertrauen, seinen Familiennamen mit jemandem zu teilen, der nicht Eboraner ist. Ich kann mir kaum vorstellen, dass mein Bruder Ezion so diskret wäre. Vielmehr bin ich sicher, dass er den Namen de Grazon bei der geringsten Provokation fallen lassen muss. (Ich habe auch Tormalin mehrmals darauf angesprochen, aber er wechselt dann einfach das Thema. Dieses Schwein.)
Auszug aus den Tagebüchern von Lady Vincenza »Vintage« de Grazon

Etwas, das Tor an der Arbeit für Vintage am meisten schätzte, war die kostenlose Unterkunft. Sie hatte in den letzten drei Jahren das oberste Stockwerk im Gasthaus zum Herzen der See gemietet. Dabei handelte es sich um ein großes, weitläufiges Gebäude, das sich in den südlichsten Straßen von Mushenska auf einem kleinen Hügel mit Blick auf die Küste befand. Die Aussicht auf das Meer war allerdings nicht die schönste. Das Wasser, das sie von ihren Fenstern aus sehen konnten, war die meiste Zeit stahlgrau, und auf der rechten Seite befand sich in der Ferne der stachelige Schandfleck der Winnowry, der allein auf seiner trostlosen Insel kauerte. Aber dafür war der Service außergewöhnlich gut, das Essen anständig und die Zimmer stets warm.
Als sie an dem holzgetäfelten Gebäude ankamen, plapperte Vintage bereits darüber, wo sie als Nächstes hinwollte. Männer und Frauen quollen aus den Hintertüren, als sie ihre vertraute Stimme und steten Ausführungen erkannten, und nahmen ihnen die Taschen ab, während der Besitzer des Gasthauses, ein Meister Lucian, mit seiner Schürze an der Tür

erschien. Alles, was in seinem Haus mit Kochen zu tun hatte, beaufsichtigte er persönlich. Er warf einen Blick auf Vintage, die ihm nun auch ihre Tasche und einige Papiere überreichte, und begegnete Tormalins Blick mit hochgezogenen Augenbrauen.

»Wird ein Abendessen verlangt, mein Herr Tormalin?«

»Nur ein kleiner Imbiss für mich, Lucian, wenn Sie so freundlich wären.« Er hatte den Mann gebeten, ihn nicht auf diese blumige Weise anzusprechen, genützt hatte es bisher aber nur wenig. »Ihr glasierter Apfelpudding und eine Auswahl Ihres besten Käses. Bringen Sie das bitte direkt auf mein Zimmer.« Tor sah sich um und erblickte Noon, die inmitten des Chaos stand wie eine orientierungslose Taube. Sie knabberte an ihrem Daumen herum. »Dazu bitte Ihr bestes warmes Essen für Lady Vintage und ihre neue Gefährtin hier. Habt ihr noch etwas von dieser … Taubenpastete?«

Lucian deutete eine Verbeugung an. »Die mit der Rotweinsoße, mein Herr. Lady Vintage war so freundlich, uns mit einer neuen Kiste zu beglücken.«

»Das wird sicher ausgezeichnet sein. Bitte für zwei Personen, mit reichlich Kartoffelpüree, warmem Gemüse und so weiter. Wir haben eine anstrengende Reise hinter uns.«

Nachdem sie sich all ihrer Taschen und Koffer entledigt hatte, ging Vintage die hintere Treppe hinauf, während das Personal ihre Habseligkeiten zu einem innenliegenden Lastenaufzug brachte, der mit einem Flaschenzugsystem betrieben wurde. Noon lehnte an einer Wand und versuchte, alles auf einmal zu erfassen. Tor ärgerte sich kurz über seine beiden Begleiterinnen: über das Mädchen, weil sie so verloren war, und über Vintage, weil sie eine Streunerin aufgelesen und sie dann prompt links liegen gelassen hatte. Er ging zu Noon hinüber.

»Komm schon, du wirst dich irgendwann an das Chaos gewöhnen, das verspreche ich dir. Lass uns einfach hinter ihr hergehen und …«

Er berührte nur ganz leicht ihren Ellbogen, um sie in Richtung Treppe zu bewegen, doch sie zuckte zusammen, als hätte er sie gebissen. Als sie zu ihm aufsah, war der Ausdruck in ihren dunklen Augen unergründlich. Tor runzelte die Stirn.

»Ich bin es nicht gewohnt, berührt zu werden«, sagte sie. Er beobachtete, wie sich ihre Schultern hoben und senkten, während sie Luft holte. Als sie wieder sprach, klang ihre Stimme sanfter. »Ich bin es nicht gewohnt, dass andere Menschen mir so nahe sind …«

Er erinnerte sich an die kühle Berührung ihrer Hand an seinem Nacken, und dann an das beängstigende Nachlassen seiner eigenen Kraft, als sie aus ihm herausgesogen wurde. Obwohl es schon einige Tage her war, spürte er die Auswirkungen noch immer, und es war diese Berührung, an die er sich am deutlichsten erinnerte. Langsam verschränkte er die Hände hinter dem Rücken und nickte ihr unwirsch zu.

»Ich gehe davon aus, dass Vintage für dich das südliche Schlafzimmer ausgewählt hat. Folge mir.«

Er führte sie die gewundene Holztreppe hinauf. Die Geräusche eines belebten Gasthauses begleiteten sie. Als sie den Korridor im ersten Stock passierten, erblickte er ein junges Paar, das an einer Tür lehnte und sich einen letzten Kuss gab. Im zweiten Stock wehte ihnen ein Hauch von starkem Alkohol entgegen, gefolgt von Jubelschreien. Irgendjemand hatte hier wohl etwas zu feiern. Dann erreichten sie den dritten Stock, der allein Vintage vorbehalten war. Tor wusste nicht, wie viel es kostete, die gesamte Etage des Gasthauses für eine Woche zu mieten, geschweige denn für mehrere

Jahre. Vintage hatte es jedoch nie als unnötige Ausgabe empfunden. Wer auch immer ihr Geld schickte, tat es regelmäßig und ohne sich zu beschweren. Dieser Gedanke schmerzte ihn ein wenig, sogar jetzt noch. Als Teil einer der letzten Familien von Ebora war er eigentlich spektakulär reich. Diesen Reichtum einzufordern, würde jedoch bedeuten, wieder mit seiner Schwester in Kontakt treten zu müssen. Vorausgesetzt, dass sie überhaupt noch am Leben war. Er schüttelte kurz den Kopf – es half nicht, darüber nachzudenken.

»Am Ende des Korridors hat Vintage ihr Schlafzimmer, ihr Arbeitszimmer und ein separates Bad. Mein eigenes Schlafgemach ist hier, neben dem gemeinsamen Esszimmer.« Er deutete zu einer verzierten Tür. »Dein Zimmer ist gleich gegenüber. Ich fürchte, wir werden uns ein Badezimmer teilen müssen.«

»Und ich werde hier schlafen.« Es war fast eine Frage, auch wenn sie nicht danach klang. Die Finsterhexe starrte den Korridor hinauf, wo ein Strom von Mitarbeitern ihre Taschen unter der lautstarken Aufsicht von Vintage anschleppte. »Ist dieser Ort … denn sicher?«

»Sicher?« Tor beobachtete ihr Gesicht aufmerksam. »Was hast du zu befürchten? Du bist eine Agentin der Winnowry, im Auftrag der Winnowry. Wer würde es wagen, dich herauszufordern?«

Sie sah ihn erneut direkt an, und plötzlich leuchteten ihre Augen vor Wut. Sie presste die Lippen zusammen, als würde sie sich einen weiteren Kommentar verkneifen. Ohne ein weiteres Wort öffnete sie die Tür zu ihrem Zimmer und schlug sie hinter sich zu.

»Ja, dir auch eine gute Nacht!«

Lächelnd betrat Tor sein eigenes, durchaus geräumiges

Zimmer und fand es viel ordentlicher vor, als er es in Erinnerung hatte. Lucian hatte gelüftet, sodass es nach sauberer Seeluft roch, und die leeren Weinflaschen und schmutzigen Teller waren weggeräumt worden. Er hatte gerade seine eigenen Taschen abgestellt und seinen Schwertgürtel abgelegt, als ein leises Klopfen die bestellte Mahlzeit ankündigte. Er nickte dem Kellner zu, trug die Teller zum Tisch und setzte sich. Die Zuckerkruste des Puddings gab dem Druck seines Löffels nach und Tor genoss den köstlichen Geruch nach Äpfeln und Gewürzen.

Dann dachte er nach.

Die Berührung der Hexe hatte ihm ein Gefühl gegeben, das er noch nie zuvor erlebt hatte. In diesem einen Augenblick war ihm so viel von seiner Energie weggenommen worden, dass er sich plötzlich hilflos gefühlt hatte. Mit einem Mal hatte er die kühle Abendluft auf seiner Haut viel deutlicher gespürt, und jedes Jahr seines langen Lebens schien dabei schwer auf seinen Knochen zu lasten. Er fragte sich, ob es sich so anfühlte, wenn die Blutpest kam. Ein Gefühl der Leere, ein abruptes Altern.

Tor stand auf und durchquerte das Zimmer, wo er an der Klingel zog, um heißes Wasser zu bestellen. Er würde sich den Staub und den Schmutz von der Haut waschen und dann für die Nacht hinausgehen. Er war ausgehungert – aber nicht nach Essen.

Das Bett war riesig. Noon starrte es an und konnte es nicht fassen. Es gab nicht weniger als drei dicke Daunendecken und eine sonderbare Ansammlung von Kissen, die nicht zusammenpassten. Sie dachte an die schmale Pritsche in ihrer Zelle in der Winnowry, mit ihrer dünnen Matratze aus getrocknetem Stroh. Um das Bett herum stapelten sich Kisten und Bücher, mehr als sie je gesehen hatte. Sie schienen wahllos aufgetürmt worden zu sein, als hätte man sie nur für einen kurzen Moment abgestellt und dann vergessen. Sie vermutete, dass Vintage diesen Raum als zusätzliches Lager nutzte. An den Wänden hingen verstaubte Landkarten, und auf einem langen Tisch lagen Papiere verstreut. Flackernde Lampen brannten in den Ecken, und es duftete schwach nach Engelwurz – auch ihre Mutter hatte getrocknete Engelwurz in kleine Stoffsäckchen gestopft, um das Zelt frisch zu halten.

Das Zimmer begann sich zu drehen. Noon ließ sich auf das Bett sinken und drückte ihre Hände gegen die Schläfen.

»Sie werden mich holen«, flüsterte sie in den Raum hinein. Von der Straße aus hörte sie Stimmen, die in heiterer, alltäglicher Unterhaltung plauderten. »Niemand entkommt der Winnowry und überlebt. Ich habe ihnen gesagt, dass sie sich selbst ficken können.«

Es war das Schlimmste, was sie hätte tun können. Durch die Flucht hatte sie deren geliebtem Tomas ins Gesicht gespuckt, und im Gegenzug würde man sie nicht töten. Man würde sie leiden lassen.

Sie ballte ihre Hände zu Fäusten und presste sie in die weichen Decken.

»Sollen sie doch kommen und es versuchen.«

Ein Klappern aus dem Korridor ließ sie aufschrecken. Die Tür schwang auf und gab den Blick auf Vintage frei, die mit dampfenden Tellern eintrat.

»Da bist du ja, meine Liebe. Würdest du mir bitte mit den Sachen helfen? Ich dachte, ich bringe das Essen zu dir. Das Esszimmer ist zwar sehr angenehm, aber ich fand diesen Raum schon immer äußerst gemütlich. Außerdem hat Tormalin sich bereits aus dem Staub gemacht. Und um ehrlich zu sein, auf dem Esszimmertisch liegt ein Stapel Bücher, für den ich im Moment keinen anderen Platz finde.«

Noon sprang auf, und gemeinsam wuchteten sie die Teller auf den langen Tisch. Es gab dicke Scheiben einer nach Wildfleisch riechenden Pastete, bedeckt mit heißer Bratensoße und geröstetem Wurzelgemüse, und eine riesige Schüssel mit fluffigem Kartoffelpüree. Vintage war es zudem gelungen, eine Flasche Wein unter den Arm zu klemmen und Besteck in ihre Tasche zu stecken. Noon beobachtete, wie sie mit geübter Leichtigkeit den Tisch vorbereitete und jedem von ihnen ein Glas Wein in einen leicht verstaubten Kelch einschenkte. Dann setzte sie sich hin und begann, genussvoll die Pastete zu verspeisen.

»Ach, Taube. Es ist nicht gerade mein Lieblingsessen, aber es reicht. Was ist mit dir, meine Liebe? Lass es nicht kalt werden.«

Noon setzte sich. Das Essen war reichhaltig und heiß, besser als alles, was sie seit Jahren bekommen hatte. Etwas so Gutes wie diesen Wein hatte sie noch nie gekostet – er war von einem tiefen, dunklen Violett, und sie spürte, wie sie bereits nach den ersten paar Schlucken von einer überwältigenden Müdigkeit übermannt wurde. Sie beschloss, darauf zu achten, wie viel sie trank.

»Du warst auf dem Rückweg aus der Pilzebene so still. Eigentlich schon, seit wir dich getroffen haben. Hast du noch einmal über mein Angebot nachgedacht?«

Noon sah hoch. Vintage beobachtete sie genau, ihre Augen leuchteten vor Interesse. Sie sah weder müde von der Reise aus noch schläfrig vom Wein. Sie wirkte sehr aufmerksam.

»Ich bin es gewohnt, still zu sein. In der Winnowry ist es am besten, still zu sein.«

»Du bist hier absolut sicher. Niemand kommt auf diese Etage, außer Personal, dem ich es erlaube. Ich zahle Lucian eine beträchtliche Summe dafür. Du könntest also versuchen, dich zu entspannen.«

Noon legte ihre Gabel weg. »Wenn ich eine Agentin der Winnowry bin, die eine geheime Mission verfolgt, welchen Grund sollte ich haben, mich um meine Sicherheit zu sorgen?«

Die Mundwinkel von Vintage verzogen sich zu einem schwachen Lächeln. »Nun, ganz recht, meine Liebe. Bist du schon bereit, über die Wahrheit zu sprechen?«

Die Geräusche des belebten Gasthauses drangen von unten zu ihnen herauf. »Ich kenne dich nicht«, sagte Noon.

»Das ist wahr. Wenn es dein Wunsch ist, können wir weiter so tun, als ob du nicht allein bist, nicht den Fängen der Winnowry entkommen bist und keine Hilfe brauchst. Wir können so tun, als wärst du tatsächlich das, was du zu sein behauptest – eine außergewöhnlich junge Finsterhexen-Agentin, die kommen und gehen darf, wie es ihr beliebt, und die einen Auftrag hat, der so geheim ist, dass du allein in einem Wald schlafen musstest, ohne Vorräte und ohne anständige Schuhe. Oder, liebe Noon, du kannst mir sagen, was genau passiert ist, und ich werde alles tun, was ich kann, um dir aus diesem Schlamassel herauszuhelfen.«

Die junge Hexe machte ein freundliches, aber doch versteinertes Gesicht. Sie nahm einen weiteren Schluck Wein und spielte offensichtlich auf Zeit.

»Warum?«, fragte sie schließlich. »Warum solltest du mir überhaupt helfen?«

»Nun, das ist eine wirklich gute Frage.« Damit stand sie auf und ging mit ihrem Weinglas in der Hand am Tisch entlang auf sie zu. »Zunächst einmal, meine Liebe, betrachte ich die Winnowry schon seit einigen Jahren mit Argwohn. Jede Ein-

richtung, die behauptet, Frauen zu ihrem eigenen Wohl einzusperren, sollte meiner Meinung nach sehr genau beobachtet werden. Es gibt aber leider niemanden, der das tut. Sie sind zu mächtig, zu reich und zu gefürchtet. Wenn es ihnen also in irgendeiner Weise Kummer bereitet, dass ich dir weiterhin zur Freiheit verhelfe, dann ist das für mich in Ordnung. Zweitens sind meine Interessen vielleicht etwas eigenwillig. Wie du bereits bemerkt hast, möchte ich das Geheimnis der Jure'lia lösen. Wer sind sie? Was wollen sie? Wie vergiften sie unsere Welt? Ich bin bereit, alles dafür zu tun. Ob das nun bedeutet, im Schlamm zu wühlen, einen eboranischen Faulenzer anzuheuern oder einem entflohenen Sträfling zu helfen. Denn das ist es, was du bist, nicht wahr?«
Noon sah Vintage unverwandt an. »Wie kommst du darauf, dass ich dir helfen kann?«
Auf dem Gesicht von Vintage erschien nun ein aufrichtiges Lächeln. »Das Zauberwort heißt Winnowfeuer, meine Teure. Dein Winnowfeuer aus Tors Energie. Das könnte eine einzigartige Waffe sein. Niemand hatte bisher diesen Vorteil. Denk nur an die Fortschritte, die wir machen könnten!«
Noon sah weg. »Du bist sehr freundlich. Aber das wäre ein Fehler. Du weißt nicht, was ich bin – zumindest … nicht wirklich.«
»Ich bin freundlich, vielleicht. Aber bin ich eigennützig? Immer. Ich habe mein ganzes Leben damit verbracht, für andere verantwortlich zu sein, Finster-Noon. Jetzt möchte ich tun, was mir verdammt noch mal gefällt. Das passt zu mir. Ich denke, es passt auch zu dir. Schließ dich mir an und ich werde dir die Winnowry vom Hals halten, so lang es geht. Glaube mir, meine Liebe, ich bin ein ziemlich schlaues Miststück.« Da Noon nicht antwortete, fuhr sie fort. »Was brauchst du? Einen Beweis, dass du mir vertrauen kannst?

Nun gut. In meinem Zimmer, das nicht verschlossen ist, steht eine schmale Truhe unter dem Bett. Darin befinden sich drei Kisten mit Goldmünzen in fünf verschiedenen Wertgrößen. Außerdem findest du dort auch noch Banknoten von Banken in Mushenska, Reidn und Jarlsbad. Ich denke, mit dieser kleinen Menge hast du eine gute Chance, einen Teil des Weges durch Sarn zu schaffen, bevor die Winnowry dich einholt.« Sie streckte Noon ihre nackte Hand entgegen, als wolle sie ihr vom Tisch aufhelfen. »Hol dir meine Energie. Lass mich bewusstlos zurück und nimm dann alles mit. Ich kann mir immer Neues besorgen. Oder was willst du sonst tun?«
Die Hand von Vintage war ruhig, die Haut auf ihrer Handfläche blass. Eine schwache Narbe schlängelte sich um ihren Zeigefinger. Noon starrte sie an.
»Du weißt nicht, wer ich bin«, sagte sie erneut. »Du weißt nicht, was ich getan habe.«
»Dann sag es mir«, erwiderte Vintage und streckte immer noch ihre Hand aus. »Nimm das Geld oder arbeite für mich. Lass mich eine Freundin für dich sein, Finster-Noon.«
»Bitte, tu das nicht.« Unwillkürlich erinnerte sich Noon an Mutter Fast, an ihre Hände, die so geschickt die Fäden ihrer Marionetten geführt hatten. Auch ihre Hände waren stark gewesen, aber das hatte sie nicht gerettet. »Du weißt nicht, was du da sagst. Freundlichkeit wird nicht …« Sie hielt inne und sah dann auf. »Ich werde für dich arbeiten. Aber es kann sein, dass ich trotzdem nicht viel sage.«
Vintage grinste. »Das ist mir recht, meine Liebe. Tormalins endloses Gejammer unterhält mich gut genug.«

Als Vintage gegangen war, nahm Noon die Weinflasche in die Hand und goss den letzten Schluck in ihr Glas. Es wurde langsam Abend, und der vollgestopfte Raum füllte sich mit

Schatten. Hinter einer Glastür befand sich ein Balkon, und sie trat hinaus in die stille Nacht. Das dünne Band des Meeres, ein dunkler, graublauer Streifen im schwindenden Licht, erinnerte sie daran, dass sie nicht weit von ihrem Ausgangspunkt entfernt war. Weit im Westen tauchte die Winnowry auf. Sie kauerte am Horizont wie etwas Zerklüftetes und Gebrochenes. Noon konnte nur winzige Lichtpunkte ausmachen. Die Lampen brannten. Der Anblick vermittelte ihr das Gefühl, schrecklich entblößt zu sein. Es war, als könnten die Schwestern, die zweifellos nach ihr suchten, sie und ihre Schuld über das Meer hinweg wie ein Leuchtfeuer sehen. Geistesabwesend streckte sie die Hand aus, um ihren Hut zu berühren.

»Ich bin frei, bis sie mich fangen«, sagte sie laut. »Bis sie mich töten. Ich darf keine Zeit damit verschwenden, Angst vor einem Blick aus dem Fenster zu haben.«

Sie hielt ihre Augen auf das ferne Gefängnis gerichtet, hob das Glas an die Lippen und trank den Rest des Weins. Dann genoss sie das sanfte Brennen in ihrer Kehle und die sich ausbreitende Wärme in ihrem Magen. Als sie noch ein Kind gewesen war, hatten die Flachlandbewohner, unter denen sie geboren worden war, ein Getränk namens Steinfuß getrunken. Es wurde aus vergorener Stutenmilch hergestellt. Sie war zu jung gewesen, um mitzutrinken, hatte aber oft gesehen, welche Wirkung es an Festtagen auf die jungen Männer und Frauen hatte. Sie waren dann laut und ungestüm, sprangen von ihren Pferden oder forderten sich gegenseitig zu Kämpfen heraus. *Besoffen wie Frühlingsschweine*, pflegte Mutter Fast dann zu sagen. Die Wirkung dieses Weins war anders, dachte sie. Als würde man langsam in heißes Wasser eintauchen.

Sie fragte sich, wo der Eboraner Tormalin den Abend verbrachte. Vielleicht meldete er ihre Anwesenheit gerade dem Winnowry-Büro in der Stadt, in der Hoffnung auf irgendeine Belohnung. Unwillkürlich erinnerte sie sich an den Moment im Korridor. Er war so nahe gewesen, dass sie das Leder, das er trug, riechen konnte. Aus der Nähe sah ein Eboraner gar nicht so anders aus als ihre eigenen Leute. Sie hatten die gleichen schmalen Augen, die gleichen nach oben geschwungenen Wangenknochen. Nur seine Haut war wie leuchtender Stein, seine Augen klar und blutrot. Mutter Fast hatte Puppen mit zart modellierten Gesichtern besessen, aus weichem Holz geschnitzt und mit feinen Pinseln bemalt. Noon erinnerte sich besonders gut an einen Satz aus drei Figuren, die die drei Götter Regen, Sturm und Wolke darstellten. Ihre Gesichter waren schön gewesen, ihre Lippen zu einem Lächeln verzogen, aber ihre Augen grausam. Tormalin hatte sie an diese Puppen denken lassen, wie er den Korridor mit Gelassenheit und ruhigem Selbstvertrauen erfüllte.

Ein Stück Ziegel fiel vom Dach herab und zerschellte auf dem Balkon neben ihr. Noon sprang instinktiv zur Seite. Sie griff blind nach irgendetwas, mit dem sie sich bewaffnen konnte, blickte dabei vorsichtig nach oben und erkannte eine geisterhaft weiße Gestalt, die vom Dach auf sie herabschaute: riesige, feuchte Augen glänzten im Licht.

»Fulcor!«, zischte sie und trat vor. »Was machst du auf dem verdammten Dach?«

Die Fledermaus neigte den Kopf zur Seite und huschte senkrecht an der Wand entlang auf Noon zu, wobei sie ihre dicken, ledrigen Flügel zu beiden Seiten ausstreckte.

»Nein, halt, bleib, wo du bist.« Die Fledermaus hielt inne und ließ dann etwas aus ihrem Mund fallen. Es war ein totes Kaninchen. »Fulcor, das musst du doch nicht. Na ja, ich nehme an, die Küche hat sicher Verwendung dafür.«

Sie griff nach oben, streichelte die samtige Stelle zwischen den Ohren der Fledermaus und beobachtete, wie sich die Augen des Tieres zusammenzogen. »Warum bist du zu mir zurückgekommen, du großes dummes Ding? Ich dachte, du hättest mich im Stich gelassen.« Nachdenklich fuhr Noon mit den Fingern durch das Fell. Vielleicht mochte Fulcor die Winnowry ebenfalls nicht. Vielleicht wusste sie, dass sie weggelaufen waren. Riesenfledermäuse galten als äußerst intelligent. »Du musst mir zuhören, Fulcor. Du kannst mir nicht einfach folgen. Sie werden nach mir suchen, und du könntest sie genau zu mir führen.« Sie blickte hinaus auf die Dächer unter ihnen. Auf keinem davon hatte sich eine Riesenfledermaus für die Nacht niedergelassen. »Du bist ziemlich auffällig.«

Fulcor gab ein zirpendes Geräusch von sich. Die Wärme ihres Blutes und das leise Schlagen ihres Herzens fühlten sich auf Noons Handfläche angenehm an. Was konnte die Fledermaus tun? Zurück zur Winnowry gehen? Dort würde man sie zwingen, an den Ort zurückzufliegen, an dem sie Noon zuletzt gesehen hatte. Oder sie könnte dorthin, wo ihre Art wild lebte. Aber wo war das? Und woher sollte sie das wissen? Wahrscheinlich war sie von Geburt an in der Winnowry aufgewachsen.

»Deine Jagdzeit beginnt«, sagte Noon und deutete in die dunkle Nacht hinaus. Die Wolken hatten sich gelichtet, und ein kleiner Teil des Mondes schaute hindurch wie ein Auge. »Geh und hol dir etwas.«

Fulcor kletterte wieder auf das Dach und war einen abrupten Flügelschlag später nur noch eine graue Kontur am Himmel. Noon sah ihr noch einen Moment lang nach, bevor sie ihr leeres Weinglas und das tote Kaninchen hineinbrachte.

Kapitel 15

Flachlandbewohner ist eine höchst ungenaue Bezeichnung für die große Vielfalt an Gemeinschaften, die in dem riesigen Landstrich leben. Er schlängelt sich von den östlichen Steppen des Yuron-Kai bis nach Jarlsbad im äußersten Westen, während sich im Norden die eboranischen Berge abzeichnen. Dieses Grasland ist die Heimat zahlreicher Nomadenstämme sowie einiger etablierterer Siedlungen. Und obwohl die meisten wohl auf eine gemeinsame ethnische Wurzel zurückgehen, ist die schiere Bandbreite an Unterschieden in Sprache, Kultur, Religion, Jagdpraktiken, Mythologie, Geschichtenerzählen und landwirtschaftlichen Techniken außergewöhnlich und meiner Meinung nach längst überfällig für eine genauere Untersuchung.

Von den nicht ortsgebundenen Stämmen scheinen sich die meisten im Einklang mit den Jahreszeiten oder den Wandergewohnheiten der Fleeten zu bewegen, einer Ziegenart, die wegen ihres Fleisches, des Fells und der Hörner gejagt wird. Einige praktizieren jedoch auch geheimnisvollere Methoden. Das Volk der Niederlänger zum Beispiel scheint über Generationen hinweg einer stetigen Spirale zu folgen, nach innen und dann wieder nach außen, während das Volk der Sternenschleichen – mit dem ich das Glück hatte, ein paar Tage zu verbringen – eine bemerkenswerte Sammlung von Teleskopen besitzt, die fortschrittlicher sind als alles, was ich in Mushenska oder Reidn gesehen habe. Sie nutzen sie, um ihre Reisen zu planen.

Während wir den Stamm der Sternenschleichen begleiteten, verbrachten wir einen Tag im Heiligtum des Gebrochenen Felsens – einem Ort, der offenbar als neutral gewertet wird und für alle Stämme als eine Art ganzjähriger saisonaler Markt dient. Wenn eine Gruppe einen Streit mit einer anderen hat, versammeln sich ihre Vertreter am Gebrochenen Felsen, und man

schwört, keine Waffen einzusetzen. Wie ich hörte, werden bei den Verhandlungen oft große Mengen eines als Steinfuß bekannten Schnapses getrunken. Ansonsten bringen sie ihre Handelswaren und ihre jungen Leute mit, und so bleiben die verschiedenen Stämme in Kontakt und schließen sogar durch Heirat engere Bündnisse (Zusammenkünfte mit reichlich verfügbarem Alkohol haben ja überall in Sarn die gleichen Folgen).
Eine kürzliche Entwicklung verdient meiner Meinung nach genauere Betrachtung. Die neu errichtete Winnowlinie durchquert den größten Teil des südlichen Flachlands, wobei sich zwei Stationen direkt im – mangels eines besseren Ausdrucks – Territorium der Flachland-Völker befinden. Wie bereits erwähnt, handelt es sich bei den verschiedenen Stämmen keineswegs um eine einheitliche Gruppe, und ich vermute, dass die Auswirkungen sehr unterschiedlich ausfallen werden. Bisher habe ich jedoch eine große, wenn auch vorsichtige Neugier auf die Strecke und ihr Potenzial festgestellt. Wie die meisten Menschen in Sarn pflegen auch die Stämme ihren eigenen Aberglauben über die sogenannten Finsterhexen. Ich vermute aber, dass die eigentliche Prüfung erst bevorsteht, wenn herumziehende Gruppen an der Linie vorbeiziehen müssen. Wenn die Winnowry sich entscheiden sollte, dabei einen größeren Einfluss ausüben zu wollen, könnte sie es bereuen. Zumindest hoffe ich, dass es so kommt.
Natürlich ist es schwierig, über die Region und die Menschen, die dort leben, zu sprechen, ohne die Aaskriege zu thematisieren. Das war eine in jeder Hinsicht dunkle Zeit der Geschichte. Doch meine Lampe brennt herunter und meine Finger schmerzen. Darüber schreibe ich also ein anderes Mal.
Auszug aus den Tagebüchern von Lady Vincenza »Vintage« de Grazon

Ainsel lebte in dem als »der Abgrund« bekannten Teil von Mushenska, einem zwielichtigen und verrufenen Straßenzug, der immer so aussah, als stünde er entweder kurz vor einem Bürgerkrieg oder dem völligen Zusammenbruch. Im Gegensatz zu Sareena war sie nicht wohlhabend, was der enge Raum im Dachgeschoss des alten Hauses auch widerspiegelte. Dennoch verstand sie es, ihn gemütlich zu gestalten; wann immer Tormalin sie besuchte, fand er einen Raum vor, der kunstvoll von flackernden Lampen beleuchtet war und in dem es nach Brot und frisch gewaschener Haut duftete.

»Ich hatte nicht zu hoffen gewagt, dich so schnell wiederzusehen!«

Die entwaffnend aufrichtige Freude auf dem vollen, ehrlichen Gesicht der Frau war ein Segen für Tor. Er trat durch die Tür und stellte die Flasche mit dem dunklen Schnaps auf den schlichten Tisch. Kein Wein, sondern ein feuriges Getränk namens Gouron aus Reidn. Ainsel verdiente ihr Geld als Söldnerin, und sie hatte die Vorlieben einer Söldnerin.

»Meine Pläne haben sich geändert, und ich werde wohl für eine Weile nicht in Mushenska sein. Ich dachte, du würdest dich vielleicht über einen unerwarteten Besuch freuen.«

Ainsel lächelte ihn an und nahm die Flasche in die Hand, um das Etikett zu begutachten. Sie war eine große Frau, die ebenso viele Narben wie Muskeln vorzuweisen hatte. Ihr blondes Haar hatte sie zu einem kurzen Zopf zusammengebunden. Nach einigen Sekunden nickte sie anerkennend; der Gouron gehörte zu den teureren Spirituosen.

»Ich freue mich immer, dich zu sehen, Tor. Besonders, wenn du mir solche Geschenke mitbringst. Du hast aber Glück, dass du mich erwischt. Roland der Lügner legt morgen mit der Scharfen Klinge ab, und ich werde an Bord sein.«

»Du reist an Bord seiner Klinge?«
»Zumindest so lange, wie sein Geld reicht.« Ainsel stellte die Flasche ab. Sie hatte braune Augen, die einen bezaubernden Kontrast zu ihrem hellen Haar boten. Tor war das schon bei ihrer ersten Begegnung aufgefallen. »Soll es so sein wie immer?« Ihre Stimme klang bei diesen Worten ein wenig rauer. Es war schon eine Weile her.
Tor nickte und spürte wieder diesen Hunger. »Die übliche Vereinbarung.«
Ainsel trat zu ihm und küsste ihn – und Tormalin fuhr mit seinen von der Abendluft kühlen Fingern durch das weiche Haar in ihrem Nacken. Der erste Schritt: der anschwellende Refrain.

Einige Stunden später waren sie nur noch ein verschwitztes Gewirr aus Gliedmaßen auf Ainsels schmalem, aber bequemen Bett. Die meisten ihrer Decken hatten längst aufgegeben und lagen verstreut auf dem Boden. Nachdem sie beide bereits zweimal die Befriedigung erreicht hatten, spürte Tor nun, dass dies ihr letzter Höhepunkt werden würde. Er bewegte seinen Körper nur minimal und genoss den Lustschrei, den diese kleine Bewegung bei Ainsel auslöste. Alles war jetzt Rhythmus – die brechende Welle. Ihr Knie lag über seiner Schulter, er lehnte sich sanft zu ihr hinüber und biss in ihre Haut.
»Ja«, keuchte Ainsel. »Nimm es dir. Bitte, tu es.«
Neben ihnen auf der kahlen Matratze lag ein langes, schlankes Messer mit Knochengriff. Tor schnappte es sich und schnitt, ohne den Rhythmus zu verlieren, eine flache Wunde in die Haut knapp oberhalb von Ainsels Knie. Sofort presste er seinen Mund darauf, obwohl er dafür den Druck, den er auf andere Teile ihres Körpers ausübte, für einige Augenbli-

cke verringern musste. Ainsel stöhnte auf und bettelte um die endgültige Erlösung, aber Tor ließ seine Hand ihren Schenkel hinaufgleiten. Es war die gleiche Botschaft wie immer – *Geduld, meine Liebe.*

Blut. Es füllte seinen Mund mit dem vertraut salzigen und eisernen Geschmack. Das Gefühl war vollkommen anders als die Lust, die er andernorts spürte. Er schmeckte darin so viel von Ainsel, die sich immer noch an seine Haut presste; ihre Verletzlichkeit, aber auch ihre Lebendigkeit. Den Duft von Sex in der Nase und den Geschmack von Blut im Mund ließ Tor seine Zunge über die Wunde an ihrem Knie wandern, sog den letzten Rest davon auf und beschleunigte dann mit einer einzigen, sanften Bewegung das Tempo ihres Liebesspiels. Wie Wasser im Sand: der letzte Schritt. Unter Tors fordernden Bewegungen schnappte Ainsel nach Luft und griff gierig nach seiner Schulter. Einen Moment später gab Tor seine Selbstkontrolle auf und ließ sich tragen, von einer Flut aus Blut, Erinnerungen und Lust.

Danach lagen sie noch lange beisammen, wobei sie fast aus dem schmalen Bett fielen. Tormalin starrte an die schmutzige Decke und dachte wie jedes Mal, dass er Ainsel das Geld für ein größeres Bett geben sollte. Sie schlief bereits, während Tormalin auf ihrem ausgestreckten Arm ruhte. Er selbst hatte sich noch nie so weit vom Schlaf entfernt gefühlt wie in diesem Moment. Das lag an dem Blut, so frisch, dass es ihm auf der Zunge brannte. Es umspielte mit seiner Wärme seine Knochen, machte ihn stärker und heilte alle Verletzungen. Das Gefühl war wunderschön und berauschend, so sehr, dass man fast vergessen konnte, dass es auch tödlich war.

Ainsel bewegte sich im Schlaf und seufzte schwer. Tor hielt einen Moment lang still, er spürte, dass sie kurz davorstand,

aufzuwachen. Doch dann wandte sie ihr Gesicht ab und das Seufzen wurde wieder zu einem leisen Schnarchen.
Von der Straße drangen die Geräusche eines heftigen Streits zu Ainsels kleinem Fenster. Der Fensterladen war halb geöffnet und ließ die kühle Abendluft herein. Sie roch nach schalem Bier, Rauch und den Fettresten des Etablissements auf der anderen Straßenseite. Tor starrte einen Moment lang auf das Fenster und fragte sich, ob die Leute, die unten vorbeikamen, sie gehört hatten. Wahrscheinlich nicht nur sie, sondern die ganze Straße. Ainsel schien das nicht zu stören.
Seine Kehle war immer noch von dem Blut erfüllt. Er dachte darüber nach, sich ein Glas von dem Gouron zu genehmigen, um sie auszuspülen. Allerdings war es gemütlich und warm, er wollte sich nicht bewegen und eigentlich genoss er den Geschmack des Blutes. Das Gefühl der Stärke, das es ihm gab, das Gefühl von Macht und Rechtschaffenheit – und auf der anderen Seite der Geschmack seines eigenen Todes. Genoss er vielleicht auch das? Die Gefahr, die Unausweichlichkeit. Das Blut, der Sex, die Kraft, das Sterben. Sie waren alle miteinander verbunden.
Neben ihm stöhnte Ainsel und ihre Stirn legte sich im Schlaf in Falten.
Tor erinnerte sich an klare, ruhige Nächte in Ebora. Er dachte an die Zeit, als sie noch jung waren, lange bevor die Blutpest ihre Eltern in einer dunklen Flut aus Elend und Schmerz aus ihrem Leben gerissen hatte. Manchmal hatte ihre Mutter alle Lichter gelöscht und nur die große Lampe in der Mitte des Wohnzimmers angezündet. Sie war länger als Tors Arm und hatte die Form einer Ähre. Dann öffnete sie die Türen, die auf den Innenhof hinausführten. Er und Hest warteten ungeduldig und kicherten, bis winzige grüne Lichtpunkte durch die offenen Türen hereinschwebten. Es waren Mondfliegen,

deren Hinterteile smaragdfarben leuchteten. Sie liebten das Licht der Lampe und wirbelten aufgeregt durch den Raum. Tor und Hest lachten und jagten sie und stießen mit den Möbeln zusammen, bis Mutter die Lampe löschte oder Vater kam und sie zum Aufhören zwang. Dann verließen die Mondfliegen das Zimmer wie bei einer Prozession, bis alles Licht aus dem Raum verschwunden war.

So erinnerte er sich an Ebora. Es war ein Ort, an dem alles Licht verschwunden und das Lachen verstummt war. Die Ausnahme bildete seine Schwester – die letzte, verzweifelte Mondfliege. Neben ihm stieß Ainsel einen spitzen Atemzug aus. Tor rappelte sich hoch, weil er dachte, dass etwas im Raum sie erschreckt hatte. Aber es war alles still. Ainsel warf ihren Kopf nun von einer Seite auf die andere und hielt dabei die Augen fest geschlossen. Tor begriff: Es war ein Albtraum. Er stützte sich auf einen Ellbogen und blickte stirnrunzelnd auf die Frau herab. Jemandem bei einem Albtraum zuzusehen, war eine einzigartige, aber auch zermürbende Erfahrung. Er beobachtete, wie sich das Gesicht seiner Geliebten vor Angst zusammenzog und ihre Augenlider zuckten, wie sie mit den Augen rollte, um etwas zu sehen, das Tor nicht zu sehen vermochte. Die Muskeln in Ainsels breiten Schultern waren angespannt. Das Blut in seiner Kehle schmeckte jetzt sauer. Vorsichtig legte Tor seine Fingerspitzen auf ihr Schlüsselbein.

»Ainsel. Wach auf. Du hast einen Albtraum.«

Ainsel wachte nicht auf. Stattdessen zog sie ihren Arm scharf vor die Brust und traf dabei fast Tor. Der schnaufte verärgert.

»Also wirklich, Ainsel. Ich hätte angenommen, dass unser Abend dir süßere Träume bescheren würde.«

Ainsel verkrampfte sich. Die Adern an ihrem kräftigen Hals

wölbten sich vor. Sie begann zu zittern und gab kehlige Geräusche von sich.

»Verdammt. Verdammt! Ainsel? Ainsel, wach auf!«

Nichts. Widerwillig setzte sich Tor auf und kniete sich neben sie. Es war möglich, dass sie eine Art Anfall hatte – das nahm er zumindest an, auch wenn sie nie zuvor erwähnt hatte, unter etwas Derartigem zu leiden. Tor seufzte und legte seine Handflächen auf ihre Stirn. Sie war feucht von kaltem Schweiß – aber nicht, wie er zuvor angenommen hatte, als Ergebnis ihrer früheren Anstrengung.

»Es ist Jahre her«, murmelte er. »Ich bin mir nicht sicher, ob ich noch weiß, wie es geht.«

Trotzdem schloss er die Augen und atmete langsam ein und aus. Wenn Hestillion traumwandelte, beschrieb sie es so, als befände sie sich in einem großen Schattenreich, mit fernen Lichtern ringsherum. Die träumenden Seelen waren die Lichter, und man musste nur das richtige finden. Wenn das Licht auch auf einen selbst schien, so hatte sie immer gesagt, dann war das der Moment, um in den Traum hineinzuschlüpfen. Tor schürzte seine Lippen und konzentrierte sich. Es fiel ihm leichter als erwartet. In der Dunkelheit um ihn herum konnte er schlafende Männer und Frauen wahrnehmen. Für ihn fühlten sie sich wie kleine, wärmende Feuer in einer kalten Nacht an. Ihre Seelen waren entweder in der Leere des reinen Schlafs versunken oder erkundeten die verschlungenen Pfade der Traumebene. Irgendwo auf der unteren Etage befand sich ein Mann, dessen Schlaf den stechenden Geruch eines Tages mit zu viel Alkohol in sich trug, während eine Frau irgendwo rechts von Ainsels kleinem Zimmer in einem Traum versunken war, der sich stetig wiederholte. Wenn er gewollt hätte, dann hätte Tor näher an

diese Seelen herantreten, die weiche Barriere durchstoßen und hineingehen können, aber er hatte keine Zeit dafür.
Er fand die träumende Seele von Ainsel. Ihres war das wärmste aller Lichter, die ihn umgaben. Tor hielt inne. Was er tat, war im besten Fall unhöflich, im schlimmsten Fall ein Vertrauensbruch. Er wusste aus eigener Erfahrung und aus der von Hest, dass die Menschen im Allgemeinen nicht wollten, dass jemand ohne Erlaubnis in ihren schlafenden Köpfen herumwühlte. Träume waren schließlich irrational und konnten Dinge über den Träumenden andeuten, die ihn beschämen würden, ganz gleich, wie wenig Wahrheit darin lag. Mehr noch, die Menschen waren einfach nicht an die Kunst des Traumwandelns gewöhnt; für Eboraner handelte es sich vielleicht um einen unterhaltsamen Zeitvertreib mit den engsten Freunden, aber für die Menschen war diese Fähigkeit unergründlich.
Ainsel schrie plötzlich auf und Tor konnte die Wellen der Angst spüren, die wie ein Fieber von ihr ausgingen.
»Oh, verdammt noch mal. Ich werde wenigstens so leise wie möglich sein.«

Behutsam griff Tor nach der träumenden Seele von Ainsel. Er spürte die seltsame Mischung aus Licht und Wärme, die eigentlich keines von beidem war, und stieß ohne großen Widerstand durch die Barriere. Einige Sekunden lang war er sich noch bewusst, auf dem Bett zu knien und die kühle Brise vom Fenster auf seiner unbedeckten Haut zu spüren. Dann war er plötzlich woanders. Er öffnete seine träumenden Augen und sah sich um.
Er stand an einem Strand. Es war Nacht, und irgendwo zu seiner Linken hörte er das Rauschen und Tosen des Meeres, das die Küste umspielte. Direkt vor ihm befand sich ein

großes Lagerfeuer, um das eine Gruppe von Männern und Frauen im Kreis saß. Sie lachten und unterhielten sich, und es wurden Flaschen und Teller mit Fleisch herumgereicht. Ainsel war auch dabei. Man konnte sie kaum übersehen, da sie fast einen Kopf größer war als alle anderen am Feuer. Das flackernde Licht ließ ihr blondes Haar tanzen, und sie lächelte und nickte einer Frau zu, die neben ihr saß. Sie hatte kastanienbraunes Haar, das zu unzähligen Zöpfen geflochten war, und trug eine Augenklappe. Tor erinnerte sich daran, dass die Zeit in einem träumenden Geist auf sonderbare Weise verlief. Träume brauchten keinem linearen Muster zu folgen, sie konnten vor und zurück springen oder sich selbst überholen. Mit großer Wahrscheinlichkeit hatte Ainsel diesen Teil des Traums bereits erlebt, während Tor noch dabei war, aufzuholen. Er runzelte die Stirn. Hestillion war immer so viel besser darin gewesen als er.

»Auf Glückspilz Ainsel!« Ein Mann am Feuer hob seine Flasche, und einige andere in seiner Nähe stießen mit ihm an. »Ohne sie lägen wir alle auf dem Grund des verdammten Meeres.«

Ein rauer, aber begeisterter Jubel ertönte. Tor rückte näher an das Feuer, wobei er darauf achtete, nicht in dessen Lichtkreis zu geraten.

»Ihr solltet einfach häufiger auf mich hören«, sagte Ainsel und grinste breit in die Runde. »Vielleicht sollte ich sogar eure Anführerin sein – dann wären wir alle reicher!«

Ein weiteres, etwas schrilleres Lachen ertönte, und die Frau neben Ainsel verpasste ihr einen kleinen Schlag in die Seite. »Sei nicht so frech, Glückspilz Ainsel, oder ich lasse dich kielholen, wenn wir das nächste Mal in See stechen.«

Tor wurde klar, dass er hiervon bereits gehört hatte. Während Ainsels Zeit beim Zerbrochenen Käfig, einer Gruppe von

Söldnern aus Reidn, hatte sie ein ungutes Gefühl bei einem Schiff gehabt, das sie für die Überfahrt nach Mushenska nutzen wollten. Und obwohl sie vom Rest der Besatzung verspottet wurde, hatte sie Jessica Sturmgebein, der Anführerin der Gruppe, von ihren Bedenken erzählt: »Geht nicht auf dieses Schiff«, hatte sie gesagt. »Mir laufen schon kalte Schauer über den Rücken, wenn ich es nur ansehe.« Wie es der Zufall wollte, hatte sich in Reidn selbst ein lukrativerer Job ergeben und das Schiff war letztlich ohne sie abgefahren. Eine Woche später kam dann die Nachricht, dass es in der Meerenge von Mariano in einen furchtbaren Sturm geraten war; alle Menschen verloren ihr Leben. Seitdem nannten die Söldner des Zerbrochenen Käfigs sie nur noch Glückspilz Ainsel. Es war also eine gute Erinnerung. Aber was hatte es mit diesem Traum auf sich, dass er in Ainsel eine solche Reaktion hervorrief?

»Dann bin ich jetzt also euer Glücksmaskottchen«, sagte Ainsel gerade und grinste immer noch. »Und der beste Weg, dieses Glück aufrechtzuerhalten, sollte meiner Meinung nach der sein, mich von nun an immer mit Bier zu versorgen. Ein kleiner Preis für euer erbärmliches Leben.«

Ein kräftig gebauter Mann mit einem gepflegten, rötlichen Bart lachte und tätschelte Ainsels kräftigen Arm. Doch dann stand sein Mund plötzlich offen, als wäre sein Gesicht aus nassem Teig anstatt aus Haut und Knochen. Er steckte sich verwirrt die Finger in den Mund, und sie versanken in dem teigigen Fleisch. Er versuchte zu sprechen, aber statt Worten spuckte er einen Schwall kleiner, schwarzer, käferartiger Kreaturen aus, die ihm über die behaarte Brust liefen. Neben ihm rutschte Ainsel von ihm weg und starrte ihn entsetzt an.

Okay, dachte Tor, *jetzt geht es los.*

»Was ist mit Bill los?«

»Mit ihm ist alles in Ordnung«, antwortete Jessica Sturmgebein. Sie sah zu Ainsel und hob dabei ihre Augenklappe an. Ein klaffendes Loch kam zum Vorschein. Eine Handvoll der krabbelnden Käferwesen schlüpfte daraus hervor und lief über ihr Gesicht. »Entspann dich einfach, Glückspilz Ainsel, dann ist es bald vorbei.« Ein zischendes Geräusch ertönte ringsum. Tor blickte nach unten, wo eine Flut von Tausenden der schwarzen Käfer den Sand bedeckte. Sie liefen über seine Stiefel, und er verzog angewidert das Gesicht. Direkt vor ihm war Ainsel nun aufgestanden und wischte sich mit leichenblasser Miene die Käfer von der Kleidung.

Tor beugte sich hinunter und konzentrierte sich auf die Realität des Traums. Er erinnerte sich daran, dass er ein Teil davon war, hob einen der Käfer auf und hielt ihn gegen das schwache Licht. Der Rücken der Kreatur krümmte und verdrehte sich unter seinen Fingern, und ihre nadelartigen Beine zuckten.

»Ich glaube, ich weiß, was das ist. Sonderbar, dass du davon träumst, Ainsel.«

Plötzlich wurde der kleine Strand von einem flackernden, Kopfschmerzen verursachenden Licht erfüllt. Tor blickte erschrocken zum Himmel und sah ein Ungeheuer direkt über ihnen hängen. Und obwohl es nicht echt war, stolperte sein Herz kurz in seiner Brust.

Es war ein Gigant, der Vorbote des uralten Feindes seines Volkes. Eine Reihe düsterer Kindheitserinnerungen drängte an die Oberfläche, fast vergessene Geschichten von Krieg und Ungeheuern. Der Gigant hing am Himmel wie eine große, mehrteilige Larve. Die wulstigen Platten seines Körpers glänzten ölig. Die runden Lampen, die von seinem unteren Teil herabhingen, waren direkt auf die kleine Gruppe am Strand gerichtet. Feucht schimmernde Öffnungen an beiden Seiten gaben den Blick auf Kreaturen mit sechs langen, spindeldürren Beinen frei. Tor spürte, wie ihn eine Welle des Entsetzens übermannte. Ainsels große Angst wunderte ihn nun nicht mehr – nur wenige Menschen hatten einen solchen Anblick je gesehen und überlebt. Er war fest entschlossen, sie aus diesem Traum zu befreien, bevor sie noch mehr sah. Als er jedoch aufblickte, erkannte er, dass weiter oben am Strand noch mehr spinnenartige Kreaturen im Anmarsch waren. Unter ihnen befanden sich auch Menschen mit leeren Augen, die wie in Trance vor sich hin trotteten und deren Münder sich zu einem ausdruckslosen Lächeln verzogen hatten. Drohnen. »Bei den Wurzeln. Das ist *wahrlich* ein beeindruckender Albtraum, den du dir da zusammenspinnst, Ainsel.«

Er griff nach ihr und wollte sie herausziehen, aber die Szene um ihn herum veränderte sich plötzlich. Mit einem Mal waren der Strand und die Söldner verschwunden, und sie standen in den Straßen einer Stadt, die von Tageslicht durchflutet war. Es war nicht Mushenska. Die Gebäude waren aus hellem Sandstein gebaut, mit verzierten Kegeldächern, die in den Himmel ragten. Die Straße war gesäumt von Obstbäumen. Jarlsbad vielleicht?

»Es ist Zeit, aufzuwachen, Ainsel.«

Ainsel beachtete ihn nicht. Sie trug jetzt eine weite weiße Hose, einen wogenden weißen Kittel über ihren Schultern und starrte auf das Haus direkt vor ihnen. Tor spürte ein Beben unter seinen Füßen. Eine riesige, sich windende Kreatur bahnte ihren Weg durch das Gebäude und zerschmetterte es, als wäre es aus Staub gemacht. Es sah aus wie eine riesige Made. Ihr grobschlächtiger Kopf hob sich in einem dunklen, perlmuttartigen Grau von dem cremefarbenen, mehrteiligen Fleisch dahinter ab. Während Tor zusah, neigte

die Kreatur ihren Kopf in Richtung der Bäume, öffnete ihr feuchtes, klebriges Maul, riss sie aus dem Boden und fraß sie mitsamt der Erde auf. Hinter ihr drängten sich weitere der langbeinigen Kreaturen, deren Gliedmaßen denen von Spinnen glichen. Mütter, erinnerte sich Tor. So wurden sie in den umfangreichen Notizbüchern von Vintage genannt. Jetzt tauchten Männer und Frauen mit irritierend unfertigen Gesichtern auf – ein weiterer mysteriöser Aspekt von Träumen –, die vor den Kreaturen flohen. Während sie rannten, wurden sie von den spindeldürren Armen der Mütter gepackt und direkt in den Schlund der Maden gesteckt.
»Verdammte Wurzeln. Hast du etwas Verdorbenes zu Abend gegessen, Ainsel?«
Die Made pulsierte, ihr fetter Körper kam wogend auf sie zu. Und obwohl Tor wusste, dass dies ein Traum war, wich er eilig ein paar Schritte zurück. Weitere Mütter nahten. Ihre grotesken Formen stellten für die filigrane Architektur der Stadt fast schon eine Beleidigung dar. Die Made pulsierte erneut, und eine dicke Flut grünlicher Flüssigkeit begann sich durch die Trümmer zu ergießen. Einige der Männer und Frauen wurden davon erfasst und stürzten, ihre Gesichter voller Entsetzen, als sie feststellten, dass sie ihr nicht entkommen konnten. Lack.
»Ainsel, wir müssen …«
Eine fremde Gestalt tauchte neben ihnen auf. Tor sah zu, wie sich die dünnen, schwarzen Arme der Mutter um Ainsels Schultern legten. Und schon waren sie wieder woanders, reisten in schwindelerregendem Tempo, wie es bei Träumen üblich ist. Sie befanden sich am Ufer eines ruhigen Sees. Dunkle Bäume bildeten eine dichte Linie auf der gegenüberliegenden Seite, der Himmel über ihnen war grau. Da war eine Präsenz hinter ihnen, und Tor fühlte sich zunehmend in

den klebrigen Ranken von Ainsels Horrortraum gefangen. Er konnte sich nicht umdrehen, um zu sehen, was hinter ihnen war. Er war genauso eingefroren wie Ainsel. Innerlich fluchte er. Hestillion wäre niemals so in die Falle getappt.

Die Gestalt hinter ihnen näherte sich. Er konnte leise Schritte und ferne Rufe von Vögeln hören. Was war er doch für ein Idiot gewesen. Nicht nur, dass es ihm gründlich misslungen war, Ainsel aus diesem Albtraum zu befreien, jetzt sah es auch noch so aus, als müsste er ihn selbst bis zum Ende durchstehen. Tor schimpfte über seinen eigenen Fehler. Dann spürte er einen Hauch im Nacken. Er dachte daran, wie Noon ihn dort berührt hatte, und verdrängte die Erinnerung schnell.

»Wir kehren zurück, und endlich wird Sarn uns gehören.« Die Stimme war sanft, weiblich und klang auf eine bizarre Weise amüsiert. »Es gibt niemanden, der sich uns entgegenstellen kann.«

Mit all seiner Willenskraft befahl Tor seinem Traumselbst, sich umzudrehen und den Ursprung der Stimme anzusehen. Er konnte sich jedoch keinen Zentimeter bewegen. Ein viel zu realer Schauer der Angst kroch ihm den Rücken hoch. »Wir kommen zurück«, fuhr die Stimme fort. »Und wo ist Ebora jetzt?«

Tor spürte, wie ihm der Mund offenstand – ob aus Überraschung oder Protest, konnte er nicht sagen. Dann war er wieder wach, zurück in Ainsels beengtem Zimmer. Er kniete immer noch neben ihr auf dem Bett, seine Beine taub vom langen Sitzen in der ungünstigen Position und die Haut kalt bis auf die Knochen. Ainsel war ebenfalls wach und sah mit großen braunen Augen zu ihm auf; Tor glaubte, die Söldnerin noch nie so jung gesehen zu haben. Ohne ein Wort zu sagen, zog er die Decke über sich und Ainsel, dann lagen sie schweigend nebeneinander. Das erste Licht der Morgendämmerung kroch bereits durch die Fensterläden.

Kapitel 16

Die vielleicht außergewöhnlichste der zahllosen Legenden und Mythen von Ebora ist die über die Kriegsbestien. Seit dem Achten Regen ist so viel Zeit vergangen, dass die einzigen lebenden Augen, die sie gesehen haben, den Eboranern selbst gehören. Für uns existieren sie nur in Kunst und Skulpturen, Geschichten und Liedern. Vielleicht ist das der Grund, warum sie den jüngsten Generationen der Menschen so unvorstellbar erscheinen – inzwischen sind sie mehr Mythos als Realität geworden. Dennoch wissen wir, dass sie lebten und atmeten, und ohne sie wäre Sarn schon vor Jahrhunderten unter den Jure'lia gefallen. In Anbetracht der Tatsache jedoch, dass wir ihresgleichen wohl nie wieder zu Gesicht bekommen werden, ist der Gedanke nicht mehr so tröstlich, wie er einmal war.

Die Kriegsbestien sind untrennbar mit Ygseril verbunden, dem Baumgott der Eboraner. In Zeiten, in denen ihr Reich in großer Gefahr schwebte, ließ Ygseril hoch oben in seinen labyrinthischen Ästen große silberne Früchte wachsen (über die Dauer dieses Prozesses ist man sich nie einig geworden – ich habe schon Schriften gefunden, die darauf bestehen, dass sie aus den Knospen früherer Früchte hervorgehen und Jahrhunderte brauchen, um zu reifen. Währenddessen sagen andere, der Prozess sei fast augenblicklich abgelaufen. In Ebora wird darüber – wie so oft – nicht gern gesprochen). Waren die Früchte reif, fielen sie in einem wundersamen »Regen« herab und enthüllten aus ihrem zerbrochenen Inneren die außergewöhnlichsten Kreaturen – alle dazu bereit, für Ebora zu kämpfen und zu sterben.

Das Datum des Ersten Regens ist nicht überliefert. Wir wissen aber, dass der Zweite Regen zur Zeit der Herrschaft Königin Erins von Triskenteth stattfand, als sich der Stadtstaat Reidn in der Gewalt der Dritten Großen Republik befand. In die Mauer-

reste von Triskenteth ist ein Wandgemälde aus dieser Zeit eingemeißelt, das Ygseril mit weit ausgebreiteten Ästen und herabfallenden Silberfrüchten zeigt. Vor ihm springen die eboranischen Kriegsbestien in ihrer vollen Gestalt in die Luft. Ein Stück weiter kann man sehen, wie sie sich zu den Rittern der Eboraner gesellen und gemeinsam in die Schlacht reiten, während von den Jure'lia, als gigantische, drohende Wolken dargestellt, ein Heer von Toten naht. Ich habe Abdrücke beigefügt, die direkt von den Überresten dieses unglaublichen Wandgemäldes stammen und meines Erachtens deutlich zeigen, dass es eine wichtige Verbindung zwischen den Kriegsbestien und ihren Rittern gab. Denn jede Bestie und jeder Ritter tragen ähnliche Insignien, und in einigen Fällen wurden sie so geschnitzt, dass sie einander ähneln. Das Wandgemälde in Triskenteth wurde über viele Jahrhunderte hinweg mit großer Sorgfalt erhalten, aber leider hat der jüngste Krieg mit den orleianischen Nachbarn dazu geführt, dass es nun schrecklich zerfallen ist und an einigen Stellen sogar von Finstersöldnern weggesprengt wurde. Ich nahm mit, was ich konnte, und erntete für diese Bemühungen viele finstere Blicke. In Triskenteth herrscht dieser Tage überall Krieg.

Die Bestien selbst scheinen tatsächlich Kreaturen zu sein, die direkt aus der Welt der Mythen stammen. Die Frucht von Ygseril brachte nicht nur eine einzige Variante hervor, wie etwa eine braune Katze braune Kätzchen zur Welt bringt, sondern eine wilde Sammlung von Wesen, die ich, anders lässt es sich kaum beschreiben, als Monster bezeichnen möchte. Zweifellos sind einige der in den Gemälden, Skulpturen und Liedern dargestellten Wesen Fantasiegebilde, doch ich sah auch schon, dass verschiedene Arten auf wiederkehrende Weise abgebildet wurden, und bin überzeugt, dass es sich bei ihnen um die wahre Gestalt der eboranischen Kriegsbestien handelt: Drachen in allen Formen und Variationen, Greife mit ihren schneeweißen,

schwarz gesprenkelten Federn, fledermausartige Kreaturen mit vier Beinen, gigantische gepanzerte Füchse, geflügelte Wölfe, Riesenvögel und Riesenkatzen.
Eine andere Sache, die wir mit Sicherheit über die Kriegsbestien wissen, ist selbstverständlich auf ihre Art die bedeutendste: Die Jure'lia haben jedes Mal gegen sie verloren. Irgendwann.
Auszug aus den Tagebüchern von Lady Vincenza »Vintage« de Grazon

Vintage schob die schweren Bücher so nah wie möglich an die Tischkante und passte auf, dass sie nicht herunterfielen. Dann wischte sie den freigeräumten Teil mit einem feuchten Tuch ab. Das war zwar nicht gerade eine wissenschaftliche Methode, musste aber sein. Am anderen Ende des Tisches dampfte das Frühstück, welches das Personal für sie gebracht hatte, unberührt vor sich hin. Sollten die anderen es doch haben. Sie konnte jedenfalls nicht länger warten.
In dem Bereich, den sie aufgeräumt hatte, stellte sie ihre Fläschchen und Gläser, ihre Notizbücher und die Tinte auf und packte schließlich die Proben aus, die sie im Wald genommen hatten. Darunter befanden sich auch in einem schmalen Glasröhrchen die Überreste der seltsamen Flüssigkeit, die aus dem zerbrochenen Artefakt in der Pilzebene gesickert war. Dieselbe Flüssigkeit, die offenbar über Nacht einen kleinen Garten hatte wachsen lassen. Sie hielt sie gegen das Licht und drehte das Fläschchen vor ihren Augen hin und her. Der Inhalt hatte sich etwas gesetzt und war zu einer gelblichen Lösung mit kleinen goldenen Flocken geworden, die wie in einem Sturm umhertanzten. Die Jure'lia hatten zwar viele sonderbare Dinge hinterlassen, aber nur wenige von ihnen konnte man als schön bezeichnen. Die

Flüssigkeit in diesem kleinen Fläschchen bildete eine Ausnahme.

Sie hielt inne, um sich weitere Notizen zu machen; zuerst über die Farbe und die Viskosität und dann, nachdem sie das Behältnis entkorkt hatte, über den Geruch. Mit einer Pipette trug sie die kleinstmögliche Menge auf einen Objektträger auf und schob ihn in die Linsenvorrichtung, die ihr Neffe Marin ihr im letzten Jahr geschickt hatte. Das außergewöhnliche Ding vergrößerte Objekte durch eine Reihe von Linsen und musste den Jungen ein Vermögen gekostet haben. Allerdings hatte er immer schon einen erlesenen Geschmack besessen. Leider enthüllten sie ihr nur sehr wenig, abgesehen von der seltsam gleichmäßigen Form der goldenen Flecken. Vintage hielt dennoch inne, um eine Reihe von Skizzen anzufertigen, und benutzte eine kleine Schachtel mit Wasserfarben, um alles so authentisch wie möglich einzufangen.

»Hunderte von Jahren alt, und es ist nicht ausgetrocknet oder zu Schlamm geworden. Außergewöhnlich.«

Sie blickte zurück auf das Frühstück. In einer Obstschale lag eine Ansammlung winziger Weintrauben. Vintage griff hinüber und pflückte einige davon. Diese verbreitete Sorte Weintrauben amüsierte sie jedes Mal – sie waren so klein und … perfekt. Sie legte einige der Trauben auf einen Porzellanteller und holte dann aus ihrer Tasche ein zerknittertes, totes Blatt, das sie am Morgen auf der Straße aufgelesen hatte. Sie legte es neben die Trauben und gab mit der Pipette eine winzige Probe der goldenen Flüssigkeit auf den kleinen Zweig, aus dem die Trauben gewachsen waren, sowie einen weiteren Tropfen auf das Blatt. Dann hielt sie den Atem an und wartete, ob etwas passierte – gerade als Noon durch die Esszimmertür kam.

»Oh, Noon, meine Liebe, da bist du ja.« Vintage wandte ihren

Blick nicht von den Trauben ab. »Es gibt Frühstück, wenn du möchtest. Iss, so viel du willst. Ich habe keinen Hunger, und Tor scheint noch nicht von seinen Eskapaden der letzten Nacht zurückgekehrt zu sein.«

Noon nickte und schlich durch den Raum wie eine wachsame Katze. Dann hielt sie auf der anderen Seite des Tisches inne und starrte auf die verschiedenen Speisen, bevor sie sich vorsichtig hinsetzte.

»Was machst du da?«

»Ich schaue mir genauer an, was wir zusammengetragen haben. Ich habe so etwas noch nie gesehen, und schon gar nicht in den Studien, die ich gelesen habe. Es ist außergewöhnlich.« Sie starrte noch intensiver, fast als wolle sie erzwingen, dass etwas passierte. »Wirklich außergewöhnlich.«

»Warum tust du das? Ich meine … was steckt wirklich dahinter? Es gibt doch bestimmt einen wichtigeren Grund.«

Vintage sah auf. Sie blinzelte hektisch. »Wie bitte, meine Liebe?«

»Ich denke, es gibt einen wichtigeren Grund für dein Interesse an diesem ganzen Zeug.« Die Finsterhexe neigte ihren Kopf zur Seite. Sie hatte ihr Haar gewaschen und trocknen lassen – genau wie es sich gehörte. Nun stand es in schwarzen Stacheln ab, während sie ihren neuen Hut in den Händen hielt. »Du bist nicht nur neugierig. Du bist wütend darüber. Über alles, was sich unter der Oberfläche befindet.«

Vintage richtete sich auf. Das Mädchen war scharfsinnig. Das würde sie sich merken. »Draußen auf meinem Land gibt es Überreste eines Giganten«, sagte sie vorsichtig. »Das Land ist seit Generationen im Besitz meiner Familie. Der dortige Rebenwald ist die Quelle unseres Reichtums, aber er ist auch unglaublich gefährlich, wegen der Parasitengeister und der Vergiftung durch die Wildnis. Wir überwachen alles und riegeln diesen Teil des Waldes ab, so gut es geht, aber es ist … eine Belastung. Ich möchte mehr darüber wissen, damit wir die Gefahr irgendwie neutralisieren können.«

Noon beobachtete sie genau, selbst als sie ihren Toast mit Butter bestrich. »Und?«

Vintage spürte, wie sich ihr Mund zu einem schmalen Lächeln verzog. Dieses Mädchen war es wahrlich wert, beobachtet zu werden.

»Du hast gesagt, wir sollten einander vertrauen«, erinnerte Noon. Sie nahm einen Bissen von dem Toast und ihre nächsten Worte klangen gedämpft. »Wenn ich dir helfe, möchte ich wissen, warum.«

»Schenk mir doch bitte eine Tasse Tee ein.«

Noon folgte ihrem Wunsch und Vintage nahm einen Schluck, während sie ihre Gedanken sortierte.

»Findest du Tor charmant?«, fragte sie und amüsierte sich über das verärgerte Stirnrunzeln des Mädchens. »Auf seine eigene seltsame Art?«

»Ich finde ihn … lästig. Sein Volk hat meins ermordet. Es fällt mir schwer, das zu ignorieren, denn er …«, das Mädchen blickte finster auf ihren Toast, »sieht eher wie eine Skulptur aus als ein echter Mensch.«

Vintage nickte. »Ich war einst von einer Eboranerin verzaubert, lange bevor ich Tormalin den Schwurlosen kennengelernt habe. Ich kann damals nicht viel älter als du gewesen sein, nehme ich an, und sie war schön und klug. Sie kam in mein Haus, um ein Handelsabkommen mit einer Gruppe von Händlern zu besprechen. Aber eigentlich war sie dort, um die Überreste des Giganten auf unserem Land zu untersuchen. Das war ein sehr gefährliches Unterfangen, aber sie besaß eine unbegrenzte Neugier, und nichts konnte sie aufhalten – schon gar nicht die eindringlichen Warnungen meines Vaters. Sie war voller Feuer und wollte alles wissen. Ich sah sie an, und eine ganze Welt tat sich vor mir auf.«

Vintage zuckte mit den Schultern.

»Ich ging mit ihr in den Wald – gegen den Willen meines Vaters. Als sie über die Jure'lia und die Parasitengeister sprach, wurde mir erst klar, wie wenig wir über sie wussten. Und sie wurden zu einer Quelle des Erstaunens statt des Schreckens. Durch ihre Augen sah ich, wie viel ich noch zu lernen hatte. Und das war wunderbar. Sie war großzügig und gütig und – bei allen verdammten Mistdingern, sieh dir das an!«

Vintage stellte ihre Teetasse klirrend auf den Tisch und wandte sich wieder den Trauben zu. Das Bündel war dreimal so groß wie zuvor, und die neu entstandenen Früchte voll und zum Bersten reif. Das Blatt, das vorher braun und schwarz und halb zerbröselt gewesen war, strahlte jetzt in sattem, lebendigem Grün.

»Oh, verdammt, ich habe es verpasst!«

Noon tauchte hinter ihr auf. »Was ist passiert?«

»Die Substanz, die wir aus dem Artefakt gewonnen haben, hat die Trauben innerhalb von Minuten wachsen lassen. So etwas habe ich noch nie gesehen. Verdammter Mist. Gibst du mir mal den Bleistift? Ich muss Zeichnungen anfertigen. Was hältst du davon, diese Trauben zu essen? Ich muss wissen, ob sie ungewöhnlich schmecken.«

Ausgerechnet in diesem Moment kehrte Tor zurück. Der hochgewachsene Eboraner sah sehr erschöpft aus, hatte dunkle Ringe unter den Augen und sein Haar hing ihm schlaff über die Schultern. Der Anblick war sogar ungewöhnlich genug, um Vintage von den Trauben abzulenken. Sie hatte ihn noch nie so angeschlagen erlebt – nicht einmal nach einer Nacht mit mehreren Flaschen ihres billigsten Weins.

»Tor! Was ist mit dir passiert?«

Er ging zum anderen Ende des Tisches und setzte sich schwerfällig auf den Stuhl, der dem Essen am nächsten stand. »Ist das Tee in dieser Kanne?«

»Ja, ist es«, entgegnete Noon. Er schenkte sich eine Tasse ein, träufelte einen großen Löffel Honig dazu und trank alles in einem Zug aus. Dann goss er sich direkt eine weitere Tasse ein.

»Also, wirklich, Tor.« Vintage stemmte die Hände in die Hüften und warf ihm den Blick zu, der normalerweise für ihre Nichten und Neffen reserviert war.

»Ich habe eine harte Nacht hinter mir«, sagte er und versuchte, seine gewohnte Unnahbarkeit wiederherzustellen. Doch seine Augen wanderten unruhig durch den Raum und verweilten hier und da auf den Büchern, Karten und Skizzen der Jure'lia-Flotte, die die Wände schmückten. Dann fanden seine Finger etwas Brot und er begann, es in Stücke zu reißen.

»Ich war bei Ainsel …«

»Wer ist das?«, fragte Noon.

»Meine Geliebte.« Tor sah Noon mit gerunzelter Stirn an, als würde er sich fragen, warum sie immer noch hier war. »Wir haben einen Pakt nach den Lehren des Hauses der Langen Nacht und ich …« Er schüttelte den Kopf. »Danach ist sie eingeschlafen und hatte offensichtlich einen Albtraum. Ihrem Gesicht nach zu urteilen war es ein besonders schlimmer. Also bin ich in den Traum hineingewandelt, um sie herauszuholen.«

Die Hexe hob die Augenbrauen. »Es ist also wahr? Eboraner können in deinen Kopf sehen?«

»Nur bei schlafenden Seelen, nur wenn sie träumen, und nur diejenigen von uns, die darin geübt sind.« Er schüttelte erneut den Kopf und zog eine Grimasse. »Ich bin einigermaßen geübt darin, aber nicht gut genug, wie es scheint.«

»Wovon hat Ainsel denn geträumt?«, wollte Vintage wissen. Ein ungutes Gefühl stieg in ihr auf. Sie hatte Tormalin noch nie so beunruhigt gesehen, nicht einmal, wenn er mit Parasitengeistern zu tun hatte.

»Sie träumte von den Jure'lia, Vintage.« Seine Stimme klang jetzt fast klagend. »Eine Frau, die sie noch nie gesehen haben kann, träumte von den Jure'lia in derartigen Einzelheiten, dass ich … Die Farbe, der Lärm und der Geruch von ihnen. Wie konnte Ainsel, Glückspilz Ainsel aus Reidn, deren Großvater noch nicht einmal geboren war, als der Achte Regen fiel, von den Jure'lia träumen, als hätte sie jede Schlacht miterlebt?«

»Nun, mein lieber Tormalin, du weißt natürlich, dass Träume sehr real erscheinen können, und vielleicht waren es ja auch deine …«

»Was ist passiert? In dem Traum, meine ich?« Noon stützte sich mit vor der Brust verschränkten Armen auf den Tisch und war ganz still geworden. Sie schaute Tor durch ihren zotteligen Pony an, als ob sie sich nicht traute, ihm ins Gesicht zu schauen. »Was hast du gesehen?«

Tor holte tief Luft. »Ich habe gesehen, wie ihre Kameraden gefressen wurden und wie schwarze Käfer aus ihren Mündern und Augen krabbelten. Da war ein Gigant am Himmel über einem Strand, und dann habe ich eine ihrer riesigen Maden-Kreaturen gesehen, wie sie eine ganze Straße mit Lack überzog. Sie hat die Menschen gefressen und dann diesen Dreck ausgeschieden.« Sein Mund verzog sich vor Ekel. »Und dann waren wir irgendwo anders, und hinter uns befand sich eine Gestalt. Sie hatte eine Frauenstimme und flüsterte in mein Ohr: ›Wir kommen zurück.‹«

»Und wo ist Ebora jetzt?« Noons Stimme klang heiser. »Ich habe diesen Traum auch gehabt. Ich habe genau das Gleiche gesehen.«

Einige Augenblicke lang herrschte Stille. Von unten drangen die Geräusche des Gasthauses herauf. Sie hörten das Klappern von Pfannen in der Küche und wie irgendjemand im Hof einen Eimer ausleerte.

»Wie kann das sein?«, fragte Tor. »Wie konntest du denselben Traum haben?«

»Ich habe Menschen gesehen, die ich kannte und die von diesen schwarzen Käfern gefressen wurden, und ich sah den Leichenmond über der Winnowry hängen. Und dann war da diese Frau. Es endete mit der Frau.« Noon griff nach der Tasse Tee, die Vintage abgestellt hatte, und presste ihre Finger darum, als wollte sie sie wärmen. »Deshalb bin ich von der Winnowry weggelaufen. Ich konnte einfach nicht dort bleiben. Nicht, seit ich weiß, dass sie kommen werden.«

»Was meinst du damit, du wusstest, dass sie kommen werden?« Tor starrte sie an, als ob der ganze Vorfall ihre Schuld wäre.

»Hast du ihr etwa nicht geglaubt?«, fragte Noon. Ihre Stimme klang sanft und gedankenverloren, als würde sie mit jemandem sprechen, den sie vor Jahren gekannt hatte. Als wäre all das nur eine vage Erinnerung. »Man hört diese Worte, diese Stimme … und man weiß, dass es wahr ist.«

»Willst du ernsthaft behaupten …?«

Vintage hob eine Hand. »Ainsel. Etwa Glückspilz Ainsel? Die so genannt wird, weil sie manchmal Dinge vorhersieht? Habe ich recht, Tor? Ich meine doch die Richtige, oder?«

Tor nickte widerstrebend. »Sie wusste, dass sie das Schiff

nicht betreten durfte, und später ist es dann gesunken. Wenn die Leute, mit denen sie unterwegs ist, jemandem auflauern wollen, hören sie genau auf ihren Rat, denn sie scheint immer zu wissen, wie es laufen wird. Und niemand will mit ihr Karten spielen.«

Vintage senkte ihre Hand wieder. »Eine Vision der Jure'lia. Was würde ich nicht alles dafür geben, so etwas zu sehen.«

»Aber das hat nichts zu bedeuten.« Es war unerträglich, die Zweifel in Tors Stimme zu hören. Sie beobachtete, wie seine Hand zum Schwert an seiner Taille wanderte. »Es *kann* einfach nichts bedeuten. Es sind nur zwei Menschen, die sehr ähnliche Träume hatten. Das kommt vor.«

»Du konntest dich nicht umdrehen, um sie anzuschauen, oder?« Als Tor nicht antwortete, nickte Noon. »Du weißt, was das bedeutet. Ich kann es in deinem Gesicht sehen.«

»Die Rückkehr des Wurmvolkes.« Vintage presste ihre Fingerspitzen an die Stirn. »Betet, dass es nicht so ist, meine Lieben. Betet, dass es nicht so ist.«

Kapitel 17

Meine liebste Nanthema,
vielen Dank für dein letztes Paket. Die Seifen waren exquisit, nur die Flasche mit dem Badeöl ist leider während des Transports zerbrochen. Das ganze Paket roch einfach himmlisch! Glücklicherweise waren die Seiten unversehrt, die du in der Holzkiste versteckt hattest, und mir gelang es, sie herauszuholen, bevor jemand anderes sie sehen konnte. Sie sind jetzt sicher in meinen Zimmern versteckt und mit dem Band, das du mir geschenkt hast, zusammengebunden. Große Gefühle waren noch nie mein Ding, aber es scheint, dass du sie in mir weckst.
Du bist in so kurzer Zeit so weit gereist. Ich möchte gerne weitere Einzelheiten über Jarlsbad erfahren. Ich weiß, dass du nur ein paar Tage dort verbracht hast, aber die wenigen Zeilen, die du über die Stadt geschrieben hast, klangen so bezaubernd. Er wird einer der Orte sein, die wir gemeinsam besuchen werden, da bin ich mir sicher. Über die Badehäuser, die du erwähnst, habe ich bereits etwas in Vaters Bibliothek gelesen. Wenn er mich beim Lesen dieser Bücher erwischen würde, hätte ich dort sofort Hausverbot.
Vor drei Tagen wurde erneut ein Parasitengeist im Rebenwald gesichtet. Du wolltest ja, dass ich dir mitteile, ob die Überreste lebendiger scheinen, also habe ich angefangen, auf Patrouille zu gehen. Mein Vater ist natürlich wütend, aber ich habe ihn darauf hingewiesen, dass ich eines Tages dafür verantwortlich sein werde und es schließlich lernen muss. Er ist von meinem plötzlichen Interesse ziemlich überrascht, und je mehr ich ihn auf dem falschen Fuß erwische, desto einfacher ist es, das zu bekommen, was ich will und brauche. Jedenfalls dämmerte es bereits, und wir waren auf dem letzten Abschnitt der leeren Zone unterwegs (wir müssen das Laub bald wieder abbrennen,

es wächst so schnell). Der Wald war voller Schatten, und ich hielt meine Armbrust in der Hand. Ich war ziemlich froh, dass wir uns bereits auf dem Rückweg zum Haus befanden, als die Schatten sich erst in alle Richtungen ausdehnten und schließlich auflösten, während alles in ein blassblaues Licht getaucht wurde. Wir sahen ihn nur ein paar Sekunden lang, meine liebe Nanthema – ich glaube, er hat uns nicht einmal bemerkt –, aber ich erkannte genug, um zu wissen, dass er anders war als das, was wir gemeinsam beobachtet haben. Ich habe Skizzen beigefügt, die ich sofort anfertigte, nachdem wir wieder im Haus waren. Bitte verzeih mir meine künstlerischen Defizite. Ich habe versucht, die Farben so gut wie möglich einzufangen, aber wie du ja weißt, kann ihnen kein Aquarell gerecht werden. Es war ein außergewöhnlicher Anblick. Während alle anderen erschrocken waren, konnte ich nur daran denken, wie sehr ich mich sehne, mit dir da draußen zu sein und dieses Rätsel zu lösen. Aber meine Zeit wird kommen. Bald muss Vater mich abreisen lassen, um weitere Kurse in Silia zu besuchen, und wenn ich erst einmal auf dem Weg bin, Nanthema, wird er mich nicht mehr daran hindern können, mich dir anzuschließen.
Kopie eines privaten Briefes aus den Aufzeichnungen von Lady Vincenza »Vintage« de Grazon

»Schnell, Aldasair, roll den Teppich aus und leg ihn vor diese Stühle.«
Hestillion wich zurück, als Aldasair den zusammengerollten Teppich von der Wand auf den Boden plumpsen ließ und ihn über den Marmorboden ausrollte. Eine Staubwolke stieg auf, und er verzog das Gesicht.
»Das muss reichen.« Hestillion trat auf den Teppich und schob mit ihrem Pantoffel einige der Falten heraus. Er war in einem tiefen Dunkelblau gehalten und mit einem großen

silbernen Hirsch mit Sternen im Geweih bestickt. Und auch wenn er durch die jahrelange Lagerung ein wenig grau geworden war, fand sie ihn immer noch wunderschön. »Wir haben keine Zeit. Hast du das Essen mitgebracht, um das ich dich gebeten hatte?«

Aldasair ging in die Ecke der Kammer und griff nach einem Leinensack.

»Gut. Leg alles auf den Tisch.«

Der junge Eboraner starrte sie ausdruckslos an. »Ich weiß nicht, wie man das macht. Ich bin kein Bediensteter.«

»Aldasair, das ist nicht der richtige Zeitpunkt …«

»Aber es … es gibt eine Art, wie man das machen muss. Meine Mutter hat immer darauf bestanden, dass die richtigen Messer und die richtigen Gabeln an den richtigen Stellen platziert sind. Und seit Jahren ist nichts mehr richtig. Ich kann es nicht.«

Hestillion zwang sich zu einem tiefen Atemzug.

»Das spielt keine Rolle. Das sind Leute aus dem Flachland, Aldasair. Normalerweise sitzen sie in ihren Zelten und haben das Essen auf dem Schoß. Sie werden es nicht besser wissen.«

Aldasairs Augen wurden noch ein wenig größer. »Tun sie das? Wahrhaftig? Sie essen aus ihrem Schoß?«

»Wir müssen uns beeilen. Ich helfe dir.«

Hestillion packte die Tasche aus und legte alles auf den Tisch, der bereits mit einem schneeweißen Tischtuch bedeckt war. Die besten verfügbaren Lebensmittel waren Konserven: Behältnisse aus Glas und Ton, die eingelegte Früchte und gepökeltes Fleisch enthielten und mit Stoff und Wachs versiegelt worden waren. Es gab auch Wein und andere Spirituosen – sie hatte alles geplündert, was halbwegs ansehnlich wirkte, und bereits einen großen Teil ihrer Vorräte in Mutter Fasts Zimmer gebracht. Hestillion hatte der alten Frau und ihren

Leuten die alten Räumlichkeiten ihrer eigenen Mutter überlassen; das war zwar schmerzhaft, aber sie hatte die Zimmer aus sentimentalen Gründen sauber gehalten und brauchte in diesem Moment etwas Vorzeigbares – und zwar schnell.

»Wer sind diese Leute, Hestillion? Warum sind sie hier?«

Hestillion nahm ihm eine silberne Gabel aus der Hand und legte sie auf den Tisch. »Geh und hol sie, bitte. Kannst du das für mich tun, Aldasair?«

Einen Moment lang sah er sie verständnislos an. Sein zerzaustes Haar fiel ihm ins Gesicht. Sie hatte ihn zwar überredet, es zu bürsten, allerdings hatte er sich geweigert, es zu einem Zopf zusammenzubinden. Hestillion war unsicher, ob er nicht vielleicht vergessen hatte, wie man das macht.

»Aldasair?«

»Ja, werde ich.« Er nickte. »Ich gehe und hole sie.«

Er verließ sie, und Hestillion sah sich in der Kammer um. Es würde genügen müssen. Sie hatte sich ein altes Arbeitszimmer ausgesucht, mit Glastüren an einer Seite, die zu den Gärten hinausführten. Es war ein kalter, trostloser Anblick an einem Tag wie diesem, der den Palast noch leerer erscheinen ließ. Trotzdem hielt sie etwas Tageslicht für besser als ein Treffen bei Kerzenschein. Zur Dekoration hatten sie einige Gemälde aus dem Lager geholt und eilig an die Wände gehängt. Darunter wunderschöne, ausdrucksstarke Farbkleckse und Tuschezeichnungen, die die Wildheit der Umgebung von Ebora einfingen, und einige ergreifende Porträts von längst verschollenen Kriegsbestien. Unter ihnen befanden sich eine große Schneekatze, die den Eboraner, der neben ihr stand, winzig klein wirken ließ, und ein Drache im Flug, mit goldenen Schuppen. Wenigstens war der Marmorfußboden hier noch intakt. Sie blickte an sich selbst hinunter und prüfte ihre Hände auf Schmutz. Sie hatte ein blaues Seidengewand angezogen, einfach und elegant, mit einer gepolsterten Jacke in einem noch dunkleren Blauton darüber. Ein weißer Drache, eingestickt mit weißer Seide, rankte sich an ihrer linken Schulter, dazu hatte sie sich einen einfachen schwarzen Kamm in ihr Haar gesteckt, um es aus dem Gesicht fernzuhalten. Gegen ihre kreideweiße Haut und die blutroten Augen konnte sie zwar nichts tun, aber sie würde ihr Bestes geben, um nicht einschüchternd zu wirken.

Ein Hüsteln war von der Tür zu hören, als Aldasair zurückkehrte. Er hielt inne und machte eine Geste, von der sie annahm, dass er sie für eine Begrüßung hielt. Dann erschien Mutter Fast. Sie hatte den Stuhl verlassen, in dem sie getragen worden war, musste nun aber von zwei Personen gestützt werden: von einer stämmigen Frau mit kurz geschorenem Haar und einem jungen Mann mit wachsamen, funkelnden Augen.

»Bitte, kommen Sie doch herein.« Hestillion verbeugte sich förmlich vor dem Trio und gab ihnen dann einen Moment Zeit zum Antworten. Als sich keiner von ihnen bewegte, zwang sie sich zu einem Lächeln. »Ich habe etwas zu essen und zu trinken vorbereiten lassen. Es gibt auch Tee, wenn Sie wünschen. Aber wo ist der Rest Ihrer Gesellschaft?«

»Sie brauchen mehr Ruhe«, sagte Mutter Fast. Dann schaute sie Hestillion mit ihrem einen gesunden Auge an und ließ den Blick über den vollen Tisch schweifen. »Und ich bin hungrig genug, um ein ganzes Pferd zu essen.«

»Bitte, nehmen Sie doch Platz«, sagte Hestillion und wollte der alten Frau schon zum Tisch helfen, doch der Mann und die Frau traten um sie herum und führten Mutter Fast zu einem dick gepolsterten Stuhl. Sie ging langsam und ein Arm hing regungslos in ihrer Jacke. Sie hatte wie ihre Begleiter die Kapuze aus Rosshaar abgenommen, und man konnte sehen, dass sie alle silberne Ketten um den Hals trugen, an denen jeweils etwas hing, das wie ein geschnitzter Schädel aussah. *Wie reizend,* dachte Hestillion.

Als Mutter Fast auf ihrem Stuhl saß, zog sie einen Teller mit gesalzener Wurst zu sich heran, wählte eine aus und kaute auf dem Ende herum. Ein paar Augenblicke lang war das einzige Geräusch im Raum das entschlossene Kauen der alten Frau. Aldasair stand an der Tür und fummelte an den Knöpfen seines Gehrocks herum. Er wünschte sich offenbar, ganz woanders zu sein. Der junge Mann und die breitschultrige Frau standen hinter ihrer Anführerin. Hestillion spürte eine kurze Welle der Orientierungslosigkeit in sich aufsteigen, und mit einem Mal wünschte sie sich, wieder in den leeren Gängen zu sein und darauf zu warten, dass die Stille sie einholte. All das fiel ihr sehr schwer. Sie war verzweifelt.

»Wenn es Tee gibt, würde ich gerne einen nehmen.«

Hestillion nickte und war froh über die Ablenkung. Sie ging zu der Feuerstelle in der Ecke des Raumes, wo der Topf mit Wasser erhitzt wurde, und Mutter Fast bediente sich unterdessen weiter an den verschiedenen Speisen auf den Tellern.

»Das ist Frost«, sagte sie und deutete mit einem Wurststück auf den jungen Mann. »Sie heißt Goldherz.« Die stämmige Frau legte den Kopf schief. »Reisen fällt mir schwer, obwohl wir ein reisendes Volk sind, wie Sie sicher wissen, Herrin Hestillion. Frost und Goldherz helfen mir dabei und beschweren sich nicht allzu sehr darüber.«

Hestillion brachte die Kanne an den Tisch und goss das dampfende Wasser über eine Schale mit Blättern. Der vertraute, leicht abgestandene Duft des Tees erfüllte den Raum.

»Ich bin sehr dankbar, dass Sie eine solche Reise auf sich genommen haben, Mutter Fast. Gerade die Reise über die Berge ist zu jeder Jahreszeit beschwerlich.«

Die unausgesprochene Frage blieb unbeantwortet. Hestillion konzentrierte sich darauf, die Blätter mit einem langen, speziell für diesen Zweck gefertigten Silberlöffel zu zerdrücken. Sie hielt es für wichtig, die alte Frau mit ihren eigenen Worten erklären zu lassen. Aber es schien, als ob Mutter Fast sich nicht so leicht beirren ließ. »Unsere Völker haben eine gemeinsame Geschichte. Sie wissen das natürlich, Herrin Hestillion.«

Die Angesprochene schenkte den Tee in die Tassen ein. Sie hatte sich für ein einfaches Set entschieden: rot glasierter Ton mit einer goldfarbenen Umrandung. Plötzlich wünschte sie sich, sie hätte eine andere Farbe gewählt.

»Das war vor sehr langer Zeit«, sagte sie mit sanfter Stimme. »Wir nennen es Geschichte, denn das ist es, was es wirklich ist.«

»Denken Sie, wir hätten es vergessen? Ist es das?« Mutter Fast klemmte die Tasse zwischen ihre Finger und blickte Hestillion mit ihrem einzigen Auge an. »Erinnerungen wie diese werden in den Knochen weitergegeben. Ihr Volk ist von den Blutlosen Bergen herabgestürzt und hat meins massakriert. Zuerst nannte man es einen Grenzstreit. Wir hätten Räuber nach Ebora geschickt, sagte man, um die Schätze eures kostbaren Reiches zu stehlen. Man nannte uns Diebe und Banditen. Aber am Ende gab es keine Ausreden mehr – ihr wolltet nur unser Blut, und das hat euer Gewissen *kein bisschen* belastet.«

Hestillion nippte an ihrem Tee und genoss das Brennen an den Lippen, während sie die Augen geschlossen hielt. Sollte die alte Frau doch sagen, was sie wollte. Nach menschlichen Maßstäben stand sie ohnehin am Rande des Todes. Aldasair befand sich immer noch an der Tür und blickte auf den Korridor hinaus. Seine Lippen hielt er zu einem schmalen Strich zusammengepresst. Sie wusste, dass ihn jede Erwähnung der Aaskriege aus der Fassung brachte.

»Das ist ein guter Tee.« Mutter Fast räusperte sich. »Jedenfalls bin ich nicht hier, um mit Ihnen über längst vergessene Leichen zu sprechen. Ich habe keine Zeit dafür, und Sie, nach der Leere Ihres Palastes zu urteilen, auch nicht. Beim letzten Vollmond wurde ich von einem schrecklichen Traum heimgesucht.«

Hestillion sah auf und ließ ihren Blick auf dem furchigen Gesicht von Mutter Fast ruhen, das vollkommen unbewegt blieb.

»Ein Traum?«

»Das Wurmvolk.« Mutter Fast spuckte die Worte geradezu aus. Ihre Lippen verzogen sich vor Abscheu, sodass sich ihre verbrannten Wangen spannten und runzelten. »Die Jure'lia sind wieder da. Ich habe sie so deutlich gesehen, wie ich Sie jetzt sehe. Bei allen Göttern, ich konnte sie sogar riechen. Sie kamen in großer Zahl, und ich sah, wie das Flachland von ihren schrecklichen Ausscheidungen verzehrt wurde. Ich musste mit ansehen, wie mein Volk von innen heraus aufgefressen wurde.« Zum ersten Mal war Unsicherheit auf dem Gesicht von Mutter Fast zu erkennen. Die Hand, die bisher in ihrem Ärmel verborgen war, kroch hervor und berührte die geschnitzten Köpfe an ihrer Kehle. Sie war kaum mehr als eine geschwärzte Klaue. »Ich habe noch nie einen solchen Traum gehabt, keinen, der so real war. Es gibt nur noch sehr wenige von meinem Volk, Herrin Hestillion. Aber einst hatten wir Seher. Einen oder zwei. Ich hätte nie gedacht, dass sich ihr Blut mit meinem vermischt hat, aber ich kann nicht ignorieren, was dieser Traum bedeutet. Die Jure'lia sind im Begriff, zurückzukehren. Ich bin schreiend aufgewacht. Das Wissen lag mir schwer in den Knochen.«

Frost und Goldherz standen noch immer mit grimmigen Gesichtern hinter ihr. Hestillion beugte sich leicht vor.

»Und deswegen sind Sie zu uns gekommen?«

Mutter Fast atmete rasselnd ein.

»Sie mögen eine … komplizierte Vergangenheit haben, und die Götter wissen, dass ich keine Liebe für Ebora empfinde, aber *wir alle* wissen, wer sich gegen die Jure'lia gestellt hat – immer und immer wieder. Wir alle wissen es. Sarn weiß es. Für jede Invasion gab es einen Regen.«

Stille breitete sich aus. Aldasair starrte auf die gegenüberliegende Wand. Sein hübsches Gesicht war leer. Hestillion ließ zu, dass sich ihre Augen mit Tränen füllten.

»Mutter Fast, Ebora ist nicht mehr das, was es einmal war.«

»Und auch das weiß ganz Sarn.« Die alte Frau beugte sich vor. Im kalten Tageslicht der Glastüren war es noch unangenehmer, ihr zerfurchtes Gesicht anzusehen. »Was immer wir tun können, um Ebora zu heilen, werden wir tun. Wir müssen es zumindest versuchen.«

»Aber was *können* wir tun?« Hestillion hob kurz die Hände und ließ sie dann wieder sinken. Dabei sah sie sich ein wenig hilfesuchend auf dem Tisch um, als wäre die Antwort zwischen den Marmeladen und getrockneten Würsten zu finden. »Unser Ygseril, der Spender des Regens, schläft und hat seit Jahrhunderten keine Blätter mehr wachsen lassen, geschweige denn die silbernen Früchte. Mein Volk, Mutter Fast, liegt im Sterben. Was können Sie dagegen tun?«

»Was immer nötig ist.« Der junge Mann namens Frost war vorgetreten und hatte eine Hand auf die Lehne von Mutter Fasts Stuhl gelegt. »Das ist ein Problem, mit dem wir uns der Welt öffnen müssen. Sarn hat versucht, Ebora mit seinem Blutrausch und seiner Habgier zu vergessen. Das können wir uns nun nicht mehr leisten. Als Volk haben Sie sich immer verschlossen.« Seine Augen blitzten, obwohl Hestillion nicht hätte sagen können, ob vor Zorn oder Leidenschaft. »Aber wir werden die Handelswege wieder öffnen. Wir werden wieder Menschen hierherbringen. Wir können bei dem Markt zum Gebrochenen Felsen beginnen. Unsere Reiter sind bereits auf dem Weg dorthin. Dann arbeiten wir uns weiter vor. Irgendwo gibt es vielleicht eine Antwort auf das, was mit Ihrem Ygseril geschehen ist. Vielleicht finden wir sogar ein Heilmittel für Ihr Volk. Denn Sie werden es ganz sicher nicht innerhalb dieser Mauern finden.«

»Ein langsamerer Konvoi ist auf dem Weg hierher.« Die Stimme von Goldherz war tief und freundlich. »Er bringt Vorräte und Medikamente. Das ist zumindest ein Anfang.«

»Oh.« Hestillion stand auf und hielt sich die Hände vors Gesicht. Eine einsame Träne kullerte ihre Wange hinunter. »Was für eine freundliche Geste. Ich wusste nicht – Aldasair, hast du das gehört? Hilfe ist auf dem Weg. Hilfe für Ebora.«

Aldasair sah sich im Raum um, als hätte er die Fremden gerade erst bemerkt. Seine Stirn legte sich in Falten. »Bei den Wurzeln.«

Zu einem viel späteren Zeitpunkt an demselben Tag, als ihre Gäste bereits tief und fest schliefen und Hestillion ihre träumenden Geister wie schwache Lichtpunkte wahrnehmen konnte, ging sie noch einmal in die Halle der Wurzeln. Es war dunkel, aber die geisterhaften Formen der Skulpturen und Möbel waren ihr so vertraut, dass sie fast um sie herumtanzte, während blasses Sternenlicht durch die Glasdecke auf sie herabfiel.

Eher tastend als sehend kletterte sie, ohne zu zögern, auf die Wurzeln, bis sie wieder unter dem riesigen Baumstamm saß. Mutter Fast rechnete damit, dass der Konvoi in den nächsten

Tagen eintreffen würde. Sie selbst war mit ihren engsten Vertrauten vorausgefahren, um sich zu vergewissern, dass alles in Ordnung war; ab sofort würden sie jedoch auch weitere Vertreter erwarten können. Frost und seine Reiter hatten bereits damit begonnen, die anderen Stämme des Flachlands zu informieren, und von dort aus sollte die Nachricht Mushenska, Reidn und sogar das ferne Jarlsbad erreichen. Der Handel würde wieder nach Ebora kommen, und damit vielleicht auch das wahre Heilmittel gegen die Blutpest.

Hestillion lehnte ihren Kopf an die kalte Rinde, schloss die Augen und trat mit Leichtigkeit in das Unterdunkel ein. Sie ignorierte die warmen, menschlichen Seelen, die sich im Südflügel dicht an dicht drängten, und lenkte ihre Gedanken nach unten, viel weiter hinunter zu den Wurzeln, wo sie nach dem Licht suchte. Sie war sicher, dass sie es kurz vor der Unterbrechung durch Aldasair gesehen hatte.

Sie ging tief, gefährlich tief, weit jenseits ihres eigenen Verstands, und spürte, wie kalte Wurzeln gegen ihr Traumselbst drückten und sich Lücken suchten. Sie stellte sich vor, ein Wassertropfen zu sein, der in die Dunkelheit hinabglitt, wo ihr Gott ihn aufnehmen und benutzen könnte.

Ygseril? Ygseril, bist du da?

Es war ein matter Lichtschein – kaum wirklich ein Licht, eher ein Farbblitz, den man bei einem Schlag auf den Kopf sehen würde. Hestillion schoss darauf zu und ließ sich davon anlocken.

Ygseril!

Jetzt war das Licht konstant zu sehen, wenn auch schwach wie der leichte Schein vor der Morgendämmerung. Aber das war noch nicht alles. Eine Seele schwebte dort. Eine Seele, die so groß und so fremdartig war, dass Hestillion instinktiv versuchte, sich zurückzuziehen. Doch sie hielt still – wie ein gejagtes Tier auf freiem Feld.

Ich wusste es! Ich wusste, dass du lebst!

Die Erscheinung verblasste bereits, sank von ihr weg wie Wasser, das im Sand versickert. Dennoch rief sie ihr nach, weil sie wusste, dass sie beim nächsten Mal leichter zu finden sein würde.

Sie sind darauf hereingefallen, Ygseril, genau wie ich es geahnt habe! Ebora wird nicht sterben. Nicht, solange ich lebe. Sie sind wie Kinder und sie essen aus meinen Händen. Ich werde dafür sorgen, dass wir wieder leben, Ygseril!

Kapitel 18

Vor Milandra Parcs war die Organisation, aus der die Winnowry entstehen sollte, eine Art religiöser Zufluchtsort – natürlich mit sehr strengen Regeln. Es wurde viel Zeit damit verbracht, die Lehren (oder Schwärmereien, je nachdem, wie man es betrachtet) von Tomas zu studieren. Parcs machte daraus ein Gefängnis und – was vielleicht noch wichtiger ist – ein Geschäft. Und sie war dabei bemerkenswert erfolgreich.

Ich denke, es ist hilfreich, etwas über den Hintergrund von Parcs zu erfahren. Sie wurde am Rande von Jarlsbad geboren und schlug sich mit ihrer Familie auf den Terrefa-Feldern durch. Falls Terrefa kein Begriff sein sollte: Es handelt sich dabei um eine Pflanze, die geraucht werden kann. Das löst ein großes Wohlgefühl aus und erzeugt, soweit ich es bisher gerochen habe, einen furchtbaren Gestank. Terrefa ist ungewöhnlich: Anstatt die Blätter zu ernten und sie dann zu trocknen, lässt man sie an der Pflanze absterben und sammelt sie dann sorgfältig ein, kurz bevor sie abfallen. Jarlsbad ist eine waldbrandgefährdete Region, und die Terrefa-Felder werden vor der Erntezeit genau überwacht. Milandra wusste nicht, dass ihre damals etwa siebenjährige Schwester eine Finsterhexe war. Eines Nachts kam es zu einem Streit zwischen ihrer jüngsten Schwester und ihrer Mutter – sie rannte auf ein paar Terrefa-Felder hinaus und ließ ein kleines Winnowfeuer los. Die Pflanzen fingen Feuer wie Zunder und brannten in Sekundenschnelle lichterloh, die Flammen schlugen über das gesamte Feld. Unglücklicherweise war Milandras Vater zu dieser Zeit – wie er es oft zu tun pflegte – auf den Feldern unterwegs, um einen Spaziergang in der Abendluft zu genießen. Deshalb erlitt er schwere Verbrennungen am ganzen Körper, an denen er nach einigen qualvollen Wochen auch starb. Ohne Vater und ohne Terrefa-Ernte war die Familie am Boden zerstört. Mittellos zogen sie in die Stadt und bettelten auf der Straße. Milandras offizielle Geschichte lautet, dass ihre kleine Schwester weggelaufen und nie wieder gesehen worden ist. Ich frage mich oft, ob das wohl stimmt.

Die Milandra Parcs, die in die Winnowry kam, war eine Frau, die sich geschworen hatte, nie wieder zu betteln und nie wieder mittellos zu sein. Unter ihrer Führung wurden Winnow-geschmiedeter Stahl und Akaris zu Produkten, die nur in der Winnowry gekauft werden konnten (woher sonst sollte man sie auch bekommen, wenn alle Finsterhexen sofort in die Winnowry verschleppt wurden?). Familien, die sich weigerten, wurden oft ausgezahlt. Sie erhielten eine Summe, die Parcs als Investition betrachtete. Sie entwickelte ebenfalls das »Agenten«-System: Finsterhexen, die durch eine Gehirnwäsche so vertrauenswürdig waren, dass man sie in die Welt schicken konnte, wurden ausgesandt, um spezielle Aufgaben für Kunden zu erfüllen. Sie bildete auch Gruppen von Finstersöldnerinnen. Das waren Frauen, die in ganz Sarn für Kriege und Grenzstreitigkeiten angeheuert werden konnten – stets zu einer beträchtlichen Summe, versteht sich.

Interessanterweise gab es allerdings einen Bereich, in dem dieses spezielle Geldverdiensystem scheiterte. Während des Sechsten Regens bezahlten drei Länder Finstersöldnerinnen für den Kampf gegen die Jure'lia und den Schutz ihrer Ländereien. Vollkommen unerwartet wurde das zu einer Katastrophe. Winnowfeuer zeigte nur wenig Wirkung bei den Gigantenschiffen oder ihren umherstreifenden »Maden«, wobei es sehr wirksam dabei war, große Sachschäden zu verursachen. Außerdem hatten die Kriegsbestien der Eboraner eine besondere Abneigung gegen die gespenstischen Flammen und weigerten sich oft, an der Seite der Hexen zu kämpfen. Das führte zu großem Unmut auf beiden Seiten, denn die Eboraner mussten ihre sorgfältig inszenierten

Manöver immer wieder durch unerwartete Explosionen, Brände und extrem aufgeregte Kriegsbestien unterbrechen. Unterdessen starben die Finsterhexen. Normalerweise gibt es immer nur etwa hundert bis hundertfünfzig davon in der Winnowry, und nur ein kleiner Prozentsatz von ihnen genießt genug Vertrauen, um zu Agentinnen oder Söldnerinnen zu werden. Während des Sechsten Regens wurden fast alle von ihnen ausgerottet.

(Es gibt ein Stück Lack im westlichen Reidn, wo ein ganzes Team von Finstersöldnerinnen betrachtet werden kann, wie es für immer gefangen wurde. Das ist ein wahrlich grausiges Andenken an den Sechsten Regen.)

Als die Jure'lia schließlich von den Eboranern vertrieben wurden, verkündete die Winnowry etwas unfreundlich, dass sie den Sieg über das Wurmvolk fortan ihren traditionellen Feinden, den Eboranern, überlassen würden. Ich habe leider nie eine Aufzeichnung über diese Vereinbarung finden können, aber es würde mich sehr interessieren, was die Winnowry für ihre Dienste erhalten hat – und für das Blut der Frauen, die sie eigentlich beschützen sollten.

Auszug aus den Tagebüchern von Lady Vincenza »Vintage« de Grazon

»Was ist das?«

Vintage hatte sie an den Stadtrand von Mushenska und durch das Nordtor geführt. Von dort aus waren sie einem langen, frisch geschotterten Weg gefolgt. Nun standen sie inmitten einer Menschenmenge vor einer großen Stahlkonstruktion. Noon konnte durch das Gedränge von Männern, Frauen und Kindern um sie herum nur Teile davon erkennen – sie erhaschte flüchtige Blicke auf Metallplatten, die mit faustgroßen Bolzen zusammengeschweißt waren, kleine Glasfenster, die erst orange, dann grün und dann wieder orange leuchteten, und einen mächtigen Schornstein. Von Zeit zu Zeit entströmte ihm Dampf. Um sie herum herrschte aufgeregtes Geschnatter. Hier war es gelungen, die Wildnis zurückzudrängen, sodass sie nur noch als dichtes, dunkles Band in der Ferne zu erkennen war. Den Brandspuren und dem schwachen Aschegeruch nach zu urteilen, hatte man einen Großteil davon niedergebrannt.

»Wie ist es möglich, dass du nichts davon weißt?«, sagte Tormalin. »Deine Leute haben das erschaffen. Deine Leute kontrollieren das Ding.« Der Eboraner hatte nicht mehr gelächelt, seit er von dem Traum seiner Geliebten berichtet hatte. Nun sah er mit kaum verhohlener Ungeduld auf sie herab. Zwar trug er den schwersten Rucksack, ließ ihn aber zusammen mit seinem Schwertgürtel lässig über einer Schulter baumeln. Der stürmische Wind zerzauste sein Haar zu schönen Wellen.

»Die Winnowry sind nicht meine Leute.« Noon schob den Rucksack auf ihrem Rücken hin und her und versuchte, sich an das Gewicht zu gewöhnen. »Ich *habe keine* Leute.« Vintage hatte ihr neue Kleidung geschenkt, fein genäht und aus den besten Stoffen. Und weil es ein windiger Tag mit leichten Regenschauern war, trug sie zudem noch einen Mantel aus steifem schwarzem Samt, weiche Strumpfhosen aus Rehleder und neue schwarze Stiefel. Ihr Hut war mit einer Reihe geschickter Haarnadeln auf ihrem Kopf befestigt. Vintage hatte ihr gezeigt, wie man das macht.

»Die Winnowlinie, meine Liebe, ist eine der außergewöhnlichsten Sehenswürdigkeiten in Sarn.« Vintage trug ihren eigenen breitkrempigen Hut, den sie gegen den immer wieder einsetzenden Regen tief ins Gesicht gezogen hatte. Fröhlich drängte sie sich durch die Menge bis nach vorne, mit Tor und Noon, die ihr folgten, im Schlepptau. »Seht euch diese Leute an! Kommen nur raus, um das Ding zu sehen. Das wird sicher noch eine Weile für Aufruhr sorgen. Ah, da wären wir.«

Das stählerne Ungetüm kam nun in voller Pracht zum Vorschein. Noon blinzelte einige Male und versuchte, alles zu erfassen. Lichter, Dampf und Räder. Ein Wirrwarr aus Metallrohren. Und in den größten Teil hatte jemand drei riesige Fledermäuse eingeätzt – mit den Flügeln weit ausgebreitet. Noon spürte, wie sich ihr Kiefer zusammenzog. Aber es war völlig logisch. Die Winnowry-Verbündeten reisten traditionell auf ihren berühmten Riesenfledermäusen; wie konnten sie da widerstehen, sie auch überall auf diesem Ding anzubringen?

»Wunderschön, nicht wahr?« Vintage strahlte über das ganze Gesicht. »Ein dampfgetriebenes Transportmittel! Soweit wir wissen, ist es das erste in Sarn. Um es voranzubringen, wird Wasser in einem Hochdruckkessel erhitzt und in Dampf verwandelt, der dann durch diese Rohre gepresst wird. Das treibt die Kolben an, die wiederum die Räder drehen.«

Noon blickte zu den Dampfschwaden hinauf, die aus dem Schornstein entwichen. »Wenn du von erhitzen sprichst …«

»Mit Winnowfeuer, meine Liebe. Ein Team von Finsterhexen und Lehrlingen erhitzt die Wassertanks. Soweit ich weiß, ist die Wärme gleichmäßig und konstant, zudem gibt es weniger Abfall als bei anderen Brennstoffen. Siehst du die in den Boden eingelassenen Metallleitungen? An ihnen entlang wird das Wasser transportiert. Unglaublich. Es hat Jahre gedauert, nur um die Strecke zu verlegen. Und auch die Perfektionierung des Antriebs war kein einfacher Prozess, wie ich gelesen habe. Es gab hier und da ein paar Unfälle, und vor

Kurzem dann diese Explosion. Aber im Großen und Ganzen gilt sie als fast vollständig sicher.«

Noon versuchte, in der Menge unterzutauchen. Hier gab es Finsterhexen, also gab es hier auch Vertreter der Winnowry, und sie stand direkt vor ihnen. Die Menschen in ihrem Rücken, mit all ihrer lebendigen Energie in Reichweite, waren sowohl erschreckend als auch verlockend; sie sollte sich einfach nehmen, was sie brauchte, sie alle töten und weglaufen. Da legte sich eine schwere Hand auf ihre Schulter.

»Nicht so schnell, Hexe.«

Ihr Herz überschlug sich, aber es war nur Tormalin. »Du willst doch jetzt keine Aufmerksamkeit auf dich lenken, oder?«

Die Wärme seiner Hand war durch ihren Mantel zu spüren, und sie musste an die Energie denken, die sie ihm entzogen hatte. Sie bildete sich ein, sie auch jetzt noch fühlen zu können – irgendwo tief in ihr versteckt.

»Ich weiß, das ist beunruhigend für dich, meine Liebe«, sagte Vintage mit leiser Stimme. Tor nahm seine Hand von Noons Schulter. »Aber es ist wirklich der schnellste Weg. Die Strecke, die sie bisher verlegt haben, führt kreuz und quer durch die Wildnis und das Flachland, die Station ganz im Osten ist die, zu der wir gelangen müssen. Wir würden Wochen damit verbringen, dorthin zu kommen, aber mit der Winnowlinie brauchen wir nur wenige Tage. Ich habe uns ein privates Abteil gebucht. Wenn wir unsere Köpfe unten halten und die Aussicht genießen, dann sind wir im Handumdrehen da. Komm mit.«

Vintage führte sie an dem großen, zischenden Ungetüm vorbei, das den Antrieb des Zuges darstellte, weiter zu einer Reihe verzierter Waggons, die dahinter lagen. Die Türen standen alle offen, und die Menschen strömten hinein. Sie hatten Taschen, Kinder und gelegentlich ein Huhn dabei.

»Wir sind am Ende angekommen. Hier sind wir richtig. Aus dem letzten Wagen haben wir einen guten Blick auf Mushenska, wenn wir losfahren. Ist das nicht wunderbar?«

Noon folgte ihr mit gesenktem Blick. Wo waren wohl die Finsterhexen? Sie hoffte, dass sie sich alle im Antriebswagen befanden. Es würden auch Priester dabei sein, Männer, von denen die Frauen Energie schöpfen konnten. Sie dachte an Lehrling Lusk. Aber der würde natürlich nicht hier sein; zweifellos wurde er immer noch dafür bestraft, dass er ihre Flucht nicht verhindert hatte. Noon schloss für einen Moment die Augen und verdrängte den Gedanken. Waren diese Finsterhexen Agentinnen, die unabhängig arbeiten durften, oder hatten sie Vorgesetzte? Keines von beidem war sehr beruhigend.

Der letzte Wagen verfügte über schwere Vorhänge vor den Fenstern und über Paneele, die aus gemasertem Holz in der Farbe guten Tees geschnitzt waren. Als sie die Tür erreichten, stieg gerade eine schwergewichtige Frau in geflickten Hosen aus. Ihre Haut war dunkler als die von Vintage, und ihr lockiges Haar wurde mit einem gelben Tuch aus dem Gesicht gehalten. Das Hemd, das sie trug, wies eine Reihe kleiner Brandlöcher auf, und sie hatte einen großen Rußfleck auf der Wange.

»Lady de Grazon?«

»Pamoz! Da sind Sie ja. Die Lokomotive sieht heute Morgen sehr gepflegt aus.«

Die Frau namens Pamoz grinste breit und zog einen Lappen aus ihrer Tasche. Sie wischte sich abwesend über das Gesicht.

»Wir werden Sie im Handumdrehen ans Ziel bringen, Lady de Grazon. Ich wollte nur kurz vorbeischauen und einer meiner wichtigsten Investorinnen danken. Ohne Sie würde es die Winnowlinie gar nicht geben.«

»Ach, hören Sie doch auf, meine Liebe. Das entspringt alles Ihrem klugen Kopf. Und Sie wissen, dass ich nicht widerstehen kann, Wissenschaft in Aktion zu sehen. Meine Kollegen hier werden mit mir reisen.«

Noon erkannte einen Anflug von Überraschung, als Pamoz Tormalin bemerkte. Doch dann nickte sie den beiden einfach zu. Vintage musste einiges an Geld für das Privatabteil bezahlt haben – vielleicht hatte sie damit auch für eingeschränkte Neugier bezahlt. Pamoz trat zur Seite und wünschte ihnen eine gute Reise, als sie in den Wagen stiegen.

»Es ist eine Ehre, Sie an Bord zu haben, Lady de Grazon. Ich werde vorne bei der Maschine sein. Bitte lassen Sie es mich wissen, wenn Sie noch etwas brauchen.«

Das Innere des Waggons war dunkel und kühl und mit glatt polierten Tischen neben üppig gepolsterten Bänken ausgestattet. Es gab sogar auf beiden Seiten je zwei schmale Kojen, die mit Kissen und dicken, seidigen Decken vollgestopft waren. Noon fuhr mit den Fingern darüber und erinnerte sich an ihr Bett in der Winnowry, das so dicht an der feuchten Wand gestanden hatte, dass es nie warm geworden war. Hier draußen, in der weiten Welt, hatte die Winnowry offenbar andere Vorstellungen von Komfort. Sie stand auf und schaute zurück zur Tür, wobei sie an die gezähmten Finsterhexen denken musste, die diese Vorrichtung antrieben. Hatten sie ähnliche Quartiere an Bord? Sie drehte sich um und sah Vintage an.

»Ich dachte, du magst die Winnowry nicht. Und trotzdem finanzierst du ihre Projekte?«

Zum ersten Mal, seit sie sich begegnet waren, schien sich die ältere Frau unbehaglich zu fühlen.

»Ja, das tue ich. Ich habe dir doch gesagt, dass ich eigennützig bin. Nicht wahr, meine Liebe? Nun, die Winnowlinie ist nützlich. Schnelleres Reisen durch Sarn kann nur Fortschritt bedeuten. Für mich ist das eine Chance, auch all diese Rätsel schneller zu lösen. Außerdem können die Frauen, die dieses Ding antreiben, dadurch eine Zeit lang freie Luft atmen. Das ist doch etwas.«

Noon nickte und senkte den Blick. Sie war durch die Anwesenheit der Winnowry zu angespannt, um darüber zu streiten. Dennoch ließ sie der Gesichtsausdruck von Vintage vermuten, dass sie ihren eigenen Worten keinen Glauben schenkte.

Vintage räusperte sich. »Wir öffnen die Vorhänge, sobald wir unterwegs sind. Tor, mach bitte schon einmal die hinten am Waggon auf, ja? Ich brauche ein bisschen Licht, um meine Ausrüstung zu sortieren.«

Dank seiner langen Beine brauchte Tormalin nur ein paar Schritte bis zum Ende des Wagens und zog an der Kordel der Jalousie, sodass der Blick auf das geschäftige Treiben in Mushenska hinter ihnen möglich wurde.

»Wunderbar, mein Hübscher. Noon, meine Liebe, würdest du die Lampe auf dem Tisch da drüben anzünden? Da liegen Streichhölzer, also sieh mich nicht so an. Ich möchte dir gerne etwas zeigen.«

Als die Lampe brannte, holte Vintage eine schwere Schriftrolle aus einer ihrer Taschen. Sie rollte sie aus und Tor half dabei, sie mit ein paar Weinflaschen zu beschweren. Das Papier war offensichtlich alt, aber von ausgezeichneter Qualität. Es war dick und nur leicht vergilbt und von einer Seite zur anderen mit einer Tusche- und Kohlezeichnung bedeckt, mit der Noon zunächst nichts anfangen konnte. Was auch immer sie darstellte, schien in etwa drei Teile geteilt zu sein, mit langen, folgenden Abschnitten, die sie miteinander verbanden. Und es gab klaffende Löcher an der Oberfläche, wie kraftlose Münder. Sie neigte den Kopf leicht, verengte die Augen und sah, dass jemand eine winzige menschliche Figur gezeichnet hatte, die inmitten von allem stand, um dem Ganzen einen gewissen Maßstab zu verleihen. Was es auch sein sollte: Es war riesig.

»Ich gebe auf. Was ist es?«

»Das, Finster-Noon, ist das Giganten-Wrack, das Esiah Godwort auf seinem Land aufbewahrt. Genauer gesagt, bewahrt er es auf einem Gelände auf, das von einem Haufen muskelbepackter Idioten bewacht wird.«

»Vintage hatte bei unserem letzten Besuch eine Meinungsverschiedenheit mit diesen muskelbepackten Idioten«, fügte Tormalin hinzu.

Vintage blickte finster drein, als plötzlich der ganze Waggon zu beben begann. Noon richtete sich auf und wich erschrocken an die Wand zurück. Aber Vintage winkte ab. »Wir machen uns nur auf den Weg, Mädchen. Kein Grund zur Sorge.« Von draußen ertönte ein durchdringender Pfiff. »Tor, du kannst jetzt die Vorhänge zurückziehen. Wir sollten ordentlich was an Qualm zu sehen bekommen – Pamoz gibt gerne an.«

Tor zog die Vorhänge zurück, und Noon ging zu den Fenstern und presste die Hände gegen das Glas. Draußen waren die zurückbleibenden Menschen nur noch verschwommen zu erkennen. Die dunkle Fläche, welche die Wildnis war, sauste immer schneller an ihnen vorbei. Sie dachte an das Fliegen mit Fulcor, aber Fulcor konnte sie verstehen; sie hatte Muskeln und Knochen, Flügel und Klauen. Diese Bewegung kam vom Winnowfeuer, das zur Abwechslung mal für etwas Nützliches eingesetzt wurde. Von irgendwo weiter vorne war ein brüllendes, röhrendes *Tschufftschufftschuff* zu hören.

Tormalin gesellte sich zu ihr ans Fenster, und zum ersten Mal seit Stunden lächelte er ein wenig. »Es ist bequemer als ein Pferd, das muss man ihnen lassen.«

»Bitte wieder die Augen hierher richten.« Noon kehrte zum Tisch zurück, und Vintage tippte auf die Skizze. »Diese Zeichnung repräsentiert möglicherweise die intakteste Giganten-Leiche, die wir hier in Sarn haben. Es ist ein außergewöhnliches Artefakt. Damit könnten wir unter Umständen viele Fragen über die Jure'lia und ihre Königin beantworten.«

»Warum hast du das dann noch nicht?«

»Weil«, Tormalin tauschte eine der Weinflaschen gegen eine Lampe aus und holte einen Korkenzieher aus seiner Tasche, »Esiah Godwort sie nicht in seine Nähe lässt.«

»Weil Esiah Godwort ein sturer, törichter, ignoranter Wichtigtuer ist, der wahre Forschung nicht einmal erkennen würde, wenn man sie ihm in seinen lächerlichen, idiotischen –« Vintage holte tief Luft. »Esiah ist sehr auf seinen Besitz bedacht. Du musst wissen, dass ihm das Stück Land, auf dem das verdammte Ding abgestürzt ist, gehört. Es ist seit Generationen im Besitz seiner Familie. Soweit ich weiß, betrachteten seine Vorfahren es als verunreinigt, bauten eine riesige Mauer darum und ließen es, wo es war. Sie waren reich genug, um sich das leisten zu können. Als er aufwuchs, war Esiah wie besessen von diesem geheimen Ort, diesem verwunschenen Wrack hinter den dicksten Mauern, die er je gesehen hatte. Seine Familie versuchte, ihn mit Arbeit, Ehefrauen und Reisen in ferne Länder abzulenken, aber er kehrte immer wieder zu dem Gelände zurück. Was hatten sie auch erwartet? Das frage ich mich immer wieder. Man kann etwas so Seltsames nicht verstecken und erwarten, dass die Leute nicht neugierig werden.« Sie zuckte mit den Schultern. »Als er das Land schließlich erbte und der alte Godwort sein Leben aushauchte, setzte Esiah alles daran, Informationen über die Giganten zu sammeln. Er baute die Anlage wieder auf und erforschte die verwunschene Umgebung gründlich. Eine Zeit lang war Esiah der führende Gelehrte auf diesem Gebiet, und er war sehr darauf bedacht, dass das auch so blieb.« Sie hustete in ihre Hand. »Ärgerlicherweise. Aber dann zog er sich Anfang des Jahres aus der Wissenschaft und auf sein Gelände zurück, wobei er alle Artefakte und Schriften wieder an sich nahm, die er in die Welt gebracht hatte. Er wollte mit niemandem darüber sprechen – er wollte überhaupt mit niemandem mehr sprechen. Er wurde ein Einsiedler. All sein Wissen war von diesem Moment an hinter diesen Mauern eingeschlossen.« Vintage tippte mit dem Finger auf die Skizze. »Diese Zeichnung ist einer der wenigen Gegenstände, die aus Esiahs Studienzeit übrig geblieben sind. Wenn wir nur hineinkämen … dann könnten wir mehr über das zerbrochene Artefakt erfahren, das wir gefunden haben. Da bin ich mir absolut sicher. Bergen alle Giganten so etwas in sich? Wo befindet es sich?«

»Was ist mit ihm passiert? Mit Godwort?«, fragte Noon.

»Ich habe keine Ahnung, meine liebe Noon. Es kursieren Gerüchte, dass er endlich eine Frau gefunden hat, die ihn ablenken konnte. Oder dass er krank ist – oder verrückt. Oder, dass er im Inneren des Giganten etwas so Schreckliches entdeckt hat, dass es ihn im wahrsten Sinne des Wortes umgehauen hat.« Vintage hielt inne. »Diese Theorie gefällt mir eigentlich ganz gut.«

Der Boden unter ihren Füßen bebte leicht. Noon ertappte sich dabei, wie sie wieder und wieder zu den Fenstern blickte, eingeschüchtert von der Geschwindigkeit der vorbeiziehenden Welt. Tormalin hatte mittlerweile einen Kelch aus einem der Schränke geholt und schenkte sich ein Glas ein. Der Wein funkelte rubinrot.

»Muss ich dich daran erinnern, liebe Vintage, dass wir schon einmal dort waren und Esiah Godwort nicht einmal mit dir sprechen wollte?« Er nippte an seinem Wein. »Er hat kein Interesse daran, sein Gelände mit dir zu teilen.«

»Ja, das stimmt schon, mein lieber Tormalin, aber dieses Mal komme ich mit Gegenständen zum Tauschen.« Vintage zeigte auf die Taschen und Kisten, die sich in der Ecke stapelten. »Und als einzige Gegenleistung will ich die Lass-mich-in-die-verdammte-Anlage-Karte.«

»Du willst deine eigene Sammlung eintauschen?« Noon verschränkte die Arme vor der Brust. »Woher weißt du überhaupt, dass das, was sich auf diesem Gelände befindet, sehenswert ist?«

Vintage nahm ein Glas von Tor entgegen. Sie starrte auf die Skizze des Giganten. »Weil Zeichnungen und Schriften nicht ausreichen. Und nach dem, was wir im Wald entdeckt haben, bin ich mehr denn je davon überzeugt. Ich muss einen Giganten aus der Nähe sehen, und zwar so unversehrt wie möglich. Vielleicht hat Esiah auch Proben von dieser goldenen Flüssigkeit gefunden. Das könnte der endgültige Beweis sein, dass die Jure'lia für die Wildnis verantwortlich sind.«

»Aber warum? Was hast du denn davon?«

Noon spürte, dass Tormalin sie beobachtete und ihr vielleicht einen warnenden Blick zuwerfen wollte. Aber sie ignorierte ihn. Vintage trank einen großen Schluck Wein, ohne dabei aufzusehen. »Es geschieht alles im Sinne der wissenschaftlichen Forschung, meine liebe Noon. Es gibt nichts Schöneres, als die Wahrheit zu kennen.«

Einige Augenblicke lang herrschte zwischen ihnen Schweigen. Nur das geschäftige Dröhnen des Motors war zu hören.
»Die Wahrheit zu kennen.« Noon nickte kaum merklich. »Es ist witzig, dass du das sagst. Mich hierher zu bringen, inmitten all dieser Finsterhexen. Was, wenn sie die Wahrheit herausfinden? Ich meine, über mich?«
Tormalin sah wieder zu ihr auf. Er schien überrascht, dass sie so offen darüber sprach, was sie war. Seine Reaktion ärgerte sie ein wenig; es war nicht seine Angelegenheit – dies war ein Pakt zwischen ihr und Vintage.
»Du bleibst hier drin und vermeidest Kontakt. Riskiere nichts. Die Hexen hier haben einen Job zu erledigen, meine Liebe, sie sind nicht daran interessiert, dich zu finden.«
»Was ist, wenn sie angewiesen wurden, nach jemandem wie mir zu suchen? Was ist, wenn Fulcor mir folgt? Wenn sie irgendwo da oben rumfliegt? Sie wird sie direkt zu mir führen.«
»Fulcor?«, fragte Tormalin.
»Die Fledermaus.« Noon runzelte die Stirn. »Sie folgt mir. Sie scheint mich zu mögen.«
»Irgendjemand muss das ja tun, nehme ich an.«
Vintage fuchtelte mit den Händen herum. »Du machst dir zu viele Sorgen, meine Liebe. Bleib hier, sei ruhig und behalte den Kopf unten. Es wird alles gut.« Noon berührte mit ihren Fingern das Seidenband, das ihre Stirn bedeckte. »Ich glaube, du weißt gar nicht, was für Leute sie hinter mir herschicken. Ich glaube, davon hast du überhaupt keine Vorstellung.«

Kapitel 19

Liebster Marin,
danke für deinen letzten Brief. Du weißt ja, dass ich mich immer freue, wenn ich etwas vom Leben außerhalb des Rebenwalds erfahre. Also musst du dir keine Sorgen machen, dass du mich »mit kindischen Geschichten vom Akademiealltag langweilen« könntest. Deine Briefe sind wirklich stets ein Höhepunkt, mein Lieber, vor allem, weil es Pflückzeit ist und der gute Ezion einen noch größeren Erbsenkrabbler im Arsch hat als sonst.
Besonders interessant fand ich den »Zwischenfall« an deiner Akademie. Ich nehme an, dass die junge Frau ungefähr sechzehn oder siebzehn Jahre alt sein muss (da sie die gleichen Klassen besucht wie du). Es ist sehr ungewöhnlich für eine Finsterhexe, so lange unentdeckt zu bleiben. Sie muss extrem vorsichtig gewesen sein, und ich kann mir ihre Verzweiflung, als sie schließlich doch gefasst wurde, kaum vorstellen. Deine Tutoren werden euch sicherlich eingebläut haben, dass ihr viel sicherer seid, seitdem die Finsterhexe in die Winnowry gebracht wurde, aber ich frage dich eines, Marin: Fühltest du dich gefährdet, bevor du wusstest, was sie war? Wurdest du irgendwann bei lebendigem Leib verbrannt oder wurde dir ein Körperteil abgesprengt? Natürlich nicht. Das hättest du bestimmt in deinen monatlichen Briefen erwähnt.
Ich ahne, dass du wissen möchtest, was ich von der Winnowry halte, mich aber nicht fragen willst. Vermutlich haben ihre Agentinnen dich beeindruckt. Nun, soweit ich weiß, gelingt es ihnen sehr gut, uns davon zu überzeugen, dass Finsterhexen gefährlich sind und mit allen Mitteln kontrolliert werden müssen – dafür gibt es selbstverständlich Beweise. Wir haben alle die Geschichten gelesen. Das ist wie eine schreckliche Krankheit, wird uns erzählt. In Wirklichkeit wissen wir jedoch

nur sehr wenig über die Finsterhexen – woher ihre Macht stammt, wieso Leute damit geboren werden oder warum es nur bei Menschen auftritt (es gibt schließlich keine eboranischen Finsterhexen). Was du aber bedenken solltest, mein lieber Marin, ist Folgendes: Wenn sie diese Frauen in ihre Festung im Süden gebracht haben, glauben wir dann, dass sie dort wie die Opfer einer schrecklichen Krankheit behandelt werden? Oder werden die Folgsameren unter ihnen nicht nur dazu benutzt, die Macht der Winnowry zu erhalten? Zum Beispiel stellen sie ihre Droge her, und zwar durch eine »Säuberung«. Was für ein Zufall, dass bei dieser Säuberung ausgerechnet die lukrativste Droge entsteht, die Sarn je gesehen hat. Die gehorsamsten Finsterhexen verleihen sie als Söldnerinnen an alle möglichen Kriegsparteien, und es kommt mir so vor, als würden ihre Agentinnen – eben jene, die deine Kollegin fortgebracht haben – die eigentliche Gefahr darstellen. Selbst die angedachte Winnowlinie (ich habe dir letztes Jahr Zeichnungen der Lokomotive geschickt) wird erst durch die Zwangsarbeit von Frauen ermöglicht, die ohne sie keinen Kontakt zur Außenwelt hätten. Was halte ich von der Winnowry, Marin? Ich glaube, dass wir sie im Auge behalten müssen – ihr geht es um Geld und Macht, nicht um Erlösung. Verbrenne diesen Brief, wenn du dich dann sicherer fühlst, Marin. Nicht alle stehen der Winnowry so kritisch gegenüber wie ich, und deine Akademieältesten könnten gerade ein bisschen nervös sein.

Auszug aus den privaten Briefen von Master Marin de Grazon, von Lady Vincenza »Vintage« de Grazon

Agentin Lin schwebte am Himmel über den Lichtern von Mushenska. Die Wolken und der Regen waren vom Seewind vertrieben worden, und nun war die Nacht sternenklar und kalt. Die Fledermaus, die ihr für diese Mission ausgeliehen worden war, erwies sich als angenehme Wärmequelle unter ihr. Ihre Flügel schlugen so schnell, dass sie verschwammen. Man hatte Lin gesagt, ihr Name sei Gull, und tatsächlich war dieser Name auch in das Ledergeschirr eingestickt worden. Jemandem bedeutete dieses Wesen so viel, dass es einen Namen bekommen und derjenige sein Geschirr persönlich darauf abgestimmt hatte. Sie fragte sich, ob es der Lusk genannte Junge gewesen war – er wirkte sentimental genug. Deshalb hatte er Finster-Noon wohl auch einfach entkommen lassen. Als Lin die Winnowry verlassen hatte, war er noch am Leben gewesen, aber sie bezweifelte, dass er in nächster Zeit irgendwelche Namen in etwas sticken würde.

»Der Regen hat ihren Geruch natürlich längst abgewaschen.«

Seit Tagen durchsuchte sie methodisch die Stadt, stellte Fragen, suchte nach Hinweisen, doch bislang hatte sie nichts gefunden. Agentin Lin straffte die Zügel, und sie flogen tiefer. Der Geruch nach Holzrauch und kochendem Essen, nach altem Heu und nassen Steinen hüllte sie ein, und Lin lächelte leicht. Als Kampfhund der Winnowry zu fungieren, war ein schmutziges Geschäft – aber in einer winzigen Zelle roch man so etwas nicht, und man spürte auch nicht den Wind in den Haaren. Sie nahm an, dass die meisten Menschen nicht verstanden, was für eine Wohltat das war, aber die meisten Menschen wurden auch nicht aus den Armen ihrer weinenden Mutter gerissen und für einen Großteil ihres Lebens in eine feuchte Zelle gesperrt. Frischer, sauberer Regen war tausend- und abertausendmal besser als die Feuchtigkeit, die sich auf einer Felswand bildete.

»Sag Bescheid, wenn du etwas entdeckst.« Sie beugte sich zu den großen Ohren der Fledermaus vor. »Einen Artgenossen riechst du bestimmt besser als alles andere.«

Sie überließ Gull die Führung, und so flatterte er ziellos über die Stadt. Lin saß nicht besonders gern auf diesen Wesen – sie hatten einen starken Eigengeruch, und die angespannten Muskeln und der Flügelschlag sorgten nicht gerade für einen ruhigen Flug –, aber sie waren praktisch und nach generationenlanger, sorgfältiger Züchtung zu den besten Fledermäusen geworden, die man sich vorstellen konnte: klug, gehorsam, stark. Die Winnowry hielt ihre Blutlinie natürlich geheim. Noch etwas, das sie nicht mit anderen teilten.

Schließlich flog Gull in engen Kreisen über ein bestimmtes Dach, und sie lenkte ihn nach unten, wo er mit trappelnden Klauen auf den Lehmziegeln landete. Es schien sich um das Dach einer Taverne zu handeln, zumindest legten die qualmenden Schornsteine und der leichte Geruch nach Essen und Bier das nahe. Als Lin aus dem Sattel stieg, hallten Gelächter und einige gebrüllte Gespräche zu ihr herauf. Gelächter war natürlich auch etwas, das man in der Winnowry nur selten hörte. Sie bemerkte, dass es einen kleinen Garten hier oben gab, wo jemand Gemüse und Kräuter anbaute, und sie sah eine schmale Tür in einem erhöhten Teil des Dachs. Der Geruch nach Harlawurzel und Fieberblatt war zwar nur schwach, aber Agentin Lin wusste solche Dinge zu schätzen.

»Warum hast du mich hierhergebracht, Gull?«

Die riesige Fledermaus schlurfte mit gesenktem Kopf herum und schnüffelte mit der hässlichen, gekräuselten Nase. Am Boden waren die Tiere ungeschickt und schwerfällig. Spindeldürre Arme ragten aus ihrer Flügelhaut, wie die eines Kindes aus einem Sack. Agentin Lin runzelte leicht die Stirn.

»Muss ich dir ins Gedächtnis rufen, dass Finster-Noon sich weiter entfernt, während wir hier stehen?« Sie hielt mit geschürzten Lippen inne. Wieso redete sie mit einer Fledermaus? Agentinnen der Winnowry genossen viele Vorteile, aber sie arbeiteten meist allein. Das führte zu so etwas: Gespräche mit Fledermäusen. Aber, so sagte sie sich, das war immer noch besser, als Jahrzehnte von der Welt getrennt zu verbringen.

In diesem Moment öffnete sich die schmale Tür hinter ihnen knarrend, und eine alte Frau mit roten, grau durchzogenen Haaren trat heraus, erhellt von den Lampen im Zimmer dahinter. Eine seltsame Abfolge von Gefühlen flog über ihr gebräuntes Gesicht: Überraschung, leichte Verärgerung und dann eine tiefsitzende Vorsicht.

»Was machen Sie auf meinem verdammten Dach?«

Agentin Lin trat ins Licht, damit die Frau die Fledermausflügel-Tätowierung auf ihrer Stirn und ihren grüngrauen Reiseumhang sehen konnte. Winnowry-Farben.

»Das betrifft Sie nicht. Kümmern Sie sich um Ihre Angelegenheiten.«

Die Frau musterte sie aufmerksam, und Lin bemerkte, dass sie deutlich besorgter war als die meisten Zivilisten, die nichts zu verbergen hatten. Interessant.

»Hm.« Die Frau hob ihr Kinn und gab sich trotzig. »Das is' ja gut und schön, Gnädigste, aber meine Angelegenheiten sin' die Kräuter, auf denen Ihre verdammte Riesenfledermaus herumtrampelt.«

Agentin Lin warf einen Blick zurück. Gull schnaubte und wühlte mit der Nase am Rand des Gartens herum. Sie ignorierte die Frau und ihren empörten Gesichtsausdruck, ging zu der Fledermaus und schob ihren großen Kopf beiseite. Auf einer dünnen Dreckschicht entdeckte sie einen getrockneten, im trüben Licht kreideweiß aussehenden Streifen Fledermausguano. Direkt daneben stand eine Tomatenpflanze, der die meisten Früchte fehlten. Es sah aus, als hätte jemand sehr begeistert daran herumgekaut. Lin trat mit dem Stiefel gegen den Guano und sah, wie er zerkrümelte. Er war mindestens ein paar Tage alt.

»Das Mädchen war also hier.« Agentin Lin richtete sich auf und wandte sich wieder der Frau zu, die mit vor der Brust verschränkten Armen zusah. »Gehört Ihnen die Taverne?«

»Sie stehen drauf. Frosch und Glöckchen. Das Bier is' nicht schlecht, aber wir machen ziemlich gute Pasteten. Dafür brauchen wir die Kräuter.«

»Hatten Sie in letzter Zeit ungewöhnliche Gäste? Eine junge Frau, alleinreisend, nervös?«

»Ist mir nich' aufgefallen.« Das Gesicht der Frau ließ erahnen, dass sie Lin auch dann kein Wort verraten hätte, wenn die ganze Taverne voller nervöser, alleinreisender Frauen gewesen wäre.

Agentin Lin wandte sich ab und warf einen Blick über die Stadt. Ohne ein weiteres Wort ging sie zurück zu Gull, stieg in den Sattel und riss an den Zügeln, sodass die Fledermaus zweimal im Kreis lief, bevor sie die Dachkante erreichte. Als sie über die Schulter sah, bemerkte sie zufrieden, dass die Pflanzen zertrampelt im Matsch lagen. Dann hoben beide wieder ab.

Die Morgendämmerung verlieh dem Meer eine silbergraue Farbe, als sie fanden, was sie gesucht hatten. Frischen Guano, höchstens einen halben Tag alt, auf einem Balkon im obersten Stockwerk eines teuren Gasthauses. Der Besitzer war bereits wach und buk Brot für das Frühstück seiner Gäste, aber sein Gesicht verriet nichts, und er beschränkte sich auf allgemeine Aussagen. Das war zwar frustrierend, doch sein Schweigen gab mehr preis, als er ahnte: Er war dafür bezahlt worden, und das war eine wichtige Erkenntnis. Lin hatte sich also verabschiedet, in einer Gasse hinter dem Gasthaus gewartet, bis die Sonne hoch am wolkenlosen Himmel hing, und stattdessen die Gespräche der Angestellten belauscht, die ihre Schicht antraten. So hatte sie erfahren, dass Rufio die ganze Nacht unterwegs gewesen war und beim Kartenspiel sein Hemd verloren hatte, während Sara sich für ihre freie Woche schon mit einem neuen Beutel Akaris versorgt hatte. Sie hörte außerdem, dass eine ihrer exzentrischsten Kundinnen mit ihrem eboranischen Leibwächter – die Frauen beschrieben detailliert seine extreme Schönheit und spekulierten über seine Fähigkeiten im Bett – plötzlich abgereist war. In ihrer Begleitung hatte sich außerdem eine junge Frau befunden, die einen altmodischen Hut trug und wenig sagte. Sie war anscheinend neu.

Lin nahm die Silberpfeife aus ihrem Gewand und holte Gull. Nur wenig später waren sie in der Luft und ließen Nord-Mushenska hinter sich. Die Frau, eine gewisse Lady de Grazon, galt als exzentrisch, weil sie sich für das Wurmvolk interessierte, und außerdem eine unglaubliche Summe in die Winnowlinie investiert hatte. Die Dienstmädchen des Gasthauses misstrauten diesem Transportmittel, da eine der Lokomotiven nicht einmal einen Mondzyklus zuvor explodiert war und fünfzehn Menschen getötet hatte. De Grazon besaß jedoch einen eigenen Waggon in diesem neumodischen Ding.

Gull drehte ab, sodass Agentin Lin die Gegend nördlich von Mushenska sah, bis hin zu den weit entfernten, diesig-violetten Hügeln. Die Wildnis lag dunkel auf dem Land, und die Winnowlinie teilte sie wie ein langer, silberner Stachel. Die helle Mittagssonne verfing sich in ihr und tanzte auf den Rändern, fast wie eine Botschaft von Tomas selbst. Agentin

Lin lächelte in sich hinein. Als würde sie an den alten Betrüger glauben.

Sie legte eine Hand an ihre Seite, an der die Vorräte in einem Sack hingen und das Wasser schwappte. Dabei dachte sie über ihre Optionen nach. Sie war sich ziemlich sicher, dass Finster-Noon nicht mehr in Mushenska war. Zwar war es die erste Anlaufstation, die man nach einer Flucht aus der Winnowry wählen würde – eine nahe gelegene Stadt, der nächstbeste Ort, an dem man etwas Warmes zu essen bekam –, aber Agentin Lin glaubte nicht, dass eine flüchtige Frau dortbleiben würde. Sie konnte versuchen, in der Menge unterzutauchen und ein ruhiges Leben zu führen, in der Hoffnung, dass ihr »Talent« nie auffiel. Aber würde sie nicht eher so weit weg wollen wie möglich? Und wie weit musste sie gehen, bis die Winnowry sie nicht mehr verfolgte? Sarn war schließlich sehr groß. Vielleicht gab es einen solchen Ort.

Doch Agentin Lin war sehr geduldig. Sie flog auf Gull in den klaren Himmel, mit dem schaurigen Leichenmond zu ihrer Rechten, und begann, der Winnowlinie in Richtung Norden zu folgen.

Kapitel 20

Mein liebster Marin,
deine Mutter hat mir einige wütende Briefe geschickt. Sie scheint zu glauben, dass deine neueste Idee meine Schuld ist. Keine Angst, ich habe ihr versichert, dass du durchaus imstande bist, dir selbst gefährlichen Unsinn auszudenken, auch ohne auf mich zurückzugreifen.
Trotzdem hat sie darauf bestanden, dass ich dir schreibe und dich bitte, nicht zu gehen. Natürlich werde ich das nicht tun, mein Schatz. Aber ich werde dich äußerst streng und mit diesem Blick (du kennst den Blick) bitten, den Expeditionsanbieter genauestens zu recherchieren und, wenn möglich, mit Kunden zu sprechen, die diese Reise vor dir unternommen haben. Wenn du auch nur die geringsten Zweifel hast, dann suche weiter. Egal, wie gut bewaffnet sie sind, nimm deine eigenen Waffen mit und trage deinen Proviant stets am Körper. Ich weiß sehr gut, dass diese ominösen Anweisungen dich nur noch mehr anstacheln werden, und deshalb bist du auch mein Lieblingsneffe, aber bitte bedenke Folgendes, Marin: Die Wildnis ist gefährlicher und viel seltsamer, als du dir vorstellen kannst. Unser kleiner Bereich im Rebenwald ist zahm im Vergleich zu dem, was ich auf meinen Reisen gesehen habe – bleib also immer wachsam. Und wenn dir etwas Abartiges und Wurmberührtes begegnet, schreibe mir umgehend.
Auszug aus den privaten Briefen von Master Marin de Grazon, von Lady Vincenza »Vintage« de Grazon

Das hohe Gras hinter dem Waggonfenster wirkte geisterhaft grau, wie Meeresschaum bei Nacht. Tormalin hatte, bevor er Ebora verließ, noch nie das Meer gesehen – das hatte zu den ersten Dingen gehört, die er sogleich nachholte. Und er wurde des Anblicks nie müde. Selbst das hier, dieses Gras, das er bei Nacht aus einem dahinrasenden Waggon betrachtete, hätte er zuhause niemals erlebt. Ihn erwarteten in seiner Heimat nur schlechte Erinnerungen und ein langsamer Tod. Daran sollte er sich stets erinnern. Er wandte sich vom Fenster ab.

»Haben wir etwas zu essen?«

Vintage saß an dem langen Tisch, hatte die Beine über den Sitz neben ihr gestreckt und ein Buch im Schoß. Sie winkte vage in eine Ecke.

»In einer der Taschen sind Dörrfleisch und Brot. Auch etwas Obst.«

»Ich meine, etwas Richtiges zu essen. Eine warme Mahlzeit mit Bratensauce und Sahne.«

In der hintersten Ecke des Waggons saß die Hexe, die Knie bis an die Brust hochgezogen, den neuen schwarzen Mantel um sich geschlungen und den Hut tief in der Stirn. Sie bemerkte seinen Blick und hob eine Augenbraue.

»Zwei Waggons weiter gibt es einen Küchenwagen«, sagte Vintage, ohne von ihrer Lektüre aufzusehen. »Verschrecke bitte die Einheimischen nicht.«

Tor stand auf, streckte den Rücken, bis die kleinen Knochen darin knackten, und öffnete die Tür zum nächsten Wagen. Die Abteile waren durch Ketten und Metallröhren miteinander verbunden – zwar war jemand so freundlich gewesen, die Lücke dazwischen mit dickem, braunem Leder zu verdecken, aber man konnte immer noch sehen, wie der Boden unter den Füßen vorbeischoss. Tor verzog leicht das Gesicht, betrat vorsichtig die nächste Plattform und öffnete die Tür.

Der Raum dahinter war sogar noch eleganter als der Wagen von Vintage. Die Sitze waren mit grünem Samt gepolstert, die Vorhänge bestanden aus gelber Seide. Männer und

Frauen saßen an glänzend polierten Tischen, tranken und aßen dampfende Mahlzeiten von Tellern. Alle waren gut gekleidet. Sie stellten die Elite von Mushenska dar: Händler und Politiker, Kriminelle und Kaufleute und sogar einige der wenigen überlebenden Aristokraten der Region, die so selten geworden waren. Er sah, wie Augen von Getränken und Mahlzeiten hochzuckten, als er vorbeiging; einige volle Gabeln stockten auf dem Weg zum begierig geöffneten Mund. Er strich sich eine Haarsträhne hinter das Ohr und nickte zwei jungen, kartenspielenden Frauen zu, wobei er den Mund zu einem spekulativen Lächeln verzog. Sofort färbten sich die Wangen der beiden rosa, worauf er zufrieden zum Ende des Abteils ging und einen Moment lang die Erkenntnis genoss, wie *anders* er war – ein Hai, der durch ruhiges Wasser schwamm.

Der nächste Waggon war erfüllt von Dampf und dem Geruch nach gegrilltem Fleisch. An einer langen, polierten Theke bestellte er eine Schale sämigen Eintopf und eine mit Schmelzkäse und dünnen Stückchen eines leckeren, salzigen Fischs gefüllte Ofenkartoffel. Zwar gab es auch in diesem Waggon Tische, aber sie waren voll, und so entschied Tor spontan, mit seiner Mahlzeit in den nächsten Wagen weiterzugehen. Zu seiner Überraschung sah er dort in der spärlichen Beleuchtung Kisten, Schachteln und Säcke, allerdings auch Menschen, welche die Fracht als notdürftige Tische und Stühle benutzten. Diese Männer und Frauen trugen keine feine Kleidung und ihre verhärmten Gesichter ließen erahnen, dass sie nicht so oft aßen, wie sie es gerne hätten. Sie hatten ihre Lampen mitgebracht und bildeten Kreise darum herum.

Tor erstarrte einen Moment lang. Diese Reisenden sahen ihn nicht neugierig oder bewundernd an, sondern mit einer ruhigen Akzeptanz. Für sie unterschied er sich nicht von den anderen Leuten in den vornehm eingerichteten Waggons. Sie wollten nur wissen, ob er sie vertreiben würde. Er dachte an den Mann im Wachturm, mit seinen Lumpen und den abgenutzten Zähnen. Tor hatte vor all den Jahren seinen Tee mit ihm geteilt.

Er trug sein Essen unbeholfen zu einem Sack, setzte sich und stellte den Teller auf eine Kiste. Weit genug weg von den anderen, um sich nicht aufzudrängen, aber auch nahe genug, um zu zeigen, dass ihre Anwesenheit ihn nicht kränkte. Als das erledigt war, fing er an zu essen und versuchte, dabei nicht an die Menschen zu denken, die ihn verhalten musterten. Der Eintopf war gut, die Kartoffel sogar noch besser, und er hatte sich beinahe entspannt, als eine kleine Hand seinen Ärmel umklammerte. Sie gehörte einem Menschenkind, dessen Augen in dem dreckverschmierten Gesicht riesig wirkten. Der Junge hatte ein braunes Muttermal auf der Wange. In der freien Hand hielt er ein Stück schmutziges Papier.

»Bist du ein Eboraner?«

Tor legte den Löffel hin und verlieh seinem Gesicht einen wohlmeinenden Ausdruck, während er sich auf das Schlimmste gefasst machte. Er dachte erneut an den Vagabunden im Turm, der ihn als Mörder bezeichnet und seinem ganzen Volk den Tod gewünscht hatte.

»Das bin ich.«

»Ich hab was gemalt.« Der Junge hielt ihm das Stück Papier hin, und Tor sah die grobe Zeichnung darauf, halb aus Dreck, halb aus Holzkohle. »Das is' eine von euren Kriegsbestien.«

»Tatsächlich.« Tor nahm das Stück Papier vorsichtig in die Hand und hielt es in das trübe Licht. Da war ein Drache, der eher an einen riesigen, geschuppten Hund erinnerte, und

eine große, dünne Gestalt, die mit einem gewaltigen Schwert in der Hand darauf ritt. Tor dachte an den Neunten Regen, den er sorgfältig in Vintages Abteil verstaut hatte, und lächelte. »Stellst du dir vor, dass sie so ausgesehen haben?«
Der Junge nahm das Papier und schob die Unterlippe ein wenig vor. »So haben sie ausgesehen. Das hat mir mein Opa gesagt. Er hat sie gesehen.«
»Das ist eine schöne Zeichnung«, sagte Tor, obwohl er den Großvater für einen versponnenen Lügner hielt.
»Ich hab gedacht, dass ihr alle tot seid«, sagte der Junge. Sein Blick glitt immer wieder zu den Resten von Tors Kartoffel. »Dass es euch vielleicht nie nich' gegeben hat. Aber jetzt hab ich dich gesehen, also könnt ihr nich' alle tot sein.« Er grinste plötzlich. »Wenn ich das meiner Schwester erzähle! Die scheißt sich in die Hose.«
Tor bemühte sich, ernst zu bleiben. »Zu so etwas neigen Schwestern.«
»Wenn also das Wurmvolk zurückkommen tut, dann werden die Kriegsbestien der Eboraner es in Stücke reißen.« Das Kind wedelte triumphierend mit seiner Zeichnung. »Wir dachten, dass ihr alle tot seid, aber das is' 'ne Lüge, wie wenn ich die besten Krusten von meinem Abendessen für später verstecken tu. Ihr wartet nur ab.«
Trotz des warmen Waggons wurde Tor kalt. Wie sollte er dem Jungen mit seinen Zeichnungen und der leicht zu schockierenden Schwester erklären, dass es keine eboranischen Kriegsbestien mehr gab und dass es auch nie wieder welche geben würde? Die Vorstellung, wie der Mund des Jungen sich öffnete, schwarze Käfer auf seiner Zunge wimmelten und sein kleiner Körper von einem grünen Lack überzogen wurde, fiel ihm zu leicht. Ainsels Traum wirkte auf einmal sehr nahe, als könnte er durch das Fenster Giganten am

Himmel schweben sehen. Tors Herz setzte einen Schlag aus. *Wir sind alle schutzlos und hilflos*, dachte er. *Nicht nur Ebora, sondern ganz Sarn. Wir sind waidwunde Beute.*

»Hier, Junge. Komm, nimm das.« Er hob den Teller, auf dem die Reste seiner Kartoffel in heißer Butter schwammen. »Das wolltest du doch die ganze Zeit, richtig?«

Der Junge nahm ihn und zerknitterte dabei seine halbe Zeichnung. Er runzelte verwirrt die Stirn. »Ich wollte nur …«

»Geh, Junge. Deine Mutter will bestimmt nicht, dass du mit mir redest. Na los, geh.«

Der Junge zog sich zwischen die Kisten zurück, und sein Gesicht verschwand in den Schatten. Tor war froh darüber.

Noon erwachte, als sich Tormalin ins Abteil schlich. Vintage lag schon längst in ihrer Koje und hatte alle Lampen bis auf eine gelöscht. Aber Noon blieb lieber, wo sie war – an der Rückseite des Abteils, mit angezogenen Stiefeln. Am anderen Ende dieser seltsamen Maschine gab es schließlich Finsterhexen, daher fühlte sie sich so sicherer.

Der große Eboraner stieß an den Tisch und stützte sich auf einer Weinflasche ab. Seine langen, schwarzen Haare hingen ihm ins Gesicht, doch sie beobachtete, wie er sich zusammenriss, bevor er weiterging. Obwohl er betrunken war, konnte er sich immer noch lautlos bewegen, wenn er wollte, und so kam er auf sie zu und ließ sich auf einen Stuhl fallen. Nach einem Moment durchsuchte er seine Taschen, bis er eine Phiole fand, die er ins Licht hielt. Noon konnte gerade so die zähflüssige, rote Substanz darin erkennen.

»Genießt du die Nacht?«, fragte sie leise. Er zuckte nicht zusammen, aber sein Körper verharrte einen Moment, bevor er sich zu ihr umdrehte.

»Ich dachte, du schläfst.«

»Ich schlafe nie tief. Jedenfalls nicht ohne Akaris.« Sie wand sich in ihrem Sitz und zog den Mantel als notdürftige Decke bis zu den Schultern hoch. »Willst du das trinken?«
Tormalin betrachtete die Blutphiole, als hätte er vergessen, dass es sie gab.
»Das ist alt. Es wäre nicht dasselbe. Frisch ist es besser.« Er sah sie mit einem unleserlichen Gesichtsausdruck an, und Noon fühlte ein Prickeln am ganzen Körper. Als er den Blick wieder abwandte, war sie erleichtert, dachte aber auch an seine Lebensenergie, wie sie jeden Teil von ihr erfüllt hatte. Tormalin räusperte sich.
»Ich würde mich besser *fühlen*«, sagte er mit bitterem Unterton. »Auch in altem Blut steckt noch dieselbe Euphorie, dieses Gefühl des Wohlbefindens, aber das ist nur eine Lüge. Die Erinnerung an etwas Falsches.«
»Frisches Blut heilt dich?«
Er wandte sich ihr wieder zu und lächelte, und auf einmal glaubte sie, mit etwas Unmöglichem in diesem Raum zu sein – mit den eboranischen Kriegsbestien von damals vielleicht, oder den Sturmgöttern mit ihren Augen voller Himmelsfeuer und Hass, von denen Mutter Fast so oft erzählt hatte. Im Lampenlicht war seine Haut seltener Marmor und die feingliedrige Hand, die auf seiner abgewetzten Hose lag, war so exquisit wie eine Schneeflocke. Um sie herum rumpelte die Winnowlinie durch die Wildnis, und Noon versuchte, sich auf die Reise zu konzentrieren.
»Es dreht das Rad der Zeit zurück, hält mich jung und stark. Wenn ich mich verletze, wird eine ausreichend große Menge die Wunden schneller schließen als wahre Heilung. Früher erfüllte Ygserils Saft diese Rolle, aber ich bin beinahe zu jung, um mich daran zu erinnern. Beinahe.« Er betrachtete die Phiole in seiner Hand und schloss die Finger um sie.

»Altes Blut ist weder besser noch schlechter als eine gute Flasche Wein.«

»Und von denen hattest du heute Abend schon ein paar, glaube ich.«

Er nickte. Noon warf einen Blick auf Vintages reglose Umrisse. Man konnte sie gerade so leise schnarchen hören.

»Vintage erwähnte, dass du ein … Arrangement hast. Mit den Leuten, die dir Blut geben.«

»Sie bekommen Sex, ich Blut. Sie sind sehr zufrieden mit diesem Handel.« Er sah sie an, und sie fluchte innerlich, weil sie nicht in der Lage war, ihm in die Augen zu blicken. »Würdest du gerne wissen, wie das funktioniert, Finster-Noon?«

»Ich weiß, wie Sex funktioniert. Trotzdem danke.« Sie sagte das schnippisch, aber ihre Wangen, diese Verräter, waren so heiß wie ein Brandeisen. Tor lachte leise, was seine Schultern ein wenig zittern ließ.

»Ich habe zwei sorgfältig ausgesuchte Liebhaberinnen, die genau wissen, was ich brauche – und ich weiß, was sie brauchen, bis ins kleinste Detail.« Er seufzte. »Dank unseres Ausflugs zu Esiah Godworts verfluchtem Anwesen werde ich eine Weile ohne sie auskommen müssen. Und sie ohne mich.«

»Mir kommen die Tränen«, sagte Noon. Es ärgerte sie, dass die Erinnerung an die cremige Haut von Lehrling Lusk in ihr aufstieg, dicht gefolgt von dem Gedanken an ihre Finger, die über Tormalins Nacken geglitten waren.

»Ah, Finster-Noon.« Tormalin stand auf und verneigte sich übertrieben vor ihr. »Wären deine Tränen doch nur aus Blut. Aber bitte empöre dich nicht zu sehr über meine Lage – wie gesagt, suche ich mir meine Liebhaberinnen sehr genau aus.«

Mit diesen Worten ging er zu der Koje auf der anderen Seite des Abteils und sank elegant in die Laken. Nach nur wenigen Minuten wurde sein Atem gleichmäßig, während Noon angespannt auf ihrem Stuhl saß und ins Nichts starrte. Der Bastard schlief schon.

»Beachte ihn nicht, meine Liebe.« Vintages Stimme war belegt und klang verschlafen. »Er genießt dein Erröten einfach so sehr, dass er der Versuchung nicht widerstehen kann.«

Kapitel 21

Liebe Nanthema,
die Kiste mit Artefakten, die ich dem rodelianischen Händler abgekauft habe, ist diese Woche eingetroffen, aber es handelt sich leider um ganz klare Fälschungen – nicht einmal gute! Die Hälfte davon besteht nur aus Gips, der auf der Reise in kreideartige Stücke zerfallen ist, und die Radierung, die angeblich von Deridimas stammt, ist ein Witz. Ich kann mir nur zu gut die Grimasse vorstellen, die du gerade ziehst, meine Liebste, und das völlig zu Recht. Ich werde die Rätsel der Jure'lia zwar nicht durch krumme Geschäfte mit Händlern lösen, aber solange Vater mich hier festhält, habe ich keine andere Wahl. Sobald sich Mutter von ihrem Ohnmachtsfieber erholt hat, wird er sich meiner Abreise bestimmt nicht mehr so sehr widersetzen. Ich danke dir übrigens noch einmal für die Kristallsalze, die du mir geschickt hast – Mutter sagt, dass sie ihr sehr wohl tun. Wenn sie gerade bei klarem Verstand ist, zumindest.
Dein letzter Brief ist schon recht lange her. Ich hoffe, es geht dir gut, meine Liebste.
Kopie eines privaten Briefs aus der Sammlung von Lady Vincenza »Vintage« de Grazon

Am Nachmittag des nächsten Tages bremste die schnaufende Maschine mit einem Mal, sodass Noon durch das Abteil stolperte, während Vintages Papierstapel vom Tisch fiel. Tor stand auf und stützte sich an einer Bank ab.
»Was war das?«
Das Abteil erbebte, irgendwo vor ihnen quietschte Metall, gefolgt von lauten Rufen. Erneut ging ein Ruck durch die Winnowlinie, dann kam sie komplett zum Stillstand. Noon klammerte sich an einen Tisch, damit sie nicht mitgezogen

wurde, als die Maschine gegen ihren eigenen Schwung kämpfte. Auf einmal wurde es still. Alle drei gingen sie gleichzeitig zur Abteiltür und warfen einen Blick durch die Scheibe auf die bewölkte Umgebung. Noon dachte sofort, dass es nicht gut war, an dieser Stelle anzuhalten. Hier war die Linie in den Hang eines steilen Hügels gemeißelt worden und umschloss ihn wie ein Gürtel, während über und unter ihnen die Wildnis lauerte, so nahe wie noch nie. In der Luft lag ein Geruch, tief und erdig und ein wenig falsch, genau wie es auf der Pilzebene gewesen war – selbst der Gestank der Winnowlinie nach Öl und heißem Metall konnte ihn nicht ganz überdecken.

»Bestimmt ein technisches Problem«, sagte Vintage und stieg auf die nackte Erde hinunter. Neben der Linie gab es einen flachen Pfad, rund sechs Meter breit, der hier und da mit Kies bedeckt worden war. Nicht zum ersten Mal dachte Noon darüber nach, was für ein gewaltiges Unterfangen das alles für die Winnowry darstellte, noch dazu eines, von dem sie und die anderen Finsterhexen gar nichts gewusst hatten. Warum auch? Sie waren nur der Treibstoff, der ihren Reichtum steigerte. Sie kletterte hinter Vintage aus dem Abteil und berührte kurz mit den Fingern ihren Kopf, um sicherzustellen, dass sie den Hut trug. Tormalin folgte ihr und blinzelte in das trübe Tageslicht.

»Wenn du von einem technischen Problem sprichst, Vintage, reden wir dann über eines wie das von vorletzter Woche, bei dem das ganze Ding explodiert ist?«

»Das weiß ich nicht.« Vintage setzte ihren Hut fester auf die federnden Haare. »Sehen wir es uns mal an, ja?«

»Natürlich«, sagte Tormalin. Er hatte sich den Schwertgürtel über die Schulter gelegt, der Griff des Neunten Regens sah im grauen Licht matt aus. »Was könnte logischer sein, als sich dem Ding zu nähern, das explodieren könnte?«

Trotz seines mürrischen Tonfalls folgte er Vintage zur Spitze der Bahn, und Noon ging mit gesenktem Kopf hinterher. Mittlerweile verließen auch andere Passagiere ihre Abteile. Mit besorgten oder reumütigen Blicken betrachteten sie die neumodische Maschine und dann die Wildnis, die unter ihnen wie ein Raubtier lauerte. Noon fiel auf, dass einige ihnen neugierig hinterhersahen, also holte sie die anderen rasch ein und achtete darauf, dass sich Tormalin zwischen ihr und der Menge befand.

»Pamoz! Was ist denn los?«

Vintage hatte die Lokomotive erreicht. Die Mechanikerin stand daneben, die Hände in die Hüften gestemmt. Sie sah Vintage schief lächelnd an.

»Sehen Sie selbst. Ist groß genug.«

Pamoz führte sie zur Vorderseite der Lok. Noon war so sehr damit beschäftigt, sich nach Finsterhexen umzusehen, dass sie beinahe mit Tor zusammenstieß, als der stehen blieb. Sie drückte sich an ihm vorbei und verzog das Gesicht. Das *war* ein ziemlich großes Problem.

Ein Baum war auf die Schienen der Winnowlinie gefallen, und da sie sich in der Wildnis befanden, war es kein gewöhnlicher Baum; er war rund zwanzig Meter lang und breiter als ein Mensch, der die Arme ausstreckte, verzogen und fremd, mit gräulich angeschwollener, aber glatter Rinde und abgebrochenen Ästen voll dunkelgrüner, glänzender Blätter. Pamoz schüttelte den Kopf.

»Den zu beseitigen, wird verdammt hart, Lady de Grazon. Wir müssen die Lok ein Stück zurückfahren, damit die Hexen den Baum verbrennen können. Das schaffen sie – sehr kontrollierte, fokussierte Hitze auf einzelne Stellen –, aber das wird eine Weile dauern. Wir müssen langsam vorgehen, damit wir die Schienen darunter nicht beschädigen. Wenn sie nicht schon kaputt sind.« Pamoz stieß einen gewaltigen Seufzer aus. »Wir werden außerdem Zeit brauchen, um den Schutt wegzuräumen. Das könnte unsere Reise um Tage verlängern.«

Noon hatte Vintage noch nie so ernst gesehen; zwischen ihren Augenbrauen hatte sich eine tiefe Falte gebildet, und sie zog die Mundwinkel herunter.

»Ich rate Ihnen, sehr vorsichtig beim Verbrennen zu sein, Pamoz, meine Liebe. Der Rauch von Wildnisholz kann seltsame Auswirkungen haben, und das hier …« Sie hielt inne und trat an das andere Ende des Baums. Ein Wirrwarr aus blassen Wurzeln, an denen noch Dreckklumpen klebten, lag offen unter dem Himmel. »… das ist kein toter Baum. Außerdem ist sonst nichts auf die Strecke gestürzt.« Die Falte wurde noch tiefer. »Ich glaube, er wurde hier platziert, Pamoz.«

»Hier *platziert?*« Pamoz lachte. »Wer kann so ein Scheißding denn aufheben? Ich meine, der lässt sich nur schwer bewegen, Lady de Grazon, das wollte ich sagen.«

Sie konnten hier nichts weiter tun. Noon öffnete den Mund, um Vintage zu sagen, dass sie im Abteil warten würde – sie wollte sich nicht im Freien aufhalten, wenn die zahmen Finsterhexen auszogen, um sich mit dem Baum zu befassen –, als ein ohrenbetäubendes Krachen ertönte und die gewaltige Maschine wild in ihre Richtung schaukelte. Einen Moment lang war sich Noon sicher, dass sie umkippen und alle, die unter ihr standen, zu bunten Flecken im Dreck zerquetschen würde, doch da richtete sie sich wieder auf. Ängstliche Rufe hallten durch die Luft und gingen in einem berstenden, schiefen Gebrüll unter.

»Bei Sarns Knochen, was …?«

Ein riesiger Umriss tauchte vor der Lok auf und warf seinen Schatten über sie alle. Noons Kehle schnürte sich vor Angst zu – sie wusste nicht, welcher Art diese Kreatur oder ihre Vorfahren angehört hatten, bevor sie zu etwas Wurmberührtem verkommen waren. Vielleicht den Bären, denn sie war kräftig, mit einer breiten Mittelsektion, vier kurzen, aber muskulösen Beinen und einem langen, kantigen Kopf. Doch statt mit Fell war sie mit blassen, fleischigen Hauttaschen bedeckt, die bei jeder Bewegung zitterten, und Noon sah vier runde, schwarze Augen, dicht im Kopf zusammensitzend wie bei einer Spinne. Als die Kreatur ihr Maul öffnete, um erneut zu brüllen, entblößte sie feuchtes, rosafarbenes Fleisch und Hunderte gelber, nadelspitzer Zähne.

»Reben, bewahrt uns«, keuchte Vintage. »Ein Schrecken aus der tiefsten Wildnis!«

Das Ungeheuer stellte sich auf die Hinterbeine und brüllte erneut, sodass sie alle in eine heiße, nach Verwesung und Grünzeug stinkende Wolke gehüllt wurden. Lange Speichelfäden flogen aus seinem Maul, und Noon glaubte, etwas darin krabbeln zu sehen. Die Passagiere hinter ihnen schrien und liefen an der Strecke entlang zurück.

Einige Finsterhexen verließen die Lok. Ihre von Asche bedeckten Gesichter erschlafften vor Überraschung. Instinktiv zog Noon sich zurück, obwohl sie natürlich nicht sie ansahen – stattdessen beobachtete sie, wie vier von ihnen eine Reihe bildeten und eine Salve grünes Winnowfeuer auf das Ungeheuer abfeuerten. Die Kreatur bäumte sich auf, doch die Flammen leckten nur an ihrem seltsamen, verdorbenen Fleisch und trafen stattdessen den Baum dahinter. Kleine Feuer erwachten an den Ästen zum Leben, während das Ungeheuer erneut brüllte und auf die Finsterhexen zusprang. Die Schnelleren von ihnen wichen zurück, aber eine einzelne junge Frau wurde von der riesigen Pranke getroffen und zu Boden geschleudert, sodass sie durch den Kies rutschte. Das Ungeheuer wollte ihr folgen, als auf einmal ein Holzpflock in seinem dicken Hals steckte. Noon drehte sich um und sah, dass Vintage ihre Miniaturarmbrust erhoben hatte, dann stampfte die Kreatur auch schon auf sie zu. Ein rotes Blutrinnsal tropfte aus dem Loch, das Vintage gestanzt hatte.

»Hast du das so geplant?« Noon konnte kaum Luft holen. Sie wollte Energie abziehen, von Tormalin oder irgendjemand anderem, und das Ungeheuer damit verbrennen, aber wenn sie das tat, würden alle sehen, was sie war. Sie würde sich nicht mehr verstecken können. »Weil es jetzt uns ansieht, Vintage. Es sieht uns an.«

Vintage drückte den nächsten Bolzen in ihre Armbrust. »Wo ist der Junge?«

Noon sah sich um. Tormalin stand noch über der Finsterhexe, die zu Boden geworfen worden war, aber nun zog er mit aufgebrachter Miene sein Schwert.

Als Noon später über das nachdachte, was geschehen war, musste sie unwillkürlich an die Geschichten von Mutter Fast und an die Bücher denken, die sie mit ihrer Mutter gelesen hatte. Denn trotz der Angst und des Schreckens hatte sie gesehen, wie eine solche Geschichte zum Leben erwacht war: Als Tormalin der Schwurlose das wurmberührte Ungeheuer der Winnowlinie tötete.

Er schwang das Schwert mit eleganten Hieben und ließ das Tageslicht über seine Klinge tanzen wie Sonnenstrahlen auf Wasser. Einen Moment lang war das Ungeheuer geblendet, es wandte ihm seinen großen, klobigen Kopf zu. Als seine Aufmerksamkeit ganz auf ihn gerichtet war, schritt Tor auf die Kreatur zu, groß und standhaft, ohne Furcht. Die meisten Passagiere hinter ihm waren geflohen, während die Finsterhexen gerade ihre gestürzte Kameradin wegschleppten, aber ein paar der Leute waren auch stehen geblieben und beobachteten alles aus großen Augen. Das Ungeheuer brüllte und stampfte, immer noch auf seinen Hinterbeinen, mit zitternden Schritten auf Tormalin zu. Doch plötzlich war der Eboraner nicht mehr da. Als Noon blinzelte, war er wieder zu sehen und lief um das Ungeheuer herum, sodass er sich hinter ihm befand. Er rannte und versetzte der Kreatur einen Schwertstreich, der sich quer über die Rückseite ihrer Beine zog. Helles Blut spritzte über den Kies, und das Tier schrie auf. Es versuchte, sich umzudrehen, aber seine Beine gehorchten ihm nicht mehr, also drehte es stattdessen seinen massigen Oberkörper und schnappte mit seinem langen Kiefer nach Tormalins schlanker Gestalt. Einen seltsamen Moment lang glaubte Noon, er hätte beschlossen, sich in den Tod zu stürzen – denn er streckte die Hand aus und brachte sich in die Reichweite der Ungeheuerzähne. Einen Herzschlag lang war sie sicher, dass er jetzt sterben und von den Reißzähnen der Kreatur zerfetzt würde. Doch obwohl die Kiefer nur eine Haaresbreite von seinem glatten Hals entfernt zuzuschnappen schienen, war es das Blut des Ungeheuers, das stattdessen vergossen wurde; in einer roten Fontäne platzte dessen Kehle auf, ein zweiter Mund, wo vorher keiner gewesen war. Erst da sah Noon die Silberlinie des Neunten Regens, die wie Wasser durch das Fleisch glitt – und das Ungeheuer fiel. Es fiel direkt auf Tormalin.

Noon keuchte, ebenso wie die Zuschauermenge hinter ihr. Das Wesen war so riesig, dass der Eboraner unter dessen Gewicht zerquetscht worden sein musste. Doch dann wurde der unförmige, gewaltige Körper zur Seite gerollt. Tormalin der Schwurlose stieß ihn so mühelos um, als wollte er eine Pferdedecke wegwerfen, den Neunten Regen immer noch

fest in der rechten Hand. Er schritt auf seine Begleiterinnen zu, während sich um die wurmberührte Kreatur eine Pfütze aus dampfendem Blut bildete. Er wirkte gekränkt.
»Tormalin …« Vintage schüttelte den Kopf. »Tormalin, mein Lieber, ist alles in Ordnung?«
Er schürzte die Lippen, wobei er die Zuschauer nicht einmal zu bemerken schien. »Sieh dir das mal an.« Er hob den blutverschmierten Ärmelaufschlag seiner Jacke hoch. »Weißt du, wie schwer es ist, Blut aus Reidnseide herauszubekommen? Und hier.« Er drehte sich um und zeigte ihnen den großen, roten Fleck auf dem Jackenrücken. Das Blut des Ungeheuers hatte den Stoff ebenso durchtränkt wie seine Haare.
»Deine Kleidung«, sagte Noon. Sie wusste nicht, was sie sonst darauf hätte antworten sollen. »Deine … Kleidung?«
»Ich habe diese Jacke aus Ebora mitgenommen, Vintage. So eine gibt es in ganz Sarn kein zweites Mal. Selbstverständlich wäre das kein so großes Problem, wenn du nicht beschlossen hättest, meine Kleidung an irgendwelche Frauen im Wald zu verschenken, denen wir zufällig begegnet sind.«
»Ja doch, mein Lieber.« Vintage tätschelte seinen Arm und lächelte verhalten. »Das ist wirklich eine Tragödie.« Sie wandte sich von ihm ab und warf einen Blick zur Lokomotive. »Pamoz! Ihr müsst leider immer noch ein Hindernis verbrennen. Fangt besser gleich an.«

Kapitel 22

Auf dem Hügel wurde es Abend – eine dunkle, purpurne Dämmerung, die das Tageslicht nach Westen vertrieb und einen klaren Himmel mit kaltem Wind zurückließ. Währenddessen brannte das große Feuer in der Lokomotive immer weiter. Der Wind wehte den Rauch größtenteils davon; trotzdem hing der unterschwellige Gestank überall in der Luft und legte sich in Noons Rachen, als hätte sie etwas Verdorbenes gegessen. Sie musste ständig schlucken. Zwar hatten sich viele der Passagiere in ihre Abteile zurückgezogen, einige hatten aber auch Lagerfeuer auf dem schmalen Kiesstreifen entlang der Schiene angezündet. Dort saßen sie, aßen und erzählten sich Geschichten. Es war gefährlich, sich so dicht an der Wildnis aufzuhalten – das wusste Noon, obwohl sie ein Jahrzehnt lang eingesperrt gewesen war – doch der Sieg über das Ungeheuer machte den Menschen Mut. Noon vermutete, dass sie es für ein Abenteuer hielten, zumindest die Leute mit der feinen Kleidung und dem guten Essen. Die Männer und Frauen aus dem ärmeren Waggon zeigten einen anderen Gesichtsausdruck: Sie würden die Arbeit verpassen, die ihnen versprochen worden war, und das Zuhause, zu dem sie unterwegs waren, gab es dann vielleicht nicht mehr. Möglicherweise hatten sie auch zu wenig Essen und Trinken dabei.

Noon hielt sich von ihnen allen fern und blieb stattdessen in der Nähe von Vintages Mietwaggon, während die Gelehrte gesellig von einem Feuer zum nächsten ging, mit allen redete und ihren Wein mit ihnen teilte. Tormalin hatte die Aufmerksamkeit einiger junger Frauen auf sich gezogen, und ihre Finger schmiegten sich an Weinkelche, während sie ihn aus glänzenden Augen betrachteten. Keine saß ihm zu nahe, aber Noon vermutete, dass selbst ein plötzlicher Überfall wurmberührter Wölfe ihren Blick nicht von seinem bemerkenswerten Gesicht abgelenkt hätte.

Sie schlenderte zur Rückseite des Waggons. Vintage hatte alle dazu gebracht, die Lampen anzumachen und die Vorhänge zu öffnen, sodass die Winnowlinie sie wie eine Reihe von Leuchtfeuern vor der Nacht schützte. Über ihnen hatten sich die Wolken fast vollständig aufgelöst, und die Sterne wurden zu einer Schicht aus bunter Gaze, während die Hügel zu einem einzelnen, großen Raubtier in der zunehmenden Dunkelheit verschmolzen. Weit hinter ihnen erhellte ein fahler Lichtschimmer den Horizont: Mushenska. So viel Raum, so viel Luft. Auch im Flachland hatte die Welt grenzenlos gewirkt. Damals hatte sie geglaubt, das Grasland und ihre Lebensweise würden sich niemals ändern.

Ein Stück hinter dem Waggon sah Noon einen dunklen Umriss am Boden. Sie hielt inne. Es schien sich um ein Kleiderbündel zu handeln. War es beim Schlag der Kreatur aus der Winnowlinie gefallen? Noon ging darauf zu. Die Stimmen der Leute an den Feuern wurden leiser, und ihre Stiefel knirschten lauter auf dem Kies, als ihr lieb war. Ihr stockte der Atem. Bei dem Bündel am Boden handelte es sich um einen Menschen, der sein ausdrucksloses Gesicht zum Himmel richtete. Direkt dahinter lag ein zweiter Umriss. Beide bewegten sich nicht. Noon kniete sich neben den ersten und hielt die Hand über das Gesicht; sie traute sich nicht, die nackte Haut direkt anzufassen. Es war ein Junge, mit einem kleinen, braunen Muttermal auf der rechten Wange. Seine Augen standen offen. Sie drückte die Finger leicht auf seine Brust und bemerkte erleichtert, dass sein Herz noch schlug; schwach, aber sehr schnell. Noon schluckte schwer und drehte sich zum zweiten Umriss um, einem ungefähr gleichaltrigen Mädchen, das sich auf der Seite zusammengerollt hatte, als hätte es beschlossen, auf den Stahlschienen zu schlafen. Noon fiel ein, dass zuvor eine kleine Gruppe Kinder herumgelaufen war. Sie hatten sich gegenseitig gejagt und sich so vergnügt, wie es Kinder nun einmal taten.

»Was … hey, Kleine.« Sie schüttelte das Mädchen sanft, doch deren Kopf rollte nur haltlos hin und her. Noon stand auf und ging zurück, dabei versuchte sie, das kalte, schlechte Gewissen, das sich in ihrem Magen bildete, nicht zu beachten. Man durfte ihr nicht die Schuld dafür geben; sie hatte nichts damit zu tun …

Eine Gestalt trat lautlos aus den Schatten. Eine große, weiße Frau, sehnig und kontrolliert. Ihre Unterarme waren nackt, und Noon konnte die Muskeln sehen, die wie Seile hervorstanden. Die Frau hatte graue, zurückgekämmte Haare, aber ihr Gesicht war faltenlos. Auf der Stirn trug sie die Fledermausflügel-Tätowierung. Zwar sah sie Noon lächelnd an, doch ihre Lippen wirkten angespannt und ihre Augen funkelten.

»Sieht so aus, als hätte ich dich gefunden, Finster-Noon. Keine schlechte Flucht, das muss ich dir lassen. Wirst du ohne Theater mitkommen?«

Noon stolperte zurück. Ihr Herz schlug so schnell, dass ihre Finger kribbelten.

»Du verletzt Kinder?«

»Sei nicht so dramatisch. Ich habe nur genug genommen, um dich zu besiegen, was nicht sonderlich schwer sein sollte. Ich bin Agentin Lin. Es ist Zeit, dass du in die Winnowry zurückkehrst. Oder stirbst. Das ist mir egal.«

Vor den Waggons saßen die anderen Passagiere lachend und redend an ihren Feuern. Noon öffnete den Mund, um sie zu

rufen, doch Angst schnürte ihr die Kehle zu. Agentin Lin war schließlich nicht wegen ihnen hier.
»Widersetzt du dich mir, Finster-Noon?« Agentin Lin richtete die Handflächen zum Himmel. »Wirst du versuchen, gegen mich zu kämpfen?«
»Ich gehe nicht zurück.« Die Worte fühlten sich wie kleine Steine in Noons Mund an. Sie waren nicht deutlich genug. »Ich gehe nicht zurück in dieses *beschissene Loch.«*
Zwei grüne Lichtpunkte erblühten über Agentin Lins Händen. Noon sah, wie sie zu wirbelnden Strudeln aus Flammen wurden, die das Gesicht der Frau in eine schaurig grüne Maske hüllten. Verzweifelt suchte sie in sich nach einem Funken Winnowfeuer, konnte jedoch nichts finden. Angst und Frustration kochten in ihrer Brust hoch.
»Ich werde gegen dich kämpfen!«
Noch während sie das rief, wurden hinter ihr verwirrte Stimmen laut. Aber Agentin Lin hatte sich bereits in Bewegung gesetzt. Die beiden Feuerbälle, die sie beschworen hatte, flogen wie Kometen auf Noon zu, und sie musste sich in den Dreck werfen, um nicht bei lebendigem Leib verbrannt zu werden. Die Feuerbälle explodierten auf den Steinen rechts neben ihr und ließen Kiesel herabregnen. Jetzt schrien die Leute und forderten sich gegenseitig auf, zurückzuweichen. Erst da fielen Noon die anderen Finsterhexen in der Lokomotive wieder ein – sie würden sich dem Kampf bestimmt anschließen, und dann war sie so gut wie tot.
»Lass mich in Ruhe! Ich gehe nicht zurück!«
Die Frau näherte sich ihr mit einem angedeuteten Lächeln. Erneut wuchs grünes Licht zwischen ihren Händen – diesmal erschuf sie nur einen Lichtpunkt, den sie mit den Handflächen zu einem leuchtenden Strahlenkranz formte.
»Glaubst du wirklich, dass du eine Wahl hast, Finster-Noon?

Wir wissen beide, dass niemand eine Wahl hat, wenn es um die Winnowry geht.«

Noon kam strauchelnd hoch, lief zur Seite des Waggons und stürmte so hastig durch die Tür, dass sie sich die Schienbeine an den Stufen anstieß. Drinnen warf sie einen Blick auf Vintages Gepäck – die Taschen, die Bücherkartons, die Kisten mit Artefakten, die leeren Teller –, bevor sie eine schlichte Blumenvase auf einem kleinen Tisch entdeckte. Die Blumen waren zu Reisebeginn dorthin gestellt worden und hatten ihre besten Zeiten hinter sich, aber etwas anderes gab es nicht. Noon riss sie aus der Vase und entzog ihnen das letzte bisschen Lebensenergie, während Wasser auf ihre Schuhe spritzte. Es war ein kümmerliches Nichts im Vergleich zu dem, was sie eigentlich brauchte; die Blumen verwelkten sofort in ihren Händen, wurden schwarz und tot und …

Das Fenster des Abteils zerplatzte und überschüttete sie mit Glasscherben. Die ganze Maschine schaukelte zur Seite. Alles war kurz von grünem Licht erfüllt, in Noons Ohren klingelte es. Flüchtig kam ihr ein Gedanke – *Wie mächtig ist diese Frau bitte?* –, dann flog sie auch schon gegen die Wand. Die Vase wurde unter ihr zerschmettert.

»Hast du genug?«

Agentin Lin lehnte im Türrahmen, als wolle sie über das Wetter sprechen. Draußen riefen überall laute Stimmen, und Noon glaubte zu hören, wie Vintage Anweisungen brüllte. Ihr fiel auf, dass Tormalins Schwert wieder im Abteil lag, sorgfältig in der langen Lederhülle verpackt.

Noon sprang auf und warf die Hände nach oben. Ihr winziger Winnowfeuerstoß war zwar hell, strahlte aber fast keine Hitze ab. Lin zuckte vor ihm zurück, und während sie den Kopf wegdrehte, lief Noon durch die Tür in den nächsten Waggon. Die Gesichter der Menschen dort waren starr vor

Schreck. Einige zogen bereits Kinder am Ärmel hinter sich durch die Tür. Noon warf sich auf den erstbesten Passagier, einen korpulenten Mann mit großem, geöltem Schnurrbart, und ergriff seine fette Hand. Ihre Panik war so groß, dass sie ihn beinahe umgebracht hätte. Als er mit grauem Gesicht ohnmächtig zusammensank, fuhr Noon herum, beschwor den größtmöglichen Feuerball und schleuderte ihn hinter sich. Agentin Lin war bereits da, doch das Winnowfeuer explodierte über einen halben Meter von ihr entfernt an der Wand. Orange Flammen leckten an den teuren Seidenvorhängen, und ein Teil der blasenwerfenden Wand brach ein.
»Sehr schlecht, Finster-Noon, sehr schlecht.«
Als Noon zur Tür laufen wollte, stolperte sie fast über den Mann, den sie ausgesaugt hatte. Agentin Lins Hand zuckte und schleuderte ein Projektil aus grünem Feuer durch das Abteil – es verfehlte Noons Gesicht nur um wenige Zentimeter. Sie keuchte, hob die Hände und spürte, wie das Winnowfeuer in ihren eigenen Fingerspitzen kochte, doch schon flog das nächste Geschoss an ihr vorbei – sie roch verbranntes Haar – und ihre Konzentration verpuffte. Agentin Lin ging langsam weiter. Auf den Fingerspitzen balancierte sie zwei Dolche aus grünem Feuer. Noon ließ die Hände sinken und zog sich zurück.
»Ich tue, was ich kann, um dich lebend nach Hause zu bringen.« Agentin Lin näherte sich. Sie war völlig gelassen, und die Feuerdolche wirkten fast wie feste Gegenstände. Noon konnte den Blick nicht von ihnen abwenden, sie hatte Winnowfeuer noch nie solche Formen annehmen sehen.
»Ich weiß nicht, warum ich mir so viel Mühe gebe. Du hast mich wohl in einer besonders guten Stimmung erwischt.«
»Nach Hause? Das ist nicht mein Zuhause. Ich sterbe lieber, als dorthin zurückzukehren.«

»Ach, mach es mir nicht zu leicht. Ich möchte auch meinen Spaß haben.«

Noons Fersen berührten Holz, und sie griff hinter sich nach der Türklinke. Vielleicht würde sie sich im nächsten Waggon verstecken können. Das war vielleicht ihre einzige Chance.

»Bleib, wo du bist!«

Lin warf die Dolche, im selben Moment ließ Noon sich fallen. Sie entging den gefährlichen Spitzen um Haaresbreite. Sie krachten stattdessen in die Tür, spalteten den Rahmen und verteilten das Feuer, das sich hungrig auf dem Holz ausbreitete. Eilig kam sie wieder hoch, riss die Tür auf, ohne auf die Splitter zu achten, und stand direkt vor Vintage. Ihre Armbrust war angelegt, mit stählernem Blick sah sie Noon an.

»Runter!«

Noon warf sich zu Boden und sah gerade noch, wie Agentin Lin von einem Armbrustbolzen in der Schulter zurückgeschleudert wurde. Die Frau zischte vor Wut und Schmerz, griff dann ohne Zögern nach dem Bolzen und brach ihn ab. Auf ihrem Hemd breitete sich Blut aus, da die Wunde sich jedoch oberhalb des Schlüsselbeins befand, bezweifelte Noon, dass sie ernsthaft verletzt war. Vintage packte Noon, zog sie auf die Füße und in den nächsten Waggon.

»Renn weg, Mädchen!«

Sie rannte.

Während sie durch den Küchenwagen und den Waggon dahinter rannte und dabei Kisten und Säcken auswich, hörte sie Rufe und Schreie von draußen. Sie fragte sich, was mit Vintage geschehen war. Sicherlich war die Gelehrte nicht so dumm, dass sie … hinter ihr gab es eine Explosion und noch mehr grünes Licht. Die Tür war aufgesprengt worden, doch Noon befand sich bereits im nächsten Abschnitt. Bei dem brutalen ersten Angriff war die Abdeckung von der Lücke

zwischen den Waggons gerissen worden. Noon atmete ein und schluckte die Luft herunter. Sie konnte nicht weiter nach vorn gehen – dort würde sie irgendwann auf weitere Finsterhexen stoßen.
Sie kletterte an der Seite hinauf, benutzte den Türrahmen als Tritt und zog sich auf das Dach. Der späte Abend, der noch vor wenigen Momenten so friedlich gewirkt hatte, war voller Panik. Die Waggons hinter ihr standen zum Teil in Flammen, und sie hörte die verwirrten Rufe von Männern und Frauen, die ihr Gepäck und ihre Kinder suchten. Sie lief auf die Lokomotive zu, warf einen Blick über den Rand – und blickte in schockierte Gesichter, die zu ihr aufsahen.
Das rutschige Dach unter ihren Füßen schien zur Seite zu springen, und sie krachte auf die Knie. Als sie den Kopf hob, entdeckte sie eine boshafte Welle aus grünem Feuer, die in der Lücke zwischen den Waggons aufstieg. Auf sie folgte Agentin Lin. Der linke Ärmel ihres Hemds war blutverschmiert.
»Es reicht.« Ihr Gesicht wirkte nicht mehr amüsiert. »Ich habe dich lange genug gejagt, Finster-Noon. Komm mit nach Hause oder stirb. Letzte Chance.«
»Nein!«
Noon sammelte ihre verbliebenen Kräfte. Sie formte die Hände zu einer Schale, zog sie auseinander und versetzte die tosende Energie in einen Mahlstrom aus grünem Feuer. Er kochte vor ihr. Die Flammenzungen leckten und flackerten und wuchsen immer mehr – der größte Feuerball, den sie je geschaffen hatte. Sie fühlte, wie seine Grenzen schwächer wurden, als ihre Kontrolle nachließ. Die Muskeln in ihren Armen sangen vor Anstrengung, als sie den Feuerball nach vorn stieß, über das Dach auf Agentin Lin zu.
Er war besser als ihr erster Versuch und explodierte mit

einem beeindruckenden Brüllen, doch er war zu groß, und es steckte zu wenig Winnowfeuer in ihm. Agentin Lin drehte ihren Körper zur Seite und zog sich den Umhang über den Kopf – Noon sah zu spät, dass er aus schwerem, behandeltem Leder bestand und im Licht glänzte – und das Feuer strich so harmlos über sie hinweg wie stürmischer Regen.

Als die Winnowry-Agentin sich erhob, drehte sie die Arme wie Windmühlenflügel, schneller und schneller. Noon fragte sich einen Moment lang, was sie da tat – dann erkannte sie, dass sich um die Frau Kreise aus grünem Feuer bildeten wie tödliche Flammenbänder. Eine andere Gestalt tauchte hinter ihr auf, stolperte aus der Dunkelheit, das lange, gerade Schwert über den Kopf erhoben.

Agentin Lin sah wohl etwas in Noons Gesicht, vielleicht neigte sie auch einfach nur im richtigen Augenblick den Kopf, denn sie fuhr herum und ließ einen der Feuerringe auf Tormalin los. Er wogte über das Dach, leckte Funken von Metallplatten ab und zwang Tormalin, mit einem erschrockenen Schrei aus dem Weg zu springen, bevor er auf die Knie stürzte.

Der zweite Feuerring war für Noon bestimmt. Sie stolperte zurück, wobei sie der Dachkante gefährlich nahekam, und spürte trotzdem noch, wie die Hitze im Vorbeiziehen ihre Kleidung versengte. Sie strauchelte und fiel auf das Hinterteil. Noch bevor sie wieder aufstehen konnte, kam Agentin Lin mit einer Handvoll Feuerdolche auf sie zu. Sie warf sie, noch während sie zum Sprechen ansetzte, und sie landeten rechts und links neben Noon im Boden.

»Ich weiß wirklich nicht, ob ich dich töten soll, Finster-Noon. Ich *würde* es gerne, sogar sehr gerne, aber ich vermute, dass das, was dich zu Hause erwartet, noch viel schlimmer sein wird.«

»Dann bring mich um. Sonst werde ich dich bei der ersten Gelegenheit töten.«
Die Frau stand nun über ihr. Ihr sanft gelocktes, graues Haar war zerzaust, und an ihrem Kinn klebte etwas Blut. Agentin Lin hob die Hand und beschwor eine lange Scherbe aus leuchtendem Feuer. Noon konnte sich nur zu gut vorstellen, wie es sich anfühlen würde, wenn sie ihre Brust durchbohrte.
»Na gut. Wenn du darauf bestehst.«
Agentin Lin ballte die Hand zur Faust, im gleichen Augenblick fiel ein weißer Geist auf sie herab. Es war Fulcor. Ihr Fell leuchtete im Mondlicht, und ihre Lederschwingen füllten die ganze Welt aus. Noon hörte Lins überraschten Schrei, dann flog sie bereits vom Dach und in den Dreck.
»Fulcor?«
Die Fledermaus erhob sich in die Nacht, gefolgt von einer Salve Feuerbällen. Eilig kam Noon wieder auf die Füße und entdeckte Tormalin neben sich. Er packte ihren Arm.
»Schnell, solange die flammenwerfende Irre abgelenkt ist. Wir müssen hier weg.«
Sie liefen zu einer Leiter an der Dachkante und stiegen ins Chaos. Die Passagiere drängten sich am Rand der Linie, während Agentin Lin Feuermesser auf die rasch kleiner werdende Fulcor warf. Vintage tauchte aus der Menge auf; ihr Mantel qualmte an einigen Stellen und war versengt, aber ihr schien nichts passiert zu sein. Der hinterste Waggon mit ihrer Ausrüstung und den Artefakten, die sie Esiah Godwort hatte anbieten wollen, stand komplett in Flammen. Er brannte so hell, dass Noon den Blick abwenden musste. Andere Teile der Winnowlinie sahen so aus, als würden sie sein Schicksal bald teilen.
»Lauf weg, meine Liebe, bevor sie …«
Agentin Lin schrie, ebenso wütend wie triumphierend, und

ein Wall aus grünem Feuer flog auf sie alle zu. Noon sah, wie er einen Mann und eine Frau verschlang, die nicht schnell genug fliehen konnten, und eine Sekunde später waren sie schreiendes Entsetzen – die Haare der Frau standen hoch wie brennende Kerzen, und der Mann presste die Finger auf ein Gesicht, das bereits zerschmolz.

Es brennt so heiß, dachte Noon benommen. *Winnowfeuer brennt so heiß ...*

Tormalin stürmte mit ihr zum Rand des Pfads, dann rutschten und fielen sie einen steilen Abhang hinunter. Vintage war dicht hinter ihnen. Grünes Feuer zerriss den Himmel in ihrem Rücken, aber der Wald vor ihnen war dunkel und dicht. Sie rannten durch Bäume und verloren sich rasch in der Nacht. Noon dachte, dass sie noch nie so wenig Angst vor der Wildnis gehabt hatte.

Kapitel 23

Meine liebste Nanthema,
ich hoffe, dass dieser Brief dich sicher erreicht und dass auch du in Sicherheit bist. Ich schreibe dir aus dem Goddestra-Delta, wo wir uns verabredet haben, und ich habe hier das gesamte Fest des Gefallenen Mondes verbracht. Ich habe mich sogar diskret umgehört und besonders auf die Gerüchteküche am Hafen geachtet, aber niemand hat erwähnt, dass eine Eboranerin in dieser Gegend unterwegs ist, und das wäre, wie du dir vorstellen kannst, bestimmt ein Gesprächsthema gewesen. Ich hoffe wirklich, dass du sicher bist.
Ich sage mir, dass ich mir nicht vorstellen kann, was dich von unserem lang geplanten Treffen abhalten könnte, aber natürlich kann ich mir alles Mögliche vorstellen – Banditen auf der Straße, eine plötzliche Krankheit (nein, ich werde sie nicht nennen), ein Erdrutsch, schlechtes Wetter oder vielleicht eine Abkürzung durch die Wildnis. In Wirklichkeit wurdest du wahrscheinlich von etwas furchtbar Banalem aufgehalten, und natürlich werde ich warten. Ich habe Räumlichkeiten im Gasthaus zum Salzigen Anker angemietet, und ich habe genug Geld, um dort bis zum nächsten Mond zu bleiben (ich habe meinen Vater bereits angeschrieben und um weitere Mittel gebeten. Ich habe eine Geschichte über die teurer als erwartete Unterbringung in der Akademie erfunden, die er nicht hinterfragen wird.)
Ich habe dir diesen Brief an die Adresse in Jarlsbad geschickt, weil das die letzte ist, die ich von dir habe. Wahrscheinlich wirst du ihn nie bekommen, und morgen früh werde ich sehen, wie du mit einem Gesicht, in dem Abenteuer leuchten, von der Anlegestelle springst. Doch falls nicht, geht es dir hoffentlich gut, wenn du diese Worte liest.
In Liebe, V.

Kopie eines privaten Briefs aus der Sammlung von Lady Vincenza »Vintage« de Grazon

»Der Traum, den du hattest …«
Die Finsterhexe drehte sich um und sah Tormalin an, bevor sie sich den Hut bis über die Ohren zog. Die Sonne war eine blasse Scheibe über den Bäumen, wässrig und kalt, und zwischen den Stämmen hing eisiger Nebel. Sie waren die Nacht durchgewandert und hatten sich stetig von der Winnowlinie entfernt. Als Tor einen Blick zurückwarf, sah er noch die dichte, schwarze Rauchwolke über den entfernten Wipfeln. Sie machte ihn nervös.
»Was ist damit?«
»Du sagtest, du hättest den gleichen Traum wie Glückspilz Ainsel gehabt. Was hast du davon gehalten?«
Vintage war ein Stück vor ihnen und bahnte sich einen Weg durch das Unterholz. Sie war mit Reisen durch die Wildnis besser vertraut als die anderen beiden und hatte darauf bestanden, den Weg auszukundschaften, aber in Wirklichkeit war sie einfach schlecht gelaunt. Noon fiel zurück, die Farbe war aus ihren Wangen gewichen, und unter ihren Augen lagen dunkle Ringe, die am Vortag noch nicht dort gewesen waren.
»Ich wusste, dass ich in Gefahr war. Ich wusste, dass ich diese Todesfalle verlassen musste.«
»Aber warum? Es war nur ein Traum.«
Noon schüttelte den Kopf. »Nein, das war es nicht. Und das weißt du, sonst würdest du mich nicht fragen. Ich sah, wie die Winnowry in sich zusammenfiel und wir alle darin erstickten. Das war real.«
»Verstehst du, was du damit sagst? Dass du glaubst, die Jure'lia werden zurückkommen?«

Sie blieb stehen und drehte sich zu ihm um. Auf ihrer Wange war ein Rußfleck. »Und?«
»Begreifst du es nicht?« Er stand dicht neben ihr und senkte die Stimme, obwohl er nicht wusste, warum. »Wenn sie zurückkommen, ist Sarn … Sarn ist am Arsch.«
Sie hob die Augenbrauen. »Die Winnowry hat eine Agentin geschickt, die mich umbringen soll. Mir ist Sarn so scheißegal, das kann ich dir gar nicht sagen.«
Er lachte überrascht. »Das sollte es nicht, Hexe. Deine Füße stehen darauf, richtig?«
»Wenn sie zurückkommen, ist das euer Problem.«
Er schüttelte gereizt den Kopf. »Ygseril war der Schlüssel zum Sieg über sie. Er hat die Kriegsbestien hervorgebracht. Und er ist tot.«
»Ich dachte, das wäre dir gleichgültig. Dass du diese Probleme hinter dir gelassen hast.«
»Na ja.« Er atmete tief ein und stieß die Luft in einem Seufzer aus. »Ich hatte eigentlich gehofft, dass diese Probleme mir nicht in den Arsch beißen würden.«
»Wenigstens so lange nicht, bis du dich durch ganz Sarn gevögelt und Vintages Wein weggetrunken hast?«
Er sah auf sie herab und wollte empört reagieren, aber zu seiner Überraschung lächelte sie – zwar wirkte es so zerbrechlich wie Eis auf einem See am Frühlingsende, aber es war das erste Lächeln seit einer ganzen Weile.
»Du siehst ein bisschen menschlicher aus, wenn du dich ärgerst, Eboraner.«
»Oh, wie schön, dass mein Antlitz dich mehr erfreut, wenn es verdrießlich ist. Das ist ein gutes Zeichen.« Ein Vogelschwarm flog über sie hinweg, und er sah auf. Mittlerweile war der Himmel etwas heller, was es ihnen erleichterte, den Weg zu

finden, aber auch dafür sorgte, dass man sie einfacher entdecken konnte. »Was an der Winnowlinie passiert ist …«

Das Lächeln fiel aus ihrem Gesicht und sie wandte sich wieder den Bäumen zu. Nach einem Moment hob sie die Hand an den Mund und nagte an ihrem Daumen. Die Wildnis hüllte sie ein, viel ruhiger, als ein Wald am Morgen es sein sollte. »Was ist damit?«

»Gibt es noch andere wie sie?« Tormalin suchte den Himmel nach flatternden, schwarzen Umrissen ab, nach einem brennenden Tod auf Flügeln. »Ich bin mir nicht sicher, ob ich mehr als eine sehen möchte.«

»Agentinnen arbeiten normalerweise allein«, sagte Noon. »Sie sind ziemlich selten – die Winnowry traut den meisten Finsterhexen nicht zu, dass sie sich im Griff haben –, deshalb sind sie sehr gefragt. Sie werden nicht viele auf mich hetzen können und …« Sie räusperte sich. »… sie war mächtig.«

»Sie hat das Winnowfeuer gezwungen, verschiedene Formen anzunehmen. Kannst du das?«

»Nein.«

»Sie hat Ringe aus Feuer erschaffen und sie um ihre Arme kreisen lassen – ich habe so etwas noch nie gesehen. Kannst du das?«

»Nein. Du hast schon gesehen, was ich kann. Dinge in die Luft jagen und zerstören.« Ihre Stimme zitterte, und Tormalin musterte sie neugierig, aber da stapfte Vintage zu ihnen zurück. Wenn es hier wurmberührte Ungeheuer gab, dachte Tormalin, sollten sie Vintage besser aus dem Weg gehen.

»Da vorne ist eine Siedlung. Das, was ich noch in den Taschen habe, sollte für ein Dach über dem Kopf reichen, unter dem wir uns ein paar Stunden verstecken können.«

»Eine Siedlung in der Wildnis?« Tor betrachtete die verzerrten Bäume und versuchte, sich ein Leben hier draußen vorzustellen. »Sind die verrückt?«

»Vintage …«, setzte Noon an, aber die Gelehrte hob eine Hand. Ihr Gesicht wirkte erschöpft.

»Ich bin viel zu müde, um darüber zu reden, meine Liebe, und es gibt eh nicht viel zu sagen. Wenn überhaupt, ist das meine eigene Schuld. Ich hätte die Gefahr, die von der Winnowry ausgeht, nicht auf die leichte Schulter nehmen sollen.«

»Wir haben dein ganzes Gepäck verloren«, sagte Noon tonlos. »All deine Papiere und Bücher sind verbrannt. Und zwei Menschen sind tot.«

Vintage seufzte schwer, stemmte die Hände in die Hüften und beugte sich vor. »Um ehrlich zu sein, überrascht es mich nicht, dass die Winnowry so unbarmherzig vorgeht. Noon, die gestörte Frau, die sie auf dich gehetzt haben, ist für diese Toten verantwortlich. Komm, ich hoffe, dass diese Leute einen Schnaps für uns haben. Sie haben uns schon bemerkt.«

Vintage führte sie einen Hang hinunter, und als sie die Bäume hinter sich ließen, standen sie vor einer gewaltigen, monströsen Dornenhecke. Sie erhob sich vor ihnen wie ein kleiner Hügel und wirkte unüberwindbar. Auf den ersten Blick schien sie nur aus unheilvollen Schatten und tödlichen Stacheln zu bestehen, aber als sie näherkamen, sah Tor, dass es ganz unten einen Weg durch das Gestrüpp gab. An diesem Eingang stand ein kleiner, runzeliger, alter Mann. Er war so weiß wie Milch, und hinter seinen vorstehenden Ohren gab es einige Büschel aus seidenweichem, blondem Haar. Die Augen des alten Manns waren hinter all den Falten nicht zu sehen, aber er nickte Vintage zu. Die beiden unterhielten sich rasch in einem Flachlanddialekt, den Tor nicht kannte.

Als er Noon ansah, bemerkte er, dass sie die Augenbrauen erhoben hatte.

»Vintage ist schon viel gereist, bevor sie mich wegen meines Schwertarms angeheuert hat«, erklärte er. »Außerdem behauptet sie, dass sie ein vertrauenswürdiges Gesicht hat. Allerdings bin ich mir ziemlich sicher, dass ich nicht weiß, wie so etwas aussieht.«

»Woher auch?«

Er sah sie scharf an, aber Vintage winkte die beiden zu sich. Sie folgten ihr und dem alten Mann über einen schattigen Weg – Tormalin musste sich bücken, sonst wäre er mit dem Kopf in den Dornensträuchern hängen geblieben – bis zu einem seltsamen kleinen Dorf, das sich im Schutz der gewaltigen Hecke befand. Über sich sahen sie ein kreisrundes Stück Himmel, hellblau, da der Tag Schwung aufgenommen hatte, doch sie waren umgeben von einem wilden, braunen Wall aus monströsen Dornenbüschen. Tor kam sich vor, als würde er auf einem Fassboden sitzen. Direkt vor ihnen gab es einen Brunnen und einen kleinen Marktplatz, während zwischen den Sträuchern Männer und Frauen umherkrochen wie geschäftige Ameisen. Als er genauer hinsah, bemerkte er an Ästen hängende Strickleitern, die ein kompliziertes Netz bildeten, und Wäsche, die an den Dornen zum Trocknen aufgehängt wurde. Die Dorfbewohner lebten in Erdlöchern, die sie unter den Riesendornen ausgehoben hatten. Es war ein so starker Gegensatz zu den ausgedehnten Marmorsälen von Ebora, dass er beinahe gelacht hätte.

»Was für ein elender Ort«, sagte er fröhlich genug. »Vintage, ich hoffe, du hast die besten Räumlichkeiten hier angemietet.«

»Sei still, Tormalin, mein Schatz, sonst werde ich einen

meiner Armbrustbolzen opfern, um Luft in deine schöne Kehle zu lassen. Da sind wir.«
Der alte Mann hatte sie zu einem Loch nahe der Hecke geführt, das sich auf Bodenhöhe befand. Im Inneren gab es etwas, das wie ein Gemeinschaftsruheort aussah; der Untergrund war mit einer stinkenden Mischung aus altem Laub und grauen Federn bedeckt, und überall lagen Decken. Die meisten waren belegt. Tor sah blasse Gesichter, hier und da nackte Füße und hörte leises Schnarchen. Er richtete sich auf und sah Vintage an.
»Selbst wenn es um dein Leben ginge, würde ich da nicht schlafen. Auf dem Boden. In Lumpen.«
»Dann lass mich vorbei.« Noon drängte sich an ihm vorbei und betrat das Halbdunkel des Baus. Sie tastete sich voran, bis sie eine leere Decke fand, und legte sich hin. Einen Moment später hatte sie den Kopf unter den Arm geschoben und sich den Hut ins Gesicht gezogen. Die warmen Körper überall um sie herum schienen ihr völlig egal zu sein.
»Vintage, im Ernst: Was *ist* das für ein Ort?«
»Es ist das Zuhause von jemandem, so wie jeder Ort, also sei nicht unhöflich. Dies ist das Volk der Keshin. Solch kleine Dörfer findet man überall in den Wäldern. Sie leben und jagen hier draußen, und manchmal treiben sie Handel. Fleisch und Pelze bekommen sie vor allem von einer nachtaktiven Hasenart. Dieser Bereich ist den Jägern vorbehalten, die nachts unterwegs sind und anschließend ein Nickerchen machen wollen.« Ihre Stimme wurde leiser. »Tormalin, mein Schatz, wir müssen uns ausruhen, richtig? Und wir müssen dabei geschützt sein.« Sie warf einen Blick zu dem Himmelskreis, der die Farbe eines Vogeleis angenommen hatte. »Ich will nicht noch einmal von der Feuerzicke besucht werden.«
»Vintage«, sagte Tor mit leiser Stimme und einem Blick auf

Noons undeutliche Umrisse, »bei den Wurzeln, warum lieferst du sie nicht einfach aus? Wir machen alle Fehler, und deiner beruht wie so oft auf Güte, aber diese Streunerin ist unseren Tod nicht wert.«

Vintage hob mit steinernem Gesicht das Kinn. »Diese *Streunerin* hat uns auf der Pilzebene das Leben gerettet.«

»Darüber lässt sich streiten.«

»Glaubst du wirklich, dass ich sie einfach so dem Abschaum, der sich Winnowry nennt, überlassen würde?« Vintage schniefte. »Tor, mein Lieber, kennst du mich denn gar nicht?«

Tor schnaubte verärgert. »Also gut. Wenn die flammenwerfende Irre uns findet, wird das alles hier wie Zunder brennen. Dann ist es wenigstens schnell vorbei.«

Vintage wandte sich empört von ihm ab. »Ich gehe zu Bett. Das solltest du auch tun, wenn dein schlaksiger Arsch irgendwo hineinpasst.«

Sie fand eine passende Stelle für sich und flüsterte Entschuldigungen, als sie über die schlafenden Männer und Frauen stieg, bevor sie in den Schatten verschwand. Tor stand einen Moment lang ratlos da. Ein kurzer Blick auf das sogenannte Keshin-Dorf verriet ihm, dass er nichts Vernünftiges zu trinken finden würde. Also blieb ihm nichts anderes übrig, als geduckt in den dunklen Raum zu steigen. Dort war es warm, und der unverkennbare Geruch menschlicher Körper wehte Tor entgegen. Er verzog das Gesicht und sah sich nach einem Platz weit entfernt von allen anderen um, aber die einzige freie Stelle war direkt neben Noon. Er stieg über sie – sie schlief tatsächlich schon, denn sie atmete tief und gleichmäßig – und legte sich zwischen die Finster-Hexe und eine gewobene Matte aus Zweigen und Ästen, die die Wand bildete. Von hier aus sah der Eingang wie ein trüber Mond aus gelbem Licht aus, bis jemand einen dünnen Vorhang davor zog. Der ganze Raum roch stark nach Kaninchen.

»Fantastisch«, murmelte er leise, »ganz fantastisch.«

In der Dunkelheit machte jemand »Pst«, also legte Tor sich auf den Rücken und schloss die Augen. Um sich aufzumuntern, stellte er sich Sareena und Ainsel vor. Sie waren bestimmt gerade in Mushenska und führten ihren Alltag fort, ohne zu ahnen, dass ihr geliebter Tormalin im Dreck schlafen musste. Sareena und ihre nach Sommerfrüchten riechende Haut. Ainsel und ihr sanft geschwungener Hals. Er stellte sich die Abende vor, die sie gemeinsam verbracht hatten, die trägen Nachmittage und dann, später, den Geschmack ihres Bluts. Sex und Blut; beides war untrennbar miteinander verbunden, wie ein Geruch, der das Gefühl der Kindheit beschwor, oder ein Lied, das die letzte Erinnerung an eine geliebte Person in sich trug. Der Geschmack ihres Bluts, die Stärke, die es mit sich brachte, die Berührung einer willigen Hand. Er war sich nicht sicher, nach welchem davon er sich am meisten sehnte – wobei, das stimmte nicht ganz.

Ein leises Geräusch neben ihm riss ihn aus seinen Gedanken. Noon hatte sich im Schlaf gedreht und lag nun mit dem Gesicht nach oben da. Im schwachen Licht sah er, dass sie die Augen fest zusammengekniffen und die Mundwinkel nach unten gezogen hatte, als würde sie auf etwas Bitterem kauen. Eine kalte Hand strich über Tormalins Rücken; sie hatte einen Albtraum. Er dachte an ihr Gespräch im Wald – hatte sie wieder den einen Traum, denselben wie Ainsel? Wenn ja, *musste* das etwas zu bedeuten haben. Er beschloss, sich Gewissheit zu verschaffen.

Er setzte sich auf und rutschte näher an die schlafende Hexe heran. Dabei hatte er ein merkwürdig schlechtes Gewissen und rechnete halb damit, dass Vintage auftauchen und ihn zurechtweisen würde. Dann schloss er die Augen und glitt ins Unterdunkel. Träumende Bewusstseine drängten sich um ihn herum, aber Noons stach sofort heraus – sie war ihm am nächsten und, da er sie mittlerweile schon etwas kannte, auch am vertrautesten. Er schob die kurze Erinnerung an ihre warme Hand auf seinem Nacken beiseite und glitt in ihren schlafenden Geist.

Sie träumte von einem warmen, sonnigen Tag. Weiße Wolken bildeten Kleckse am Horizont, und überall war hüfthohes Gras; ein müdes, staubiges Grün. Große Zelte standen hinter ihm, sie waren kegelförmig und mit Tierhäuten, gewebten Decken und bemalter Seide behangen. Es gab Pferde und Männer und Frauen zwischen den Pferden. Das waren Flachlandbewohner, die ein friedliches Leben zu führen schienen. Er sah junge Männer und Frauen; Krieger, die eine Weste aus Rosshaar, eine Hose aus Rehleder und ein kurzes Krummschwert am Gürtel trugen. Er sah Reiter, die mit ihren Pferden zur Jagd aufbrachen, und einen Mann, der einen großen Fleischspieß über einem Feuer drehte. Eine alte Frau saß vor zahlreichen Kindern und ließ zwei Marionetten für sie tanzen, während sie ihnen eine Geschichte über die Sterne und die Sturmwinde erzählte. Es war ein friedliches Bild, voll von Einzelheiten und Wärme, die ihm verrieten, dass es sich um eine echte, sogar geliebte Erinnerung handelte. Doch dann fiel ihm die gequälte Miene der Finsterhexe wieder ein. Die hatte er sich ganz sicher nicht eingebildet.

Er spürte etwas neben sich, senkte den Blick und sah ein Mädchen. Sie war ungefähr zehn Jahre alt. Ihre schwarzen Haare hatte sie zu einem kurzen Pferdeschwanz zusammengebunden, und sie hielt ein Holzschwert in der Hand. Auf einmal verschwand das friedliche, warme Gefühl. Er erkannte, dass die Bedrohung allgegenwärtig war, er hatte sie vorher nur nicht bemerkt. Die Jure'lia würden bestimmt jeden Moment aus dem schuldlosen Himmel herabfallen und sie alle umbringen.

»Alles hängt zusammen.«

Das Mädchen sprach leise und sah Tor bei diesen Worten nicht an. Stattdessen betrachtete sie weiterhin aufmerksam ihre Umgebung.

Tor wartete, aber mehr geschah nicht. Er stand eine Weile mit dem Mädchen da, wobei er sich in einen Schatten auf dem Gras verwandelte, damit sie ihn nicht bemerkte. Doch nichts tauchte auf; kein Leichenmond, keine Flutwelle aus hungrigen, schwarzen Käfern, und das Mädchen sagte kein weiteres Wort. Da waren nur diese Menschen, aus deren Alltag ein Moment eingefangen worden war, und dieses seltsame, ernste Kind, eine Beobachterin außerhalb ihres Kreises. Doch das Gefühl einer drohenden, schrecklichen Katastrophe ließ nicht nach.

So leise wie ein Flüstern in einer Brise verließ Tor den Traum. Was auch immer dem Mädchen bevorstand, sie würde sich ihm allein stellen müssen.

Kapitel 24

Das sah übel aus.

Agentin Lin erkannte es an der Zahl dunkler Umrisse, die am Abendhimmel erschienen. Sechs Fledermäuse mit verschwommen flatternden Flügeln bedeuteten, dass sie nicht nur einen Repräsentanten geschickt hatten, der sich um sie kümmern sollte – sie waren selbst gekommen. Und sie hatten ein Gefolge mitgebracht, um sich vor der sarnischen Wildnis zu schützen. Vielleicht war es sogar die Ertrunkene höchstpersönlich. Wäre das nicht widerlich?

Sie warf einen Blick auf die Trümmer der Winnowlinie neben ihr.

Früher am Tag hatte es kurz geregnet, was die Luft mit einem Geruch nach nassem Ruß erfüllt hatte. Und nun waren Teile dieses Dings schwarz und skelettiert, während der Kadaver des wurmverseuchten Ungeheuers, das die Fahrt aufgehalten hatte, fröhlich alles vollstank. Der Hauptmotor war von den Waggons rechtzeitig abgekoppelt worden und hatte kaum gelitten; die Pamoz genannte Frau war gerade oben und versuchte, ihn wieder anzuwerfen. Sie bemühte sich, wie Agentin Lin annahm, ihr aus dem Weg zu gehen, genauso wie die kleine Gruppe Finsterhexen, die das seltsame Gerät betrieben. Lin rümpfte die Nase über diese Schwächlinge, die dankbar die winzigen Freiheitskrümel sammelten, die ihnen die Winnowry hinwarf. Nun kochten sie natürlich innerlich vor Wut, weil ihre geliebte Winnowlinie in Gefahr war. Ohne sie würden sie vielleicht in ihre elenden Zellen zurückkehren müssen.

Flügel flatterten, und die Fledermäuse warfen Staub auf, als sie weiter hinten auf der Linie landeten. Lin fiel auf, dass die hinterste Fledermaus keinen Reiter trug. Das war die, die sie mit ihrer Nachricht zurück zur Winnowry geschickt hatte.

»Finster-Lin.«

Das sagte Vater Eranis, der die großen Hände hinter dem Rücken verschränkt hatte und dessen dunkelgraue Haare von dem unablässigen Wind zerzaust wurden. Er schmunzelte, so wie immer, aber seine Augen waren kalt. Hinter ihm sah sie die gedrungene Gestalt einer Person, bei der es sich bestimmt um Schwester Resn handelte, auch wenn ihr Gesicht hinter der glatten Silbermaske nicht zu erkennen war, und eine Finsteragentin, die Lin nicht kannte. Diese Frau war klein und stämmig und band ihre Haare mit einem Riemen aus blauem Stoff zusammen, sodass sie ihr nicht in das runde Gesicht fielen. Sie erwiderte Lins Blick gelassen, und Lin blieb ganz ruhig. Eine Agentin, die eingreifen sollte, wenn sie sich danebenbenahm. Kein gutes Zeichen.

»Ein ziemlicher Mist, oder?« Vater Eranis deutete auf die Überreste der Waggons.

Lin presste die Lippen zusammen. »Ich hatte dir gesagt, dass das Mädchen gefährlich ist. Sie ist unberechenbar. Und wie hätte ich vorhersehen sollen, dass sie zur Winnowlinie kommen würde, um zu fliehen?«

»Ja, das ist recht ungewöhnlich.« Vater Eranis trat neben sie. Er roch so stark nach Seife, dass ihre Nase juckte. »Ich war an diesem Projekt beteiligt, weißt du, Finster-Lin? Wir hatten gehofft, dass die Winnowlinie eines Tages ganz Sarn einschließen würde. Deshalb wollte ich mir die Trümmer persönlich ansehen.« Er schmunzelte nicht mehr. Die Falten in seinen Mundwinkeln verrieten sein Missfallen. »Das ist ein schwerer Rückschlag. Die Passagiere?«

Agentin Lin dachte kurz darüber nach, ihn bei lebendigem Leibe zu verbrennen, aber die andere Agentin starrte sie immer noch an. Kontrolle, immer Kontrolle. »Bevor ich dir die Nachricht zukommen lassen habe, hatte ich bereits dem nächsten Halt auf dieser Strecke Bescheid gesagt. Es kamen Männer mit Karren und nahmen sie mit dorthin.« Sie räusperte sich. »Also, die Schäden sind nicht so …«

»Es steht dir nicht zu, die Schäden zu beurteilen, Verirrte.« Die Stimme flüsterte sanft und staubig, und bei dem Klang fühlte Lin einen Stich des Grauens. Die Ertrunkene. Sie hatte nicht gesehen, dass sie von den Fledermäusen abgestiegen war. Vater Eranis wich mit respektvoll gesenktem Kopf zur Seite, worauf die winzige Gestalt vortrat. Sie trug die schwarzen Wickel ihres Ordens, nur mit einigen grauen Meerwasserflecken, und ihre Hand – mit weißen, zu weichen Fingern – hielt das glatte Ende ihres Gehstocks, der aus Treibholz geschnitzt worden war. Sie war so blass, dass sie aussah, als wäre sie mit der Asche des Finsterordens bestäubt worden – als könnte man den Teint abwischen, wenn man mit dem Finger über den Knochenwulst ihrer Wange strich. Alle Farben, alle Freuden waren längst von ihrem geliebten Meerwasser weggespült worden. Hinter ihr lauerte Finster-Mary.

»Was weißt du über die Vermisste, Finster-Lin?«

Agentin Lin faltete die Hände vor sich und spürte die leichte Reibung der Kalbslederhandschuhe. Sie hätte sie am liebsten ausgezogen, aber vor Mutter Cressin käme das einer Beleidigung, fast schon einer Drohung gleich. Wenigstens hatte sie Informationen für das alte Weib – Pamoz, die Mechanikerin, war angemessen hilfsbereit gewesen. »Das Mädchen scheint mit einer Frau namens Lady de Grazon und einem Eboraner unterwegs zu sein.«

Zum ersten Mal, seit Lin sich erinnerte, wirkte Mutter Cressin leicht überrascht. Fast unsichtbare Augenbrauen warfen Falten auf ihre graue Stirn.

»Ein Eboraner? Hier draußen?«

»Er ist eine Art Söldner. Ich habe in Mushenska eine Menge Gerüchte über ihn gehört, aber keine angenehmen. De Grazon verdient jedoch unsere Aufmerksamkeit, Mutter.« Sie hielt inne. Es fiel ihr immer schwer, diese Frau mit ihrem Titel anzusprechen. Sie schluckte Galle hinunter und fuhr fort. »Ich glaube, ich weiß, wohin sie will. Laut Mechanikerin Pamoz handelt es sich bei dieser Frau um eine berühmte Exzentrikerin, die ausgerechnet von den Jure'lia besessen ist.«

»Dreck«, sagte Mutter Cressin sanft. »Ein Geschwür von jenseits dieser Welt.«

»Ja, jedenfalls war sie in die Grünschlick-Region unterwegs, wo, wie es der Zufall will, noch ein von den Jure'lia besessener Irrer lebt. Ich weiß nicht, warum die Hexe de Grazon begleitet, aber Pamoz vermutet, dass sie für die Frau arbeitet. Das ist ein guter Anfang.«

Mutter Cressin betrachtete nickend den Boden.

»Zwei Menschen sind bei diesem Fiasko gestorben, Finster-Lin. Acht weitere wurden verletzt. Zwei Kinder – unbefleckte Kinder – wurden bis zur Ohnmacht ausgesaugt. Du bist eine unserer kontrolliertesten Agentinnen, wurde mir gesagt. Ich sehe hier jedoch kein Anzeichen für Kontrolle.« Sie zeigte auf die ausgebrannten Waggons, und ihre Stimme wurde leise und bedrohlich. »Weißt du, weshalb wir Ausreißer nicht von einer Agentinnen-Armee jagen lassen, Finster-Lin?«

»Diskretion, Mutter.«

»Die Winnowry erfüllt eine heilige Funktion. Die Menschen verlassen sich darauf, dass wir uns um ihre Sicherheit kümmern. Daher müssen wir uns draußen in der Welt leise bewegen. Zwei Unschuldige bei der Verfolgung einer Finsterhexe zu töten … sag mir, welche Strafe du für angebracht hältst?«

Lin regte sich nicht. Als sie nicht antwortete, räusperte sich Mutter Cressin trocken.

»Natürlich wirst nicht du diejenige sein, die dafür bezahlt, richtig? Du sollst wissen, Agentin Lin, dass ich wünschte, du müsstest leiden. Schließlich bist du der Riss, durch den das Böse in die Welt sickert. Wie würdest du das letzte Mal für einen solchen Fehler bestraft?«

Lin hatte den Mund so fest zusammengepresst, dass sie nicht sprechen konnte. Mühsam zwang sie sich, ihn zu öffnen. Dabei knackte ihr Kiefer hörbar.

»Es war ein Finger«, sagte sie, bevor sie im gleichen Atemzug hastig hinzufügte: »Aber er ist nur ein Kind, Mutter Cressin, bitte, Gnade für Tomas –«

»Ein Kind, das aus einer verbotenen Vereinigung entstanden ist. Aus dem Bösen. Den Exkrementen. Wir werden es natürlich wie einen Unfall aussehen lassen – er soll niemals erfahren, wie sein Leben verwendet wird, denn so grausam sind wir nicht –, aber er wird sich vielleicht langsam über sein Pech wundern. Zehn Jahre alt, und ihm fehlen schon zwei Finger. Vielleicht sollten wir ein Auge nehmen, zur Abwechslung.«

»Nein!« Lin hätte beinahe nach ihr gegriffen, hätte die alte Frau gepackt und die Lebenskraft aus ihr herausgerissen, aber die andere Agentin trat vor und hob die Arme an. Lin gab auf.

»Dann wieder ein Finger, dieses Mal. Hoffen wir, dass seine Mutter von nun an vorsichtiger sein wird.« Die Ertrunkene hob den Kopf und enthüllte Augen, die so farblos waren wie ihre Haut. »Erfülle deine Aufgabe, Finster-Lin. Finster-Noon muss in die Winnowry zurückkehren. Entweder als lebende, atmende Verräterin – oder als Asche.«

Auf der Rinde war Blut getrocknet, sodass sie die Farbe von altem Fleisch angenommen hatte. Oreon zog den noch weichen und leicht warmen Eichhörnchenkadaver von dem fürchterlich spitzen Dorn. Sie steckte ihn in den Korb, den sie auf dem Rücken festgebunden hatte, sah dann herunter und bemerkte, dass ihr Sohn das Gleiche mit etwas tat, das sie nicht sehen konnte.

»Noch 'n Eichhörnchen, Jaron?«

»Nee, Mama, 'n Vogel. Rotfeder.« Er hielt kurz einen kleinen Kadaver hoch. Die roten Farbspritzer der Federn leuchteten intensiver als alles andere, das sie sehen konnte. Das war gut. Von einer Rotfeder bekam man zu dieser Jahreszeit zwar nicht viel Fleisch, aber sie schmeckte wunderbar. Oreon nahm eine Handvoll Beeren aus einem Beutel an ihrer Hüfte, bückte sich vorsichtig, um den spitzen Dornen zu entgehen, und legte die Beeren in den Becher, den sie an der Astgabel festgebunden hatte. Die Tiere im Wald waren verrückt nach diesen Beeren – im Laufe der Jahre hatte ihre Familie die unterschiedlichsten Varianten in ihrem winzigen Bereich des Unterdorns gezüchtet, bis sie auf eine gestoßen waren, der die kleineren Waldbewohner einfach nicht widerstehen konnten. Sie zwängten sich in ihrer Gier sogar in diese winzigen, tödlichen Spalten und spießten sich selbst auf. Die Wildnis war seltsam – diese Worte begleiteten sie stets.

Jaron kletterte hinauf und setzte sich neben sie. Er bewegte sich noch geschickter durch die Dornen als sie selbst. Geistesabwesend tätschelte sie seinen Arm.

»Hast du die Beeren hingelegt?«

»Ja.« Er zog die Handschuhe aus und fuhr sich durch die Haare. »Hey, wer ist denn das?«

Sie befanden sich hier am Waldrand und hoch oben, sodass das Flachland sich vor ihnen wie ein gelbbrauner Teppich ausbreitete und das purpurne Blutlose Gebirge weit dahinter wie eine gezackte Linie wirkte. Drei Personen verließen den Wald. Sie ritten auf den zähen Ponys, die sie oft im Flachland sah. Oreon beugte sich vor, um sie besser erkennen zu können.

»Gestern waren Fremde im Unterdorn«, sagte sie. »Ich habe sie nich' gesehen, aber sie haben im Jagdbau geschlafen. Alle haben darüber geredet.«

Sie boten einen seltsamen Anblick. Vorne ritt eine wohlgestaltete Frau mit dunkelbrauner Haut und wilden schwarzen Locken, die sich über ihr Pony beugte, als könnte sie ihr Ziel durch reine Willenskraft schneller erreichen. In der Mitte befand sich eine junge Frau, die einen schwarzen Hut trug und nur locker im Sattel saß, sich aber ständig umsah. Und am Ende kam der Eboraner. Oreon setzte sich leicht auf und kniff die Augen zusammen.

»Ist er wirklich einer von diesen Blutsaugern, Mama?«

»Sieht so aus. Unglaublich, dass der alte Reen sie die Nacht hat bleiben lassen, egal, was sie ihm angeboten haben. Früher hätte man einen Eboraner, der meilenweit von hier entfernt auftaucht, als Kriegserklärung betrachtet.«

»Die sind nicht mehr gefährlich, Mama, das weiß jeder.« Jaron schob die Finger durch seine Haare, sodass sie wie eine Welle von seiner Stirn zurückfielen. Er versuchte manchmal, sie auf diese Weise zu ölen. »Die Blutlust hat sie alle umgebracht. Un' es ist eh nur einer gegen uns alle. Was soll der schon machen?«

Oreon spitzte die Lippen. Jaron war zu jung, um sich an die

Geschichten seines Urgroßvaters zu erinnern, aber sie hatte den Blick des alten Manns, wenn er sie erzählte, nie vergessen. Er war ein geselliger Mensch gewesen, der sich mehr für sein Beerengebräu als sein Tagewerk interessiert hatte, aber wenn er von den Aaskriegen sprach, war es vorbei mit seiner guten Laune. Die Geschichten über entfernte Verwandte, die auf dem Schlachtfeld und in ihrem Zuhause niedergemetzelt worden waren, verblassten nicht mit der Zeit. Das waren tiefe Narben für ihr Volk.

»Er ist sehr groß, oder?«

Oreon nickte. Der Eboraner war selbst entspannt in seinem Sattel sitzend imposant. Sie konnte gerade so seine Gesichtszüge erkennen. Während sie ihn betrachtete, zog er etwas aus seinem Gürtel und hielt es sich an die Lippen. Was auch immer es war, er trank es mit einem Schluck. Vielleicht ein starker Schnaps oder etwas anderes.

»Komm, mein Junge, wir gehen zurück ins Unterdorn. Ich habe heute genug Blut gesehen.«

Die Wildnis war seltsam, aber manchmal war die Welt da draußen noch seltsamer.

Kapitel 25

»Und wann genau wird Herrin Hestillion uns mit ihrer Anwesenheit beehren?«
Aldasair zwang sich zu einem Lächeln und wandte seine Aufmerksamkeit der alten Menschenfrau mit dem geschmolzenen Gesicht zu. Hestillion hatte ihm gesagt, er müsse stets höflich sein, vor allem, da immer mehr Repräsentanten aus ganz Sarn in Ebora eintrafen. Höflich, aber bestimmt. Es ließ sich zwar nicht vermeiden, dass die Menschen den schrecklichen Zustand ihres Volks und ihres Zuhauses sehen würden, aber sie durften nicht verzweifelt erscheinen. Sie waren immer noch Ebora, und sie hoben sich vom Pöbel der Menschen ab. Es war wichtig, dass die menschlichen Besucher das im Kopf behielten.
Allerdings blieb Hestillion solch unangenehmen Gesprächen immer öfter fern. Sie ließ sich von etwas ablenken, das er nicht verstehen konnte, und in ihrem Gesicht leuchtete etwas auf, das ihm fremd war. Währenddessen fühlte er sich, als würde er von unsichtbaren Gezeiten aufs offene Meer hinausgezogen.
»Sie wird bestimmt bald zu uns stoßen«, sagte er, während er seine Stiefel betrachtete. »Wie Sie sich vorstellen können, hat Hest … ich meine, Lady Hestillion gerade sehr viel zu tun.« Seine Geste schloss den ganzen Hauptplatz mit ein. Er konnte sich nicht daran erinnern, je so viele Leute darauf gesehen zu haben. Es handelte sich um Delegationen aus ganz Sarn, aus Mushenska und Jarlsbad, Reidn und Finneral. Der Platz war dank der vielen Karawanen und Zelte zu einem natürlichen Treffpunkt geworden, während die Beamten jeder Gruppe ein Quartier im Palast erhielten. Und da Aldasair zu den wenigen nicht bettlägerigen Eboranern gehörte, war ihm die

Aufgabe übertragen worden, ihnen Räumlichkeiten zuzuweisen, ihnen zuzuhören und ihre Bedürfnisse entsprechend zu erfüllen.

Anfangs hatte es ihm davor gegraut. Jahrzehntelang hatte Stille in den leeren Gängen des Palasts geherrscht, und es hatte sich angefühlt, als wäre alles verloren. Wochenlang, sogar monatelang hatte er mit niemandem reden müssen, bis er nur noch Hestillion regelmäßig sah, und selbst sie war meistens so genervt gewesen, dass sie nur kurz mit ihm gesprochen hatte. Aldasair war sich selbst und seinen Tarla-Karten überlassen worden, und seine Tage waren von zart raschelndem Papier und von einer sanften Bilderkaskade erfüllt gewesen, die ein Netz des unausweichlichen Untergangs gewebt hatte. Irgendwann waren ihm die Karten so vertraut vorgekommen, dass selbst die Furchterregenden wie alte Freunde aussahen: der Zerbrochene Turm mit den winzigen, verängstigten Gestalten, die aus seinen Fenstern fielen; der Endlose Tod, der einen alten Mann mit blutigen Fingerstümpfen zeigte, welcher lebendig hinter den Mauern seines Grabmals gefangen war. Die Karten führten ein ewiges Gespräch, und Aldasair hörte zu – zufrieden in der Erkenntnis, dass alle Rollen, die er in der Welt hätte spielen können, längst an ihm vorbeigezogen waren.

Nur, dass das nicht mehr stimmte. Er konnte sich fast erinnern, wie es früher in seiner Jugend gewesen war, als er noch an seine Zukunft geglaubt hatte. Er hatte, das fiel ihm nun wieder ein, Kunsthändler werden wollen. Er hatte das Malen und Gemälde sehr geliebt. Er hatte in die Welt hinausgehen und sie verkaufen wollen, bis sich alle, die er kannte, in ihre Zimmer zurückzogen, um sich dort die Lunge aus dem Hals zu husten. Und auf einmal war Aldasair allein gewesen. Nie hätte er geglaubt, dass er eines Tages Mutter Fasts erboste

Fragen beantworten würde, was erschreckend war, aber auch etwas Neues. Er hatte geglaubt, dass Ebora alles Neue verloren hatte.

Mutter Fast schniefte. »Es ist ja gut und schön, Junge, dass wir mit unserer Medizin und unserem Wissen hierhergekommen sind, aber wenn wir euren Gott nicht sehen dürfen, wie sollen wir euch dann helfen?«

Das verwirrte ihn am meisten. Obwohl all diese Leute gekommen waren und ihre Unterstützung anboten, schirmte Hestillion den Saal der Wurzeln auf einmal ab. Niemand durfte ihren Gott sehen, hatte sie ihm gesagt. Erst, wenn sie es erlaubte. Es war der falsche Zeitpunkt, hatte sie gesagt. Sie sollen den Kranken helfen, hatte sie ihm befohlen, und das hatte er weitergegeben. Nun suchten Heiler die Eboraner auf, die an der Blutpest litten, und manchmal durften sie ihnen sogar helfen. Unterdessen brannte dieses seltsame Licht in Hestillions Augen weiter.

Die einäugige Mutter Fast funkelte ihn immer noch an. Manchmal vergaß er, dass lange Pausen bei Gesprächen als unhöflich galten. Aldasair wollte ihr antworten, doch da schritt eine imposante Gestalt von der anderen Seite des Rasens auf ihn zu. Der Mann war einen ganzen Kopf größer als Aldasair, was bedeutete, dass er Mutter Fast überragte wie ein Berg. Seine Haare waren gelb und wild, doch sein goldener Bart, in den hier und da winzige Steinperlen eingeflochten waren, wirkte gepflegt. Er trug abgewetzte Reiselederkleidung, von der weitere Steinperlen an Ringen aus Pferdehaar hingen, und seine nackten Arme waren mit Tinte verziert. Er gehörte zum Kontingent aus Finneral – daran erinnerte sich Aldasair, weil ihm die beiden Kriegsbeile des Mannes selbst in dessen gut bewaffneter Gesellschaft aufgefallen waren. Er trug sie immer noch am Gürtel, so mühelos, als bestünden sie aus Laub.

»Du hast hier das Sagen, richtig?« Seine Flachlandsprache hatte einen leichten Akzent, und er musterte Aldasair mit so offener Besorgnis, dass es ihn verunsicherte.

Da Aldasair nicht wusste, was er sonst tun sollte, nickte er.

»Stein und Schlag. Du bist älter, als du aussiehst, nehme ich an?«

Aldasair blinzelte. Der Mann wirkte nicht älter als er selbst, was nach eboranischen Maßstäben wirklich sehr jung war.

»Wie alt muss ich denn sein?«

Der Mann grinste, und seine grünen Augen blitzten. Aldasair hatte noch nie einen Menschen mit grünen Augen gesehen.

»Verdammt gute Frage. Ich heiße Bern Finnhüter. Und du?«

Aldasair war sich halb bewusst, dass Mutter Fasts Blick ihnen folgte und dass ihr schmaler Mund sich zu einem fast unsichtbaren Schnitt verzerrt hatte.

»Ich bin Aldasair.«

»Freut mich, dich kennenzulernen.« Zu seinem Schrecken ergriff Bern Finnhüter seinen Arm und drückte fest zu. Seine langgliedrigen Hände waren erstaunlich stark. »Dein Volk muss nicht sterben, Aldasair.« Bern Finnhüter sah ihn fest an. »Muss es nicht. Was soll getan werden?« Bevor Aldasair darauf antworten konnte, ließ der große Mann seinen Arm los und zeigte auf eine Stelle hinter dem Platz. »Ihr habt eine Menge Totholz östlich von hier. Das sammelt sich da schon seit Jahrzehnten, also liegt darunter eine dicke Schicht Mulch. Wenn das weg ist, habt ihr mehr Platz für diese Leute und ihren Unsinn.« Er drehte sich fröhlich grinsend um. »Ich fange damit an, in Ordnung? Ich will dir nicht auf die Steine treten, Aldasair, aber ich habe einen starken Rücken und, um ehrlich zu sein, bekommen mir viele Tage auf einem Pferdesattel nicht. Ich benutze lieber meine Hände, wenn du verstehst, was ich meine.«

»Äh …«

»Ich fange also dort an, aber wenn du noch mehr harte Arbeit hast, sag Bescheid. Geh zu meinen Leuten, das sind die, die ein riesiges Feuer neben eurem Steingarten aufschichten – tut mir leid – und frag nach Bern. Besser noch, frag nach Bern dem Jüngeren, oder sie werden dich komisch ansehen. Mein Vater ist nämlich sehr groß.«

Aldasair schluckte und erkannte, dass er Bern angestarrt hatte. Er versuchte, sich einen Mann mit goldenem Bart und grünen Augen vorzustellen, der noch größer war.

»Danke. Ich … ich weiß Ihre Hilfe sehr zu schätzen.« Aldasair atmete tief durch. So viel zu reden überforderte ihn immer noch.

Mutter Fast war nicht ganz so beeindruckt. »Wir sind nicht hier, um Ihre Gärten aufzuräumen, Eboraner. Wir müssen Ihren Gott heilen. Was bringt uns ein ordentlicher Garten, wenn das Wurmvolk wieder unseren Himmel verdunkelt?«

»Unsere Visionssänger hatten den gleichen Traum, Mutter Fast«, sagte Bern der Jüngere. Aldasair fragte nicht, woher die beiden sich kannten. Bern schien jemand zu sein, der in kurzer Zeit sehr bekannt wurde. »Und du kannst mir glauben, dass sie deswegen Steine scheißen. Aber ich bin kein Heiler!« Er grinste erneut. »Jeden Tag kommen mehr Leute hierher, und die Stadt muss auf sie vorbereitet sein. Wenigstens dabei kann ich helfen. Die Heilung eines Gottes, na, die überlasse ich lieber dir.«

Aldasair war sich nicht sicher, glaubte jedoch, dass Bern Mutter Fast einen herausfordernden Blick zuwarf, und tatsächlich verzog sie das Gesicht, als hätte sie in etwas Bitteres gebissen. Eine solch zwischenmenschliche Kommunikation

zu verfolgen, überforderte Aldasair; er hob die Hand, um sich über die Stirn zu reiben, und sah, dass seine Finger zitterten. Er hoffte, dass es Bern nicht auffiel.
»Entschuldigt mich«, sagte er bemüht ruhig. »Ich muss mich im Palast um einiges kümmern.«
Er wandte sich von ihnen ab und senkte den Kopf, um nicht von ihren endlosen Fragen überschüttet zu werden – jedoch nicht schnell genug, um Berns besorgten Blick zu übersehen. Mit durchgedrücktem Rücken schritt Aldasair langsam über den Platz, in der Hoffnung auf einen Raum voller Stille, nur mit den Tarla-Karten zum Lesen.

Hestillion befand sich im Unterdunkel. Das Licht umgab sie, entfernte sich mal von ihr und näherte sich dann wieder, und sie stellte es sich ein wenig wie einen nervösen Vogel vor, der es nicht wagte, sich länger niederzulassen. Sie verfolgte es und versuchte ständig, in seiner Wärme und seinem Licht zu bleiben; wenn sie das tat, dann fühlte sie beinahe, wie Ebora einst gewesen war. Wie es wieder sein könnte.
»Sprich mit mir, Ygseril«, sagte sie und bemühte sich dabei, weder verzweifelt noch fordernd zu klingen. »Ich weiß, dass du da bist. Du musst dich vor mir nicht verstecken.«
Stille. Hestillion wurde sich des Gewichts der Traumwurzeln um sich herum bewusst, und weit davon entfernt ihres materiellen Körpers, der neben Ygserils Stamm schlief. Sie hatte die Türen von innen abgeschlossen, damit sie allein sein konnte. Aldasair hatte nicht verstanden, warum sie das wollte, aber Aldasair verstand schon seit vielen Jahrzehnten nichts mehr. Seit Tagen verbrachte sie jeden freien Moment hier unten und jagte dem Licht hinterher. Der Plan konnte sich ändern, und die Menschen konnten warten; Hestillion hatte eine wichtige Aufgabe zu erledigen.

»Ygseril. Bitte.«

Das Licht wurde größer, und Hestillion überkam das seltsame Gefühl, dass etwas *gegen sie drückte*, dass etwas *zerriss*, wie eine Membran. Dann schwappte eine kalte Welle über sie hinweg, von den Füßen bis zum Kopf.

Du wirst nicht gehen.

Einen Moment lang verlor Hestillion sich. Der Schock war zu groß – sie war ein Blatt, das vom Vaterast hinweggeweht wurde – und sie glaubte, davon verschlungen zu werden. Stattdessen klammerte sie sich an all das, was sie für sich selbst hielt. Die Stimme war real. Sie war sanft und geschlechtslos, bestand mehr aus Gedanken als Klang, existierte wie im Unterdunkel.

»Nein, Ygseril, ich werde nicht gehen.« Sie schluckte ihre Tränen herunter. »Ich werde dich niemals verlassen, nicht ich. Ich wusste es, ich wusste einfach, dass du nicht wirklich weg warst.«

Was willst du?

Es gab zu viel zu sagen. Hestillion spürte, wie zart diese Verbindung war. Trotz ihrer körperlichen Nähe zueinander hatte sie die absolute Grenze ihres Traumwandelns bereits erreicht. Sie war so tief herabgestiegen, wie sie es wagen konnte, ohne in einen permanenten Schlaf abzugleiten, und die Anwesenheit, die sie spürte, war so sanft wie ein Schatten auf der Haut. Eine Kleinigkeit reichte, um diese Verbindung zu unterbrechen.

»Mit dir sprechen. Ich weiß, wie ich helfen kann.«

Helfen?

»Natürlich, Ygseril. Ebora …« Hestillion schluckte, denn ihr war klar, dass sie vielleicht zu weit ging. »Ebora braucht dich.«

Stille, dann änderte sich der Farbton des Lichts. »Ygseril?«

Du würdest freiwillig helfen?
»Herr, in unserer Ignoranz hielten wir dich für tot. Ich würde alles tun, um dich zurückzuholen. Alles, was du benötigst.«
Erneut Stille. So als bräuchte der große Baum Zeit, um nach so vielen Jahrhunderten des Schweigens seine Gedanken zu sammeln.
Tot. Bildete sie sich das ein oder schmunzelte der Gott darüber?
Nicht tot. Wartend.
»Wartend auf was?«, fragte Hestillion eifrig. Etwas hielt Ygseril zurück, das spürte sie. »Ich kann und werde dir geben, was du brauchst.«
Du bist etwas Besonderes. Die Form deines Geistes. Wie er huscht. So eine schlaue kleine Form.
Hestillion faltete sich zusammen und verbarg die Flamme der Freude in sich, um Ygseril nicht zu erschrecken oder zu beschämen.
»Ich möchte nur deine Herrlichkeit für ganz Ebora wiederherstellen.«
Ein besonderes Kind, fuhr die Stimme fort. Sie klang fast schon verträumt und abwesend. *So entschlossen, so stur. Du würdest alles benutzen, was du hast, oder? Du würdest jeden Preis bezahlen, um dein Ebora wiederzubeleben.*
Hestillion nickte und näherte sich vorsichtig der Lichtstimme. »Mein ganzes langes Leben habe ich von nichts anderem geträumt, großer Baumgott.«
Und doch sind meine Wurzeln durch Kälte und Tod steif geworden. Trotz deiner Mühen bin ich noch ein Leichnam.
Hestillions Magen zuckte.
»Sag mir, was ich tun kann.« Sie versuchte, selbstsicher zu klingen, aber am Rande ihres Geistes flackerte die Erinne-

rung, wie klein sie hier in dieser Dunkelheit war. »Wie kann ich dir das Leben bringen, Erhabener?«

Noch mehr Stille, also versuchte sie einen anderen Ansatz. »Vielleicht könntest du mir sagen, was am Ende des Achten Regens geschah …, wenn du mir sagen würdest, was dir angetan wurde, könnte ich dir helfen.«

Nein. Die Stimme war kein nervöser Vogel mehr; sie war eine fest geschlossene Eisentür. *Kleiner, huschender Geist, lass mich schlafen. Wenn du es vermagst, dann lass meine Wurzeln dürsten und sich strecken, aber lass mich schlafen.*

Hestillion gab sich der Stille hin. Sie wollte nicht zurück in den Palast gehen und sich mit all den diplomatischen Problemen beschäftigen, mit Fragen, wie wer was wo essen sollte. Noch nicht.

»Ich habe die Welt an unseren Toren versammelt, um dich zu retten, Ygseril«, sagte sie schließlich. »Sie haben Heiler und Mystiker mitgebracht, Männer und Frauen, die sich auf Alchemie verstehen. Sie alle wollen dir helfen. Vielleicht können sie deinen Wurzeln den Durst zurückgeben.«

Sie wusste, dass dies eine Darbietung für ihren Gott war, deshalb konzentrierte sie sich und traumbaute die Szene auf dem Hauptplatz nach, die sich dort am Morgen abgespielt hatte: die geschäftigen Karawanen und Zelte, die langen, mit Lebensmitteln beladenen Tische, die Menschen, die essend und redend umhergingen. Sie setzte ihre ganze Traumwandlerkunst bei dieser Vision ein und erschuf die verwässerte Sonne am blassen Himmel ebenso wie den Schlamm von Hunderten Stiefeln, der sich auf den glänzenden Steinen verteilt hatte.

»Ebora«, sagte sie, »war seit Jahrhunderten nicht mehr so lebendig.«

Wie hast du sie hierhergelockt?

»Ich habe eine Lüge für sie gesponnen, Ygseril, und sie in das Unterdunkel geschickt. Ein besonderer Traum für außergewöhnlich empfängliche Geister. Ich sagte ihnen, dass die Jure'lia, der alte Feind, zurückkehren würden und sie alle ohne Ebora verloren wären. Ohne dich und die Kriegsbestien, die zwischen deinen Ästen geboren werden, wird Sarn in nur einer Umdrehung des wahren Monds an das Wurmvolk fallen.«

Die Stimme antwortete nicht gleich. Stattdessen wurde das sanfte Licht heller und flackerte auf seltsame Weise. Hestillion wich zurück und klammerte sich an das Unterdunkel, damit sie nicht aus dem Schlaf gerissen wurde. Als die Stimme erneut sprach, klang sie anders.

Du bemerkenswertes Wesen, sagte sie. *So etwas zu denken, ein solches Zuckerwerk zu errichten.* Das Licht wurde schwächer, dann wieder stärker. Es schien wie ein Schleier über Hestillion zu hängen, und zum ersten Mal fühlte es sich an, als würde sie wirklich betrachtet. *Sag mir noch einmal, wer du bist.*

»Ich bin deine Dienerin, Lady Hestillion aus der Familie Eskt, geboren im Jahr des grünen Vogels.«

Ja, aber wer bist du? Was hält dich im Kern zusammen, Lady Hestillion? All die winzigen, verstreuten Teile, was verwebt sie miteinander? Welches eine Ding?

Hestillion wusste einen Moment lang nicht, was sie darauf antworten wollte. Ygseril klang merkwürdig – zum ersten Mal irgendwie aufmerksam und interessiert –, aber sie hatte keine Ahnung, worauf der Gott hinauswollte. Sie entschied sich für die offensichtliche Antwort.

»Du, Herr.« Sie beendete die Vision des Platzes und beschwor stattdessen eine von Ygseril herauf, mit silbernen Ästen, die sich über das Palastdach ausbreiteten. »Deine Wurzeln halten mich im Kern zusammen.«

Nur Stille antwortete ihr.

»Ygseril? Bist du da?«

Scheinbar ausgelöst durch ihre Worte, schwand das Licht, so schnell, dass sie ihm nicht folgen konnte, und dann war sie allein im Unterdunkel, umgeben vom kalten Druck der toten Wurzeln.

»Aber du bist nicht tot«, sagte sie sich. »Doch nicht tot.«

Langsam kam sie zu sich. Ihre Beine waren taub, weil sie so lange auf den harten Wurzeln gehockt hatte, und die Kälte war ihr bis in die Knochen gedrungen, doch sie spürte beides kaum. Ygseril war nicht tot; er versteckte sich nur. Er war zwar untätig, aber erreichbar. Als sie sich der Tür zuwandte, wollte sie im ersten Moment zu Aldasair gehen, aber würde er ihre Entdeckung überhaupt verstehen? Und dann dachte sie an die Menschen, die sich draußen vor ihren Toren drängten. Sie wollten ihnen helfen, aber sie wollten auch sich selbst helfen. Sie brachten Handel und Leben und Aufmerksamkeit mit; das waren wertvolle Dinge. Aber vielleicht … vielleicht war Ygserils Rettung doch Hestillions Bestimmung. Wer sonst war geblieben? Wer sonst hatte den winzigen Keim der Hoffnung behalten?

»Nur ich«, murmelte sie durch kalte Lippen. »Und es soll noch ein wenig länger mein Geheimnis bleiben. Nur, bis ich ihn zurückbringe.«

Kapitel 26

Mit sehr viel Optimismus und Vorstellungskraft kann man noch erkennen, dass Grünschlick einst eine recht schöne Region gewesen ist. Die riesigen Narben in der Landschaft waren große Seen, manche so tief, wie Berge hoch sind, bevor die sogenannten »Maden« der Jure'lia kamen und sie aussaugten (am Boden dieser Abgründe gibt es nichts, nicht einmal eine Fischgräte – alle Lebewesen wurden vertilgt), und, wenn man die Augen fest zusammenkneift, kann man sich vorstellen, dass die großen, grün schimmernden Ebenen die Wiesen eines malerischen Tals sind. Aber wenn man dann genauer hinsieht und den ganzen Optimismus fahrenlässt, erkennt man, dass dieser grünliche Lack so hart wie Stahl ist, und dass Leichen darin hängen, deren erstarrter Gesichtsausdruck das Entsetzen widerspiegelt, als die Schicht sie einschloss und erstickte.

Grünschlick hieß einst Trisladen und war uralt und schön. Viele fantastische Geschichten stammten von dort, mit seinen Königen und Königinnen und seinen Ordensrittern. Es war die Art von Geschichten, die ich von meinem Kindermädchen verlangte, als ich noch klein war. »Erzähl mir von der tapferen Prinzessin Guinne und ihrer Suche nach den verzauberten Juwelen am Grund des Hexensees«. Man kennt sie ja. Es gab sogar eine Zeit, in der die Mythologie von Trisladen der von Ebora in nichts nachstand, und tatsächlich hatte dieser Ort, soweit ich das aus den verbleibenden Quellen ableiten kann, eine lange und komplexe Geschichte und eine Liebe zur Kunst, vor allem zu Wandgemälden. Selbst vor relativ kurzer Zeit war dies noch eine reiche Gegend, in der Gold und Kupfer in den Hügeln abgebaut und in den Seen gefischt wurde.

Der Achte Regen beendete all das sehr schnell.

Die Jure'lia fanden leider Gefallen an dem Ort und maßen ihm insbesondere bei dieser Invasion große Bedeutung zu. Die Maden stürzten herab, Trisladens Armeen wurden gefressen oder ausgehöhlt, und die beeindruckenden Burgen fielen. Heute ist es ein unheimliches Ödland, in dem sich nur die Wahnsinnigen und die Verlorenen wohlfühlen.

Doch etwas Interessantes gibt es noch in Grünschlick: das Land von Esiah Godwort. Seine Familie lebte generationenlang an der Grenze von Trisladen, und auf ihrem Land stürzte beim äußerst abrupten Ende des Achten Regens ein Gigant ab. Ich kann mir vorstellen, dass Godworts Ahnen – zwar verängstigt, aber auch stur – sich weigerten, das von den Jure'lia vergiftete und zerstörte Land zu verlassen. Schließlich erkannten sie vielleicht sogar, dass sich aus dem gewaltigen Kadaver, der in ihrem Hinterhof gelandet war, Profit schlagen ließ. Jedenfalls errichteten sie eine gewaltige Mauer um dieses Ding und verstärkten diese in den folgenden Generationen sogar noch weiter, bis daraus eine Festung entstand. Ich bin mir nicht mehr sicher, ob sie damit die Geister darin festsetzen oder Plünderer abschrecken wollten.

Auszug aus den Tagebüchern von Lady Vincenza »Vintage« de Grazon

Ohne den Schutz des Dornenwalds war die Reise nervenaufreibend. Tor warf regelmäßig Blicke zum Himmel, in Erwartung einer flackernden Bewegung, die ihren Untergang ankündigen würde. Auch die Landschaft bot nur wenig Ablenkung. Vintage hatte ihnen zwar versichert, dass die Grenze von Grünschlick höchstens vier Tagesritte entfernt war und nur die Landerhebung die Region verbarg, doch mehr wollte die Gelehrte nicht verraten. Den Rest behielt sie jedoch für sich und richtete den Blick stattdessen zum Horizont. Tor spürte, dass sie sich so sehr darauf konzentrierte,

Godworts Anwesen zu erreichen, dass sie alle Gedanken an einen Vergeltungsschlag der Winnowry verbannt hatte. Sie konnte sehr eigensinnig sein, wenn sie wollte. Und seiner Erfahrung nach war das immer der Fall.

Wenigstens das Mädchen schien seine Sorge zu teilen. Sie sah ihn gelegentlich an, wenn sie beide die Wolken beobachtet hatten, und hob dann reumütig die Augenbrauen. Das überraschte ihn. Sie schien zu einer anderen Person zu werden, je weiter die Reise sie von ihrem alten Gefängnis wegführte. Zu sich *selbst* zu werden, vielleicht. Doch wenn sie nachts rasteten, schlief sie sehr unruhig und warf sich hin und her, als würde etwas sie quälen. Tor begab sich nicht noch einmal in ihre Träume – nicht mit Vintage in der Nähe –, aber er fragte sie eines Morgens danach. Sie rieb sich die Augen und schüttelte den Kopf.

»Ich habe kein Akaris mehr«, sagte sie. »Das war das Einzige, was mich vor den Albträumen bewahrt hat. Also vor den meisten.«

»Wenn du Albträume hast …«

»Nicht den über das Wurmvolk. Den hatte ich seit der Winnowry nicht mehr. Die hier sind …« Sie hob die Hand an den Mund und berührte mit den Lippen ein lockeres Stück Haut an ihrem Daumen. »In diesem Albtraum erlebe ich immer wieder die gleiche Erinnerung. Eine kaputte.«

Tor nickte und sah weg. Er dachte an ein kleines Mädchen mit einem Holzschwert in der Hand und an das Gefühl eines drohenden Untergangs. »Eine Erinnerung an etwas, das dir als Kind passiert ist.«

»Es ist nicht *mir* passiert. *Ich* bin anderen passiert.« Sie schloss fest die Augen, und als sie sie wieder öffnete, lag ein drängender, fast schon verzweifelter Ausdruck darin. »Ich kann mich nicht daran erinnern, was geschehen ist. Nicht an alles.«

»Was meinst du damit, du kannst dich nicht erinnern?«

»Ich weiß, was die Konsequenzen waren.« Sie sprach leiser. »Vor denen verstecke ich mich nicht. Aber vor dem ganzen Rest. Und es ist sehr wichtig, dass ich mich nicht daran erinnere. Diese Erinnerung ist gefährlich. Für alle.«

Tor runzelte die Stirn. »Wenn du dich nicht erinnern kannst, woher weißt du, dass es gefährlich ist? Erinnerungen können dir nichts anhaben.«

»Ich weiß es einfach.« Noon biss sich auf die Lippe und warf einen Blick auf Vintage, die vor ihnen ritt. »Und es wäre besser, wenn du mich nicht mehr danach fragen würdest.«

Wie sich herausstellte, bekamen sie erst eine Nacht, bevor sich die Täler und trockenen Seen von Grünschlick offenbarten, einen Besucher. Der Halbmond hing verschwommen hinter Nebel am Himmel, als würde man ihn durch ein beschlagenes Fenster betrachten. Ein kalter Wind peitschte über die Wiesen und füllte die Nacht mit einem verstörenden Heulen. Tor zog sich die Kapuze über den Kopf und Vintage warf weitere Stöcke ins Feuer. Es schien kurz davor, auszugehen.

»Was ich jetzt wirklich gerne hätte«, sagte Tor, »wäre ein sehr großes Glas Wein. Vintage, du hast mir versprochen, dass ich jede Nacht, solange ich in deinem Dienst stehe, Wein bekommen würde. Weißt du noch?«

»Wirklich?« Vintage stützte sich auf ihr Kinn und starrte scheinbar gedankenverloren in das Feuer. »Ich bin mir ziemlich sicher, dass ich nie etwas so Lächerliches versprochen hätte, mein Lieber.«

Tors Augen wurden bei diesen Worten schmal, und er streckte die Hände nach dem schwachen Flackern aus. »Wein, jeden verdammten Tag. Haben wir das nicht aufgeschrieben? Ich bin mir sicher, dass ich das Papier irgendwo bei mir habe.«

Noon beugte sich vor und richtete die Hand auf das Feuer, sodass es auf einmal zu smaragdgrünen Flammen erblühte. Tor und Vintage schreckten beide zurück, aber Noon zuckte nur mit den Schultern.

»Wir haben zwar keinen Wein, aber uns muss nicht auch noch kalt sein.«

»Das stimmt, meine Liebe, aber ich schätze meine Augenbrauen sehr.«

»Woher hast du die Energie dafür bekommen?«

Noon sah zu ihm auf. »Vom Gras unter uns. Ich habe als Kind in diesem Flachland gelebt. Ich habe sie mir immer vom Gras geholt.«

»Davon gibt es jedenfalls genug. Also ist da nur noch ein Stück totes, gefrorenes Gras, wo du jetzt sitzt?«

»Fändest du es besser, wenn da nur noch ein toter, gefrorener Eboraner wäre, wo *du* jetzt sitzt?«

»Seid beide still. Hört ihr das?«

Da war ein Geräusch, zwar entfernt, aber es kam näher. Es erinnerte Tor an ein Buch, das mit flatterndem Lederumschlag eine Treppe herunterfiel. Er sprang sofort auf, den Neunten Regen in beiden Händen. »Wo ist sie? Könnt ihr sie sehen?«

Der pechschwarze Himmel wirkte auf einmal bedrohlich. Vintage zog ihre Armbrust von der Hüfte. »Wir sollten Schutz suchen.«

»Na klar, wir könnten uns unter dem Gras verstecken. Hexe, du holst dir besser noch mehr Winnowfeuer. Wenn wir sie überraschen können, sollten unsere Chancen besser stehen.«

»Nein, warte!« Noon hielt sich die Hände über die Augenbrauen und starrte in den Himmel. »Ich sehe sie. Das ist doch nur Fulcor. Leg das verdammte Schwert weg.«
»*Deine* Fledermaus? Wieso verfolgt sie uns immer noch?«
»Woher soll ich das wissen?«
Das gewaltige Wesen landete nur wenige Meter von ihnen entfernt. Seine Lederschwingen drückten das Gras zu Boden. Es schlurfte so ungeschickt auf das Feuer zu, wie es Fledermäuse nun mal taten, wenn sie mit einem horizontalen Untergrund konfrontiert wurden. Ihre angepflockten Ponys schnaubten und tänzelten und versuchten, Abstand zu der Fledermaus zu halten. Noon ging zu ihr und streichelte ihre flache Samtnase.
»Das Vieh könnte die Winnowry direkt zu uns führen.« Tor sah die Fledermaus stirnrunzelnd an. Sie trug zwei tote Kaninchen im Maul, die es nun vor Noons Füße warf. »Kannst du sie nicht wegschicken?«
»Ich würde eher *dich* wegschicken. Fulcor hat mir das Leben gerettet und dir wahrscheinlich auch.«
Vintage hatte sich dem Wesen ebenfalls genähert und betrachtete die riesigen, gekräuselten Ohren. Fulcor stieß einen schnuppernden Laut aus, als würde sie die Aufmerksamkeit genießen.
»Der Junge hat nicht Unrecht, meine liebe Noon. Unser hübsches Mädchen hier ist nicht gerade unauffällig, oder?«
»Es ist ihr ziemlich egal, was ich denke.« Noon nahm die Silberpfeife, die an ihrem Hals hing, und stieß vier schrille Töne aus. Die Fledermaus zuckte einmal kurz mit den Ohren und schüttelte sich, blieb aber im Gras stehen. »Seht ihr? Ich glaube, sie ist wie ich. Fulcor wollte schon immer frei sein, und jetzt macht sie, was sie will.« Noon bückte sich und hob die Kaninchen auf, wandte dabei jedoch den Kopf ab. Trotz-

dem bemerkte Tor, dass sich ihre Wangen gerötet hatten. Anscheinend war es ihr peinlich, dass sie sich so sentimental über ein Tier geäußert hatte. »Außerdem rettet uns Fulcor nicht nur, sondern bringt uns sogar das Abendessen. Sie ist also nützlicher als die meisten Menschen, die ich kenne.«

Als die Morgendämmerung ihr wässriges Licht auf die Ebenen strich, war Fulcor weg. Sie kochten die Kaninchen, aßen eines zum Frühstück und packten das zweite für später ein. Den restlichen Morgen verbrachten sie mit einem eintönigen Ritt über das nichtssagende Gras. Das Wetter war umgeschlagen. Der Himmel wölbte sich über ihnen wie eine blaue Glasschüssel, und die Sonne brannte gnadenlos, sodass Tor schon bald seinen Umhang ausziehen und zusammengefaltet in seinen Schoß legen musste. Noon nahm den Hut ab und benutzte ihn wie einen Fächer. Die Tätowierung auf ihrer Stirn konnte hier schließlich niemand sehen.

Den ganzen Morgen ritten sie leicht bergauf, bis sie eine Hügelkuppe erreichten, hinter der sich die zerstörte Landschaft von Grünschlick ausbreitete. Tor verzog das Gesicht. Er war schon einmal mit Vintage dort gewesen, und die Aussicht hatte sich nicht verbessert.

»Was stimmt mit diesem Ort nicht?« Noon wirkte blasser als noch einen Moment zuvor. Geistesabwesend hob sie den Arm und wischte sich den Schweiß von der Stirn.

»Das sind die Narben des Wurmvolks«, sagte Vintage mit verzogenen Mundwinkeln. »So etwas sieht man nicht jeden Tag, oder?«

Einst war das Land dicht bewaldet und voller fruchtbarer Seen gewesen, doch nun war Grünschlick nur noch ein öder, zerstörter Ort. Die halb zusammengefallenen Hügel bestanden aus Steinen und Erde – Tor sah überall Spuren von Erdrutschen – und viele wurden von Schichten des glänzenden Lacks bedeckt. Die Seen waren zu dunklen Löchern voller Schatten geworden. In einiger Entfernung konnte Tor gerade so die Überreste von Trisladens größter Stadt erkennen, eine wirre Ansammlung von Ruinen, Trümmern und Lack. Bei ihrem letzten Besuch hatte Vintage auf eine Pilgerreise dorthin bestanden. Das war nichts, an das sich Tor gerne erinnerte.

Sie ritten den Hügel hinunter, durch die letzte Vegetation, die sie für eine Weile sehen würden, bis sie einen Steinobelisken erreichten, der einsam im Gras stand. Worte waren hineingemeißelt worden.

»Weißt du noch, was dort steht, mein lieber Tormalin?«

Tor seufzte. »Wenn ich mich recht entsinne, irgendetwas unglaublich Aufmunterndes wie ›bezeugt den Friedhof von Trisladen‹ und ›irgendwas, irgendwas Verzweiflung‹.«

»Da steht auch, wie viele Menschen allein in dieser Region beim Achten Regen gestorben sind«, sagte Vintage. »Das ist eine sehr bedrückende Zahl.«

Am brütend heißen Nachmittag erreichten sie den Fuß des Grashügels und machten sich an den Aufstieg der nächsten Erhebung. Der Unterschied war gewaltig. Ohne Bäume und andere Vegetation bestand er nur aus Dreck und Gestein, das jederzeit ins Rutschen geraten konnte. Vintage bat die anderen immer wieder, sich langsam und vorsichtig zu bewegen, und schickte Tor sogar einige Male voran, damit er nach dem sichersten Weg suchen konnte. Als sie schließlich auch diesen Hügel erklommen hatten, sahen sie endlich das Zuhause von Esiah Godwort, das am äußersten Winkel von Grünschlick hockte.

»Es ist so einsam«, sagte Noon hörbar verwirrt. »Wie kann er so allein hier draußen leben?«

Das Anwesen brutzelte unter dem weiten Himmel. Ein Blick hätte reichen müssen, würde Tor später denken – der Ort sah bereits wie ein schimmelnder, von Fliegen überzogener Kadaver aus. Er erinnerte ihn ein wenig an seine Heimat, und das hätte das größte Warnsignal sein sollen. Das Anwesen war aus roten Ziegelsteinen errichtet worden, die in der Hitze diesig wirkten, und die flachen schwarzen Fenster sahen wie blinde Augen aus. Sie waren schmutzig. Hinter dem verwinkelten Haus befand sich eine hohe Mauer, und dahinter noch eine, so hoch, dass sie wie einer der Hügel wirkte, die sie umgaben. Was sich wiederum dahinter versteckte, ließ sich nicht erkennen.

»Godwort ist reich«, sagte Vintage, obwohl sie gequält wirkte. »Wenn du reich bist, kannst du leben, wie du willst. Seht ihr die Straße?« Sie zeigte auf einen unbefestigten Weg, der vom Anwesen nach Osten führte. »Es werden ständig Waren zum Anwesen gebracht: Nahrung, Wein, Baustoffe, Papier und Tinte für ihn und seinen Sohn.« Sie hob die Schultern. »Früher hat er selbst diese Reise unternommen, aber heutzutage zieht er die Einsamkeit von Grünschlick vor.«

»Auf der Straße ist aber niemand«, warf Noon ein, womit sie recht hatte. Nichts bewegte sich auf dem Weg. Nichts bewegte sich in der ganzen Ödnis.

Vintage runzelte die Stirn. »Kommt, gehen wir runter zu den Toren.«

Das Haus selbst war ebenfalls von einer beeindruckenden Granitmauer umgeben – diese Familie hatte eine Vorliebe für Mauern – und bei Vintages letztem Besuch hatten dort auch Wachen gestanden, sogar gut bezahlte, die jeden unerwarteten Besucher aufmerksam beobachteten. Nun war niemand in der Gluthitze zu sehen. Das hohe, schmiedeeiserne

Gitter stand ein wenig offen, und als Tor den Kopf hineinsteckte, sah er einen leeren Innenhof mit faulendem Stroh auf den Steinplatten. Schweigend führten sie die Ponys zu den Stallungen und brachten sie dort so gut wie möglich unter. Ein leerer Eimer lag vor dem leeren Quartier der Wachen. Stille hing schwer über ihren Köpfen.

Tor räusperte sich. »Vielleicht ist er tot«, sagte er. Sofort kehrte die Stille zurück, und er konnte beinahe fühlen, wie sie auf seine Trommelfelle drückte. Er dachte an die letzten Blutphiolen, die er in seiner Jacke versteckt hatte. »Wie alt ist er, Vintage? Ich bin ihm bei unserem letzten Besuch nicht begegnet.«

Vintage starrte die dunklen Fenster des Hauses an, als hoffte sie, ein Gesicht zu entdecken, das zu ihnen hinabblickte. Dabei wäre ihnen jedes menschliche Gesicht willkommen gewesen. »Nicht so alt. Außerdem hat er einen Sohn, einen gut mit Dienern ausgestatteten Haushalt und eine ganze Armee von Wachen …« Sie zupfte nervös an ihrem Hemd. »Wir gehen zum Haus. Kommt mit.«

Als sie den Hof überquerten, schloss Noon zu Tor auf.

»Was ist passiert, als ihr das letzte Mal hier wart?«

»Na ja, Madame Vintage ging zum Haupthaus, um sich mit unserem Einsiedler auszutauschen, während ich, äh, gebeten wurde, im Wachhaus zu warten. Ich gewann dreimal beim Kartenspiel, bevor Vintage mit einem Blick wie Donner aus dem Haus stürmte. Esiah Godwort öffnet sein Anwesen nicht für jeden.«

»Er öffnet es für keinen, mein Lieber«, sagte Vintage, »aber dieses Mal werde ich kein ›Nein‹ akzeptieren. Ah, wir sind da.«

Die Tür war aus schwarzem Holz gefertigt worden, mit einem Muster aus geschnitzten, springenden Fischen. Einst war sie sicherlich schön gewesen, doch der Lack war längst abgeblättert, und das Holz hatte sich an einigen Stellen grau verfärbt. Es gab einen großen, reich verzierten Messingklopfer, der ebenfalls seine besten Zeiten hinter sich hatte, wie die grün verfärbten Ecken bewiesen. Anstatt zu klopfen, lehnte sich Vintage jedoch gegen die Tür, die sich langsam und knarrend öffnete.

»Hallo? Esiah?«

Sie betraten ein wunderbar kühles Foyer, in dem sich die Schatten drängten. Staub tanzte im Licht, das durch die Fenster drang, und der Raum wurde von einem riesigen Gemälde beherrscht, das an einer Wand hing. Zu Tors Überraschung war darauf eine prächtige Kriegsbestie zu sehen – ein Greif mit leuchtend blauen Federn am Hals, der auf einem zerklüfteten Felsvorsprung saß, während sich im Hintergrund Sturmwolken am Himmel auftürmten. Tor hielt es für ein außergewöhnlich schönes Bild, und er glaubte sogar, den Künstler zu erkennen – den fast schon legendären Micanal, der mit seiner Goldener-Fuchs-Expedition verschwunden war –, doch die Pracht des Gemäldes ging ein wenig in dem Schmutz unter, der es umgab. Auf dem dreckigen Boden lagen zusammengeknülltes Papier und leere Säcke zwischen Fußabdrücken aus längst getrocknetem Lehm. Eine Treppe führte hinauf zu einem dunklen Stockwerk. Die Gänge, die vom Foyer abzweigten, waren voller Schatten und scheinbar ausgemusterten Möbeln. Ein Gang sah aus, als hätte man ihn verbarrikadieren wollen – dort stapelten sich umgedrehte Tische, Stühle und Kommoden.

»Hört ihr das?« Noon sah die Treppe hinauf.

»Ich höre nichts«, sagte Tor. Er wurde langsam gereizt. »Weil dieses Anwesen leer ist. Die lange Reise, der ganze Ärger, nur um am Ende in einem leeren Haus zu stehen. Vielleicht soll-

ten wir die Küche suchen. Ich will wenigstens etwas Anständiges essen, bevor es weitergeht.«
»Sei still«, fuhr Vintage ihn an. »Was hörst du denn, Noon?«
»Irgendetwas, ziemlich leise …« Sie schloss kurz die Augen und rief dann mit lauter Stimme: »Hallo?«
Tor zuckte zusammen und fluchte über sich selbst. »Die sind alle längst tot oder weg. Komm, Vintage, gehen wir …«
»Hallo? Wer ist da?« Noon ging auf die Stufen zu, und Vintage folgte ihr. Tor seufzte und schloss zu ihnen auf, doch nun hörte auch er die Geräusche – ein ununterbrochenes Murmeln, so leise, dass es kaum auffiel. Noon führte sie die Treppe hinauf und dann durch einen Gang. Sie gingen an einigen geschlossenen und einigen offenen Türen vorbei. Sonnenlicht, das von den dreckigen Fenstern getrübt wurde, lag wie Pfützen auf den dicken Teppichen, die den Boden bedeckten. Tor erhaschte kurze Blicke auf Möbel, auf Bücherregale, alles in eine tiefe Staubschicht gehüllt. Das Gefühl der Trostlosigkeit wurde stärker.
»Dort hinten ist jemand.« Noon führte sie zum letzten Zimmer. Es war groß und geräumig, mit einer langen Fensterbank an der Rückwand, die Scheiben waren jedoch von riesigen Papier- und Pergamentbögen bedeckt, sodass ein seltsam gelbes Licht den Raum erfüllte. Er war offensichtlich als Arbeitszimmer genutzt worden, was Bücherregale an den Wänden rechts und links verrieten, aber die Schreibtische und anderen Tische waren an die Wände geschoben worden. Auf ihnen lagen offene Bücher und dreckige Teller neben leeren Gläsern. Ein kleiner Teppich, auf dem einige Öllampen standen, befand sich in der Mitte des Zimmers. Zwischen den Lampen saß ein Mann. Er stand langsam auf.
»Esiah?«
Er war, wie Tor annahm, ein Mensch mittleren Alters, sogar

ein gutaussehender, gut gebauter Mann mit dichtem, gelocktem Haar und einem gepflegten Bart, der nur an den Wangen leicht angegraut war. Die Lider lagen schwer auf seinen Augen – vielleicht ein Anzeichen für Schlafmangel – und er hatte bemerkenswert ausdrucksvolle Augenbrauen. Er trug einen staubig roten Samtmantel, der in Anbetracht des Wetters albern wirkte, und ein fleckiges Hemd. Seine graubraune Hose war ebenfalls staubverschmiert.

Er öffnete den Mund, doch heraus kam nur ein heiseres Krächzen. Kopfschüttelnd versuchte er es noch einmal.

»Wer sind Sie?«

Vintage trat mit besorgter Miene ins Zimmer. Sie ging zu dem Mann, strich über sein Mantelrevers und blinzelte, als kleine Staubwolken aufstiegen.

»Esiah, was haben Sie getan? Was ist hier los?«

Der Mann sah verwirrt auf sie herab.

»Lady de Grazon? Sind Sie das?« Er tätschelte geistesabwesend ihre Hand. »Sie sehen so aus, aber ich habe allen befohlen zu gehen. Da bin ich mir ganz sicher.«

»Master Godwort, warum haben Sie allen befohlen zu gehen? Ist es hier gefährlich?«

Einen Moment lang starrte der Mann Tormalin einfach nur an, während sich sein Mund lautlos hinter dem schwarzen Bart bewegte. Dann schüttelte er den Kopf. »Mir wurde erzählt, dass Sie einen eboranischen Diener hätten, Vincenza, aber ich wollte das nicht glauben. Nicht einmal Sie, so sagte ich, wären so exzentrisch.«

Vintage wollte antworten, doch er winkte ab und trat zurück in seinen Kreis aus Lampen und Papieren. Er zeigte auf den Boden. »Es ist ruhiger, wenn das Haus leer ist, und das ist besser. Ich kann nachdenken. Es gibt so vieles, was ich herausfinden muss.«

Noon war tiefer in das Zimmer getreten und betrachtete die Pergamente an den Fenstern. Detaillierte Bleistift- und Tintenzeichnungen bedeckten sie. Auf ihnen waren die unterschiedlichen Jure'lia-Gestalten zu sehen: Nahaufnahmen der Wühler mit ihren scharfen, klingenartigen Beinen, die geschwollenen Körper der Maden, die Mütter in einer Gruppe auf einer Hügelkuppe.

»Esiah, es stehen noch nicht einmal Wachen am Haupttor.« Vintage zog die Augenbrauen zusammen. »Soll das heißen, dass das Gelände unbewacht ist? Was ist hier passiert?«

»Es ist besser, wenn es still ist«, sagte Esiah erneut. Er betrachtete die Seiten am Boden. »Ich muss nachdenken. Es gibt so viel, über das ich nachdenken muss.«

Stille erfüllte den Raum. Vintage schien mit den verstreuten Gedanken ihres alten Kollegen überfordert. Tormalin trat von einem Fuß auf den anderen. Das brachte doch nichts. Sie sollten abreisen und so tun, als hätte diese Reise nie stattgefunden.

»Sie brauchen etwas zu essen.«

Tor sah auf. Noon hatte sich Esiah Godwort genähert und versuchte, seine Aufmerksamkeit zu erregen. »Master Godwort? Sie brauchen etwas zu essen und wir auch. Wo ist die Küche?«

Der Mann blinzelte sie einen Moment lang an, als würde er sich fragen, was eine junge Frau in seinem Arbeitszimmer machte. Oder vielleicht versuchte er auch nur, sich daran zu erinnern, was eine Küche war.

»Im Keller, unter dem Hauptflügel. Geht zurück ins Foyer und dann die Treppe hinter der hinunter, die euch hierher geführt hat.« Er wirkte kurz gefasster, als hätte die Wegerklärung etwas von dem Nebel in seinem Geist vertrieben, doch dann wandte er den Blick wieder ab und starrte in eine Ecke des Zimmers.

»Tormalin, sehen wir uns mal an, was wir für Master Godwort zu essen finden.«

Tor verließ das Zimmer hinter Noon und machte sich gar nicht erst die Mühe, leise zu sprechen: »Hat dir Vintage die Erlaubnis erteilt, mich herumzukommandieren? Das würde zu ihr passen.«

»Ich habe Hunger. Hast du keinen Hunger?«

Sie gingen an der geöffneten Tür eines Zimmers vorbei, und Tors Blick fiel auf blitzendes Metall. Er hielt inne und betrachtete den Raum. Nach einem Moment gesellte sich Noon zu ihm.

Es war ein Schlafzimmer, das von einem riesigen Himmelbett beherrscht wurde, die Bettdecken unordentlich zurückgeschlagen. Überall lagen Haufen mit abgelegten Hemden, Hosen und Unterwäsche, daneben verriet ein offener Schrank eine Sammlung weiterer kostbarer Kleidung. An einer Seite, neben einem Fenster, aus dem das Tageslicht hereinschien, stand ein Holzgestell mit Rüstungsteilen. Das Metall schimmerte grünlich, und die Platten wurden von dunkelbraunen Lederriemen zusammengehalten.

»Das ist Winnow-geschmiedetes Metall«, sagte Tor leise. Die Rüstung war wunderschön – glänzende Schulterstücke und Armschienen, ein filigran aussehendes Kettenhemd –, schien aber unfertig zu sein. Ein Helm stand auf dem Gestell. Er war kunstvoll verziert, mit einem Kreuzstück, das die Nase schützte, und gespreizten Flügeln an den Wangen. »So etwas würde ein Vermögen kosten. Seine Wächter verfügen über beeindruckend viele Winnow-geschmiedete Schwerter, die sie anlegen, wenn sie zum Gelände unterwegs sind – das

habe ich bei meinem letzten Besuch gesehen –, aber eine komplette Rüstung ist eine große Investition.«
»Godwort scheint es nicht an Vermögen zu mangeln. Vor allem, wenn er keine Diener mehr bezahlen muss.«
»Das ist das Zimmer seines Sohns.« Tor stupste einen der Kleiderhaufen auf dem Boden mit dem Stiefel an. »Der Geruch eines jungen, unordentlichen Manns ist unverwechselbar.«
Noon hob die Augenbrauen. »Wenn du das sagst.« Sie legte einen Finger auf eine Kommode und drehte sich zur Tür um. »Hier liegt alles unter einer Staubschicht. Einer dicken Staubschicht.«
Sie sahen sich kurz an und verließen schweigend den Raum. Die Küche war dort, wo Godwort gesagt hatte – anscheinend war sein Verstand nicht ganz umnebelt – und sie bereiteten mit Käse und Dörrfleisch ein einfaches Abendessen zu. Das Brot war verschimmelt, aber in der Vorratskammer gab es Gläser mit Marmelade und geräucherte Fische. Als sie ihre Fundstücke nach oben brachten, sahen sie, dass Vintage und Esiah zusammen auf dem Boden saßen. Vintage wirkte äußerst besorgt, nickte aber ermunternd, während Esiah redete.
»Ja, Esiah, ich glaube auch, dass dieses Wissen nützlich wäre, aber nur wenige von denen haben überlebt.«
Godwort klopfte mit dem Finger auf ein Blatt Papier. Darauf war die Zeichnung eines Giganten zu sehen, dessen schattenhafte Gestalt von leuchtend grünen Strichen und Anmerkungen unterbrochen wurde.
»Sein Herz. Ich muss das Herz erklären. Was befindet sich im Herzen eines Giganten? Wie funktioniert es?«
Vintage sah zu ihren beiden Begleitern auf und zuckte kaum merklich mit den Schultern.
»Wir haben Essen«, sagte Noon. Sie stellte es neben ihnen auf

den Boden und fing an, einen Käse von seiner Rinde zu befreien.

»Aber Esiah, mein Lieber, Sie könnten dieses Problem doch lösen, indem Sie sich das Ding einfach ansehen. Es liegt ja praktisch vor Ihrer Tür.« Vintage lachte ein wenig nervös, aber Esiah hob die Hände und krallte sie in seine Haare.

»Nein«, sagte er ganz leise. »Nein nein nein. Nein nein nein.«

Tor brachte es nicht über sich, neben ihnen Platz zu nehmen. Das Gefühl, dass etwas hier nicht stimmte, war zu stark. Wo waren alle anderen? Es erinnerte ihn an Noons Traum; das überwältigende Gewicht eines unsichtbaren, aber nahenden Untergangs. Er warf Vintage einen kurzen Blick zu, und sie wirkte bestürzt.

»Vielleicht können wir Ihnen helfen, mein Lieber, wenn Sie das Gelände nicht selbst betreten möchten.« Vintage räusperte sich. »Sie wissen natürlich, dass ich diesen bemerkenswerten Giganten schon seit Langem aus der Nähe betrachten möchte. Vielleicht könnten wir uns an Ihrer Stelle das Herz der Bestie ansehen. Alles mitbringen, was wir für wichtig erachten, Zeichnungen und Notizen anfertigen. Sie wissen, dass mir das liegt.«

Esiah Godwort stieß einen erstickten Laut aus, und als er den Kopf hob, waren seine Augen feucht. Vintage fuhr fort.

»Ich weiß, wie sehr Sie Ihre Geheimnisse lieben, Esiah, und dass wir schon früher verhandelt haben, ich Sie aber nie überreden konnte. Doch jetzt kann ich Ihnen ein neues Angebot machen. Sehen Sie das Mädchen, das ich mitgebracht habe?«

Sie zeigte auf Noon, die gerade in einen großzügig mit Marmelade bestrichenen Käse biss. Die Finsterhexe schluckte schwer.

»Was?«

»Sie ist eine Finsterhexe, Esiah«, sagte Vintage und tat so, als würde sie Noons erhobene Augenbrauen nicht bemerken. »Sie arbeitet jetzt auch für mich und ist durchaus in der Lage, Winnowfeuer hervorzubringen. Als ich das sah, musste ich sofort an Sie und Tyrons Rüstung denken. Er sammelt immer noch die Teile dafür, nehme ich an?«

»Die Rüstung«, sagte Esiah mit völlig flacher Stimme. »Die Rüstung.«

»Ja, die Rüstung aus Winnow-geschmiedetem Stahl. Ich weiß noch, wie stolz Ihr Sohn auf all das war, was er bisher hergestellt hatte. Mein Lieber, stellen Sie sich vor, wie er strahlen wird, wenn Sie …«

Esiah Godwort sprang abrupt auf und wich aus dem Lampenkreis zurück, als hätte er Angst, dort von etwas gebissen zu werden. Er prallte gegen die Rückwand und drehte sich zusammengekrümmt um, als wäre er von einem Schlag getroffen worden.

»Gehen Sie! Sie müssen gehen! Raus hier, verlassen Sie diesen Ort, gehen Sie mir aus den Augen, verdammt noch mal.«

Vintage stand auf. Ihr sonst so warmes, braunes Gesicht war milchiggrau geworden, doch noch während Tor das bemerkte, riss sie sich zusammen. Lady Vincenza »Vintage« de Grazon ließ sich nicht so leicht von ihrem Ziel abbringen.

»Bitte, Esiah. Sagen Sie uns, was hier nicht stimmt. Wie können wir Ihnen helfen?«

»Sie können mir nicht helfen. Keinem von uns. Diese Welt ist vergiftet. Eine Saat aus Schmutz und Tod wächst in der Wildnis heran.« Der Mann stieß einen gequälten, wässrigen Atem aus, der fast wie ein Schluchzen klang. Als er weiterredete, wirkte er wacher und aufmerksamer als zuvor, aber seine Stimme war schwer von Trauer. »Sie wollen auf das Gelände, oder? Gehen Sie. Los. Das Tor ist unverschlossen, und bei den Göttern, ich kann es mir nicht mehr ansehen. Tun Sie, was Sie tun müssen, aber lassen Sie mich in Ruhe. Jetzt.«

Kapitel 27

Die Riesenfledermäuse der Winnowry (oder, um sie mit ihrem korrekten Namen zu bezeichnen: Targus-Schwarzaugen-Fledermäuse) stammen ursprünglich aus der Bergregion von Targ. Dieser Ort reizt mich schon seit Langem, muss ich zugeben, denn alles deutet darauf hin, dass es dort vor Jahrtausenden zu einem Kataklysmus gekommen ist, lange vor dem ersten Auftauchen der Jure'lia. Doch sein Ruf als verfluchter Landstrich macht es unmöglich, eine Überfahrt zu buchen. Niemand reist schließlich nach Targ.

Was allerdings nicht stimmt. Wir wissen natürlich, dass einige der ersten Anhänger von Tomas, während die anderen ihr entzückendes Frauengefängnis bauten, nach Targ reisten, und wir wissen ebenfalls, dass sie mit einem Wurf Targus-Schwarzaugen zurückkehrten. Anmerkung: Ich wüsste zu gerne, weshalb sie ursprünglich nach Targ gereist sind. Man braucht einen guten Grund, um sich den trostlosen Abgründen und gewaltigen Bergen dort zu stellen. Vielleicht verbirgt sich dieser Grund irgendwo in Tomas' privaten Aufzeichnungen; steckt er vielleicht zwischen all den Geheimnissen, die er vom Meer mitbrachte? Oder, was noch interessanter wäre, hat diese Region etwas mit dem Winnowfeuer zu tun?

Wie dem auch sei, die Fledermausjungen wurden in der Winnowry aufgezogen, ebenso deren Nachkommen, bis sie keine andere Heimat mehr kannten, und eine Generation nach der anderen von dem spindeldürren Chirotturm an der Spitze der Winnowry aufstieg. Sie sind Fleischfresser, die Vögel und kleinere Säugetiere jagen, aber sie mögen auch Obst – bei einer denkwürdigen Begegnung überraschte ich ein ausgewachsenes Targus-Schwarzauge im Rebenwald, wo es sich den Bauch mit Weintrauben vollschlug. Ich nehme an, dass es aus der Winno-

wry entkommen war – ich kann mir kaum vorstellen, dass selbst ein so großes Wesen in der Lage wäre, von Targus bis zu meinem Wald zu fliegen. Ich vertrieb das Mistvieh mit einem Stock.
Allgemein heißt es, dass sie loyal und intelligent sind und dazu neigen, sich auf ihren Besitzer oder einen anderen ihnen nahestehenden Menschen zu fixieren.
Auszug aus den Tagebüchern von Lady Vincenza »Vintage« de Grazon

Der Tag lag bereits im Sterben, und so verbrachten die drei die Nacht in Esiah Godworts riesigem, leeren Haus. Jeder schlief in einem separaten, verlassenen Zimmer. Tormalin wachte am frühen Morgen auf, ging in die Küche und suchte nach etwas zu essen und einer Flasche Wein, die ihm das Weiterschlafen erleichtern würde. Auf dem Rückweg bemerkte er Licht unter der Tür, die zu Esiah Godworts Arbeitszimmer führte. Er hörte auch das trockene Rascheln von Papier und fragte sich, ob der Mann durch Schlafmangel in den Wahnsinn getrieben worden war. Aus Noons Zimmer hörte er leise, gequälte, aber auch verschlafene Laute, und er blieb eine Weile dort stehen, die Hand auf die Tür gelegt. Er war neugierig, aber müde.
In seinem eigenen Zimmer, wo er sein Lager auf einem staubbedeckten Bett aufgeschlagen hatte, öffnete er den Wein, bemerkte dann jedoch, dass er die Lust darauf verloren hatte. Stattdessen griff er in seine Tasche und holte eine der letzten Blutphiolen heraus – Blut, das Ainsel gespendet hatte. Er drehte den Glasbehälter zwischen den Fingern und sah im Licht einer einzelnen Kerze zu, wie die rote Flüssigkeit träge darin kreiste. Vor vielen Jahren, als Ebora erst seit Kurzem unter der Blutpest litt, war eine Beschichtung für Glasbehäl-

ter entwickelt worden, die das Blut an einer schnellen Gerinnung hinderte, und er hatte vor dem Verlassen der Stadt einige solcher Gläser mitgenommen. Tormalin entkorkte die Phiole und presste sie sich rasch an die Lippen. Das Blut war alles andere als frisch und half kaum gegen die Erschöpfung, aber es schmeckte immer noch nach Ainsel und die Erinnerungen an ihre warme Haut lagen süß auf seiner Zunge. Einige Momente lang fühlte sich das verlassene Zimmer nicht mehr so einsam an.
Als Tormalin die Kerze mit Daumen und Zeigefinger löschte und unter die muffige Decke kroch, dachte er erneut an Noon, die immer wieder den gleichen Albtraum durchlebte – der eigentlich gar kein Albtraum war. Schließlich schlief er ein.

Das Mädchen kroch tief unter die Decken und fühlte das raue Pferdehaar an den nackten Füßen. Es war Mittag, und das Sonnenlicht erhellte die Wände im Zelt ihrer Mutter schwach. Das war gut. Wenn es draußen hell war, würde hoffentlich niemand bemerken, was sie vorhatte.
Sie griff in den Korb und zog das Büschel Ralawurzeln heraus, das ihre Mutter am Morgen geerntet hatte. Es verwelkte rasch. Die langen grünen Blätter, die aus dem Boden ragten, waren schon weich geworden, doch für ihre Zwecke steckte noch ausreichend Leben in den Wurzeln – sie fühlte, wie es unter ihren Fingerspitzen kitzelte und heraustropfte. Das Mädchen sah zum Zelteingang, um sich zu versichern, dass ihre Mutter nicht plötzlich auftauchen würde. Doch die Lasche war geschlossen, und sie konnte die sanften Alltagsgeräusche ihres Volks draußen hören; Stimmen, die grüßten, tratschten und befahlen, das Schnauben der Pferde und den leisen Singsang, mit dem Mutter Fast ihnen allen eine er-

folgreiche Jagd versprach. Eine Axt wurde mit rhythmischem Pochen in Holz geschlagen, Kinder spielten und riefen einander zu, doch im Zelt war es still. Das war ihre Zeit, ein kurzer Moment des Alleinseins, in dem sie tun konnte, was sie wollte. Und sie wollte immer nur eines tun.

Das Mädchen schloss die Finger der einen Hand um die Ralawurzeln und streckte die andere Hand vor sich aus. Das lebende Grün der Pflanze klopfte sanft gegen ihre Finger, als wollte es von ihr geholt werden. Das Mädchen grinste im Dämmerlicht des Zelts.

Die Ralablätter verwelkten und wurden braun. Die rundliche, herzförmige Wurzel, die so gut in Eintopf schmeckte, schrumpfte zusammen und wurde faltig. Nach einigen Momenten färbten sich die Ränder der Blätter schwarz und rollten sich ein.

Beinahe triumphierend hob das Mädchen ihre andere Hand. Ihre kleine, geballte Faust brachte eine grünlich-blaue Kugel hervor. Das unheimliche Feuer züngelte von ihrem Handgelenk nach oben und bildete eine flackernde, wild tanzende Spitze über ihren geschlossenen Fingern.

Das Mädchen konnte sich nicht länger beherrschen und jauchzte vor Begeisterung. Die Flammen stiegen höher und hüllten das Zelt in ein waberndes, unwirkliches Licht. Es interessierte sie nicht mehr, dass jemand dieses Licht von draußen bemerken konnte; ihre Brust war von einem Gefühl des Schwebens, der *Entrückung* erfüllt. Es gab nur noch die Flamme.

Das Innere des Zelts wurde in das Licht getaucht. Die Decken, die Schlafsäcke, die Kochtöpfe ihrer Mutter, ihre Schriftrollen, ihre geliebten Tintenfläschchen, das Holzspielzeug des Mädchens, das hölzerne Übungsschwert, die dreckigen Tassen und die Kleiderhaufen – sie wurden verwandelt, als das Leuchten, das sie an das Wasser des Himmels-Sees erinnerte, sie einhüllte. Sie fragte sich, ob es sich wohl so anfühlte, wenn man unter Wasser lebte.

Ihre Hand brannte nicht, aber im Zelt war es heiß geworden, und sie fühlte juckenden Schweiß unter ihren Haaren und auf dem Rücken. Die Ralawurzel war in ihrer Hand zu einem Büschel aus weichen, schwarzen Zweigen geworden – sie rochen nach Fäulnis, nach alten Pilzen und der Ernte –, dann erloschen die Flammen und fielen auf ihre Finger herab. Verzweifelt und ohne nachzudenken, griff das Mädchen nach mehr von dem grünen Leben und stieß die freie Hand in den Gemüsekorb ihrer Mutter.

Die Flammen stoben brüllend und umgeben von einer schimmernden blauen Wolke zum konischen Zeltdach empor. In diesem Moment wurde die Zeltklappe zurückgeworfen.

»Noon!«

Ihre Mutter stolperte hastig ins Zelt und schloss die Stofflasche hinter sich. Die Flamme wirbelte einen Moment lang wild umher, während das Mädchen versuchte, sie unter Kontrolle zu bringen. Dann leckte sie an den getrockneten Blumen über ihnen. Sie fingen Feuer wie Wachs. Das blaugrüne Licht verwandelte sich in ein vertrautes Orange, als es etwas zum Verbrennen fand. Dann riss ihre Mutter fluchend und brüllend die Pflanzen von den Stangen und erstickte das Feuer rasch mit Decken. Als es aus war, richtete sie den Blick auf das Mädchen. Ruß verschmierte ihre Wange, und ihre schwarzen Haare standen wild vom Kopf ab.

»Noon! Was habe ich dir dazu gesagt?«

Das Mädchen ließ den Kopf hängen und rieb die Finger aneinander, um die tote Ralawurzel abzuwischen. »Dass ich das nicht machen soll.«

Ihre Mutter ließ sich gegenüber ihrer Tochter schwer zu Boden sinken. »Und?«

»Dass es schlecht ist.«

»Noon. Was habe ich großgezogen? Einen kleinen Frosch, der Worte quakt? Na los.«

Noon sah auf. Das Gesicht ihrer Mutter war ein regloser Umriss im Zwielicht des Zelts. Ihre Haut war warm und lebendig. Frustration funkelte in ihrem Blick, doch ihr Ärger ließ bereits nach.

»Dass das Winnowfeuer gefährlich ist. Dass ich mich oder etwas anderes daran verbrennen könnte. Dass ich das Zelt niederbrennen könnte.«

»Was du dieses Mal auch beinahe getan hättest. Abgesehen davon, dass du einen ganzen Korb mit gutem Essen verschwendet hast.« Ihre Mutter kippte den Korb zur Seite, sodass Noon das Innere sehen konnte, und somit die traurigen Haufen geschwärzter Pflanzen. Sie seufzte. »Rede weiter.«

»Dass niemand erfahren darf, dass ich das kann. Dass sie, wenn sie es herausfinden …« Noon hielt inne und wand sich nervös. »… dass die Winnowry hierherkommen und mich mitnehmen würde.«

»Das wird sie, mein Schatz. Ich werde sie nicht aufhalten können. Mutter Fast auch nicht. Keiner von uns. Sie werden dich an einen Ort weit weg vom Flachland bringen, und ich werde dich nie wiedersehen.«

Noon schob die Decken beiseite und setzte sich auf. »Aber wie sollen sie davon erfahren, Mama? Ich werde es geheim halten, das verspreche ich. Niemand wird das je sehen. Ich könnte mit dem Winnowfeuer zu einer richtigen Kriegerin werden! Ich könnte uns beschützen und dafür sorgen, dass uns nie kalt wird, wenn der Schnee kommt!«

Ihre Mutter musterte sie einige Momente lang schweigend. »Wie fühlt es sich an?«, fragte sie schließlich. »Wenn du das Feuer beschwörst?«
Noon zögerte, weil sie die Frage für eine Falle hielt, aber als ihre Mutter nicht fortfuhr, zuckte sie mit den Schultern. »Als wäre ich lebendig. Als würde zu viel Leben in mir stecken und ich könnte alles tun.«
Die Lippen ihrer Mutter wurden schmal, und sie wandte den Blick ab. Dabei neigte sie kurz den Kopf, sodass ihre schwarzen Haare ihr Gesicht verbargen. Dann sah sie ihre Tochter an, dieses Mal mit ruhigem Blick. »Es tut mir leid, Noon, aber du musst das verstecken. Du bist noch sehr klein und kannst nicht wissen … ihre Hexenspione sind überall. Du wärst vielleicht ein paar Tage sicher, vielleicht sogar zwei, drei Wochen, aber irgendwann würde die Winnowry dich holen.« Sie rutschte zu ihrer Tochter, nahm sie in die Arme und küsste sie auf den Kopf. »Ich kann dich nicht verlieren, kleiner Frosch.«

Noon drehte sich in ihrem kalten, staubigen Zimmer in Esiah Godworts prächtigem Haus um und öffnete die Augen. Die Bilder des Traums wurden rasch davongetragen, wie Laub von einem Fluss. Einen Moment lang glaubte sie, ihre Mutter noch riechen zu können – der Geruch nach Wildblumen und Pferden –, doch das war nur der Gestank, der aus dem muffigen Bettzeug aufstieg. Ihre Hand zitterte ein wenig, als sie sich die Wangen mit dem Handrücken abwischte und darauf wartete, dass der Himmel hell wurde. Alles würde im Tageslicht besser aussehen.

Es war die größte Mauer, die sie je gesehen hatte. Sie war sogar so groß, dass Noon sie erst als Mauer erkannte, als sie das riesige Tor darin bemerkte. Die Mauer wirkte eher wie ein extrem steiler, ungewöhnlich gleichförmiger Hügel. Hinzu kam, dass sie von einem bräunlichen Lehm überzogen war, auf dem hier und da kleine Pflanzen und sogar Bäume wuchsen. Sie hätten in der kahlen Landschaft erfreulich wirken sollen, stattdessen wirkten sie traurig und verdreht; anscheinend fraß sich das Gift von Grünschlick in alles hinein.

»Er sagte, das Tor sei offen.« Vintage hatte sich den breitkrempigen Hut fest auf den Kopf gesetzt und einen Teil des vorherigen Tages mit der Suche nach Proviant in Godworts Haus verbracht, weshalb ihr Rucksack nun prall gefüllt war. Tormalin stand neben ihr, sein Langschwert über dem Rücken. Er war noch vor Noon aufgestanden und hatte Waschwasser gekocht, sodass er nun wie gewöhnlich elegant und gefasst aussah – seine Haut glänzte und seine langen, schwarzen Haare flossen in einem Pferdeschwanz über seinen Rücken. Bei seinem Anblick fiel es schwer zu glauben, dass sein Volk im Sterben lag.

»Aber nur einen Spalt. Seht.« Tor ging zu der riesigen Pforte. Sie bestand aus Eichenstämmen, die man mit Eisen vernietet hatte, und war einige Zentimeter weit geöffnet worden. Um sie herum hatte sich eine dichte Decke aus welkem Laub und Dreck gebildet. Erst als Tor sich mit seinem ganzen Gewicht dagegenstemmte, konnte er die Pforte weit genug nach hinten drücken, damit sie sich nacheinander hindurchquetschen konnten. Im Inneren angekommen, verharrten sie alle einen Moment lang schweigend.

»Was für ein Ort.« Noon räusperte sich. »Ich wünschte mir fast, ich wäre in der Winnowry geblieben.«

Hinter den riesigen Mauern gärte die Wildnis. Gewaltige Bäume ragten über ihnen empor, seltsam und verdorben, und ihre Äste verdrehten sich und klammerten sich aneinander wie Erblindete, die nach ihren Nachbarn tasten. Noon sah graue, schwarze und rote Rinde, kränklich grüne Blätter mit gelben Flecken und Pilze, die geschwollen wirkten wie zu lange im Wasser liegende Leichen. Sie brachen aus den Stämmen der seltsamen Bäume und aus der schwarzen Erde hervor. Es war ein bewölkter Tag, das trübe Licht auf dem Gelände wirkte ausgezehrt und fahlgelb, als hätte man es nachträglich hinzugefügt. Ein tiefsitzendes Unbehagen schien von den dunklen Schatten auszugehen, die jeden Baum umgaben.

»Fantastisch. Ein privates Stück Wildnis, in dem wir uns umbringen lassen können«, spottete Tor. Er zog den Neunten Regen aus der Scheide und hielt ihn locker in der Hand, während seine dunkelroten Augen schmal wurden. »Hier ist es zu ruhig.«

»Weil kein Wind weht, mehr nicht. Werd nicht schon nervös, bevor wir überhaupt angefangen haben, mein Lieber«, sagte Vintage abwinkend, dabei hielt sie ihre Armbrust fest in beiden Händen.

»Nervosität könnte uns hier drin das Leben retten.« Tor trat mit gezücktem Schwert vor. »Ich nehme an, wir gehen einfach los, Vintage? Die Überreste des Giganten werden bestimmt schwer zu übersehen sein.«

Noons Unbehagen nahm zwischen den Schatten der Bäume zu, bis es wie ein Gewicht auf ihr lastete. Sie drehte sich immer wieder nach der braunen Lehmmauer um, doch die wurde rasch von den riesigen Bäumen verschlungen. Sie sah nichts, das sich bewegte.

»Wie groß ist dieses Gelände?«

»Es nimmt die Hälfte von Esiahs Land ein«, sagte Vintage. Die Gelehrte versuchte mit großen Augen, alles gleichzeitig in

sich aufzunehmen. »Ich fasse es nicht, dass ich endlich hier bin. Und ich musste ihn kaum dazu überreden.«
»Weil der Narr den Verstand verloren hat«, sagte Tor, der knapp vor ihnen ging. »Oder tust du aus Höflichkeit so, als hättest du das nicht bemerkt, Vintage?«
Vintage ignorierte ihn, stupste aber Noon mit dem Ellenbogen an. »Versuch dir so viel wie möglich davon einzuprägen, Liebes. Jedes seltsame Detail, alle merkwürdigen Gedanken, die dir kommen. Ich werde mir anschließend umfassende Notizen machen.«
Die Wildnis schloss sich immer mehr um sie herum. Schließlich konnten sie sich kaum noch die Außenwelt vorstellen, geschweige denn glauben, dass sie nur eine Stunde zuvor im Saal eines prächtigen Hauses gewesen waren, leicht abgestandenen Tee getrunken und ihre Sachen gepackt hatten. Hier drin fühlte sich die Zivilisation wie ein halb vergessener Traum an. Gerade begann Noon, sich an den schweren, fremden Gestank des Geländes zu gewöhnen, als ganz in der Nähe etwas klangvoll heulte. Ihre Nackenhaare stellten sich auf.
»Ein Parasitengeist«, sagte Tor. »Gehen wir weiter.«
Nur wenig später war auch schon der erste zu sehen. Licht schimmerte in der Düsternis, und Noon versteckte sich rasch hinter einem großen Pilz, der die Farbe einer Kuhleber hatte. Der Geist stapfte rund sechs Meter von ihnen entfernt vorbei. Er hatte einen stumpfen, von gelben Lampen umgebenen Kopf und sah aus wie ein Hai mit Beinen. Er schien sie nicht zu bemerken. Noon wollte ihre Deckung verlassen, aber Vintage ergriff ihren Arm.
»Bleib hier, Liebes«, flüsterte sie. »Nur einen Moment.«
Stille und Düsternis. Dann umgab sie ein unheimliches Licht. Blau, dann violett und schließlich rosa. Es waren zwei weite-

re Parasitengeister, die sie jeweils rechts und links passierten. Mit pochendem Herzen duckte sich Noon hinter den Pilz. Noch drei Geister schwebten hinter den beiden; sie konnte das schimmernde, durchscheinende Fleisch sehen, die an übergroße Finger erinnernden Wedel und dunkle, zusammengezogene Löcher. Sie hatte das absurde Gefühl, in eine Parasitengeisterparade geraten zu sein – vielleicht hielten sie so was zum Spaß ab, allein an diesem vergessenen Ort. Erneut ertönte das klagende Heulen, dieses Mal viel näher, und Noon fiel alles ein, was sie je über diese Geister gehört hatte; vor allem, dass sie einen Menschen nur berühren mussten, um dessen Innerstes nach außen zu kehren. Sie wünschte sich verzweifelt, sie könnte im Boden versinken. Neben ihr stieß Vintage Worte in einer Sprache hervor, die sie nicht kannte.

»Ich wusste gar nicht, dass Catalenisch über so viele Schimpfworte verfügt«, murmelte Tor schmunzelnd. »Auch wenn ich meine eigene Energie nur äußerst ungern anbiete, aber könnte unsere Hexe die Geister vielleicht verbrennen, Vintage? Dafür ist sie doch hier, oder?«

»Sei nicht albern«, zischte Vintage. »Sie ziehen nur an uns vorbei. Wir müssen unsere Ankunft nicht allen verkünden.«

»Wieso sind das so verdammt viele?«, fragte Noon. Die Geister bemerkten sie anscheinend nicht, und nach einer Weile verschmolzen ihre seltsamen Lichter mit der Düsternis der Wildnis.

Vintage grinste. »Ist das nicht bemerkenswert? Wir erleben hier möglicherweise die größte Geisterpopulation in ganz Sarn!«

Noon blinzelte. »Vintage, das ist nichts Gutes. Wir könnten sterben. Wirklich.«

»Unsinn.« Vintage tätschelte ihren Arm. »Wir haben dich und Tors Schwertarm. Uns wird nichts passieren. Komm mit.«
Sie gingen tiefer in das Gelände hinein und blieben nur hin und wieder stehen, wenn ein Parasitengeist vorbeizog. Klagelaute, dazwischen sogar einmal das Lachen eines Kindes, hallten durch die Bäume. Abrupt blieb Tor vor ihnen stehen und versteifte sich. Als er sich weder bewegte noch etwas sagte, trat Noon neben ihn und zupfte an seinem Ärmel. Doch sein Gesicht hatte nur den Ausdruck von jemandem, der verzweifelt versuchte, sich an etwas zu erinnern.
»Erinnert dich das an irgendetwas?«, fragte er drängend und sah sie aus roten Augen an. Noon hatte ihn noch nie zuvor so verletzlich gesehen.
»An was soll mich das erinnern?«
»Dieser Laut, der ist wie eine Melodie, die ich einst …« Seine Stimme erstarb, und er wandte sich kopfschüttelnd von ihr ab. »Komm.«
Als sie den Giganten schließlich sahen, glaubte Noon, sie hätten ein seltsames Gebäude inmitten dieses wuchernden Walds gefunden, mit dunklen, unter dem bewölkten Himmel glänzenden Fenstern. Neben ihr fluchte Vintage erneut in einer fremden Sprache, ihre Augen geweitet.
»Da ist er. Seht euch nur mal an, wie groß der Bastard ist.«
Während sie die letzten Ausläufer des Waldes hinter sich ließen, ragte der Gigant vor ihnen immer weiter in die Höhe. Zwar hatten auf der Pilzebene nur winzige Wrackteile gelegen, und Noon hatte Vintages Zeichnungen gesehen, doch nichts davon hatte sie auf den wahren Anblick vorbereiten können. Der dunkelgrüne, graue und schwarze Riese überragte sogar die gewaltigen Bäume. Er bestand aus etwas, das wie leicht gebogene Metallplatten aussah, nur dass sie nicht wie Metall glänzten. Stattdessen wirkten sie schmierig, wie

die Haut von jemandem, der seit Monaten das Bett hütet. In die Oberfläche waren runde Löcher gestanzt worden, von denen einige dunkel schimmerten, und Noon vermutete, dass sich Glas in ihnen befand. Von einer Seite baumelte ein seltsam verdorrtes Körperglied, das an einen Arm mit zu vielen Gelenken erinnerte und an dessen Ende sich spitz zulaufende Klauen befanden.

»Das ist nur der vordere Teil«, sagte Vintage mit leuchtenden Augen. »Der Kopf, wenn man so will. Das ist mit Sicherheit das intakteste Exemplar in ganz Sarn.« Sie atmete tief durch. »Und ich kann es mir endlich ansehen.«

Sie gingen um den Kopf des Giganten herum, bis sie die zerfetzte Rückseite erreichten – aufgerissene grüne Platten, die wie Haut flatterten, und darunter dicke Beutel aus grauem Material. Das Innere war freigelegt worden, und Noon fühlte sich erneut an ein Gebäude erinnert, nur dieses Mal an eines, das eine Katastrophe hinter sich hatte. Sie sah offene Stockwerke, leere Zimmer und sanft geschwungene Wände. Die Böden waren mit den Überresten des Waldes bedeckt. In den Schatten verbargen sich weitere Umrisse. Noon ahnte nicht einmal, was sie waren, aber bei dem Anblick drehte sich ihr der Magen um.

»Das Innere eines Giganten«, hauchte Vintage. »Bei allen Göttern, er ist fast intakt. Ich hätte gedacht, dass … er muss am Ende des Achten Regens mit solcher Wucht abgestürzt sein, dass dieser ganze Teil hier abgerissen wurde. Unglaublich.«

Noon bemerkte Tors Blick. Seine Mundwinkel zuckten lächelnd, aber es lag kein Humor darin. »Ich freue mich sehr für dich, Vintage. Können wir jetzt weitergehen?«

Bäume und Pilze waren in dem Spalt zwischen Kopf und Hauptteil des Giganten gewachsen. Letzterer war – wie Noon beim Hindurchtreten erkannte – noch größer als das vordere Stück. Ein Teil war eingestürzt, und das seltsame grünschwarze Material hing über die freiliegenden Eingeweide wie eine brandige Hautfalte, sodass nur noch ein niedriger, tunnelartiger Eingang ins Innere führte. Vintage ging direkt darauf zu.

»Ich weiß nicht, ob das so eine gute Idee ist«, sagte Noon. Sie sah zum Himmel hinauf. Die grauen Wolken hingen gleichgültig über ihren Köpfen.

»Unsinn. Vergiss nicht, dass Esiah Godwort jahrelang diese Ruinen aufgesucht hat und immer tiefer vorstieß, ohne dass ihm je etwas passiert ist. Da drinnen ist es wahrscheinlich sicherer als hier draußen.« Vintage deutete mit dem Kinn in die Richtung, aus der sie gekommen waren. Als Noon sich umdrehte, sah sie hinter den Bäumen vor dem Kopf des Giganten einen wabernden Parasitengeist. Er hatte sechs spindeldürre Beine, über denen der Körper wie ein Ballon hing, doch sein langer Hals drehte sich, und seine sechs glänzenden Augen schienen sich auf ihre kleine Gruppe zu richten. Er hob ein dürres Bein und machte einen Schritt auf sie zu.

»Also gut.« Tor winkte sie heran. »Gehen wir rein, dann kann er uns nicht mehr sehen. Vielleicht vergisst er sogar, dass wir hier sind.«

Noon warf einen Blick zum Himmel und hoffte, dass es nicht der letzte sein würde. Dann tauchte sie unter der Lasche aus merkwürdig organischem Metall hindurch und folgte Vintage ins Innere des Giganten. Der Boden unter ihren Füßen war weich, grau und ein wenig warm, so, als würden sie sich auf lebendigem Fleisch bewegen. Was sie in gewisser Weise auch taten, überlegte sie. Sie folgten einem runden Gang, an dessen Wänden eine dunkelgrüne Substanz dicke Streifen bildete, so ähnlich wie Rost. Daneben waren seltsame, geometrische Formen mit silbernen Linien eingeritzt. Ein widerlich süßlicher Geruch hing in der Luft, wie von altem Fleisch, und Knollen aus einer ineinander verdrehten, fadenartigen Membran barsten aus den Wänden. Jede von ihnen gab ein schwaches, gelbweißes Licht ab.

»Innenbeleuchtung!«, stieß Vintage hervor, während sie eine der Knollen aus der Nähe betrachtete. »Wie lange brennt die schon? Könnt ihr euch vorstellen, was für eine Energiequelle dafür sorgt? Es gibt hier zu viel, einfach zu viel. Ich hätte um einen Monat an diesem Ort bitten sollen oder sogar ein Jahr, um ihn genauestens zu untersuchen.«

»Um ehrlich zu sein, glaube ich nicht, dass es Master Godwort interessieren würde, wenn du hierbleibst«, sagte Tor. Seine Worte schienen die Begeisterung von Vintage zu dämpfen, und sie gingen weiter durch den runden Gang. Ihre Schritte verursachten einen merkwürdigen Hall, der nach einer Weile wie ein verzerrter Herzschlag klang. Es brachte Noon unweigerlich auf den Gedanken, sie könnten sich im Körper einer riesigen Bestie befinden – einer trotz aller Zerstörungen nicht toten, sondern schlafenden Bestie.

»Godwort und sein Team haben hier jahrelang gearbeitet. Seht euch das an.« Der Gang war etwas breiter geworden, und Vintage blieb vor einem Stück Wand stehen, das sich von den anderen abhob und mit silbernen, geometrischen Mustern bedeckt war. Jemand hatte dort einen Holzrahmen aufgestellt, auf dem eine Reihe von Öllampen stand. Sie waren längst erloschen, und eine dicke Staubschicht bedeckte sie. Noon wusste nicht genau, was sie dazu veranlasste, doch sie drückte die Finger in den Staub und rieb ihn zwischen den Fingerkuppen. Er fühlte sich leicht schmierig an, und es steckte kein bisschen Lebenskraft in ihm. Sie wusste nicht, warum sie geglaubt hatte, es könnte etwas in ihm sein. »Sie wollten so viel Licht wie möglich, seht ihr?«, sagte Vintage. »Einige dieser Gänge haben sich erst vor Kurzem geöffnet, weil Teile des Giganten auf natürliche Weise zerfallen sind. Godwort war es immer sehr wichtig, ihn nicht mehr zu beschädigen, als unbedingt nötig.«

»Ich weiß nicht, warum wir uns die Mühe gemacht haben, hierher zu kommen, Vintage«, sagte Tor. Er betrachtete die Öllampen ein wenig widerwillig. »Du weißt schon alles, was man über diesen Ort wissen kann.«

Je weiter sie gingen, desto deutlicher wurde die Tatsache, dass dieser Bereich ausführlich erkundet worden war: Strickleitern führten zu leeren Alkoven in der Decke, im schmierigen Staub befanden sich Stiefelabdrücke; ein leeres Tintenfläschchen lag verlassen auf dem Boden. Sie erreichten eine Stelle, wo der Gang breiter wurde, und fanden mehrere glänzende Kugeln aus grün-goldenem Metall, die in seltsamen Alkoven steckten. Jede von ihnen verfügte über einen durchsichtigen Abschnitt, wie aus Glas, durch den man eine zähflüssige, goldene Substanz erkennen konnte.

»Seht mal!«, stieß Vintage hervor. »Die haben wir auf der Pilzebene gefunden, aber hier ist sie intakt.« Sie schüttelte langsam den Kopf. »Die Substanz, die Vegetation wachsen lässt. Stellt euch nur vor, was man alles mit so viel davon anfangen könnte. Esiah Godwort sitzt auf einem Vermögen.«

»Sollen wir das mitnehmen?«, fragte Tor.

Einen winzigen Moment lang schien Vintage der Versuchung zu erliegen, doch dann schüttelte sie den Kopf.

»Ich kann Esiahs Vertrauen nicht so schnell missbrauchen.« Sie hüstelte leise in ihre Hand. »Kommt, es gibt noch so viel zu sehen.«

Schließlich endete der Gang in einem höhlenartigen Gewölbe, dessen Decke sich in den Schatten über ihnen verlor. In den Wänden gab es weitere Alkoven, und Noon entdeckte in ihnen seltsam organisch aussehende Röhren – es erinnerte sie an die faserigen Wurzeln unten an den Knollen, die ihre Mutter in Noons Kindheit oft zum Abendessen gekocht hatte. In der Luft hing ein Summen, gerade so disharmonisch, dass es Unbehagen auslöste. Noon verzog das Gesicht.

»Dieser Ort lebt noch«, sagte sie. Obwohl sie die Worte nicht aussprechen wollte, konnte sie nicht anders. Sie dachte an ihren Traum in der Winnowry, wie die Giganten am Himmel über Mushenska gehangen hatten. Hätte sie sich je vorstellen können, dass sie einmal in einem stehen würde? »Dieses Ding lebt. Fühlt ihr das nicht?«

»Unsinn«, sagte Vintage fest. »Dieser Gigant ist vor Generationen abgestürzt und zerfällt seitdem. Meine Liebe, du musst ihn dir wie eine Uhr vorstellen, die immer langsamer tickt, oder wie einen Stein, der den ganzen Tag in der Sonne gelegen hat und nun langsam seine Wärme verliert.«

Noon nickte, hockte sich aber hin und ließ kurz die Fingerspitzen über den klammen Boden gleiten. Sie fand zwar kein Anzeichen für Leben, aber das beruhigte sie nicht.

»Was ist das da in der Mitte?« Tor führte sie tiefer in das Gewölbe. In der Mitte lag ein weicher, grauer Hügel. Als sie näherkamen, sah Noon, dass er aus großen, durchscheinenden Materialklumpen bestand, die zusammengepresst eine leicht abgerundete Struktur bildeten. Einige der Klumpen, die fast schon wie Würfel geformt waren, verfügten über dieselben sehnigen Röhren, wie Noon sie schon in den Alkoven gesehen hatte.

»Faszinierend«, sagte Vintage. Ihre glänzenden Augen versuchten, alles gleichzeitig in sich aufzunehmen. »Ist das vielleicht ein Hauptkontrollraum? Das Herz des Systems?«

»Was auch immer es ist, Godwort wollte anscheinend her-

ausfinden, was sich darunter befindet.« Tor stand auf der anderen Seite des Haufens, und Noon und Vintage gesellten sich zu ihm. Ein Loch gähnte in dem grauen Material, und es war klar zu sehen, dass einige Klumpen vorsichtig daraus entfernt und weggelegt worden waren. Das Ergebnis war ein Tunnel in eine Trübnis, aus der nur ein rosafarbenes Licht emporflackerte. Noon überkam ein merkwürdiges Gefühl – als würde sie auf eine offene Wunde blicken. Der Geruch nach verwesendem Fleisch war stärker als zuvor.
»Also dann«, sagte Vintage und strahlte sie beide an. »Ich weiß nicht, wie es euch geht, aber ich kann es kaum *erwarten*, da hinunterzusteigen.«

Eine grüne Feuerblume erwachte zwischen ihren Händen zum Leben. Agentin Lin stöhnte leise über den Schmerz in ihrer Schulter, während sie das Feuer sanft auf die trockenen Zweige legte, die sie gesammelt hatte. Sie sah zu, wie es sich ausbreitete, wie es wuchs und fraß und größer wurde. Grün verwandelte sich in Orange, und sie spürte, wie die Hitze auf ihr Gesicht drückte. Es gehörte immer noch ihr. Sie konnte es immer noch kontrollieren. Das würde ihr immer bleiben.
Ihr Lager befand sich gerade so weit von Esiah Godworts Haus entfernt, dass sie dessen rote Ziegelsteine noch erkennen konnte. Sie und Gull waren einige Male darüber hinweggeflogen und hatten die kleinen Gestalten auf dem Anwesen aus der Ferne beobachtet, die flüchtige Finster-Noon und ihre Begleiter. Den Besitzer hatte sie nicht gesehen, aber laut der Mechanikerin Pamoz war Godwort auch als exzentrischer Einsiedler bekannt. Vor einigen Stunden hatten die Leute, die sie suchte, dann das Gelände hinter dem Haus betreten, und nun würde sie warten. Sobald sie wieder herauskamen – und das würden sie, wenn sie nicht den Parasiten-

geistern dort drinnen zum Opfer fielen –, würde Agentin Lin sie töten. So einfach war das. Das letzte Mal hatte sie übereilt gehandelt, weil sie zu sehr von ihrer eigenen Effizienz überzeugt gewesen war. Sie hatte nicht bedacht, wie verzweifelt das Mädchen sein würde, an sich schon ein lächerlicher Fehler. Hatte sie denn bereits vergessen, wie sich eine solche Verzweiflung anfühlte? Oder hatte sie sich entschieden, es zu vergessen?

Das Problem war das Warten, natürlich war es das, weil es ihr zu viel Zeit zum Nachdenken ließ. Zum Beispiel über die Worte der Ertrunkenen, die immer wieder in ihrem Kopf kreisten. Oder darüber, dass ihr Sohn seinen Finger verlieren würde. Oder um sich vorzustellen, wie sie ihm diesen Finger nehmen und wie er heulen und schreien würde.

Während sie noch als Gefangene in der Winnowry gesessen hatte, war sie so wild und verzweifelt gewesen, dass sie alles getan hätte. Die Sehnsucht, von einer anderen Person berührt zu werden, war nach einer Weile unerträglich geworden, und so war ihr Sohn Keren entstanden. Nicht aus Liebe oder Zuneigung, sondern aus dem schrecklichen Bedürfnis, wenigstens für eine kurze Zeit nicht allein zu sein. Das Gefühl von Haut auf Haut war ein unglaublich starkes Bedürfnis, und damals war sie nicht in der Lage gewesen, es zu kontrollieren.

Agentin Lin, die allein in der furchtbaren Landschaft von Grünschlick saß, beschwor noch eine Winnowfeuerkugel und fütterte damit die brennenden Flammen. Und dann noch eine, genauso groß und intensiv. Kontrolle.

Keren hatte braune Haare wie sein Vater, es fiel ihm in Locken über die Stirn und war ganz weich. Sie hatte nicht gewusst, dass etwas so Weiches existieren konnte. Auch seine Augen waren braun. Er war eine Wärme an ihrer Brust

gewesen, sowohl besser als auch tiefer, als die Hitze des Winnowfeuers je sein könnte, und sie hatten ihn ihr gerade so lange gelassen, dass sie ihm einen Namen geben konnte. Seine Finger und Zehen waren winzig und perfekt gewesen – doch daran sollte sie besser nicht denken.
Finster-Noon würde schon bald herausfinden, dass man sich der Winnowry nicht widersetzen konnte. So, wie auch sie es hatte herausfinden müssen.
Eine weitere Feuerkugel, nicht von den anderen zu unterscheiden, glitt ins Feuer. Kontrolle. Keine Fehler mehr.

Kapitel 28

Es war zu viel.

Vintage kam kaum einen Schritt voran, ohne dass sie ihre Notizbücher und die Tinte holen wollte, um kurz etwas aufzuschreiben oder zu zeichnen. Der Wissensschatz, der sich hier verbarg, war noch viel größer, als sie erwartet hatte – Godwort, das alte Schwein, hatte nicht verraten, wie tief er bereits in den Giganten vorgestoßen war. Sie war überwältigt, sich aber gleichzeitig auch der ständigen, schrecklichen Gefahr bewusst, in der sie schwebten. Ihr Glück kam ihr vor wie eine Schicht aus sehr dünnem, zerbrechlichem Eis über einem Abgrund, auf den sie sich immer weiter hinauswagten.

Also hielt sie nicht inne, um Zeichnungen anzufertigen, während sie in das Loch kletterten, das Godworts Leute gerissen hatten, sondern lauschte mit angehaltenem Atem. Sie bezweifelte, dass selbst Tormalin – vielleicht vor allem Tormalin – ahnte, welch großer Gefahr sie sich aussetzten.

Erfahre, was du kannst, und zwar schnell, befahl sie sich. *Sammle Hinweise und nimm sie mit. Wir können zurückkommen. Fordere dein Glück nicht heraus.* Dieser Gedanke brachte die Erinnerung an Nanthema mit sich, wie so oft. War sie bei der Erkundung eines Giganten wie diesem gestorben, oder war sie ihrer menschlichen Begleiterin ganz einfach überdrüssig geworden und hatte sich entschieden, einen anderen Teil von Sarn zu erforschen?

»Mir gefällt dieser Geruch nicht«, sagte Noon. Sie hielt Vintages Reiselampe hoch. Die kleine gelbe Flamme erhellte das Gesicht der jungen Frau mehr als den schmalen Tunnel. Eine schwarze Haarlocke ragte unter ihrer Mütze hervor und fiel in ihre Stirn.

»Mir auch nicht«, stimmte Tormalin zu. »So hast du gerochen, als wir dich auf der Pilzebene gefunden haben.«

»Ganz ruhig. Vielleicht haben Godworts Leute hier unten nur ein paar Vorräte liegen lassen«, sagte Vintage. Die gräuliche Masse unter ihren Füßen war elastisch und ein bisschen klebrig. Sie rechnete ständig damit, dass ihre Stiefel beim Abheben ein schmatzendes Geräusch verursachen würden. »Das muss nichts Schlimmes sein.«

»Hmm«, sagte Noon. Vor ihnen blieb Tormalin stehen und hob die Hand.

»Vorsicht«, sagte er. »Hier geht es steil nach unten.«

Vintage tastete sich vor und verlagerte ihr Gewicht nach hinten, als sie über die Kante blickte. Sie befanden sich über einer eiförmigen Kammer, deren polierte, sanft geschwungene Wände aus den gräulich-durchscheinenden Blöcken bestanden und von den schwach leuchtenden Knollen erhellt wurden. Neben ihnen hing eine Strickleiter, die bis zum Boden führte, und ein Stück davon entfernt saß etwas Glänzendes, das sich nur schwer ansehen ließ. Es flackerte und pulsierte in einem kränklichen, rosafarbenen Licht, und einen erschreckenden Moment lang hielt Vintage es für einen Parasitengeist. Dann kniff sie jedoch die Augen zusammen und erkannte – nein, doch nicht –, dass es aus scharfen Winkeln bestand und sich nicht rührte.

Sie beugte sich vor und zog an der Strickleiter. Sie hing an zwei Holzpflöcken, welche tief in das nachgiebige, graue Fleisch getrieben worden waren.

»Die sieht ziemlich stabil aus, oder?«

Noon zog die Mundwinkel herunter. Es schien, als wäre ihr übel. Tormalin wirkte auch nicht gerade fröhlicher.

»Wie viel bezahlst du mir noch mal, Lady de Grazon?«

»So viel, dass du deinen knochigen Arsch da runterschwingen wirst, mein Lieber.« Vintage wartete seine Antwort nicht ab, sondern nahm die Strickleiter in beide Hände und kletterte nach unten. Innerlich befahl sie dem Ding, nicht auseinanderzufallen. Sie sah noch Tormalins genervten Gesichtsausdruck, dann verschwand er aus ihrem Blickfeld.

»Na gut. Aber immer nur eine Person«, sagte er über ihr. »Sonst reißt sie vielleicht ab.«

Flink stieg Vintage nach unten – alle, die in der Nähe des Rebenwalds aufwuchsen, wurden zu geschickten Kletterern – und stand schließlich vor dem lichterfüllten Objekt. Es handelte sich um einen scharfkantigen Kristall, doppelt so groß wie sie und unten deutlich breiter. Er hatte eine blassrosa Farbe, doch seine glatte Oberfläche blitzte und reflektierte das Licht, als wäre er in ständiger Bewegung. Ein leichtes Unwohlsein überkam sie, als sie ihn betrachtete. Über ihr kletterte Noon sicher nach unten. Sie hatte ihre Mütze hochgeschoben, und man konnte die Fledermausflügel-Tätowierung auf ihrer Stirn erkennen.

»Was ist das?«, fragte sie, als sie ankam.

»Ein sehr interessantes Rätsel, würde ich sagen.« Vintage streckte den Arm aus und drückte die Hand der jungen Frau, die kurz überrascht wirkte. Sie war an menschlichen Kontakt nicht gewöhnt, rief sich Vintage ins Gedächtnis, und einen Moment lang machte es sie traurig. »Ich habe so etwas noch auf keiner meiner Expeditionen gesehen und auch nicht auf Godworts Zeichnungen. Tor? Was machst du da?«

»Ich stelle nur sicher, dass diese verdammte Leiter fest an der Wand hängt, bevor ich sie benutze.« Kurz darauf kletterte er auf seltsam unbeholfene Weise mit seinem langen Körper an den hin und her schwingenden Seilen hinunter. Noon trat vor den riesigen Kristall und streckte dabei vorsichtig die

Hände aus, als befürchtete sie, sich daran zu verbrennen. Dann keuchte sie und trat unwillkürlich zurück.

»Feuer und Blut, darin steckt eine ganze Welt! Was ist das?«

»Was?« Vintage sprang vor und starrte den Kristall aus der Nähe an. Die Wolken an der Oberfläche lösten sich auf – wie eine Hand, die über ein beschlagenes Fenster strich – und zum Vorschein kam eine fremde Landschaft, die sich bis zum Horizont erstreckte. Vintage sah einen Nachthimmel, an dem Sterne brannten, die sie nicht kannte, und ein kahles Land aus weißen Felsen und Kratern. Ihr Magen machte einen Satz. Eine andere Welt befand sich mit ihnen in diesem Raum, direkt unter der Oberfläche des Kristalls – und das war ein schwindelerregendes Gefühl. Sie konnte die kühle Luft beinahe auf der Wange spüren und hier, im Herzen des Giganten, das einsame Heulen des Winds hören. Nichts bewegte sich in dieser schrecklichen Landschaft. Sie streckte den Arm aus und wollte mit den Fingern die glatte Oberfläche berühren, doch eine Hand legte sich schwer auf ihre Schulter.

»Nicht«, sagte Tormalin ausnahmsweise völlig ernst. »Du weißt es doch besser, Vintage.«

Sie verzog die Lippen und nickte. Noon ging um den Kristall herum wie ein misstrauisches Tier und verschwand aus ihrem Sichtfeld. Beinahe im selben Moment hörten sie einen entsetzten Schrei.

»Was ist los?« Tor war noch vor Vintage zur Stelle, seine Hand auf dem Schwertgriff. Sie krachte beinahe in ihn hinein, als er mit einem Mal abrupt stehen blieb. Noon stand da und starrte den Kristall an, alle Farbe war ihr aus dem Gesicht gewichen. Ein Körper ragte halb daraus hervor, und alles daran sah falsch aus. Vintage presste sich die Hand auf den Mund; sie fühlte, wie Galle in ihr hochstieg.

»Bei den Wurzeln«, stieß Tormalin atemlos hervor. Der Kristall blitzte und flackerte weiter. »Was *ist* dieses Ding?«

Die Leiche war die eines jungen Mannes mit widerspenstigen, schwarzen Haaren und einem anmutigen Gesicht – das konnten sie nur deshalb erkennen, weil die Hälfte seines Körpers, die in der fremden Landschaft stand, unberührt zu sein schien. Die glatte Haut war rein und unbefleckt, die Augen so glasig, dass sie feucht wirkten. Die andere Hälfte jedoch, die sich noch in der Kammer befand, war ein ausgezehrtes Knochengestell, dessen Fleisch weich und schwarz geworden war. Die Hand des Jungen ruhte zusammengekrallt auf seinem Oberschenkel und sah aus wie ein Häufchen brauner Zweige, während das Bein locker und in einem seltsamen Winkel aus der Hose ragte.

»Ich glaube, mir wird schlecht«, keuchte Noon.

»Ach, meine Liebe«, sagte Vintage mit einer Stimme, die nicht wie ihre eigene klang. »Mir auch.«

Der Junge hing halb im Kristall und halb in der Kammer, als hätte er versucht, die Landschaft von der Seite zu betreten. Als wäre er dabei einfach erstarrt. Sein Kopf befand sich komplett unterhalb der Oberfläche, ebenso sein rechter Arm und das Bein. Von der linken Seite seines Halses bis über die Brust – das Ohr hatte es gerade so geschafft – zerteilte die Kante ihn jedoch sauber am Unterleib. Das meiste von ihm steckte im Kristall. Alles von ihm war tot.

»Das ist sein Sohn«, sagte Noon tonlos. »Seht ihr das nicht? Sein … sein Gesicht sieht aus wie er.«

»Oh, ihr Götter, nicht Tyron.« Vintage stieß entsetzt den Atem aus und wäre beinahe das kleine Frühstück losgeworden, das sie am Morgen zu sich genommen hatte. Sie war Tyron nur ein einziges Mal begegnet, vor vielen Jahren, als er vier oder fünf gewesen war. Er war ein schelmischer Junge gewesen, dessen dunkle Augen sie neugierig durch die Beine seines Vaters gemustert hatten. »Wie … wie hält der Kristall ihn hier fest? Ist das eine Falle?«

»Vielleicht«, sagte Noon, »aber ich glaube, er ist kaputt. Seht doch nur, wie er blitzt. Und hier liegt Zeug auf dem Boden.«

Vintage riss sich mühsam von dem schrecklichen Anblick los, den Tyron bot, und sah zu der Stelle, auf die Noon zeigte. Es waren die Überreste eines Lagers. Wahrscheinlich hatten Leute tagelang vergeblich versucht, ihn herauszuholen. Diese furchtbare Erkenntnis überwältigte sie einen Moment lang, bis sich eine stützende Hand auf ihren Arm legte. Zu ihrer Überraschung war es die von Noon.

»Sie fanden diese Kammer und die unglaubliche Welt im Kristall«, sagte Tor. Er betrachtete die Leiche. »Tyron Godwort wollte sie vielleicht als Erster erkunden, aber als er sie betrat, schlug die Magie, die dieses Ding steuert, fehl. Oder sollte sie so funktionieren? Jedenfalls saß er fest, teils drinnen, teils draußen. Ist er sofort gestorben? Ich glaube nicht.« Er zeigte auf das Lager, ohne die anderen anzusehen. »Sie sind tagelang hiergeblieben, in der Hoffnung, ihn befreien zu können. Ein Großteil seines Körpers ist auf der anderen Seite – er konnte atmen, wenn es dort etwas zum Atmen gibt, aber nicht essen oder trinken.«

Tor hielt inne. Vintage spürte ein kaltes Kribbeln ihre Zehen aufsteigen. Hatte er geweint und sie angefleht, ihm zu helfen? Hatten sie ihn auf dieser Seite des Kristalls hören können?

»Sie versuchten, ihn zu befreien, aber nichts konnte den Kristall aufbrechen.« Auf dem Boden lagen Hämmer und einige Meißel. Ein Hammerkopf war abgebrochen. »Also, was tun? Sie warteten. Vielleicht glaubten sie, dass sich die Magie verändern, dass sie ausfallen oder ihn zufällig gehen lassen würde. Sie sahen zu und warteten, während eine Hälfte seines Körpers abstarb. Vielleicht bat er sie gegen Ende, ihn zu töten, aber das hätten sie nicht getan. Nicht, solange es noch eine Chance gab.«

»Hör auf«, sagte Noon. »Hör einfach auf!«

Tor drehte sich zu ihnen um und hob eine Augenbraue. »Kein Wunder, dass der alte Mann es nicht mehr erträgt, hierher zu kommen. Das ist das Grab seines Sohnes.«

Sie verbrachten eine weitere Stunde in der Kammer. Vintage holte ihre Bleistifte aus der Tasche und notierte sich so viel wie möglich, angefangen von den seltsamen Wänden bis hin zu dem verblüffenden Kristall in ihrer Mitte. Sie und Tor hielten sich auf der anderen Seite auf, aber Noon blieb bei der Leiche und setzte sich in die Überreste des Lagers. Sie konnte den Blick einfach nicht vom Gesicht des jungen Mannes abwenden – von seinen offenen Augen und dem Kopf, der schief über seiner Schulter hing. Was immer der Ort hinter der Oberfläche auch war, er hielt die Zeit von ihm fern. Kein Anzeichen des Verfalls war auf dem glatten Gesicht zu erkennen, keine Spuren des Todes, der ihn – langsam und schmerzhaft – geholt hatte. Und doch war er tot. Sie fragte sich, wie sich das für Esiah Godwort anfühlte; zu wissen, dass sein Sohn im Herzen des Giganten steckte. Dass er sein Gesicht betrachten konnte, wann immer er wollte, aber sich auch seinem schrecklichen Tod stellen musste. Den Knochen und dem verwesenden Fleisch. Tyron Godwort war nur noch das Abbild einer Erinnerung, und sein Vater war in ihr gefangen.

Noon zog die Mütze vom Kopf und strich sich durch die Haare. Mühsam wandte sie den Blick von Tyron Godworts regloser Gestalt ab und betrachtete die seltsame Landschaft hinter ihm. Ein Nachthimmel, eine kahle Ebene. Wo auch immer das war, es war nicht Sarn. Es verblüffte sie, wie wahr sich dieser Gedanke anfühlte. Feuer und Blut, sie war als Finsterhexe nicht sonderlich weit herumgekommen, aber alles an diesem fremden Ort inmitten des Kristalls fühlte sich falsch an. Nach einem Moment stand sie auf und dachte an die Winnow-geschmiedete Rüstung im Schlafzimmer des jungen Mannes. Sie wünschte sich, sie wären nie dort gewesen; es kam ihr wie eine Art Übergriff vor.

»Es tut mir leid«, sagte sie. Dann ging sie um den Kristall herum, zurück zu Tor und Vintage.

»Dieser Ort im Kristall … ich glaube, dass das Wurmvolk von dort stammt.« Sie räusperte sich. »Ich glaube, das ist seine Heimat.«

Tor hob eine Augenbraue, aber Vintage nickte. »Ich denke, da hast du recht, meine Liebe. Ich bin auf Sarn noch nie an einem solchen Ort gewesen, und wir haben ja auch nie herausgefunden, von wo genau die Jure'lia stammen.« Sie hielt inne, die Finger um das Notizbuch geklammert. Noon bemerkte, dass ihre sonst so feine und saubere Handschrift wild und zittrig wirkte. Sie setzte sich die Mütze wieder auf. Der Raum war mit einem Mal unerträglich, ein Ort voller Tod und Leid.

»Wir sollten gehen«, sagte sie.

Zu ihrer Überraschung stimmte Vintage zu. Schweigend stiegen sie nacheinander aus der Kammer und ließen die flackernde Kristallscherbe mit ihrem Gefangenen zurück. Tormalin führte sie, ohne zu zögern, durch die Tunnel und in Richtung Ausgang. Je näher sie ihm kamen, desto deutlicher kehrte die Fröhlichkeit in Vintages Stimme zurück.

»Wir können zurückkommen«, sagte sie und tätschelte Noons Arm. »Das war für uns alle ein Schock, aber nun können wir uns ausruhen und uns darauf einstellen. Ich brauche Zeit, um über den Kristall nachzudenken und ihn mit anderen Schriften, die ich über die Jahre hinweg angefertigt habe, in Einklang zu bringen. Das könnte der Schlüssel zu den Jure'lia sein – zu dem, wer sie sind und was sie wollen. Dass ein nichtsahnender Entdecker einfach so in der Zeit steckenbleiben kann. Eine übermäßig neugierige Person vielleicht, die unbedingt herausfinden will –« Vintage hielt inne und schien über ihre eigenen Füße zu stolpern. Noon konnte sie gerade noch vor einem Sturz bewahren, doch noch während sie ihr aufhalf, bemerkte sie, wie sehr die Gelehrte zitterte.

»Vintage, stimmt etwas nicht?«

»Ach, meine Liebe, mir ist nur gerade ein Gedanke gekommen.« Vintage lächelte, aber ihr Gesicht war erschreckend grau geworden.

»Wir müssen hier raus.« Noon legte den Arm um ihre Hüfte und stützte sie. »Tor? Sind wir endlich in der Nähe des Eingangs?«

Tor sah zu ihnen zurück. Er wirkte ebenfalls abgelenkt, stand aber in einem gezackten Kreis aus trübem Tageslicht. »Wir sind sogar so nah dran, dass wir da sind. Kommt. Ich möchte ein Glas Wein, ein heißes Bad und dann noch ein Glas Wein.«

Noon und Vintage eilten gemeinsam los und betraten die dunkle Erde. Ihnen gegenüber befand sich wieder der zerschmetterte Kopf des Giganten, und die Luft roch etwas frischer. Einen Moment lang war Noon allerdings desorientiert. Wie lange waren sie da drin gewesen? Es kam ihr dunkler vor, als es sein sollte. Sie hatten das Gelände am frühen Morgen betreten, aber nun schien es früher Abend zu sein. Sie sah auf und erkannte, dass über ihnen ein gewaltiger, gestaltloser Umriss den Himmel verdeckte. An seinen Seiten leuchteten unheilvolle violette Lichter wie kranke Sonnen, und er wandte ihnen langsam den stumpfen Kopf zu.

»Weg hier!«

Bei ihrem Schrei fuhr Tor herum, und seine Augen weiteten sich, als er den Parasitengeist über ihnen entdeckte. Er zog sein Schwert.

Noon zerrte Vintage halb rennend, halb stolpernd von dem Wrack weg, doch schon stieg ein zweiter wabernder Umriss hinter einem Trümmerstück auf, das neben der Hauptsektion gelandet war. Er war sehnig und echsenartig, mit Bündeln aus leuchtend blauen Farnwedeln, wo sich die Augen hätten befinden sollen. Zischend schoss er auf sie zu. Ein Bolzen durchbohrte mit einem dumpfen Laut den Hals des Ungeheuers, noch bevor Noon überhaupt realisierte, dass Vintage die Armbrust aus ihrem Gürtel gezogen hatte.

»Da kommen noch mehr«, raunte sie. »Wir müssen jetzt *wirklich* weg von hier, meine Liebe.«

Noon sah sich suchend nach Tor um. Der riesige Parasitengeist, der über dem Eingang zum Giganten hing, war wie ein langbeiniges Insekt geformt, und sein Hauptteil befand sich für den Eboraner außerhalb der Reichweite. Tor stieß gerade zwei Parasitengeister mit langen, kaninchenartigen Gesichtern und zahlreichen, rosa leuchtenden Augen zurück. Der Neunte Regen blitzte und tanzte, reflektierte die unheimlichen Lichter der Geister und trieb sie nach hinten.

»Tor! Es sind zu viele! Wir müssen weg!«

»Schnell, zur anderen Seite«, rief Vintage. »Vielleicht können wir dort ein paar von ihnen abhängen.«

Tor sah sie über seine Schulter an und bewegte den Mund, aber der riesige Parasitengeist hatte angefangen, ein tiefes, klagendes Heulen auszustoßen, das alle anderen Geräusche übertönte. Also drehte Noon sich um, umklammerte Vintages Hand und lief mit ihr zur anderen Hälfte des Wracks. Weitere Parasitengeister schälten sich aus dem Halbdunkel, als würden sie von ihren Bewegungen angezogen. Fast ohne nachzudenken streckte Noon den Arm aus, als Tor zu ihnen aufschloss, und strich mit den Fingern über seine Hand. Er schrie überrascht auf, doch da hatte sie ihm die Energie bereits entzogen. Dann fuhr sie herum und richtete ihre freie Hand auf die sich nähernden Geister. Sie spürte, wie die gestohlene Energie in ihrer Brust tobte, holte aus und stieß sie mit aller Kraft von sich. Eine mächtige Blüte aus Winnowfeuer schoss explosionsartig aus ihrer Handfläche. Sie löste sich auf, lange bevor sie die Parasitengeister erreichte, doch die wichen trotzdem zurück. Tor war bei ihrer Berührung gestolpert, bewegte sich aber mit grimmiger Miene weiter.

»Gute Arbeit, meine Liebe«, keuchte Vintage.

Doch gerade, als sie die andere Seite des Wracks erreichten, brach eine Kreatur, die wie eine durchsichtige Schlange aussah, aus dem Boden und versprühte orange und grüne Funken. Noon schrie auf und versuchte, Vintage zur Seite zu stoßen, aber der spitz zulaufende Schwanz des Parasitengeists peitschte die Hand der älteren Frau. Es gab ein schreckliches, reißendes Geräusch, und Vintage brüllte vor Schmerzen.

»Was ist passiert?«, rief Tor dicht hinter ihnen.

»Rein da!« Noon stieß Vintage vor sich her und warf sie beinahe in das schützende Wrack. Dann zerrte sie die Frau einige Treppen hinauf. Sie wollte unbedingt weg von der Erde – immerhin war der Geist wie eine Flutwelle daraus emporgestiegen, sodass Noon jetzt nichts mehr sicher vorkam. »Hoch, hoch!«

Sie stolperten die Treppe hinauf. Tors Schritte waren direkt hinter ihnen, und sie erreichten eine Plattform, von der aus sie das andere Wrackteil sehen konnten. Es war der Ort, an dem die beiden Teile miteinander verbunden gewesen waren, doch nun endeten die Wände in aufgerissenen Kanten. Unter ihnen sahen sie rund zehn sich windende und klagende Parasitengeister, die nach ihnen suchten.

»Scheiß Feuer und Blut, wir sind am Arsch.« Noon schnappte nach Luft und versuchte, ihr Herz dazu zu bringen, nicht mehr so schnell zu pochen. »Vintage, bist du verletzt?«

Vintage lehnte an der Wand, die Hand an die Brust gedrückt. Auf ihrem Hemd klebte Blut. »Das kann man so sagen, meine Liebe.«

»Lasst uns tiefer hineingehen«, meinte Tor. Er war hinter ihnen aufgetaucht, und in den Schatten wirkte sein Gesicht ernster, als Noon es je gesehen hatte. »Vielleicht gibt es einen Ausgang auf der anderen Seite oder wir können uns dort rausschneiden.«

Er hob das Schwert, das mit dem seltsamen, geleeartigen Blut der Parasitengeister überzogen war – kurz fragte Noon sich, wann er gegen sie gekämpft hatte –, als unheimliche Lichter in dem schmalen Bereich hinter ihnen aufschimmerten. Er fuhr herum. Trotz der dunklen Ringe unter seinen Augen schwang er sein Schwert präzise, und der Parasitengeist, der ihnen gefolgt war, stieß einen gellenden Schrei aus. Noon und Vintage wichen hastig zurück. Es brachte sie gefährlich nahe an den Rand der Plattform.

Dieses Mal sah Noon, wie Tormalin mit seinem Schwert kämpfte. Die schmale Klinge schnitt durch den wabernden Geist, als bestünde er aus Butter, und die Schreie wurden so laut, dass sie tiefe Kopfschmerzen auslösten. Ein Teil der Kreatur fiel zur Seite, gefolgt von einer schimmernden Wolke, die an Rauch erinnerte. Gleichzeitig schossen die langen Farnwedel aus seinem Kopf nach vorn, vorbei an Tor –

und in die Richtung von Noon und Vintage. Die beiden stolperten zurück. Dabei bemerkten sie jedoch, dass der riesige Parasitengeist, der schon beim Verlassen des Wracks über ihnen geschwebt hatte, nun auf dieser Seite lauerte und ihnen die Sicht auf die Außenwelt versperrte. Ein paar schreckliche Sekunden lang starrte Noon auf die wabernde, amorphe Textur seines Körpers; darin sah sie winzige Lichter fallen, so als bestünde er aus dem Nachthimmel. Dann fuhr sie herum und beobachtete, wie Tor gegen die andere Kreatur kämpfte. Zwar hatte er sie schwer verwundet, aber die Wedel füllten den kleinen Raum, in dem sie sich verbargen, fast vollständig aus. Peitschend und windend tasteten sie umher wie ein Nest wütender Schlangen. Sie saßen in der Falle.

»Verbrenn sie!« Tor warf ihr einen verzweifelten Blick von der anderen Seite der Wedel zu. Einer wand sich tentakelartig um seinen Unterarm und versengte das Leder.

»Ich kann nicht!« Noon spürte den Frust in sich hochsteigen. Sie hatte die gesamte Energie, die sie sich von ihm geholt hatte, für einen nutzlosen Feuerball verschwendet, und nun befand sich Tor hinter einer Wand aus Wedeln in unerreichbarer Ferne. Die Energie von Vintage dagegen würde nicht ausreichen, um den Geistern Schaden zuzufügen.

Neben Noon schoss sie einen Armbrustbolzen nach dem anderen ab, mit jedem traf sie einen Wedel. Obwohl sie sich sofort schwarz färbten und schlaff herunterhingen, wurden die Greifarme nicht weniger. Der riesige Geist hinter ihnen presste sich auf das Loch, und langsam füllte sein Körper den Raum wie Brot, das in einem Ofen aufging. Das einzige Licht ging von den Kreaturen aus, die sie umbringen wollten. Noon dachte an die Art, mit der sie töteten. Vor ihrem inne-

ren Auge sah sie, wie Tor überwältigt wurde und sich das Innerste von Vintage nach außen kehrte.
Sie griff hinter sich und strich mit den Fingern über den glatten, weichen Körper des Parasitengeists. Und sie *nahm.* Ihre Hand wurde kalt und taub, aber sie ignorierte es und riss mit aller Kraft die Lebensenergie aus der Kreatur. Obwohl sie sofort merkte, was für einen schrecklichen Fehler sie damit beging, war es bereits zu spät. Die Energie krachte in sie; zuerst, weil Noon sie beschwor, dann gegen ihren Willen. Grelles Licht erfüllte sie, zusammen mit einem scharfen Geruch nach Harz und dem Eindruck, hoch oben zu sein, sehr hoch oben. Sie war von einem Rascheln umgeben und von dem Gefühl erfüllt, sich von etwas zu befreien, von einer schrecklichen Zertrennung, *oh, verloren, wir sind verloren.*
Noon stolperte zur Seite und unterbrach den Kontakt. In ihrem Körper sangen tausend Stimmen, Jahrhunderte verlorener Erinnerungen. Es war zu viel. Durch die Kakophonie, die nun in ihr tobte, bemerkte sie dumpf, dass Vintage sie entsetzt anstarrte. Tor war in die Knie gegangen, die Parasiten versuchten, ihn in Stücke zu reißen. Da Noon nichts anderes tun konnte, hob sie ihre Hand, bis in ihr das Winnowfeuer kochte. Dann ließ sie los.
Die Welt verlor sich in grünen Flammen.

Kapitel 29

Tor erinnerte sich nur an wenig von dem, was als Nächstes geschah. Einen Moment lang bestand alles aus Farbe und Schmerz. Ein kochendes Licht blendete ihn, und dann bedeckten rote Stränge seine Umgebung. Er hatte das Gefühl, zu fallen oder zu fliegen, und hörte dabei ein entferntes Geräusch, das er schließlich als seine eigene raue, schreiende Stimme erkannte. Dann überkam ihn gesegnete Dunkelheit.
Alles danach erlebte er in kurzen Erinnerungsfragmenten. Er sah auf seine Stiefel hinab, während sich die Welt drehte. Noons Stimme schrie Vintages Namen. Die seltsame Vegetation überall um sie herum – sie kam ihm vertraut vor, als hätte er sie erst vor Kurzem gesehen, doch als er versuchte, sich besser daran zu erinnern, drängte ihn bereits etwas in eine andere Richtung. Eine Zeit der Lichter, der Stille und der Angst. Das Tor zum Gelände – daran konnte er sich erinnern, worauf er stolz war – und ein Mann mit einem dunklen Bart, der mit geweiteten Augen dort stand.
Ein Messer nahe seiner Kehle. Er hatte sich versteift und war zurückgewichen, doch stattdessen schnitt es in seine Kleidung, und auf einmal war da so viel Schmerz, dass er erneut verschwand. Dunkelheit.

Noon erinnerte sich an alles.
Tausend Stimmen, die gleichzeitig brüllten, oder eine Stimme, die tausendfach brüllte. Die Lebensenergie des Parasitengeists überwältigte sie sofort, und die daraus resultierende Explosion bestand aus einem kochenden Grünweiß. Sie war davon zurückgeschleudert worden, durch die Lücke, in der sich der Geist befunden hatte, bevor sie ihn absorbierte, und hinaus, wo sie in den schwarzen Dreck krachte.

Trümmer des Giganten landeten um sie herum, qualmend und manchmal auch brennend, während Flammen bis zum Himmel loderten.

Ich habe es wieder getan.

Der Gedanke traf sie heftiger als die Explosion. Sie keuchte, weil sie kaum Luft in die Lunge bekam. Es hatte jedoch nichts mit dem öligen Qualm zu tun, der sie umgab. *Ich habe es wieder getan.*

Taumelnd kam sie hoch und formte um die Mundwinkel einen Trichter, um Vintage zu rufen, als sie bemerkte, dass es sich bei einem der Trümmerstücke in ihrer Nähe um Tormalin handelte.

»Nein. Tor! Tor!«

Er war mit dem Gesicht nach unten auf dem Boden gelandet. Seine Leder- und Seidenkleidung war verbrannt und schlammbespritzt. Sie stolperte zu ihm und drehte ihn um, wobei ihr entfernt auffiel, dass sie ihren Hut verloren hatte. Die Explosion aus Winnowfeuer hatte ihn scheinbar von links getroffen. Diese Seite seines Gesichts – seines schönen Gesichts – war eine schwarz-rote Ruine, ebenso wie sein Hals und der Teil seines Arms, den sie sehen konnte. Die Haare am seitlichen Kopf waren von der Stirn weggebrannt worden und hingen in qualmenden Klumpen herab. Trotz alldem hielt er immer noch sein Schwert in der Hand.

»Feuer und Blut, nein.« Sie ergriff seine Schultern und schüttelte ihn, weil sie nicht wusste, was sie sonst tun sollte, und zu ihrer Überraschung öffnete er die Augen. Er schien sich einen Moment lang auf sie zu konzentrieren, doch sein Blick blieb unfokussiert und glitt immer wieder zu dem Brand hinter ihr. »Tormalin, du musst aufstehen! Na los!«

Er schüttelte den Kopf, und sie sah, dass er vor Schmerz zitterte. Er kämpfte jedoch darum, bei Bewusstsein zu bleiben, und ergriff mit einer langen Hand ihren Arm. Sie stand auf, wobei sie seine Hand abschüttelte, und sah sich hektisch um. Sie konnte Vintage nirgends entdecken, und der Rauch wurde immer dichter. Sie trat einige Schritte auf das Wrack zu.

»Vintage! Vintage, wo bist du?«

Niemand antwortete. Sie stolperte auf ihrer verzweifelten Suche zuerst nach links, dann nach rechts, sah jedoch nur Schlamm und verbogenes Mondmetall – die Gelehrte blieb verschwunden. Als Noon sich wieder umdrehte, nahm der Rauch ihr kurz die Sicht auf Tor, und sie wurde von Panik übermannt. Doch dann entdeckte sie seine blasse Hand im Dreck.

»Hör mir zu, Tor, wir müssen weg von hier.« Sie schob sein Schwert durch die Schlaufe in seinem Gürtel und zog den großen Eboraner mit mehr Kraft, als sie sich zugetraut hätte, zurück auf die Beine. Kurz strauchelte sie, als er gegen sie sank. Sie spürte die Hitze seines Blutes, wie es ihren Mantel durchnässte, und schluckte weißglühende Panik herunter. Ihn zu bewegen, konnte seinen Tod bedeuten. Wenn sie aber hier blieben, würden die Parasitengeister zurückkehren, und dann starben sie auf jeden Fall.

»Tor, hast du Vintage gesehen?«

Ihr wurde klar, dass er wahrscheinlich unter Schock stand oder bei der Explosion das Gehör verloren hatte. Also schlang sie sich seinen Arm über die Schultern und brüllte in den Qualm.

»Vintage? Vintage!«

Keine Antwort. Der Kadaver des Giganten brannte munter vor sich hin, während ständig Teile von ihm abfielen. Das stöhnende Beben in seinem Inneren ließ vermuten, dass ein größerer, endgültiger Kollaps noch bevorstand. Noon sah zu dem Riesen hinauf und versuchte, sich ein besseres Bild von dem Chaos zu machen, auch wenn das kochende Feuer in ihren Augen stach. War das da oben ein menschlicher Umriss? Ein Schatten, der sich zusammenkauerte? Ein krachendes Stöhnen, und weitere brennende Wrackteile fielen herab. Sie hatten nur noch sehr wenig Zeit.

»Vintage!«

Die Parasitengeister waren längst geflohen, doch bei dem Gedanken an sie schwappte eine Welle unbekannter Bilder in ihren Geist. Noon schrie unwillkürlich auf und taumelte unter Tors Gewicht. Sie sah einen Mann wie ihn, groß und schön, mit Haaren so fließend wie alter, goldener Wein, dessen Rüstung aus leuchtend weißen Schuppen zu bestehen schien. Er lächelte sie an, und dann verschwand die Vision. Noon schüttelte den Kopf.

»Vintage, wo bist du? Scheiße.«

Licht schimmerte durch den Rauch. Noon kümmerte sich nicht darum. Stattdessen hielt sie Tor fest, so gut sie konnte. Sie führte ihn weg vom Wrack und in den Wald, wo sie hoffte, sich an den Weg zum Eingang des Geländes zu erinnern. Mittlerweile war der Himmel so dunkel wie eine graue Beule – es würde bald Regen geben – und die Schatten zwischen den grotesken Bäumen waren lang und düster.

Der Weg zum Tor war wie ein Albtraum. Einige Male fragte sich Noon, ob sie vielleicht in einem gefangen war. Sie gingen zu langsam, und das Blut des schweren und stummen Eboraners sickerte in ihre Kleidung. Verborgene Kreaturen beobachteten sie aus dunklen Orten. Vintage war höchstwahrscheinlich tot, und die Geister würden Noons Innerstes nach außen kehren, bevor sie die Pforte auch nur erreichten. Am liebsten wäre sie vor Erleichterung auf die Knie gesunken, als sie dessen riesige Hälften doch noch vor sich entdeckte.

»Tor, wir sind fast da. Bleib bei mir.«

Eine Gestalt trat aus den Schatten auf sie zu. Überrascht erkannte Noon, dass es sich um Esiah Godwort handelte, der sie aus schreckgeweiteten Augen ansah. Außerhalb des großen Hauses wirkte er noch wilder und verlorener. In seinen Haaren klebten Spinnweben.

»Dort brennt es«, sagte er.

Noon nickte. »Wir sind in das Feuer geraten. Können Sie mir helfen, ihn in Ihr Haus zu bringen?«

»Mein Junge ist dort«, sagte Esiah, doch er wandte den Blick vom Wald ab, legte sich Tors anderen Arm über die Schultern und stolperte mit Noon zum Innenhof des Anwesens. An der Haustür drehte er sich um.

»Wo wollen Sie denn hin?«, fragte Noon drängend. Abwesend bemerkte sie, wie dumpf ihre Stimme in ihren eigenen Ohren klang. »Ich brauche noch Ihre Hilfe.«

»Mein Junge ist dort«, wiederholte Esiah, als wäre damit alles gesagt. Er wandte sich von ihnen ab und ging zurück über den Innenhof. Noon rief ihm nach, er solle nach Vintage Ausschau halten, aber er drehte sich nicht mehr um. Sie sahen ihn nie wieder.

Im Haus wurde Noon kurz schwindelig. Schwarze Flecke tanzten am Rande ihres Blickfelds, und sie musste stehen bleiben, um einige Male tief durchzuatmen. Der Chor aus Stimmen, den sie im Moment der Explosion gehört hatte, war noch nicht ganz verklungen; sie hörte ihn noch immer, eine ständige Flut aus Geflüster, die an jedem ihrer Gedanken nagte. Ihr Kopf pochte.

»Komm«, sagte sie zu Tor und brachte ihre letzte Kraft auf. »Du schwerer Bastard.«

Da sie ihn nicht die lange Treppe hinaufzerren konnte, legte sie ihn stattdessen in einem der Dienstbotenquartiere nahe der Küche in ein Bett. Er murmelte leise, streckte sich aus und begann, erneut am ganzen Körper zu zittern. Noon lehnte sich an die Wand und sank auf die Knie.

»Ich habe dich hierhergebracht«, sagte sie. »Jetzt muss ich zurück.«

Tor antwortete nicht. Sie fragte sich, wie lange der Schock andauern und was passieren würde, wenn er daraus erwachte. Wenn er erkennen würde, was ihm zugestoßen war. Was Vintage zugestoßen war. Stöhnend stemmte sie sich hoch, ging zu seinem Bett und zwang sich, ihn genauer zu betrachten.

Sie schluckte schwer. Es waren schreckliche Verletzungen. Dank Mutter Fasts Geschichten wusste sie, wie beeindruckend stark Eboraner waren und dass sie schnell heilten. Aber das war das alte Ebora gewesen, in dem sie alle sich noch am Saft ihres Baumgotts gelabt hatten. Der Eboraner vor ihr befand sich weit weg von zu Hause, in einer Zeit, in der sein Volk schwach und dem Tode nahe war. Sie bezweifelte, dass er bis zum Morgen durchhalten würde, und deswegen konnte sie ihn nicht verlassen.

»Ich habe mich schon einmal von allen abgekehrt«, sagte sie, obwohl er sie nicht hören konnte. »Nachdem ich so etwas getan hatte. Ich kann das nicht noch einmal.« Tor murmelte und drehte den Kopf in ihre Richtung. Die Knochen im verbrannten Teil seines Gesichts ragten aus dem rohen Fleisch. »Wieso lebst du noch?«

Als sie noch mit ihrer Mutter im Flachland gewohnt hatte, gab es bei ihrem Volk einen Mann namens Cusp. Wenn jemand Fieber hatte oder sich beim Sturz vom Pferd das Bein brach, kam Cusp mit seinen Tinkturen und Stöcken, seinen

Geistergeschichten und der ruhigen Hand und half ihnen, wenn möglich. Er war nicht alt gewesen, aber ernst, und das schwarze Haar hatte er sich bis zur Kopfhaut abrasiert. Cusp hätte gewusst, wie man Tors furchtbare Brandverletzungen behandeln musste. Aber alles, was Cusp gewusst hatte, war vor zehn Jahren verloren gegangen – zusammen mit allem anderen. Auch in der Winnowry hatte es einen Ort gegeben, zu dem kranke Finsterhexen gebracht wurden, aber Noon war nie dort gewesen. Sie wusste nichts über das Heilen. Eher über das Gegenteil.

Sie richtete sich mit weichen Knien auf. »Ich werde es dir so angenehm wie möglich machen. Heißes Wasser und saubere Betttücher. So viel bekomme ich hin.«

An der Tür taumelte sie jedoch und schrie auf. Sie hatte versucht, die Stimmwolke in ihrem Kopf in den Hintergrund zu drängen, doch nun wurde sie davon eingehüllt und überwältigt, wie schon im Wrack des Giganten. Mit einem Mal füllte der Geschmack von etwas, das sie nicht kannte, ihren Mund aus – hölzern und säuerlich, wie alte Äpfel – und eine Stimme, die in einer unbekannten Sprache redete, dröhnte in ihrem Kopf. Sie klang wütend.

»Aufhören, aufhören.« Noon presste sich die Hände auf die Ohren und versuchte, die Stimme zu verdrängen. Es gelang ihr tatsächlich, auch wenn sie das Raunen weiterhin tief unten in ihrem Geist spürte, wie Schimmel an einer Wand. »Was auch immer das ist, ich habe jetzt keine *Zeit* dafür.«

In der Küche wagte sie es nicht, Winnowfeuer einzusetzen, solange die brutale Energie des Parasitengeists noch in ihr lauerte. Also entzündete sie das Feuer auf traditionelle Weise, so wie die nichtsahnende Mutter Fast es ihr in einem anderen Leben beigebracht hatte. Sie kühlte das kochende Wasser mit kaltem aus einer Kanne, nahm einen Stapel staubiger Tischdecken und ging zurück in das Zimmer, in dem Tor lag. Gerade schob sie die Tür mit dem Fuß auf, als das Gefühl der fremden Präsenz sie erneut überkam, sodass sie den Topf mit Wasser fallen ließ und sich selbst sowie den Teppich durchnässte. In einem Haufen Tücher sank sie zu Boden.

Die Stimme kehrte zurück, dieses Mal klang sie allerdings fröhlich und jubelnd. Die Dienstbotenquartiere mit ihren Kommoden und braunen Vorhängen lösten sich auf wie ein wenig überzeugender Traum, und auf einmal flog Noon hoch über Sarn. Saphirartige Seen fingen die Sonne ein und reflektierten das Licht in goldenen Splittern, im Hügelland am Fuß eines Berges galoppierte eine Herde Tiere davon. Auf einmal brüllte die Stimme, und tief unter ihr heulten die Tiere ihre Antwort; der Hauch einer Erkenntnis strich über Noons Rücken, auch wenn sie wusste, dass diese Gefühle nicht ihre eigenen waren. Für sie bedeutete der einsame Laut, dass mehr Feuer rund um die Zelte brennen und die Nacht hindurch mehr Krieger über sie wachen müssten, doch das andere Wesen hörte darin … Freiheit? Das war nicht das richtige Wort.

Das Gefühl zu fliegen endete abrupt, stattdessen stand sie auf einem großen Platz aus weißen Steinplatten, hier und da umgeben von rosa blühenden Bäumen. Sie sah große Männer und Frauen, wunderschön in Seide und silberne Rüstungen gehüllt, und dann lief ein Kind auf sie zu. Es war ein kleiner Junge, der die glänzenden braunen Haare als ordentlichen, kleinen Dutt auf dem Kopf trug und lachte, während er auf sie zulief und seine roten Augen leuchteten. Dann fiel er, und seine pummeligen Gliedmaßen krachten auf den glatten, weißen Stein. Noon verzog das Gesicht, da sie wusste, welches Geschrei sie nun erwartete, aber als der

Junge wieder hochkam, lachte er noch immer und lief weiter auf sie zu. Seine verschrammten Handflächen bluteten, was ihr kurz unangenehm war – *es wird die Federn beflecken* –, dann schlang das Kind die Arme um sie. Noon hatte das merkwürdige Gefühl zu wissen, sie *wusste* einfach, dass sie viel größer war als der Junge. Dann lag sie auf dem Rücken in einem schäbigen Zimmer und rang nach Atem. Ihre Hose und das Hemd waren nass, der leere Topf lag unter der Kommode.

»Was ist das?«, keuchte sie. Sie hob ihre Hände, die einen Moment lang die falsche Form hatten. Sie schloss fest die Augen und öffnete sie erneut. »Was geschieht mit mir?«

Nur Tors gequälte Atemzüge antworteten ihr. Vorsichtig, da ein Teil von ihr glaubte, jede Bewegung könnte die seltsamen Gedanken und Gefühle zurückbringen, stand sie auf. Ihr Herz pochte in ihrer Brust wie nach einem Kampf, doch als sie Tor ansah, fügte sich etwas in ihr zusammen. Sie dachte an die blutigen Hände des kleinen Jungen.

»Es gibt doch etwas, das ich für dich tun kann«, sagte sie.

Die Messer in der Küche waren gepflegt und scharf. Noon suchte sich drei aus, säuberte sie in einem Becken mit heißem Wasser und nahm sie mit in Tors Zimmer. Sie versuchte, sein verwüstetes Gesicht und den Hals nicht zu beachten, während sie seinen Hemdkragen vorsichtig aufschnitt und entfernte. Plötzlich stürmte er mit wildem Blick ins Bewusstsein zurück.

»Was machst du da?«, wollte er wissen, in einem so normalen Tonfall, dass sie einen Moment lang zu verblüfft war, um zu reagieren. »Weißt du, wie viel dieses Hemd gekostet hat? Wohl kaum.«

Noon sah, wie der Schmerz ihn traf. Er schrie, gellend und

heiser, dann verlor er erneut das Bewusstsein, und sein Kopf landete seitlich auf dem Kissen.

»Ihr hättet mich nicht mitnehmen sollen«, flüsterte sie, das Messer immer noch in der Hand. »Ihr hättet mich zurücklassen sollen. Das habe ich euch gesagt.«

Sie legte es auf einem kleinen Nachttisch ab und nahm ein anderes, kleineres. Ohne zu lange darüber nachzudenken, presste sie die Klinge an ihre Handfläche, bis eine Kette aus roten Tropfen entstand. Es stach und sie stöhnte auf, als sie glaubte, das Murmeln der seltsamen Gedanken in ihrem Kopf zu hören, aber sie zwang sie nieder.

Sie öffnete Tors Mund mit der unverletzten Hand und drückte die andere zusammen, sodass einige Blutstropfen auf seine Zunge fielen. Sie quetschte weitere Tropfen heraus, die Tor keuchend schluckte wie ein Ertrinkender.

»Hilft das?« Sie starrte auf sein verwüstetes Gesicht und wartete auf eine Veränderung. Vielleicht heilte das Blut ihn von innen – doch diese wenigen Tropfen würden nicht reichen. Sie nahm die scharfe Klinge erneut in die Hand und presste sie in das weiche Fleisch unterhalb ihres Handgelenks, sanft genug, um keinen tiefen Schnitt zu verursachen. Dieses Mal floss das Blut schneller und rann ihr bis zu den Fingerspitzen. Noon verzog ein wenig das Gesicht, als sich rote Flecken auf den Laken bildeten. Dann beugte sie sich vor und drückte Tor die Wunde auf den Mund.

Dieses Mal reagierte er sofort. Sein Kopf schoss hoch, ohne die Augen zu öffnen, und sein Mund schloss sich um die Blutquelle – sie fühlte den harten Druck seiner Zähne auf ihrer Haut. Einen Moment lang drehte sich der Raum um sie herum. Zehn Jahre fast ohne Körperkontakt und nun das. Das war seltsam. Seine unverletzte Hand kroch von seiner Seite nach oben und ergriff sanft ihren Arm. Er schien kaum noch

Kraft zu besitzen, doch die verwüstete Gesichtshälfte veränderte sich langsam. Die verkohlte, schwarze Haut schälte sich ab, darunter kam neue zum Vorschein. Die Muskeln und das Fleisch fügten sich zusammen. Es geschah nur an einigen wenigen Stellen und änderte kaum etwas an den schrecklichen Wunden, die Noon verursacht hatte, aber es war ein Anfang. Er stöhnte leise unter ihr und wand sich im Bett.

»Tor? Bist du wach? Rede mit mir, Blutsauger.«

Mit immer noch geschlossenen Augen und rot verschmiertem Mund ließ er sich auf das Kissen fallen. Doch er sagte nichts.

»Tor?«

Die verletzte Hand machte es Noon etwas schwerer, Streifen aus den Tischdecken zu reißen und die beiden Schnittwunden halbwegs sauber zu verbinden. Sie würde bald in die Küche gehen und ihren Arm waschen, doch im Augenblick fühlte sie sich merkwürdig schwach. Mit der unverletzten Hand strich sie Tor die wenigen verbliebenen Haare aus der Stirn und versuchte, ihr Herz zu beruhigen. Schon die kleine Menge Blut hatte ihm Kraft gegeben und angefangen, Gesicht und Hals zu heilen. Doch sie vermutete, dass sie weitaus mehr benötigen würde, um ihn zu retten. Hatte sie es nicht verdient, diesen Preis zu zahlen?

Sie hielt sich den blutenden Arm an die Brust, legte sich neben Tor ins Bett und genoss einen Augenblick lang selbstsüchtig die Wärme seines Körpers. Sie dachte darüber nach, dass ihr ein solcher Ruheort noch vor Kurzem unvorstellbar erschienen wäre. Dann schlief sie auch schon ein.

Kapitel 30

Das heiße Wasser stach in Noons Schnittwunden, aber es war ein guter Schmerz. Zusammen mit der Hitze wirkte es beruhigend und vertrieb alle anderen Gedanken und Sorgen.

Sie hatte eine große Zinnbadewanne in die Küche gezerrt und Wasser erhitzt. Da sie sich sicher war, dass sich in dem Haus niemand außer ihr und einem komatösen Eboraner aufhielt, hatte sie sich vor dem großen Ofen ausgezogen und ihre dreckige, nach Rauch stinkende Kleidung auf die Steinplatten geworfen. Nun durchnässte der Dampf aus dem Bad ihre Haare, und Noon wusch sich methodisch mit einem Stück Seife, das sie neben dem Waschbecken gefunden hatte. In der Winnowry hatte man ihr alle zwei Tage einen Eimer mit kaltem Wasser und ein raues Stück Stoff gegeben, mit dem sie sich abreiben konnte. Man lernte schnell, das Beste aus allem zu machen, und deshalb war die Badewanne mit dem heißen Wasser und die Zeit, die sie darin verbringen durfte, ein fast unglaublich erscheinender Luxus.

»Ich bin nicht mehr in der Winnowry«, sagte sie zu dem wirbelnden Schaum. »Und ich kehre auch nicht dahin zurück. Jedenfalls nicht lebend.«

Sie hatte sich nur wegen Vintage so weit von der Winnowry entfernen können, und nun lag Vintage – die gütige, exzentrische Vintage – höchstwahrscheinlich tot irgendwo auf dem Gelände. Sie dachte erneut an den Umriss, den sie vor dem Feuer gesehen hatte, an das geschwärzte, verzerrte Ding, und kaute an ihrem Daumen. Vielleicht würde Godwort ihre Leiche finden. Vielleicht auch nicht. Vielleicht kniete er gerade in der seltsamen Kammer im Herzen des Giganten vor der Leiche seines Sohns und hatte endgültig den Verstand verloren.

Noon beugte sich in der Badewanne vor. Sie hielt die Hände unter Wasser, während sie nach der wirbelnden Energie des Parasitengeists in sich suchte. Sie war noch immer dort, wie ein schwelendes Feuer, in dem man nur stochern musste, um es erneut zu entzünden. Vorsichtig, sehr vorsichtig, beschwor sie das Winnowfeuer mit der rechten Hand und sah es grün und unsicher im Wasser flackern. Das Feuer dieser Energie war stark.

»Ich könnte mich selbst kochen«, sagte sie mit flacher Stimme. Außer den alten Bestecken, den verstaubten Regalen mit ihren Beuteln voller Hafer und den Gewürzgläsern hörte ihr niemand zu. »Das würde nicht gerade schnell gehen, aber wer hat einen schnellen Tod weniger verdient als ich?«

Sie öffnete die Hand und ließ die grüne Flamme größer werden, bis die zusätzliche Hitze über ihre Beine strich. Es würde nicht schwer sein, die Energie freizulassen – auf jeden Fall leichter, als sie in sich zu behalten.

Närrin.

Das eine Wort wurde laut in ihrem Kopf gesprochen. Noon zuckte vor Schreck zusammen, und das Winnowfeuer erlosch in ihrer Hand.

»Was bist du?«

Sie bekam keine Antwort, spürte jedoch die Präsenz in sich. Etwas Fremdes und sehr, sehr Altes. Sie fühlte ihre Verachtung über sie, eine kleine, schwache Kreatur.

»Fick dich«, sagte sie laut, was ihr etwas albern vorkam. »Du weißt nichts. Du weißt nicht, was ich durchgemacht habe.«

Nun wurde in einer Sprache gemurmelt, die sie nicht verstand. Noon kniff fest die Augen zusammen. Das musste der Parasitengeist sein, was denn sonst, aber Vintage hatte nie erwähnt, dass sie sprechen konnten. Noon hatte sie für eine

Art stumpfsinniges Tier gehalten, eines, das aus Energie und Licht bestand.
Noon stand auf, wrang ihre Haare aus und trat aus der Wanne. Als sie nach einem Laken griff, um sich damit abzutrocknen, drängte sich die geisterhafte Präsenz erneut ins Zentrum ihres Bewusstseins. Die halbdunkle Küche verschwand, und Noon sah ein Schlachtfeld. Es regnete, die aufgewühlte Erde war matschig, und überall lagen Männer und Frauen, tot oder sterbend. Eine Frau unmittelbar vor ihr lag auf dem Rücken, ihre kostbare Rüstung war an der Taille aufgerissen worden. Käferartige Kreaturen krabbelten um sie herum, und die Frau versuchte, sie mit immer schwächer werdenden Bewegungen zu verscheuchen. Noon erschrak; die Insekten, die sie in ihrem Albtraum gesehen hatte, die in Finster-Marian gesteckt hatten, waren ebenfalls hier. Dann sah die Frau – eine wunderschöne Eboranerin mit blutroten Augen, wie Noon jetzt erst bemerkte – sie an. Sie lächelte schief und schüttelte den Kopf. Die schwarzen Käfer schwärmten über sie, glitten in ihren offenen Mund und krochen eifrig in ihre Ohren. Der Vorgang war so brutal, dass ihr Körper zuckte.
Leben ist Leid. Die Stimme meldete sich wieder zu Wort. *Leben ist Krieg und Opfer. Leben ist Sieg.*
Das matschige Schlachtfeld verschwand, und Noon lag nackt und zitternd auf den kalten Steinen. Die Kälte war ihr bis in die Knochen gestiegen, aber die Präsenz hatte sich zurückgezogen. Sie wickelte sich rasch in das Betttuch ein und stolperte aus der Küche.
»Ja, fick dich doch«, sagte sie zu niemand Konkretem.
Ein Stockwerk höher schlich sie sich in Tyron Godworts Zimmer und betrachtete zitternd seinen zurückgelassenen Besitz. Da sie nun wusste, was ihm zugestoßen war, kam ihr

das Zimmer unheimlich und einsam vor, aber sie brauchte neue Kleidung, und der Junge war ungefähr so groß wie sie gewesen. Sie ging zum Kleiderschrank, holte einige Kleidungsstücke heraus und legte sie auf das Bett. Tyron schien mehr davon besessen zu haben, als er je hätte gebrauchen können – aber andererseits, erinnerte sich Noon, hatte sie in der Winnowry auch nur einen einzigen Satz Kleidung gehabt. Vielleicht war dies also ein ganz normaler Kleiderschrank, und alle besaßen mehr Kleidung, als sie in einem Jahr tragen konnten.

Sie entschied sich für eine warme Wollstrumpfhose und ein langärmliges, blassgrünes Seidenhemd. Außerdem nahm sie eine weinrote Samtjacke mit, die zwar etwas an der Brust spannte, aber deren glänzende Silberknöpfe ihr gefielen. Sie stopfte sie zusammen mit einigen anderen Stücken in einen Sack und ging wieder nach unten. Tor lag immer noch lang ausgestreckt auf dem zerwühlten Bett. Sein Gesicht war von ihr abgewandt, doch sie wusste nur zu gut, wie es nun aussah – diese schrecklich verwüstete Landschaft verfolgte sie. Noon war es gelungen, ihm nach und nach die Kleidung von der linken Körperhälfte wegzuschneiden, sodass sie im Licht, das durch das Fenster fiel, nun auch seinen zerstörten Arm sehen konnte. Die Heilung ging langsam voran, aber es war immerhin ein Fortschritt.

»Hey, Blutsauger, wie fühlst du dich heute? Hast du Appetit?«

Sie krempelte die Ärmel hoch, genoss kurz das Gefühl von Seide auf der Haut und kniete sich dann neben ihn auf das Bett. Anschließend nahm sie eines der Messer, die sie mittlerweile auf dem Nachttisch neben einer Wasserschüssel und etwas Seife aufbewahrte, und schlitzte sich den Arm auf. Sie wusste, wie unvorsichtig sie damit handelte, aber es gab kein Zurück mehr.

Sie beugte sich über ihn, presste ihr Handgelenk auf seinen Mund und hörte sein Stöhnen. Sein gesunder Arm legte sich um ihre Hüften und zog sie so unerwartet nach vorn, dass sie beinahe auf ihn gefallen wäre. Noon verzog leicht das Gesicht und stemmte sich hoch, während er trank. In seinem Griff lag Kraft, und das gab ihr ein wenig Hoffnung.

»Das reicht.« Sie wollte den Arm wegziehen und sich von ihm lösen, aber sein Griff wurde fester, und sie musste blinzeln, als ein plötzlicher Schwindel sie überkam. Es wäre so einfach gewesen, dachte sie, ihm zu geben, was er wollte. Es lag eine Nähe darin, die sie an die Säuberung in der Winnowry erinnerte und an die breiten Schultern von Lehrling Lusk, wie er vor ihr kniete. Wenn einem menschlicher Kontakt entzogen wurde, war ein so intimer Moment eindringlich. Einige Momente erlaubte sie sich, dieses Gefühl der Nähe zu genießen. Die Wärme seines Mundes auf ihrer Haut und die Kraft seines Arms auf ihrem Rücken. Dann fiel ihr jedoch ein, dass sie noch nichts gegessen hatte, und dass es für sie beide gefährlich enden könnte, wenn sie das hier in die Länge zog.

Diesmal entschlossener als zuvor, befreite sich Noon aus Tors Griff, wobei ihr auffiel, dass das Laken rund um seine Hüften noch unordentlicher war als gerade eben. Sie starrte es einen Moment an, bis sie erkannte, was es zu bedeuten hatte. Mit plötzlich heißen Wangen stolperte sie vom Bett weg.

»Oh. Feuer und … oh.« Erst jetzt fiel ihr ein, dass Tor seine Blutspenden normalerweise von willigen Geliebten bekam. Kein Wunder, dass er den Geschmack von Blut mit Sex verband. Sie schluckte schwer und verließ das Zimmer.

Als sie zurückkehrte, hatte sie in der Küche Brot und Käse gegessen, den Ponys Hafer aus den Stallungen gegeben und

ein Glas Wein heruntergeschüttet. Sie war unbeschreiblich müde, und Tor hatte sich auf die Seite gedreht, sodass sie nicht sehen konnte, ob er noch eine Erektion hatte.
»Weißt du, ich bewundere deine Hartnäckigkeit«, sagte sie, als sie sich neben ihn ins Bett legte. Die Wärme seines Körpers war angenehm, ihre Augenlider schwer wie Steine. »Die meisten Leute wären nicht in Stimmung, aber du …« Sie gähnte ausgiebig. »Es scheint zu stimmen, was man über Eboraner sagt …«
Sie schlief.

Im Traum war sie am Glutfluss. Sie hatte die Stiefel ausgezogen und hielt die Füße ins kalte Wasser, während sie das Mondlicht betrachtete, wie es darauf funkelte. Hier und da konnte sie die roten Steine erkennen, die dem Fluss seinen Namen verliehen, und dunkle Unterwasserpflanzen, die wie Wolken aussahen. Es war eine milde Nacht, aber ihre Füße waren ziemlich kalt. Trotzdem wollte sie nicht aufstehen.
Sie erinnerte sich an diesen Ort. Das Flachland wurde von zwei großen Flüssen unterteilt: dem Trick, der sich je nach der Stelle, an der man auf ihn traf, sehr unterschiedlich zeigte; und dem Glutfluss, der breit war und nur langsam floss. Ihr Volk kam oft hierher, um zu waschen und Wasser zu holen, und um sich mit den anderen Leuten zu treffen, die ebenfalls dorthin gingen. Flüsse bedeuteten Menschen und auch Tiere, sagte ihre Mutter. Wasser brachte Leben mit sich. Noon lächelte und fragte sich nebenbei, wo ihre Mutter war, während sie gleichzeitig die Form ihrer im Wasser baumelnden Beine betrachtete. Sie waren lang und wohlgeformt, die Beine einer erwachsenen Frau. Etwas daran und an der Erinnerung an das Gespräch mit ihrer Mutter passte nicht zusammen. Ein schreckliches Wissen schien dabei über ihr zu

drohen, also schüttelte sie den Kopf und wich davor zurück. Stattdessen erkannte sie, dass sich noch jemand am Flussufer aufhielt.

»Sei gegrüßt, Hexe«, sagte Tor. Er schlenderte am Ufer entlang, die Hände hinter dem Rücken verschränkt. »Das ist eine sehr hübsche Stelle. Eine, die du schon einmal besucht hast, vermute ich?«

Noon stand rasch auf. Tors Gesicht und Hals waren makellos und frei von Brandverletzungen. Seine Haut schien im Mondlicht zu leuchten. Er trug eine kunstvoll gearbeitete, gefütterte Seidenjacke, die sie noch nie zuvor gesehen hatte. Sie war mit silbernen Blättern bestickt, und seine schwarzen Haare hingen ihm lose über die Schultern. Er lächelte, als er ihren Gesichtsausdruck sah.

»Das alte Ding? Ist ein bisschen extravagant, muss ich zugeben, aber gelegentlich vermisse ich diesen Komfort meiner Heimat, und wieso sollte ich sie nicht in Träumen tragen?«

»Ein Traum.« Noon schwankte. »Das ist es also. Scheiße.«

Der Fluss und der Nachthimmel waberten und wurden zu etwas Falschem – genau wie die Laken, auf die Mutter Fast die Szenen für ihr Puppentheater malte.

»Nein, bitte geh nicht.« Tor legte ihr eine Hand auf den Arm. »Es wäre gut, wenn ich mit jemandem reden könnte. Bleib noch etwas.«

Er machte eine Geste, und der Fluss füllte sich und wurde wieder zu einem realen Ort, zu etwas Festem. Als er ihre Überraschung sah, grinste er. »Meine Schwester Hestillion konnte Träume immer besser formen als ich, aber ganz schlecht bin ich darin auch nicht. Denk nicht darüber nach, dass dies ein Traum ist, sondern höre auf meine Stimme. Erzähl mir von diesem Ort. Von dieser Erinnerung.«

»Wie geht das?«, wollte sie wissen. »Was machst du hier?«

»Eboraner können traumwandeln«, sagte er sanft. »Weißt du noch?«

»Ja, aber …« Sie fühlte sich verloren. Sein Gesicht, so nahe an ihrem, war ruhig und sorglos. Als sie es das letzte Mal gesehen hatte, war das anders gewesen. Sie atmete tief durch. »Dies ist der Glutfluss. Als ich klein war, habe ich hier manchmal geangelt. An den tieferen Stellen gab es Hechte, aber ich habe nie einen gefangen. Ich war zu schwach, um sie herauszuziehen.« Sie hielt inne. »Rede ich wirklich mit dir oder nur mit einer Traumversion von dir, die ich mir ausgedacht habe?«

Tor lachte. »Das ist eine gute Frage, Hexe. Ich bin es wirklich, aber das würde eine Traumversion von mir wahrscheinlich auch sagen, oder?«

Noon wollte ihn auf einmal in den Fluss stoßen. »Lass mich in Ruhe. Das ist etwas Privates.«

Tor sah sich theatralisch um. »Dieser langweilige Fluss? Also, dann lass mich dir etwas zeigen. Ich weiß nicht genau, ob ich das noch kann …«

Er ergriff ihren Arm, und die warme Nacht und der kalte Fluss wirbelten davon, wurden von etwas hinweggetragen, das tiefer war als Wasser. Auf einmal standen sie in einem Wäldchen an einem heißen Sommertag. Noon fühlte die Sonne auf ihrem Kopf wie einen Segen und konnte sogar die Blüten an den Bäumen riechen. Etwas daran kam ihr vertraut vor, aber sie konnte es nicht benennen. Neben ihr lachte Tor. »Bei den Wurzeln, ich habe es geschafft! Siehst du das, Hexe? Dies sind die heiligen Wäldchen von Ebora, vor mehr als zweihundert Jahren. Kein lebender Mensch hat sie je gesehen, aber jetzt bist du hier. Fühlst du dich angemessen geehrt?«

»Ist das deine Erinnerung?«

»So ist es. Eine Erinnerung vor unserer schlimmsten Zeit, bevor die Blutpest uns wirklich dahinraffte. Dieser Hain wurde zu Ehren von Ygseril gepflanzt, und die Bäume wurden wie die ehrenwerten Begleiter des Baumgotts behandelt.« Er hielt inne, und Noon bemerkte, dass seine Kleidung sich erneut geändert hatte. Nun trug er ein einfaches, rostrotes Gewand und ockerfarbene Beinkleider. Am Kragen vor seiner Kehle hatte er eine Brosche aus Bronze angesteckt. Es ließ ihn irgendwie jünger wirken. »Als ich Ebora verließ, waren diese Bäume natürlich schon längst gestorben. An gebrochenem Herzen. Hest sagte gern, dass sie einfach nur zu lange nicht gepflegt worden waren. Solch zerbrechliche Dinge brauchen Fürsorge.« Er hob die Hand und berührte die blassrosa Blüten, die in Büscheln an den Zweigen hingen, woraufhin die Blütenblätter wie Schneeflocken herunterfielen. »Du hättest Ebora in seiner Glanzzeit erleben sollen, Noon. Es war spektakulär.«

»Hest ist deine Schwester?«

Tor nickte. »Lady Hestillion, geboren im Jahr des grünen Vogels, Herrin des Traumwandelns und stets meine größte Kritikerin.«

Sie wusste nicht, was sie darauf sagen sollte. Sie verschränkte die Arme vor der Brust.

»Dieser Ort ist wunderschön«, erwiderte sie leise. »Er ist voller Leben. Ich spüre es, obwohl er nicht real ist.«

Er musterte sie eindringlich, so als würde er sie zum ersten Mal wirklich sehen. Es war verstörend, und sie musste den Blick abwenden.

»Kannst du das mit all deinen Erinnerungen machen?«, fragte sie, in der Hoffnung, ihn damit von seinem plötzlichen Interesse abzulenken.

»Ich habe das seit sehr langer Zeit nicht mehr probiert.« Seine

Stimme war sanft. »Sag mir, Hexe, wieso kann ich dich so klar in diesem Traum fühlen? Du bist mir näher als zuvor. Ich kann beinahe …« Er hielt inne.

Du hast mein Blut getrunken, dachte Noon, ohne es auszusprechen. Ein heißer Wind fuhr plötzlich durch das Wäldchen und wirbelte Blüten wie bei einem Schneesturm umher. Er stank, wie Noon mit Entsetzen bemerkte, nach verbranntem Fleisch.

»Was ist das?«, sagte Tor, während er einen Blick über die ordentlichen Baumreihen warf. Eine seltsame Wolke hing am Horizont, ein silbriggrauer Umriss, den Noon nicht richtig erkennen konnte. »Riechst du das? Vielleicht ist in den Küchen etwas angebrannt.«

»Das ist ein Traum, weißt du noch?« Noon trat zurück und wollte sich den Hut über die Tätowierung an ihrer Stirn ziehen, bevor ihr einfiel, dass sie ihn auf dem Gelände verloren hatte. »Ich kann nicht länger hierbleiben und mir deinen langweiligen Ebora-Scheiß ansehen. Ich habe was anderes zu tun.«

Sie drehte sich um und wollte irgendwie zum Fluss zurücklaufen, doch sie stolperte und fiel hin, und ihr Magen drehte sich auf unangenehme Weise. Noon erwachte keuchend im Bett neben Tormalin. Der große Eboraner schlief zum Glück noch. Sie drehte sich vorsichtig auf die Seite, um ihn nicht zu wecken. Noon lag da, starrte die Tür an und dachte an den Fluss und die Blüten. Und an den schrecklichen Todesgestank, der sie beide gefunden hatte.

Kapitel 31

Aldasair stand im hinteren Teil der Gärten und sah auf den Platz hinab. Es hielten sich noch mehr Menschen dort auf, in bunten Zelten und Kutschen, die an Ameisenhügel erinnerten. Da es ein kühler Tag war, brannten Feuer. Der Geruch nach Rauch und Gekochtem hing überall in der Luft, und ihre Stimmen waren in der Stille klar zu hören. Das Plappern ihrer Gefühle traf Aldasair wie Wogen aus Kieselsteinen: eifrig, verärgert, verwirrt, ruhig, aufgeregt, unsicher. Es war zu viel.

Er hätte einiges tun sollen, doch ihm fiel die Erinnerung daran schwer, wie es noch vor wenigen Wochen in Ebora gewesen war, und er kam sich dabei vor wie ein Geist. Also wandte er sich von dem geschäftigen Platz ab und ging stattdessen tiefer in die überwucherten Gärten. Bern der Jüngere arbeitete schwer auf der anderen Seite. Er entfernte die Spuren jahrzehntelanger Vernachlässigung und verbrannte sie auf großen Scheiterhaufen vor den Toren. Aldasair hatte ihm am Vortag kurz zugenickt, ohne den Blick auf dessen nackte Brust zu richten – die Tintenmuster erstreckten sich auch dort auf seiner Haut –, aber er hatte kein Wort herausbekommen. Der Mensch hatte sein Nicken mit einem mitfühlenden Gesichtsausdruck erwidert, der Aldasair zutiefst unangenehm gewesen war. Seitdem ging er dem Mann aus dem Weg.

Hier wucherten die Bäume und Sträucher über die schmalen Kieswege und Steingärten hinweg. Die schlanken Bäche, die man sorgfältig in den Boden gegraben hatte, waren entweder ganz verschwunden oder erstickten in verrottendem Laub. Er lief an zwei elegant emaillierten Brücken vorbei, die kaputt über dem Schlamm hingen. Als es bergauf ging,

wurde er schneller, denn er erkannte, weshalb er diesen Weg eingeschlagen hatte.
Der Seelenhügel.
Schließlich stolperte er über einen alten Pfad, der in den ansteigenden Untergrund hineingeschlagen und mit schweren, schwarzen Steinen gepflastert worden war. Sie waren größtenteils unbeschädigt, trotzdem ging Aldasair vorsichtig an den großen Laubhaufen vorbei, damit er nicht ausrutschte und bis zum Platz zurückschlitterte. Der Weg führte ihn immer höher, und als er über seine Schulter blickte, entdeckte er den Palast tief unter sich; hier waren der Platz und die seltsam aktiven Menschen nicht zu sehen, aber Ygseril breitete seine toten Äste immer noch wie eine Silberwolke über allem aus. Wie in alten Zeiten. Den stillen Zeiten.
Schließlich erreichte er auf der Hügelkuppe den alten Obsthain und das Gebäude in seiner Mitte. Die Wiese war voll von wurmstichigen, faulen Äpfeln. Er stellte sich vor, wie im Sommer das laute Summen zahlreicher Wespen in der Luft hing, aber an diesem kalten Tag hörte er nichts, bis auf einen halbherzigen Windhauch, der ihn begleitete. Aldasair ging durch die Bäume und trat über abgebrochene Äste, bis er vor der Tür stehen blieb. Das Gebäude war ihm immer seltsam erschienen; es passte nicht so recht zu der organischen, verschlungenen Architektur des Palastes oder der Anwesen, die es umgaben. Es erinnerte ihn eher an einen Bienenstock, rund und einfach, mit großen, kreisförmigen Fenstern, die mittlerweile dreckverkrustet waren. Es war älter als alles andere. Aldasair betrachtete seine Füße, während seine Hand auf der Tür lag. Er war sich nicht sicher, woher er das wusste – aus einer längst vergangenen Unterhaltung oder einer Unterrichtsstunde, damals, als sein Volk noch gelebt hatte.

Die Tür ließ sich nur schwer öffnen, und er musste sich dagegenstemmen, um sie stückweise über den Steinboden zu drücken. Dahinter lag ein einziger, halbdunkler Raum. Kreise aus schmutzigem Licht umgaben Aldasair. Die filigrane Bleiglaspyramide an der Spitze des Kuppeldachs, an die er sich so gut aus seiner Kindheit erinnerte, war längst zerbrochen, sodass nur noch lange, verbogene Bleischienen den Himmel kratzten. Konzentrische Stufen rahmten den runden Raum ein. Dort wurden sie aufbewahrt.

»Ich habe meine zu einer möglichst hohen Plattform gebracht.« Aldasair atmete tief durch und roch feuchtes, verrottendes Laub. »Damit sie nachts den Mond sehen könnten.« In seiner Erinnerung waren die Stufen aus poliertem Stein, glänzend und sauber. Nun waren sie bedeckt von Schimmel und Moos, von totem Laub und sogar, wie er bemerkte, von den Skeletten kleiner Tiere. Vermutlich waren sie auf der Suche nach Nahrung und Schutz durch das kaputte Oberlicht gekrochen und anschließend nicht mehr herausgekommen. Das war kein tröstlicher Gedanke.

Seine Augen gewöhnten sich an das Zwielicht. Aldasair ging zu einer der Stufen. Auf ihnen lagen überall kleine Häufchen in den Schatten – wenn er die Augen zusammenkniff, konnte er sogar fast erkennen, was sie einst gewesen waren.

Gerade hob er eine Hand und wollte sich überwinden, eins davon aufzuheben, als er Schritte hinter sich hörte und sein Herz ihm bis in die Kehle sprang. Als er herumfuhr, sah er eine Gestalt, die das wenige Sonnenlicht aus der Tür blockierte.

»Tut mir leid!« Bern der Jüngere hielt die Hände hoch. »Ich wollte dich nicht erschrecken.«

Aldasair ballte die Fäuste an seinen Seiten. »Was machen Sie hier?«

»Ich war neugierig. Nicht gerade mein bester Charakterzug, sagt mein Vater, aber was soll ich machen?« Er betrat den Raum gänzlich und sah sich aufmerksam um. »Was ist das für ein Ort?«

»Sind Sie mir den Hügel hinauf gefolgt?«

Bern räusperte sich. Sein wildes, blondes Haar hatte er zu einem Pferdeschwanz zusammengebunden, und trotz des Halbdunkels sah Aldasair, dass er ein wenig errötete. »Das könnte man sagen. Also, man könnte das sagen, weil es stimmt. Ich habe dich hinten bei den Gärten gesehen, und dein Gesichtsausdruck …«

»Ich habe Sie nicht gehört. Ich hätte Sie hören müssen.«

Bern der Jüngere grinste. An diesem kaputten, uralten Ort erschien Aldasair die Reaktion so unangemessen, dass er wegsehen musste.

»Ich bin Jäger. Es gehört zu meinem Beruf, leise zu sein.«

»Wollen Sie damit sagen, dass Sie mich gejagt haben?«

»Bei den Steinen, nein!« Bern hob erneut die Hände und sah nun wirklich erschrocken aus. »Ich kann das nicht gut. Mit dir und deinem Volk reden, meine ich. Ich war neugierig, Aldasair. Ich wusste nicht, wieso du unbedingt auf diesen Hügel wolltest. Vergib mir.« Als Aldasair nicht antwortete, deutete Bern mit dem Kinn auf die Stufen. »Also, was ist das für ein Ort?«

»Wir nannten ihn den Seelenhügel.« Draußen wurde der Tag heller und erfüllte den Raum mit sanftem Licht. Staub tanzte in den Sonnenstrahlen, die durch das Loch im Dach fielen. »Das war …« Aldasair hielt inne. »Es fällt mir manchmal schwer, die richtigen Worte für solche Dinge zu finden. Etwas, das wir in jeder Jahreszeit taten, weil es wichtig war.«

»Eine Tradition«, sagte Bern. »Wir haben in Finneral auch

viele. Um ehrlich zu sein, drehen sich die meisten um Steine. Oder ums Trinken.«

»Eine Tradition. Ja, genau das war es.« Aldasair schloss die Augen und versuchte, sich zu erinnern. »Die Jüngsten von uns, die Kinder. Die, die höchstens fünfzig oder sechzig Jahre alt waren …« Bern stieß einen seltsamen Laut aus, den Aldasair ignorierte. »Sie bastelten Glücksbringer in den Formen der Kriegsbestien, um sie zu ehren. Von den Gefallenen, deren Geister zu Ygseril zurückkehren würden. Dann gab es eine Zeremonie mit Lichtern und besonderen Speisen, und wir brachten sie zur Kuppe des Seelenhügels, damit sie von Ygserils Ästen aus die Lichter hier sehen konnten und wussten, dass sie nicht vergessen worden waren. Dass wir sie nie vergessen würden.« Aldasair öffnete die Augen. Die Erinnerungen drehten sich in seinem Kopf. Er schmeckte den Seelenkuchen und roch den frischen Ton. Das alles war erst gestern gewesen, oder nicht?

»Ein Fest für eure Kinder.« Bern wirkte ernst, während er mit einer Hand an den Steinen in seinem Bart zupfte.

»Ja.« Aldasair ging lächelnd zurück zu den Stufen. »Als uns der Platz ausging, nahmen wir die Glücksbringer wieder mit und begruben sie irgendwo, damit sie zu Ygserils Wurzeln zurückkehren konnten. Die genaue Stelle wurde geheim gehalten.«

Er wischte altes Laub beiseite und enthüllte den schiefen Lehmklumpen darunter. »Es müssen Tausende in ganz Ebora vergraben worden sein.«

»Ihr habt das sehr lange getan?«

»Solange wir zurückdenken können.« Aldasair berührte den Lehmklumpen. Er zerfiel unter seinen Fingern, und ihm drehte sich der Magen um. »Aber natürlich nicht mehr. Seit … langer Zeit nicht mehr.«

Bern gesellte sich zu ihm und wischte den Unrat mit seiner großen Hand weg, sodass weitere Glücksbringer zum Vorschein kamen. Sie fanden einen schlangenähnlichen Drachen, der mit dem Kopf auf seiner Flanke ruhte; es gab einen großen Fuchs, dessen lange Schnauze am Ende abgebrochen war; daneben lag ein Greif mit einem zerschmetterten Flügel. Andere hatten die Zeit weniger gut überstanden. Die Nässe hatte ihre Kanten aufgeweicht, und die Farbe war abgeblättert, sodass nur noch eine Andeutung ihrer ursprünglichen Form übriggeblieben war, wie bei halb sichtbaren Geistern.

»Eure Kinder haben die gemacht?«

»Ja, die Jüngsten. Ich habe mich in jeder Jahreszeit darauf gefreut. Wir alle. Wir haben uns überlegt, welche Kriegsbestie wir ehren wollen, und wie. Einige ehrten jedes Mal dieselbe Kriegsbestie, andere fertigten Figuren von denen an, die die meisten Schlachten gewonnen und den größten Ruhm erlangt hatten. Ein paar von uns mochten einfach nur bestimmte Formen.« Er hielt inne. Das viele Reden fiel ihm schwer. »Ich weiß noch, als ich das letzte Mal hierherkam. Ich war fast schon zu alt, um dazuzugehören, und die erste Blutpest war gerade ausgebrochen. Ich fühlte an diesem Tag, dass etwas zu Ende ging. Ich wusste nicht, dass *alles* zu Ende gehen würde.«

Aldasair brach ab. Sein Gesicht war heiß. Er hatte zu viel gesagt. Bern betrachtete nachdenklich die Glücksbringer, seine grünen Augen voller Ernsthaftigkeit. Dann wandte er sich Aldasair zu.

»Das ist nicht das Ende. Die Dinge sind schon dabei, sich zu verändern. Merkst du das nicht?« Er lächelte schief und ein wenig bitter. »Dass die Leute so zusammenarbeiten wie hier, sieht man nur selten, und Steine auf mein Herz, ich glaube, das hat etwas zu bedeuten. Das alles hier.« Seine Geste schloss den Raum mit den Tierkadavern und dem toten Laub mit ein. »Es kann wieder zu dem werden, was es einmal war. Es wird wieder eboranische Kinder geben. Wir sollten hier aufräumen, damit alles für sie bereit ist.«

Aldasair lächelte unwillkürlich. »Der Seelenhügel ist nur eine Erinnerung, und es gibt so viel, das repariert werden muss. Aber ich weiß den Gedanken zu schätzen.«

Bern seufzte. »Es gibt hier viel Traurigkeit.« Er sah Aldasair so offen an, dass er sich wegdrehen musste. »Ihr seid alle so traurig. Aber die Veränderung ist nahe, mein Freund. Ich fühle das im Stein.«

Draußen nahm der Wind zu, wehte in den Raum und ließ das Laub zu ihren Füßen tanzen. Aldasair dachte an die Tarla-Karten und wie sie mit ihm in Worten gesprochen hatten, die angeblich die Zukunft kannten – und dass er keine Zeit mehr hatte, ihnen zuzuhören.

»Eine Veränderung kommt«, sagte er, »aber was für eine?«

Später wanderte Aldasair ziellos durch die Gänge des Palasts. Er hatte seit Jahrzehnten nicht mehr an den Seelenhügel gedacht, aber nun stiegen unzusammenhängende Erinnerungen aus den Tiefen seines Geistes auf wie Frösche, die am Boden eines Teichs aufgeschreckt worden waren. Er sah, wie er und Tormalin sich darum stritten, welche Kriegsbestie sie basteln sollten, wie sie versuchten, einander dabei zu übertreffen; der Anblick des hell erleuchteten Hügels, der wie ein großes Auge auf Ebora herabsah; seine Mutter, die Seelenkuchen anbrennen ließ und darüber lachte, obwohl er wusste, dass ihr das peinlich war.

Die Vorstellung, dass alles wieder so werden könnte wie früher … Bern hatte so ehrlich gewirkt, aber er war auch ein

Mensch; Menschen waren an ein schnelles Leben gewöhnt, bei dem sich alles über Nacht ändern konnte. Kein Mensch hatte hundert Jahre in Stille verbracht und zugesehen, wie stattdessen alles langsam zerfiel.

Aldasair erkannte, dass er, ohne es zu bemerken, zum Saal der Wurzeln gegangen war. Mittlerweile war es Abend, und draußen auf dem Platz bereiteten die Leute ihre Mahlzeiten zu und unterhielten sich. Hier im Palast dagegen hing die Stille schwer in der Luft wie Nebel. Er hob die Hand, um an die Tür zu klopfen oder sie vielleicht auch nur zu berühren, da öffnete sie sich auf einmal und enthüllte Hestillions Gesicht. Sie starrte ihn an, als wäre er ein Fremder, trat dann rasch in den Gang und schlug die Tür hinter sich zu.

»Was willst du?«

Aldasair öffnete den Mund und schloss ihn gleich wieder. Hestillions Blick war wild, ihr Mund ein zusammengepresster, farbloser Strich, und auf ihren Wangen gab es je einen großen rosa Fleck. Sie sah, dass er um Worte rang, und zischte ungeduldig.

»Was machst du hier, Aldasair?«

»Unsere Gäste.« Er räusperte sich. »Sie wollen wissen, wann sie Ygseril sehen dürfen. Sie wollen uns schließlich helfen.«

Sie wischte sich eine Haarsträhne aus der Stirn. »Natürlich. Deswegen sind sie hier. Und das werden sie, sie werden ihm helfen. Da bin ich mir sicher. Aber ich brauche mehr Zeit.«

»Mehr Zeit? Für was?«

Sie schüttelte den Kopf, erneut verärgert, als hätte er die falsche Frage gestellt.

»Ich muss zuerst tun, was ich kann.«

Aldasair hob die Augenbrauen. Er dachte an den Zwischenfall vor vielen Jahren, mit dem Sohn des Weinhändlers. »Was tust du? Was hast du getan?«

»Ach, nichts, sieh mich nicht so an. Kümmere dich um unsere Gäste und lass mich tun, was ich tun muss. Bitte. Vertraue deiner Cousine, Aldasair.«

Sie öffnete die Tür, glitt zurück in den Saal der Wurzeln und schloss sie fest hinter sich. Aldasair stand eine Weile davor und versuchte, sich einen Reim aus ihren Worten und ihrer Stimmung zu machen. Er hatte Hestillion noch nie so aufgeregt erlebt.

Schließlich drehte er sich jedoch um und ging zurück zu den Lichtern und dem Lärm auf dem Platz – mit einem Gefühl, das er später als Erleichterung einordnen sollte.

Kapitel 32

»Ist das Winnowfeuer?«

Tor lachte, und ausnahmsweise war Noon davon nicht genervt. Sie hockten im Eingang einer dunklen Höhle, während draußen ein Gewitter über einem morastigen Marschland tobte. Die Dunkelheit war jedoch nicht allumfassend. Hier und da schwebten große, blau leuchtende Kugeln in der Luft, denen der Regen anscheinend nichts anhaben konnte. Sie tauchten das aufpeitschende Wasser und den Schlamm unter ihnen in ein unheimliches Licht.

»Nein, kein Winnowfeuer«, sagte er, während er mit ihr die Umgebung betrachtete und dabei recht selbstzufrieden wirkte. Sie erkannte so langsam, dass er sie gerne überraschte. »Ich habe einmal versucht, eine mit dem Schwert anzustupsen, aber sie wich ihm aus. Sie bestehen angeblich aus irgendeinem Gas. Ein Einsiedler, der in diesem Moor lebt, sagte mir allerdings, es wären Geister. Ich frage dich, Hexe, welches Gas fliegt vor einem Schwert davon?«

»Und welcher Geist macht sowas?«, erwiderte sie sanft, worauf er die Augenbrauen hob. »Wo ist das hier noch gleich?«

»In Jarlsbad, etwas nördlich vom Gebrochenen Fluss. Ich war vor, hm, etwa vierzig Jahren hier. Was für ein Anblick, nicht wahr? Ich habe eine Nacht in dieser Höhle geschlafen, und sie haben sich alle am Eingang versammelt, als würden sie um eine Audienz bitten.«

Während er das sagte, schwebten die seltsamen blauen Kugeln aus der Dunkelheit auf sie zu und erfüllten die kleine Höhle mit einem Licht, das wie eine Mischung aus Tages- und Mondlicht wirkte.

»Ich kann das langsam richtig gut.«

»Wieso warst du hier draußen und hast deine vornehme Kleidung ruiniert? Ich will mir gar nicht vorstellen, wie deine Haare aussahen.«

Er sah sie bei seiner Antwort nicht an, sondern betrachtete stattdessen das Moor. »Ich bin umhergezogen. Ich wollte alles sehen. Ich hatte so lange die gleichen leeren Gänge und leeren Straßen angestarrt …« Er verstummte. Dann ergriff er ihren Arm und zeigte mit der anderen Hand in die Dunkelheit. »Sieh mal, da ist der Einsiedler. Siehst du ihn?«

Eine seltsam langgezogene Gestalt ging in einiger Entfernung als schwarzer Umriss im heftigen Regen entlang. Erst nach einem Moment erkannte Noon, dass der Mann auf Stelzen lief und sich wie ein langbeiniger Vogel durch das Moor bewegte.

»Entschuldige.« Tor ließ ihren Arm los und räusperte sich. »Ich hatte vergessen, dass du nicht gerne angefasst wirst.«

Eine winzige Sekunde lang sah Noon, wie sie über ihm auf dem schmalen Bett hockte, den Arm auf seinen Mund gedrückt, während seine Hand auf ihrem Rücken lag. Sie vertrieb die Erinnerung – solche Gedanken waren hier gefährlich.

»Schon gut.« Der Regen fiel wie ein weicher Vorhang aus Geräuschen, fast schon angenehm. Sie hatte ihn lange nicht mehr so empfunden. »Du bist schon an so vielen seltsamen Orten gewesen. Ich war noch nirgendwo.«

»Du warst in der Winnowry. Und zwar ziemlich oft, glaube ich.«

Sie boxte ihn in den Arm.

»Fick dich.«

Er räusperte sich erneut. »Ich würde sie mir sehr gerne einmal ansehen. Aus der Nähe. Ich habe sie natürlich von

Mushenska aus gesehen, dieses große, hässliche, stachelige Ding, aber das Innere ist mir ein Rätsel.«

Noon presste die Lippen aufeinander. Manchmal glaubte sie, dass er als Nächstes Vintage erwähnen würde, aber er tat es nicht. Sie wusste nicht, ob es Absicht war oder ob es ihm in diesem seltsamen Traumzustand nicht einfiel.

»Dieses Rätsel kann mich mal am Arsch.«

»Auch etwas, das ich zwar schon gesehen habe, aber gerne aus der Nähe betrachten –«

Sie schlug dieses Mal etwas fester zu. »Selbst wenn dieses Drecksloch einen Besuch wert wäre, kann ich Träume nicht so steuern wie du.«

»Natürlich kannst du das. Wir sind doch in deinem Kopf, oder? Du träumst und bist dir dessen bewusst, wachst aber trotzdem nicht auf. Das verrät mir, dass du dein Traumreich gut genug beherrschst, um es zu beeinflussen.« Als er ihren Blick sah, schmunzelte er. »Versuche es einfach. Stell dir vor, du wärst wieder in der Winnowry. Such dir eine Erinnerung aus und konzentriere dich auf sie.«

Noon wippte auf den Fersen und dachte darüber nach. Sie hatte viele Erinnerungen an die Winnowry – zehn Jahre lang hatte sie nichts anderes gesehen –, aber sie ähnelten sich sehr. Feuchte Wände, schmale Fenster, graues Essen. Allein bei einem Ereignis hatte sie etwas anderes gesehen. Sie hielt ihre Hände vor sich und erinnerte sich daran, wie sie gefesselt und mit dickem, schwarzem Stoff umwickelt worden war. Während der Reise hatte sie einen schweren Sack über dem Kopf getragen. Als man ihn ihr abnahm und sie vom Rücken der Fledermaus zerrte, hatte es sie überrascht, auf nassem Sand zu landen. Sie war verwirrt, verängstigt und überwältigt von Schuldgefühlen gewesen, und als sie den Kopf gehoben hatte, um herauszufinden, wo sie war …

Die Höhle und das Moor verschwanden. Stattdessen standen sie nun an einem Strand. Eine öde und monotone Küste erstreckte sich in beide Richtungen, und vor ihnen ragte die Winnowry düster empor.
»Bei den Wurzeln«, murmelte Tor. »Der Architekt muss einen ganz schlechten Tag gehabt haben.«
Die schwarzen Türme streckten sich einem gleichgültigen Himmel wie abgebrochene Messer entgegen. Hoch oben brannte Licht in schmalen Fenstern, während eine große Eisentür vor ihnen den Eingang markierte. Auf beiden Seiten hingen Fackeln, im Augenblick nicht entzündet, über zwei ausgeblichenen Stücken Treibholz. Das unergründliche Gesicht von Tomas war in beide Seiten eingeschnitzt worden, eher lustlos, fand Noon; der starrende Ausdruck wirkte blind. Sie erinnerte sich daran, wie sie zur Tür gezerrt worden war und dabei Furchen in den Sand gerissen hatte. Sie erinnerte sich daran, wie sie geschrien hatte.
»Ich war elf Jahre alt, als sie mich hierherbrachten«, sagte sie. »Sie ergriffen mich einfach, fesselten mich und flogen mit mir zu diesem elenden Ort. Ich durfte nichts mitnehmen. Nicht, dass noch etwas übrig gewesen wäre, das ich hätte mitnehmen können.«
Tor sagte nichts, und es war ihr unangenehm, dass sie überhaupt darüber gesprochen hatte. Sie sah ihn an und bemerkte, dass er andere Kleidung trug: einen weinroten Mantel, dieselbe Farbe wie seine Augen, und darunter ein taubengraues Seidenhemd. An einem Ohr hing ein kunstvoll aus trübem Glas und Silberspiralen angefertigter Ohrring.
»Warum ziehst du dich ständig um?«
Er lächelte sie an. »Warum nicht? Mir steht so viel.« Er machte eine ausladende Geste, als würde er sich ihrem Urteil stellen, und sein Ohrring drehte sich und spiegelte das

schwache Licht wider. Noon erinnerte sich auf einmal daran, dass er auf dieser Gesichtshälfte praktisch kein Ohr mehr besaß. Sie sah weg.

»Ich wollte diesen Ort nie wiedersehen.«

»Wie ist das Innere?«

Im Handumdrehen waren sie dort und standen zu dicht beieinander in der beengten Zelle, in der Noon zehn Jahre lang gelebt hatte. Das kalte Eisengitter auf dem Boden hatte sich nicht verändert, die schmale Koje war unberührt. Die Zelle war kleiner und dunkler als in ihrer Erinnerung, aber da dieser Ort aus einem Albtraum stammte, wurde er vielleicht von ihren Gefühlen verzerrt. Tor ging zu den Gitterstäben und sah über den gähnenden Abgrund zur anderen Seite des Gefängnisses, wo sich Reihen identischer Zellen entlangzogen. Sie waren allein.

»Ich habe es noch nie leer gesehen«, sagte sie. »Das ist seltsam.«

»Was für ein trostloses Loch«, bemerkte Tor. »Mein Gefängnis war zwar traurig, aber wenigstens schön. Niemand sollte an so einem Ort festgehalten werden.«

»Was meinst du mit *deinem Gefängnis?*«, fragte Noon. Sie trat neben ihn an die Gitterstäbe. »Weswegen wurdest du eingesperrt?«

»Ach, vergiss meine Worte. Das war als Metapher gemeint.«

Tor drückte gegen die Tür, die sofort aufschwang. Die Winnowry jenseits von Noons Zelle wurde von den Schatten erdrückt. Es war ein Ort des Leids und der Dunkelheit. Ohne die Frauen, die ihn bewohnten, empfand Noon ihn als zutiefst beängstigend. Sie betrachtete die Dunkelheit und spürte die Leere des Raums, konnte sich jedoch nicht vorstellen, dass sie alle wie sie entkommen waren. Was sie sich vorstellen konnte, war, dass sie alle tot waren.

Sie drehte sich zu ihrer Koje um. Die dünnen Laken warfen Falten, weil etwas unter ihnen sich bewegte.
»Nein!«
Hunderte schwarzglänzender Käferkreaturen barsten aus dem Bettzeug und strömten auf ihren nadelspitzen Beinen auf sie zu. Irgendwo draußen krachte etwas laut, und die ganze Winnowry erbebte. Sie sah Tor an, der die Käfer verwirrt betrachtete.
»Was ist hier los?«
»Sie sind es! Sie sind zurück! Wir werden …«
Ein zweites Krachen. Noon taumelte und versuchte, nicht zu stürzen, während die Käfer über ihre Füße schwappten. Die Schreie von Frauen gellten durch die Winnowry, und Noon wusste, dass sie irgendwo da unten in den Schatten waren und sich bei ihrer panischen Flucht gegenseitig zerquetschten oder erstickten. Der Drang, das Winnowfeuer zu beschwören, war unglaublich stark, aber wenn sie das tat –
Tor war auf einmal neben ihr und ergriff fest ihre Hand – es überraschte sie, dass sie warm war, nicht kalt wie alles andere –, dann standen sie wieder am Strand.
»Also, es ist wirklich unhöflich von dir, in meiner Begleitung einen Albtraum zu haben«, sagte Tor in einem ganz normalen Tonfall. »Das ruiniert die Stimmung.«
»Sei still, du Idiot. Sieh doch!«
Kadaverfarbene Giganten drängten sich über der Winnowry am Himmel. Es wimmelte von unzähligen winzigen Schiffen, die sich ihren Weg aus der glänzenden Haut bahnten. Dinge, die wie Riesenspinnen aussahen, mit Beinen wie greifende Hände, schwebten auf die beiden Beobachter zu.
»Kontrolliere es«, sagte Tor scharf. »Denk daran, dass das alles in deinem Kopf passiert.«
»Ich kann nicht! Dieses Ding, es – es kommt nicht aus mir,

sondern von außen.« Noch während Noon das sagte, wusste sie, dass es die Wahrheit war. »Das ist nicht mein Albtraum!« Der Eingang zur Winnowry stand offen, und Tausende Käfer strömten auf sie zu. Auf eine Weise, wie es nur in Träumen möglich war, wusste Noon, dass jemand hinter ihnen stand. Eine Frau mit leiser, femininer Stimme, die ihr ins Ohr flüsterte. Sie wusste bereits, was diese sagen würde.

Tor fuhr zu dem Streifen der eisengrauen See herum, und sie wusste, dass er es auch gespürt hatte. »Da ist niemand. Da ist gar keiner«, sagte er leise. »Mir reicht es.«

Er griff erneut nach ihrer Hand, und dieses Mal spürte Noon, wie sie aus der schrecklichen Umgebung gerissen wurde. Es fühlte sich an, als würde sie gleichzeitig fallen und in die Luft geschleudert werden. Sie fiel auf die Knie und stellte fest, dass sie auf einem tiefen, luxuriösen Teppich hockte.

»Weiter konnte ich uns von diesem Ort des Elends nicht wegbringen«, sagte Tor, vermutlich als Erklärung. »Willkommen im Wohnzimmer der Eskt-Familie.«

Noon stand auf. Sie befanden sich im opulentesten Raum, den sie je gesehen hatte; vornehmer als Vintages Waggon auf der Winnowlinie, größer als jedes Zimmer in Esiah Godworts ausgedehntem Anwesen. Überall standen hohe, lackierte Trennwände, lange, mit unzähligen Kissen gepolsterte Sofas und elegante Skulpturen mit schmalen, stilisierten Gesichtern. Seidenmuster bedeckten die Wände; blaue Reiher auf blassgoldenem Grund. Sie konnte das alles kaum in sich aufnehmen. Tor setzte sich in einen der tiefen Sessel, er atmete schwer und betrachtete den Boden.

»Was hast du gemeint, als du sagtest, das wäre nicht dein Traum?«, fragte er.

»Ich meinte, was ich gesagt habe.« Noon strich sich die Haare aus der Stirn. Ihr Herz schlug immer noch zu schnell. Sie rechnete halb damit, jeden Moment Tausende Käfer zu sehen, die unter den Trennwänden hindurchströmten, oder den fetten Bauch eines Giganten. »Ich weiß nicht, woher es kam. In meinen Albträumen geht es immer um das, was mir als Kind passiert ist. Ich habe noch nie an die Giganten gedacht, sie sind einfach schon zu lange nicht mehr da. Sie sind nur eine Geschichte, die Mutter Fast erzählt hat, um uns Angst einzujagen.«

Tor warf ihr einen gequälten Blick zu. »Was du geträumt hast, ähnelte sehr stark Ainsels Traum. Das kann ich nicht ignorieren. Was, wenn …« Er stöhnte und presste sich die Finger auf die Stirn. »… es immer noch versucht, sich hier hineinzudrängen. Dieses Traumreich zu erhalten, ist schwer.« Er sah sie scharf an. »Hör auf. Hör auf, daran zu denken.«

»Toller Ratschlag, vielen Dank auch. Ich werde einfach aufhören, daran *zu denken*. Pillepalle.«

Tor stand auf und ging zu einer niedrigen Vitrine, auf der eine Flasche Wein stand. Noon war sich sicher, dass sie einen Moment zuvor noch nicht da gewesen war. Er nahm die Flasche, schüttete sich ein Glas ein und trank es in einem Zug aus.

»Traumwein.« Er stellte das Glas ab. »Traumwein sollte hervorragend schmecken, findest du nicht auch? Tut er aber nicht. Er ist eher wie der Geist von echtem Wein.« Er atmete durch. »Verstehst du es nicht, Hexe? Was, wenn diese Träume etwas zu bedeuten haben? Wenn sie eine Warnung sind?«

Noon sah ihn an. Er schien sich hier wohlzufühlen. Hinter ihm gab es einen Torbogen in der Wand, der in den nächsten, ebenso schönen Raum führte, und dahinter sah sie einen Garten durch eine Glastür. Einen Moment lang glaubte sie,

Gestalten in dem Garten zu erkennen, Kinder, die durch das Gras liefen …

»Du stößt gegen die Ränder, Noon«, bemerkte er. »Bitte hör auf.«

»Ich bin nur aus der Winnowry geflohen, weil ich fest davon überzeugt war, dass die Jure'lia kommen würden«, sagte sie. Sie hielt inne und presste den Daumen auf die Lippen, bevor sie fortfuhr. »Ich habe nicht daran gezweifelt. Und dann bin ich gegangen und all diese Dinge sind passiert. Ich hatte bisher kaum Zeit, darüber nachzudenken.« Sie atmete tief durch. »Aber wenn ich noch einmal darüber nachdenke, wenn ich mir das erlaube … ja, ich glaube, sie kommen. Ich glaube, die Träume sind wahr.«

Tor nahm die Flasche, stellte sie aber gleich wieder hin. Er lachte kurz und bitter. »Wenn das stimmt, Hexe, sind wir alle –«

Eine Hand lag auf ihrer Schulter und schüttelte sie. Noon drehte sich um und setzte sich so abrupt in dem schmalen Bett auf, dass sie beinahe herausgefallen wäre.

»Meine Liebe«, sagte Vintage, »ihr beide seht aber gar nicht gut aus.«

Kapitel 33

Dass Vintage selbst nicht viel besser aussah, war ihr sehr bewusst. Trotzdem freute sie sich über den schockierten Blick der jungen Frau. Sie stolperte zurück, als Noon aus dem Bett sprang und sie so fest in die Arme nahm, dass sie beinahe gegen die Wand geprallt wäre.
»Vintage!« Die junge Frau brach die Umarmung ab, trat zurück und betrachtete die Gelehrte, als wäre dies ihre erste Begegnung. Einen Moment lang schimmerten Tränen in ihren Augen, und Vintage sah, wie schwer es ihr fiel, sie zurückzuhalten. Der Anblick war fast herzzerreißend. »Feuer und Blut, Vintage, ich dachte, du wärst tot. Ich hätte dich nie zurückgelassen, wenn –«
»Atme, Kind, bevor du ohnmächtig wirst.« Vintage tätschelte Noons Gesicht. Sie war ausgezehrter als zuvor, ihre olivfarbene Haut wirkte ausgewaschen und blass. Ihre Haare standen an einer Seite hoch, und ihre Augen verloren sich in Schatten. »Du hattest wohl genug mit anderen Dingen zu tun.« Bevor Noon zurücktreten konnte, ergriff Vintage ihre Arme. Sie waren von Schnittwunden bedeckt, die meisten wirkten schmerzhaft frisch. »Was hast du dir angetan, meine Liebe?«
Noon warf einen Blick auf die Wunden. Sie wirkte weder beschämt noch besorgt. »Tormalin. Er war fast tot. Etwas anderes ist mir nicht eingefallen.«
Vintage seufzte. »Du hast ihm wahrscheinlich das Leben gerettet, aber ich bin mir nicht sicher, ob er es dir danken wird, so eitel wie er ist.« Sie löste sich von der Finsterhexe und trat ans Bett. Erneut brach ihr das Herz. Diese Kinder waren ohnehin schon so kaputt, und sie hatte alles noch schlimmer gemacht. Die linke Seite von Tors wunderschönem Gesicht bestand aus Narbenwulsten, die Haare waren bis auf die

Kopfhaut verbrannt. Sein linker Arm, der auf der Decke lag, war in einem ähnlichen Zustand. Wenigstens für den Augenblick schien er friedlich zu schlafen.
»Ich weiß nicht, wie es dir geht, meine Liebe, aber ich könnte eine warme Mahlzeit vertragen.«

Gemeinsam eilten sie durch die Küche, schürten den Ofen an, öffneten Schränke und suchten in der Vorratskammer nach etwas Essbarem. Das alles geschah ohne Planung, und Vintage vermutete, dass Noon zu etwas anderem nicht in der Lage gewesen wäre. Sie ließ sich leicht ablenken, und hin und wieder zitterten ihre Hände. Manchmal hielt sie inne und lauschte auf etwas, das nur sie hören konnte, bevor sie den Kopf schüttelte und weiter Kartoffeln schälte. Vintage fragte sich, wie viel Blut sie Tor gegeben hatte, seit sie hier war. Zu viel davon könnte gefährlich sein, gleichzeitig konnte Vintage sich nach dem Anblick seines schrecklich zerstörten Gesichts gut vorstellen, dass sie nicht anders entschieden hätte.
Als sie sich schließlich an den Tisch setzten, gab es eine zusammengewürfelte Mahlzeit aus Pellkartoffeln mit Butter, dicken Scheiben Kochschinken, eingelegten Birnen, gebratenen Äpfeln und vielen Gläsern von Esiahs bester Marmelade. Bei dem Anblick knurrte Vintages Magen hörbar. Noon sah sie an, und beide lachten.
»Vintage«, sagte Noon, während sie auf einem Stück Kartoffel kaute. »Wo warst du? Was ist passiert?«
»Wenn ich mich richtig erinnere, verschwand alles in einer gewaltigen Kugel aus Winnowfeuer.« Als Vintage Noons Gesichtsausdruck sah, fuhr sie rasch fort: »Ich bin mir nicht ganz sicher, glaube aber, dass ich irgendwie davon weggeschleudert wurde. In einiger Entfernung zum Giganten bin

ich dann aufgewacht, mit dieser herrlichen Verbrennung auf dem Gesicht.« Sie berührte mit den Fingerspitzen ihre Wangen, die immer noch stark gerötet waren und schmerzten. »Meine Kleidung war zerrissen und halb verbrannt. Ich war zum Glück in einer großen Pfütze gelandet, vermutlich hat sie die Flammen gelöscht. Ich weiß nicht, wie lange ich bewusstlos war, aber das Feuer war bereits heruntergebrannt. Mir tat alles weh.«

Sie hielt inne und trank einen Schluck des Apfelsafts, den sie in der Vorratskammer gefunden hatten. Er war süßsauer. »Ich konnte mich weder am ersten Tag noch in der ersten Nacht bewegen. Ich lag still und versuchte herauszufinden, ob ich mir etwas gebrochen hatte. Und ich hoffte, dass die Parasitengeister mich nicht finden würden.«

»Ich hätte zurückkommen sollen.« Noons Gabel mit Schinken hing auf halber Höhe vor ihrem Gesicht. »Ich hätte dich suchen müssen.«

»Dass du Tor in diesem Zustand hierhergebracht hast, ist eine große Leistung, Noon, meine Liebe. Bitte mache dir keine Vorwürfe. Als ich schließlich aufstehen und laufen konnte, machte ich mich auf den Weg zum Ausgang. Ich kam nicht gerade weit. Ich verbrachte eine weitere Nacht in einem ausgehöhlten Baum. Am nächsten Morgen brauchte ich sehr lange, um aufzuwachen, und da wusste ich, dass ich etwas zu essen suchen musste.« Sie sah Noon mit erhobenen Augenbrauen an. »Nahrung heilt, Noon, so wie Blut Eboraner heilt. Sogar noch effektiver. Ich hoffe, du hast gegessen.«

Die Frage schien Noon kurz zu verwirren. »Ich esse, wenn ich daran denke.«

»Gut. Jedenfalls suchte ich Nahrung. Wenn man praktisch mit dem Rebenwald im Hinterhof aufwächst, lernt man schnell, was essbar ist und was nicht.« Vintage schürzte die

Lippen. »Wahrscheinlich werde ich aber eine Weile auf Pilze verzichten. Wo ist Esiah? Ist er nicht hier?«

»Wir sahen ihn, als er zum Tor kam. Er machte sich Sorgen wegen des Feuers. Er erwähnte seinen Sohn.« Noon verzog das Gesicht. »Ich glaube, er war nicht bei Verstand.«

Vintage seufzte. »Der Arme. Er ist schon seit einiger Zeit nicht mehr bei Verstand. Ich muss dir die Geschichte meines Überlebens nicht in allen Einzelheiten erzählen, meine Liebe, aber du kannst mir glauben, dass es unangenehm war. Mich interessiert jetzt vielmehr, was unmittelbar vor der Explosion des Giganten geschehen ist. Das warst du, oder? Dieses Grün … war das Winnowfeuer?«

Die junge Frau wirkte bestürzt, dann wütend, dann hilflos. Sie strich sich die Haare aus der Stirn. Die Fledermaustätowierung sah auf ihrer aschfahlen Haut dunkel aus. »Das war ich. Wieder. Ich hätte euch beide beinahe getötet. Ich –« Sie keuchte und bemühte sich sichtlich, ihre quälenden Gefühle in den Griff zu bekommen. »Ich habe einem Parasitengeist die Lebensenergie entzogen.«

Vintage lehnte sich mit offenem Staunen zurück. Sie legte die Gabel auf den Teller, wobei das Klirren von Silber auf Porzellan in der unheimlichen Stille sehr laut klang. »Ach du meine Güte.«

»Es war zu viel«, sagte Noon. »Es hat mich überwältigt. Es war, als würde man einen Eimer mit Wasser aus einem Fluss füllen wollen, aber der Fluss fließt schneller, als du ahnst. Er füllt zwar deinen Eimer, reißt ihn dir dabei aber aus den Händen, und schon hast du ihn verloren. Ich konnte die Energie nicht kontrollieren.« Noon sah auf, und nun waren ihre Augen trocken und ihre Stimme flach. »Sie war zu viel für mich, Vintage.«

Und dann keuchte sie seltsamerweise erneut, schloss fest die

Augen und beugte sich über den Tisch. Vintage stand auf, wobei sie ihre eigenen zahlreichen Verletzungen und Schmerzen ignorierte.

»Meine Liebe! Was ist los?«

Noon schüttelte leicht lachend den Kopf. »Ich weiß nicht, was los ist. Seit dem Parasitengeist stimmt alles nicht mehr so richtig. Er folgt mir nicht in meine Träume, das weiß ich, aber die restliche Zeit ist er bei mir. Die Energie auch. Sie … wartet.« Sie betrachtete einen Moment lang ihre Hände, und als sie den Blick wieder hob, leuchtete nackte Verzweiflung in ihren Augen. »Wieso bin ich so? Wieso bin ich so verflucht? Du hast so viel gelesen, Vintage, du weißt doch bestimmt, warum es Finsterhexen gibt!«

»Ach, meine Liebe, das weiß ich leider nicht. Niemand weiß das.« Vintage setzte sich wieder hin und jagte mit ihrem Messer eine Kartoffel über den Teller. Zwar hatte sie die Wunde ausgewaschen und verbunden, als sie ins Haus gekommen war, aber es war nicht einfach, mit nur einer Hand zu essen. »Wir wissen immerhin, dass es sich nicht von der Mutter auf die Tochter vererbt. Welche Kinder diese Fähigkeit bekommen, scheint nur vom Zufall abzuhängen. Es gibt keine Neigung und kein Muster in Familien, dem man nachgehen könnte. Die Magie ist nicht greifbar. Sie taucht bei allen Völkern und in ganz Sarn auf. Nur nicht in Ebora.« Sie machte eine Pause. »Ich habe einst etwas gelesen. Hatte dein Volk seine eigenen Götter?«

»Ja, Götter der Stürme und der Jahreszeiten. Sie waren weit weg, eigentlich mehr Geschichten.«

»Ich las einmal von einem Volk, das Winnowfeuer für einen Segen und keinen Fluch hielt. Für das Geschenk einer Göttin.«

»Einer Göttin?« Noon hatte ihre Gabel wieder aufgenommen,

legte sie aber jetzt hin. »Was für ein Volk war das? Was für eine Göttin?«
»Ich weiß es nicht, meine Liebe. Dieses Volk hat keine Spuren hinterlassen … und es gibt fast keine Aufzeichnungen. Ich vermute, dass die Winnowry das alles aufgespürt und vernichtet hat. Die Vorstellung von Winnowfeuer als Geschenk passt nicht zu dem, was sie behaupten, oder? Aber ich weiß, dass diese Göttin ›Sie, die lacht‹ genannt wurde.«
Noon schüttelte den Kopf. »Das sagt mir nichts.«
»Warum sollte es, meine Liebe?«
Eine Weile schwiegen beide. Vintage konzentrierte sich auf das Essen vor ihr – sie wusste, wie wichtig es gerade war, wieder zu Kräften zu kommen. Noon ging es offensichtlich nicht allzu gut. Ihre Hände zitterten, und nicht zum ersten Mal fragte sich Vintage, welches schreckliche Ereignis aus ihrer Vergangenheit sie so mühsam zu verbergen versuchte.
»Es tut mir leid«, sagte die junge Frau schließlich. »Was ich dir und Tormalin angetan habe. Ich kann es nicht kontrollieren, das konnte ich noch nie. Ich hätte die Winnowry nicht verlassen sollen. Was sie über uns sagen, ist wahr.«
»Es ist *nicht* wahr, und ich will so etwas in meiner Gegenwart nie wieder hören.« Noon riss den Kopf herum. Vintages Vehemenz überraschte sie. »Die Winnowry ist Gift, ein Gift, das ganz Sarn beschmutzt hat und uns glauben lässt, dass manche Frauen von Geburt an böse sind. Und das, obwohl diese Gabe, soweit wir wissen, so natürlich ist wie Sommersprossen oder Linkshändigkeit. Selbstverständlich ist es einfacher, diese Frauen wegzusperren, als uns zu zwingen, darüber nachzudenken, wie wir ihnen helfen können. All dieses Potenzial, all diese Leben, beschnitten wegen des verrückten Geredes verwirrter Männer.« Vintage atmete tief ein. »Noon, meine Liebe, ohne deine Explosion wären wir alle in diesem

Wrack gestorben, und das wäre meine Schuld gewesen. Ich bringe andere zu leichtsinnig in Gefahr, wenn es darum geht, meine eigene Neugier zu befriedigen.« Sie dachte an Nanthema, an ihr leichtes Grinsen und ihr Lachen, bevor sie die Erinnerung beiseiteschob; mit ihrer Schuld würde sie sich später befassen. Die junge Frau sah sie unsicher an, wobei ihre Augen ein bisschen zu hell leuchteten. Vintage nippte erneut an ihrem Apfelsaft.

»Hör zu. Es gab vor einer Weile einen interessanten Fall. In Finneral wurde ein Junge geboren, der, als er älter wurde, erkannte, dass er tatsächlich kein Junge war, sondern ein Mädchen. Als dieses Mädchen heranwuchs, wurde sie weise und klug. Sie konnte in den Bewegungen der Tiere Muster erkennen und Warnungen aus dem Gesang der Vögel lesen, sodass die Menschen in Finneral sie verehrten. Sie wurde zu einer ›Steinsprecherin‹ – so nennen sie eine weise Person oder spirituelle Führerin. Doch dann, eines Tages, manifestierte sich ihr Winnowfeuer.«

Noon blinzelte. »Sie war eine Finsterhexe?«

Vintage nickte. »Die Winnowry wollte sie holen, aber die Menschen aus Finneral gaben sie nicht her. Steinsprecherinnen sind sehr selten, und sie wurde von allen geliebt. Der Konflikt eskalierte, und die Finsterhexe wurde dabei getötet. Seitdem pflegen die Winnowry und Finneral eine eisige Beziehung.«

»Das ist furchtbar!«

»Das ist es. Aber weißt du, ich habe mit einigen aus Finneral gesprochen, die davon überzeugt sind, dass sie noch lebt. Sie war zu weise, zu listig, und sie täuschte ihren Tod vielleicht nur vor, damit sie entkommen konnte. Diese Leute sind sich sicher, dass sie noch irgendwo in Finneral lebt und heimlich ihre Herrschenden berät.« Vintage lächelte. »Ich hoffe, dass das stimmt. Aber wie dir bestimmt bereits klar ist, will ich damit sagen, dass wir das Winnowfeuer nicht einmal ansatzweise verstehen. Es gibt so viel Potenzial in euch allen. Fürchte dich nicht vor dem, was du bist.«

»Ich weiß nicht, ob ich dafür stark genug bin. Ich habe schon zu großen Schaden angerichtet. Ich …« Noon stand auf und schob ihren Stuhl zurück, sodass er laut über den Steinboden quietschte. »Das spielt jetzt eh keine Rolle mehr, weil du hier bist.« Die Schnittwunden, die auf ihrem Arm Muster bildeten, waren so rot, dass Vintage kaum hinsehen konnte. »Gemeinsam werden wir dafür sorgen, dass Tor sich erholt, und dann wird alles wieder so, wie es war.«

»Das geht nicht, Noon, mein Liebling. Ich muss euch verlassen. Sofort. Ich muss natürlich noch packen, und da es sich so anhört, als würde der arme Esiah nicht wiederkommen, würde es ihn sicherlich nicht stören, wenn ich mich bei seinen Vorräten bediene. Aber ich muss gehen.«

Noon stand da wie eingefroren. »Uns verlassen? Was meinst du damit, du musst uns verlassen?«

»Hör zu.« Vintage richtete sich auf, ging zu der jungen Frau und ergriff ihren Arm. Ihre Haut fühlte sich fiebrig an. »Es gibt da etwas, das mir in all den langen Jahren entgangen ist. Etwas, das ich erst durch das erkannt habe, was wir in dem Giganten gefunden haben. Möglicherweise habe ich einen gewaltigen Fehler begangen, und eine Person, die mir sehr viel bedeutet, musste dafür büßen. Das geht schon so lange, meine Liebe, dass ich unmöglich noch länger warten kann. Ich muss gehen.«

»Was meinst du mit ›Fehler‹? Wovon redest du?«

Vintage seufzte. »Es ist besser, wenn du das nicht weißt. Ich habe dir und Tormalin schon genug Leid zugefügt. Außerdem seid ihr beide nicht zu einer Reise in der Lage. Kümmere dich um ihn und um dich, und hoffentlich werde ich zu euch zurückkehren.«

Noon tippte sich an den Kopf, als würde sie erneut einer inneren Stimme lauschen. Dabei verzog sie das Gesicht. »Du willst wirklich gehen? Jetzt?«

»Ja.« Vintage tätschelte ihr den Arm. »Es ist ziemlich weit bis zur ersten halbwegs passablen Ortschaft, deshalb muss ich los, bevor die langen Regenschauer einsetzen. Glaube mir, in der Regenzeit gibt es keinen elenderen Ort als Grünschlick. Also, meine Liebe, sei so gut und hilf mir dabei, ein paar dieser Lebensmittel einzupacken. Esiahs Vorratskammer ist ja zum Glück brechend voll.«

Noon versuchte alles, um Vintage die Reise auszureden, während sie ihr von einem Zimmer ins nächste folgte. Dabei lieferte sie ihr ein Argument nach dem anderen, warum sie bleiben sollte. Allerdings drängten sich die seltsame Stimme und die fremden Bilder in ihrem Kopf immer wieder in den Vordergrund und brachten sie dazu, ihre Sätze abzubrechen, weil sie den Faden verlor. Sie sah, dass Vintage ihre Verwirrung und Quälerei bemerkte, jedoch nicht darauf einging. Das allein erschütterte Noon, denn die sonst so gütige und neugierige Vintage hatte offenbar beschlossen, dass sie damit, was auch immer es war, allein zurechtkommen musste. Sie betraten gemeinsam Tors Zimmer, und Vintage zog seine Bettlaken und Decken zurecht, bis sie ordentlich aussahen.

»Er schläft gut und tief«, sagte sie. »Ich halte das für ein gutes Zeichen. Manchmal muss sich der Körper nur ausruhen, und bei den Reben, Eboraner sind härter als die meisten.«

»Er bewegt sich, wenn ich ihn … füttere«, sagte Noon. Auch darauf ging Vintage nicht ein. »Aber er redet nicht und öffnet

auch nicht die Augen. Es kommt mir vor, als hätte er sich abgeschaltet wie ein Bär im Winterschlaf.« Sie dachte kurz darüber nach, die gemeinsamen Träume zu erwähnen, empfand sie jedoch als etwas zu Privates. Darüber hinaus hatte Vintage ihr deutlich zu verstehen gegeben, dass sie sich nicht dafür interessierte. Sie hatte andere Dinge im Kopf.
»Vintage, hast du je von einem sprechenden Parasitengeist gehört?«
Die Frage war heraus, noch bevor sie darüber nachdenken konnte, sie zu stellen. Vintage drehte sich mit erhobenen Augenbrauen zu ihr um. »Wie bitte?«
»Ich meine, hat noch nie jemand mit ihnen gesprochen? Soweit du weißt?«
»Nein, natürlich nicht.« Vintage musterte sie nun eindringlich. »Wieso fragst du das, meine Liebe?«
»Nur so. Ich dachte, ich hätte etwas auf dem Gelände gehört, aber das war wohl nur der Schock oder die Schläge auf den Kopf. Ich bin auch ziemlich hart gelandet.«
Vintage schien nachhaken zu wollen, nickte dann aber nur knapp. »Das wird es wohl sein, meine Liebe. Das ist ein seltsamer Ort. Ich habe so viele Jahre darauf gewartet, ihn zu erkunden, aber jetzt bin ich froh, ihn zurückzulassen.«
Sie strich Tors Haare von seiner Stirn, tätschelte sein Gesicht und ging aus dem Zimmer. Als sie schließlich von Esiahs Anwesen aufbrach, umarmte sie Noon und küsste sie fest auf die Wange. Noon blinzelte. Wer hatte sie zuletzt so geküsst? Wahrscheinlich ihre Mutter. Sie hatte sie auf die Stirn geküsst, wenn es Frühstück gab, und auf die Wange, wenn sie Noon ins Bett brachte. Seit Jahren hatte sie nicht mehr daran gedacht.
»Vintage … bitte pass auf dich auf.«
Die Frau grinste sie an. »Meine Liebe, ich passe schon auf

mich auf, seit du nicht mehr warst als das Funkeln im Blick eines Draufgängers. Bleibt zusammen hier, erholt euch. Dies ist das sicherste Versteck, das ich mir vorstellen kann.«
Das Pony, das sie mitnahm, schien froh zu sein, das Anwesen verlassen zu dürfen. Sie ritt über den Hof zum Tor. Ihr neuer Hut – den sie in Godworts Kleiderschrank gefunden hatte – saß keck auf ihrem Kopf, und ihre Armbrust schwang an der Hüfte hin und her. Noon sah dabei zu, wie sie das Tor passierte, und überlegte, ob sie winken sollte. Sie tat es nicht. Über ihr verdunkelten sich die Wolken für den nächsten Regen und Noon bekam eine Gänsehaut auf den Armen. Allein in dieser zerstörten Landschaft … Sie ging wieder hinein.

Agentin Lin sah aus ihrem Lager auf dem einsamen Hügel zu, wie die schwarze Frau das Tor hinter sich ließ und sich auf der Straße langsam, aber stetig von Grünschlick entfernte. Sie wartete, aber ihre Beute und deren Begleiter tauchten nicht auf. Schließlich ließen die Wolken den Regen auf das Land fallen, den sie schon den ganzen Morgen angedroht hatten, und sie ging in ihr einfaches Zelt zurück. Dabei setzte sie sich in den Eingang, damit sie das Tor weiter im Auge behalten konnte. Die massige Form von Gull stieß hinter ihr ein dumpfes Trällern aus. Anfangs hatte sie noch versucht, ihn zu vertreiben, aber die Nächte an diesem elenden Ort waren kalt, und die Fledermaus wärmte nachts das ganze Zelt. Nun hatte Gull sein hässliches, großes Gesicht unter einen Flügel geschoben und schlief.
»Sind sie schon tot? Das ist die Frage.« Lin blickte in den Regen. Auf dem Gelände hatte es gebrannt. Der Rauch hatte wie eine große Wolke darüber gehangen, und bevor der Regen, der immer wieder fiel, ihn vertreiben konnte, hatte er

kurz das ganze Anwesen hinter seinem wabernden grauschwarzen Schleier verborgen. Nun war der Regen so stark, dass sie das große Haus und seine Mauern kaum erkennen konnte, und ein Wurm der Angst wand sich in ihrem Magen. Solange es regnete, sah sie nur wenig. Ein grauer Vorhang entstand zwischen ihr und dem Anwesen. »Wurden sie auf dem Gelände nur verletzt oder direkt getötet? Wie soll ich das herausfinden?«

Gull trällerte erneut, als würde er ihr im Schlaf antworten. Es amüsierte sie beinahe, dass er auf ihre Stimme reagierte.

»Wenn sie tot sind, muss ich reingehen und ihre Leiche bergen. Sie zu dieser Furie bringen, damit sie mich endlich in Ruhe lassen.« *Meinen Sohn in Ruhe lassen*, dachte sie. »Ab jetzt werde ich mir die Missionen, die ich in Zukunft für sie übernehme, sorgfältiger aussuchen. Soll eine andere Agentin sich mit diesem Blödsinn herumschlagen.«

Vielleicht verließ Finster-Noon das Anwesen gerade in diesem Augenblick. Schlich sich im Schutz des Regens mit ihrem Freund durch das Tor. Lin würde dorthin gehen müssen, um das zu überprüfen, aber dann flog sie vielleicht auf. Wenn das passierte, war alles verloren.

»Sie dürfen mich nicht sehen«, sagte sie. »Nicht, bis ich weiß, ob ich sie besiegen kann. Und in diesem Wetter …«

Winnowfeuer war bei Regen unzuverlässig. Und sie wollte, dass alles glattlief. Sie durfte die Kontrolle nicht verlieren.

»Ich muss nur geduldig sein.«

Agentin Lin zog sich zurück, ohne den Blick von dem schattenhaften Umriss des Anwesens zu nehmen, und lehnte sich an Gulls warme Brust. Mit leisem Trällern bekundete die Fledermaus ihren Unmut und schlief wieder ein.

Kapitel 34

»Ich versuche, dir zu helfen.«

Hestillion hockte tief im Unterdunkel und gab sich klein und unterwürfig, um ihre zunehmende Frustration zu überspielen. Ygserils Traumbewusstsein erstrahlte heller denn je, eine diffuse Lichtwolke, die über ihr hing wie einst die Äste des Baumgotts, aber sein Körper regte sich nicht – die graue Rinde wurde nicht wärmer, es wuchsen keine Blätter und, was am wichtigsten war, es floss kein Saft. Sie war weder der Ursache des Problems noch dessen Lösung auch nur einen Schritt nähergekommen.

Warum?

Ygseril fragte das nicht zum ersten Mal. Keine Antwort schien ihm zu genügen.

»Weil du der Gott meines Volks bist«, sagte sie ruhig. »Ohne dich sterben wir.«

Lebewesen sterben. Materie wird verbraucht. Anderes wächst.

»Natürlich, Herr, aber wenn ein ganzes Volk stirbt, ist das eine Tragödie.«

Als die Stimme erneut sprach, wurde das Licht etwas heller.

Jedes Volk?

Wäre Hestillions Körper an diesem Ort gewesen, hätte sie sich auf die Lippe gebissen. Unterhaltungen mit Ygseril führten stets ins Nichts. Jeder Versuch, ihm Informationen abzuringen, wurde mit unerklärlichen Fragen durchkreuzt.

»Wir sind die Gottberührten, Herr. Du hast uns als Ausdruck deiner Herrlichkeit über alle anderen Völker Sarns erhoben.«

Hestillion hielt inne. Hatte Ygseril entschieden, dass sie es nicht wert waren, gerettet zu werden? Liebte er seine eigene Schöpfung nicht mehr? Das würde die jahrhundertelange

Totenstille erklären. »Aber ohne deinen Saft schwinden wir dahin.«

Du bist so entschlossen. Die Stimme klang nun amüsiert. Hestillion schluckte die aufsteigende Ungeduld herunter, die ihr die Kehle zuzuschnüren drohte. Doch die Frustration schwang in ihrer Stimme mit, wie die Klänge gezupfter Saiten.

»Ich möchte dich nur wiederherstellen, Ygseril. Bitte sag mir, was du benötigst, dann werde ich mich darum kümmern. Meine Ressourcen sind viel umfassender als früher – ein Großteil von Sarn wartet nur auf mein Kommando! Was immer du brauchst, wir werden es finden.«

Doch das musste schnell passieren. Die Menschen waren mittlerweile zahlenmäßig deutlich überlegen, und hätten sie den Saal der Wurzeln wirklich betreten wollen, hätte niemand sie davon abhalten können. Wenn das geschah, würde es Hestillion nicht gelingen, dieses Geheimnis – dieses unglaubliche, dieses verzweifelte Geheimnis – für sich zu behalten. Damit würde auch ihre Chance, zur Retterin Eboras zu werden, verpuffen. Sie würde nie wieder allein mit ihm sein, und sie war sich sicher, dass dies der Schlüssel zu allem war.

Es ist so dunkel hier unten. Wir suchen nur das Licht.

Hestillion hielt inne. Ygseril hatte sich in ihren Gesprächen noch nie als »wir« bezeichnet.

»Benötigst du mehr Licht? Geht es darum?«

Das konnte nicht sein. Sie hatten das mehrfach in den langen, ruhigen Jahren des langsamen Todes versucht, und es hatte nie etwas bewirkt. Doch Ygseril antwortete nicht, und während sie wartete, verblasste die sanfte Lichtwolke, bis sie allein zwischen den Schattenwurzeln saß.

Es war unerträglich.
Aldasair stand ganz still, während sein Unbehagen wie ein großes Insekt mit langen Beinen seinen Rücken hinaufkrabbelte. Doch er konnte nicht entkommen. Sie waren überall und versperrten jeden Fluchtweg.
»Aber es gibt hier nichts zu tun!«
Eine kleine Faust umklammerte seinen Hemdsärmel. Bestimmt eine klebrige Faust. Er betrachtete das Menschenkind und versuchte, seinem Gesicht einen zugänglichen, wenn auch nicht freundlichen Ausdruck zu verleihen.
»Warum beschäftigt ihr euch nicht untereinander? Als ich ein Kind war …« Aldasair räusperte sich. Er war vor Jahrhunderten ein Kind gewesen. »In meiner Kindheit lernten wir, Musikinstrumente zu spielen und Bilder zu malen.«
Als Aldasair den Blick des Menschenkinds sah, wurde ihm bewusst, dass die frustrierten Blicke, die Hestillion ihm über all die Jahre hinweg zugeworfen hatte, unglaublich höflich gewesen waren.
»Wir *haben* keine Musikinstrumente.«
So viele von Eboras Besuchern hatten Kinder dabei, dass entschieden worden war, einen Ort speziell für sie einzurichten. Ein Großteil der Stadt war nicht sicher, da hungrige Wölfe dort umherzogen und viele Gebäude kurz vor dem Einsturz standen. Also hatte Aldasair sie zu einem alten Tanzsaal gebracht und dabei an die längst vergangenen Abende voller Musik und Gelächter denken müssen. Aber natürlich gab es längst keine Musik mehr, und trotz der hohen Fenster und des Lichts, das durch sie fiel, war dieser Saal ein gewaltiger, einsamer Ort. Außerdem roch er nach Schimmel und Staub, was die rund zwanzig Menschenkinder nicht gerade in Begeisterung versetzte. Sie drängten sich um ihn herum und

starrten ihm offen ins Gesicht. Die Zurückhaltung ihrer Eltern war ihnen fremd.

»Könnt ihr nicht, also, könnt ihr nicht einfach …« Er atmete tief durch. So viel Gerede nach all den Jahren der Stille, noch dazu diese vielen Blicke. »Bitte. Macht einfach …« Er trat ein paar Schritte zurück, und die Hälfte folgte ihm. »Was auch immer ihr zu Hause gemacht habt, wenn ihr das …«

Eine große Gestalt trat hinter ihm in den Raum, packte das Kind am Ärmel und schwang es so mühelos in die Luft, als wäre es eine Feder.

»Ich habe Hunger«, erklärte Bern der Jüngere dem ganzen Raum. »Dieses Kaninchen hat genau die richtige Größe.« Er warf sich das vor Vergnügen kreischende Kind über die Schulter. Zu Aldasairs Verblüffung grinsten auch die anderen kleinen Menschen ihn an. »Moment, mal sehen … bin mir nicht sicher, ob genug Fleisch auf den Knochen ist.« Er kitzelte den Jungen, der sich lachend in seinen Armen wand, bis Bern ihn wieder auf den Boden stellte.

»Bern! Bern!« Eines der kleinsten Mädchen lief zu ihm und umarmte sein Bein. »Es ist so *langweilig.* Spielst du mit uns, Bern?«

»Welches Huhn gluckst denn hier an meinem Bein? Legst du ein Ei, kleines Huhn?« Bern richtete sich auf und warf einen Blick durch den Raum. »Ziemlich groß. Tut mir leid, laute Hühner und dürre Kaninchen, ich habe wichtige Arbeiten zu erledigen, so wie Lord Aldasair, aber ich hab was für euch.« Er griff in einen Lederbeutel an seinem Gürtel und holte einige kugelrunde graue Steine heraus. Aldasair kannte die darin eingeritzten Symbole nicht.

»Was ist das? Was ist das?« Das kleine Mädchen warf sich mit aller Kraft gegen die Beine des Mannes, aber er rührte sich nicht.

»Das sind Fumpsteine.« Bern sah sich um und zeigte auf einen schlaksigen Menschenjungen mit geflochtenen blonden Haaren. »Ich seh dich da hinten, Raggn. Willst du diesen Stinktieren beibringen, wie man Fump spielt?« Er griff erneut in den Beutel und zog zwei kleinere gelbe Stoffbeutel heraus. »Ich habe genug für ein Turnier.«

Der große Junge grinste schief.

»Klar, Bern, kein Problem.«

Der kräftige Mann reichte dem Jungen die Steine und sah dann zum ersten Mal Aldasair an. »Fump lernt man schnell. Alle Finneral-Kinder lernen das, sobald sie einen Stein halten können. Dir liegt nicht viel an diesen Fenstern, oder?«

Aldasair blinzelte schnell und versuchte, seine Stimme wiederzufinden. »Was?«

»Ach, und ich will dir was zeigen, wenn es gerade passt.« Bern lächelte fröhlich. »Außer natürlich, du möchtest bleiben und ebenfalls Fump lernen.«

Aldasair folgte Bern nach draußen und über den Palasthof. Es war der sonnigste Tag seit Langem, und am blauen Himmel waren nur einige gelbe Wölkchen zu sehen.

»Danke«, sagte er, während er über seinen klebrigen Hemdsärmel strich. »Ich wusste nicht, was ich mit ihnen machen soll.«

»Ach, ich habe acht Geschwister, alle jünger als ich. Es fällt mir nicht schwer, eine Menschenmenge in den Griff zu bekommen.«

Sie gingen in Richtung Westen. Das Gelände stieg an, bis sie den schwarzen Steinpfad erreichten, der den Seelenhügel hinaufführte. Aldasair fiel auf, dass er gesäubert und die Vegetation zurückgeschnitten worden war.

»Sie haben einiges getan«, sagte er anerkennend. Bern

nickte. Er trug ein dünnes, langes Hemd mit aufgerollten Ärmeln, sodass seine sehnigen Arme frei lagen. Der pelzbesetzte Mantel, in dem Aldasair ihn oft gesehen hatte, fehlte zwar, aber die schweren Äxte hingen weiterhin an seinem Gürtel. Als Bern bemerkte, dass Aldasair sie betrachtete, tätschelte er die glatten Köpfe fast schon liebevoll, als wären sie treue Hunde.

»Die bitteren Zwillinge«, sagte er lächelnd. »Meine geschichtenumwobenen Waffen. Hier haben sie mir geholfen, kleinere Bäume zu roden. Mein Vater würde mich ausweiden, wenn er wüsste, dass ich sie dafür benutze, aber was sein muss …«

»Brauchen Sie oft Waffen in Finneral?«

Berns sonst so fröhliches Gesicht wurde ernst. »Wir brauchten sie oft. Als ich noch ein sehr junger Mann war, gab es ständig Gefechte mit unseren Nachbarn, den Sown. Damals lernten schon die Kinder den Umgang mit Kriegsbeilen. Die Sown sind ein furchterregendes Volk.« Er verzog das Gesicht. »Es hieß bei uns, sie würden ihren Säuglingen Rinderblut zu trinken geben, damit sie Kampfeslust entwickeln.«

»Ich habe noch nie von diesen Kriegen gehört.«

»Warum auch? Nicht alle Konflikte drehen sich um das Wurmvolk, mein Freund. Allerdings ließ unser mächtigster Kriegsherr seinen Sohn in deren Königsfamilie einheiraten, seitdem läuft alles glatt wie Milch mit den Sown. Einige sind sogar mit uns hierher geritten – leicht zu erkennen, weil sie so unbeschreiblich hässlich sind.«

Aldasair sah schockiert auf, aber Bern grinste ihn an. »Ein Scherz. Sie sind von meinem Volk kaum zu unterscheiden, nur ihr Rum schmeckt furchtbar. Trink den bloß nicht. So, wir sind da.«

Der Kriegsbestienschrein stand immer noch hinter dem

Wäldchen, aber Aldasair sah bereits, wie sehr er sich verändert hatte. Der Schutt war weggeräumt worden, und von den ein oder zwei toten Bäumen waren nur noch Stümpfe übrig. Die Lehmwände waren abgewaschen, geschrubbt und von altem Laub und Dreck befreit worden. Alle Fenster waren geputzt. Der Pfad vor dem Schrein war gekehrt, und einen Moment lang überlagerten Aldasairs Erinnerungen die Wirklichkeit. Er hatte hier oft mit seiner Kriegsbestie aus Ton gestanden, umgeben von seinen Freunden.

»Alles in Ordnung?«

Berns Arme waren zwar sehr stark, doch seine Berührung an der Schulter war sanft. Aldasair schüttelte seine Hand ab, was er im nächsten Moment ein wenig bereute.

»Entschuldigung. Ich hatte geglaubt, dass dieser Ort verloren sei, aber Sie haben ihn zurückgebracht.«

»Lass uns hineingehen.«

Bern führte ihn durch die Tür – die nicht knarrte, sondern sich leicht öffnen ließ – in den funkelnden Raum dahinter. Die einst unter Dreck und alten Tierkadavern begrabenen Steinbänke waren poliert worden, und auf dem Boden lagen frische Binsen. Sie hatten einen Geruch nach Blumen, den Aldasair nicht genau zuordnen konnte. Eine Laterne stand auf der untersten Stufe und tauchte alles in ein warmes, oranges Licht.

»Ich hoffe, du vergibst mir den Fußboden. Die Steine sind an einigen Stellen aufgeplatzt – durch Eis, vermute ich –, was den Eindruck, den ich erwecken wollte, ruiniert hätte. Meine Mutter bestand immer auf saubere Binsen im Langsaal, und ich hatte noch etwas Bartöl …« Er räusperte sich. »Nicht sehr eboranisch, ich weiß. Als würdet ihr eure teuren Marmorböden unter Binsen verstecken! Sie lassen sich leicht wieder entfernen. Ach ja, das Oberlicht.«

Bern nickte in Richtung Decke, und als Aldasair aufsah, bemerkte er zum ersten Mal, dass sich das Licht verändert hatte. Die zerbrochenen Scheiben und Bleirahmen waren verschwunden. Eine Art durchscheinende Haut spannte sich nun faltenlos zwischen den Kanten.

»Ich hatte natürlich kein Glas, aber wir setzen diese Walhaut in unseren Zelten ein, damit wir auf Reisen etwas Licht haben. Sie wird auch für eine Weile das Wasser fernhalten.«

»Walhaut?«, fragte Aldasair schwach.

»Ja!« Bern strahlte. »Albino-Speerwale. Sie leben in Herden vor unserer Küste, und sie haben diese unglaubliche Haut – blass, aber stabil und wasserfest. Trotzdem lässt sie das Licht gut durch.« Er trat von einem Fuß auf den anderen. »Wie du siehst.«

»Warum?«, fragte Aldasair schließlich. Es war unglaublich, wie sehr sich der kleine Raum verändert hatte. Vorher war er traurig und kaputt gewesen, die Erinnerung an eine verlorene Geschichte, erfüllt vom Echo derer, die nicht mehr da waren. Nun war er gemütlich. Sogar tröstend. »Bei den Wurzeln, wieso haben Sie das getan?«

Zu seiner Überraschung färbte sich Berns Gesicht, wo es nicht von seinem goldenen Bart verdeckt wurde, rosa.

»Is' ein Geschenk«, sagte er rau. »Ein Freundschaftsdienst. Ebora ist …« Er zupfte an seinem Bart. »… Ebora ist eine Legende und ein Mythos für mein Volk, und bei den Steinen, man sieht immer noch, was es früher einmal gewesen ist. Ihr seid schon seit so langer Zeit verloren, und niemand sollte allein umherziehen müssen.«

Aldasair sah zu dem größeren Mann auf. »Das ist …«, sagte er emotionaler als beabsichtigt. »Das *ist* freundlich. Sie ahnen nicht …« Er neigte den Kopf. »Danke für Ihre Freundlichkeit, Bern der Jüngere.«

»Hier, sieh mal. Auch deshalb wollte ich, dass du herkommst.« Bern ging rasch zu den Steinbänken und hob eine Holzschachtel auf. Als er sie zurückbrachte, sah Aldasair, dass rund zwanzig Tonfiguren in unterschiedlichen Stadien der Fertigstellung darin lagen.

»Die meisten sind leider längst zerfallen«, sagte Bern. Das schien ihm unangenehm zu sein, was Aldasair verblüffte. Menschen waren so seltsam. Bern konnte doch nichts dafür, dass der Seelenhügel so lange verwahrlost gewesen war, trotzdem schien es ihm leidzutun. »Ein paar waren nur noch Schlamm. Aber die hier sind größtenteils intakt. Man kann noch erkennen, was sie dargestellt haben, glaube ich.« Er sah Aldasair unsicher an. »Ich hab mich gefragt, ob du sie begraben willst. Du sagtest, dass ihr das mit ihnen gemacht hättet, und ich wollte nicht einfach … Also, ich glaube, die haben jemandem früher etwas bedeutet.«

Einen Moment lang drehte sich der Raum um Aldasair, und er sah Berns Gesicht doppelt, dann dreifach. Aldasair dachte daran, wie er tagein, tagaus an dem langen Tisch mit den Tarla-Karten gesessen hatte. Und mit der fetten Spinne, die zwischen ihnen gestorben war. Warum hatte er sie nicht entfernt?

»Ja«, sagte er. Seine Stimme klang fester als je zuvor. »Wir werden sie nehmen und einen guten Platz für sie suchen.«

»Soll das nicht ein Geheimnis sein? Willst du das nicht zusammen mit anderen Eboranern machen?«

»Nein.« Er wusste, dass es unverzeihlich war, einen Menschen am Ritual des Seelenhügels teilhaben zu lassen, aber wer sollte sich ihm noch widersetzen? Sollte er zu den letzten Eboranern gehen, die sterbend in ihren Zimmern lagen, und sie nach ihrer Meinung fragen? Oder Hestillion? Sie wollte mit ihm nichts zu tun haben. »In ein paar Tagen wird sich der Halbjahreszeitenmond drehen. Dies war einst ein heiliger Tag. Wir hatten viele heilige Tage, aber niemand erinnert sich noch an sie. Wir sollten sie dann begraben. Die Kriegsbestien hatten ein besonderes Verhältnis zum Mond.« Er räusperte sich. »Es würde mich sehr freuen, wenn du mich begleiten würdest, Bern der Jüngere.«

Kapitel 35

Eine der interessanteren Fußnoten, auf die ich bei meinen Nachforschungen gestoßen bin, betrifft den Goldener-Fuchs-Exodus. Als die Blutpest sich endgültig in Ebora auszubreiten begann, fragten sich einige, ob sie vielleicht vor ihr davonlaufen könnten. Diese Gruppe wurde von dem Künstler Micanal und seiner Zwillingsschwester Arnia angeführt. Unter ihrem Kommando verließen rund fünfzig Eboraner ihr sterbendes Land und reisten nach Norden zum Ödmeer, von wo aus sie weitersegelten nach … niemand weiß, wohin.

Ich vermute, dass die Wahrheit weitaus komplizierter ist. Denn was wenige außerhalb von Ebora wissen, ist, dass es zwei Lehrmeinungen zu Ygserils Ursprung gab. So betrachteten viele Eboraner ihr Land, in dem der Baumgott seine Wurzeln ausstreckte, als heilig – ein Ort, dem es vorbestimmt war, zum mächtigen Ebora zu werden. Andere jedoch glaubten, dass ein großes Samenkorn durch einen glücklichen Zufall vom Wind aus dem Norden zum Kontinent Sarn herübergeweht worden war. Sie behaupteten, dass es irgendwo im Ödmeer eine Insel gebe, die Ygseril und seinen Kriegsbestienkindern heilig sei. Doch niemand hat je herausgefunden, wo genau sie liegt. Soweit wir wissen, existiert im Ödmeer nichts von Bedeutung; daher der Name.

Es gibt so viele spannende Facetten bei dieser Geschichte. Zum einen war Micanal selbst eine sehr interessante Person. Selbst für einen Eboraner war er unglaublich schön und graziös – viele wollten ihn heiraten, doch er wies sie alle ab, um sich vollkommen auf seine Arbeit konzentrieren zu können. Seine Gemälde und Skulpturen befinden sich heute größtenteils in Privatsammlungen, und ich hatte das Privileg, mir drei oder mehr von

ihnen anzusehen. Sie sind exquisit und alle mit seinem persönlichen Siegel, dem goldenen Fuchs, versehen.
Er und seine Schwester ließen ein Schiff an der Ödküste bauen. Zusammen mit ihren Anhängern und Jüngern, Fans und Liebhabern, fuhren sie in der Hoffnung los, Ebora weit weg von Ygserils verstörenden Überresten neu zu errichten. Sie glaubten, dass die heilige Insel irgendwo im Norden läge – wobei allerdings erwähnt werden sollte, dass selbst die Kriegsbestien, die über das Gebiet geflogen sind, sie nie gefunden haben – und vielleicht nahmen die Reisenden an, dass Ebora dort gerettet werden könnte; möglicherweise hofften sie auf ein neues Saatkorn, um einem zweiten Baumgott an dieser weit entfernten Küste zum Leben verhelfen zu können. Wir wissen nicht, was aus ihnen geworden ist. Es gibt in dieser Gegend eine berüchtigte Wasserstrecke, die Meuchelmörderherz genannt wird. Sie windet sich durch das Ödmeer, und die Wetterlagen dort lassen Schiffe normalerweise nicht ungeschoren davonkommen. Wo sind sie also hingefahren? Starben sie auf dem gefährlichen Meer oder erreichten sie ihr mysteriöses Ziel? Wusste Micanal mehr als wir? Alles, was ich über ihn gelesen habe, weist auf einen klugen, vorsichtigen Mann hin, der keine übereilten Entscheidungen traf. Wieso sollte er eine Gruppe aus seinem Volk in den Untergang führen? Ich glaube nicht, dass er das tat, oder dass er es zumindest nicht beabsichtigte. Er hatte offensichtlich andere Pläne.
Ich persönlich vermute, dass das Rätsel um den Goldener-Fuchs-Exodus noch ein paar Überraschungen für uns bereithält.
Auszug aus den Tagebüchern von Lady Vincenza »Vintage« de Grazon

Noon lag auf dem Rücken und betrachtete den perfekten blauen Himmel. Gras in tiefen Indigotönen ragte um sie herum auf und flüsterte in der schwachen Brise.
»Dieses Gras«, sagte Tor, der neben ihr lag, »hat die gleiche Farbe wie das Ostmeer. Hat es wirklich so ausgesehen?«
»Ja«, sagte Noon. »Das ganze Tal war voll davon. Mutter Fast nannte es ›Gottesauge‹. Wir sind allerdings nie lang geblieben. Manche Leute reagieren seltsam auf das Gras. Es macht sie müde. Verwirrt.«
Tor grinste. »Anscheinend ist das Flachland interessanter, als ich gedacht habe.«
»Es gibt viele seltsame Orte wie diesen«, sagte sie, während sie sich erinnerte. »Ruhige, einsame Orte, wo niemand hingeht, und wenn doch – wo niemand bleibt. All diese Erinnerungen kann ich hierherbringen, richtig?«
»Ich denke schon.« Tor schien das nicht sonderlich zu interessieren. Er strich mit den Fingerspitzen über die Grashalme.
»Ich glaube, du weißt nicht, was das bedeutet«, sagte Noon. Sie dachte an ihren endlosen Albtraum, der um das Loch in ihrer Erinnerung wirbelte, und schob ihn beiseite. »Wie gefährlich das sein könnte. Etwas aus der Vergangenheit noch einmal zu erleben.« Sie drehte den Kopf, um ihn anzusehen. »Du hast dich zu sehr an diese Fähigkeit gewöhnt. Können alle Eboraner traumwandeln?«
Tor riss einen Grashalm ab und wickelte das schmale Ende um seine Finger. »Wir sind alle in der Lage dazu, mehr oder weniger, aber nicht alle waren daran interessiert. Meine Schwester war die beste Traumwandlerin, die Ebora je gesehen hat, glaube ich.«
»Und jetzt kann ich das auch.«
»Äh, nein. Du machst nichts weiter, als deinen Traum zu formen. Du beherrschst die Traumerkenntnis. Du kannst Er-

innerungen beschwören und in Erfahrungen umwandeln. Du kannst aber zum Beispiel nicht in mein Traumbewusstsein eindringen. Du kannst nicht eindringen, und du kannst dort nichts verändern. Wohingegen ich …«

Er machte eine lässige Geste und das blaue Gras verwandelte sich in ein grelles Rosa. Noon stieß ihn mit dem Ellenbogen an, und er wandte ihr lachend das Gesicht zu. Als er ihre Augen sah, wurde er jedoch auf einmal ernst.

»Ich sehe dich so klar«, sagte er. »Du bist mir so nahe. In Träumen verändern sich andere Leute oft, sogar der Träumende selbst. Aber du nicht. Ich sehe dich immer exakt so, wie du bist. Weshalb?«

Noon setzte sich auf und wandte sich von seinem beunruhigenden Blick ab. Stattdessen beschwor sie die richtigen Erinnerungen, griff in das grellrosa Gras und zog einen glänzenden, goldgrünen Behälter daraus hervor. Etwas darin schwappte.

»Was ist das?«, fragte Tor und setzte sich neben ihr auf. »Ist das …«

Noon ignorierte ihn, während sie den Verschluss vom Hals des Behälters zurückzog – ein Teil von ihr fragte sich, woher sie wusste, wie das ging – und ihn nach vorne neigte. Die träge, goldene Flüssigkeit, die vor ihren Füßen auf den Boden tropfte, roch fremd und seltsam; wie mineralhaltiger Uferschlamm, nur mit einem noch schärferen Geruch darunter. Einen Moment lang war alles still. Dann brach etwas aus dem Boden heraus; blaues und rosafarbenes Gras schoss aus der Erde, und wo es bereits stand, streckte es sich mit einem merkwürdigen *Wusch*-Geräusch dem Himmel entgegen. Andere Pflanzen wuchsen ebenfalls, flache, grüne Laubblätter, dunkelrotes Obst und orange Giftpilze; Saatkörner und Knollen, die seit Ewigkeiten im Boden geschlafen hatten. Nach nur wenigen Momenten waren sie von einem seltsamen, chaotischen Wald umgeben, in dem alles größer und wilder war, als es sein sollte. Noon lachte laut.

»Also gut, du kannst deine eigene Traumwelt ziemlich gut verändern«, sagte Tor leicht säuerlich. Die Stelle, an der er gelegen hatte, erschien ihm auf einmal recht beengt. Sie hockten beide unter einem bemerkenswerten Blätterdach. »Das war die Substanz, die Vintage auf der Pilzebene gefunden hat, oder? Du hast den Effekt gut nachgestellt –«

Er hielt inne und sein Gesicht erstarrte. *Jetzt wird er mich nach Vintage fragen*, dachte Noon. *Er wird fragen, wo sie ist, und dann werden wir über diese endlosen Träume reden müssen, und dann wird alles herauskommen. Er muss sich dem jetzt stellen.*

Stattdessen, zu ihrem großen Schreck, ergriff er ihre Hand und küsste sie auf die Handfläche. Ein wilder Ausdruck lag dabei in seinen Augen. Als er ihre Miene sah, grinste er. »Verstehst du es nicht, Hexe? Du hast uns die Antwort geliefert. Der Wildwuchs von dem Gras hier. Als wir die Substanz verteilt haben, hat sie tote Pflanzen zurückgebracht, richtig? Und wie es der Zufall will, habe ich eine tote Pflanze, die ganz unbedingt geheilt werden muss.«

Sie blinzelte ihn an. »Was redest du für einen Scheiß?«

»Ygseril!« Er sprang auf und zog sie an den Händen hoch. »Gut, der alte Gott ist mehr als nur eine Pflanze, aber verstehst du es nicht? Wenn wir genug von dieser Substanz bekommen und nach Hause bringen können, dann kann Ygseril gerettet werden. Das ist eine Chance für ganz Ebora.« Er grinste. »Jetzt sehe ich, wie alles funktionieren wird. Wir müssen nur aufwachen.«

»Nein«, sagte Noon sofort. »Das können wir nicht. Du musst noch etwas länger warten.«

Noch immer lächelnd schüttelte er den Kopf. »Warum? Ich sehe alles klar vor mir. Die Antwort war die ganze Zeit zum Greifen nahe. Da wir jetzt Zugang zu so viel davon haben ... ich verstehe gar nicht, warum ich nicht früher darauf gekommen bin. Wir haben lange genug geschlafen.«

Noon griff nach seiner Schulter und versuchte, ihn innerhalb des Traums festzuhalten, an diesem sicheren Ort, den die Realität noch nicht zerstört hatte – aber er missverstand ihre Reaktion und umarmte sie.

»Zusammen schaffen wir das«, flüsterte er ihr ins Ohr. »Ich weiß es.«

Sie wachten auf. Noon verbarg ihren frustrierten Schrei tief in der Brust.

Etwas klebte an seinem Gesicht. Tor fühlte es, dick und steif und unnachgiebig, wie es sogar teilweise sein linkes Auge zudrückte. Was auch immer es war, es bedeckte ebenfalls seinen linken Arm und einen Teil seiner Brust. Er setzte sich auf und versuchte, sich zu orientieren. Er befand sich ganz offenbar in einem heruntergekommenen kleinen Zimmer, mit schmutzigem Licht aus einem einzigen Fenster, das von einem braunen Vorhang halb verdeckt wurde. Es roch nach Blut und Wein, eine seltsam berauschende Mischung, und er lag mit nacktem Oberkörper auf einem schmalen Bett. Neben ihm, aber abgewandt, lag Noon. Sie hatte die Beine fast bis zur Brust heraufgezogen.

Er lächelte. »Habe ich etwas verpasst?« Er wollte ihre Schulter berühren, und da sah er, was aus seinem linken Arm geworden war. In dieser kurzen Sekunde brach alles über ihn herein – das Gelände, die Explosion, der qualvolle Weg zurück zum Haus – und er bedauerte einen Moment lang, dass die wunderbare, unwissende Zeit vorbei war. Dann sprang er aus dem Bett und lief die große Treppe hinauf, auf der Suche nach einem Zimmer mit Spiegel. Am oberen Treppenabsatz krachte er gegen eine Wand, weil seine Beine schwach und unkoordiniert waren, und Schmerz fiel über seinen Körper wie ein Laken, das sich um ihn schmiegte. Er schrie unvermittelt auf und hörte, wie Noon von unten seinen Namen rief. Er ignorierte sie und lief ins nächste Schlafzimmer. Auf dem Boden stapelten sich Schachteln und Kisten voller Einmachgläser und Schriftrollenbündel, aber da war auch ein großer Spiegel in der Ecke, den eine Schicht aus milchig weißem Staub bedeckte.

»Es wird nicht so schlimm sein«, murmelte er, als er die reflektierende Glasfläche abwischte. Seine Finger fühlten sich schmutzig und seidig an, wie vom Pulver eines Mottenflügels. »Es kann nicht so schlimm sein.«

Es war noch viel schlimmer. Die linke Seite seines wunderschönen Gesichts bestand aus einer violetten Narbenmasse, der Wangenknochen stand zu weit hervor, und seine Augenbraue fehlte völlig. Das Feuer hatte seine Haare auf dieser Seite weggebrannt, sodass die glänzende, bläuliche Kopfhaut zu sehen war. Die Verwüstungen setzten sich entlang seines Halses, der Schulter und des linken Arms fort und wirkten umso schlimmer im Gegensatz zu der glatten Perfektion seiner restlichen Haut. Er erkannte sich nicht wieder, aber die roten Augen, die ihn verwundet und verängstigt ansahen, gehörten eindeutig ihm. Hatte er jemals mit einem solchen Ausdruck in einen Spiegel gesehen? Nicht, soweit er sich erinnerte.

»Du wärst fast gestorben.«

Noon stand an der Tür. Ihr Gesicht war zu blass, die Augen zu dunkel, und einen alarmierenden Moment lang glaubte Tor, dass sie bei der Explosion gestorben war und er nun von ihrem Geist verfolgt wurde. Doch dann kam sie näher, und die Illusion verging. Ihre Arme waren von Schnittwunden bedeckt. Mit einem Mal verstand er, weshalb er sie so klar in seinen Träumen gesehen hatte.

»Ich hätte sterben sollen«, sagte er rau krächzend.

»Sag das nicht«, erwiderte sie mit Ärger in der Stimme. »Ich habe dir so viel gegeben. Du kannst nicht einfach aufgeben.«

Tor betrachtete erneut die Kreatur im Spiegel. Vorsichtig legte er die Finger auf den Wangenknochen. Schmerzhaft, aber nicht qualvoll.

»So viel Blut«, sagte er schwach. »Genug, um mich vor dem Tod zu bewahren, aber vielleicht auch, um die Blutpest zu beschwören. Bei den Wurzeln, was hast du getan?«

»Was ich tun musste.« Noon verschränkte die Arme vor der Brust. »Interessiert dich gar nicht, was mit Vintage passiert ist?«

Tor betrachtete einen Moment lang seine Füße. Das Zimmer drehte sich. »Natürlich, verdammt noch mal.«

»Sie lebt.« Noons Stimme zitterte und Tor sah auf, aber sie stand mit erhobenem Kinn da und sah ihn fest an. »Sie konnte das Gelände verlassen, ist aber schon weg. Sie sagte, dass sie irgendwohin gehen müsse, und dass wir nicht mitkommen könnten.«

»Vintage ist weg?« Tor atmete langsam ein. Seine Haut fühlte sich seltsam an, zu eng. »Sie hat mich so zurückgelassen?«

»Ich habe sie gebeten, das nicht zu tun, aber …« Noon hielt inne, kniff die Augen fest zusammen und schüttelte den Kopf, als hätte sie Wasser in den Ohren. »Er lässt mich nicht in Ruhe. Ich höre ihn ständig … warum …« Sie presste die Hände auf die Stirn und taumelte gegen den Türrahmen. Ein Teil von ihm – der Teil, der sich an den Geschmack ihres Bluts erinnerte, an die Wärme ihres schmalen Körpers neben ihm im Bett – wollte zu ihr gehen. Doch zu viel war passiert.

»Also bin ich, schwer verletzt und verlassen von meiner einzigen Freundin, auf die Gesellschaft der Wahnsinnigen angewiesen, die mich beinahe umgebracht hätte.«

Noon schien bei diesen Worten in sich zusammenzusacken, aber der Blick, den sie auf ihn richtete, war trotzig.

»Dein Innerstes wäre beinahe von einem Parasitengeist nach außen gedreht worden, oder hast du den Teil vergessen? Ich hab deinen knochigen Arsch hierhergeschleppt und dir mein Blut gegeben, um dich zu heilen. Dabei hätte ich dich einfach verrotten lassen und nach Vintage suchen können …« Sie hielt inne. »Ich gehe was trinken.« Sie wandte sich zur Tür, blieb aber noch kurz stehen. »Und übrigens, gern geschehen!«

Dann schlug sie die Tür zu.

Kapitel 36

Liebe Lady de Grazon,
die Arbeit kommt nur langsam voran und ist gefährlich, wie Sie sich bestimmt vorstellen können, doch wir haben in den äußeren Bereichen der – mangels Fachbegriff will ich sie mal so bezeichnen – Giganten-Gänge interessante Fortschritte gemacht. Wie ich schon früher angemerkt habe, bin ich der festen Überzeugung, dass diese Kreaturen eher organischen Lebewesen entsprechen als nur einem simplen Beförderungsmittel für die Jure'lia. Alles, was ich bisher gefunden habe, stützt diese Hypothese.
Ich plane, meine Ergebnisse in den nächsten zwei bis drei Jahren zu veröffentlichen. Außerdem ziehe ich es vor, Ihre Ungeduld darüber als Kompliment zu betrachten und nicht als die kaum verhohlene Beleidigung, als die sie wahrscheinlich gemeint war. Die große Lady de Grazon denkt bestimmt, dass sie die Rätsel des Giganten doppelt so schnell hätte lösen können, aber glauben Sie mir, es gibt hier mehr, als Sie sich vorstellen können. Ja, meine Familie untersucht die Stelle seit Generationen und wird dies auch weiterhin tun. Mein Sohn Tyron hat bereits einige Ideen, wie sich die Gefahren bei der Erkundung des Geländes reduzieren lassen könnten.
Wie ich bereits zuvor – ausführlich – erklärt habe, werde ich Ihnen weder Karten noch Zeichnungen noch Proben zuschicken. Mich interessiert nichts von dem, was Sie mir im Tausch anbieten könnten. Sie werden, wie alle anderen, auf mein Buch warten müssen. Ich möchte Sie bitten, mich in dieser Angelegenheit nicht noch einmal zu kontaktieren.
In Zuneigung,
Ihr guter Freund Esiah Godwort
Auszug aus den privaten Briefen von Lady Vincenza »Vintage« de Grazon

Tor verbrachte eine Weile vor dem Spiegel. Manchmal konnte er den Blick nicht von seinem verwüsteten Gesicht abwenden, dann wieder konnte er es gar nicht erst ansehen, sondern betrachtete stattdessen den fein gewobenen Teppich. Schließlich stand er auf, fand ein Badezimmer und badete vorsichtig in kaltem Wasser. Zwar hätte er sich in der Küche aufwärmen können, aber dann wäre er der Finsterhexe begegnet, und er war sich ziemlich sicher, dass sie ihn schon lange genug in diesem Zustand gesehen hatte. Er seifte sich die Haare ein und ließ vorsichtig Wasser über sein Gesicht laufen. Das getrocknete Blut, das sich dabei löste, war schwarz – die Farbe einer tödlichen Verletzung. Doch er hatte überlebt. Als er sich, so gut es ging, gereinigt hatte, durchsuchte er Esiah Godworts Räumlichkeiten nach Kleidungsstücken, die nicht ganz furchtbar waren.

Nachdem Tor sich angezogen und die Haare zu einem einfachen Pferdeschwanz zusammengebunden hatte, machte er sich auf den Weg in die Küche, wo Noon an einem großen, vernarbten Tisch saß, mit einem Weinkelch vor sich. Sie wirkte etwas lebhafter als bei ihrer letzten Begegnung; ihre Wangen waren gerötet – wahrscheinlich vom Wein – und sie trug eine scharlachrote Samtjacke mit Stehkragen. Sie stand ihr gut.

»Ich würde jetzt gerne auch etwas trinken, wenn es dir recht ist.«

Noon nickte und schüttete Wein in einen leeren Kelch. Tor setzte sich. Er bewegte sich steif, weil die straffe Haut seiner Schulter bei jeder Regung an seinem Hemd rieb.

»Ebora«, sagte er in die peinliche Stille. »Ich möchte immer noch dorthin zurückkehren. Mit der Jure'lia-Flüssigkeit.«

Noon sah ihn an und verschränkte die Finger um den Kelch. »Dann waren die Träume real?«

»Was für eine Frage.« Tor lächelte schief, doch als er spürte, wie seltsam sich sein Gesicht dabei verzerrte, verging ihm sofort die Lust daran. »Ja, sie waren so real, wie Träume sein können. Die Gespräche waren es mit Sicherheit.«

Sie sah weg. Vielleicht dachte sie daran, wie nahe sie sich an diesem Traumort gewesen waren. Wie sie zusammen im Gras gelegen hatten. Tor wusste nun, dass dies teilweise von ihrem Blut hervorgerufen worden war; die ganze Zeit über hatte es seinen Körper durchspült und im Hintergrund geheilt. Oder die Blutpest angelockt. Eine solche Intimität erlebte er sonst nur mit Liebhaberinnen.

»Die Originalprobe der Flüssigkeit gibt es nicht mehr«, sagte sie. »Die Winnowry hat sie zusammen mit Vintages Wagen auf der Winnowlinie zerstört. Selbst wenn wir sie noch hätten, würde sie bestimmt nicht für etwas so Großes wie euren Baumgott reichen.«

Tor nippte an seinem Wein. Er war nicht schlecht. »Richtig. Ich will so viel wie möglich nach Ebora mitnehmen. Deshalb müssen wir noch mal auf das Gelände.«

Noon hob die Augenbrauen, was den Fledermausflügel auf ihrer Stirn seltsame Falten werfen ließ. »Hast du vielleicht endgültig den Verstand verloren? Du willst wirklich noch mal da rein?«

Tor trank noch etwas von dem Wein. Er dachte daran, wie er den Staub von dem großen Spiegel im Schlafzimmer abgewischt hatte. Wie er geglaubt hatte, dass es nicht so schlimm sein könne. »Ich bin klarer und aufmerksamer, als du es je sein wirst, Hexe. Wir haben die Behälter in dem Giganten gesehen, weißt du noch? Goldene Kugeln, so wie die zerbrochene, die wir auf der Pilzebene gefunden haben. Wenn wir nach dem gehen, was Vintage über Esiah Godwort geschrieben und gesagt hat, dann war er vorsichtig. Er hat die intakten Kugeln bestimmt an Ort und Stelle gelassen, damit er sie beobachten und in das große Ganze einordnen konnte. In der Hälfte des Giganten, die du nicht zerstört hast, standen einige davon. Vielleicht ausreichend viele.«

»Trotzdem wären wir beinahe umgekommen. Wir alle. Dorthin zurückzugehen wäre …« Noon hielt inne und zerzauste sich die Haare mit der Hand. »Ich kann bei diesem Lärm kaum denken.«

Tor blinzelte. Es war völlig still im Haus. »Wovon redest du?«

»Ist egal. Die Parasitengeister auf dem Gelände waren riesig und aggressiv.« Sie brach erneut ab und verzog das Gesicht. »Das Risiko ist es nicht wert.«

»Das Risiko ist es nicht wert?« Er knallte den Kelch auf den Tisch und atmete tief durch. Er brauchte die Hexe, damit sie ihm auf dem Gelände den Rücken freihielt; das durfte er nicht vergessen. »Das Risiko nicht wert? Du wagst es, so etwas zu mir zu sagen?« Er beugte sich vor und sah sie an. »Deinetwegen muss ich dieses verwüstete Gesicht mit mir herumtragen, vielleicht für ein paar hundert Jahre. Weißt du, was das bedeutet?«

»Ich habe dir das Leben gerettet.«

Tor lachte. Ein Knoten aus Übelkeit ballte sich in seiner Brust wie eine Faust. »Oh ja, vielen Dank dafür. Ich habe hier die Chance, nicht nur meinen Gott, sondern mein Volk zu retten, Hexe. Und wenn Ygserils Saft wieder fließt …« Er zeigte auf die zerstörte Seite seines Gesichts und zwang ihre Aufmerksamkeit darauf. »… dann wird das vielleicht heilen. Das Risiko ist es nicht wert, sagst du?«

Noon trank ihren Kelch aus und schluckte den Wein nach und nach herunter. Als sie den Kelch abstellte, bemerkte Tor, dass ihre Hände zitterten, und einen Moment lang machte er sich Sorgen um sie. Er verdrängte den Gedanken.

»Gut«, sagte sie schließlich. »Warum nicht? Vielleicht wird sich alles fügen, wenn wir zurückgehen. Vielleicht werde ich klarer sehen. Wer weiß.« Sie wischte sich mit der Hand den Mund ab. »Warten wir ein paar Tage, bis du zu Kräften gekommen bist. Dann gehen wir wieder hinein.«

»Wir gehen sofort hinein.« Tor stand auf. »Der Weg nach Ebora ist weit, und ich habe nicht vor, länger als unbedingt nötig in diesem *Zustand* zu verweilen.«

Unten bewegte sich etwas.

Agentin Lin stand langsam auf, bemüht, die winzigen Gestalten, die durch den entfernten Innenhof gingen, nicht aus den Augen zu verlieren. Vom langen Stillsitzen fühlte sich ihr Rücken steif an, und der Schlafentzug sorgte für einen ständigen Schmerz in der Mitte ihrer Stirn, aber es gab keinen Zweifel daran, dass ihre Beute den Bau verlassen hatte. Der Kopf der jungen Frau war unbedeckt, und sie trug eine scharlachrote Jacke. Ausgerechnet.

»Weiß sie nicht, dass sie verfolgt wird?«

Neben ihr plusterte sich Gull auf und schnaubte. Er war gelegentlich auf die Jagd gegangen, hatte sich aber nie weit entfernt. Eine zweite Gestalt tauchte im Innenhof auf; der Eboraner, der es gewagt hatte, sie mit seinem vornehmen Schwert zu bedrohen. Wenn sie ihn auch töten konnte – und sie vermutete, dass sie das tun musste, um an die Finsterhexe heranzukommen –, dann würde sie das Schwert behalten. Sie hatte für diesen ganzen Mist eine Belohnung verdient, und so ein schönes Schwert würde sich zweifellos für eine stattliche Summe verkaufen lassen. Sie fragte sich kurz, ob die Ermordung eines Eboraners politische Konsequenzen nach sich ziehen würde, schob den Gedanken aber rasch beiseite. Mutter Cressin zog es natürlich vor, solche Konflikte ohne zivile Todesfälle zu lösen, aber an diesem abgelegenen Ort gab es keine Zeugen, und davon abgesehen war das eboranische Reich nur noch ein Kadaver. Das wusste jeder.

Gull zwitscherte und stupste sie mit seinem großen, stumpfen Kopf an. Sie tätschelte ihm die Nase, ohne den Blick vom Innenhof zu nehmen.

»Wir müssen nicht mehr lange warten. Nicht mehr lange.«

Die Steine im Innenhof waren nass, was den Boden unter ihren Stiefeln in einen Zerrspiegel des trüben, grauen Himmels über ihr verwandelte. Noon betrachtete die Steine, während sie sich vollständig darauf konzentrierte, einen Fuß vor den anderen zu setzen. Wenn sie das nicht tat, behauptete ein Teil von ihr, dass sie über vier Füße verfügte, was das Gehen verwirrend machte.

»Was tust du da? Bist du betrunken?«

Am Eingang zum Gelände wartete Tor auf sie. Der Neunte Regen, den er wundersamerweise nicht bei der Flucht vor dem Feuer verloren hatte, hing wieder von seinem Rücken. Dank einer großen Kapuze verbargen Schatten sein Gesicht. Hier draußen im Tageslicht war der Anblick der Narben besonders hart zu ertragen.

»Ruhig Blut.« Noon verzog das Gesicht über diese Redewendung. »Ich hab's nicht eilig, mich von Parasitengeistern zerreißen zu lassen.«

Sie hatte sich einige leere Säcke über die Schultern geschlungen, ebenso wie Tor, außerdem noch eine Tasche mit großen, leeren Einmachgläsern aus der Küche – für den Fall, dass sich die Flüssigkeit nur so transportieren ließ – und zwei Paar dicker Lederhandschuhe. Beide wollten sie lieber nicht herausfinden, was passierte, wenn man das Zeug auf die Haut bekam.

»Wir werden uns beeilen«, sagte Tor, ohne auf ihren Tonfall einzugehen. »Wir wissen jetzt, wohin wir müssen. Wir sind nicht, wie Vintage, wegen der Sehenswürdigkeiten da.«

Noon schloss zu ihm auf und nickte. Als sie ihm so nahe war, spürte sie auf einmal wieder diesen Funken der Bewunderung, den sie bereits empfunden hatte, als er bei ihrer ersten Begegnung auf der Pilzebene auf sie zugeschritten war – nur dass er diesmal wie ein wütender Gott wirkte, halb zerstört und rachsüchtig. Und am Rande davon lag noch etwas anderes; ein Gefühl, das, wie sie ahnte, von der neuen Präsenz in ihr stammte. Es fühlte sich an wie Sehnsucht.

»Bringen wir es hinter uns.« Sie schlug den Kragen ihrer Jacke hoch und warf währenddessen einen Blick auf die kahlen Hügel hinter ihnen. Einen Moment lang glaubte sie, eine Bewegung zwischen den Felsen zu sehen, hielt sie jedoch für die Schatten vorbeiziehender Wolken. Ihnen standen genügend Gefahren bevor; sie musste sich nicht auch noch welche einbilden.

Das Tor zum Gelände war geöffnet, so wie sie es hinterlassen hatten. Allerdings hatte sich dort viel Laub gesammelt. Einige dieser Blätter waren riesig, wie Noon auffiel; alt und goldbraun, so groß wie ihr Kopf, sogar doppelt so groß. Die kalte Präsenz in ihrem Geist regte sich, und ihr kam ein neuer Gedanke.

»Die Pilzebene und dieser Ort. Beide sind voller seltsamer Pflanzen, oder?«

»Versuchst du, mich mit deiner Beobachtungsgabe zu beeindrucken?«

Noon ignorierte ihn. »Der Rebenwald ebenfalls. Vintage sagte, dass sie ihren Wein aus riesigen Trauben herstellt, und in den Tiefen des Waldes gibt es ebenfalls ein verborgenes Gigantenwrack. Sieh dir diese Bäume an.« Sie befanden sich nun auf dem Gelände, und der verworrene, überwucherte Wald türmte sich rund um sie herum auf. Am Rande ihrer Wahrnehmung roch Noon Rauch und nasse Asche. Sie fuhr leiser fort. »Das ist eine gelbe Eiche. Sie wachsen an der Ostseite des Tricks. Sie sieht nur nicht wie eine aus, weil der Stamm angeschwollen und verzerrt ist und die Blätter drei- oder viermal größer sind als gewöhnlich.«

Tor hatte sein Schwert gezogen und bewegte sich mit ausgestreckter Klinge langsam voran. »Nachdem Vintage uns verlassen hat, dachte ich, jetzt wäre erst einmal Schluss mit so brillanten Ausführungen.«

»Kapierst du es wirklich nicht, du Vollidiot?« Er warf ihr einen genervten Blick zu. »Das macht die Flüssigkeit. Das Zeug, was wir für deinen großen, gruseligen Baumgott sammeln wollen. Das muss hier überall in den Boden gesickert sein – deshalb sind die Bäume und anderen Pflanzen so groß und seltsam. Es würde mich nicht überraschen, wenn das überall dort passiert, wo ein Gigant abgestürzt ist. Denk mal nach. Die Flüssigkeit ist für die Wildnis verantwortlich.«

Tor hielt inne. Er sah sie mit offener Verblüffung in den Zügen an, eingerahmt von seiner Kapuze. Noons Herz wurde bei diesem Anblick etwas leichter. Zum ersten Mal, seit er aufgewacht war, kam er ihr weder wütend noch verloren vor.

»Bei den Wurzeln.« Er sah sich um, als würde ihm die seltsame Vegetation zum ersten Mal auffallen. »Dann müssen alle Giganten diese Flüssigkeit bei sich haben. Wenn sie abstürzen, verteilt sie sich vielleicht am Boden. Etwas davon könnte auch verdampfen.«

Sie machten sich wieder auf den Weg und schlichen durch den unheimlichen Wald. Wasser tropfte von Ästen und lief an Stämmen herab.

»An einem Ort, der ohnehin dicht bewachsen ist, wie der Rebenwald«, sagte Tor, »könnte sich diese Jure'lia-Flüssigkeit noch weiter ausgebreitet haben. Auf den Schwingen von Vögeln oder den Flügeln von Insekten. Es überrascht mich, dass Vintage nicht sofort darauf gekommen ist.«

»Dieses Puzzle hat zu viele Teile, das hat sie gesagt. Und einige dieser Teile versuchen, dich umzubringen.« Als sie sich die schimmernden, lichtbefleckten Ungeheuer vorstellte, schoss die Präsenz in ihr Bewusstsein. Einen Moment lang wurde der feuchte Waldboden von einem leuchtenden Flussbett voller Edelsteine ersetzt, die im Sonnenlicht funkelten. Das Wasser fühlte sich kühl an ihren Krallen an und betäubte das Stechen des heißen Sands. Die Welt drehte sich, und Noon stolperte durch die verwunschenen Bäume zurück. Tor hatte sich bereits weiter vorgeschlichen und bemerkte ihre Verwirrung nicht. Sie räusperte sich. »Ich wette, dass sie so etwas bereits vermutet hat, als sie sah, zu was diese Flüssigkeit in der Lage ist. Wenn sie die Gelegenheit bekommen hätte, sie in aller Ruhe zu untersuchen, wäre sie bestimmt schneller darauf gekommen als du und ich.«

Tor grunzte. »Stattdessen hat sie uns durch halb Sarn bis zu diesem Irren und seinem Drecksloch gescheucht. Sie war schon immer zu ungeduldig.«

Noon wusste nicht, was sie darauf antworten sollte, und so gingen sie eine Weile lang schweigend weiter. Ein leichter Regen setzte ein, und ab da sank die Temperatur rasch. Noon sah, wie ihr Atem zu weißem Dampf wurde, und vermisste ihre warmen Schuppen, bis ihr klar wurde, dass das gar keinen Sinn ergab. Zitternd strich sie sich das feuchte Haar aus der Stirn und holte eine Strickmütze hervor, die sie in Tyrons Zimmer gefunden hatte. Vor ihr zog Tor seine Kapuze

zurück und enthüllte seine schwarzen Haare, daneben die rote Haut auf seinem Gesicht und seinem Hals.
»Ist dir nicht kalt?«
Er warf ihr einen verärgerten Blick zu. »Die Kapuze behindert mein Gehör ohnehin schon. Durch den Regen wird das unerträglich.« Er atmete ein. »Es ist ja nicht so, als hättest du nicht bereits gesehen, was ich darunter bin.«
Noon wollte darauf antworten, als aus den trüben Schatten vor ihnen ein in geleeartige Wedel gehülltes Körperglied auftauchte, dicht gefolgt von einem großen, tropfenden Umriss. Er wurde überall von purpur leuchtenden Punkten erhellt, und nahe dessen, was Noon beinahe als Kopf beschrieben hätte, gähnte ein dunkles Loch. Das Wesen stieß ein geisterhaftes Keuchen aus, als es sich auf seinen unteren Gliedmaßen aus dem Unterholz schob.
»Schnell, wir umgehen es«, sagte Tor, der dem Parasitengeist bereits nach rechts auswich und beinahe lautlos davonrannte. Noon folgte ihm und war sich dabei des Lärms, den ihre Stiefel auf dem raschelnden, toten Laub verursachten, schrecklich bewusst. Sie ließen die Kreatur rasch hinter sich, aber Noon glaubte zu fühlen, wie sie ihnen hinterhersah und das seltsame dunkle Loch keuchte.
»Wir werden ab jetzt schneller gehen«, sagte Tor, als sie ihn einholte. »Wo einer ist, gibt es auch andere, und wir wollen nicht, dass du noch einmal irgendwas in die Luft jagen musst.«
Noon warf ihm einen mürrischen Blick zu. »Du kannst mir glauben, dass ich keine –«
Ein weiterer Lichtschwarm, dieses Mal rechts von ihnen. Der Parasitengeist hatte einen großen, breiten Kopf und mehrere Kiefer, die ihm bis auf die Brust hingen, und griff mit an Bärentatzen erinnernden, durchscheinenden Klauen nach

ihnen. Tor fluchte leise und schwang den Neunten Regen, aber als Noon zum Parasitengeist aufsah, hielt die Kreatur inne.

»Ganz genau!«, schrie Tor. Beunruhigt erkannte Noon, dass seine Stimme zitterte. »Geh weg!«

Der Parasitengeist neigte den Kopf – die Geste erinnerte auf seltsame Weise an einen Jagdhund, der eine weit entfernte Herde belauschte – und stieß einige schräge Klagelaute aus. Noon schrie unwillkürlich auf. Der Lärm schien durch ihre Ohren bis tief in den Kopf zu stechen, während sie gleichzeitig eine Welle der Traurigkeit überkam.

»Tapferer Krieger«, sagte sie durch taube Lippen. »Dir wurde ein großes Unrecht angetan.«

»Was?«

Tor ergriff ihren Arm und zog sie weg, wobei sie leicht schockiert bemerkte, dass sie die Hand nach diesem Ding ausgestreckt hatte. Die Traurigkeit verließ sie, und sie rannten und stolperten erneut durch die Bäume, weg von dem Parasitengeist. Der Geruch nach nassem Ruß nahm stetig zu.

»Was bei Ygserils weisesten Wurzeln hattest du vor?!« Tor funkelte sie an. Seine Haut war nass, aber Noon wusste nicht, ob es Schweiß war oder die Feuchtigkeit in der Luft. »Du hast nach diesem Ding gegriffen, als wolltest du es streicheln! Hast du vergessen, dass diese Kreaturen dein Innerstes nach außen kehren können?«

»Du hättest noch nicht hierherkommen sollen«, erwiderte sie und schüttelte seinen Arm ab. »Du bist nicht bereit. Du hast zu viel Angst.«

Aus den Augenwinkeln sah sie Tors empörten Gesichtsausdruck, doch da liefen zwei weitere Parasitengeister aus dem Zwielicht auf sie zu. Hinter ihnen entdeckte sie den zerschmetterten Umriss des Giganten, schwarz vor dem hellgrauen Himmel. Ohne genau darüber nachzudenken, was sie da gerade tat, rief sie die kalte Präsenz in ihrem Bewusstsein, während sie nach den schimmernden, wabernden Wesen griff, die auf sie zueilten. Auf einmal fühlte sich Noon größer und mächtiger. Die Kreaturen vor ihr verdienten nicht ihre Angst, sondern ihr Mitleid. Nichts so Trauriges konnte ihr etwas anhaben.

Die Parasitengeister hielten inne und schaukelten wie Seetang in einer starken Strömung hin und her. Nach einem Moment wandten sie sich ab, und Noon war wieder sie selbst: klein, schwach, nicht mehr tödlich.

Unsinn. Die Stimme war wie kalte Münzen, die in ihren Verstand fielen. *Du bist eine brennende Fackel, Kind.*

»Was ist passiert?«

»Ich weiß es nicht.« Noon griff Tors Arm und war froh über dessen Standhaftigkeit. »Komm, bevor noch mehr auftauchen.«

Fast Arm in Arm rannten sie weiter, bis Tors Hand nach unten glitt und ihre umschloss. Noon drückte sie, und sie rannten schneller und mit gesenktem Kopf weiter; zwei dunkle Umrisse im mutierten Wald.

»Wir sind da, Hexe. Wir sind da.«

Links von ihnen stand der Teil des Giganten, in dem sie sich bei Noons Winnowfeuer-Explosion aufgehalten hatten. Das war nicht schwer zu erkennen; nur noch ein aufgesprengtes Wrack war übrig geblieben. Einige Teile des grünlichen Mondmetalls waren zu schwarzen, verbogenen Splittern geworden, die zum Himmel und den Bäumen zeigten. Die Innenräume, die sie bei ihrem letzten Besuch gesehen hatten, waren kaum noch zu erkennen; alles war kaputt und zerstört, der Boden bedeckt mit bleicher Asche und schwarzem Ruß. Es stank. Noon fragte sich, was mit den Parasitengeistern passiert war, die in die Explosion geraten waren. Rechts von ihnen sahen sie den Teil des Giganten, in dem sich Tyron Godworts trauriger Leichnam befand. Und die Metallkugeln, in denen hoffentlich die Jure'lia-Flüssigkeit schwappte, wegen der sie hierhergekommen waren. Tor schritt bereits voran, die Spitze des Neunten Regens zum Boden gerichtet.

»Sei vorsichtig«, sagte sie ihm. »Dieser Ort ist immer noch gefährlich.«

»Wir sind fast da.« Er sah sie mit wildem Blick an. »Von hier nach Ebora. Komm schnell.«

Der Eingang, den sie beim letzten Mal benutzt hatten, war noch stärker in sich zusammengesunken. Aber sie konnten sich hindurchquetschen, auch wenn Tor dabei beinahe kriechen musste. Das Innere wurde noch von denselben unheimlichen Lichtern erhellt, und Noon glaubte, ihre eigenen Stiefelabdrücke im Staub zu erkennen. Die Rückkehr fühlte sich wie eine weitere Störung an, und sie dachte unwillkürlich an Tyron Godwort, der sich irgendwo in der seltsamen Kammer unter ihnen verloren hatte. Sie fragte sich, ob Esiah ihn erreicht hatte und nun neben der Leiche seines Sohns saß, während er endgültig den Verstand verlor.

»Hier geht es lang. Bleib in meiner Nähe.«

Noon folgte Tor durch den Gang. Sie war froh, dass er sich an den Weg erinnerte – für sie bestand der Ort nur aus listiger Verwirrung und fremden Richtungen – und sie drangen bis in den breiteren Bereich vor, in dem die Kugeln in Nischen an den Wänden gehangen hatten. Hier war ein Teil der Decke eingestürzt, und sie mussten über verbogenes Metall klettern, bis sie den Frachtbereich erreichten. Als sich Noon auf ein Metallstück stützte und über ein anderes rutschte, bemerkte sie, wie seltsam warm es sich unter ihren Fingerspitzen anfühlte. Nicht zum ersten Mal stellte sie sich vor, dass sie durch die Eingeweide einer riesigen Bestie kletterten. Sie war so sehr mit diesem Gedanken und dem Versuch beschäftigt, den Wänden fernzubleiben, dass Tor sich von ihr entfernt hatte. Sein enttäuschter Schrei ließ sie zusammenzucken. Sie stolperte und fiel den Rest des Wegs, bis sie ihn einholte.

»Was ist los? Was ist passiert?«

Die goldenen Kugeln waren aus den Alkoven geschleudert worden, und alle waren sie zerbrochen. Noon sah die schimmernde Feuchtigkeit auf dem reliefierten Boden, daneben einige gebogene Splitter, in denen noch Überreste der wundersamen Flüssigkeit schwammen; doch beinahe alles davon war verloren. Tor fiel auf die Knie und hielt die Hände über den Boden, als würde er hoffen, die Flüssigkeit irgendwie noch aufwischen zu können.

»Nein.« Seine Stimme war flach, seine Hände zitterten. »Nein, das kann nicht sein.«

Noon sah jetzt, was geschehen war. Hunderte Jahre hatten die Kugeln sicher in ihren empfindlichen Alkoven gelegen, doch bei der Explosion auf der anderen Seite der Lichtung – bei der auch die Decke eingestürzt war – hatten sie sich gelöst und waren am Boden zerschmettert worden.

»Nein!« Tor hob einen Splitter auf und warf ihn gegen die Wand. »NEIN. Das ist alles, was mir geblieben ist. Das ist meine letzte Chance. Ich kann nicht …«

Er verbarg sein Gesicht in den Händen. Seine Schultern fingen an zu zittern. Der Kontrast zwischen dem großen und selbstbewussten Mann, den sie auf der Pilzebene kennengelernt hatte, und dieser gebrochenen Person, die geliehene Kleidung trug und deren halber Kopf verbrannt war, traf sie mit einem Mal so tief, dass sie kaum atmen konnte. Sie ging zu ihm, nahm ihn in den Arm und strich ihm über das Haar.

»Alles wird gut«, sagte sie.
»Wie?« Er presste sein Gesicht an ihren Bauch, und so hielt sie ihn fest. Nach einem Moment legten sich seine Arme um ihre Hüften. Sie dachte daran, wie nahe sie sich in ihren Träumen gewesen waren; nicht alles davon war verschwunden, als er sie beide geweckt hatte. »Wie kann ich so irgendetwas unternehmen? Wie soll ich so leben?«
»Du bist so theatralisch.« Sie beugte sich vor und küsste nach kurzem Zögern seinen Kopf. Sie spürte, wie sein Körper sich ein wenig entspannte. »Das ist bestimmt nicht die einzige Kammer. Das kann nicht sein. Weißt du noch, was wir über dieses Zeug herausgefunden haben? Dass die Giganten eine Menge davon mitführen – so viel, dass bei einem Absturz die ganze Umgebung infiziert wird. Wir müssen nur danach suchen. Das ist doch richtig, oder?«
Er schwieg einen Moment, während er darüber nachdachte. »Du bist weiser, als du aussiehst, Hexe.« Tor stand auf, nahm zu ihrer Überraschung ihre Hand und küsste ihre Handfläche, so wie er es in ihrem Traum getan hatte. Seine Augen sahen feucht aus, aber er nickte und spannte die Schultern an, wobei etwas von seiner alten Entschlossenheit zurückzukehren schien. »Wir werden nach mehr suchen. Es gibt noch keinen Grund zur Verzweiflung.«
Sie brauchten Stunden. Schmale Gänge führten zu großen Räumen mit fremden, im Schatten liegenden Umrissen; Noon konnte ihre Funktion nur erraten. Sie krochen durch Bereiche, in denen die Wände feucht und nachgiebig waren, stiegen unebene Treppenstufen hinauf und durchsuchten jede dunkle Ecke. Sie durchquerten ein gewaltiges Gewölbe auf einer Hängebrücke, während sich unter ihnen etwas Schwarzes und Boshaftes regte. Noon wusste, dass Vintage darauf bestanden hätte, es näher zu erkunden, aber Tor warf

nur einen Blick darauf, verzog leicht das Gesicht und ging weiter. Noon war darüber nicht unglücklich.
Schließlich erreichten sie einige lang gezogene Gänge, in denen die seltsamen Lichter beschädigt worden waren, denn sie flackerten unsicher und erloschen schließlich ganz. Für unzählige Minuten waren sie in der vollständigen Dunkelheit gefangen, und Noon fragte sich, ob ein paar Jure'lia vielleicht doch noch irgendwo in diesem riesigen Kadaver existierten. Vielleicht befanden sie sich am Boden des gewaltigen Gewölbes; vielleicht hatten sie die Eindringlinge bisher aus milchigweißen Augen beobachtet und abgewartet, bis sie diesen Ort erreicht hatten. Einen Ort, an dem es zu dunkel war und zu verloren und von dem sie nicht mehr lebend entkommen könnten …
»Noon«, sagte Tors Stimme, »du atmest sehr schnell. Das ist verstörend.«
Sie lachte erstickt. »Dieser ganze Ort ist scheißverstörend. Weißt du überhaupt, wie wir zurückkommen?«
»Natürlich. Ich habe einen hervorragenden Orientierungssinn. Sieh mal, die Lichter vor uns funktionieren. Geh weiter.«
Noon unterhielt sich die nächsten paar Minuten mit der Frage, ob sie Tors Prahlerei glaubte, dann betraten sie einen Raum mit niedriger Decke. Zerschlissene schwarze Seile hingen davon herab; in der Mitte gab es einen flachen Teich. Darin glitzerte etwas golden.
»Da!« Tor marschierte durch den Raum und schob die schwarzen Seile ungeduldig zur Seite. Dort, in dem flachen Teich, der mit Wasser gefüllt zu sein schien, befanden sich sechs intakte Kugeln.
»Warte, sollten wir nicht zuerst herausfinden, was das für ein Zeug ist? Es könnte gefährlich sein.«
»Meinst du, es könnte mir die Haut wegbrennen?« Tor warf

ihr einen kurzen Blick zu, bevor er bis zu den Knien in den Teich watete. Er hielt einen Moment inne und hob dann die Schultern. »Das ist nur Wasser. Hier, ich reiche sie dir. Pass bloß auf.«

Noon nahm sie vorsichtig in die Hand und wickelte sie in Lumpen ein, damit sie nicht gegeneinanderschlugen. Jede fühlte sich schwer und voll an, und wenn Noon sie leicht hin und her schwenkte, hörte sie das Schwappen der Flüssigkeit darin.

»Wird das reichen?«

Tor nahm ihr eine Tasche ab und hängte sie sich vorsichtig über den Rücken. »Woher soll ich das wissen?« Dann wurde seine Stimme weicher. »Es muss reichen. Ich habe kaum noch genug Energie, um diesen Ort zu verlassen, geschweige denn, ihn weiter zu durchsuchen. Ruhen wir uns kurz aus, dann kommen wir hoffentlich vor Einbruch der Nacht hier raus.«

Noon betrachtete sein Gesicht genauer. Seine Haut war grau, und auf seiner Stirn stand nun Schweiß. Es ging ihm schlecht. »So wie du aussiehst, brauchst du mehr als eine kurze Pause.« Nach einem Moment griff sie in ihren Rucksack und holte ein kleines Messer heraus.

»Noon –«

»Glaubst du, wir werden hier rauskommen, wenn du dich kaum auf den Beinen halten kannst? Du wirst uns entweder in eine Sackgasse führen oder draußen zu langsam sein, um den Geistern zu entkommen.«

»Du weißt nicht, was du mir anbietest.«

Noon grinste. Die flüsternden Stimmen waren leiser als je zuvor – ihr kam der seltsame Gedanke, dass sie sich nicht gerne im Giganten aufhielten –, trotzdem fühlte sie sich halb verrückt. »Ist ein bisschen spät für so einen Scheiß, oder?« Sie

hob das Messer erneut, und dieses Mal nickte er zögernd. Sie setzte sich auf den Boden, schnitt sich in den Arm und hielt ihm die Wunde hin. Als er sich darüber beugte, sah sie weg – um seine Privatsphäre zu wahren oder ihre eigene, da war sie sich nicht sicher. Die Wärme von Tors Mund auf ihrer Haut war ein Schock an diesem kalten, fremden Ort, und als er sich von ihr löste, wunderte sie sich über den Funken Begehren, den sie plötzlich für ihn empfand. Seine lange Hand lag auf ihrem Arm, er war ramponiert und verletzlich, und doch hatte sie ihn noch nie als so schön empfunden.
»Danke.« Er stand auf, wobei ihr seine Bewegungen bereits geschmeidiger und kräftiger vorkamen. Seine Augen leuchteten. »Gehen wir, bevor die Wirkung nachlässt.«
Die Flucht ging viel schneller. Da sie nicht nach den Kugeln suchen mussten, durchquerten sie die schmalen Korridore und hallenden Kammern rasch. Als sie erneut über die Brücke gingen, warf Noon einen Blick über den Rand und dachte daran, wie sie sich vorgestellt hatte, dass uralte Jure'lia dort unten lauerten; doch diesmal erwiderte nichts ihren Blick. Schließlich kamen sie zu dem kaputten Ausgang und sahen graues Tageslicht durch die Ritzen.
»Wir brechen morgen auf«, sagte Tor und rückte seinen Rucksack zurecht, damit er leichter an sein Schwert kam. »Wir packen so viel Proviant wie möglich ein und gehen nach Norden. Vintage hatte recht, was den Regen angeht. Das wird unangenehm, aber zu bleiben wäre sinnlos und –«
»Sei still. Ich glaube, ich höre etwas.« Noon schlich sich geduckt aus dem Giganten und versuchte, alle Richtungen gleichzeitig im Auge zu behalten. Die Sonne war nur noch ein heller Fleck am Horizont, und die Lichtung lag tief im Schatten. Es regnete nicht mehr, aber überall tröpfelte es, ein irritierendes Geräusch.

»Ich sehe keine Lichter«, sagte Tor knapp, als er neben sie trat.
»Ich sagte, ich hätte etwas gehört, nicht gesehen –«
Ein wuchtiger Umriss fiel vor ihnen aus den Bäumen. Es war ein Schatten zwischen Schatten, bis ein grüner Lichtblitz das wutverzerrte Gesicht einer Frau erhellte. Einen Moment später erkannte Noon die Kugel aus Winnowfeuer über ihrer Faust. Schon sprang die Frau elegant vom Rücken ihrer Fledermaus und landete vor ihnen auf der Lichtung.
»Scheiße! Das ist die Winnowry!«
Noon sah, wie Tor sein Schwert zog. Der Stahl blitzte auf, dann schoss ein grüner Flammenpfeil zwischen ihnen hindurch. Halb fallend, halb rennend warf Noon sich zwischen die Bäume, im nächsten Augenblick hörte sie Tors alarmierten Schrei. Als sie sich umdrehte, sah sie, dass ein Teil seiner Jacke brannte, und die Frau, die sich Agentin Lin genannt hatte, mit Armen voll kochender Flammen auf ihn zuging. Sie wollte ihn umbringen; die Absicht auf ihrem Gesicht war so klar zu erkennen wie der Leichenmond am Morgenhimmel.
»Nein!«
Ohne nachzudenken, lief Noon zurück, wobei sie bereits das Winnowfeuer in sich beschwor. Die Energie des Parasitengeists, dieser langsam brennende Machtfunke, loderte urplötzlich auf. Grüne Flammen schossen aus ihren Handflächen auf die Agentin zu. Die Frau spuckte einen Fluch und erschuf eine Feuerwand, mit der sie Noons wilden Angriff mühelos stoppte.
»Lass ihn in Ruhe! Du willst mich.«
Lin hob die Augenbrauen. Tor klopfte mit panischem Blick die Flammen auf seinem Ärmel aus.

»Keine Zeugen«, sagte die Frau. »Abgesehen davon hat er mich beleidigt. Und ich bin schlecht gelaunt.«

»Schlecht gelaunt?« Noon starrte die Frau einen Moment lang an und schüttelte den Kopf. »Wieso tust du das? Wieso arbeitest du für sie? Du *weißt*, was sie wirklich sind.«

Agentin Lin lächelte, eine brüchige Geste, und zum ersten Mal fiel Noon auf, dass die Frau müde und verhärmt wirkte. Sie hatte sich offensichtlich seit Längerem nicht mehr die Haare gewaschen, und ihre Haut wurde von einer Schmutzschicht bedeckt.

»Oh, ich weiß alles über sie, Mädchen, deshalb tue ich das ja. Es ist besser, wenn die Wölfe auf deiner Seite sind und nicht an deiner Kehle hängen.«

»Dann bist du feige.«

Agentin Lins Lächeln wurde breiter. »Wenn du mich mit Beleidigungen ablenken willst, Kind, wirst du merken, dass ich ein ziemlich dickes Fell habe.«

Noon griff tief in sich und fand erneut die wirbelnde Energie. Doch sie drohte, sie zu überwältigen, und Tor war zu nahe. Stattdessen ging sie auf die Winnowry-Agentin zu und stellte sich zwischen sie und Tor. Sie streckte die Hände aus.

»Es ist rührend, dass du den Eboraner beschützen willst. Du gehörst zum Flachlandvolk, richtig? Also weißt du, dass sein Volk deines über Generationen hinweg dezimiert hat. Bist du einfach nur sehr großmütig oder fickst du ihn?«

»Lauf lieber los«, sagte Noon. Die Energie baute sich in ihr auf und wurde zu etwas Explosivem, aber das ahnte Agentin Lin nicht. »Klettere auf deine Fledermaus und verpiss dich!«

»Finster-Noon, das ist wirklich süß, aber ich bin für so etwas ausgebildet.« Die Frau strich sich eine graue Locke aus der Stirn. Ihr Fledermausflügel war primitiver als Noons und wirkte fast wie eine Narbe, nicht wie eine Tätowierung. »Ich habe dich kämpfen sehen, das weißt du. Du bist ein Kind, das mit einer Fackel herumfuchtelt.«

»Tja, aber vielleicht ist meine Fackel ja größer geworden.« Noon stieß die Hände vor und ließ die Energie des Parasitengeists frei. Eine Flammenkugel brach aus ihr hervor, so hell, dass man sie kaum ansehen konnte, und Agentin Lin schrie verblüfft auf. Noon fühlte grimmigen Triumph, doch da wurde ihre Flammenkugel von smaragdgrünen Splittern in Fetzen gerissen. Noon warf sich zu Boden, um den Splittern zu entgehen, und landete in einer Mischung aus Schlamm und Asche.

»Selbst *jetzt*, selbst *damit*, kann ich sie nicht töten.« Sie hatte Schlamm in den Augen. Sie rieb sich verzweifelt über das Gesicht. Sie musste sehen, was geschah. »Ich bin zu schwach.«

Unsinn. Die Stimme in ihrem Kopf war zurück, kräftiger als je zuvor. Noon konnte den Umriss des Sprechers, der durch ihr Blut donnerte, beinahe fühlen. *Du wurdest für den Krieg gemacht, genau wie ich.*

»Wer bist du? Was bist du?« Noon kam taumelnd zurück auf die Beine. Kampfgeräusche wehten zu ihr, dann das Lachen einer Frau. Überall schossen grüne Flammen umher.

Ich bin Tod und Ruhm. Hör mir gut zu.

Noon hörte zu.

Tor riss den Neunten Regen gerade noch rechtzeitig hoch, um den schmalen Flammendolch abzufangen, den die Winnowry-Agentin auf ihn geschleudert hatte. Er hatte sich im nassen Schlamm gewälzt, um das Feuer zu ersticken, aber sein Herz pochte immer noch heftig, und sein Mund war trocken. Er hatte geglaubt, Noons Explosion fast vollständig vergessen zu haben, doch jetzt kehrten winzige Erinnerungen daran zurück – die vorzügliche Qual, als die Haut auf seinem Gesicht abgeplatzt war, der Geruch seines kochenden Fleisches, der brennende Schmerz, als sein Hemd sich auflöste. Er konnte nicht noch einmal brennen. Das würde er nicht zulassen.

Die Agentin näherte sich ihm erneut, und er konnte nicht sehen, wo Noon gelandet war. Er stolperte zurück. Schlamm tropfte von seiner freien Hand.

»Normalerweise würde ich dich in Ruhe lassen«, sagte die Frau im Plauderton. »Aber das hier hat sich als eine so unangenehme Erfahrung für mich erwiesen, dass noch jemand anderes dafür bezahlen sollte. Jemand anderes als ich oder mein Junge.«

»Du Wahnsinnige«, murmelte Tor leise.

»Es wird eh niemand erfahren«, sagte die Frau. »Ich werde deine Leiche an diesem geisterhaften Ort verrotten lassen. Dein Volk liegt bereits im Sterben. Ein Toter mehr macht keinen großen Unterschied.«

Zu ihrer rechten Seite tauchte Noon wieder auf. Ihre schwarzen Haare standen in alle Richtungen ab, und ihr Gesicht zeigte einen Ausdruck, den Tor noch nie gesehen hatte. Er wusste nicht, warum, aber kaltes Grauen kroch ihm über den Rücken.

Die Winnowry-Agentin schüttelte den Kopf, als müsste sie einen ungehorsamen Welpen maßregeln. »Hast du deine Lektion immer noch nicht gelernt, Finster-Noon? Also gut. Um ehrlich zu sein, es bereitet mir Vergnügen –«

Noon sprang hoch, drehte sich elegant in der Luft und schwang ihren Arm nach unten. Einige Feuerpfeile, so hell, dass sie fast weiß erschienen, entstanden aus dem Nichts. Sie schossen über die Lichtung und explodierten vor Agentin Lin, sodass sie durch die Luft geschleudert wurde und in einiger Entfernung im Schlamm landete. Sofort sprang sie wieder auf und warf der sich nähernden Noon eine Salve Feuerbälle entgegen. Die junge Finsterhexe hob jedoch die Arme und beschwor eine schimmernde Wand aus grünen Flammen. Die Feuerkugeln verpufften darin mit leisem Zischen. Als sie die Arme sinken ließ, waren die Flammen verschwunden.

»Was ist das?« Agentin Lin war unter den Spritzern aus schwarzem Dreck blass geworden. »Was hast du getan?«

Tor bezweifelte, dass die Agentin Noons Worte hörte, so leise wurden sie gesprochen – er hörte sie dafür ganz deutlich. Sie erinnerten ihn an seine Kindheit, an den Geruch nach Ton und an seinen Cousin Aldasair, obwohl er nicht wusste, warum.

»Ich bin Tod und Ruhm, Ermüdete.«

Noon ging in die Hocke und verlagerte ihr volles Gewicht auf ihre Beine, während sie langsam und mit ausgestreckten Armen ihren Oberkörper drehte. Zunächst entstand ein Splitter aus grünem Feuer, den sie dann zu einer Kugel formte und schließlich in Lins Richtung stieß. Zwar war die Kugel nicht schnell, aber sie wurde auf dem Weg immer größer, sodass die Agentin herumfuhr und zu rennen begann.

»Noon?«

Noon ignorierte ihn, stattdessen hob sie die ausgestreckten Arme und warf einen Pfeil aus grüner Energie in die sich ausdehnende Flammenwolke. Wie ein Stein, der in einen Teich geworfen wurde, traf er ihr Inneres und ließ sie explodieren, woraufhin ein Regen aus smaragdgrünem Feuer auf die Agentin und ihre Umgebung niederprasselte. Es gab kein Entkommen.

»Noon? Noon!«

Sie beachtete ihn nicht. Sie ging auf die Frau zu, die sich auf dem nassen Boden in einem Flammenkreis wand, sie selbst kümmerte das Feuer wenig. Noon beugte sich vor und griff nach etwas am Hals der Agentin.

»Komm, bevor uns die Geister folgen.«

Sie rannten los und ließen die brennende Frau zurück. Noon nahm eine Pfeife aus der Tasche und stieß einen hellen, scharfen Ton aus. Lederschwingen donnerten, als ein dunkler Umriss aufstieg und ihnen folgte. Noon bemerkte Tors Blick und sah ihn ruhig und zufrieden an.

»Auf zwei Fledermäusen kommen wir schneller nach Ebora, richtig?«

Kapitel 37

Ich habe Nanthema schon oft nach den eboranischen Kriegsbestien gefragt, aber sie äußert sich jedes Mal kaum zu ihnen. Ich glaube, es macht sie traurig, an sie zu denken. Für Nanthema sind sie natürlich keine mythischen Wesen, die man nur aus Gemälden und Gedichten kennt, sondern lebende, atmende Geschöpfe, die in ihrem Volk eine unglaublich wichtige Rolle spielten. Nanthema war während des Achten Regens noch ein Kind, und ihre Mutter hatte entschieden, sie zu diesen Kriegszeiten auf einem ländlichen Anwesen zu verstecken. Daher hat sie weder Ygserils Tod noch den Sieg über die Jure'lia miterlebt. Vor der Invasion sah sie die Kriegsbestien jedoch oft, wenn sie in der Hauptstadt von Ebora eintrafen oder sie verließen. Sie beschreibt sie als unerreichbare Umrisse am Himmel, als ein vorbeiziehendes, donnerndes Gelächter. Einmal gab es sogar ein großes Fest auf dem Hauptplatz, bei dem einige von ihnen von dem damaligen Imperator geehrt wurden. Nanthema war mit ihrer Mutter und ihren Brüdern dort. Damals war sie noch ein schüchternes Kind, das zwischen den Umhängen und Gewändern versuchte, einen Blick zu erhaschen. (Ich muss gestehen, dass ich mir Nanthema kaum als schüchternes Kind vorstellen kann.)

Allerdings, wenn sie mir von dieser Erinnerung erzählt, macht sie das am traurigsten. Sie behauptet, dass sie nicht in der Lage sei, die Herrlichkeit der Bestien gänzlich zu beschreiben, und so bekomme ich stets nur frustrierende Schnipsel: das Klicken von Greifenklauen auf Marmor, Schuppen wie polierte Knochen oder ein Auge wie ein gewaltiger Opal, das sich dreht und die Menge schmunzelnd mustert. Ich wollte sie dazu drängen, mir mehr über die Beziehung zwischen den Bestien und dem Baum zu erzählen, doch darüber spricht sie noch weniger. Ygserils Tod und die Erkenntnis, dass es nie wieder Kriegsbestien geben wird, haben eine tiefe Wunde in das Volk der Eboraner gerissen. Eine, die allem Anschein nach nicht mehr heilen wird.

Ich habe jedoch einen Verdacht. Ich glaube, dass es sich bei den Kriegsbestien um einen verlängerten Teil Ygserils handelte, und dass sie deswegen fast so heilig wie der Gott selbst waren. Für gewöhnlich dreht Nanthema bei solchen Gesprächen anschließend den Spieß um und stellt mir endlose Fragen über Dinge, die sie beim besten Willen nicht interessieren können. Aber ich fühle mich jedes Mal so geschmeichelt, dass ich ihr alles über meine Kindheit im Rebenwald, über meinen unmöglichen Vater, meine leidgeprüfte Mutter und meinen Lieblingswein erzähle – sogar während sie uns denselben nachschenkt. Wer kann schon der Neugier einer schönen Frau widerstehen?

Auszug aus den Tagebüchern von Lady Vincenza »Vintage« de Grazon

»Was ist das für ein Ort? Ist ziemlich abgelegen.«

Das Mondlicht färbte Berns goldenes Haar silbern, und als er so auf der Kuppe des kleinen Hügels stand, erschien er Aldasair wie eine Art ungewöhnliche Statue – vielleicht die eines antiken, menschlichen Helden. Die Bitteren Zwillinge verstärkten die Illusion nur.

»Ich kam früher hierher, wenn ich mir ins Gedächtnis rufen wollte, dass es noch andere Orte außer Ebora gibt.« Aldasair stellte die Schachtel mit den kleinen Figuren ins Gras und drehte sich zu den Bergen um. In der Dunkelheit wirkten sie unheilvoll. »Da vorne siehst du den Wall.« Aus dieser Entfernung wirkte er wie eine blasse Linie, die in die Schatten der Nacht geritzt worden war. »Immer wenn ich ihn gesehen habe, fiel mir ein, dass es Leute auf der anderen Seite gab. Dass hinter dem Tarahüttengebirge Leute lebten, redeten, aßen und – und nicht starben.«

»Wir nennen sie die Blutlosen Berge«, sagte Bern. Er schniefte. »Ich war mir nie sicher, ob das ein Witz sein sollte.«

»Wegen der Aaskriege?« Aldasairs Herz sank ein wenig tiefer in seine Brust, aber er zwang sich, Bern anzusehen und weiterzureden. Er würde sich wie eine normale Person unterhalten. Er konnte das. »Sehr viele starben aber doch. Ein Mann, den ich einmal kannte, ein Verwandter, scherzte, dass die Menschen, wenn wir sie bis zu den Bergen geschleppt hatten, garantiert bereits blutlos waren. Ein schlechter Witz.«

Berns Miene war unleserlich, die Schatten verbargen einen Großteil seines Gesichts. »Erinnerst du dich daran?«

»Bruchstückhaft. Ich erinnere mich vor allem, wie sich Ebora anfühlte. Es war wie eine Raserei. Die Leute wirkten zerbrechlich, so als würden sie am Abgrund eines Lebens stehen, das ihnen jeden Moment entrissen werden konnte. Und dann geschah es.«

Er kniete sich ins Gras und spürte sofort, wie die Kälte aus dem Boden in seine Hose stieg. Er nahm zwei kurze Spaten aus seinem Rucksack und reichte Bern, der sich ihm gegenüber hingekniet hatte, einen davon. Es war nicht leicht gewesen, sie zu finden; nichts war noch da, wo es seiner Erinnerung nach sein sollte.

»Auf dem Höhepunkt von all dem nahm ich an einem Fest teil.« Aldasair richtete seinen Blick auf den Boden, sah zu, wie das Spatenblatt ins Gras biss, und stemmte einen Klumpen Dreck heraus. »Ich war viel zu jung für so etwas, aber damals nahm keiner die Regeln so genau. Es war wunderschön. Alle Lampen brannten und es wurde Musik gespielt. Ich weiß nicht, ob ich so eine Musik je wieder gehört habe. Die Lady, die das Fest veranstaltete, trug rote Juwelen an der Kehle und an den Ohren. Das war damals Mode. Blutrot.« Bern schaufelte nun auch Dreck, und die Luft roch gut nach feuchter

Erde. »Ein Mensch war dort, ein Mann. Er war blass, und ich roch seinen Schweiß, aber er lächelte, lächelte die ganze Zeit. Die Lady sagte uns allen, dass er freiwillig als Gast zu uns gekommen sei, und im Austausch für ein Leben im eboranischen Palast alles geben würde, was er konnte. Wir wussten, dass sie dabei nicht über Geld sprach. Im Verlauf des Abends trank die Lady immer mehr, und irgendwann ergriff sie meinen Arm und befahl mir, ihren Menschen zu bedienen. Ihm etwas zu essen und zu trinken zu bringen, wie ein Diener. Wie gesagt, ich war noch sehr jung und hielt das für ein Spiel. Es machte Spaß, einen Diener zu spielen, also brachte ich ihm Kelche voller Wein und Obstplatten, bis es sehr spät wurde und ich zu müde dafür war. Ich fand ein ruhiges Zimmer und schlief dort sehr tief. Ich hörte nichts weiter vom Fest und erwachte erst, als Sonnenlicht durch die Fenster fiel.«

Das Loch war groß genug. Aldasair setzte sich auf die Fersen und sah den Hügel hinunter zum Palast. Lagerfeuer brannten in den Gärten. »Mir fiel ein, dass ich ja den Menschen bedienen sollte, und fragte mich, ob das auch für das Frühstück galt. Also stand ich auf und ging zurück in den Ballsaal.« Aldasair senkte den Blick, bis er nur noch Dreck sah. »Ich fand ihn nirgends. Ich fand – andere Dinge. Später sah ich die Gastgeberin, und sie saß in einem Gang, mit ihrem Kopf in den Händen. Sie weinte und weinte. Ihre Arme waren bis zu den Ellenbogen blutig.«

Bern der Jüngere war sehr ruhig geworden.

»Verstehst du, was wir sind?«, fragte Aldasair leise. »Verstehst du es jetzt?«

Bern sagte lange nichts. Irgendwo, vielleicht hinter dem Wall, heulte ein Wolf, und eine zweite Wolfsstimme gesellte sich dazu.

»Zeig mir ein Volk, das keine blutige Geschichte hat.«
Aldasair saß einen Moment lang schweigend da. Seine Finger umklammerten die Schachtel. Schließlich griff er hinein und holte die erste Figur heraus. Sie war einmal so etwas Ähnliches wie ein Fuchs gewesen, mit einem großen, buschigen Schwanz. Er hielt sie hoch, sodass sich die vernarbte Oberfläche im Mondlicht färbte, und legte sie sanft in den tiefsten Teil des Lochs.
»Ebora dankt dir für deinen Dienst, Mächtiger. Kehre zu den Wurzeln zurück.«

Als alle Kriegsbestien begraben worden waren, hatte der Himmel im Osten eine wässrig-rosa Farbe angenommen. Eine steife Kälte lag in der Luft. Auf dem Rückweg durch die leere Stadt überkam Aldasair das seltsame Gefühl, dass sich etwas in seiner Brust löste – eine Anspannung, die er zuvor nicht einmal bemerkt hatte, und die nun zurückging. Die leeren Gebäude mit ihren zerbrochenen Fenstern und überwucherten Gärten wirkten immer noch geisterhaft, aber er konnte sie auf einmal ohne Grauen ansehen. Bern neben ihm schien die frühmorgendliche Kälte nichts anhaben zu können, obwohl sein Atem weiße Wolken vor seinem Gesicht bildete.
Als sie den Palast erreichten, erwachten gerade die Menschen, die auf dem Rasen lagerten. Sie schichteten Feuerholz auf, holten Wasser und führten die ersten Gespräche des Tages. Aldasair betrachtete sie nun aus einem neuen Blickwinkel. Für sie schwebte ganz Sarn in einer schrecklichen Gefahr, und obwohl die Chance, dass Ebora sie retten konnte, verschwindend gering war, standen sie trotzdem jeden Morgen auf, um sich um ihre Kinder und umeinander zu kümmern.

»Bern, ich muss dir danken.«

Sie blieben am Rand des Hauptzeltkreises stehen. Irgendwo beschwerte sich gerade ein Kind, als es aus den warmen Decken gezogen wurde.

»Ist keine große Sache«, sagte Bern. Irgendwie schien es ihm peinlich zu sein, und Aldasair dachte erneut, dass er die Menschen nie verstehen würde. »Bei den Steinen, viele von uns hätten sich schon vor langer Zeit bei euren Kriegsbestien bedanken sollen. Ohne sie gäbe es kein Sarn mehr.«

»Darum geht es aber nicht, und das weißt du.«

Bern drehte sich zu ihm um und hob überrascht die Augenbrauen, doch im selben Moment erklang ein zischendes Geräusch auf der anderen Seite des Rasens. Aldasair zuckte zusammen, als hätte ihn jemand gekniffen, fuhr herum und sah, dass sich ihnen eine blasse Gestalt näherte. Erst nach ein paar Sekunden erkannte er, dass es Hestillion war. Sie trug ein gefüttertes Gewand, das in der Morgendämmerung silbrigweiß wirkte, aber keinen Umhang, und ihr blondes Haar hing offen über ihre Schultern. Nein, nicht nur offen – wirr. Aldasair blinzelte. Er hatte Hestillion noch nie so ungepflegt gesehen, nicht einmal damals, als sie sich um die Opfer der Blutpest gekümmert hatte. Als sie näher kam, bemerkte er, dass sie weiche Seidenpantoffeln trug, die nicht für die Welt außerhalb des Palasts gedacht waren. Sie sah zwar nicht verärgert aus, aber so, als wäre sie nicht weit davon entfernt.

»Aldasair, geh mit mir rein, zum Saal der Wurzeln.« Sie sah Bern den Jüngeren nicht einmal an. Der große Mann hätte genauso gut unsichtbar sein können.

»Ich bin gerade beschäftigt, Hest.« Er räusperte sich. »Du wolltest, dass ich mich um die Diplomatie kümmere, und das tue ich gerade.«

Hestillions blutrote Augen zuckten kurz zu Bern, als sähen sie ihn zum ersten Mal, blendeten ihn aber ebenso schnell wieder aus. »Du kannst später mit den Menschen spielen.«

»Lady Hestillion, wir haben zwar erst wenige Worte miteinander gewechselt, aber es freut mich, Sie kennenzulernen.« Bern räusperte sich. »Sollten Sie etwas brauchen, stelle ich Ihnen gerne meinen Arm zur Verfügung.«

Hestillion schüttelte rasch den Kopf und wandte sich wieder Aldasair zu. »Bei den Wurzeln, ich habe keine Zeit für so etwas.« Hestillion ergriff seinen Hemdsärmel, und er bemerkte, dass der Stoff mit ineinander verwobenen Ästen bestickt war, grau auf beige. Unwillkürlich dachte er an die Karte, die er für Hestillion in dem verstaubten Raum mit der toten Spinne aus dem Stapel gezogen hatte, und aus irgendeinem Grund war das ein beklemmendes Gefühl. Er wusste nicht, warum er zu dem silbernen Umriss des Leichenmonds hinaufsah, der wie eine angeschwollene Eierblase über ihnen hing.

»Bern, es tut mir leid«, sagte er und zwang seine Stimme in den glatten Tonfall, den seiner Vorstellung nach furchtlose Herrscher benutzten. »Anscheinend erfordert diese Sache meine sofortige Aufmerksamkeit. Ich muss mich um meine Cousine kümmern. Wir reden später weiter.«

Bern zupfte besorgt an seinem Bart, neigte jedoch den Kopf. »Bald, hoffe ich.«

Kaum war das geklärt, zog Hestillion Aldasair auch schon durch die Gärten. Ihre nackte Hand fühlte sich wie eine eisige Manschette auf seinem Arm an. Er zischte ihr Fragen zu, aber sie schüttelte nur den Kopf, bis er sich schließlich einfach von ihr zum Saal der Wurzeln führen ließ. Dort brannten Lampen um den dicken Stamm Ygserils herum. Als sie sich der verworrenen Landschaft seiner Wurzeln näherten, bemerkte Aldasair zudem, dass einige Dinge neben ihm verstreut lagen – eine dicke, bestickte Decke, eine Schale mit etwas Halbgeronnenem und eine fast unberührte Flasche Wein. Anscheinend hatte Hestillion hier ihr Lager aufgeschlagen. Als er ihr auf die Wurzeln folgte, fiel ihm auf, dass der Saum ihres Gewands schmutzig war. Erneut überkam ihn ein Gefühl der Beklemmung.

»Hestillion, du solltest damit aufhören«, sagte er, während er einen Blick nach oben auf die Äste warf. Durch das Glasdach sah er das fliederfarbene Licht, mit dem die Nacht dem Tag wich. »Ich dachte, du wolltest, dass die Menschen hierherkommen und uns helfen. Es sind so viele, Hest, und sie alle haben Ansichten und Forderungen, sie alle wollen etwas zu essen, oder nicht in der Nähe von jemand anderem lagern, weil ihre Urgroßväter einst bei einer Schlacht auf verschiedenen Seiten standen, und sie alle wollen wissen, was hier los ist –«

»Sei still. Erinnerst du dich noch an das Traumwandeln, Aldasair? Weißt du noch, wie das geht?«

»Deshalb hast du mich hierhergebracht?«

Plötzlich ergriff sie seine Hand, wobei sie ihn anstarrte, und drückte zu, bis er vor Schmerz keuchte.

»Du bist so viel klarer geworden, Aldasair. Dir ist viel mehr bewusst. Das liegt daran, dass du dich mit Leuten umgibst. Dein Verstand war weich geworden, er wurde in Fetzen gerissen wie verrottende Seide. Aber ich habe die Leute hierhergebracht, und jetzt erholst du dich.« Erneut drückte sie seine Hand. »Ich habe das für dich getan. Nun musst du etwas für mich tun.«

Er blinzelte, setzte sich neben sie und betrachtete sorgsam seine Füße. Er erinnerte sich noch gut daran, dass er früher stunden-, sogar tagelang wortlos nur dagesessen hatte. Sonnenlicht und Schatten hatten sich gegenseitig durch die

Fenster gejagt, aber das hatte keine Rolle gespielt, und irgendwo in den Gängen hatte er gehört, wie sich jemand zu Tode hustete. Er wollte nicht wieder an diesen stillen Ort zurückkehren.

»Ich will dir etwas zeigen«, sagte Hestillion. »Ich wollte damit noch warten, aber ich glaube, wenn wir zu zweit sind, wird er vielleicht besser antworten. Das könnte der Schlüssel sein.« Sie nahm sein Kinn in die Hand und zwang ihn, sie anzusehen. »Gehe ins Unterdunkel, finde mich und folge mir. Kannst du das?«

Aldasair nickte ernst und schloss die Augen. Er hatte das Traumwandeln nie sonderlich gut beherrscht und auch kein großes Interesse daran entwickelt – Traumwandeln war schließlich etwas anderes als Malen. Die Visionen, die man in Träumen erlebte, verschwanden, sobald man erwachte, sie konnten nicht bewahrt werden. Doch er beherrschte die Grundlagen. Er entspannte seinen Körper, begab sich tief hinab ins Unterdunkel und fand bald darauf Hestillion. An diesem Ort war sie eher ein Licht als eine Person; die Art von Licht, die auf zerbrochenen Dingen glitzert.

Gut, sagte sie. *Folge mir nach unten. Der Weg ist lang, aber du darfst nicht an mir zweifeln.*

Sie tauchte hinab, weg von ihm, und er schloss sich ihr an. Schon bald kam er an einen Ort, an dem die Dunkelheit ihn zu erdrücken schien, und obwohl er nichts sehen konnte, fühlte sich das Unterdunkel dicht und fest an. Das war unangenehm, aber Hestillion glitt immer weiter hinab, und so folgte er ihr, auch wenn er sich nicht vorstellen konnte, was sie ihm hier unten zeigen wollte.

Ein paar Mal hielt das Licht, zu dem Hestillion geworden war, inne, wandte sich und flatterte, bis in Aldasair der Verdacht aufstieg, dass etwas nicht stimmte. Dann beschleunigte sie plötzlich, sodass er kaum noch mitkam. Sie blieb stehen und fuhr mit unerwartet aufflackernder Wut zu ihm herum.

»Wo ist er?«, wollte sie wissen. »Wieso finde ich ihn nicht mehr?« Und dann, bevor er ihr antworten konnte: »Das ist deine Schuld! Du bist unwürdig.«

Aldasair öffnete den Mund. Er sprach nicht gerne im Unterdunkel.

»Aber Hest –«

»Nein!« Zu seinem Entsetzen schien Hestillion mit einem Mal den Tränen nahe. Mit einer Kraft, die nicht ganz körperlich war, schubste sie ihn, und schon saßen sie wieder auf den Wurzeln, neben der umgefallenen Weinflasche. »Verschwinde!«

»Hestillion –«

»Ich sagte, verschwinde! Der Saal der Wurzeln ist nichts für dich. Wenn ich ihn verloren habe wegen … Geh!«

Aldasair kam strauchelnd auf die Füße. Die nackte Trauer im Gesicht seiner Cousine machte ihm mehr Angst als ihre wütenden Worte. Er stolperte ungeschickt über die Wurzeln, seine Beine noch leicht taub, bis die Weinflasche an ihm vorbeiflog und auf dem Marmorboden zerschellte. Danach ging er schneller.

Du hast einen anderen hergebracht, um mit mir zu sprechen?

Hestillions Herz donnerte in ihrer Brust und holte sie zurück in eine Wahrnehmung, die sie beinahe verloren hatte. Stundenlang war sie durch das Unterdunkel getrieben, in der Überzeugung, alles ruiniert zu haben. Aber das sanfte, diffuse Licht, das Ygserils Traumbewusstsein darstellte, war zurückgekehrt. Sie ließ sich davon wärmen, wobei sie sich gleichzeitig beinahe für ihre kindliche Freude schämte.

»Aldasair ist mein Cousin, Ygseril. Er hat sich lange nicht

wohlgefühlt, aber er hat eine gütige Seele. Er wollte dir nur helfen. Ich dachte …, dass du bestimmt noch einmal zu deinen Kindern sprechen willst?«

Das Licht wurde etwas schwächer. Hestillion bewegte sich so wenig wie möglich und kämpfte gegen die Panik an, die ihre Brust zu überfluten drohte. Doch Ygserils Präsenz verließ sie nicht.

Nein. Nur mit dir. Mein besonderes, seltsames Kind. Es gibt Dinge, die ich nur dir anvertrauen kann. Dessen sind wir uns sicher.

»Ich … Herr, das ehrt mich.« Hestillion hatte so viele Fragen, schob sie jedoch beiseite. Offensichtlich hatte ihr Volk mit irgendeiner Tat Ygserils Vertrauen verloren. Es war nun ihre Aufgabe, es zurückzugewinnen. »Was immer du von mir verlangst.«

Das Licht verging, aber Hestillion spürte eine Wärme, die vorher nicht gewesen war. Da wusste sie, dass Ygseril ihr auf seine Art seine Anerkennung bekundet hatte. Sie kämpfte sich aus dem Unterdunkel nach oben, wo sie steif, frierend und auf den Wurzeln hockend erwachte.

»Meine Verantwortung«, sagte sie, während sie die verdrehte Rinde streichelte. »Meine Verantwortung allein.«

Kapitel 38

Tor trat von einem Fuß auf den anderen, um sich aufzuwärmen, während Noon das Lagerfeuer vorbereitete. Auf einer Fledermaus kam man deutlich schneller voran, das musste er zugeben, aber die Reise war auch unbequem und kalt. Nach einigen Stunden in der Luft fühlte sich sein Gesicht wie eine erstarrte Maske an, eine Taubheit, die auf der beschädigten Seite schlimmer war, und sein verbrannter Arm schmerzte entsetzlich, weil er sich so an die Zügel geklammert hatte. Er warf der großen, schwarzen Fledermaus, die sie der Winnowry-Agentin abgenommen hatten, einen vorwurfsvollen Blick zu. Sie schnüffelte und streckte unbeholfen die Flügel aus, während sie sich für die nächtliche Jagd bereitmachte. Fulcor, die zweite Fledermaus, die Noon aus der Winnowry gefolgt und von ihr mit der Pfeife gerufen worden war, war bereits losgezogen.

Mit einem leisen *wump* wandelte sich die grüne Flamme in Orange, und schon prasselte ihr Lagerfeuer fröhlich vor sich hin. Mittlerweile schien Noon ihre Fähigkeiten ohne jede Hemmung einzusetzen, mit einem ruhigen und unbekümmerten Gesichtsausdruck legte sie weitere Zweige in das Feuer. Tor fand das etwas besorgniserregend.

»Wo sind wir jetzt?«, fragte sie.

Er stemmte die Hände in die Hüften und sah sich übertrieben lange um. »Anhand der Konstellationen, die gerade hervorkommen, dem Geruch des Windes und der Textur des Bodens nach zu urteilen, würde ich sagen … exakt mitten im Nirgendwo.«

Sie sah ihn kühl an. »Ich bin so froh, dass du die Navigation übernommen hast, oh mächtiger Reisender.«

Tor hockte sich neben das Feuer. In Wirklichkeit war er vage vertraut mit dieser Gegend. Das Hügelland des Tarahüttengebirges hatte er nach seiner Abreise aus Ebora als Erstes erkundet. Damals war ihm das verworrene Gestrüpp wild und rau vorgekommen, genau der richtige Ort für den Beginn eines Abenteuers. Nun sah es wie ein Ort aus, an dem er nichts Vernünftiges zu trinken bekommen würde.

»Wären wir zu Fuß unterwegs, lägen noch zehn Tagesreisen vor uns. Mit diesen Wesen …« Er deutete mit dem Kinn auf die schwarze Fledermaus, die sich im selben Moment in den immer dunkler werdenden Himmel erhob. »… ich bin mir nicht sicher.«

Noon zuckte mit den Schultern und fing an, Essen aus ihren Taschen zu holen. Sie hatten aus Esiah Godworts Anwesen so viel davon mitgenommen, wie sie tragen konnten, außerdem noch Decken, Wasser, Wein und so viel Kleidung, wie zusätzlich reinpasste. Zwar mussten die Fledermäuse jeden Abend von ihrer Last befreit werden, damit sie auf die Jagd gehen konnten – frisches Fleisch war stets willkommen –, doch in den letzten zwei Wochen hatten sie daraus eine regelrechte Kunstform gemacht. Sie hatten ihr Gepäck mit Pelzen zu dicken Kugeln eingewickelt und legten diese so nahe wie möglich ans Feuer. Tor schnallte sein Schwert vom Rücken und setzte den Kessel über die Flammen, bevor er die Büchse mit Teeblättern aus seinem Rucksack holte.

Nach einem Moment fiel ihm auf, dass Noon sein Schwert anstarrte. In ihren Augen lag ein merkwürdiger, beinahe silbriger Glanz; er war ihm seit dem Zwischenfall auf dem Gelände schon ein paar Mal aufgefallen. Der Glanz passte ganz gut zu ihrer seltsamen, gelassenen Stimmung.

»Wieso heißt dein Schwert Neunter Regen?«

Tor verzog leicht das Gesicht. »Das habe ich dir doch bestimmt schon erzählt. Oder Vintage hat es dir gesagt.« Er seufzte und schüttete Teeblätter in ein kleines Tongefäß. Der Geruch weckte die Erinnerung an Mushenska, was wiederum die Erinnerung an Sareena mit sich brachte. Wann hatte er das letzte Mal an sie gedacht? Er bekam unwillkürlich ein schlechtes Gewissen, stellte das Gefäß fest in den Dreck und wartete auf das heiße Wasser. »Immer wenn die Jure'lia angegriffen haben, wuchsen silberne Früchte an Ygserils Ästen. Sie fielen herab, und aus ihnen schlüpften Kriegsbestien. Ein silberner Regen bei jeder Invasion.«

Noon neigte den Kopf zur Seite, als würde sie auf eine entfernte Stimme lauschen. Dabei enthüllte sie die glatte Haut ihres Halses, der sich cremefarben von ihrem roten Mantel abhob. Unerwartet flutete die Erinnerung an den Geschmack ihres Blutes seinen Mund.

»Das weiß ich. Aber wieso heißt es Neunter Regen? War der letzte – der, bei dem euer Gott starb – nicht der Achte Regen?«

»Ach so«, sagte Tor. Das Wasser kochte im Kessel, also goss er es mit seiner unverletzten Hand in das Tongefäß und sah zu, wie die dunklen Blätter darin trieben. »Das ist eine längere Geschichte. Eine ziemlich persönliche. Und wir kennen uns kaum.«

Sie sah ihn erneut offen an, dieses Mal mit einem leichten Lächeln. Für einen kurzen Moment zog sich seine Brust zusammen, und er fragte sich, ob er krank war. Vielleicht hatte er sich auf diesem verdammten Vieh erkältet oder die Blutpest hatte ihn doch noch eingeholt. *Diese Frau hat dein Gesicht verbrannt*, rief er sich ins Gedächtnis.

»Na gut. Warum sollte ich diesen schönen Abend nicht dazu nutzen, schmerzhafte Familiengeheimnisse zu enthüllen?« Er zeigte auf die stetig dunkler werdenden Hügel.

»Hör auf zu nörgeln und gieß mir Tee ein.«

»Du musst ihn länger ziehen lassen, du Barbarin.« Trotzdem holte er zwei kleine Blechtassen aus dem Rucksack und reichte Noon eine davon. »Mein Volk ist sehr langlebig. Wenn alles gutgeht und wir im Kampf nicht zerstückelt oder von der Blutpest gefressen werden, können wir jahrhundertelang leben. Mein Vater war während des Achten Regens noch jung, und meine Mutter hatte mich und meine Schwester noch nicht lange. Die Invasion der Jure'lia wirkte anfangs klein, fast schon halbherzig. Sie landeten in der Nähe von dem, was heute Reidn ist, und fingen an, diesen Teil von Sarn so schnell wie möglich zu verschlingen. Ihre Giganten gebaren diese riesigen, hungrigen Maden und auch die anderen Krabbelkreaturen, die zu ihrem charmanten Tross gehören, und schon bald verschwand ein Großteil der Gegend unter ihrem glitschigen Lack.«

Er schüttete Tee in ihre beiden Tassen. Die Wärme tat gut, vor allem seiner steifen, verbrannten Hand.

»Mein Vater und seine ältere Schwester begaben sich mit der Hauptstreitmacht dorthin. Sie trugen fröhlich ihre glänzende Rüstung und ihre tödlichen Waffen. Damals war es eine Sache des Stolzes, eine Jure'lia-Invasion zurückzuschlagen. Etwas, das fast schon zum Erwachsenwerden dazugehörte. Mein Vater hatte sich bereits Sorgen gemacht, dass das Wurmvolk nie mehr zurückkehren würde, denn er wollte sich ihm auf dem Schlachtfeld stellen. Seine jüngere Schwester war außer sich, weil sie Ebora nicht verlassen durfte.« Tor lächelte ein wenig. »Was für Idioten sie doch waren. Was für Idioten wir sind, vor allem, wenn unser Traum Wirklichkeit wird.«

»Dein Vater kämpfte an der Seite der Kriegsbestien?«

»Nicht direkt«, sagte er. »Nur die erfahrensten Krieger durften zusammen mit den heiligen Bestien kämpfen. Einige waren auf besondere Weise mit ihnen verbunden, und diese Männer und Frauen betrachteten wir als Helden. Mein Vater und meine Tante waren nicht so wichtig. Jedenfalls nicht damals.«

»Was meinst du damit?«

Tor verzog das Gesicht und trank einen Schluck Tee, um den plötzlichen bitteren Geschmack in seinem Mund loszuwerden. »Als die Blutpest zuschlug, vernichtete sie fast eine ganze Generation. Die alten Generäle, die Kriegsführer, die Politiker und das Königshaus – anders gesagt, all die, die jahrhundertelang an der Macht gewesen waren – starben an diesem Fluch. Die übrig gebliebenen Eboraner hielten plötzlich die Zügel des Königreichs in den Händen – auch wenn es dem Untergang geweiht war. Zu Beginn entkam meine Familie größtenteils der Blutpest, und deshalb nahm ihr Einfluss zu.« Er schnaubte. »Zu diesem Zeitpunkt bedeutete das allerdings hauptsächlich, dass sie sich leere Räumlichkeiten im Palast aussuchen durften.«

»Und das Schwert?«

»Hm? Ach ja.« Geistesabwesend tätschelte Tor es am Boden neben sich. »Meine Tante beherrschte das Kriegshandwerk deutlich besser als mein Vater. Sie hatte sich ihm ein ganzes Jahrhundert lang verschrieben; er trainierte erst seit einem Jahrzehnt.«

»Nur ein Jahrzehnt, ja?«

»Trotz dieser mangelnden Erfahrung wollte er unbedingt dabei sein, und um ehrlich zu sein, versuchten meine Mutter und meine Großeltern kaum, ihn davon abzubringen – wie gesagt, der Kampf gegen die Jure'lia galt bei jungen Eboranern als Ehre, als ein Übergang zum Erwachsenwerden. Meine Tante versprach, dass sie auf ihn achtgeben würde, und dann zogen sie los nach Reidn.«

Lederschwingen flatterten in der Nähe, und einen Moment lang tanzten die Flammen, als Fulcor landete. Die große Fledermaus schlurfte zu ihnen, warf Noon einen toten Hasen vor die Füße und stieg wieder auf. Tor hob den Kopf, um ihr hinterherzusehen, aber sie verschwand fast sofort in der Dunkelheit.

»Wohin fliegen sie?«, fragte er.

»Woher soll ich das wissen? Vermutlich irgendwohin, wo sie bequem schlafen können.« Noon hatte ihr Messer aus der Tasche geholt und häutete den Hasen rasch und geschickt. Als sie Tors Blick bemerkte, zuckte sie mit den Schultern. »Seltsam, was man nicht verlernt. Ich habe in der Winnowry kein einziges Tier gehäutet, aber gib mir ein Messer in die Hand, und es fällt mir so leicht wie Atmen.«

»Das ist nicht gerade beruhigend.«

Sie schnaubte lachend. »Das Schwert.«

»Stimmt. Als sie in Reidn eintrafen, stellten sie fest, dass die Jure'lia die Gegend verwüstet hatten. Was nicht unter dem Lack verschwunden war, wimmelte vor Wühlern – diese Käfer, die du in deinen Träumen gesehen hast – und die Menschen …« Er starrte ins Feuer. »Mein Vater war zwar die meiste Zeit ein übler Tyrann, aber wenn er über den Achten Regen sprach, wurde er ganz still und rieb sich ständig die Lippen.« Tor zeigte, was er meinte, und zog dabei die Augenbrauen zusammen. »Fast alle Menschen, auf die sie stießen, waren keine Menschen mehr. Weißt du, was die Jure'lia mit Gefangenen machen?«

Noon rutschte ein wenig über den Boden. »Wenn es das ist, was ich im Traum gesehen habe …«

Tor lächelte grimmig und spürte, wie sich das Narbengewebe in seinem Gesicht anspannte. »Die Wühler kriechen in ihr Opfer und … höhlen es aus. Danach bewohnt etwas anderes diesen Körper, eine Art Verlängerung der Jure'lia.« Er schüttelte den Kopf. »Vintage weiß darüber wahrscheinlich mehr als ich. Aber was mein Vater sagte, was er uns erzählte, war, wie unglaublich qualvoll es sein musste, von diesen Käfern innerlich aufgefressen zu werden, denn die ohrenbetäubenden Schreie hielten tagelang an. Deswegen konnte niemand schlafen.«

Noon war mit dem Hasen fertig und schob ihn gerade auf einen Spieß, damit sie ihn über dem Feuer grillen konnten. Tor sah ihr eine Weile lang zu und bewunderte ihre geschickten Handgriffe, auch wenn ihre Hände dabei voller Blut waren. Ganz besonders, weil sie voller Blut waren. Er spürte wieder diese Enge in der Brust und atmete tief durch, bis sie verschwand.

»Also kämpften sie. Es war ein schlimmer und blutiger Kampf, erzählte mein Vater, bei dem sie versuchten, eine Schneise durch die besetzte Stadt zu schlagen. Größtenteils erschlugen sie Drohnen – so nannten sie die Menschen, die ausgehöhlt worden waren –, eine recht entmutigende Arbeit. Vor und über ihnen zerfetzten die Kriegsbestien und ihre Gefährten Maden und Mütter.«

»Mütter?«

»Die mit den spindeldürren Beinen. Sie gebären die Wühler aus ihren pulsierenden Beuteln.« Als er Noons Gesichtsausdruck sah, grinste er. »Soll ich weitermachen oder möchtest du lieber eine andere Gutenachtgeschichte hören?«

»Erzähl weiter.«

»Es wurde Nacht. Mein Vater und meine Tante lagerten in einem verlassenen Häuschen. Sie waren vom Rest ihrer Einheit getrennt worden und erschöpft. Meine Tante, die sich eine leichte Verletzung am Oberschenkel zugezogen hatte, schlief. Mein Vater übernahm die erste Wache. Es war ruhig, sagte er. Schließlich bekam er Kopfschmerzen, weil er so angestrengt auf jedes Geräusch lauschte. Er ging in die Küche und suchte nach etwas zu trinken –«

»Der Apfel fällt nicht weit vom Stamm.«

»– als er ein Kratzen an der Hintertür hörte, wie von einem Hund, der nach Speiseresten suchte. Doch er hörte auch ein Wimmern, als würde ein Kind weinen. Er musste wissen, was das war, also riss er die Tür auf, und eine kleine Gestalt fiel auf die Fliesen. Es war ein menschliches Mädchen, völlig mit Dreck beschmiert, so als hätte sie sich tagelang versteckt.« Tor hielt inne. »Diesen Teil der Geschichte finde ich immer etwas seltsam, weil mein Vater sich anscheinend instinktiv bückte, um ihr aufzuhelfen, und das, obwohl nur die Wurzeln wissen, wie oft ich als Kind schon vor meinem Vater hingefallen bin, wobei er mich kein einziges Mal –«

»Tor.«

»*Mmmm.* Ihr Kopf zuckte also hoch, und ihre Augen fehlten. Das waren nur noch Löcher, die von den glänzenden, schwarzen Ablagerungen bedeckt waren, mit denen sie die Drohnen befüllen. Mein Vater schrie auf, stolperte zurück und versuchte, zu fliehen. Er war unbewaffnet. Glücklicherweise tauchte meine Tante in diesem Moment auf und erstach das Mädchen mit ihrem Schwert, doch leider hatte das Kind da schon ihre Wühler erbrochen. Mein Vater nahm das Schwert und versuchte, meine Tante von ihnen zu befreien, das sagte er wenigstens, aber sie wurde rasch überwältigt. Er floh, bevor sie auch ihn erwischen konnten. Ihre Schreie verfolgten ihn die ganze Straße hinunter.«

Eine Weile herrschte Stille zwischen ihnen. Der über dem Feuer hängende Hase knackte, als das Fett anfing zu kochen.

»Und das Schwert?«

»Oh. Ja.« Tormalin räusperte sich. »Mein Vater ließ das

Schwert seiner Schwester in Winnowfeuer nachschmieden und gab ihm einen neuen Namen. Wenn der Neunte Regen käme, behauptete er stets, würde er ihren Tod rächen. Doch er hatte Pech, denn die Blutpest holte ihn, bevor ihm diese Gelegenheit gegeben wurde, und das Schwert ging an mich weiter.« Er legte die Finger seiner gesunden Hand auf die lange, schmale Schwertscheide. »Also benannte er es nach einem zukünftigen Krieg, auf den er hoffte, weil er sich dann nicht mehr so schuldig am Tod seiner Schwester fühlen würde. Mein Vater war nicht gerade ein komplexer Mann.«

Tor betrachtete die Flammen. Er hatte seit Längerem nicht mehr an diese Dinge gedacht und sie schon gar nicht mit jemandem besprochen. Vintage gegenüber hatte er nur winzige Andeutungen gemacht; zum einen genoss er es, ihre Neugier zu enttäuschen, zum anderen, und das erkannte er nun, schämte er sich dafür. »Einmal, als er zu tief in die Flasche geschaut hatte, erzählte mir mein Vater, dass er meine Tante noch einmal gesehen hätte, nachdem sie die Stadt von den Jure'lia zurückerobert hatten. Er stand kurz vor der Abreise zum nächsten elenden Schlachtfeld, als er an einer riesigen Grube vorbeikam, die von Soldaten am Stadtrand ausgehoben worden war. Die letzten Drohnen wurden hineingezwungen und dort zu Asche verbrannt.« Er räusperte sich. »Das, was sie in sich trugen, wurde wie eine Pestilenz betrachtet. Das musst du wissen. Mein Vater sah seine Schwester am Rand des Lochs. Ihre Haare hingen herab wie ein Schleier, und ihre Augen waren zu ausgefransten Löchern geworden. Er sagte, sie hätte ihn angesehen, bevor ein Soldat sie zu den anderen in die Grube stieß.« Tor blickte zu Noon. Sie hielt die Teetasse in beiden Händen und beobachtete ihn aufmerksam. »Dann ging er weg.«

»Scheiße, das ist furchtbar.«

»Ja, oder? Und es wirft nicht gerade ein gutes Licht auf meine Familie.«

»Wie hieß deine Tante?«

Einen schrecklichen Moment lang erinnerte sich Tor nicht an ihren Namen. Er hatte sie kaum gekannt und nur ihr Porträt in den Räumlichkeiten seiner Familie gesehen. Sie war eine beeindruckende Frau gewesen: groß, mit weit auseinanderstehenden Augen. Auf dem Gemälde wirkte sie etwas mürrisch, so als wüsste sie bereits, dass ihr jüngerer Bruder sie das Leben kosten würde. Und dann fiel ihm der Name wieder ein, wie ein Geschenk.

»Carpacia«, sagte er und fragte sich, vor wie vielen Jahrzehnten jemand diesen Namen das letzte Mal ausgesprochen hatte. »Carpacia die Starke.«

Noon nickte. »Danke, dass du mir das erzählt hast. Eboraner haben eine wirklich … interessante Geschichte.«

»Behalte sie nur für dich.« Er zeigte auf die leere Landschaft. »Ich habe dir diese ehrenrührigen Informationen nur anvertraut, weil wir Freunde geworden sind.«

Noon hob eine Augenbraue. »Sind wir das?«

Auf einmal hing eine Spannung in der Luft, die vorher nicht dagewesen war. Tor fiel auf, dass er Noons Gesichtsausdruck nicht lesen konnte. Er erinnerte sich daran, wie er im Giganten gehockt hatte, von Verzweiflung überwältigt, und wie sie ihn gehalten hatte, bis der Schmerz nachließ. Er erinnerte sich an den Geschmack ihres Bluts.

»Nach allem, was wir durchgemacht haben, sollten wir besser Freunde sein.« Sein Tonfall war zu leichtfertig, aber er konnte ihn nicht ändern.

Noon hob die Tasse, als wollte sie ihm zuprosten. »Ich glaube, du hast recht, Blutsauger. Also, Freund, wollen wir diesen Hasen essen, solange er noch rosa und saftig ist?«

Die nächsten Tage waren hart. Ein Sturm fuhr von den Bergen herab und erfüllte den Himmel mit dichtem Pulverschnee, der die Welt mit einer weißen Decke überzog. Noon wedelte schwerfällig mit den Armen und schrie den Fledermäusen zu, dass sie wegfliegen und Schutz suchen sollten, bis der Sturm vorbei war. Anschließend gingen sie und Tor so gut sie konnten zu Fuß weiter, wobei sie ihre Taschen auf einem selbst gebauten Schlitten hinter sich herzogen. Sie kamen nur langsam voran, und da sie nun den Fuß des Gebirges erreicht hatten, fanden sie auch kaum noch Schutz. Überall waren sie umgeben von schroffen Felsen und toten Bäumen, mit Bergen, die sich zu beiden Seiten auftürmten. Sie lagerten im Schatten eines riesigen Felsbrockens, der sie wenigstens teilweise vor dem Wind schützte, und Noon zündete das Feuer immer wieder neu an, sobald es erlosch – es war, wie sie scherzhaft zu Tor sagte, das Einzige, was sie wirklich gut konnte.

Trotz des Feuers kamen in dieser Nacht die Wölfe zu ihnen. Dunkle, huschende Schatten in einiger Entfernung, mit gelbgrün funkelnden Augen – nicht wurmberührt, aber sehr hungrig. Noon spürte, wie sie das Lager umkreisten und immer näher kamen, sodass sie beide keinen Schlaf fanden. Der nächste Tag brachte einen weiteren Schneesturm mit sich, und sie kamen langsamer voran als je zuvor. Sobald die Sonne – eine milchige Scheibe, die aussah, als wäre sie auf die grauen Stellen zwischen den Wolken gemalt worden – unterging, kehrten die Wölfe zurück.

»Pass auf!« Sie sah, wie der erste auf dem Schnee auf sie zuglitt, so schnell und tödlich wie ein Wurfdolch, und Tor ließ die Schlittenseile fallen und drehte sich um. Der Neunte Regen sang, als er ihn aus der Schwertscheide zog. Noon sah, wie Tor vortanzte, dann spritzte Rot auf Weiß, so hell und leuchtend, wie sie seit Tagen nichts mehr gesehen hatte. Aber es näherten sich weitere Wölfe, fünf oder sechs. Sie drehte den Kopf und sah, dass noch weitere drei Schatten genau auf sie zukamen.

»Nimm die«, rief sie Tor über den Wind zu und zeigte hinter sich. Schneeflocken landeten kalt und beißend auf ihrer Zunge. »Ich kümmere mich um den Rest!«

Er fragte nicht nach, sondern trat an ihre Stelle, während Noon ohne Zögern nach der Präsenz in ihr griff. Die Stimme war in letzter Zeit ruhig gewesen. Noon vermutete, dass der Kampf gegen Agentin Lin sie besänftigt hatte, aber als sie nach ihr griff, kehrte sie zurück.

Kämpfst du jetzt gegen Tiere?

Die Stimme war kalt, unbeeindruckt.

»Diese Tiere wollen uns fressen.«

Es war egal. Sie fühlte sich stark, und das Winnowfeuer baute sich in ihr auf. Sie zog ihre Handschuhe aus und ließ sie fallen.

Vielleicht erschreckt und verscheucht sie eine Feuerwand. Die Stimme klang zweifelnd, und Noon wusste, warum. Etwas zu erschrecken war nicht das Gleiche, wie gegen etwas zu kämpfen. *Nein, die Falten in ihrem Gesicht verraten mir, dass sie zu hungrig sind. Horizontale Scheiben deines Hexenfeuers. Beeile dich.*

Noon beschwor die grünen Flammen und streckte die Arme aus. Die Wölfe kamen näher, ihr blieb nicht mehr viel Zeit. Hinter sich hörte sie Tors angestrengtes Keuchen, während er die Tiere auf seiner Seite zurückschlug. Noon brachte ihre Hände nahe zusammen, ohne dass sie sich berührten, dann schwang sie die Arme nach rechts unten. Mit großer Genugtuung sah sie, wie der Feuerball erst flach und dann zu einer vertikalen Scheibe wurde. Die Energie darin nahm zu, während die Wölfe sich näher heranschlichen. Der Geruch nach Wolfsblut hatte sie verschreckt, aber sie waren dürr und verzweifelt.

Was tust du da? Du brauchst horizontale Scheiben, mehrere, damit du einen größeren Bereich abdecken kannst, fuhr die Stimme in ihrem Kopf sie an. *Du verschwendest Zeit und Energie.*

»Es schneit«, sagte Noon. Zwischen ihren Händen waren mehrere Scheiben entstanden, in denen das Licht kochte. »Winnowfeuer ist bei Nässe schwächer. Diese Form wird weniger Schnee aufnehmen.«

Sie schwang die Arme erneut nach vorn und gab die Feuerscheiben frei. Ein Sprühnebel aus grünem Licht richtete sich nach außen, und vier der Wölfe wurden sofort in Brand gesetzt. Ihre Schreie klangen allzu menschlich. Noon taumelte und bekam plötzlich wieder Angst, fühlte sich *schuldig*, aber da trat die Präsenz in ihr vor, und ihre Arme verschossen Feuer in die Schatten. Die restlichen Wölfe flohen, während die Kadaver der Getroffenen immer wieder aufloderten, doch die Feuer wurden bereits von dem allgegenwärtigen Schnee gelöscht.

Noon sackte erschöpft zusammen. Dann drehte sie sich nach Tor um. Der große Eboraner lehnte sich gegen die Taschen. Drei tote Wölfe lagen vor ihm, einer davon war gefährlich nahe. Als Tor ihren Blick sah, rief er in den Wind: »Der Bastard hätte mich fast erwischt. Ich bin wohl nicht mehr so schnell wie früher.« Er atmete dabei schwer, und als sie zu ihm an den Schlitten trat, bemerkte sie, dass seine Haut grau wirkte.

»Komm«, sagte sie und hob ihre Handschuhe auf. »Wir müssen aus diesem scheiß Schnee raus, wenn es geht.«

Ausnahmsweise hatten sie Glück. Nicht weit von ihnen entfernt hatte eine alte Lawine eine Höhle erschaffen, so tief, dass der Boden trocken war und der Wind nicht an sie herankam. Noon war mittlerweile so müde, dass Flecken am Rand ihres Blickfelds tanzten, trotzdem half sie Tor, den Schlitten so weit in die Höhle zu ziehen, dass er dem Wetter nicht ausgesetzt war. Dann schichtete sie aus dem Schutt, der sich in den Ecken gesammelt hatte, ein Feuer auf. Sie machte es so groß wie möglich und war froh, dass der Rauch durch irgendeinen unsichtbaren Riss in der Decke abzog. Bald darauf saßen sie beide so erschöpft davor, dass sie eine Weile lang einfach schwiegen.

»Du hast mit dir selbst geredet«, sagte Tor schließlich. Er hatte seine Kapuze zurückgeschlagen, und im Feuerschein wirkte sein Gesicht ausgezehrt. Er hatte dunkle Ringe unter den Augen, musterte sie aber aufmerksam. »Als du gegen die Wölfe gekämpft hast.«

»Wirklich?« Noon kramte in ihrer Tasche herum, obwohl sie vergessen hatte, was sie suchte.

»Ja, wirklich. Als würdest du eine Unterhaltung mit jemandem führen, der nicht da war.«

Noon hob die Schultern. »Ich habe zehn Jahre allein in einer winzigen Zelle verbracht. Es ist nicht seltsam, dass ich manchmal mit mir selbst rede, oder?«

»Ich habe das noch nie bei dir beobachtet.«

Noon gab ihre Suche auf, zog den roten Mantel aus und legte ihn ans Feuer. Er war nass und kalt.

»Liegt wohl an dem Stress, mit dir unterwegs zu sein.«

Tor schnaubte und verzog schmerzerfüllt das Gesicht.

»Was ist los?«

Er schüttelte den Kopf. »Die Brandwunden. Sie tauen auf. Alles tut weh.«

Draußen heulte der Wind, und Noon lauschte auf das Jaulen der Wölfe. Sie bezweifelte jedoch, dass sie in dieser Nacht zurückkommen würden – sie und Tor hatten sich mit Sicherheit als die stärkeren Raubtiere erwiesen. Sie blinzelte, als ihr klar wurde, dass dies nicht ihr Gedanke war.

»Willst du …?« Sie ließ die Frage zögernd in der Luft hängen, und als Tor aufsah, wirkte auch er peinlich berührt. Sie hob den Arm. Das Hemd hatte sie schon bis zum Ellenbogen hochgerollt.

»Oh. Das.«

»Wir haben noch einen langen Weg in dem Scheißwetter vor uns. Ich will den verdammten Schlitten nicht allein ziehen.«

»Dazu sollte es nicht kommen«, sagte Tor. Er wandte das Gesicht ab, damit sie die vernarbte Seite nicht sehen konnte, aber seinen hungrigen Blick bemerkte sie trotzdem. »Dass ich Blut brauche, nur um durch den Schnee zu gehen. Das beschämt mich. Die hier …« Er zeigte auf seine Verletzungen. »… haben mir mehr zugesetzt, als ich dachte.«

Wieder überkam sie Schuld, ein schmerzhaftes Zusammenziehen ihrer Brust, doch sie verdrängte es. »Also ist dir dein Stolz wichtiger als das Risiko, hier festzusitzen?«

Sie erwartete, dass er verärgert reagieren würde, doch stattdessen nickte er. »Damit hast du wohl recht. Du hast eine pragmatische Ader, genau wie Vintage sie hatte. Hat.« Ihre Blicke trafen sich, und sie glaubte zu spüren, was er tatsächlich verbarg: Angst und das nackte, starke Bedürfnis nach dem, was sie anbot. »Wenn wir nach Ebora kommen, wird sich das alles klären. Das ist nur vorübergehend.«

»Das ist die richtige Einstellung.« Sie zog ein Messer aus ihrer Tasche. »Wollen wir?«

Er stand auf und setzte sich so neben sie, dass er dem Feuer den Rücken zukehrte. Sie hob das Messer, aber er berührte ihre Hand.

»Darf ich?« Als er ihren Blick sah, lächelte er leicht. »Ich weiß, wo man schneiden muss, damit es gut blutet, ohne dir großes Unbehagen zu verursachen.«

Einen langen Moment regte Noon sich nicht. Sie dachte an die Geschichten, mit denen sie aufgewachsen war, über den unmenschlichen Feind in den Bergen, die Ungeheuer, die Kinder holten und ihr Blut tranken.

»Tu es«, sagte sie und reichte ihm das Messer. Er drückte die Klinge auf ihre Haut, und der Schmerz war nicht so stark wie sonst. Er bedeckte den Schnitt mit seinem Mund, noch bevor sie Blut sah, und sie keuchte ein wenig – seine Lippen waren warm auf ihrer kühlen Haut. Sein anderer Arm, der ihre Hand nicht hielt, schlang sich um ihre Hüften und zog sie etwas näher heran, beinahe ohne sie zu berühren. Es war genau das, was sie ihm nicht erzählt hatte; dass es möglich war, süchtig nach dieser Art Nähe zu werden, nach der Wärme eines anderen Körpers. Ihr war nicht länger kalt. Im Gegenteil, sie fühlte sich fiebrig.

Seine Zunge glitt über den Schnitt, und als er den Kopf hob, war kein bisschen Blut an seinen Lippen.

»Du hast das schon mal gemacht«, sagte sie mit leicht zittriger Stimme. Er nickte mit halb geschlossenen Augen. Er sah bereits besser aus, und seine Haut leuchtete fast so sehr wie früher. Wortlos streckte er ihren nackten Arm aus, berührte ihren Unterarm mit den Lippen und folgte ihm bis zum Handgelenk. Dort strich er mit den Zähnen über die blassblauen Adern unter ihrer Haut, sodass Noon zitterte, noch stärker als zuvor.

»Was war das?«

»Der Frühe Pfad: Morgenerwachen. Eine der ersten Stufen, die man im Haus der Langen Nacht erreicht.«

»Kannst du das noch mal machen?«

Er grinste breit, und Noon sah, wie mehrere Dinge aufeinander folgten, so wie herabfallende Karten: ehrliche Freude über ihre Reaktion, ein Aufflackern seines vorherigen Hungers, und dann, als sich seine Haut an der verbrannten Gesichtshälfte spannte, sein fallendes Lächeln. An der Art, wie er den Blick nach unten und von ihr wegdrehte, erkannte sie deutlich, dass er zu wissen glaubte, wie sie ihn sah – als etwas Verwüstetes und Kaputtes.

»Nein«, sagte sie und berührte sein Gesicht. »Nein. Ich *will* dich.«

Im Feuerlicht waren seine Augen kastanienbraun, warm und unsicher. Ohne den Blick von ihr zu nehmen, presste er seinen Mund wieder auf ihr Handgelenk, küsste die Haut und biss ganz sanft hinein. Sie hatte ihn noch nie zuvor so verletzlich erlebt, und das, mehr als alles andere, brachte sie dazu, sich vorzubeugen und ihn, als er den Kopf hob, ebenfalls zu küssen. Er schmeckte nach Schnee, nach Äpfeln und ihrem Blut. Er stöhnte an ihrem Mund, zog sie zu sich und schob seine Hände am Rücken unter ihr Hemd.

Noon hatte noch nie jemanden geküsst. Sie beschloss prompt, das sehr viel öfter zu tun.

»Warte.« Tor zog sich von ihr zurück. Er schien in ihrem Gesicht nach etwas zu suchen. »Ich bin nicht mehr, was ich einst war.«

Noon blinzelte und war einen Moment lang völlig verunsichert. Hatte sie eine Verletzung übersehen?

Tor schien ihre Gedanken zu erraten, denn er schüttelte den Kopf. »Ich meine … also, du kannst doch *sehen*, was ich meine.«

»Ja, ich sehe, was du bist.« Sie atmete langsam durch. »Ich sehe, *wer* du bist, glaube ich.«

Nun küsste er sie mit einer Dringlichkeit, die ihr den Atem raubte und alle Gedanken an ihre trostlose Lage verbannte;

an den Aufenthaltsort ihrer Freundin, an die potenzielle Invasion, an die fremde Stimme in ihrem Kopf. Sie verlor sich in einer seidigen Wärme, die sie nie vermutet hätte.

Sie fielen zusammen auf den Boden. Noons Hände schienen aus eigenem Antrieb nach Knöpfen, Gürteln und Laschen zu suchen. Tor zog an ihrem Hemd, und sie riss es sich vom Körper, wobei sie die enge Unterjacke enthüllte, die sie wegen der Kälte darunter trug. Er murmelte etwas in einer Sprache, die sie nicht kannte, und küsste sie sanft unter dem Ohr, dann am Hals entlang bis zur Erhebung ihrer Brüste. Er drückte mit beiden Händen seitlich auf ihre Rippen und schob seine Daumen zu ihrer Taille.

»Was tust du?«

»Der Frühe Pfad: Morgenmusik.« Er hielt inne. »Kann ich dir die Hose ausziehen?«

Sie trat sie zusammen mit ihren Stiefeln weg, und seine Hände glitten über ihre Oberschenkel und Waden, bis sie ihre runden Fersen umfassten. Das kitzelte ein wenig, und sie lachte.

»Die Morgensonne: Ein helles Vogelträllern«, sagte er lächelnd.

»Zieh dich weiter aus.«

Er zögerte nur einen Moment. Schon bald lagen sie gemeinsam auf der Decke, mit nichts außer Noons dünner Unterwäsche zwischen sich. Jede Stelle, die er berührt hatte, konnte sie besonders klar spüren, während in ihrer Mitte etwas tief und rhythmisch donnerte, wie Meereswellen, die auf einen Strand schlugen. Ihre Hände waren hungrige Teufel, fasziniert von den glatten, harten Ebenen seines Körpers, seiner leuchtenden, fast goldenen Haut, die an exotisches Holz erinnerte. Daneben wirkte ihre eigene gelbbraune Haut wie Seide.

»Wenn die Wölfe jetzt zurückkommen, sind wir gefickt.«
Er lachte bellend. »Ich lasse mich nicht hetzen.« Er schob seine Hand von hinten in ihre Unterwäsche und zog sie zu sich. »Die Morgensonne: die Eile des Tages.« Seine Stimme war alles andere als fest, und unter ihren Händen pochte sein Herz.
Sie stöhnte und presste ihren Körper an seinen; das Donnern in ihr wurde drängender.
»Das Erwachen des Nachmittags: Der Wandernde Schatten.« Ihre Hände glitten um ihn, ihre Gedanken wurden unzusammenhängend. Er stieß einen leisen Schrei aus und riss sie an sich, während sie mit der freien Hand ihre Unterwäsche zur Seite schob.
»Schluss mit deinen Schatten und Sonnen.« Zu einem anderen Zeitpunkt hätte sie über ihre Stimme geschmunzelt – sie war so tief und rau, dass sie kaum noch wie sie selbst klang. Tor murmelte etwas Unverständliches in ihrem Nacken, und dann kamen sie vollends zusammen.
Eine Offenbarung. Das Donnern in ihr war nun in ihnen beiden und zog sie in einer reißenden Flut mit sich. Tors Haare hingen über ihr Gesicht, und sie konnte seinen Atem riechen. Ihre Blicke trafen sich, und sie erinnerte sich daran, wie seine Zunge ihre verletzte Haut berührt hatte. Und da verlor sie sich. Inmitten dieser Gewalt spürte sie, wie er über ihr zitterte und verstand, dass auch er diesen letzten Ort erreicht hatte.
Eine Weile lang war die Höhle erfüllt von ihrem Atem, zuerst noch hart, dann weicher und gleichförmiger. Sie wurde sich wieder des heulenden Schneesturms draußen bewusst, aber er klang nun irgendwie anders. Alles klang anders.

»Na ja«, sagte Tor, als er wieder zu Atem gekommen war, »wenigstens keine Wölfe.«
Sie lachte, und einen Moment später lachte er mit.

Kapitel 39

Vintage saß auf einem Holzklappstuhl an Deck und hatte sich den breitkrempigen Hut zum Schutz vor der Sonne tief ins Gesicht gezogen. Hinter dem Handlauf zog der Fluss vorbei, und jenseits davon die saftig grünen Felder. Die Winde meinten es gut mit ihnen, hatte der Kapitän gesagt, und die Karten, die Vintage jeden Abend in ihrer Kabine konsultierte, gaben ihm recht. Sie kamen schnell voran. Doch immer noch langsamer, als ihr lieb war.

Sie wusste natürlich, wie albern das war. Wenn sie mit ihrer Vermutung recht hatte, dann spielte es keine Rolle, wie schnell sie reiste. Dennoch hingen ihre Angst, ihre Schuld und, ja, auch ihr Entsetzen wie eine Wolke über ihr, die jederzeit einen Schneesturm entfesseln konnte. Nur die Gewissheit, dass sie sich beeilte, linderte diese Gefühle ein wenig.

»Lady de Grazon?«

Sie sah auf. Vor ihr stand das Schiffsmädchen und sah sie nervös an. Sie schien nur aus Knien, Sommersprossen und wilden, roten Haaren zu bestehen, die von ausgefransten Stoffbändern mühsam zusammengehalten wurden.

»Ja, Marika, meine Liebe, was kann ich für dich tun?«

»Der Kapitän, Milady.« Sie stolperte über den Ehrentitel. Auf der *Glücksechse* fuhren nicht viele Adlige mit, und wegen ihrer abgewetzten Kleidung und dem halb verbrannten Gesicht sah Vintage auch nicht gerade wie eine aus. Trotzdem hatte sie dank eines Beutels voller Münzen und ihrer geschmeidigen Souveränität mühelos eine Kabine bekommen. Zum wiederholten Male bedankte sie sich bei ihrem früheren Ich, das so vorausschauend Geldmittel in vielen Städten und Ortschaften hinterlegt hatte – sogar in einem Kaff wie

Hmar. »Wir kommen gleich an was vorbei, das Sie interessieren könnte, hat er gesagt. Wir können kurz anhalten, wenn Sie es sich ansehen möchten.«

Vintage schürzte die Lippen. Sie war zwiegespalten. Sie *musste* vorankommen, aber der Kapitän war ein netter Mann, der sich in sie verguckt hatte und außerdem intelligent war. Wenn er glaubte, dass sie etwas interessant finden würde, dann sollte sie es sich wenigstens ansehen.

Nanthema, dachte sie, *ich bin unterwegs zu dir, mein Schatz. Ich verspreche es.*

Vintage stöhnte leise, als sich all die neuen Schmerzen bemerkbar machten, und stemmte sich vom Stuhl. Marika bot ihr den Arm an, aber Vintage schob ihn zur Seite.

»Mein liebes Kind, ich habe Schmerzen, ich bin nicht gebrechlich. Wo ist nun unser hübscher Kapitän?«

Marika errötete heftig und führte sie zum Bug des ordentlichen, kleinen Schiffs. Überall um sie herum war die Besatzung mit den mysteriösen Dingen beschäftigt, die zu dessen Betrieb notwendig waren – auf Vintage, die einen Großteil ihres Lebens in einem dichten Wald verbracht hatte, wirkte das immer ein wenig magisch.

»Lady de Grazon! Ich unterbreche Ihren friedlichen Nachmittag nur ungern, aber ich dachte, Sie würden sich das gerne ansehen. Es passt zu Ihren Interessen.«

Kapitän Arus war ein untersetzter, wettergegerbter Mann. Nach all den Jahren auf dem sonnendurchfluteten Apitow-Fluss war seine Haut dunkel geworden. Er trug eine grobe blaue Hose mit vielen aufgenähten Taschen und zwei quer über die vernarbte Brust geschlungene Gürtel. Sein rasierter Kopf war mit einer Oktopustätowierung verziert. Einer der Tentakel wickelte sich um sein Ohr.

»Es ist mir stets ein Vergnügen, Kapitän.« Vintage ließ sich von seiner Hand auf die Plattform helfen – das war nicht nötig, aber manche Männer fanden solche Gesten charmant – und warf einen Blick auf den Fluss, um herauszufinden, was das ganze Theater sollte. »Natürlich möchte ich Ihnen keine Umstände machen, aber ich bin unheimlich neugierig auf das, was die liebe Marika angesprochen hat. Sie möchten mir etwas zeigen?«

»Das ist wirklich kein Problem«, sagte er und strahlte sie an. »Wir müssen jedes Mal darum herumfahren, wenn wir nach Süden unterwegs sind, und manchmal halte ich an, um es mir selbst anzusehen. Es jagt mir einen Schauer über den Rücken.«

Vintage warf erneut einen Blick nach vorn. Sie sah nur den breiten und überwiegend friedlichen Apitow. Bis auf ein paar Libellen regte sich nichts auf dem grünen Wasser. Es gab nicht einmal andere Schiffe, obwohl … sie kniff die Augen zusammen. Da war etwas – eine Fahne auf einer langen, dünnen Stange. Der Stoff war rot, die Spitze so gelb wie die Sonne.

»Sie sehen es«, sagte Kapitän Arus sichtlich zufrieden. Er wandte sich von ihr ab und rief seiner Besatzung einige Befehle zu. Die *Glücksechse* wurde sofort langsamer, und Vintage hörte, wie ein Anker über Bord geworfen wurde.

»In der Tat«, sagte sie. »Das ist eine sehr schöne Fahne.«

Er schmunzelte und bat sie, mit ihm zur Reling zu kommen. Mit gesenktem Blick sah sie zuerst nur das Licht, welches auf dem Wasser tanzte. Für die Jahreszeit war es ungewöhnlich heiß, und die Sonne lag wie eine warme Hand auf ihrem Hinterkopf. Sie blinzelte, als es helle Spuren in ihr Sichtfeld brannte.

»Mein lieber Arus, ich weiß nicht –«

Doch dann sah sie es. Zuerst hielt sie es für das natürliche

Grün des Flusses, bis das Licht sich ein Stück verschob und sie ein glitschiges Schimmern entdeckte, knapp unter der Wasseroberfläche. Im Apitow gab es Lack, und zwar einen ziemlich breiten Streifen. Sie sah sich um, konnte jedoch an den Ufern keine Spur davon entdecken.

»Da bekommt man eine Gänsehaut, oder?«, sagte Arus recht fröhlich. »Ich glaube, das liegt daran, dass es verborgen ist. Ein kleines, geheimes Geschenk des Wurmvolks. Alle, die den Apitow befahren, wissen natürlich davon. Wenn man zu tief im Wasser liegt, reißt man sich den Kiel auf oder bleibt hängen, also müssen wir es alle umschiffen. Deshalb die Fahne.«

»Was ist das? Ich sehe Umrisse.« Vintage beugte sich so weit über die Reling, wie es ihr Gleichgewicht zuließ.

»Vorsicht, Milady, sonst gehen Sie gleich baden.«

Der Apitow war bekannt für sein klares Wasser, und in dem Lack waren Schatten gefangen: drei oder vier Leichen – Männer, Frauen und sogar Kinder, die den Jure'lia nicht schnell genug entkommen waren –, aber auch etwas anderes. Vintage spürte, wie ihr Herz kurz aussetzte. Sie wollte über die Reling klettern.

»Hey, warten Sie!« Kapitän Arus klang ernsthaft besorgt. »Was tun Sie denn da?«

»Ich muss mir das näher ansehen, mein guter Mann. Wie tief ist das Wasser auf ihm? Kann ich darauf stehen?«

Der Kapitän wirkte verwirrt. »Ich denke schon, Milady, aber dann werden Ihre Kleider nass.«

Sie schlug nach seinem Arm. »Nasse Kleider? Sehe ich so aus, als würden mich nasse Kleider interessieren?« Als sie sein Gesicht sah, lenkte sie etwas ein. »Mein lieber Kapitän Arus, ich wäre Ihnen sehr dankbar, wenn Sie mich dorthin bringen würden. Ich würde Sie natürlich für Ihre Mühen entschädigen.«

Wenig später wippte Vintage in dem kleinen Ruderboot des Schiffs auf dem Fluss. Der Kapitän hielt es höchstpersönlich an Ort und Stelle, während sie sich über den Rand beugte und die düstere Szene darunter betrachtete. Es handelte sich um zwei Männer und eine Frau, die in alle möglichen Richtungen verstreut feststeckten, so als wäre bei ihrer Flucht eine riesige Flutwelle aus Lack über sie hereingebrochen. Noch dazu war es genau, wie sie erwartet hatte – eine weitere Gestalt war in der grünen Tiefe gefangen, etwas so Seltenes, dass ihr Herz schmerzhaft in ihrer Brust pochte.

»Was ist los, Lady de Grazon?«, fragte Kapitän Arus. »Sie haben Lack doch bestimmt schon gesehen. Diese Wurmbastarde haben den Mist über halb Sarn verteilt.«

»Es ist Ihnen wahrscheinlich nicht aufgefallen«, sagte Vintage leise. Sie hielt ihren Zeichenblock in der Hand und bewegte den Bleistift hastig über das Papier. »Es ist unter den menschlichen Leichen. Wir nennen diese Wesen Mütter, auch wenn mir das als eine gänzlich unpassende Bezeichnung erscheint.«

Von oben sah die Mutter eher aus wie eine zerquetschte Spinne, zumindest wenn Spinnen so groß wie Ziegen gewesen wären. Sie kannte Zeichnungen von ihnen und wusste daher, dass es eine Kugel zwischen den seltsam muskulösen Beinen gab, ein blasses Ding, das pulsierte und die als Wühler bezeichneten Kreaturen ausschied. Zum wiederholten Male war sie sehr frustriert darüber, dass der Lack undurchdringlich war, während sie gleichzeitig mit dem Entsetzen rang, einem solchen Wesen so nahe zu sein. Wenn es ihnen irgendwie gelingen sollte, die Kreatur zu bergen, ob sie dann noch am Leben wäre? Sie wussten nur so wenig über die Jure'lia. Trotz der Hitze strich eine Gänsehaut über ihre Arme. Mittlerweile hockte der Kapitän neben ihr und sah ins Wasser.

»Ich sehe etwas Dunkles.« Er verzog das Gesicht. »Ich habe das immer für eine komische Pflanze oder so etwas in der Art gehalten.«

»Das ist fantastisch, Kapitän.« Sie hielt inne und drückte seinen Arm. »Wenn Sie Gelehrte wie mich hierher zum Glotzen bringen würden, könnten Sie damit ein Vermögen verdienen. Unglaublich, dass ich es als Erste sehe.« Ihr Blick blieb an einem der blassen Menschen hängen, und ihre kurzzeitige gute Laune verflog. So gefangen zu sein, ohne wenigstens auf einfache, würdevolle Weise verrotten und verschwinden zu dürfen. Sie schluckte schwer. *Nanthema.* »Aber ich muss weiter, mein lieber Arus. Ich werde eines Tages zurückkehren und mich näher damit beschäftigen, das verspreche ich Ihnen.«

Kapitel 40

Für Noon war der erste Blick auf Ebora eine erschreckende Überlagerung zweier Bilder. Ihre Fledermäuse flogen dicht an dicht, sodass sie und Tor die Stadt bei Sonnenuntergang erreichten, während sich die am Himmel türmenden Wolken rot und gelb färbten, als hinge dort eine andere Welt. Noon sah die ausgedehnte Komplexität der im schwindenden Licht schwarzgrau erscheinenden Stadt und in ihrer Mitte den gewaltigen, toten Baum, der Eboras Gott gewesen war – seine Rinde grau und die Äste ineinander verdreht. Kein Schnee lag darauf. Und doch sah Noon gleichzeitig ein anderes Bild, das sich über das erste schob: eine Stadt der tausend Lichter, der tausend Rauchsäulen, die aus den Schornsteinen bewohnter Häuser aufstiegen, und in ihrer Mitte Ygserils silberne Herrlichkeit. Seine Blätter bewegten und regten sich wie ein lebendiges Wesen. So, wie er es damals gewesen war.

Sie wusste, dass dieses zweite Bild nicht ihres war, dass es ein Geschenk der Präsenz in ihrem Kopf war, warum auch immer. Es war so verwirrend, dass sie wegsehen musste. Stattdessen betrachtete sie Tor, der auf Gulls Rücken saß. Sein Gesicht war unter einem Schal verborgen, den er sich zum Schutz vor der Kälte um den Kopf gewickelt hatte, und die wenigen freien Stellen verrieten ihr nicht, was in ihm vorging.

Angeführt von Gull gingen sie tiefer und flogen auf den Stadtrand zu. Aus der Nähe konnte Noon die verfallenden Häuser, die flachen, roten Dachziegel und die dunklen Löcher sehen, die einst Fenster gewesen waren. Die Natur eroberte diesen Ort bereits zurück. Noon entdeckte drei schlanke, graue Umrisse, die von einer Ruine zur nächsten wanderten, und sie dachte an die Wölfe, von denen sie im Schnee umzingelt worden waren. Ein Stück davon entfernt, unterhalb des weitläufigen, toten Baumgotts, sah sie Lichter – flackernde Lagerfeuer und ruhiger brennende Lampen. Noons Herz schlug schneller in ihrer Brust. Die uralte, mystische Stadt Ebora, die Menschen jahrhundertelang kaum hatten betreten dürfen, zog nun unter ihren Füßen vorbei. Hier standen die Häuser der Reichen und Mächtigen; blasser Marmor glänzte im Pfirsichfeuer des Sonnenuntergangs, und sie erhaschte kurze Blicke auf rissige und von Efeu überwucherte, reich verzierte Architektur. Einst waren Armeen von diesem Ort aus durch das Flachland gezogen, hatten Noons Volk massakriert, deren Blut getrunken und noch Schlimmeres getan – so hieß es in den Geschichten. Hier war sie jetzt also und flog dorthin, selbst eine Mörderin und zum ersten Mal frei seit zehn Jahren, noch dazu in Begleitung eines Eboraners, dem sie freiwillig ihr Blut gegeben hatte. Ein Eboraner, mit dem sie noch mehr geteilt hatte.

»Wer bin ich?«, sagte sie laut, aber ihre Worte wurden vom Wind davongetragen, und die Stimme in ihrem Kopf schwieg.

Gull setzte zur Landung an, also beugte sich Noon zu Fulcors Kopf nach vorne und murmelte in ihr tiefes Ohr, sodass auch sie folgten und dabei einen hektischen Wind über eine verlassene Straße peitschten. Tor stieg ab, und sie machte es ihm nach, wobei sie kurz auf und ab hüpfte, damit sich ihre Beine wieder an das Gehen gewöhnten.

»Wir legen den Rest des Wegs zu Fuß zurück«, sagte Tor. Er schnallte bereits die Taschen ab und achtete besonders auf die, in denen die Jure'lia-Kugeln steckten. »Ich weiß noch nicht, was auf uns zukommt. Es sind Lichter da vorne. Mehr als erwartet.«

»Was vermutest du?«
Er wickelte sich den Schal vom Kopf, und darunter kam sein angespanntes Gesicht zum Vorschein. »Als ich die Stadt vor fünfzig Jahren verließ, gehörte meine Schwester zu den wenigen Überlebenden hier.« Er zuckte mit den Schultern. »Sie könnte längst tot sein. Vielleicht sind sie es alle, und Menschen sind aufgetaucht, um zu plündern oder hier zu leben.« Als er ihren Blick bemerkte, entspannte sich sein Gesicht ein wenig. »Um ehrlich zu sein, weiß ich nicht, was uns erwartet, Noon.«
»Ist alles in Ordnung?«
Er lächelte, sodass sich die vernarbte Seite seines Gesichts in Falten legte. In letzter Zeit schien er sich dessen allerdings nicht mehr so bewusst zu sein. »Ich hätte nie gedacht, dass ich je zurückkehren würde«, sagte er. »Ein Teil von mir ist darüber entsetzt. Das ist etwas zermürbend.« Er berührte kurz und fast schon verhalten ihr Gesicht. »Ich bitte um dein Verständnis.«
Auch Noon legte sich eine der Taschen, in denen die Kugeln steckten, über die Schulter und spürte, wie die Flüssigkeit darin schwappte. Sie hatten sie bei einer Rast auf einem verschneiten Bergpass ausprobiert und einen leuchtend grünen Pflanzenstreifen hinterlassen.
»Es gibt nur eine Möglichkeit, herauszufinden, was los ist, Blutsauger.« Sie zeigte auf die Straße, die vor ihnen lag. Die Steine waren zerbrochen und von Unkraut überwuchert. »Wollen wir?«
»Ja.« Tor atmete tief durch. »Falls meine Schwester allerdings noch leben sollte, wäre es besser, wenn du diesen, äh, Kosenamen vermeiden würdest.«

Es hatte sich nur wenig verändert, bis auf den langsam fortschreitenden Verfall, der Tor bereits durch seine gesamte Erinnerung begleitete. Die Häuser waren noch schäbiger, die Vegetation war noch weiter vorgedrungen. Mitten auf der Hauptstraße – dem Weg, der zum Palast der Wurzeln führte – wuchs mittlerweile ein recht großer Baum. Er war bei Tors Abreise noch nicht da gewesen. Ein Sturm hatte irgendwann alle Dachziegel von einem einst prächtigen Haus geweht, und nun, als wäre dabei ein Deckel entfernt worden, barsten Schlingpflanzen und Gestrüpp heraus – sie tropften aus den Fenstern wie blutige Tränen.

»Ich rieche Wölfe«, sagte Noon neben ihm, was ihn zusammenzucken ließ.

»Wirklich? Das kannst du?«

»Jetzt schon«, erwiderte sie, was Tor für keine richtige Antwort hielt.

Sie gingen weiter, wobei der Klang ihrer Stiefel dumpf von den Steinen hallte. Es wirkte, als wollten die Schatten sich auf sie stürzen. Tief in seinem Inneren konnte Tor spüren, wie Grauen in ihm aufstieg, so als würden sie gerade seelenruhig in ihren Tod spazieren. Denn schließlich war es das, was Ebora immer für ihn bedeutet hatte – ein stiller Tod irgendwo in einem verstaubten Zimmer, ein ewiges Warten auf das Ende. Wieso war er wieder hier? Was hatte er sich nur dabei gedacht? Er hatte vorgehabt, so weit wie möglich davonzulaufen und sich so viel wie möglich zu vergnügen, bevor sein eigener Körper ihn verraten würde. Sein Herz schlug kränklich in seiner Brust. Was erwartete ihn hier? Der gewaltige Leichnam eines Gottes, der sie im Stich gelassen hatte, oder das Skelett seiner toten Schwester, das seit fünfzig Jahren in irgendeinem Zimmer lag?

»Hörst du das?«

Tor verzog das Gesicht. »Was?«
»Hör hin.«
Er hörte nur den Wind, das leise Wispern von totem Laub, das über den Weg geweht wurde. Er sah Noon an, aber sie konzentrierte sich so sehr, dass eine Falte zwischen den Augenbrauen die Fledermaustätowierung in zwei perfekte Hälften teilte. Einen Moment lang dachte er daran, wie sehr er ihren trotzig aussehenden Mund mochte, und die kleinen Fältchen um ihre Augen, wenn sie vor Vergnügen …
Zwei Stimmen, die freundschaftlich miteinander redeten – und wieder verschwanden. Noon sah ihn an.
»Du hast sie gehört.«
Eine schwindelerregende Sekunde lang überkam ihn Entsetzen – die Geister seiner Vorfahren hatten sich hier versammelt und warteten darauf, dass er, Tormalin der Schwurlose, Tormalin der Wanderer auf dem Wall, zurückkehrte. Und dann änderte der Wind erneut die Richtung, und er hörte das leise Plappern vieler Leute, die sich irgendwo vor ihnen befinden mussten. Eine verborgene Menge. Sie näherten sich dem Palastgelände und den öffentlichen Gärten vor den inneren Toren.
»Das sind keine eboranischen Stimmen«, sagte Tor. Auch diese Vorstellung war beängstigend; keine Geister, sondern Eindringlinge. Menschen, die für Unordnung im Palast der Wurzeln sorgten, die alles stahlen, was versteckt oder verhüllt worden war, die vielleicht sogar die vertrockneten Leichen in die Gärten warfen, damit sie dort zu Mulch wurden.
»Tor?« Noon berührte seinen Arm, und er nickte knapp.
»Komm«, sagte er. »Beeilen wir uns. Ich muss das wissen.«
Kurz darauf erreichten sie einen Ring von Gebäuden vor dem Palast. In besseren Zeiten hatten sie als Unterkunft für die Männer und Frauen fungiert, die für den reibungslosen

Alltag zuständig gewesen waren – Diener, Beamte und Handwerker. Tor ging die Hauptstraße hinauf, wobei er jedoch einen Umweg machen musste, da ein besonders großer Dornenbusch ihm den Weg versperrte, und da lagen sie vor ihnen – die ausgedehnten, sie willkommen heißenden Gärten, deren Tore in der Ferne leuchteten, und jenseits von ihnen der flache, aber prächtige Palast. Zudem waren da Menschen, die auf dem Rasen lagerten. Tor blieb stehen und hörte, wie Noon die Luft ausstieß.

Dort standen Wagen und Zelte, große aus Seide und auch kleinere, kegelförmige, zudem Pferde, die auf dem mittlerweile kurz geschnittenen Rasen grasten, und es gab mehrere Lagerfeuer. Um sie herum hockten Männer und Frauen, die kochten und sich angeregt unterhielten, während eine Handvoll Kinder umherlief und schrie, sodass ihre Worte als weißer Dampf aus ihren Mündern schossen. Es war eine kalte Nacht, die zunehmend noch kälter wurde. Die Tore, das sah er nun, standen ein wenig offen, und ständig gingen Menschen über den breiten Weg und sogar durch die heiligen Gärten dahinter ein und aus. Als er sie anstarrte, drehten sich einige von ihnen neugierig zu ihm um. Noon zog sich rasch den Hut über die Stirn, was er jedoch mehr spürte als sah.

»Es sind so viele unterschiedliche Völker hier«, sagte er mit flüsternder Stimme. »Ich sehe Flachlandbewohner, aber auch Menschen aus Reidn, Kesenstan und Jarlsbad, wenn ich mich nicht irre. Ich erkenne die Sprachen, die Wagen und die Fahnen.« Er blinzelte. »Was wollen die alle hier?«

»Flachlandbewohner«, krächzte Noon. Ihr Blick schoss zu einem Haufen kegelförmiger Zelte am Wiesenrand. »Ich sehe sie.«

Ihre Ankunft sorgte für Aufregung. Männer und Frauen starrten sie an, hoben die Augenbrauen und tuschelten miteinander. Tor machte den Rücken gerade und schritt auf die Mitte der Gruppe zu, ohne nachzusehen, ob Noon ihm folgte. Dies war schließlich seine Heimat.

Er war sich nicht sicher, was er vorhatte – zum Palast gehen und allen befehlen, sein Grundstück zu räumen? Doch stattdessen fiel ihm, als er sich durch die ihn anstarrende Menge bewegte – mit Noon dicht hinter sich – eine Gestalt auf, die sein Herz seltsam zusammenzog. Ein schlanker, junger Mann mit weichen, braunen Locken, der sich angeregt mit einem großen Menschen unterhielt, in dessen Gürtel zwei Äxte steckten. Tor hatte diesen Eboraner das letzte Mal vor seiner Abreise gesehen. Er hatte versucht, ihm zu erklären, warum er wegging, und dass sie sich nie wiedersehen würden, doch der andere hatte sich von ihm abgewandt, ohne zuzuhören. Auf seinen Haaren hatte Staub gelegen, und das zerrissene Hemd hatte nur halb in der Hose gesteckt. In den letzten Jahren war Aldasair gealtert, aber nicht viel.

»Aldasair?« Er wollte die Frage sofort zurücknehmen, denn ein Teil von ihm glaubte, dass dies nicht sein Cousin sein konnte, sondern nur ein Fremder, der sein Gesicht trug. Der wahre Aldasair war unterdessen längst an der Blutpest gestorben und musste wohl irgendwo im labyrinthartigen Palast liegen. Doch der junge Mann drehte sich um – Tor konnte einen Moment lang die schöne, nicht im Stil Eboras gehaltene Jacke bewundern, die er trug – und er sah, wie der Schock über sein Gesicht huschte. Dann weiteten sich Aldasairs Augen so sehr, dass Tor glaubte, sie müssten ihm aus dem Kopf fallen.

»Tor? Tormalin?«

Die Männer und Frauen traten zur Seite, während Aldasair an ihnen vorbeistolperte. Als Tor Ebora verlassen hatte, war er sich sicher gewesen, dass sein junger Cousin für immer den Verstand verloren hatte. Doch nun wirkte er wacher und aufmerksamer als je zuvor. Seine Brust zog sich noch stärker zusammen, doch er schluckte das Gefühl hinunter und spürte, dass sein Mund sich zu einem Lächeln verzog, ohne dass er es verhindern konnte.

»Ich bin's, Aldasair. Ich bin doch zurückgekommen.«

Aldasair umarmte Tor, schob ihn dann jedoch zurück, um ihn genauer anzusehen. Jetzt wirkten seine Augen glasig, und Tor vermutete, dass sein Verstand doch noch nicht ganz geheilt war.

»Was ist mit dir passiert?«

»Das ist eine lange Geschichte, Cousin, und ich werde sie dir gerne erzählen, aber zuerst –«

»*Dein Gesicht*, Tor, was ist mit deinem Gesicht?«

Einen Moment lang fiel ihm das Atmen schwer, so als wäre seine Lunge eingefroren. Er hatte es vergessen. Sein Cousin streckte wohlmeinend die Finger aus, um die Narben zu berühren. Tor wich elegant zurück.

»Das … möchte ich hier draußen nicht erklären. Können wir …?«

»Und wer ist das?« Aldasair war an ihm vorbeigegangen und sah Noon an, die ihn leicht schmunzelnd musterte.

»Ah. Darf ich dir Noon vom Flachlandvolk vorstellen, eine Gefährtin, die –«

»Du reist mit einem Menschen?«

Tor räusperte sich. »Noon, das ist mein Cousin Aldasair.«

»Das habe ich mir schon gedacht.«

Das ganze Lager beobachtete nun schweigend diese kleine Szene. Tor ergriff mit einem Hauch von Verzweiflung Aldasairs Arm. Nur der große Mann mit den Äxten schien zu erkennen, dass sie allein sein wollten; er sah angestrengt in eine andere Richtung, als hätte er etwas schrecklich Interessantes jenseits der Gärten entdeckt.

»Al, bitte. Meine Schwester. Lebt Hestillion noch?« Er wollte hinzufügen, *und was machen diese ganzen verdammten Menschen hier?*, aber dafür war es zu still. Nur die prasselnden Lagerfeuer begleiteten ihre Stimmen.

Aldasair zuckte zusammen, als hätte man ihn gekniffen.

»Deine Schwester! Komm schnell mit.«

Tausend Erinnerungen bei jedem Schritt. Die Palasttore waren zwar angerostet, quietschten aber nicht mehr wie früher, als Aldasair sie hindurchführte. Jemand hatte sie vor Kurzem geölt. Die weißen Steine auf dem breiten, zum Palast führenden Weg hatten einst geglänzt. Nun waren viele aufgeplatzt oder fehlten, aber irgendwer hatte versucht, die anderen abzuwaschen – Tor sah dunkle Streifen wie von einem Lappen, der durch den Dreck gezogen worden war. Kleinigkeiten, aber ein Zeichen dafür, dass Ebora nicht mehr ganz so tot war wie bei seiner Abreise.

»Dieser Ort«, sagte Noon leise. »Ich habe so etwas noch nie gesehen.«

Aldasair führte sie über eine breite Marmortreppe, durch riesige lackierte Türen – die aufwendigen, goldenen Bäume darauf waren größtenteils abgebrochen oder entfernt worden, was noch niemand repariert hatte – und weiter durch den eigentlichen Palast. Hinter den Türen zu beiden Seiten der Gänge hörte Tor ab und zu menschliche Stimmen. Es fiel ihm schwer, sich zu konzentrieren.

»Wo ist sie?«, fragte er schließlich, als er es nicht mehr aushielt. »Wo ist Hest?«

»Wo schon?«, sagte Aldasair. »Im Saal der Wurzeln.«

Schneller, als Tor erwartet hatte, standen sie vor zwei Türen, an die er sich nur zu gut erinnerte. Die goldenen Drachen und Phönixe waren verstaubt und sahen müde aus. Aldasair hielt inne und blickte zu Noon.

»Sie muss vielleicht draußen warten.«

»Was? Warum?«

Sein Cousin schien sich dabei nicht wohlzufühlen, aber Tor spürte, dass es nicht an etwas lag, das ihm peinlich war, sondern an einer Sache, die er nicht verstand oder vor der er sich fürchtete. Wenn Tor ihm ins Gesicht blickte, fiel es ihm nur allzu leicht, sich an den leeren Mann zu erinnern, den er zurückgelassen hatte.

»Hestillion hat noch keine Diplomaten in den Saal der Wurzeln gelassen.« Aldasair blinzelte rasch. »Was ich nicht verstehe, weil ich dachte, dass sie deswegen hier sind. Um es zu sehen. Ihn. Um dabei zu helfen, ihn zurückzuholen.«

»Keine Sorge«, sagte Noon fröhlich. »Ich bin keine Diplomatin. Und da ich gerade auf einer Fledermaus über ein Gebirge geflogen bin, um hierherzukommen, wird mich nichts davon abhalten, diesen Raum zu betreten.«

»Sagten Sie Fledermaus?« Aldasairs Augenbrauen verschwanden unter seinem dichten Haar.

»Das reicht.« Tor streckte an beiden vorbei den Arm aus und stieß die Türen auf. Der Saal der Wurzeln war ein schattiger, großer Raum. Draußen war das letzte Sonnenlicht zu einem orange-violetten Farbton heruntergebrannt, und all die Objekte, an die Tor sich erinnerte – die in Papier eingewickelten Gemälde und die unter ergrauten Laken stehenden Skulpturen – waren in die Ecken geschoben worden. Direkt vor ihnen ragte einsam, dunkel und gewaltig Ygserils Stamm empor. Einige Öllampen standen schräg auf den Wurzeln. Es sah aus, als hätten sich dort Glühwürmchen niedergelassen, und zwischen ihnen saß eine schlanke Gestalt, die Knie an die Brust gezogen, den Kopf zur Seite geneigt. Ihr blondes Haar hing offen herab und verbarg einen Teil ihres Gesichts. Eine Erinnerung stieg in ihm auf, scharf und unangenehm, und ohne dass er sich dagegen wehren konnte: Er war in diesen Raum gekommen, weil er sich gefragt hatte, wohin seine Schwester gegangen war, und er hatte sie auf den Wurzeln gefunden, mit einem toten Menschenkind vor sich. Das Menschenblut, das sie alle bereits verdammt hatte, war in den leblosen Wurzeln ihres Gottes versickert.

»Hest? Hest, ich bin's.« Er rief die Worte durch den Saal, obwohl ihm klar war, dass die Entfernung zwischen ihm und seiner Schwester sie schluckte. Trotzdem zog die Gestalt den Kopf hoch, als wäre sie brutal aus dem Tiefschlaf gerissen worden. Sie stand auf und ging über die Wurzeln, zuerst langsam, dann entschlossener, bis sie an den Rändern beinahe stürzte. Instinktiv begann Tor, ihr entgegenzugehen, bis er auf einmal rannte. Und dann rannte sie ebenfalls. Er hatte geglaubt, dass ihn nichts mehr verletzen könnte als die kalte Wut, mit der sie ihn verabschiedet hatte, aber als er ihren verzweifelten, fassungslosen Gesichtsausdruck sah, löste sich dieser Schmerz auf wie Papier in einem Feuer.

»Tormalin?« Ihre Stimme klang heiser, als hätte sie jahrelang nicht gesprochen. »Tormalin? Tormalin?«

Sie taumelte in seine Arme und murmelte mit geweiteten, roten Augen immer wieder seinen Namen.

»Ich bin es, Hest«, sagte er in ihr Haar. »Ich bin nach Hause gekommen.«

Sie zog sich von ihm zurück. Sie sah sein Gesicht und schien all ihre Kraft zu verlieren. Er taumelte, als sie zu Boden ging, und Grauen stieg in ihm auf, als er den schmutzigen Saum ihres Gewands sah und das verfilzte Haar, als wäre sie monatelang bettlägerig gewesen. Dunkle Ringe lagen unter ihren

Augen. Zwar war sie am Leben, aber wo war seine starke, unerschütterliche Schwester hin?

»Dein Gesicht«, keuchte sie. »Was ist mit deinem Gesicht?« Sie nahm seine vernarbte Hand und drückte sie, als müsste sie sich vergewissern, dass sie real war. »Tormalin, was hast du getan?«

»Es gab einen Unfall.« Er zwang sich zu einem Lächeln. Ihre Finger gruben sich mit schartigen, weichen Nägeln in seinen Arm. »Aber es geht mir gut. Ich bin zurückgekommen. Freust du dich nicht, mich zu sehen?«

Aus den Augenwinkeln sah er, dass Noon und Aldasair mittlerweile auch in ihrer Nähe standen. Noon hatte den Hut abgenommen und starrte Ygseril mit unleserlicher Miene an. Im nächsten Moment ergriff Hestillion seine Arme und schüttelte ihn.

»Du kommst jetzt zurück, das ist ja klar«, sagte sie, und ihr Gesicht verzog sich zu etwas, das mehr einer Grimasse glich als einem Lächeln. »Wenn es um Ruhm geht, bist du zur Stelle. Es passt so gut zu dir, dass du das erkannt hast, Tormalin. Dass du ausgerechnet *jetzt* zurückkommst.«

»Hest,« Tor atmete langsam durch, »wir müssen einiges besprechen und uns über vieles austauschen.« Er half ihr vorsichtig auf die Beine. »Hest, wieso sind Menschen in der Stadt? Was machen sie hier?«

»Sie hatten Träume«, sagte Aldasair in einem sachlichen Tonfall. »Träume, die sie daran erinnerten, was Ebora war, und weshalb sie es brauchen.«

Hestillion sah auf, als würde sie die Leute im Saal erst jetzt bemerken. Ihr Blick glitt an ihrem Cousin vorbei und blieb an Noon hängen.

»Wer ist das?«

»Bitte lass mich sie vernünftig vorstellen.« Tor räusperte sich.

»Das ist Finster-Noon vom, äh, Flachland. Sie ist mit mir hierhergekommen, Hest, weil wir etwas Wichtiges gefunden haben. Ich muss dir davon erzählen.«

Noon starrte immer noch den Baumgott an, ohne auf die anderen einzugehen. Plötzlich bekam Tor den schwindelerregenden Eindruck, als Einziger im Raum noch bei klarem Verstand zu sein.

»Eine Finsterhexe?« Hestillion schüttelte den Kopf, als würde ihr das helfen, ihn zu klären. »Nein. Nein, das geht nicht. Dies war noch nie ein Ort für Menschen – ich weiß nicht, welche Konsequenzen das haben könnte. Was, wenn ihn das beleidigt? Was, wenn die Nähe ihres Bluts ihn befleckt, so wie uns?« Sie unterbrach diese seltsame Tirade, als käme ihr eine plötzliche Erkenntnis, und Tor wusste, was sie sagen würde, noch bevor sie es aussprach. Hestillion die Traumwandlerin, stets so scharfsinnig, dass sich andere unwohl fühlten. »Hat sie dich verbrannt? Mit Winnowfeuer? Sie hat dir das angetan?« Es waren eher Forderungen als Fragen.

»Das ist eine lange Geschichte, Hest.« Tor atmete langsam durch. »Können wir bitte in eines der kleineren Zimmer gehen, uns zusammensetzen und eine Flasche Wein öffnen? Dann können wir über alles reden, das verspreche ich. Ich möchte etwas mit der Schwester trinken, die ich so sehr vermisst habe. Es gibt hier noch Wein, oder?«

Sie schüttelte bereits den Kopf. »Nein, ich kann hier nicht weg, und da du zurückgekehrt bist, Tormalin, musst du auch bleiben. Die da ...« Hestillion zeigte auf Noon, als wäre sie ein skandalöses Gemälde, das entfernt werden musste, »... muss gehen. Jetzt. Ich werde keinen Menschen im Saal der Wurzeln dulden.«

Noon schien erst jetzt zu hören, was gesagt wurde, und sie

drehte sich mit einer herrischen Miene um, die Tor noch nie zuvor an ihr gesehen hatte.

»Du befiehlst mir, zu gehen? Wie kannst du es wagen, kleine Kreatur. Ich bin mehr als jeder andere dazu berechtigt, hier zu sein. Jedenfalls mehr als ein Kind wie du.«

Einen Moment lang war Tor zu verblüfft, um etwas zu sagen. Entfernt bemerkte er, dass Aldasair das alles mit verwirrtem Gesichtsausdruck beobachtete.

»Wie kann ich es *wagen?*« Hestillions Stimme klang so bedrohlich, dass Panik in Tor aufstieg – erneut dachte er an den kleinen Jungen, den sie ermordet hatte, dessen Kehle sie zu Ehren ihres Gottes durchgeschnitten hatte. Noon trat währenddessen vor und ließ ihren Hut zu Boden fallen. Grünes Feuer sprang in ihre Hand und tauchte den Saal in ein unheimliches Licht.

»Noon, nein!« Er packte sie an der Schulter und zog sie zu sich herum. Was auch immer in ihrem Gesicht gewesen war, erlosch wie eine Kerze. Einen Moment später verschwand auch das Winnowfeuer.

»Tor?«

»Das ist alles zu viel«, sagte er. »Dieser Ort ist überwältigend. Aldasair, gibt es ein ruhiges Zimmer, in dem wir reden können? Einen Ort, an dem nicht ganz so allgegenwärtig ist, was auf dem Spiel steht.«

Aldasair nickte. »Ich kenne so ein Zimmer. Hestillion, wirst du uns begleiten?«

Die schlichte Güte seines Cousins überraschte Tor, doch noch mehr überraschte ihn, dass Hest darauf einging. Sie warf Noon einen letzten düsteren Blick zu, dann strich sie sich die Haare aus dem Gesicht und nickte.

»Das Glockenblumenzimmer ist erst vor Kurzem gelüftet

worden«, sagte Aldasair. »Ich habe auch Wein für zukünftige Gäste dorthin bringen lassen. Folgt mir.«

Tor wusste, wo das war, trotzdem folgte er seinem Cousin gern aus dem Saal der Wurzeln und war erleichtert, den toten Ygseril hinter sich zu lassen. So viele Gefühle stürzten seit seiner Ankunft in Ebora auf ihn ein, aber wenn er den Baumgott ansah, spürte er nur Grauen.

Kapitel 41

Noon saß da und presste die Hände auf die Tischplatte. Geschwungene Muster aus Efeu und Reben waren hineingeschnitzt worden, begleitet von kleinen Tieren – Fledermäusen, Vögeln, Mäusen –, die hinter den Blättern hervorlugten. Das alles wurde von einer tief schimmernden Lackierung überzogen. Sie folgte den Windungen der Formen und stellte sich die Hand vor, die sie geschickt geschnitzt hatte, was sie ein wenig beruhigte. Es fiel ihr schwer, die Fassung zu wahren, während Gedanken und Bilder durch ihren Kopf strömten.

»Dann entschied ich mich, für Lady de Grazon zu arbeiten, eine Menschenfrau, der Land im Rebenwald gehört …«

Tor, das erkannte sie benommen, erzählte seiner Schwester die Kurzfassung des Lebens, das er seit seiner Abreise aus Ebora geführt hatte. Noon bekam Fragmente der Geschichte mit, konnte ihnen jedoch keinen Sinn zuordnen, weil die kalte Stimme in ihrem Inneren auf einmal heiß geworden war und forderte, zurück in den Saal der Wurzeln gebracht zu werden, zurück zu dem riesigen, toten Baum. Sie blinzelte und presste die Hände auf die Platte, bis ihre Fingerspitzen weiß wurden.

»… Sie ist eine exzentrische Frau, die, um ehrlich zu sein, auf nicht nachvollziehbare Weise von den Jure'lia und ihren Artefakten besessen ist. Vintage heuerte mich also als Leibwächter an, und wir erkundeten einige interessante Gegenden …«

Der andere Eboraner, der mit den langen, braunen Haaren, starrte sie über den Tisch hinweg an. Seine Augen waren tiefrot wie die von Tor und seiner Schwester, und ebenso wie sie schien er aus Marmor gemeißelt worden zu sein, aber im Gegensatz zu ihnen war sein Gesicht offen.

Der da war lange verloren, sagte die Stimme in ihrem Kopf. *Er fühlt den Verlust besonders stark und ist vom Weg abgekommen. Er kann ihn nicht ignorieren, wie dein Liebhaber, und ist nicht in der Lage, aktiv zu werden, wie die Schwester.*

»… Erst, als wir das Gelände erkundeten, erkannten wir, weshalb Godwort den Verstand verloren hatte, richtig, Noon?«

Sie hob mit einem Ruck den Kopf und versuchte, sich daran zu erinnern, welche Worte in welcher Reihenfolge gesprochen worden waren. »Ja, das ist richtig. Die Trauer, die Trauer muss …«

Trauer? Eure Menschenseelen wissen nicht, was wahre Trauer ist. Ihr ahnt nicht, wie ich und meinesgleichen gelitten haben.

Erneut wurde Noon von verwirrenden Empfindungen übermannt, genau wie in dem Moment, in dem sie den Saal der Wurzeln betreten hatte. *Der Geschmack von Saft auf ihrer Zunge, grün, brennend und lebendig. Ein Laut, der gleichzeitig wie das Flüstern von tausend Stimmen und das allgegenwärtige Rascheln des Laubs klang. Neue Muskeln, die zum ersten Mal benutzt wurden, die fast schon schmerzhafte Genugtuung, die Flügel zu strecken, nasser Saft auf blassen Federn, und wie er auf glänzenden Schuppen trocknete. Ein Eifer, die Gewissheit, dass dies der Moment war, dass man eine Waffe war, das Instrument eines Gottes – die Präsenz, die einen stets begleitet hat, die im eigenen Blut floss und warm in den Tiefen des Verstands lag. Und dann die schreckliche Trennung von all dem, als wäre man plötzlich erblindet. Genug Zeit, um zu begreifen, dass man sterben und nicht zurückkehren würde, dass* alle *sterben würden, jetzt und für alle Ewigkeit. Dass es keine Rückkehr geben würde. Und zum ersten Mal spürt man das Gefühl von Angst.*

Noon sackte über den Tisch und hielt mühsam ein Schluchzen zurück. Dann bemerkte sie, dass alle sie ansahen. Tor war halb aufgestanden. Er wirkte besorgt.

»Noon …?«

»Es geht mir gut. Gib mir bitte ein Glas Wein.«

Aldasair schenkte ihr Wein in ein unbenutztes Glas, und sie trank lautstark daraus, ohne auf den verächtlichen Blick der blonden Frau zu achten. »Danke. Schon besser. Jetzt starr mich nicht mehr an, verdammt, und erzähle weiter.«

Tor räusperte sich. »Wie gesagt, halte ich es für möglich, dass etwas, das die Jure'lia zurückgelassen haben, uns dabei helfen könnte, Ygseril wiederzubeleben. Es handelt sich um eine Flüssigkeit, die Pflanzen rasch wachsen lässt, sogar tote Pflanzen wiederbelebt und Samen, die im Boden ruhen, neues Leben einhaucht. Sie ist sehr mächtig.«

»Ygseril ist mehr als nur eine Pflanze«, sagte Hestillion. Ihre Haut sah wächsern aus, dachte Noon, und sie äußerte sich sehr vorsichtig. Es war klar, dass sie etwas verbarg, aber Noon fiel es schwer, Interesse dafür aufzubringen. Sie trank noch etwas Wein und schenkte sich selbst aus der Flasche nach.

»Ich denke, es ist einen Versuch wert«, sagte Tor. »Wir haben so etwas noch nie probiert, unter anderem, weil wir noch nie Zugang dazu hatten. Hier, ich werde euch demonstrieren, zu was schon eine kleine Probe in der Lage ist.« Tor erhob sich und drehte sich nach ihren Taschen um, die an der Wand standen, doch Hestillion hob die Hand.

»Nein. Verschwende sie nicht.«

Tor erstarrte. »Dann glaubst du mir?«

Zum ersten Mal huschte ein Lächeln über Hestillions Lippen.

»Sonst wärst du nicht zurückgekommen, lieber Bruder. Nur etwas Außergewöhnliches würde dich dazu bringen.«
Tor bewegte sich auf einmal sehr steif. »Ich musste gehen. Meine Gründe …«
»Deine Gründe gehen nur dich etwas an, Tormalin der Schwurlose, und diese Zeit liegt weit hinter uns. Die Umstände haben sich geändert, wie du sicherlich bemerkt hast. Ebora hat nun Freunde, Verbündete. Handelswege werden etabliert, und die alte Straße zum östlichen Wald ist geräumt worden. Wir sind nicht mehr allein. Wenn ihr mich jetzt entschuldigen würdet. Ich muss ruhen.« Hestillion erhob sich.
»Du gehst zu Bett?« Tor runzelte die Stirn. »Aber Hest, dies könnte die Heilung sein! Wir könnten die Flüssigkeit gleich ausprobieren.«
Die große Eboranerin schüttelte den Kopf und senkte den Blick. »Bald, Tormalin, das verspreche ich, aber der Zeitpunkt muss stimmen. Verstehst du das nicht? Ich brauche Zeit für die Vorbereitung. Aldasair wird euch eure Zimmer zeigen.«
Damit ging sie, ohne auf den verwirrten Gesichtsausdruck ihres Bruders zu achten.

Hestillion schwebte im Unterdunkel und wartete auf Ygserils Antwort. Sie hatte von der Rückkehr ihres Bruders berichtet und erklärt, was er dabeihatte. Anschließend schienen die geisterhaften Wurzeln um sie herum näher zu kommen, so als würden sie sich zusammenziehen, gleichzeitig herrschte seitdem Stille. Das Leuchten, das die Stimme ihres Gottes darstellte, war nur ein entfernter Lichtpunkt. Sie wusste, es würde sich zurückziehen, wenn sie versuchte, näher heranzukommen.
Welcher Tag ist es?

Einige Momente lang ergaben die Worte für Hestillion keinen Sinn.
»Welcher Tag, Herr? Ich verstehe nicht.«
Erneut Stille. Hestillion glaubte, eine neue Anspannung in ihrer Umgebung wahrzunehmen. Was sie dem Gott gesagt hatte, schien ihn zu verändern, irgendwie zu berühren.
Wo am Himmel steht der Mond?
»Oh. Es ist der achte Tag des Trauermonats. Der wahre Mond nimmt ab.«
Der nächste Neumond?
»In zwei Tagen, Herr.«
Obwohl Hestillion wusste, dass es dumm war und vielleicht sogar einer Beleidigung gleichkam, streckte sie sich nach dem Gott und versuchte, seine Gefühle besser zu verstehen. Es kam ihr jedoch so vor, als hätte sie ihre Hände in einem pechschwarzen Raum auf eine Statue gelegt. Sie bekam nur einen vagen Eindruck; ein Gefühl der sorgsam zurückgehaltenen Aufregung vielleicht, von etwas, das versteckt wurde; aber möglicherweise bildete sie sich das auch nur ein.
Dann tu es, sagte Ygseril. *Bei Neumond.*
»Ich verstehe nicht, Herr. Glaubst du, dass es funktionieren wird? Wirst du zu uns zurückkommen? Wieso an genau diesem Tag?« Sie hielt inne. »An diesem Tag findet das Fest der Neuen Lichter statt. Ist dies ein vielversprechendes Datum, Herr?«
Das ist richtig. Die Stimme, die keine Stimme war, pulsierte in ihrem Kopf auf und ab. *Dieser Tag und kein anderer.* Es gab eine Pause. Und dann: *Du hast das sehr gut gemacht, mein bemerkenswertes Kind. Du hast wahrhaftig einen außergewöhnlichen Verstand.*
Trotz dieser Worte fühlte Hestillion einen Stich der Krän-

kung. Ihr Bruder hatte die Lösung mitgebracht, nicht sie, und erst jetzt war Ygseril endlich zur Zusammenarbeit bereit. Ygseril fuhr fort, als könnte er spüren, was sie fühlte: *Keine Sorge, Hestillion die Traumwandlerin. Du wirst nie wieder zurückgelassen werden. Das versprechen wir dir.*
Dann verschwand die Präsenz und Hestillion blieb in der Dunkelheit zurück, allein.

Kapitel 42

Es gab vermutlich nur wenige Gigantenstätten, die gefährlicher waren als diese.
Vintage hatte drei Tage lang am Strand gelagert, alles beobachtet und die entfernt glitzernden Parasitengeister über das Wasser gleiten sehen. Das Wrack selbst war eine zerklüftete Ruine, vom Salz ausgeblichen und bedeckt von grauweißen Seepocken, aber trotz allem immer noch da. Gerade weit genug vom Ufer entfernt, um Vintage Kopfschmerzen zu bereiten. Der Umriss war ihr natürlich qualvoll vertraut. Vor Jahren war sie schon einmal hier gewesen, als sich nicht mehr länger leugnen ließ, dass Nanthema verschwunden war. Anhand der Briefe hatte sie herausgefunden, dass die Eboranerin zu diesem Wrack unterwegs gewesen war, als jeder Kontakt zu ihr abbrach, und da war die junge – nun ja, jüngere – Vintage auf Kosten ihres Vaters prompt angereist und hatte mit den Leuten in dem nahe gelegenen Ort gesprochen. Ja, eine Eboranerin war hier gewesen, man vergaß sie nicht so leicht. Ja, sie hatte Vorräte gekauft, freundlich gelächelt und großzügig Trinkgeld gegeben. Nein, sie wussten nicht, wohin sie unterwegs gewesen war. Aber das spielte keine Rolle; Vintage kannte ihr Ziel auch so.
Also hatte sie ein kleines Boot gemietet und war vorsichtig um das Wrack herumgerudert, wobei sie zum einen fürchtete, ein Stück Giganten-Metall könnte ihr den Kiel aufreißen, und zum anderen davon überzeugt war, einer der Parasitengeister, die diese einsame, künstliche Insel umkreisten, würde sie erwischen. Sie hatte sich dem Giganten so weit genähert, wie sie es wagte, und stundenlang Nanthemas Namen gerufen. Sie hatte sich dabei zugleich albern und verzweifelt gefühlt. Das Wrack selbst hatte sie nicht betreten.

Noch nie zuvor war sie einem so nahe gewesen, und die Aura des Fremden hatte ihr die Kehle zugeschnürt.

Nun saß Vintage an demselben Strand, ihre Armbrust und ein verbeulter Teller mit den Resten eines Fischgerichts neben sich. Am Übergang zwischen Land und Wasser lag das kleine Boot, das sie erworben hatte, schief im Sand. Es war vollgepackt und abfahrbereit. Sie seufzte.

»Gefährlich oder nicht, hier bin ich.«

Sie sah zu, wie ein länglicher Umriss aus purpurnem Licht schimmernd von dem Wrack aufstieg, sich elegant in der Luft drehte und langsam an der anderen Seite herabsank. Sie vermisste Tormalin und seine lockere, anmaßende Zuversicht, und sie vermisste sogar die seltsam intensive Präsenz der Finsterhexe Noon. Doch sie hätte die beiden nicht zu diesem Wrack mitnehmen können.

»Ich habe ihnen genug zugemutet«, erklärte sie dem leeren Strand und ihrem halb beendeten Abendessen. »Und sie haben bereits teuer für meine Neugier bezahlt.« Die Schuld darüber, sie einfach verlassen zu haben, lag schwer in ihrem Magen.

Nur, dass das noch nicht alles war, wie sie nur zu gut wusste. In Wirklichkeit war das, was sich vielleicht in diesem Giganten befand, einfach viel zu persönlich, viel zu schmerzlich, als dass sie es jemand anderen hätte sehen lassen. Vintage stand auf. Der Tag war warm und mild, aber vom Kerakusmeer wehte eine kühle Brise heran. Die Verbrennungen auf ihren Wangen waren endlich verheilt, und die Haut fühlte sich an dieser Stelle härter als zuvor an.

»Zeit, alles herauszufinden, so oder so«, sagte sie. »Nanthema, wenn du da drin bist, werde ich bald bei dir sein, mein Liebling.«

Vintage trat Sand auf das heruntergebrannte Feuer, setzte

sich den kleinen Rucksack auf – sie wollte nur wenig mitnehmen, keine Probengläser und keine Notizbücher – und hängte die Armbrust an ihren Gürtel, direkt neben das frisch geschärfte Jagdmesser, das sie in der Hafenstadt gekauft hatte. Es war nicht einfach, das Boot ins Meer zu schieben, und sie war ziemlich durchnässt, bevor sie hineinklettern konnte, aber die Verkäuferin hatte ihr versprochen, dass es sich wunderbar fahren lassen würde, wenn es erst einmal im Wasser war, und wenigstens das schien zu stimmen. Sie nahm die Ruder und machte sich mit einer Grimasse an die Arbeit. Ihr Rücken beschwerte sich, aber das konnte sie ignorieren. Er würde sich am nächsten Tag noch mehr beschweren.

»Vorausgesetzt, ich lebe dann noch.«

Das kleine Boot hüpfte und schlingerte, während Sonnenlicht grell auf dem Wasser tanzte. Das zerschmetterte Gigantenwrack kam näher, und Vintage rief sich zwischendurch ins Gedächtnis, dass sie auf ihre Umgebung achten musste. Die Verkäuferin des Boots hatte ihr erzählt, dass sie einst versucht hätten, die Bereiche zu markieren, in denen die Gigantensplitter der Oberfläche besonders nahekamen. Eine kleine Gruppe war mit speziell angefertigten Bojen und Ketten hierhergefahren, allerdings wurden drei von ihnen von Parasitengeistern umgestülpt, und danach hatten sie das nie wieder versucht. Nun hielten sich die Menschen einfach von der ganzen Bucht fern – das war leichter. Ein nicht gerade beruhigender Gedanke.

Vintage kam es so vor, als hätte sie das ölig aussehende Metall heraufbeschworen, denn sie entdeckte es nur wenig später knapp über den Wellen vor ihr. Sie kniff die Augen so angestrengt zusammen, dass sie mit Kopfschmerzen rechnete, während sie das kleine Boot um das Metall lenkte; dabei erhaschte sie einen Blick auf das gewaltige Gigantenstück, das sich darunter verbarg.

»Was bin ich doch für eine verdammte Närrin«, sagte sie ein wenig atemlos.

Die Hauptsektion ragte hoch über ihr auf, höhlenartig und übersät von zerfetzten Teilen des elastischen Materials, aus denen, wie sie nun wusste, die Gänge und Wände bestanden. Aus der Nähe konnte sie nun auch große Seetangbüschel erkennen, die sich dort sammelten, wo das Metall auf das Wasser traf, und außerdem ausgedehnte Seepocken- und Muschelkolonien. Hinzu kamen Riesenkrebse – sie sah die verstohlenen Seitwärtsschritte, mit denen sie ins Dunkel verschwanden. Hier in der Gegend gab es eine Menge Nahrung, überlegte sie. Zumindest für jemanden, der bereit war, ein großes Risiko einzugehen – nur dass kein Krebs gut genug schmeckte, um sich von einem Parasitengeist die eigenen Organe zeigen zu lassen. Schon bald schloss sich das Gigantenwrack über Vintages Kopf, und der helle, windige Tag wurde von einer schattigen Ruhe abgelöst. Es roch stark nach Salz und nach dem anderen, namenlosen Geruch, den sie mit Jure'lia-Orten assoziierte.

»Los geht's.«

Sie brachte das Boot so nahe wie möglich heran und band es an einem verbogenen Metallstück fest. Drei Meter über ihr befand sich eine honigwabenähnliche Sektion, die durch den heftigen Aufprall in zwei Teile gerissen worden war; sie sah die offenen Enden mehrerer Gänge. Sie musste nur dort hinaufgelangen, dann war das ihr Eingang. Vintage zog einen speziell bearbeiteten Armbrustbolzen aus der Tasche und ein Seil aus ihrem Rucksack. Sie band ein Ende an den Bolzen, schob ihn in die Armbrust und suchte nach einem

guten Ziel über sich. Sie hatte nur fünf solcher mit Stahlspitzen verstärkter Bolzen mitgebracht.
Erst der dritte Treffer erschien ihr sicher, und dann kletterte sie auch schon leise schimpfend am Seil hinauf. Sie verfluchte ihre Dummheit und hoffte gleichzeitig, dass kein Parasitengeist gerade aus der Dunkelheit auf sie zuglitt. Sie schob die Finger über die Kante der nahegelegensten Plattform, stemmte sich hoch und hockte sich hin, lauschte erst einmal und beobachtete.
»Hoffentlich bleibt es so ruhig.«
Vintage glaubte nicht, dass sie in unmittelbarer Gefahr schwebte, also ging sie los. Unter sich hörte sie das Krachen und Schwappen des Meerwassers an dem kaputten Rumpf, und weit, weit oben die Schreie der Möwen. Die Laute munterten sie etwas auf. Sie griff in ihre Tasche, holte die Reiselampe heraus und zündete sie an. Das kleine, warme Licht erwachte flackernd zum Leben, und sie verzog das Gesicht, als sie die Gangwände sah. Zwar bestanden Giganten aus dem widerstandsfähigsten Material, das sie kannte, doch die vielen Jahre im Wasser hatten eindeutige Spuren hinterlassen; überall gab es Moos und Schimmel, und ein schrecklicher Todesgeruch hing in der Luft. Vintage verließ sich auf ihre Erinnerungen an die Struktur von Godworts Giganten, als sie mit hallenden Schritten durch die feuchten Korridore ging. Viel zu schnell war ihr Licht das einzige, das noch übrig blieb.
»Nanthema«, sagte sie zu den schimmelbedeckten Wänden und der sich ausbreitenden Dunkelheit, »ich weiß noch, wie ich dich das erste Mal sah, mein Liebling.« Ihr Flüstern leistete Vintage Gesellschaft. »Ich hatte noch nie eine Eboranerin gesehen. Noch nie eine Person, die eine Brille trug.« Sie dachte mit zögerlichem Grinsen an das Mädchen, das sie ge-

wesen war. »Aber da standest du, überlebensgroß in unserem Salon. Deine Fragen und dein Wissen bezauberten und verängstigten meinen Vater. Du warst ein zum Leben erwachtes Gemälde. Eine Gestalt aus der Mythologie, die herumlief und unseren guten Käse aß.«

Der Gang machte eine Kurve und teilte sich. Sie wusste nicht genau, wohin sie gehen sollte, also vertraute sie auf ihren Instinkt und wandte sich nach links.

»Schon bald bedrängte ich dich mit Fragen, und du warst, glaube ich, froh, dass du endlich jemanden gefunden hattest, der sich für die Geister des Rebenwalds interessierte. Nanthema, wir hatten so wenig Zeit zusammen.« Sie atmete langsam ein. »Hoffentlich stolpere ich im Dunkeln nicht über dein Skelett. Das wäre furchtbar. Aber wenn ich richtig liege und weiß, wo du bist …«

Der Verwesungsgeruch ließ nach, und je tiefer sie kam, desto sauberer wurden die Wände. Schließlich erreichte sie einen Bereich, in dem die seltsamen, pulsierenden Lichter noch funktionierten, und sie färbten die leeren Korridore rosa. Sie entdeckte die Röhren, die sie aus dem anderen Wrack kannte, und weitere Alkoven. Was sie zu bedeuten hatten und welchem Zweck sie dienten, wurde allerdings auch hier nicht klarer. Schließlich betrat sie einen Abschnitt, in dem die Decke von der Dunkelheit verborgen wurde, und aus irgendeinem Grund fühlte sich das an wie ein Fortschritt.

Gerade hatte sie die Lampe erhoben, um in einiger Entfernung nach dem Ausgang Ausschau zu halten, als ein waberndes Lichtmuster aus der Wand zu ihrer Linken floss. Vintage schrie leise auf und stolperte zurück. Sie griff nach der Armbrust, aber das Ding war ziemlich schnell. Nur Momente später hing sein kahler Lichtschädel bereits mit aufgerissenem Maul über ihr. Die Armbrust zuckte in ihren Händen,

und der Bolzen landete genau zwischen den Löchern, die sie für seine Augen hielt. Der Parasitengeist stieß ein schrilles Heulen aus und schwebte von ihr weg wie ein Blatt, das von einem starken Wind erfasst worden war. Vintage wartete nicht ab, was er als Nächstes tun würde, stattdessen hob sie ihre Reiselampe auf und rannte durch die Kammer. Entsetzen krampfte dabei ihre Brust zusammen. Hinter dem Ausgang lief sie weiter. Sie hoffte, dass sie ihn irgendwann abhängen würde, dass der Bolzen im Kopf zu schmerzhaft oder zu verwirrend war, als dass er ihr nachjagte.
Es folgte ein atemloser, panischer Lauf, bei dem das Licht ihrer Lampe ungleichmäßig über die Wände sprang. Als sie schließlich fand, wonach sie suchte, wäre sie beinahe darüber gestolpert: ein Nervenzentrum aus fleischigen, grauen Blöcken, die einen flachen Hügel auf dem Boden bildeten. Irgendwo darunter, so vermutete sie, musste sich ein Zwilling des rosa Kristallsplitters befinden, der Esiah seinen Sohn und den Verstand gekostet hatte. Vintage spürte ihr Herz in ihrer Kehle pochen, als sie um die Erhebung herumging. Als sie das Loch fand, von dem sie bereits wusste, dass es da sein würde, überkam sie eine schreckliche Mischung aus Hoffnung und Entsetzen. Jemand war hier gewesen, jemand war so weit gekommen. Und sie konnte sich ziemlich gut vorstellen, wer das gewesen war.

Es war der Morgen von etwas, das die Eboraner anscheinend das Fest der Neuen Lichter nannten. Dies war ein aussterbendes Volk, mit einer leeren Hülle als Stadt, in deren Herz ein toter Gott hockte, und trotzdem spürte Noon, dass Hoffnung diesen Ort durchzog. Der Tag war kalt, und alles erstrahlte in weißem, sauberem Sonnenlicht. Hoch über ihnen hing der Leichenmond am Himmel, ein grüner Fleck so hell, dass man ihn nicht ansehen konnte; er kam Noon näher und klarer vor als je zuvor. Irgendwie hatte sich herumgesprochen, was an diesem Tag versucht werden sollte, und sowohl die Menschen, die auf dem Rasen lagerten, als auch die Diplomaten, denen man Zimmer zugewiesen hatte, redeten alle darüber. Noon hörte die Gerüchte und Vermutungen über die Lippen der verschiedensten Leute kommen, manche von ihnen besorgt, aufgeregt oder verwirrt.

Die Zeremonie sollte am Mittag stattfinden. Zwar hatte Hestillion die Horden fernhalten und die Magie des Wurmvolks ohne Publikum ausprobieren wollen, doch Aldasair war regelrecht von Interessierten belagert worden, die nicht nur endlich Ygseril sehen wollten, sondern auch den Einsatz eines uralten Jure'lia-Artefakts. Darüber hinaus, wenn der Baumgott an diesem Tag wirklich wieder zum Leben erweckt werden sollte, so wollte jeder dabei sein. Was für eine Geschichte für ihre Kinder! Was für eine Geschichte für die eigene Stadt oder das Königreich – ein Ansehen, das sie unantastbar und berühmt und alle anderen neidisch machen würde. Und schließlich hatte Tormalin den Völkern von Sarn leicht schmunzelnd gestattet, der Wiedergeburt des großen Ygserils beizuwohnen. Noon glaubte, dass nur sie den Ausdruck gesehen hatte, der dabei über das Gesicht seiner Schwester gehuscht war. Die sollte sie besser im Auge behalten, erkannte Noon instinktiv, auch wenn ein Teil von ihr stetig ruhiger wurde; trotz der anfänglichen Verwirrung schien die Präsenz in ihr hier ihren Frieden zu finden, was wiederum Noon glücklicher machte.

Auf ihrem Weg über den Rasen sah sie Aldasair, der zusammen mit drei Kindern im Schneidersitz auf dem Gras saß. Er hatte kunstvoll bemalte Karten dabei und schien den Kindern ein Spiel beizubringen. Sie lachten, stupsten sich an und schrien bei jedem Sieg, während ein großer, menschlicher Mann, der zwei glänzende Äxte im Gürtel trug, hinter ihnen stand. Noon lächelte. Gras, Gelächter und die Sonne, die sie durch die Kleidung wärmte; das alles war weit entfernt von der Winnowry. Agentin Lin war tot, und selbst die Winnowry würde davor zurückschrecken, ihrem Unmut in Ebora Luft zu machen.

»Lady Noon, möchten Sie sich zu uns gesellen?«

Noon lächelte schief. »Noon reicht. Was für Karten sind das?« Sie setzte sich in den Kreis, ohne den kurzen, verblüfften Blick eines Kinds zu beachten, das den Fledermausflügel auf ihrer Stirn entdeckt hatte. Das alles lag nun hinter ihr.

»Das sind Tarla-Karten.« Aldasair mischte sie geschickt und drehte sie zwischen den Fingern, was die Kinder zum Lachen brachte. »Wir haben sie benutzt, um in die Zukunft zu sehen.« Er nickte einem kleinen Mädchen mit schwarzen Haaren und eng anliegendem Pelzkragen zu. »Sie haben uns bereits verraten, dass Callio, wenn sie größer ist, besser als ihr Bruder reiten wird, und Tris hier« – er deutete auf einen kleinen Jungen mit wirren, roten Locken – »Tris weiß, dass er eines Tages einen faustgroßen Goldklumpen finden wird. Also, nun zum nächsten Spiel.«

Aldasair teilte die Karten aus, aber Noon schüttelte den Kopf. »Es reicht mir, zuzusehen.«

Und so war es. Was auch immer an diesem Nachmittag geschehen sollte, wenn Tor die goldene Flüssigkeit auf Ygserils Wurzeln schüttete, ihre Vergangenheit lag hinter ihr. Das Spiel ging ohne sie weiter, und zum ersten Mal seit sehr langer Zeit wich etwas von der Anspannung aus ihren Schultern. Tief in ihrem Inneren schien die Stimme, die nun so mühelos mit ihr sprach, sich zu strecken wie eine träge Katze.

Friedenszeiten sollte man genießen, sagte sie.
Noon war ganz ihrer Meinung.
Kurz darauf lief ein großes Mädchen mit verschorften Knien aufgeregt zu ihnen hinüber.
»Callio, die Frau macht wieder die Puppen! Komm und sieh's dir an!«
Die Kinder legten die Karten weg und sprangen sofort auf.
»Die Puppen sollen sehr gut sein«, sagte der große Mann mit den Äxten am Gürtel. Bern. Aldasair hatte ihn am Abend ihrer Ankunft vorgestellt, fiel es ihr wieder ein. »Wollen wir hingehen?«
Aldasair sah sie an, und Noon zuckte mit den Schultern. »Warum nicht?«
Sie folgten den Kindern durch die Menge. Es fühlte sich *tatsächlich* wie ein richtiger Festtag an – der Geruch nach Grillfleisch und die bunten Fahnen, die Laternen und Lampen, die überall hingen und von denen manche bereits für das Fest der Neuen Lichter entzündet waren, während andere noch den Abend abwarteten. Eines der Zelte war mit Stoff überzogen worden, auf dem Spiegelscherben funkelten und blitzten wie das Meer in der Sommersonne; die Völker von Sarn bewiesen Enthusiasmus. Wenig später kamen sie zu einer Gruppe am Boden sitzender Kinder. Vor ihnen stand ein junger Mann, der eine leuchtendblaue Kapuze trug – Noon bemerkte abwesend, dass er wie sie aussah, mit schwarzen Haaren, die im Sonnenlicht fast blau erschienen, und olivfarbener Haut – und er ließ eine an Fäden hängende Puppe zwischen seinen Händen tanzen. Die Kinder lachten und genossen die Vorstellung.
Es war die Puppe, die sie als Erstes erkannte.
Deren Gesicht war schmal und listig, die Kleidung bestand aus graublauen Seidenresten, die schon in der leichtesten

Brise zitterten und flatterten. Der Gott des Nordwinds war in den Geschichten, die Noon als Kind gehört hatte, so oft der Böse gewesen, dass sie ihn bei jedem Auftritt – wenn er die Helden ins Meer jagte oder die gute Kriegerin durch eine List dazu brachte, ihr bestes Pferd aufzugeben – ausgebuht hatten. Noon kannte die Hände, die diese Puppe gebaut hatten. Sie kannte sie sehr gut.

»Das kann nicht sein.«

Eine andere Person gesellte sich zu dem Mann mit der blauen Kapuze. Die alte Frau bewegte sich langsam, weil eine schreckliche, lang zurückliegende Verletzung sie gezeichnet hatte. Das verrieten die Narbenwulste, die Gesicht und Körper bedeckten, und ihre unnatürliche Haltung, denn sie trug einen Arm unter dem Mantel. Doch in der anderen Hand hielt sie die Fäden einer Marionette, und trotz ihres fehlenden Auges und der Narben tanzte die Puppe so flink wie eh und je.

Entsetzen kroch über Noons Rücken und hielt sie mit eisiger Hand fest. Mutter Fast lebte. Das war unmöglich, absolut unmöglich, denn sie hatte die alte Frau brennen sehen. Doch sie lebte und war hier, ausgerechnet hier.

Noon trat einen Schritt zurück, wollte sich unbedingt verstecken, doch trotz der fröhlichen Menge, die sie umgab, richtete Mutter Fast ihren Blick sofort auf sie – und als sich ihre Blicke trafen, konnte sie nicht mehr wegsehen, konnte sich nicht mehr verstecken. Die alte Frau ließ die Marionette fallen – Noon hatte das noch nie zuvor gesehen – und schrie. Es war ein heiserer, wütender Laut, der die Menge sogleich zum Schweigen brachte.

»Du!«

Noon drehte sich um, stolperte über ihre eigenen Füße und

fiel so heftig in das kalte Gras, dass sie kurz benommen war. Die Präsenz in ihrem Inneren wirbelte verwirrt umher.

Wieso fürchtest du dich?, wollte sie wissen. *Das ist eine alte, halbtote Frau. Sie stellt keine Bedrohung dar.*

Noon stöhnte und schloss fest die Augen, als eine Bilderflut sie überwältigte. Dieses Mal waren es keine fremden, sondern allzu vertraute Erinnerungen: der dichte Rauch auf dem Gras; ein Pferd, das wie eine Fackel brennend davon galoppierte; ein Frauengesicht, das sie besser kannte und mehr liebte als ihr eigenes, schmolz kochend dahin, bis nur Knochen übrig blieben. Und als alles vorbei war, die Knochen und die schwarze Asche, der Geruch nach gekochtem Fleisch.

»Ich darf mich nicht erinnern. Ich *kann* mich nicht erinnern. Es würde, es würde …«

»Du wurdest weggeschickt.«

Noon öffnete die Augen. Die Menge hatte sich geteilt, und Mutter Fast und der Mann mit der blauen Kapuze standen über Noon. Andere Flachlandbewohner drängten sich um sie, das sah sie nun. Aldasair stand verblüfft hinter ihr.

»Ist alles in Ordnung?«, fragte er.

Mutter Fasts Auge zuckte zu ihm. Es glänzte schwarz wie ein Käfer.

»*In Ordnung*, Eboraner? Dieses Mädchen ist eine Mörderin. Eine Mörderin.« Ihre Stimme zitterte, und das war das Schlimmste. Mutter Fast war wütend, aber sie hatte auch Angst.

Angst vor mir, dachte Noon. Der Geruch nach brennendem Fleisch ließ sie nicht los.

»Das muss ein Missverständnis sein«, sagte Aldasair sanft.

Mutter Fast hob einen zitternden Finger. Das war eine Klaue, sah Noon, ein verwüstetes, ausgezehrtes Ding.

»Dieses Mädchen hat ihre eigene Mutter ermordet, ließ sie brennen wie Wachs, wie ein Spanferkel, und sie ermordete noch einhundertacht andere Seelen. Unschuldige aus ihrem eigenen Stamm. Sie hätte auch mich ermordet, aber ich bin nicht gestorben.« Mutter Fast stieß ein erstricktes Keuchen aus. »Oh, ich litt und brannte, so wie die anderen, aber ich bin nicht gestorben.«

Noon konnte nicht verhindern, dass sie zitterte, als sie langsam auf die Beine kam.

»So bin ich nicht mehr«, sagte sie mit leiser Stimme. Mutter Fast hörte nicht zu. Sie hatte sich den Flachlandbewohnern hinter ihr zugewandt. Die Angst in ihrer Stimme wurde von Wut ertränkt, als sie brüllte: »Ihr alle kennt die Geschichte. Das Hexenkind, das sein eigenes Volk ermordete. Alle Stämme haben davon gehört. Ihr habt die Geschichte in eisigen Nächten euren Kindern erzählt, um ihnen Angst einzujagen, damit sie artig sind. Also, hier ist sie.« Mutter Fast sah auf. »Hier ist sie.«

»Diese Person bin ich nicht mehr.« Noon atmete langsam ein. »Das bin ich nicht.«

»Du solltest in der Winnowry sein.« Mutter Fast stützte sich nun auf den Mann mit der blauen Kapuze. »Sie sagten, dass sie dich dorthin bringen würden. Wieso bist du nicht dort, Mörderin?«

»Die Winnowry ist eine Abscheulichkeit.« Die Worte lagen bitter in ihrem Mund, und auf einmal hatte Noon keine Angst mehr. In ihr stieg eine eigene Wut auf und breitete sich in ihrer Brust aus. »Es ist ein Ort, an dem Frauen für etwas bestraft werden, das sie nicht kontrollieren können. Die Winnowry ist eine Schande. Hör mich an. Ich bin nicht mehr, was ich war … an diesem Tag. Nicht mehr. Verstehst du das nicht?« Noon schob die Übelkeit in ihrem Magen bei-

seite und fütterte stattdessen die Flammen der Wut. »Ich war ein Kind. Scheiße noch mal, ich war nur ein Kind!«
»Ich weiß sehr gut, was du bist.« Der nüchterne Hass in Mutter Fasts Stimme traf sie wie ein Schlag in den Magen. Noon biss die Zähne zusammen.
Töte sie, sagte die Stimme in ihrem Kopf. *Sie ist ein Feind.*
»Ich war ein Kind«, wiederholte Noon, aber in ihrem Kopf kamen all die Erinnerungen wieder hoch, die sie so tief begraben hatte. Sie hatte gehofft, sie nie wiederzusehen. Doch nun sah sie sich vor den Zelten stehen und erinnerte sich an den Wind, der im Gras summte. Sie wartete auf etwas, ohne zu ahnen, dass sich alles ändern würde. Das Gesicht ihrer Mutter, das in grünem Feuer verschwand. Sie erinnerte sich auch an die schreckliche Wut, die an diesem Tag in ihr geboren worden war, größer und furchteinflößender als alles, was sie je gekannt hatte.
Mit einem sanften *wump* hüllten Flammen ihre Hände ein. Überall schrien Menschen erschrocken auf. Einige wichen vor ihr zurück.
Gut, sagte die Stimme in ihr. *Du bist eine Waffe, und doch werfen sie dir vor, dass du tötest? Sehen sie nicht, was du bist?*
»Nein, ich glaube, das tun sie nicht«, erwiderte sie. Sie fühlte sich leicht, als würde sie davonschweben. »Ich glaube, dass sie keine Ahnung haben, was ich bin.« Sie hielt die Hände hoch. Das Winnowfeuer wurde stärker und heller. Nun liefen zahlreiche Menschen vor ihr davon und riefen Warnungen, doch sie hörte noch etwas anderes: Gebrüll, das Klirren von Schwertern, Todesschreie. Die Jure'lia müssen aufgehalten werden. Am Rande bemerkte sie, dass die alte Frau, die das alles ausgelöst hatte, zurückgewichen war. Ihr vernarbtes Gesicht war starr vor Angst. Noon lächelte knapp.
»Noon? Noon! Was machst du da?«

Tors Stimme riss sie von dem Ort, an dem sie gewesen war. Sie sah sein Gesicht und die Verbrennungen, die sie verursacht hatte. Das Winnowfeuer erstarb.

»Tor?«

Er legte den Arm um sie und führte sie weg von der Menge, zurück zum Palast. Einen Moment lang widersetzte sich Noon, weil sie in ihrem verwirrten Zustand glaubte, man würde sie zur Winnowry bringen – ihre Mutter hatte gesagt, dass das passieren würde, sobald sie das Feuer beschwor, und nun passierte es wirklich.

»Noon, bitte, lass uns reingehen. Hör auf mich.«

Sein Gesicht war dicht vor ihrem, und sie sah die Narben – Narben, die sie verursacht hatte. Ihr Widerstand erstarb, und sie ließ sich ins Innere führen, weg von den Menschen, die sich bereits von ihrem Schreck erholten.

Im Palast verlor sie jegliches Zeitgefühl. Zu viele gleich aussehende Gänge, mit hellen Vierecken aus Tageslicht auf den Marmorböden. Und dann waren sie allein in einem Zimmer. Noon setzte sich auf ein Bett und rieb sich das Gesicht.

»Was ist passiert?«

Tor trug die prächtigste Kleidung, die sie je an ihm gesehen hatte: ein langärmliges Gewand aus blassgrauer Seide, das seine schlanke Gestalt betonte. Der Stehkragen war mit schwarzen, einander umwindenden Schlangen verziert, die sich in einer kleineren Version an den Manschetten wiederfanden. Er trug das glänzende Haar zurückgekämmt, sodass die vernarbte Gesichtshälfte gut zu sehen war, und in seinem unverletzten Ohr steckte ein silberner Ohrring – ein dreiteiliges Blatt. Sie fand, dass er selten schöner ausgesehen hatte.

»Mutter Fast war dort.« Noon schluckte. »Ich dachte, sie wäre gestorben. Ich dachte, ich hätte sie umgebracht, als ich elf war. So wie alle anderen.«

Tor starrte sie an, und da sie Angst vor dem hatte, was er vielleicht in ihrem Gesicht sehen würde, wandte sie den Kopf ab.

»Was meinst du mit alle anderen? Du hast alle umgebracht? Wen?«

Noon betrachtete ihre Hände.

»Ich wurde als Finsterhexe in das Flachlandvolk geboren. Eigentlich muss das sofort der Winnowry gemeldet werden, aber ich versteckte es und meine Mutter später auch. Was letzten Endes nichts brachte. Ich bin eine Mörderin, Tor. Das ist die Wahrheit. Ich habe viele Menschen getötet – Menschen, die ich kannte, die ich liebte und die mich liebten, – und dann wurde ich dafür in ein Gefängnis geworfen. Aus dem ich floh, weil ich nicht dort sterben wollte, trotz der Menschen, die ich getötet hatte.«

Tor sagte lange nichts. Er ging zu einem Schrank, holte eine Flasche und ein Glas, schenkte sich Wein ein und trank ihn schweigend. Noon vermisste auf einmal Vintage, aber gleichzeitig auch nicht, denn wenn Vintage hier gewesen wäre, dann hätte auch sie die Wahrheit erfahren.

»Noon.« Tor stellte das leere Glas hin. »Noon, ich habe für so etwas keine Zeit.« Er drehte sich um und sah sie beinahe verzweifelt an. »Wir werden die Jure'lia-Flüssigkeit in knapp einer Stunde ausprobieren, und nichts darf uns davon ablenken. Hestillion würde das nicht erlauben.«

»Hast du gehört, was ich gerade gesagt habe?«

»Ich habe es gehört. Wie kann diese Frau hier sein, wenn du alle umgebracht hast?«

Noon blinzelte. Mit dieser Frage hatte sie nicht gerechnet.

»Woher soll ich das wissen? Sie hat wohl überlebt. Ein anderer Stamm wird sie aufgenommen und bei der Heilung geholfen haben, nehme ich an.«

»Verstehe«, sagte Tor. »Das ist ungünstig.«
Noon schüttelte leicht den Kopf. »Ungünstig?«
»Dass sie ausgerechnet jetzt hier ist. Macht nichts, ich glaube, wir können das erst einmal ignorieren. Die Leute wollen unbedingt wissen, was mit Ygseril passieren wird. Wir werden weitermachen wie bisher. Das spielt keine Rolle.«
»Spielt keine Rolle?« Noon ballte die Hände zu Fäusten, und ihre Gelenke knackten wie ein Ast im Feuer. »Dann ist ja alles in Ordnung. Ein Volk, das daran gewöhnt ist, zu töten, um zu bekommen, was es braucht, wird meine Morde für eine Kleinigkeit halten.«
Ärger flackerte kurz auf Tors Gesicht. »Sind wir wieder beim Blutsauger angekommen?«
»Bist du das nicht? Und bin ich nicht nur eine … praktische Ader für dich?«
»Noon –« Einen Moment lang wirkte er angeschlagen, und sie dachte daran, wie er im Gigantenwrack dagehockt hatte, wie sie ihn gehalten und seinen Kopf geküsst hatte. Die gleiche Verletzlichkeit spiegelte sich nun in seinem zusammengepressten Mund und den Augen wider. Doch dann sah sie, wie er sich zusammenriss und diese Gefühle verdrängte. »Deine Vergangenheit tut mir leid, Noon, aber hier geht es um die Zukunft meines Volks. Sie erfordert meine ganze Aufmerksamkeit.« Mit diesen Worten ging er zur Tür, drehte sich aber noch einmal zu ihr um, bevor er den Raum verließ. »Ich lasse dich nachher wissen, wie es gelaufen ist«, sagte er schlicht. »Wünsch mir Glück.«
Die Tür schloss sich, und nach einem Moment hörte Noon, wie ein Schlüssel umgedreht wurde und mehrere Riegel einrasteten. Sie starrte auf die Stelle, an der er gestanden hatte. Ein Gefühl der Kälte legte sich über sie wie ein Schleier.

Kapitel 43

Es war ein langsamer Prozess. Während Vintage versuchte, ihre Strickleiter an den weichen Würfeln aus grauer Materie zu befestigen, war ihr nur allzu bewusst, dass sie im Falle eines Fehlers – etwa, wenn sie die Länge der Leiter falsch einschätzte oder sie nicht richtig befestigte – mit großer Wahrscheinlichkeit an diesem Ort sterben würde. Sie wäre in dieser versteckten Kammer gefangen, bis sie verdurstete oder verhungerte; schließlich wusste niemand, dass sie hier war, und niemand würde nach ihr suchen. Jedenfalls nicht rechtzeitig, um ihr Leben zu retten. Und noch schlimmer: Es könnte sein, dass sie dann für immer dort unten mit den Überresten ihrer geliebten Nanthema gefangen war.

»Manche Leute würden das vielleicht romantisch finden«, murmelte sie vor sich hin, während sie ein letztes Mal probeweise an den Knoten zog. »Die sollten sich aber lieber mal den Kopf untersuchen lassen.«

Es gab kein Zurück mehr. Nachdem sie noch einmal überprüft hatte, ob ihr Rucksack sicher auf ihren Schultern saß und die Leiter ihr Gewicht tragen konnte, begann sie den langsamen Abstieg. Die Reiselampe schlenkerte an ihrem Gürtel herum, schlug gegen ihre Hüfte und erzeugte verstörende Schatten in der Kammer unter ihr. Es war verlockend, über die Schulter hinabzuschauen, allerdings beschränkte sie ihre Beobachtungen lieber auf ein Minimum, damit sich die Leiter nicht verdrehte. Konnte sie den Boden bereits erkennen? Ja, und nun stand auch fest, dass die Leiter reichen würde. Sie bereitete sich darauf vor, den Aufprall mit den Knien abzufedern, ließ sich vorsichtig fallen, wobei sie nur leicht ins Straucheln geriet, und sah sich dann um. Hier unten ragten die lampenartigen Knollen aus den Stellen, an denen Boden und Wände aufeinandertrafen, sodass sie alles in ein seltsames, traumähnliches Licht tauchten – Licht, das am Rand des riesigen, gezackten Kristalls entlangglitt.

»Ach du meine Güte.«

Der Kristall war nicht rosa, sondern gelb, kränklich und abstoßend. Auf dem Boden zu ihren Füßen entdeckte Vintage einige versenkte Stoffreste und ein paar Holzsplitter. Es waren die Überreste einer Leiter, die eine andere Person vor ihr mitgebracht hatte. Mit schmerzhaft klopfendem Herzen näherte sich Vintage der glänzenden Oberfläche des Kristalls. Genau wie im Inneren des Giganten auf Esiah Godworts Anwesen verschwand die Leere, und sie blickte auf eine weite, unbewohnte Landschaft, die sich von einem Horizont zum anderen erstreckte. Es war, als würde man durch ein Fenster auf etwas schauen, das nicht möglich war.

»Ich glaube, ich werde mich nie daran gewöhnen, es zu sehen«, sagte sie, wobei ihre Stimme kaum mehr als ein Rauschen in ihren Ohren war. Die Landschaft unterschied sich von der auf Godworts Anwesen. Der Himmel war gelb und von schwarzen Wolken durchzogen, während der steinige Boden mit allerlei seltsamen, ungewöhnlichen Felsen übersät zu sein schien. Steinbrocken, so groß wie Häuser, thronten darin unsicher übereinandergestapelt, während flachere Felsen mit großen Löchern in der Mitte nebeneinanderstanden, als hätte jemand versucht, irgendeine Art von Durchgang zu erschaffen. Wohin sie auch blickte, entdeckte sie Felsen, die entweder in Kreisen oder Reihen aufgestellt waren oder sich übereinanderstapelten. Überall gab es Muster, so viele, dass sie irgendwann heruntergefallen oder auf ihre Nachbarn gestürzt waren und so die Symmetrie zerstörten. Während sie zusah, bemerkte sie, dass sich die Wolken bewegten, als würde ein kräftiger Wind wehen.

»Wie kann das sein?« Sie näherte sich dem Kristall, bis ihre Fingerspitzen fast seine Oberfläche berührten. Ihr Atem zeichnete sich darauf ab, und es erinnerte sie daran, dass sie neben einem festen Gebilde stand. »Die Landschaft in dem anderen Giganten war unbewegt, obwohl es natürlich möglich wäre, dass es dort gar nichts gab, was sich bewegen konnte. Oder dass wir vorher gegangen sind –«

Eine Gestalt tauchte hinter einem der hohen Felsen auf, und Vintage stieß einen leisen Schrei aus, bevor sie zurücksprang. Eine große Frau mit einer schwarzen Haarpracht, die ihr wirr ins Gesicht fiel, stolperte auf sie zu. Sie trug enganliegende Reisebekleidung aus Leder, die funktional, aber abgenutzt wirkte. Vom Kragen ihres Hemdes hing eine Brille aus Draht; zudem sah sie nicht älter als dreißig Jahre aus, doch Vintage wusste, dass sie viel, viel älter war.

»Nanthema?« Vintage bemerkte, dass sie nach Luft schnappte, während ihr ein paar leise Tränen über die Wangen kullerten. Es war diese verdammte Brille, die im Licht des fremden Himmels glitzerte. Mehr als zwanzig Jahre später hatte sie immer noch ihre verdammte Brille.

Die Frau sah fassungslos aus. Ihre Augen waren so rund wie Monde, während sie sich dem Rand des Kristalls näherte. Vintage sah, wie sich ihre Lippen bewegten, sah, wie sie ungläubige Fragen stellte, und dann ein breites Grinsen aufsetzte. Sie sprach jetzt immer schneller und schüttelte den Kopf.

»Liebste Nanthema, ich kann dich nicht hören, ich kann dich nicht hören.« Vintage ging zurück zum Kristallsplitter und drückte, ohne über die Konsequenzen nachzudenken, ihre Hände flach auf die Oberfläche. Sie stürzte nicht in die fremde Landschaft hinein, aber als Nanthema ihre Hände auf die andere Seite legte, erfüllte ihre Stimme plötzlich den

Raum. Sie klang blechern und seltsam, als käme sie aus großer Entfernung.
»– wenn mich jemand finden konnte, dann natürlich du. Natürlich ist das so. Ich weiß gar nicht, warum ich mir überhaupt Sorgen gemacht habe –«
»Deine Stimme!«, platzte es aus Vintage heraus. Sie verspürte den stürmischen Drang, mit den Fäusten gegen den Kristall zu schlagen, beherrschte sich jedoch. »Ich kann dich hören!«
Nanthema blickte auf ihre Hand, die gegen die von Vintage gedrückt war, getrennt nur durch die Kristallschicht und eine unvorstellbare Entfernung. Vorsichtig nahm sie sie weg. Vintage sah, wie sich ihr Mund bewegte und sie eine Frage stellte. Dann legte sie die Hände wieder zurück.
»Kannst du mich jetzt hören?«
»Ja, ich kann dich verdammt noch mal hören. Was machst du da überhaupt?«
»Es liegt irgendwie am Kontakt«, sagte Nanthema und blickte auf ihre Hände. »Das hätte ich nicht gedacht. Natürlich hatte ich auch gar keine Möglichkeit, es herauszufinden.«
»Nanthema!« Vintage klopfte leicht gegen den Kristall. »Du bist seit zwanzig Jahren verschwunden! Hast du eine Ahnung, was das mit mir gemacht hat? Ich dachte, du wärst weggelaufen, hättest mich verlassen und entschieden, dass ich nicht interessant genug bin …«
Vintage versagten die Worte. Nanthema stand still da und sah sie an, wie sie es immer tat.
»Oh, Nanthema.« Vintage lächelte unter Tränen. Sie verharrten einen Moment lang schweigend und taten so, als würde die jeweils andere nicht weinen. Schließlich räusperte sich Vintage. »Wie kann ich dich da rausholen?«
»Soweit ich weiß, ist das nicht möglich«, antwortete Nanthe-

ma und zuckte mit den Schultern. »Der Rest der Kammer ist leer, wenn ich mich recht erinnere.«

»Ich komme wieder.« Vintage verließ den Kristall und ging langsam durch den Raum. Sie suchte nach irgendetwas, vielleicht einer Art Hebel oder einem Seil, an dem sie ziehen konnte. Abgesehen von den Überresten von Nanthemas Leiter war er jedoch völlig leer. Sie kehrte zum Splitter zurück und legte ihre Hand wieder darauf. »Du hast wie immer recht. Aber das bedeutet nicht, dass es keinen Ausweg gibt. Ich werde ihn finden, selbst wenn ich dieses ganze stinkende Wrack durchsuchen muss.« Sie holte tief Luft. »Wie bist du überhaupt dort hineingekommen?«

»Würdest du mir glauben, wenn ich dir sage, dass ich mich nicht daran erinnern kann?« Nanthema sah reumütig aus. Das war ein Ausdruck, den Vintage gut kannte. »Ich habe geschlafen, Vin – in dieser Kammer. Ich habe eine ganze Woche in diesem Wrack verbracht, wobei ich zunächst kaum geschlafen und stattdessen versucht habe, so viel wie möglich davon zu sehen. Na ja, und als ich diesen Ort entdeckte … Tja.« Sie grinste. »Er ist außergewöhnlich, nicht wahr?«

Vintage blickte auf den gelben Himmel über Nanthemas Kopf. »Das ist er auf jeden Fall.«

»Es ist auch recht angenehm hier – oder sagen wir, so angenehm, wie es an einem solchen Ort eben sein kann. Ich entschied, dass es sicher war, ein Nickerchen zu machen. Als ich aufwachte, befand ich mich bereits auf den Beinen, während ich gerade durch einen Kristall lief, den ich zuvor für massiv gehalten hatte. Als ich auf der anderen Seite ankam, war es zu spät. Ich konnte nicht mehr zurück.«

»Zunächst einmal ist es völlig unsinnig, diesen Ort eine ganze Woche lang zu erkunden. Zweitens ist es absoluter

Wahnsinn, das auch noch allein zu tun. Und drittens«, Vintage runzelte leicht die Stirn, »habe ich dich sehr vermisst.«
Nanthema grinste. »Du hast dich überhaupt nicht verändert, Vin.«
Bei diesen Worten spürte Vintage eine Welle der Trauer in ihrer Kehle aufsteigen, die so stark war, dass sie nicht einmal schlucken konnte. Gar nicht verändert. Abgesehen davon, dass sie sich doch verändert hatte – sie war älter geworden, während Nanthema hier gefangen war. Ihre Haut hatte den glänzenden Schimmer verloren, den junge Menschen für selbstverständlich halten, und in ihrem Haar tummelten sich graue Strähnen. Aber Nanthema hatte sich nicht verändert, nicht einmal im Geringsten. Ihre purpurroten Augen waren immer noch klar, ihr schwarzes Haar war weder grau geworden noch ausgefallen. Sie blinzelte.
»Das ist jetzt egal. Wie kommt es, dass du nicht tot bist? Gibt es dort etwas zu essen? *Wo genau* befindest du dich eigentlich?«
»Vin, dieser Ort …« Zum ersten Mal sah Nanthema beunruhigt aus. »Ich bin mir nicht sicher, ob ich es dir erklären kann, und ich weiß, dass du es hassen wirst. Ich bin nicht tot, Vin, weil ich weder Hunger noch Durst habe. Ich spüre diese Dinge hier nicht mehr. Die Zeit selbst scheint keine Bedeutung zu haben, und ihr Fortgang ist mir auch nicht wirklich bewusst. Du sagst, ich bin seit zwanzig Jahren hier? Das habe ich nicht bemerkt. Vin, wenn ich seit zwanzig Jahren hier zwischen diesen Felsen sitzen würde, wäre ich dann nicht längst ein sabberndes Wrack?«
»Aber *es ist* so lange her«, beharrte Vintage und verspürte bei dem Gedanken eine weitere Welle der Trauer. »Schau in mein Gesicht, wenn du es nicht glaubst.«
»Ich kann es dir nicht erklären.« Mit ihrer freien Hand strich

Nanthema sich die Haare aus der Stirn. »Es ist, als … als würde ich hier festgehalten. Unveränderlich. Dieser Ort ist unveränderlich.« Sie deutete in die Dunkelheit hinter sich. »Erinnerst du dich an das Stück Bernstein, das ich auf dem Markt in Jarlsbad gekauft habe? Das mit der Heuschrecke darin? Dieses Tier muss uralt gewesen sein, aber es sah aus, als könnte es jeden Moment davonhüpfen. So fühle ich mich hier drin. Als stecke ich in einer Art Sirup fest.«

»Hast du ihn denn erkundet? Diesen Ort?«

Nanthema schnaubte. »Wofür hältst du mich? Natürlich habe ich das. Dieser Ort … Ich glaube nicht, dass er real ist.« Sie scharrte mit den Füßen und man sah, wie unwohl sie sich fühlte, weil sie mit etwas konfrontiert war, das sie nicht erklären konnte. »Es gibt eine unsichtbare Grenze, und obwohl es so aussieht, als läge dahinter noch mehr von dieser trostlosen Landschaft, kann man sie nicht überqueren. Wenn man genau hinsieht, sind die Felsen und der Boden dahinter verschwommen; irgendwie … unscharf.«

Vintage fröstelte. »Nanthema, das ergibt doch keinen Sinn.«

»Oh, das ist noch nicht alles. Dieser Ort ist außerdem in einer Schleife gefangen.«

»Ich kann dir nicht folgen, meine Liebste.«

»Es ist wie ein unvollendetes Buch. Man kommt nur bis zum dritten Kapitel und muss dann immer wieder zum Anfang zurückkehren. Schau dir die Wolken an.« Sie zeigte nach oben. Über ihr zogen schwarze Wolken unruhig über den gelblichen Himmel. »Ich habe diese Wolken schon hunderttausendmal gesehen. Sie ziehen vorbei, getrieben von einem Wind, den ich nicht spüren kann. Und dann fängt alles wieder von vorne an.«

»Nanthema, wie kannst du das überhaupt wissen?«

»Glaub mir, Vin, wenn man nichts anderes zu sehen bekommt als die Wolken, lernt man sie schnell kennen. Es ist, als wäre dieser Ort die Erinnerung oder der Traum von jemandem. Und ich stecke darin fest.«

Sie hörte auf zu reden, und für einen Moment war das Einzige, was Vintage wahrnahm, ihr eigenes Atmen. Sie befanden sich so tief im Inneren des Giganten, dass sogar das Meer schwieg. Ein Gedanke kam ihr in den Sinn.

»Was siehst du jetzt? Wie sieht die Kammer für dich aus?«

Nanthema grinste, obwohl die Frage eigentlich nicht zum Lachen war. »Sie sieht aus wie ein großer Kristallsplitter, in dem meine liebe Vintage sitzt.«

»*Hmpf.*« Vintage schüttelte den Kopf. »Was ist das dann für ein Ding? Was bedeutet es für die Jure'lia? Warum brauchen sie solche Kammern im Herzen ihrer Schiffe? Was bewirken sie?«

Nanthema lächelte schief. »Das ist meine Vin, immer zwei Schritte voraus. Und was meinst du mit Kammern? Hast du schon woanders eine gesehen?«

»Ja.« Vintage wollte ihr nicht beschreiben, was sie in Esiah Godworts Giganten-Wrack gefunden hatten. Damit hätte sie gewissermaßen zugegeben, dass Nanthema für immer gefangen bleiben musste. Also sprach sie schnell weiter, bevor eine weitere Frage dazwischenkommen konnte. »Was kannst du mir noch darüber erzählen?«

Um zu antworten, rückte Nanthema näher an den Kristall heran und neigte den Kopf, als wolle sie Vintage etwas ins Ohr flüstern. »Manchmal höre ich hier Stimmen.« Die Eboranerin schluckte schwer, und Vintage wurde klar, dass sie Angst hatte. »Ich denke, du wirst mich jetzt sicher für verrückt erklären, aber es ist wahr. Es ist wie ein Flüstern, getragen vom Wind, dahintreibend …« Nanthemas Blick wanderte zu den Felsen hinter ihr, und Vintage wurde von einer

Gänsehaut überrollt. Was, wenn sie wirklich verrückt geworden war? »Ich glaube, dass dieser Kristall und die Erinnerungen darin in gewisser Weise untrennbar mit den Jure'lia verbunden sind. Tief in ihrem Wesen verankert. Und da ist noch etwas anderes.«

Nanthema drehte sich um und sah nun sehr jung aus. Ihr Gesicht glich dem eines Kindes, das aus einem Albtraum erwacht. »Vintage, die Jure'lia sind nie verschwunden. Sie sind immer noch hier.«

Tor hatte noch nie so viele Menschen in der Halle der Wurzeln gesehen. Der Anblick beunruhigte ihn zutiefst, obwohl er den Grund nicht genau benennen konnte. Dennoch behielt er ein freundliches Lächeln auf den Lippen, während er sich unter ihnen bewegte. Alle Diplomaten waren hier: niedere Adlige aus fernen Königreichen, Vertreter aus einem Dutzend Republiken, Männer und Frauen aus weniger bekannten Orten sowie Händler und Kaufleute, die zweifellos gespannt waren, wie viel Geld sie noch aus Eboras Leichnam schlagen konnten. Aldasair hatte sie ihm alle vorgestellt und dabei Namen, Ehrentitel und Orte in einer Weise heruntergerasselt, die Tor insgeheim verblüffte. Sein Cousin war selten so gefasst gewesen, und die Menschen, auf die er traf, musterten ihn neugierig. Zweifellos waren sie fasziniert davon, mit einem weiteren lebenden Artefakt aus diesem Mausoleum zu sprechen.

Nur, dass das gar nicht mehr wirklich der Fall war. Auch eine Handvoll Eboraner hatte sich eingefunden. Es waren die letzten ausgezehrten Überlebenden der Blutpest, die aus ihren Zimmern und Verstecken geströmt waren, um dabei zu sein. Hestillion hatte darauf bestanden, dass sie separat sitzen sollten, fernab von den prüfenden Blicken der Menschen. Daher hatten sie sich im östlichen Teil des Raumes versammelt. Dort erkannte Tor Gesichter, die er seit Jahrzehnten nicht mehr gesehen hatte, Gesichter von Weggefährten, die er für lange tot gehalten hatte. Es war beunruhigend, als würde man die Luft mit den Geistern seiner Vorfahren teilen, insbesondere weil die meisten von ihnen ohnehin aussahen, als könnten sie jeden Moment sterben. Er sah staubige und rissige Haut, übersät mit den verräterischen roten Wunden der Blutpest, aber auch die üblichen Zeichen des Alters in einigen Gesichtern. Er spürte ein leichtes Würgen in seiner Kehle. Sie sollten nicht hier sein. *Um ihrer eigenen Gesundheit willen*, fügte er im Stillen hinzu.

Aber wer sollte sie aufhalten? Heute könnte der Tag sein, an dem ihr Gott aufersteht. Und wenn Ygseril wieder leben würde, könnten sie sich mit seinem Saft heilen. Die Blutpest würde verbannt, seine Narben geheilt und Ebora aus der Asche auferstehen.

Plötzlich wurde ihm klar, was ihn beunruhigte. Er beugte sich vor, um seiner Schwester etwas ins Ohr zu flüstern.

»Wo sind all die Gemälde, Skulpturen, Schränke und all das?«

»Wir haben sie weggebracht.« Hestillion hatte sich frisch gemacht, ihre Haare gewaschen und gebürstet. Ihre Haut strahlte. Sie trug einen weißen Seidenumhang über einem hellblauen Kleid und strahlte eine fiebrige Energie aus, die ihm nicht gefiel. Ihre Augen bewegten sich zu hektisch hin und her und waren feucht. Er erinnerte sich an Ainsel, die einmal an einer Schweißkrankheit gelitten hatte, und er war für ein paar Tage in ihr Zimmer gezogen, um sie zu pflegen. Zuerst war sie empört und entsetzt gewesen, dass er sie in einem solchen Zustand sah, doch er hatte darauf bestanden. Menschliche Krankheiten waren schließlich nicht die Blutpest. Auf dem Höhepunkt ihres Fiebers war sie dann unruhig geworden, sie wollte nicht im Bett bleiben und ihre Augen hatten denselben rastlosen Glanz angenommen wie die von Hestillion. »Die Kunstwerke sind jetzt in einigen der Lagerräume untergebracht. Viele davon stehen schließlich leer.«

»Hmm.« Tor wurde klar, dass er insgeheim gedacht hatte, die Fremden hätten sie gestohlen. Sicher, bestimmt hatten sie mal eben Wertgegenstände aus Tausenden von Jahren eboranischer Geschichte mitgenommen; vielleicht, indem sie sie unter ihren Tuniken versteckt hatten? Er presste die Lippen zusammen. Anscheinend war nicht nur Hestillion nervös.

»Wo ist dein menschliches Haustier?«

Tor hob die Augenbrauen. »Noon ruht sich aus. Wie willst du die Sache denn nun angehen?«

Hestillion sah auf, und Tor folgte ihrem Blick. Das Glasdach der Halle wurde von hellem Sonnenlicht durchflutet. Ygserils tote Zweige hingen herunter wie immer. Dahinter konnte Tor den gespenstischen Fleck des Leichenmondes erkennen.

»Wir tun es einfach«, sagte Hestillion. »Wir haben alle lange genug gewartet.«

»Bin ganz deiner Meinung.« Tor winkte Aldasair zu, der neben einem großen Mann mit grünen Augen stand, und sein Cousin kam herüber. Wie Tor feststellte, sah er von den Dreien am wenigsten nervös aus – genauer gesagt, sah Aldasair besser aus als je zuvor. Gemeinsam gingen sie zum Rand der Wurzeln, wo die Artefakte der Jure'lia aufgestellt worden waren. Jeder nahm zwei der Kugeln, eine unter jeden Arm. Es wurde still in der Halle, und Tor wusste instinktiv, dass sie das Richtige taten. Keine ausgefeilten Reden, keine Erklärungen oder Versprechen. Sie waren einfach nur die Kinder von Ebora, die für ihren Baumgott leisteten, was sie konnten. Es würde Zeugen geben – was auch immer geschah. Und das war gut so.

Die drei stiegen gemeinsam auf die Wurzeln und gingen dann langsam auseinander. Es hatte einige Diskussionen über die richtige Vorgehensweise gegeben, doch schließlich waren sie sich einig gewesen: Sie würden die Flüssigkeit langsam über einen möglichst großen Bereich gießen. Tor stolperte leicht und spürte, wie ihm die Hitze in die Wangen stieg. Es war lange her, dass er auf den Wurzeln gelaufen war. Er sah zu Hestillion hinüber, um Unterstützung zu suchen, aber sie starrte geradeaus. Ihr blasses Gesicht war so ausdruckslos wie eine leere Wand. Plötzlich wünschte er sich, Noon wäre hier; sie hätte angesichts der Feierlichkeit mit den Augen gerollt und ihnen gesagt, sie sollen endlich weitermachen.

Schließlich kam er an den vereinbarten Ort. Mit tauben Fingern legte er eine der Kugeln ab und entfernte dann das Siegel von der anderen. Er zuckte zusammen, als er sich direkt auf die Wurzeln kniete.

»Bitte lass es funktionieren«, murmelte er. »Bitte … verdammt noch mal, lass es einfach *funktionieren.*« Er blickte auf und sah, wie Hestillion und Aldasair zu beiden Seiten dieselben konzentrierten Handlungen ausführten. Vor sich fiel sein Blick auf die Menschenmenge und die Eboraner, die aufmerksam zuschauten. Einige hielten sich die Hände vor den Mund.

Er kippte die Kugel, und die schimmernde goldene Flüssigkeit ergoss sich aus der Öffnung. Sie war dick und langsam wie Sirup und verteilte sich zunächst nur auf der knorrigen Wurzel, auf der er saß, bevor sie zu beiden Seiten hinabsickerte und in der Dunkelheit verschwand. Tor spürte, wie

sich alle seine Muskeln anspannten – wie bei dem Gefühl kurz vor einem Krampf im Bein.
Nichts weiter geschah.
Als er wieder aufblickte, sah er Hestillion neben sich, wie sie anmutig ihr Werk begutachtete. Auf der anderen Seite bewegte Aldasair die Kugel sanft hin und her, um die Flüssigkeit herauszulocken. Die Menge war immer noch still, aber er bemerkte auch eine oder zwei Personen, die von einem Fuß auf den anderen traten und den Hals reckten, um besser sehen zu können. Ihm war bewusst, dass sie dasselbe dachten wie er. Es passierte nichts, und all das hier war reine Zeitverschwendung. Schlimmer noch, es war eine Demütigung. Er tastete nach der nächsten Kugel, riss das Siegel deutlich ungehaltener ab und schüttete den Inhalt hastig über die Wurzeln. Immer noch durchbrach nichts die schreckliche Stille.
Als die letzten Reste der dickflüssigen Substanz aus der Kugel tropften, stand er auf und überlegte bereits, wie sie am schnellsten wieder verschwinden könnten. Er würde sich Noon und mehrere Kisten Wein schnappen, und dann würde er seine Schwester nicht einmal mehr ansehen müssen. Er hatte gerade seinen ersten Schritt getan, als er den Halt verlor; die Wurzeln unter seinen Füßen hatten sich verschoben, und er musste sich ausbalancieren, um nicht das Gleichgewicht zu verlieren. Von überall aus dem Raum ertönte ein Chor aus Rufen, eine Mischung aus Staunen und Angst.
Die Wurzeln bewegten sich – nicht schnell oder heftig, aber doch genug, um das Stehen darauf schwierig zu gestalten. Tor blickte zu den Ästen hinauf, die sich über dem Glasdach ausbreiteten, und auch sie bewegten sich auf eine Weise, als wäre an diesem sonnigen, friedlichen Tag plötzlich ein star-

ker Wind aufgekommen. Tor hastete zum Rand der Wurzeln, sein Herz schlug ihm bis zum Hals. Von all den Gefühlen, die er bei so einer Entwicklung erwartet hatte, hatte er nie mit Angst gerechnet. Halb fiel er, halb sprang er auf den Marmorboden und wirbelte herum, um sich das Schauspiel anzusehen. Aldasair und Hest hatten denselben Gedanken gehabt und gesellten sich kurz darauf zu ihm. Dabei glitt Hestillion ihre zweite leere Kugel durch die Finger und sie zerbrach in tausend Stücke. Hinter ihnen schwoll das Murmeln der Menge zu einem Raunen an.

»Bei den Wurzeln«, hauchte Aldasair. »Wir haben es geschafft!«

»Wir haben *etwas* geschafft«, sagte Tor. Warum hatte er nur solche Angst?

Ygserils Rinde, die, solange Tor sich erinnern konnte, grau und silbern gewesen war, änderte vor ihren Augen die Farbe. Die Wurzeln füllten sich und wurden dunkler, verfärbten sich zunächst stahlgrau, dann zu einem tiefen, polierten Kupferton und schließlich zu einem satten Rotbraun. Von ihnen stieg die Energie wie eine Flut in den beeindruckenden Stamm auf, und die neu gewachsene Rinde strahlte vor Gesundheit. Ein knisterndes Geräusch, wie ein loderndes Feuer in einer kalten Nacht, hallte von den Wänden wider. Mittlerweile schrie die Menge von Beobachtern, einige von ihnen jubelten sogar vor Freude. Und selbst Tor spürte widerwillig, wie sich sein Gesicht zu einem Grinsen verzog. Aus den Augenwinkeln konnte er sehen, dass mehrere der kranken Eboraner von ihren Stühlen aufgestanden waren und zu den Wurzeln taumelten. Neben ihm murmelte Hestillion leise Worte, die er nicht verstehen konnte, doch er sah sie nicht an. Er konnte seinen Blick nicht von der Pracht Ygserils abwenden.

Die frische Farbe breitete sich immer weiter aus, sodass sich schließlich alle zurücklehnten und ihre Hälse reckten, um zu beobachten, wie sie die Äste überflutete. Zudem war der Vorgang schneller geworden, wobei die Farbe in die Spitzen schnellte und sie mit Gesundheit überzog.
Jemand weinte. Tor konnte ein atemloses Schluchzen hören, und er nahm es niemandem übel. Seine eigene Kehle war von unterdrückten Tränen wie zugeschnürt.
»Wir werden geheilt«, keuchte er mit belegter Stimme. Aldasair nahm seine Hand, drückte sie und grinste.
»Es war also doch nicht das Ende«, sagte er strahlend.
Hoch über ihnen bewegte sich etwas in den Ästen. Zuerst dachte Tor, es sei das Licht, das sich in seinen Tränen spiegelte, aber dann erschienen dort ganz neue Lichtpunkte; silberne Blätter entfalteten sich.
»Er lebt!«
Der Ruf kam von einem der Eboraner, einem alten Mann mit zerfurchter Haut und tief in den Schädel eingesunkenen purpurroten Augen. Er hatte den Rand der Wurzeln erreicht und kniete nieder, um seine Hände daraufzulegen. Sein entstelltes Gesicht verzog sich zu einem seligen Lächeln. »Er ist zu uns zurückgekehrt!«
Tor wandte sich freudig seiner Schwester zu. Er wollte sie umarmen. Das war etwas, das sie sonst selten taten, aber wenn es jemals einen Anlass dafür gab, dann war es sicherlich dieser. Doch im selben Moment überkam ihn plötzlich ein Gefühl großer Trauer.
Die Trauer stammte nicht von ihm selbst, sie war von außerhalb gekommen – dessen war er sicher. Und sie traf ihn wie ein Schlag in den Magen. Er schnappte nach Luft, taumelte und sah, dass es Aldasair genauso ging. Die Freude in seinem Gesicht war Bestürzung gewichen. Mit einem Mal herrschte

überall dieselbe Traurigkeit, ein unermessliches Bedauern. Unter der erdrückenden Verzweiflung fiel es ihm schwer, zu atmen.

»Oh nein«, sagte Hestillion. »Oh, bitte nicht.«

Seine Schwester war so blass, dass sie fast durchsichtig wirkte; als könne man den Fluss ihres Blutes unter der Haut erkennen. Voll Schreck dachte Tor, sie würde ohnmächtig werden, aber dann zeigte sie auf die Wurzeln – oder vielmehr auf das, was durch die Lücken zwischen den Wurzeln hervorsprudelte.

Es war eine schwarze, zähe Flüssigkeit. Sie sickerte heraus und schwappte überall zwischen den gesunden Wurzeln hin und her, wie ein dunkles, öliges Meer, das an die Küste rollte. Tor machte verwirrt einen Schritt zurück. War es die goldene Flüssigkeit? War sie irgendwie verdorben? Der Jubel und das Geplapper hinter ihnen verstummten.

Die schwarze Flüssigkeit breitete sich aus, bewegte sich dabei aber nicht wie eine Flüssigkeit, sondern wie ein Lebewesen. Feuchte Finger tanzten und fanden zusammen und webten eine Form in der Mitte der Wurzeln. Tor erkannte eine Art Gestalt, die größer war als ein Eboraner. Sie bestand aus klebrigen Strängen und brodelnder Feuchtigkeit. Arme und Beine erschienen, ein Körper, dann ein glatter Kopf, eingefasst von Ranken der sich verändernden schwarzen Substanz. Und dann tauchte ein Gesicht auf – es war schön und schrecklich zugleich. Und es wirkte … zufrieden.

»Du hast mich befreit, du bemerkenswertes Kind.«

»Das kann nicht sein!«

Einen Moment lang wusste Tor nicht, wer geschrien hatte – doch dann sah er Hest, die auf die Wurzeln zuging, die Hände zu Fäusten geballt. Sie starrte das Wesen an, als hätte es ihr ein persönliches Unrecht getan. Viel beunruhigender

war jedoch, dass das Wesen ihren Blick mit Zuneigung erwiderte.
»Du hast mich belogen!« Hestillions Stimme überschlug sich vor Wut. Tor versuchte, sie zurückzuhalten, aber sie schüttelte ihn ab.
Um sie herum hörte er nun, wie Männer und Frauen in Panik gerieten und schrien. Jemand hatte die großen Türen aufgestoßen, und einige verließen den Raum. Allerdings nur wenige, trotz allem waren die meisten von ihnen immer noch neugierig. Das Ding, das sich aus der schwarzen Substanz unter den Wurzeln gebildet hatte, veränderte sich noch immer, als würde es sich weiter formen: lange Hände mit Fingern wie Krallen, Hüften wie Dornen, schmale Klauenfüße; das alles gemacht aus öliger Dunkelheit.
»Wie schön es ist, das Licht zu sehen«, sagte die Gestalt. Ihre Stimme war leise und doch in jedem Winkel des Raumes zu hören. Tor erkannte, dass sowohl Stimme als auch Gestalt weiblich waren. Sie trat ein wenig vor und hob ihre Hände, um sie anzusehen. »Es tut gut, etwas anderes als Schmutz zu riechen.«
»Du hast mich belogen!« Tor sah, dass seine Schwester weinte. Er hatte sie noch nie weinen sehen; nicht beim Tod ihrer Eltern und auch nicht, als er weggegangen war. »Ich wäre für dich gestorben!«
»Liebe Hestillion, du besonderes Kind«, sagte die Gestalt. Sie lächelte. »Was für eine bemerkenswerte Seele.«
»Hest, woher kennt es deinen Namen?« Mit einem Mal schien das die wichtigste Frage zu sein, die er je gestellt hatte. »Warum kennt es deinen Namen, Hest?«
Er erwartete keine Antwort, doch seine Schwester reagierte, ohne ihn anzusehen. »Ich habe mit ihr gesprochen«, sagte sie mit leiser, verträumter Stimme, als wäre sie noch halb im

Schlaf. »Ich glaubte, sie wäre unser Gott, aber sie war nur eine Gefangene zwischen seinen Wurzeln und flüsterte durch die Ritzen.«

»*Was* ist sie, Hest? Was ist das?«

Die Frau auf den Wurzeln drehte sich um – er erkannte, dass sie noch nicht vollständig ausgebildet war, denn ihre Unterarme und Waden wiesen zerklüftete Löcher auf, die von schleimigen Fäden durchzogen wurden – und machte eine beinahe träge Geste. Der in den Wurzeln verbliebene Schleim erwachte wieder zum Leben und teilte sich in Tausende winziger, umherwuselnder Teile. Sie steuerten wie eine Flutwelle aus dem Schatten von Ygseril in die Richtung der Menschen auf dem Marmorboden zu.

Wühler waren nach Ebora gekommen, und die Gestalt, die auf den ausladenden Wurzeln ihres Gottes stand, war die Königin der Jure'lia.

»Weg hier!« Er drehte sich um und rannte zur Rückseite des Raumes. »Alle raus hier!« Die meisten waren bereits selbst auf diese Idee gekommen und stürmten durch die Türen, wobei sie in ihrer Panik viele der Stühle umwarfen. Er sah Menschen fallen, unter den Füßen anderer zertrampelt und von den käferartigen Kreaturen überrannt werden. In wenigen Augenblicken war die Halle der Wurzeln von Schreien erfüllt, und in einer Welle des Entsetzens, die sich fast wie eine Ohnmacht anfühlte, wurde ihm klar, dass er sein Schwert in seinem Zimmer zurückgelassen hatte.

Er blickte sich um und suchte nach seiner Schwester. Was er jedoch sah, war der alte Eboraner, der neben Ygserils Wurzeln gekniet hatte. Er wand sich, während die Wühler in seinen Hals eindrangen und eifrig an seinen Augenlidern knabberten; sie waren bereits in ihm, fraßen seine Organe und sein Fleisch und hinterließen ihre Exkremente. Schwarze

Rückstände tropften aus seinem Mund. Dahinter konnte er die restlichen Eboraner erkennen – einige von ihnen hatten die Geistesgegenwart besessen, aufzustehen und zu den Türen zu laufen, aber die meisten von ihnen waren zu schwach, um sich noch zu bewegen. Er sah eine Frau, die hilflos auf die Kreaturen unter ihren Füßen eintrat, doch sie krabbelten bereits in ihrem Haar und rissen mit ihren Kiefern mühelos Löcher in ihr Fleisch. Aldasairs Freund, der Große mit den Äxten – Tor erinnerte sich, dass er Bern hieß und aus Finneral stammte – hielt jetzt seine Waffen in Händen. Obwohl sie gegen einen so kleinen, schnellen Feind wenig nützten, stellte er sich vor seinen Cousin, als wolle er ihn beschützen.

»Hestillion!«

Seine Schwester zuckte bei der Erwähnung ihres Namens zusammen, drehte sich aber nicht um. Sie schüttelte nur den Kopf, als könne sie das alles nicht glauben. Der alte Eboraner hatte aufgehört, sich zu winden, und stand nun ganz ruhig da. Er bewegte sich mit einer Anmut, die man seit Jahrhunderten nicht mehr an ihm gesehen hatte. Seine Augen waren leere Höhlen, und er lächelte.

»Hest! Wir sterben, wenn wir hierbleiben! Komm hier rüber!«, brüllte Tor.

Eine Schar von Wühlern schwenkte auf ihn zu, und Tor wich zurück. Das Herz schlug ihm bis zum Hals. Eine der Kreaturen kletterte auf das weiche Material seiner Stiefel und er spürte eine Reihe von Nadelstichen auf der Haut, als das Ding sein Bein hinaufkrabbelte. Er verzog angewidert das Gesicht und schlug es weg, doch da waren bereits zwei andere an seine Stelle getreten.

»Wir müssen weg«, wiederholte er, obwohl er nicht einmal mehr wusste, mit wem er eigentlich sprach. Die Jure'lia

waren zurückgekehrt, sie hatten die Königin befreit, und alles würde genau hier enden; nur viel schneller als erwartet. Ein bitteres Lachen stieg seine Kehle hinauf.
Und dann ertönte eine Stimme. Es waren keine Worte, sondern eine Reihe von Gefühlen und Eindrücken – er wusste instinktiv, dass sie aus derselben Quelle stammten wie das starke Gefühl der Trauer, das er kurz zuvor empfunden hatte. Etwas Gewaltiges sprach, obwohl es weder Mund noch Kehle besaß, und mit einem Schaudern wusste Tor, was es sagte.
Ein Geschenk. Ein letztes Geschenk.
Hoch über ihnen, in den neu belebten Zweigen Ygserils, wuchs etwas Silbernes.

Kapitel 44

Noon lag rücklings auf dem riesigen Bett und starrte an die Decke. Dort hing ein Gemälde. Eboraner schienen es zu lieben, überall Gemälde zu verteilen. Und wenn sie es betrachtete, den Linien folgte und versuchte, die Geschichte dahinter zu erraten, musste sie nicht an Mutter Fast denken, an ihr fehlendes Auge oder ihr geschundenes Gesicht. Sie musste nicht daran denken, wie selbst das üppige Gras des Frühlings Feuer gefangen hatte, oder wie ihre Mutter ausgesehen hatte, als sie begriff, was geschah – und auch nicht daran, wie Menschen rochen, wenn sie verbrannten, und welche Geräusche sie dabei erzeugten.

Noon räusperte sich und kniff die Augen zusammen, während sie erneut zur Decke hinaufblickte.

Das Gemälde zeigte große, elegante Gestalten, die auf einem Schiff in Richtung Norden in ein unbekanntes Meer aufbrachen. Den Bug zierte ein eleganter goldener Fuchs, und der Künstler hatte den Ozean mit wilden Seeungeheuern bevölkert: riesige Tintenfische mit greifenden Tentakeln, ein Wesen, das wie eine große gepanzerte Krabbe aussah, und Frauen, die zur Hälfte Fische waren und deren offene Münder spitze Zähne enthüllten. Ihre Reise war offensichtlich gefährlich, aber der Künstler hatte auch einen großen Mann mit brauner Haut gemalt, der die Gruppe anführte. Er sah weise aus. Wenn man ihn ansah, glaubte man, dass er einen Weg um die Monster herum kannte.

WACH AUF.

Die Stimme in ihrem Kopf verdrängte alle Gedanken, und Noon wand sich auf dem Bett, als würde sie ertrinken. Sie schmeckte Blut in ihrer Kehle.

»Was ist los?«

Krieg, sagte die Stimme. Sie klang sowohl triumphierend als auch ängstlich. *Der Krieg hat uns wieder heimgesucht, meine Freundin. Beweg dich! Schnell!*

Noon schwang ihre Beine aus dem Bett. »Wovon redest du? Von welchem Krieg? Und wohin soll ich gehen? Die Tür ist verschlossen.«

Aber die Stimme war verschwunden. Noon stand auf und suchte unsicher nach der Energie in ihrem Inneren. Sie war noch da. Zwar war sie nur noch eine Glut, doch sie war bereit, jederzeit herbeigerufen zu werden. Sie ging zur Tür und rüttelte vorsichtshalber an der Klinke, aber sie war immer noch fest verschlossen. Sie lehnte sich dagegen und hielt inne. Was war das für ein Geräusch? Sie hielt den Atem an und hörte es erneut: Da waren entfernte Schreie. Kälte erfasste sie am ganzen Körper.

»Was ist los?«

Die Stimme drang wieder in ihren Kopf und klang zum ersten Mal nicht ruhig und kontrolliert, sondern panisch, wild und verzweifelt.

Geh!, schrie sie. *Du musst jetzt gehen, sonst verpasst du es. Du wirst mich verpassen!*

»Du musst mir sagen, wovon du sprichst. Rede deutlich!«

Die Halle der Wurzeln. Bitte. Du musst für mich dorthin gehen.

Es war dieser flehende Ton in der zuvor so selbstsicheren Stimme, der Noon in Bewegung brachte. Sie schnappte sich ihre Jacke und zog ihre Stiefel an. Ihr Herz pochte schmerzhaft in ihrer Brust. Die Schreie waren jetzt lauter, und sie glaubte, das Donnern von rennenden Menschen zu hören. Sie eilte zurück zur Tür und schlug mit den Fäusten dagegen.

»Was ist da draußen los? Lasst mich hier raus!«

Es kam keine Antwort. Noon wandte sich wieder dem Raum zu. Mit einem Mal spürte sie ein drückendes Engegefühl in

ihrer Brust, das nichts mit den Schreien draußen oder der Stimme in ihrem Inneren zu tun hatte. Sie musste woanders sein. Dieser Raum war der falsche Ort.
»Ich stecke hier fest«, sagte sie laut. »Ich komme nicht raus.« Die bittere Belustigung in der Stimme breitete sich in ihr aus und ließ ihre Fingerspitzen kribbeln.
Glaubst du wirklich, dieser Ort kann dich festhalten?
Das stimmte. Noon hob ihre Arme in einer langsamen, anmutigen Bewegung und beschwor eine wirbelnde Kugel aus Winnowfeuer zwischen ihren Händen. Sie schwang sie voller Konzentration hin und her und versorgte sie mit der Energie, die sie brauchte, um stetig zu wachsen. Schließlich summte die Feuerkugel zwischen ihren Armen, wie ein Topf, der darauf wartete, überzukochen. Sie rannte zum Fenster und warf. Die Feuerkugel prallte gegen das Fenster und explodierte in einem Regen aus Holz und Glas. Noon bedeckte ihr Gesicht mit den Armen, darin ein Ausdruck zwischen Angst und Freude, als die Trümmer um sie herum herabfielen. Sie hatte Schnitte an den Unterarmen und Kratzer, die auf ihrer Haut brannten. Aber all das bemerkte sie kaum. Statt des Fensters befand sich nun ein Loch in der Wand, und durch dieses Loch konnte sie das helle Tageslicht und die Glut ihres eigenen Feuers sehen. Ein Ausweg. Es schien, als wäre sie doch ziemlich gut darin, so etwas zu finden.
Im letzten Moment hob sie noch Tors Schwert auf, bevor sie ging.

Die Entfernung zwischen Ygseril und den Türen hatte sich noch nie so weit angefühlt.
Hinter Tor schwebte die Königin der Jure'lia immer noch über den Wurzeln des Baumgottes, gehalten von dem fadenartigen schwarzen Material, das sowohl ein Teil von ihr zu

sein schien als auch etwas, das sie kontrollieren konnte. Hestillion befand sich genau dort, wo sie zuvor schon gestanden hatte, war jedoch auf die Knie gesunken. Aber die Wühler ignorierten sie und versammelten sich um sie herum wie Wellen um einen Felsen. Tor hatte Aldasair irgendwo inmitten der Panik aus den Augen verloren und kletterte nun über einige umgestürzte Stühle. Dabei hielt er immer wieder inne, um auf die Wühler unter seinen Füßen zu treten oder sie von seiner Kleidung zu entfernen. Wohin er auch blickte, fielen Menschen den herumkrabbelnden Kreaturen zum Opfer, und die große Halle war erfüllt von ihren Schreien, während sie lebendig gefressen wurden. Eine Gestalt kauerte vor ihm. Es war ein Mann mit einem gepflegten schwarzen Bart, dessen Gesicht von Kratzern der Wühler übersät war. Doch nicht nur das. Seine Augen waren nur noch Löcher, umrandet von derselben schwarzen Substanz, die aus den Wurzeln gesickert war. Er grinste Tor an und streckte die Hand nach ihm aus, als wären sie alte Freunde.

Tor stieß ihn weg und schlug ihm dann, nachdem er es sich anders überlegt hatte, kräftig gegen den Kiefer. Der Mann ging zu Boden wie ein Sack Kartoffeln. Als Tor jedoch über ihn hinwegstieg, sah er, dass er immer noch grinste. Tor erinnerte sich an etwas aus den vielen Notizen von Vintage: Es war schwierig, eine Drohne bewusstlos zu schlagen, weil sie kein Gehirn mehr hatte, das man beschädigen konnte.

»Ich muss mein verdammtes Schwert holen.«

Vor sich sah er zwei weitere Drohnen – sie waren leichter zu erkennen, als er gedacht hatte, da sie sich alle auf dieselbe geschmeidige und knochenlose Weise bewegten. Sie standen über einer älteren Frau gebeugt, die einen roten Schal im Haar trug. Die Drohnen hielten sie fest, während die Wühler über sie herfielen und sich ihren Weg hinein suchten. Die arme Frau schrie und strampelte. Tor sprang über die umgestürzten Stühle und wurde von einem so großen Entsetzen erfasst, dass es ihm die Kehle mit schmerzhafter Hitze zu füllen schien. Als er die Frau jedoch erreichte, sah er zwei Wühler, die sich eifrig den Weg in ihre Kehle bahnten, und ihre Schreie verstummten abrupt. Er wandte sich ab. Er konnte nichts mehr tun.

Eine weitere Frau lag vor ihm auf dem Boden und wollte sich mühsam aufrichten. Er erkannte, dass es Mutter Fast war, die Vertreterin der Menschen des Flachlands, die Noon so sehr beunruhigt hatte. Bisher hatten die Wühler sie übersehen, und er zog sie am Ellbogen hoch. Sie sah ihm mit ihrem einzigen funktionierenden Auge an.

»Ich glaube, es ist Zeit für uns, zu gehen, Mutter Fast.«

»Und wohin sollen wir gehen, Junge? Das Wurmvolk ist zurück, und es gibt nur noch eine Handvoll Eboraner, die sich ihnen entgegenstellen können. Wir können uns genauso gut hier hinlegen und dem Ganzen ein Ende setzen.«

»Sie sind ein richtiger Spaßvogel, nicht wahr?« Tor führte sie an einem Stapel Stühle vorbei, während um sie herum weiter geschrien wurde. »Ich habe nicht die Absicht, heute zu sterben, also wenn Sie bitte –«

Vor ihnen wurden die Türen der Halle mit einem Knall aus grünem Feuer aus den Angeln gehoben. Noon trat in ihr Blickfeld. Ihr schwarzes Haar war zu einem wirren Knäuel zerzaust und ihr rechter Arm von grünem Feuer umhüllt. Tor spürte, wie Mutter Fast zurückschreckte.

»Das war's. Jetzt ist sie gekommen, um uns alle zu töten.« Ihre Stimme klang atemlos, am Rande der Hysterie. »Ich hätte es wissen müssen, ich hätte wissen müssen, dass es so enden würde.«

»Oh, reißen Sie sich zusammen.« Tor trat mit Wucht auf ein

paar Wühler, die um Mutter Fasts Füße herumkrabbelten. Beim Anblick von Noon war sein Herz leichter geworden, und er winkte ihr zu. »Noon!« Noch dazu hatte sie sein Schwert.

Sie trafen sich bei einem Haufen zerbrochener Stühle. Der Großteil der Gäste war inzwischen geflohen, die Übrigen längst Drohnen oder dabei, zu solchen zu werden.

»Ich weiß nicht, was passiert ist«, sagte er schnell, obwohl er vermutete, dass das nicht so ganz stimmte. War es nicht schon immer ein Rätsel gewesen, was mit den Jure'lia am Ende des Achten Regens geschehen war? War diese Frage jetzt nicht beantwortet worden? »Wir müssen hier weg.«

Noon drückte ihm sein Schwert in die Hand. Jede Verwirrung oder Unsicherheit war aus ihrem Gesicht verschwunden. Sie schien nicht einmal durch die Anwesenheit von Mutter Fast beunruhigt zu sein, sondern warf der alten Frau nur einen abschätzigen Blick zu und wandte sich dann ab.

»Hast du den Verstand verloren?«, sagte sie. Um sie herum herrschte Chaos. Menschen schrien, während sie bei lebendigem Leib gefressen wurden, während andere noch versuchten zu entkommen, und irgendwo dazwischen erklang das Weinen seiner Schwester. Doch als er in Noons Gesicht blickte, sah er leise Belustigung. Und noch etwas anderes: eine Herausforderung. »Tor, wenn wir sie hier töten können, wird all das sofort enden. Verstehst du das nicht?«

Mit dem vertrauten Gewicht des Neunten Regens in seinen Händen verstand er. »Wirst du mir helfen?«

Noon grinste, und er erinnerte sich an den süßen Geschmack ihres Blutes.

Noon lief vor Tor her und ließ sich von ihren Instinkten leiten. Die Stimme in ihrem Kopf war eine beruhigende Präsenz, die sie konzentriert hielt, während eine tiefere, innere Stimme ihren Körper bewegte. Sie drehte sich und schwang ihre rechte Hand nach unten in Richtung Boden, wobei ihre Fingerspitzen die Marmoroberfläche streiften. Dabei baute sie um sich herum einen großen Streifen Winnowfeuer auf, einen hellgrünen Tunnel aus vertikalem Licht, der von der fremden Energie in ihrem Inneren angetrieben wurde. Als sie noch sehr klein gewesen war, hatte es im Flachland einmal heftige Stürme gegeben, ähnlich ihrem Feuertunnel. Mutter Fast – Tor hatte sie vorsichtig zur Tür geschoben – hatte sie »Gottes Finger« genannt: hohe, wabernde Säulen aus Dunkelheit, die das ganze Land zu verschlingen drohten. Jetzt war Noon ihr ganz eigener Sturm. Außerhalb konnte sie die Gestalten all derer spüren, die bereits von den Jure'lia verschlungen worden waren – und dahinter die hoch aufragende Form der Königin.

Die Drohnen wichen zurück, als die Flammen sich ihnen näherten. Neben ihr war Tor nur noch ein verschwommener Fleck. Sein Schwert zerschnitt die Luft mit präzisen Bewegungen; Drohnen fielen zu Boden, Köpfe wurden von Hälsen getrennt, während sie immer noch fröhlich lächelten.

»Weiter vorwärts, schau nicht zurück!«

Eine Flut aus Wühlern schwärmte in Pfeilformation auf sie zu. Das war zweifellos ein direkter Angriff der Königin selbst. Als Reaktion darauf setzte Noon einen Teil der Energie aus dem grünen Sturm frei, der sie umgab, und eine Feuerwalze fegte über den Marmorboden. Dutzende von Wühlern explodierten in einem Aufleuchten aus gelben Flammen, und ein seltsamer, beißender Geruch erfüllte die Halle.

Die Hälfte des Weges war geschafft. Weitere Drohnen kamen, ihre Gesichter voller leerer Zufriedenheit, und Noon zündete sie an wie Kerzen. Dabei bemerkte sie, dass der Geruch von verbranntem Fleisch sie nicht länger störte.

Weil du eine Soldatin bist, erklang die Stimme in ihrem Kopf. Und dann: *Ich bin jetzt ganz in der Nähe. Halte Ausschau nach mir.*

Sie warf einen Blick auf Tor. Er ging auf seine Schwester zu, die immer noch zusammengesunken am Rand der Wurzeln kauerte. Sie konnte sein Gesicht nur im Profil sehen, aber seine feinen Augenbrauen waren in einem Ausdruck leicht genervter Konzentration zusammengezogen, während er sein Schwert immer wieder mit Blut besudelte. In Wahrheit war es jedoch gar kein Blut, das aus den Körpern der Drohnen spritzte, sondern dieselbe dickflüssige, schwarze Substanz, aus der die Königin bestand. Die Wahrscheinlichkeit, dass sie beide hier sterben würden, war groß, überlegte sie, während eine eisige Ruhe ihre Brust erfüllte. Es war zu spät, um ihm noch etwas zu sagen, zu spät, um ihre besondere Zuneigung für die Art, wie er aussah, auszudrücken – wütend, empört, verzweifelt.

Konzentriere dich auf deine Aufgabe, Soldat.

»Was ist das? Die allerletzten Krieger, die Ebora zu bieten hat?« Die Königin war an den Rand der Wurzeln getreten, und Noon erhaschte einen Blick auf ihr Gesicht. Es hing maskenhaft und schön in der sich bewegenden schwarzen Materie ihres Körpers und wirkte dabei wie ein Blatt, das stromabwärts treibt. Als Antwort entfesselte Noon die Energie des Sturms, der sie umgab, und ließ ihn durch die Halle wirbeln. Doch die Königin vollführte nur eine elegante Geste, sodass eine Wand aus öliger, schwarzer Flüssigkeit sich vor ihr erhob. Das Feuer zischte dagegen, und Noon spürte eher, als dass sie sah, wie die Königin zusammenzuckte. Die Wand aus schwarzer Flüssigkeit zerfiel.

»Die Letzten und die Besten«, rief Tor. Er sah Noon kurz in die Augen, und sie grinste über die rücksichtslos gute Laune, die sie darin erkannte. »Kriecht zurück in den Dreck, wenn es Euch beliebt, Eure Majestät, und wir können alle mit unseren Tagesgeschäften weitermachen.«

»Manieren, das gefällt mir.« Die Königin wandte ihren Kopf, um Hestillion anzusprechen. »Dieser hier ist mit dir verwandt, ja?«

Noon sah, wie sich Hestillions Schultern bewegten, als sie antwortete, aber im Dröhnen des Winnowfeuers konnte sie die Worte nicht verstehen. Ein Schmerz durchfuhr ihr Bein und lenkte sie ab. Sie sah nach unten und bemerkte einen Wühler, der sich ihren Stiefel hinaufarbeitete. Noon griff danach, packte die Kreatur mit der Handfläche und beschwor das Feuer herauf, um sie mit einem kurzen, explosiven Zischen zu vernichten.

»Wir gehen auf sie los«, sagte Tor. Seine Stimme war nur für sie bestimmt. »Wirf alles, was du hast, solange du kannst. Ich werde um sie herumgehen. Dieses Schwert sollte reichen, meinst du nicht? Schließlich wurde es genau dafür auf genau diese Weise geschmiedet.«

»Der Neunte Regen«, stimmte Noon zu, dachte allerdings gerade an etwas anderes. Es gab noch einen weiteren Faktor – etwas, das sie vergessen hatten, das sie aber nicht vergessen durften. Sie hob den Kopf, als würde er sich von selbst bewegen, und sah weit über ihnen die Äste Ygserils, die sich über das gesamte Glasdach ausbreiteten. Silberne Formen schwangen dort herum, bauchig, fremdartig und sicherlich zu groß und zu schwer, um lange dort zu bleiben. Wenn sie herunterfielen, würden sie auf das Glasdach krachen. Möglicherweise würden sie es durchbrechen und dabei auf ihrem Weg nach unten von Glassplittern zerfetzt, oder vielleicht würden sie auch wegrollen und anderswo auf dem Palastgelände landen.

Noon blieb stehen.

»Was machst du da?«

Sie ignorierte Tor und beschwor erneut das Winnowfeuer. Sie wusste, dass sie jetzt mehr denn je die Kontrolle behalten musste, und Kontrolle war noch nie ihre Stärke gewesen. Kurz dachte sie an Agentin Lin, an ihren entschlossenen, stählernen Blick, während Noon verängstigt und schwach geflohen war.

Das bist du nicht mehr.

»Ich bin eine Waffe.« Noon streckte ihre Arme nach oben, und mit ihnen schoss eine grüne Feuersäule empor, die das Innere der Halle für einen kurzen Moment so hell erleuchtete wie ein Sommermittag im Flachland. Als das Feuer auf das gläserne Dach traf, schwoll es an und verteilte sich in alle Richtungen.

»Was hast du –?«

Noon warf sich auf Tor, stieß ihn zu Boden und in einen Haufen zerbrochener Stühle. Fast im selben Moment zerbrach das Glasdach über ihnen in einer ohrenbetäubenden Explosion. Der Lärm war außergewöhnlich, und ihm folgte ein tödlicher Regen aus Glas und verbogenen Eisenteilen. Sie presste ihren Körper an den von Tor und wartete, bis es vorbei war, gleichzeitig bereitete sie sich auf das vor, was als Nächstes kommen musste.

»Hast du gerade die Halle der Wurzeln zerstört?« Tors Stimme war nicht viel mehr als ein heißer Windhauch in ihrem Ohr.

»Nur das Glas«, antwortete sie, »nicht die Äste. Die darfst du nicht anfassen.«

»Was?«

Aber Noon war bereits wieder aufgestanden. Entfernt spürte

sie, dass sie an verschiedenen Stellen weitere Schnittwunden davongetragen hatte, doch stattdessen konzentrierte sie sich auf das Gefühl, dass etwas passieren würde – etwas, das sie nicht verpassen durfte. Ein kurzer Blick verriet ihr, dass sich die Königin wieder hinter ihre Schlammwand zurückgezogen hatte. Sie erkannte außerdem, dass auch Hestillion noch lebte und ihre schlanken Arme über den Kopf hielt. Sie zitterten. Noon blickte nach oben. Das Glasdach war verschwunden, die Ränder dampften, und Ygserils Äste schwankten hin und her.

»Was zur Hölle? Warum hast du das getan?«

Tor war nun wieder an ihrer Seite. Ein Glassplitter hatte ihn getroffen, sodass ein Schleier transparenten Bluts sein Haar auf der Stirn kleben ließ, doch er hielt sein Schwert so fest wie immer. Noon zeigte nach oben. Die silbernen Kugeln schwankten jetzt hoch in den Ästen und waren fast bereit zu fallen.

»Es ist ihre Zeit, Tor.«

Sie hatte leise gesprochen, aber die Königin der Jure'lia hatte sie trotzdem gehört.

»Du irrst dich«, sagte sie. Ihre farblosen Lippen zogen sich von den perfekten, zahnfleischlosen Zähnen zurück. »Es ist endlich *unsere* Zeit.«

Die Äste von Ygseril schüttelten sich, und die seltsamen silbernen Früchte begannen zu fallen.

»Nichts von dem, was du sagst, ergibt einen Sinn, meine Liebe.«

Vintage saß mit ausgestreckten Beinen da, eine Hand auf den Kristall gelegt. Auf der anderen Seite der unüberwindbaren Kluft kauerte Nanthema. Sie war unerträglich ruhig. »Denk mal darüber nach, Vin. Wohin gehen sie, wenn sie uns nicht angreifen? Sie müssen irgendwoher kommen.«

»Wenn wir das nur wüssten …«

»Ja, das würde so viele Fragen beantworten.« Nanthema seufzte, ein kurzer Atemstoß zwischen den Lippen, an den sich Vintage sehr gut erinnerte. Es war das Geräusch, das sie machte, wenn sie ein schwieriges Problem beiseiteschob. »Ich sage es dir, ich kann sie hören, Vin. Ich kann natürlich nicht verstehen, was sie genau reden. Es ist wie in einem entfernten Raum, in dem viele Individuen eine Sprache sprechen, die ich nicht verstehe. Allerdings kommt hin und wieder eine andere Stimme hinzu, und alle anderen verstummen. Oder sie werden alle zu einer einzigen Stimme.« Vintage konnte sehen, wie sie jetzt die Stirn runzelte. »Aber sie sind nicht weit weg. Überhaupt nicht weit weg.«

»Diese unheimlichen Spekulationen bringen uns deiner Befreiung kein Stück näher.«

»Nein, und du musst bald zurückkehren. Wie viel Proviant hast du mitgebracht? Wie viel Wasser?«

Vintage schnaubte. »Wofür hältst du mich? Für ein Kleinkind, das gerade aus dem Kindergarten kommt? Meine Liebe, in meinem Rucksack –« In diesem Moment wurde die gesamte Kammer heftig durchgerüttelt.

Vintage schrie auf, taumelte vom Kristall zurück, und Nanthemas erschrockene Frage wurde mitten im Satz unterbrochen.

»Was zum –?«

Zuerst dachte Vintage, das Wrack würde doch noch auseinanderfallen. Vielleicht hatte eine große Welle es gelockert und bereitete sich darauf vor, seine alten Knochen endlich auf den Meeresgrund zu schicken. Aber das Beben war zu konstant, zu regelmäßig. Sie wandte sich wieder dem Kristall zu und drückte ihre Hand dagegen.

»Verschwinde, bevor alles zusammenbricht! Du Dummkopf, fang an zu klettern!«

Vintage schüttelte den Kopf. »Ich gehe hier nicht ohne dich weg, meine Liebste.« Hinter Nanthema rasten die Wolken nun viel schneller über den Himmel, und ein Wind begann, an ihren Haaren zu zerren.

»Ein Sturm zieht auf. Ich kann es riechen«, sagte Nanthema mit weit aufgerissenen Augen. »Hier hat es noch nie nach irgendetwas gerochen.«

Vintage öffnete gerade den Mund, um zu antworten, als ein Ring aus strahlend weißem Licht durch die gesamte Kammer wanderte und sie von oben bis unten erleuchtete. Ein paar Sekunden lang brannte das Licht von dem Kristall, zu hell, um es anzusehen. Dann fiel Nanthema hindurch und landete direkt in ihren Armen.

Beide schrien auf.

Vintage erholte sich als Erste davon. »Dieser verdammte Ort erwacht!« Sie rappelte sich mühsam auf und zog die größere Frau mit sich. Sie fühlte sich wunderbar fest und warm an.

»Dann sollten wir besser nicht hier sein, wenn er seine müden Beine ausstreckt.«

Als Vintage später daran zurückdachte, musste sie zugeben, dass der Weg aus der Kammer hinaus – während die Strickleiter sich durch die Vibrationen wild hin und her bewegte – das Schwierigste war, das sie je geschafft hatte. Das Wissen darüber, dass Nanthema zwar am Leben und frei war, aber dass Vintage sie beide in den sicheren Tod befördern würde, wenn sie nicht schnell genug die Leiter hinaufkletterte, ließ ihre Knie weich und ihre Finger zu tauben Stäben werden. Sie japste stoßweise nach Luft, um nicht in Panik zu geraten, bis sie endlich aus der Kammer heraus waren und den größeren Raum erreichten. Um sie herum erwachten Lichter hinter dem fleischigen Material der Wände zum Leben, und das Zittern unter ihren Füßen hielt unvermindert an.

»Findest du den Weg hinaus, Vin?«

»Natürlich finde ich ihn.« Vintage griff nach Nanthemas Hand. »Bleib dicht bei mir.«

Sie rannten los.

Zu ihrer Überraschung und großen Erleichterung stellte Vintage fest, dass sie sich tatsächlich an den Weg hinaus erinnerte. Das hatte sie nur ihrem geschulten Auge zu verdanken, das all die Jahre durch die sonderbaren Jure'lia-Artefakte geschärft worden war. Sie konnte sie hier herausbringen, wenn nicht vorher der ganze Ort um sie herum zusammenbrach, sie von einem umherstreunenden Parasitengeist auf links gedreht wurden oder zu schnell rannten und in einen unsichtbaren Abgrund stürzten.

»Was war das?« Nanthema drückte ihre Hand fester und zwang sie, anzuhalten. Sie standen in einem dunklen Korridor und atmeten schwer.

»Nanthema, wir müssen wirklich –«

»*Psst!* Hör mal.«

Vintage blieb stehen. Um sie herum bebte alles, und sie konnte jetzt das ferne Rauschen des Meeres hören. Sie waren nah dran. Doch dann, von irgendwo tiefer im Inneren des Giganten, vernahmen sie eine leise Stimme. Sie rief. Diese Stimme war weiblich, und etwas an ihr ließ Vintage innerlich erstarren.

»Wie kann das sein?«, zischte sie Nanthema zu. »Wie kann hier jemand sein?«

»Es ist die Stimme, die ich im Kristall gehört habe«, sagte Nanthema. Zwei rote Flecken waren auf ihren Wangen zu

erkennen, und ihre purpurroten Augen leuchteten zu hell in ihrem blassen Gesicht.
»Komm, wir sind fast da.«
Während sie rannten, hörten sie die Stimme immer wieder. Sie schien aus allen Teilen des zerbrochenen Giganten zu kommen. Sie war leise, fast neckisch, als würde sie ein Spiel mit ihnen spielen, und Vintage hatte das Gefühl, dass sie ihnen folgte und durch die dunklen Stellen sickerte, wo immer sie auch hinrannten.
Schließlich erreichten sie ein Licht, das von der sich verändernden Form des Wassers verwischt und gesprenkelt wurde. Als sie sich ihm näherten, begann eine dickflüssige schwarze Substanz aus den Wänden zu sickern. Nanthema rutschte fast aus und kam zum Stehen, und Vintage prallte gegen die Wand zu ihrer Rechten.
»Was macht es da?«
Die schwarze Substanz schien lebendig zu sein. Sie streckte ihre teerartigen Finger aus und bewegte sich in Richtung der kaputten Decke. Während sie zusahen, floss sie um die Platten und Rohre herum und drückte sie sanft wieder an ihren Platz. Weiter unten glättete mehr von dem schwarzen Schleim das nachgebende Material des Bodens und heilte es auf eine Weise, die Vintage nicht verstand.
»Es repariert sich selbst.« Vintage blinzelte. Sie verspürte den Drang, sich in den Arm zu kneifen, denn sie war sich sicher, dass dies ein Albtraum sein musste. Sie vermutete, dass sie sich noch immer auf Esiah Godworts Gelände befand und bewusstlos mit von Winnowfeuer verbranntem Gesicht auf dem Boden lag. Aber dann hörte sie wieder die sanfte, schmeichelnde Stimme.
»Ich gehe da nicht durch«, sagte sie entschlossen und zog Nanthema am Arm. »Lass uns drum herumgehen.«

Als sie um die Ecke bogen, fanden sie einen weiteren Korridor, der ins Tageslicht führte, doch auch dieser war mit der Substanz bedeckt. Sie wurde immer lebendiger, als würde sie durch den Klang der seltsamen, entfernten Stimme an Kraft gewinnen. Die gesamte Struktur ächzte nun und knarrte, als Dinge, die sich seit Jahrhunderten nicht bewegt hatten, verschoben und in neue Positionen gebracht wurden. Vintage und Nanthema gingen und suchten weiter nach einem freien Weg nach draußen, aber die Substanz begann, aus dem Boden zu sickern, an ihren Stiefeln zu kleben und sie zu verlangsamen.

»Es hat keinen Sinn, Vin. Wir müssen uns den Weg nach draußen freikämpfen.«

Vintage nickte grimmig. Sie nahm die Armbrust von ihrem Gürtel – auch wenn sie nicht wusste, was das gegen die heraufquellende Substanz ausrichten sollte – und sie bewegten sich, so schnell sie konnten, den nächsten Korridor entlang. Vintage hielt ihren Blick auf den Kreis aus schwachem Tageslicht vor ihnen gerichtet, während an den Wänden zu beiden Seiten reges Leben herrschte. Einmal krümmte sich eine Ranke dieses Zeugs wie ein neugieriger Finger auf sie zu, streifte ihr gelocktes Haar, und sie musste sich auf die Lippe beißen, um nicht aufzuschreien. Es war, als befände man sich im geschäftigen Inneren eines riesigen Wesens: Alle wichtigen Systeme, die es am Leben erhielten, arbeiteten ununterbrochen, während Vintage nur ein kleines Stück Nahrung war, das darauf wartete, verdaut zu werden. Sie verdrängte dieses Bild hastig.

»Da, schau!«

Sie waren am Ende des Korridors angelangt, und von dort aus konnte sie das Seil sehen, mit dem sie hoch und in den Bauch des Giganten geklettert war. Darunter befand sich ihr kleines Boot, das hin und her schaukelte. Es wurde heftig umhergeworfen, da die Wellen durch das Erwachen des Wracks in Bewegung gerieten. Es lag etwa fünf Meter entfernt von ihnen und befand sich direkt gegenüber einer zerklüfteten Wand.

»Wir müssen klettern«, sagte Nanthema. Kaum hatte sie es ausgesprochen, bewegte sich der gesamte Abschnitt, auf dem sie standen, und hätte sie beinahe direkt ins Wasser geworfen. Unmittelbar über ihren Köpfen wurde ein glattes Stück grünliches Metall wieder an seinen Platz geschoben, und noch weiter darüber bewegten sich andere Bereiche wie die Teile eines riesigen Puzzles.

»Wir müssen uns beeilen. Du zuerst, los!«

Nanthema kletterte hinunter und hinüber, wobei sie mit den Händen nach dem fleischigen Material griff und sich daran entlangzog. Ihre Bewegungen waren vielleicht nicht anmutig, aber dennoch kraftvoll. Vintage folgte ihr, die Muskeln in ihren Armen noch immer taub vor Schreck. Sie biss die Zähne zusammen, um ihre Panik auszublenden. Es machte keinen Unterschied, jetzt zu fallen und in dem schwarzen Wasser unter ihnen zu ertrinken oder in den mysteriösen Bewegungen des Giganten zerquetscht zu werden.

Vor ihr schrie Nanthema plötzlich auf. Zuerst konnte Vintage die Ursache nicht sehen, doch dann glitt eine Reihe heller Lichtpunkte durch die Wand, nur wenige Zentimeter von Nanthemas Kopf entfernt. Sie sahen aus wie die scharfen Finger einer leuchtenden Hand, erfüllt von blauem Licht. Ein Parasitengeist – vielleicht verließen auch sie wie Ratten das sinkende Schiff? Nanthema taumelte zurück, und Vintage, die sich mit einer Hand festhielt und einen sicheren Stand auf dem glitschigen Boden des Giganten suchte, riss erneut ihre Armbrust vom Gürtel und feuerte, ohne nachzudenken, einen Schuss ab. Der Bolzen traf die Kreatur und sie wich sofort zurück, brach dabei jedoch auch ab, sodass er vorbei an Nanthema und ins Wasser sauste, wo er verschwand.

»Weiterlaufen!«

Sie beide schafften es schließlich bis zu dem kleinen Boot, obwohl es so heftig schaukelte, dass Vintage das Gefühl hatte, sie wären dort nicht trockener als im Wasser. Nanthema griff nach den Rudern und versuchte, sie aus dem Bereich innerhalb des Wracks zu manövrieren, während Vintage mit einem kleinen Topf Wasser aus dem Rumpf schöpfte. Die Wellen schlugen gegen sie und drohten, sie umzuwerfen, während sich der Gigant bewegte und Geräusche ausstieß wie ein schlafendes Biest, das endlich erwachte. Die schwarze Substanz lief die Wände hinunter, nach oben, nach unten und in alle Richtungen. Überall da, wo sie hinreichte, reparierte sich die Haut der Kreatur von selbst, gleichzeitig zog sie ihre verstreuten Innereien aus dem Meer und dem unfreundlichen Tageslicht zurück; eine in jeder Hinsicht unheimliche Heilung.

Als sie den Hauptteil des Giganten hinter sich ließen, begann sich das ganze Ding nach vorne zu bewegen und traf dabei auf den Teil, der davon abgeschnitten war. Schwarze Ranken streckten sich wie greifende Hände danach aus, und identische Gliedmaßen kamen ihnen von der anderen Seite entgegen. Vintage und Nanthema konnten gerade noch verhindern, dass sie kenterten und zwischen beiden Teilen zerquetscht wurden. Dann waren sie draußen, und der bewölkte Himmel wirkte segenspendend über ihren Köpfen.

»Vorsicht«, rief Vintage. Sie schöpfte immer noch Wasser aus dem Boot, obwohl sie ihren Blick kaum vom Giganten abwenden konnte. »Unter dem Meer, wo wir sie nicht sehen

können, befinden sich weitere Teile. Bei unserem Glück werden die sich auch noch bewegen.«
»Stimmt. Behalte sie im Auge, Vin.« Nanthemas schwarze Haare klebten vor Schweiß an ihren Wangen.
Das kleine Boot schaukelte und schwankte, und mehr als einmal war Vintage sicher, dass sie in die unfreundliche See hinausgeschleudert werden würden. Doch Nanthema hielt sie weiter in Bewegung, bis die Küste endlich ihren Rumpf berührte. Dann drehten sich die beiden wortlos um und blickten auf das Wrack, dem sie gerade entkommen waren.
»Bei den Wurzeln«, murmelte Nanthema. »Bei den gesegneten Wurzeln.«
Während sie zusahen, begann sich der Gigant – der nun zweifellos kein Wrack mehr war – aus seinem Grab zu erheben. Wasser sprudelte aus ihm heraus, begleitet von einem ohrenbetäubenden Dröhnen. Stellen, die sich seit Jahrhunderten vollgesogen hatten, wurden plötzlich freigelegt. An den Seiten öffneten sich Luken, aus denen noch weiteres Meerwasser austrat, so viel, dass Vintage dachte, es würde nie aufhören. Das ganze Ding erhob sich immer weiter und ließ die unendliche, tropfende Masse des Meeres zurück. Für Vintage, die nie wirklich damit gerechnet hatte, jemals ein vollständiges Exemplar von den Dingern zu sehen, die sie ihr ganzes Erwachsenenleben lang studiert hatte, wirkte es wie eine unvorstellbar dicke Assel. Sie war mehrteilig und geschwollen und überall mit pulsierenden Poren bedeckt. Ranken aus schwarzem Material krochen immer noch darauf herum, wie Fliegen auf – nun ja, wie Fliegen auf etwas sehr Unangenehmem.
Der Gigant stieg fast vollständig und neu zum Leben erweckt langsam in den Himmel auf.
»Was ist hier los?« Vintage ergriff Nanthemas Hand, und die

Eboranerin legte ihre eigene darüber. Beide starrten die riesige Kreatur an, die Augen weit aufgerissen wie verängstigte Kinder. »Was *passiert* hier?«

Kapitel 45

Die Frage ist: Was hat unsere Welt zerstört?
Besser noch: Was hat sie vergiftet? Natürlich waren sie *es. Jeder Ort, den sie berühren, ist zerstört und fremdartig, und alles, was sie zurücklassen, frisst sich in Sarns Fleisch, um seine giftigen Ranken weiter zu verteilen.*
Es vergiftet die Welt, aber wohin damit? Es ist kein Abfall, den man in einer entfernten Schlucht entsorgen kann. Auch die Schlucht würde vergiftet werden, und das Gift würde sich ausbreiten. Wirft man es ins Meer, wird das Meer ebenfalls vergiftet. Über Generationen hinweg wurde immer wieder versucht, die zerbrochenen Teile der Giganten zu entfernen. Es führte immer wieder dazu, dass Menschen starben, auf die eine oder andere Weise. Selbst mein geliebter Rebenwald und die Trauben, die ich mein ganzes Leben lang gehütet habe, sind genauso vergiftet wie all die anderen Orte, die von den Jure'lia berührt wurden.
Stattdessen bauen wir also Mauern um unsere Städte, ihre Grenzen werden streng bewacht, und Reisen ist eine gefährliche Beschäftigung, die nur für Verrückte und Verzweifelte geeignet ist.
Auszug aus den Tagebüchern von Lady Vincenza »Vintage« de Grazon

Die silbernen Früchte hoch in den Ästen von Ygseril schaukelten leicht. Noon konnte vielleicht fünfzehn davon erkennen. Unter ihrer glatten, silbernen Haut bewegten sich kaum erkennbar Lebewesen. Einen kurzen Moment lang fragte sie sich, ob der Sturz sie einfach sofort töten würde, doch dann fielen sie bereits, eine nach der anderen, wie überreife Herbstäpfel.

»Der Neunte Regen«, hauchte Tor neben ihr. »Aber das geht so schnell ...«
Die Früchte fielen, und erst jetzt wurde Noon klar, wie groß sie waren. Die größte hatte die Ausmaße eines voll beladenen Wagens. Sie zog Tor zurück. Die beiden suchten zu spät Deckung, denn schon krachten die Kapseln auf den Marmorboden um sie herum, hüpften und rollten in plötzlichem Chaos umher und kamen mit dumpfen Schlägen auf, die Noon sogar durch ihre Stiefel hindurch spüren konnte. Sie und Tor versuchten, ihnen auszuweichen, während Hestillion sich an die Wurzeln klammerte und wie durch ein Wunder von keiner getroffen wurde.
»Ich hätte nie gedacht, dass ich das erleben würde.« Tor sah verwirrt aus und wirkte viel jünger als noch vor einem Moment. »Ich hätte nie gedacht, dass ich *sie* sehen würde.«
Noon blickte sich mit klopfendem Herzen um. Etwas stimmte hier nicht. Etwas war furchtbar schiefgegangen, aber es blieb keine Zeit ... Sie wusste sofort, welche die Richtige war, sobald ihr Blick darauf fiel. Es war so klar wie der Vollmond am leeren Sommerhimmel. Es war die größte von allen, viel größer als sie selbst, und die Anziehungskraft, die von ihr ausging, konnte sie unmöglich ignorieren.
»Jetzt musst du an meiner Seite kämpfen, mein Freund.«
Tor blinzelte sie an, in seinem Gesicht spiegelte sich nichts als Verwirrung. Doch dann stand seine Schwester mit einem Mal auf und schrie die Königin an. Ihre Stimme war stark und empört.
»Du betrittst heiligen Boden, Kreatur. Was gibt dir das Recht, hier zu sein?«
Noon sah, wie sich das maskenhafte Gesicht, das in der wimmelnden Masse des Körpers hing, zu Hestillion wandte, wobei die perfekten Augenbrauen aufrichtige Überraschung

zeigten. Doch dann schien die größte der Früchte Noon erneut zu rufen. Sie ging auf sie zu und konnte sich so wenig umwenden, wie sie aufsteigen und davonschweben konnte. Im Inneren der Frucht erkannte sie ein Flattern, als wäre die Kugel ein Glasgefäß, in dem eine Motte gefangen war.

»Ich bin hier, ich bin hier«, murmelte sie. Sie legte ihre Hände auf die glatte Hülle und war nicht überrascht, dass sie sich heiß anfühlte, fast fiebrig. Im Innern bewegte sich etwas, drückte und spannte sich unter der Haut. Aus der Ferne nahm sie wahr, wie Tor und Hestillion mit der Königin diskutierten – sie lenkten die Jure'lia-Kreatur ab, doch die würde nicht lange mitmachen.

»Alles steht auf dem Spiel«, sagte sie zu der Frucht. »Und das genau jetzt, zum Zeitpunkt deiner Geburt.« Die Worte waren nicht ihre eigenen, und mit jedem Wort, das sie aussprach, wurde ihr schwindliger und schwindliger.

Hilf mir, sagte die Stimme in ihrem Kopf. *Du musst mir helfen. Es ist noch zu früh.*

Noon fühlte sich einen Moment lang verloren. Sie hatte kein Messer dabei, nichts, womit sie diese glatte Oberfläche aufschneiden konnte. Vage war ihr bewusst, dass Aldasair und der große Mann namens Bern sich auch irgendwo zwischen den umgestürzten Kapseln befanden, und kurz überlegte sie, den Mann aus dem Volk der Finneral zu bitten, ihr seine Axt zu leihen. Doch instinktiv schreckte sie vor dieser Idee zurück. Menschlicher Stahl war bei einer solchen Geburt fehl am Platz. Stattdessen kniete sie sich neben die Frucht und drückte ihre Hände flach darauf, wobei sie die wirbelnde Energie zu rufen versuchte. Keine Flammen, sondern Hitze; nicht die Sonne, sondern die feine Struktur des Sommers in einem sonnengetränkten Stein. Sie entließ die Energie in die Hülle und spürte, wie die Oberfläche unter ihren Fingern begann, Blasen zu werfen. Dann, plötzlich, platzte sie auf wie eine Nuss über dem Feuer. Noon schob ihre Finger unter die Ränder und zog daran, wodurch ein membranartiges weißes Material zum Vorschein kam. Anschließend riss sie es auf und blickte in ein riesiges violettes Auge, dessen Pupille ein schwarzer Strich in der Mitte war und sich bei ihrem Anblick verengte.

VOSTOK.

Es war, als hätte man ihr zwischen die Augen geschlagen. Noon taumelte, kämpfte darum, bei Bewusstsein zu bleiben, und riss an der Hülle. Aus ihr versuchte etwas Riesiges, sich den Weg nach draußen zu bahnen. Teile der Frucht ließen sich nun leicht mit den Händen ablösen, schlüpfrig von einer öligen Flüssigkeit, während eine durchsichtige Substanz über ihre Hände lief und sich zersetzte. Eine schuppige Schnauze drängte sich hindurch und blies ihr heißen Atem ins Gesicht. Als Nächstes erschien ein ganzer Kopf, und die Reste der Hülle fielen Noon in den Schoß.

»Vostok?«

Der Kopf des Wesens war größer als der eines Pferdes und hatte reptilienartige Züge. Auf seiner langen Schnauze verteilten sich perlweiße Schuppen, von denen einige so groß wie Medaillons und andere so klein wie Noons kleinster Fingernagel waren. Die Kreatur – *Vostok*, erinnerte sich Noon fieberhaft, *ihr Name ist Vostok* – öffnete ihr langes Maul und hechelte, wobei sie Reihen von bösartig scharfen Zähnen und eine dunkelviolette Zunge entblößte. Auf ihrem glatten Kopf thronten gekräuselte Hörner. Sie waren weiß wie Knochen und liefen spitz zu, während auf den knöchernen Höckern, die unter den violetten Augen hervorstanden, winzige weiße Federn sprossen und feucht aneinanderklebten. Ein langer, gewundener Hals führte zurück in die Frucht, wo

Noon jetzt den Körper erkennen konnte – zusammengerollt und kompakt, aber bereits dabei, sich zu befreien. Die Finsterhexe wiegte den Kopf so gut sie konnte in ihren Armen. Die Flüssigkeit aus der Kapsel durchtränkte ihre Kleidung, und überall lag ein freundlicher, sauberer Geruch in der Luft, wie der Saft Ygserils.

Kind, du hast mich in deinem Hexenfeuer geboren.

Noon nickte. Die Stimme hallte seltsam wider.

Du verstehst, dass ich zurücknehmen muss, was mir genommen wurde.

Noon nickte erneut. Sie verstand. Und sie begrüßte es.

Der große reptilienartige Körper im Inneren der Frucht – es ist ein *Drache*, jubelte Noon, ein *Drache* – spannte sich an, und der letzte Teil seines Kokons platzte und fiel zur Seite. Der Kopf hob sich aus Noons Schoß, und die Schnauze ruhte einen Moment lang an ihrer Stirn. Die Schuppen fühlten sich jetzt kühl an, wie ein Segen.

Kurz erhielt sie einen besseren Eindruck der schieren Größe – Noon sah große weiße Flügel, die sich noch nass an den Rücken des Drachen drückten – im nächsten Moment durchbohrte sie eine lange Klaue an der weichen Stelle unter ihren Rippen.

Schmerz, und dann noch ein berauschendes Gefühl. Die Präsenz in ihr und ihre brodelnde Energie flossen davon, strömten hinaus und ließen sie zurück, wie ein Stück Treibgut am Ufer. Ihr Blut durchtränkte die Vorderseite ihrer Jacke. Verwirrt dachte sie an Tor. Hörte sie ihn nicht gerade etwas rufen? War das nicht ihr Name?

»Danke, Kind.« Die Stimme, die so lange in ihr gewesen war, kam nun von dem Drachen. Noon verstand nicht, wie das möglich war, musste es aber akzeptieren. Vostoks langer

Kiefer stand offen und sie hechelte wie ein Hund. »Aber dein Dienst ist noch nicht beendet.«
Vostok zog ihre Klaue zurück. Noon schrie, sie konnte nicht anders – das Herausziehen war schlimmer als das Durchbohren –, doch als sie nach unten sah, erkannte sie zwar ihre zerrissene Jacke und ihr Blut, aber keine Wunde; nur eine zerklüftete silberne Narbe. Verwundert drückte sie ihre Finger darauf.
»Keine Zeit.« Vostok stieß ihren Kopf gegen sie und hätte sie beinahe umgeworfen. »Steh auf und kämpfe.«

Eine Kriegsbestie. Eine echte, lebendige Kriegsbestie, geboren aus Ygserils Ästen.
Tor konnte seinen Blick kaum von ihr abwenden. Das Wesen war prächtig, eine Mischung aus grellweißen Schuppen und silbernen Klauen. Es hatte Flügel wie ein Adler, aber jede Feder war schneeweiß und noch feucht von der Flüssigkeit, in der es geboren worden war. Noon sprach mit ihm, ihre Hände ruhten auf beiden Seiten seines langen Mauls, ohne Rücksicht auf die Zähne und die Kraft in diesem Kiefer. Dann traf Hestillions Ellbogen ihn in die Rippen und er lenkte seine Aufmerksamkeit wieder zurück auf ihr aktuelles Problem.
»Das ist beispiellos«, sagte Hestillion. Ihre Stimme war mittlerweile ruhig und jedes Wort kam kontrolliert, während sie mit der Jure'lia-Königin sprach. Und wie durch ein Wunder hörte diese auch zu. »Soweit ich weiß, haben unsere Völker noch nie miteinander gesprochen, nicht wahr?«
»Völker.« Die Königin schien das amüsant zu finden.
»Warum ist das so? Ihr seid offensichtlich intelligent, ihr könnt mit uns kommunizieren.« Hestillion räusperte sich und hielt den Kopf hoch. Ihr Gesicht war immer noch viel zu

blass für Tors Geschmack, aber um ihren Mund lag ein verbissener Zug, den er nur zu gut kannte. »Was ich sagen will, ist, dass sicherlich eine Einigung erzielt werden kann.«

»Hestillion …«

Erneut stieß sie ihm den Ellbogen in die Rippen. Sie wollte nicht seine Meinung hören, sie wollte seine Aufmerksamkeit.

»Was für ein bemerkenswerter Geist«, sagte die Königin. Ihr maskenhaftes Gesicht verzog sich zu einem breiten Lächeln. Etwas *zu* breit vielleicht. Tor musste daran denken, wie Hände ihr Gesicht bewegten; Hände, die nicht wirklich verstanden, wie menschliche Gesichter funktionierten. »Immer auf der Suche nach Lösungen. Du ruhst nie, suchst unermüdlich. Bemerkenswert. Ich habe unsere Gespräche sehr genossen.«

Hestillion schien das zu ignorieren. »Es gibt keinen Grund, diesen Krieg immer wieder zu durchleben, wie wir es seit Generationen tun. Ihr wollt Land? Ihr könnt es haben. Wir können uns auf Land einigen, das ihr bekommt. Dann bleibt ihr dort, und wir bleiben hier. Mit der Zeit können wir vielleicht … aufeinander zugehen. Oder, wenn ihr es vorzieht, könnten wir nie wieder miteinander sprechen.«

Die tropfende schwarze Masse, aus der die Königin bestand, zitterte wie eine Brise über der ruhigen Oberfläche eines Sees. Dann gab sie plötzlich ein sonderbares, zischendes Geräusch von sich. Tor brauchte einen Moment, um zu begreifen, dass sie lachte, oder was auch immer das Jure'lia-Äquivalent davon sein sollte.

»Dein kluger kleiner Verstand weiß nicht alles«, sagte die Königin und entblößte ihren zahnlosen Mund. »Alles muss verzehrt werden, damit wir leben können. Wir schließen keine Vereinbarungen mit Nahrung. Du hast keine Ahnung, wie nahe du dem Ende bist.«

Die Königin deutete nach oben, zum blauen Himmel über ihnen. Darin hing der Leichenmond wie ein grüner Schatten, und Tor spürte, wie sein Herz in seiner Brust einen Schlag aussetzte. Er war größer, als er ihn je gesehen hatte. Der Leichenmond, der längst verstorbene Gigant am Himmel, kam auf sie zu. Jetzt, wo er genauer hinschaute, konnte er sogar Bewegung auf der Oberfläche erkennen. Zwar war er noch zu weit entfernt, um sie genauer zu identifizieren, doch Flecken, die, solange er sich erinnern konnte, im Schatten gelegen hatten, wurden plötzlich wieder hell.

»Nein!«, rief Hestillion und trat wütend einen Schritt auf die Wurzeln zu. »Warum hört ihr mir nicht zu? Ich weiß, dass ihr keine Idioten seid!«

»Genug, ihr kleinen Häppchen«, sagte die Königin fast freundlich. »Ebora endet hier, jetzt und für immer. Und Sarn wird folgen.«

»*Niemals.*«

Als er diese Stimme hörte, spürte Tor, wie sich alle Haare in seinem Nacken aufrichteten. Er drehte sich um und sah, wie der Drache auf sie zukam, Noon auf seinem Rücken, sie saß direkt vor dem Ansatz seiner Flügel.

»Oh, du alter Feind«, kicherte die Königin. »Du bist zu früh aus deinem Mutterleib geholt worden. Du bist gerade mal ein Säugling, und deine Brüder und Schwestern schlafen noch.« Ihr Gesicht wandelte sich zu spöttischem Mitleid. »Ich bedaure dich.«

»Meine Flügel mögen nass sein und mein Feuer noch nicht entzündet, aber ich kann dich trotzdem töten, du Parasit. Ich bin nicht allein.«

Der Drache senkte den Kopf, als Noon sich aufrichtete und ihre Hände vor sich hielt. Dort erschien ein heller grüner Lichtpunkt, und Noon schleuderte eine Kugel aus tosendem

Feuer quer durch die Halle direkt auf die Königin zu. Die Wand aus schwarzem Schleim erhob sich wie ein wehender Vorhang, aber das Feuer explodierte wie Säure und zerfetzte ihn. Die Jure'lia-Königin kreischte und wickelte den schwarzen Schleim wie einen Umhang um sich. Um sie herum erwachten die Drohnen und Wühler, die zuvor regungslos gewesen waren, plötzlich wieder zum Leben.

Es wurde die seltsamste und vielleicht kürzeste Schlacht in Tors Leben. Es waren noch etwa fünfzehn Drohnen übrig, Männer und Frauen mit Löchern anstelle von Augen und träumerisch ausdruckslosen Gesichtern. Drei von ihnen stürmten auf ihn zu und versuchten, ihn gleichzeitig zu überwältigen. Aber keiner von ihnen trug Waffen, und sein Schwert machte kurzen Prozess mit ihnen. Zwei andere stürzten sich auf Hestillion, die einen kurzen Dolch aus den Falten ihres Kleides zog. Als drei weitere auf Tor zuhasteten, verschwand sie aus seinem Blickfeld. Er hörte ein Brüllen und eine Reihe von Schlägen und entdeckte den Krieger Bern, der mit seinen Äxten die Drohnen auf dieser Seite der Halle niederschlug. Sein Gesicht war von entsetzter Abscheu verzerrt. Aldasair war bei ihm, unbewaffnet, aber entschlossen, sich nicht von der Seite des größeren Mannes zu entfernen.

Tor hob erneut sein Schwert und wurde fast umgeworfen, als der Drache an ihm vorbeisprang und in die Gruppe der Drohnen krachte. Tor erhaschte einen Blick auf Noon, deren Hände und Arme wild arbeiteten, während sie eine Kugel nach der anderen aus Winnowfeuer erzeugte. Ihr Gesicht war dabei nicht nur ruhig, es war erhaben. Der Drache fegte mit seinem langen Schwanz über den Boden und warf eine Handvoll Drohnen auf den Rücken, bevor Noon sie alle mit dem vom Drachen gespeisten Winnowfeuer übergoss. Sie gingen in Flammen auf, als ob sie durch ihre Verwandlung leichter zu verbrennen wären.

Eine weitere Drohne stürzte sich auf Tor. Und diesmal erkannte er ihn; einst war es Thadeous gewesen, ein Eboraner und guter Freund seines Vaters. Als Tor die Kunst des Schwertkampfes erlernt hatte, war auch Thadeous dabei gewesen, und der Mann galt als Legende unter denen, die mit Waffen trainierten. Er war unermüdlich am Üben gewesen und hatte jahrzehntelang seine Fähigkeiten verfeinert. Für die Zeremonie hatte er extra seine alte Militäruniform angezogen, obwohl die Blutpest sein Gesicht längst in eine zerklüftete Maske verwandelt hatte, und sein Schwert hing immer noch an seiner Hüfte. Doch jetzt waren seine Augen nur noch schwarze Löcher.

»Thadeous.« Tor nickte förmlich. »Ich nehme nicht an, dass diese Kreaturen dir deine Fähigkeiten im Umgang mit dem Schwert genommen haben, oder?« Die Drohne fletschte ihre Zähne und stürzte sich auf ihn. Das Schwert hielt sie dabei plötzlich in Händen. Tor wehrte den Angriff mühelos ab, wurde allerdings aus dem Gleichgewicht gebracht und entging nur knapp einem tödlichen Hieb. Er taumelte und bemerkte erst jetzt, dass überall um ihn herum Wühler herumkrabbelten, über seine Stiefel huschten und seine Aufmerksamkeit ablenkten. Thadeous sprang erneut auf ihn zu, und sie kämpften einige Augenblicke lang erbittert, wobei Tor allmählich immer weiter von seiner Schwester und den Wurzeln weggedrängt wurde. Zwar hatten die Wühler das Gehirn des Mannes gefressen, doch sein Körper schien sich an seine jahrzehntelange Ausbildung zu erinnern, und Tor war ihm deutlich unterlegen.

»Zu viele Jahre«, keuchte er, »im Kampf gegen riesige Bären und verdammte Parasitengeister.«

Der alte Mann drang unter seine Deckung; da er zu nahe für eine tödliche Wunde war, hob er stattdessen seine Faust und schlug ihm auf die vernarbte Stelle in seinem Gesicht. Tor spürte, wie die Haut über seinem Wangenknochen aufplatzte, ein heftiger Blitz aus Schmerz, und es war zu viel. Sein Tag hatte so gut begonnen, mit Sonnenschein und Hoffnung, und doch war er jetzt hier, wo er gleich von einem der ältesten Freunde seines Vaters getötet werden würde, während die Jure'lia ihren Dreck über Ebora verteilten. Es war genug. Mit einem wütenden Brüllen hob er seinen Ellbogen und rammte ihn Thadeous gegen die Kehle, die unter seinem Schlag kollabierte. Die Drohne taumelte zurück, Tor schwang den Neunten Regen und trennte ihren Kopf so schnell vom Hals, dass er eine volle Drehung in der Luft vollführte, bevor er mit einem dumpfen Schlag auf dem Marmorboden aufkam.

»Du warst schon immer ein langweiliger alter Knacker, Thadeous.«

Die Freude am Kampf.

Vostok hatte ihr davon in den ruhigen Momenten zwischen ihren Träumen erzählt, aber Noon hatte es nicht verstanden. Jetzt, mit einer Hand auf den glatten Schuppen des Drachen, während sie mit der anderen elegante Formen in die Luft zeichnete – Formen, die präzisere und mächtigere Flammen hervorbrachten, als sie sich jemals vorgestellt hatte –, sah sie ihre Feinde vor sich fallen und war von einem Gefühl der *Rechtschaffenheit* erfüllt. Hier gab es keine Frage nach Richtig oder Falsch, keine Bedenken wegen Schuldgefühlen. Es gab nur die Freude am Kampf und das uneingeschränkte Vertrauen darin.

Gemeinsam hatten sie sich der Jure'lia-Königin genähert

und die Drohnen verbrannt oder zerstört, die sie auf sie geschickt hatte. Nun befanden sie sich am Rand der Wurzeln. Zu Noons Überraschung stieg Vostok leichtfüßig darüber hinweg, ohne mit ihren riesigen, gezackten Krallen auch nur einen Kratzer zu hinterlassen. Die Königin zog sich zurück und wankte zum Stamm. Noon spürte, wie Aufregung ihre Brust hinaufstieg, als die Königin eine Wand nach der anderen aus ihrer seltsamen schwarzen Substanz aufwarf und sie diese immer wieder problemlos wegbrannte.

»Beißen oder verbrennen?«, flüsterte sie Vostok zu. Die Belustigung des Drachen überkam sie.

»Ich würde so jemanden nicht beißen. Ich müsste es mir noch wochenlang aus meinen Zähnen picken.« Vostok schüttelte sich wie ein Hund im Regen. »Nein, du musst sie verbrennen, Kind.«

Noon grinste. »Gerne.«

In diesem Moment erfüllte ein trostloses Dröhnen die Halle der Wurzeln. Heiße, übelriechende Luft wurde von oben auf sie herabgeblasen, und ein großer Schatten fiel über sie. Noon blickte auf und sah den Leichenmond, der nun nicht mehr am fernen Himmel hing, sondern direkt über ihnen. Krabbelnde Gestalten, die wie sechsbeinige Spinnen aussahen, bewegten sich geschäftig über seine Oberfläche, und am bulligen Kopf des Gebildes öffnete sich ein dunkler Schlund. Freude und Gewissheit verschwanden, und stattdessen blieb das unheimliche Gefühl, dass ihr Traum zurückgekehrt war – der Albtraum, der sie überhaupt erst dazu gebracht hatte, aus der Winnowry zu fliehen, war ihr gefolgt. Und nun war er hier. Vielleicht war doch alles nur ein Traum gewesen.

»Konzentrier dich!« Vostok schüttelte sich und warf sie hin und her wie eine Puppe. »Bist du eine Kriegerin oder nicht?«

»Aber dieses Ding –«
»Dieses Ding ist eine Ablenkung. Siehst du nicht, was hier passiert?«
Noon wandte ihren Blick von dem sich schnell nähernden Leichenmond ab und sah, dass Tor um sein Leben kämpfte. Während sie abgelenkt gewesen war, hatte die Königin eine dichte Welle von Wühlern auf ihn gehetzt, und jetzt schlug er auf dem Boden um sich und versuchte, sie davon abzuhalten, in seinen Mund zu kriechen.
»Tor!«
»Lass ihn. Jetzt ist unsere Chance, die Königin zu erledigen. Nimm dir von meiner Energie, was du brauchst –«
»Nein.« Noon spürte, wie Vostoks Wille wie ein physisches Gewicht auf ihr lastete, aber sie schüttelte ihn ab. »Das kannst du nicht von mir verlangen. Nicht ihn. Ich werde nicht –«
»Menschen! Ihr seid noch törichter als die Eboraner.« Der Drache drehte sich um, sprang und landete schützend über Tor. Noon glitt leicht von seinem Rücken und entfesselte eine breite Wolke grünen Feuers, einen Ausbruch fast hitzefreier Energie, der Tor von Kopf bis Fuß übergoss. Alle Krabbeltiere gingen in Flammen auf, aber der Eboraner blieb unversehrt. Noon zog ihn auf die Beine und schob ihn zu Vostok.
»Danke, glaube ich. Du wolltest doch nur sie verbrennen, oder?«
»Halt die Klappe und steig auf.«
Gemeinsam kletterten sie auf Vostoks Rücken, aber es war zu spät. Der Leichenmond verdeckte nun das gesamte Tageslicht. Eine dünne Linie der nassen, schwarzen Flüssigkeit rann wie ein Seil aus dem klaffenden Loch an seiner Vorderseite herab, und die Königin hatte ihren Arm ausgestreckt, um danach zu greifen. Sie waren nun eins, eine glänzende

schwarze Linie, die von einem zum anderen verlief. Die Königin lächelte.

»Du rennst weg?«, brüllte Vostok. Der Drache bäumte sich frustriert auf, sodass Tor und Noon sich an seinen Schultern festhalten mussten, um nicht herunterzufallen. »Feigling! Noon, verbrenne sie!« Noon kletterte hoch, hielt sich nur mit ihren Oberschenkeln fest und warf eine Salve aus Winnowfeuer auf die Königin. Doch sie wich davon zurück, immer näher an den wartenden Giganten heran.

»Du wirst deinen Kampf noch früh genug bekommen, du Relikt.« Ihr Gesichtsausdruck veränderte sich, und für Noon wirkte es mit einem Mal fast zwiegespalten. »Habe ich dir nicht versprochen, dass du nie wieder zurückgelassen werden würdest?«

Noon runzelte die Stirn und erkannte zu spät, dass die Königin nicht mit ihnen sprach. Als sie aufblickte, sah sie Hestillion auf den Wurzeln stehen. Ihr Kleid war zerfetzt, doch sie schien sonst unversehrt. In ihren Armen hielt sie die kleinste der Kriegsbestien-Früchte.

»Das hast du gesagt, ja«, antwortete sie. Ihr Gesicht war sehr ruhig und blass.

Die Königin nickte einmal, und Hestillion und die Frucht wurden von einer Welle schwarzer Flüssigkeit erfasst, an ihnen vorbeigezogen und hinauf zur zerbrochenen Decke der Halle der Wurzeln befördert. Dort schloss sie sich der Königin an. Sie verschwanden aus ihrem Blickfeld und wurden mit unheimlicher Geschwindigkeit zu dem wartenden Giganten hinaufgetragen. Vostok sprang vorwärts, ihre nassen Flügel schlugen einmal, zweimal gegen ihre Seiten, bevor sie aufgab. Das klaffende Maul an der Vorderseite des Leichenmondes verschloss sich lautlos, und ein Dutzend spinnenartiger Kreaturen kroch darüber hinweg, bevor das ganze Ding erbebte, brüllte und sich langsam von ihnen abwandte. Noon sah zu, wie sich der Gigant Richtung Süden bewegte und langsam verschwand, bis der makellose blaue Himmel wieder die Lücke im Dach füllte. Überall in der Halle der Wurzeln brannten kleine Feuer, und zwischen den zerbrochenen Stühlen lagen Leichen verstreut. Alles stank nach Rauch und Tod.

Tor war der Erste, der das Schweigen brach. »Haben die Jure'lia gerade meine Schwester entführt?«

Noon öffnete den Mund, um ihm zu sagen, dass sie »entführt« nicht für das richtige Wort hielt. Aber als sie sein ramponiertes, blutendes Gesicht sah, konnte sie es nicht.

Stattdessen nahm sie seine Hand und küsste seine Handfläche. Sie schmeckte nach Blut.

Kapitel 46

Von all den Orten im Palast hatte Tor die Brutstätte immer für den traurigsten gehalten. Selbst Hestillion, die mit Leidenschaft immer dafür gesorgt hatte, dass alles weiterhin so lief, als würde das Eboranische Reich noch existieren, hatte sich nie mit der Brutstätte abfinden können. Und so war der Zugang seit fast hundert Jahren nicht mehr geöffnet worden. Dabei handelte es sich eigentlich um einen schönen, langen Raum, der auf beiden Seiten mit Fenstern gesäumt war, damit das warme Sonnenlicht die Früchte von Ygseril so sanft wie möglich erwärmen konnte. Mittlerweile waren die Fenster jedoch mit Staub verschmutzt; die gepolsterten Seidennester, die man gebaut hatte, um jede der silbernen Früchte zu beherbergen, waren halb verrottet und ihre Seide blätterte ab wie alte Haut. Ehrlich gesagt hatte Tor sich dafür geschämt, insbesondere unter den prüfenden violetten Blicken des Drachen Vostok. Denn wenn man diesen Raum betrat, konnte man nicht mehr übersehen, dass Ebora sich geschlagen gegeben hatte.

Trotzdem war er alles, was sie noch vorweisen konnten. Also hatten er, Aldasair und der große Mann Bern die Kugeln eine nach der anderen hierhergetragen und sie in den muffigen Seidennestern untergebracht. Es waren insgesamt vierzehn davon – Vostok nicht mitgerechnet. Einige von ihnen waren jedoch klein und fühlten sich kalt an. Es gehörte zu den Dingen, über die sie während ihrer Arbeit nicht sprachen – andere waren die Rückkehr der Jure'lia, wo sich die Königin all die Jahre lang aufgehalten hatte und was mit seiner Schwester geschehen war.

Das alles war mittlerweile einen Tag her. Der Himmel hing voller Wolken, und im Palast herrschte eine ungewöhnliche

Stille. Tor hatte sich an die Menschen auf den Rasenflächen und an ihre leisen Geräusche, die man kaum bemerkte, gewöhnt. Doch jetzt waren die meisten von ihnen verschwunden. Aldasair hatte ihm erzählt, dass einige geflohen waren, als der Leichenmond aus dem Himmel auf sie zugerast war – und Tor konnte es ihnen kaum verübeln. Ein paar waren hingegen geblieben. Ob aus Neugier oder der verzweifelten Überzeugung, dass Ebora sie doch noch irgendwie beschützen könnte, wusste er nicht. Vielleicht waren die neu entstandenen Früchte auch ein Symbol der Hoffnung. Tor runzelte die Stirn und berührte mit den Fingern die Schnittwunde an seiner versenkten Wange. *Wir können uns ja kaum selbst schützen.*

»Das hier wird als Nächstes schlüpfen, glaube ich.«

Aldasair stand bei einem der Nester. Er hatte eine feine violette Prellung auf der Wange und ein Großteil seines Selbstvertrauens schien wieder verschwunden zu sein, aber er sprach leise und bestimmt, ohne die Abwesenheit der vergangenen Jahre. Die Frucht, vor der er nun stand, war sehr groß – etwa so wie ein kleiner Karren – und strahlte Wellen von Hitze aus.

»Ich glaube, du hast recht«, sagte Tor und legte seinem Cousin die Hand auf die Schulter. »Wir werden hier sein, wenn sie schlüpfen – bei jedem Einzelnen. Was auch immer das bringen mag.«

»Vostok hat gesagt, dass wir ihr die Verstorbenen zu essen geben sollen, um sie zu stärken.« Aldasair tätschelte leicht die Oberfläche der vor ihm ruhenden Kapsel. »Sie sagte, sie könne spüren, wie einige von ihnen wachsen, aber dass andere nicht mehr da wären. Sie waren nur der Anfang von etwas, bleiben jedoch unvollendet.«

»Das hat sie gesagt?«

Tor blickte zum anderen Ende des langen Raumes. Dort lag die Drachenfrau, die sich Vostok nannte. Sie hatte sich eingerollt und ihr langer Kopf ruhte auf dem dicken Teppich. Noon war ebenfalls da und schlief ähnlich zusammengerollt an den Drachen geschmiegt, wie ein Lämmchen bei seiner Mutter. Sie hatte keine Angst vor Vostok – tatsächlich hatte sie sich seit der Schlacht nicht mehr von ihr getrennt.

»Sie sagte auch … noch andere Dinge.« Aldasair richtete sich auf und verzog das Gesicht. »Ich glaube, du solltest mit ihr sprechen, Tormalin.«

Der seufzte. »Ich glaube, du hast recht.«

»Hast du Fragen, Sohn von Ebora?«

Die Aufforderung in ihrer Stimme war nicht zu überhören. Tor wandte sich von der Frucht ab und ging zum anderen Ende des Raumes. Noon war jetzt ebenfalls aufgewacht, und ihr Blick glich auf unheimliche Weise dem des Drachen – durchdringend und selbstbewusst. Ohne Zweifel.

»Wichtiger wäre mir: Hast du Antworten?« Tor hielt inne und schüttelte den Kopf. Es gab zu viel, das er wissen musste. »Was ist mit den anderen Kriegsbestien? Warum sind sie nicht richtig gewachsen? Was wird mit ihnen geschehen?«

Vostok grunzte und hob ihren Kopf auf ihrem langen, schlangenartigen Hals, sodass er sich auf gleicher Höhe mit Tor befand. Noon stand auf und lehnte sich an die großen, massigen Schultern des Drachen.

»Eine kurze Frage mit einer langen Antwort. Meine Brüder, Schwestern und ich, wir sind aus Ygseril geboren, und wir kehren zu Ygseril zurück, wenn wir sterben. Unser Geist kehrt zu ihm zurück, und schließlich steigen unsere Seelen von den Wurzeln durch den Stamm hinauf in seine Äste, wo wir wiedergeboren werden. Das geschieht jedes Mal, wenn wir gebraucht werden.«

Tor bemerkte, dass er leicht errötete. »Du musst verstehen, dass Ebora nicht mehr das ist, was es einmal war. Das Wissen, das wir besaßen … es ist mit unserem Volk gestorben. Also bitte verzeih mir meine Fragen.«

Die Drachenfrau neigte ihren Kopf leicht zur Seite; es spielte keine Rolle für sie.

»Der Achte Regen. Neue Kriegsbestien wurden geboren, und wir zogen in den Kampf, wie es unsere Bestimmung ist. Damals waren wir Hunderte, und wir flogen über Sarn, um die Eindringlinge zurückzudrängen, wie wir es immer getan hatten. Aber dieses Mal wurden Fehler gemacht.« Vostoks Augen funkelten – ob vor Wut oder etwas anderem, konnte Tor nicht sagen. »Die Jure'lia drangen tief in das Gebiet der Eboraner ein. Sie kamen hierher. Die Königin selbst kam hierher.« Ihr schuppiger Mund verzog sich und enthüllte glänzende Zähne. Das spöttische Grinsen war selbst in den Zügen eines Drachen unverkennbar, dachte Tor. »Ygseril nahm es auf sich, den Krieg zu beenden. Als die Königin in seine Wurzeln sank, auf der Suche nach seiner Macht und seinem Wissen, überließ er sich dem Sterben und hielt sie dort unten in seinem eisigen Netz des Todes gefangen. Solange er tot war, konnte die Königin nicht entkommen. Und sie war schließlich immer das Herz der Jure'lia gewesen. Ohne sie scheiterten die Giganten, und all ihre kleinen Kreaturen starben.«

Noon sah zu Tor und ihre Blicke trafen sich. »Wenn wir Vintage das nächste Mal sehen, müssen wir ihr das unbedingt erzählen. Kannst du dir ihren Gesichtsausdruck vorstellen?« Sie lächelte, nur ganz leicht, und Tor verspürte das schreckliche Verlangen, sie zu küssen, sie an sich zu ziehen und sie – er wandte seinen Blick ab. Die Röte war noch nicht aus seinem Gesicht verschwunden.

»Leider hat Ygserils Tod auch uns hier stranden lassen«, fuhr Vostok fort. »Wir sind so tief mit ihm verbunden wie die Königin mit ihren Untertanen. Also sind auch wir gestorben – doch dieses Mal gingen unsere Seelen verloren. Ohne zu verstehen, was wir waren, irrten wir umher, nur unwissende Gestalten aus Licht und Trauer. Ich …«

Vostok verstummte, und Noon sprach für sie weiter. Die Verbindung zwischen ihnen war nun unübersehbar.

»Sie waren die Parasitengeister, Tor. Die ganze Zeit über waren das die Seelen deiner Kriegsbestien, die von ihrer Heimat abgeschnitten worden waren. Ihre Seelen konnten nicht zu Ygseril zurückkehren.«

»Selbst wir wussten nicht, was wir waren. Wir hatten nur das Gefühl, dass die Giganten irgendwie wichtig waren, gefährlich, und dass wir … in ihrer Nähe sein sollten. Wir fühlten eine große Einsamkeit und das Bedürfnis, in etwas Lebendigem zu sein. Ein Ziel, das wir nie erreichen konnten.«

Tor spürte, wie sich sein Magen umdrehte. Deshalb hatten die Geister die Menschen von innen nach außen gekehrt; auf der Suche nach ihrem physischen Körper.

»Eine weitere Sache ist wichtig, Sohn von Ebora«, sagte Vostok. Immer wenn die Drachenfrau sprach, stand ihr Mund offen und ihre Worte waren einfach da, auch wenn Tor nicht verstand, wie das möglich sein konnte – sie hatte weder Lippen noch eine menschliche Zunge, die solche Worte hätte formen können. »Ich bin hier, weil Noon mich in sich aufgenommen und zurückgebracht hat. Ich weiß, wer ich bin, und kenne unsere Geschichte. Die anderen, meine Brüder und Schwestern, sie bleiben in den Früchten am Leben. Sie werden jedoch nicht ihre wahre Stimme haben. Sie werden nicht ihre Urerinnerungen besitzen. Kurz gesagt, sie werden nicht vollständig sein. Es ist wichtig, dass du das verstehst.«

Tor blinzelte. »Noon hat dich hierher zurückgebracht? Was meinst du damit?«
»Es war auf Esiahs Gelände, Tor.« Zum ersten Mal sah Noon unbehaglich aus. »Als ich den Parasitengeist absorbiert habe, war das Vostok. Ich habe sie in mich aufgenommen, und seitdem ist sie bei mir.«
Tor hob die Augenbrauen. »Und das hast du zu dem Zeitpunkt nicht für erwähnenswert gehalten?«
»Ich weiß nicht, ob du dich daran erinnerst, aber du warst nicht gerade in der Verfassung für tiefgründige Diskussionen.« Allerdings wandte sie ihren Kopf ab, als sie das sagte, und Tor stellte fest, dass er offenbar nicht der Einzige war, dem die Sache unangenehm war.
»Du hast gesagt, dass Hunderte von Kriegsbestien im Achten Regen gekämpft haben«, fuhr Tor fort. »Wir haben aber nur vierzehn. Fünfzehn, wenn wir dich mit einrechnen.«
»Nicht einmal das«, antwortete Vostok in säuerlichem Tonfall. »Der wiederbelebte Ygseril war viel zu schwach, um die Kapseln zu produzieren – aber aus Verzweiflung um seine Kinder hat er es trotzdem getan. Wir waren nicht bereit. Eigentlich hätten wir Tage gebraucht, um auf dem Baum zu reifen, doch wir sind zu früh heruntergefallen.« Vostok zuckte mit den Schultern. Die Bewegung wirkte seltsam und breitete sich über ihren ganzen Körper aus. Perlmuttfarbene Schuppen fingen das gedämpfte Licht ein und funkelten wie Mondlicht auf dem Meer. »Du hast Glück, dass ich lebe und dank Noon stark genug war, um zu kämpfen. Was die anderen angeht … wird es nur die Zeit zeigen. Wenn du Glück hast, Sohn von Ebora, werden sie leben. Und obwohl sie vielleicht nicht über ihre wahren Stimmen und Urerinnerungen verfügen werden, könnte es sein, dass sie sich Krieger aussu-

chen, um sich mit ihnen zu verbinden – so wie ich es getan habe. Dann haben wir vielleicht noch eine Chance.«

»Du hast dich bereits verbunden?«

Eine unangenehme Stille breitete sich zwischen ihnen aus. Vostok und Noon sahen ihn beide an. Schließlich schüttelte Tor den Kopf und lachte kurz auf.

»Ich weiß vielleicht nicht genug über die Geschichte Eboras, aber ich weiß, dass sich noch nie ein *Mensch* mit einer Kriegsbestie verbunden hat …«

Er verstummte. Noon neigte den Kopf zur Seite, sah ihn weiterhin an, und er räusperte sich. Vostok kicherte.

»Ja, das ist ungewöhnlich. Vor allem, da meine Art das grüne Hexenfeuer nie gemocht hat … Aber nachdem ich eine Zeit lang darin gelebt habe, sehe ich es mit neuen Augen. Es ist in gewisser Weise sogar … eine gute Waffe. Außerdem, Sohn von Ebora, können wir es uns kaum leisten, wählerisch zu sein. Wie viele von euch leben noch? Bedenkt, dass eure Schwester euch verlassen hat.«

Es tat weh, das zu hören. »Einige wenige leben noch. Wenn wir die Blutpest besiegen können, haben wir eine Chance. Übrigens muss das alles doch eigentlich bedeuten, dass Ygseril auch lebt, oder nicht?«

Diesmal wirkte Vostok unzufrieden, und sie wandte ihren langen Kopf ab. »Er ist noch bei uns«, sagte sie. »Jedoch, er war so lange tot, während das Gift der Jure'lia in seine Wurzeln drang, und … das alles hat ihn sehr geschwächt.«

Tor atmete langsam ein, sein Herz pochte. »Und der Saft? Wird er ihn produzieren können? Wird mein Volk von der Blutpest geheilt werden?« Er verspürte ein starkes Verlangen, seine vernarbte Wange zu berühren, mit Mühe kämpfte er dagegen an.

»Du musst warten, Sohn von Ebora. Ygseril kämpft – er

kämpft um sein Leben. Im Moment braucht er seine ganze Kraft, um seine Verbindung zu uns, seinen Kriegsbestien, aufrechtzuerhalten. Wie ich bereits sagte, sind wir nichts ohne diese Verbindung. Ich kann nicht sagen, ob er Ebora heilen kann. Du, Tormalin der Schwurlose, wirst nur über eine kleine und geschwächte Streitmacht verfügen. Und ein schrecklicher Krieg steht uns bevor. Auch du wirst *kämpfen* müssen.«

Aldasairs Ruf hallte durch den Raum. Die Aufregung und Besorgnis in seiner Stimme waren kaum zu überhören.

»Es schlüpft! Es geschieht, beeilt euch!«

Ohne auf den Drachen zu achten, drehte sich Tor um und rannte zurück zu den Nestern. Aldasair kniete vor einer der Früchte. Sein Gesicht glühte. Die silberne Oberfläche war bereits aufgebrochen, und hinter der dicken Membran bewegte sich etwas Lebendiges. Tor kniete sich neben ihn und gemeinsam begannen sie, Stücke der Schale abzubrechen und sie auf den Boden zu verstreuen. Vostok und Noon traten hinter sie.

»Wird das ein weiterer Drache?«, fragte Noon, als die Stücke herunterfielen. Tor blickte zu ihr auf und erkannte in ihrem Gesicht dieselbe nervöse Aufregung, die er selbst gerade empfand.

Vostok brummte eine Antwort. »Ich kann es nicht sagen, Kind. Wir sind alle unterschiedlich.«

Sei stark, dachte Tor. Die ölige Flüssigkeit im Inneren der Kapsel bedeckte nun seine Hände und Unterarme. Der Geruch war angenehm, rein und scharf, wie der von Äpfeln. *Sei stark, sei eine Waffe, die wir in diesem Krieg einsetzen können. Hilf uns zumindest, zu überleben.*

Das Material riss auf und eine riesige Pfote brach hindurch. Sie war bedeckt mit nassem grauen Fell und besetzt mit vier langen, schwarzen Krallen, die sich wie Haken krümmten. Die Pfote traf Tors Hand, und einen Moment später drängte sich ein bulliger Kopf durch das Loch – es war eine riesige Katze, mit leuchtend gelben Augen, die wie Taschenlampen strahlten, und nach hinten geklappten Ohren. Tor schien es so, als starrte sie direkt in seine Seele. Dann fauchte die Kreatur und grub ihre Krallen in seinen Arm. Tor schrie auf.

»Sieht so aus, als wärst du auserwählt worden«, sagte Noon hinter ihm. Er konnte das Lächeln in ihrer Stimme hören. »Ich würde Lederhandschuhe empfehlen. Mindestens bis zu den Ellenbogen.«

Am dritten Tag hatten sie ihr Lager in den Hügeln, etwas oberhalb der kleinen Küstenstadt, aufgeschlagen. Sie waren kurz dort gewesen und hatten versucht, alle zu warnen, doch was konnten sie schon sagen, außer dass sie fliehen sollten? Leider hatten die Menschen ihnen nicht geglaubt. Zumindest bis sie selbst mit ansehen mussten, wie sich der Gigant einem bösen Mond gleich über ihnen erhoben hatte.

Auch Vintage und Nanthema waren schweren Herzens geflohen – der auferstandene Gigant hatte sich in den ersten Tagen nur langsam bewegt. Zwar wirkte er noch immer zitternd und unsicher, schien aber trotz der klaffenden Löcher in seinen Flanken bereits etwas von seinem Appetit zurückgewonnen zu haben.

Vintage stocherte in ihrem Feuer herum, während ihre Augen immer wieder zu dem wanderten, was von der kleinen Stadt übriggeblieben war. Im violetten Licht der Dämmerung konnte man kaum erkennen, dass es überhaupt einmal eine Stadt gewesen war. Jetzt bestand sie nur noch aus einem Wirrwarr von dickem, grünem Lack, mit einer Ansammlung zerstörter Gebäude irgendwo darunter. Die Jure'-

lia waren zwar weitergezogen, aber nicht, bevor der Gigant eines seiner schrecklichen madengleichen Wesen geboren hatte. Vintage glaubte, dass sie den Anblick dieser abscheulichen, sich windenden Kreatur, die aus der Seite des Giganten geboren worden war, niemals vergessen würde. Sie dachte sogar, dass es sie wahrscheinlich ein Leben lang jede Nacht in ihren Träumen verfolgen würde.

»Ich hätte nie gedacht, dass ich den Neunten Regen erleben würde«, sagte Nanthema. Sie hatte aus ihren Vorräten eine Art Eintopf gekocht und schob ihn nun mit dem Löffel auf dem Teller hin und her. »Ich glaube, das hätte keiner von uns gedacht.«

Vintage spürte, wie sich ihre Mundwinkel unwillkürlich nach oben verzogen.

»Was ist los?«

»Oh, ein eboranischer Freund von mir hatte ein Schwert namens Neunter Regen. Ich frage mich, wie es ihm wohl geht.«

»Du hattest einen anderen eboranischen Freund neben mir?« Nanthema bemühte sich um einen Anflug von Empörung in ihrer Stimme, aber Vintage war nicht zum Lachen zumute.

»Ich glaube, du würdest ihn mögen. Wir haben viel zu besprechen, Nanthema.«

»Das haben wir.« Das Lächeln verschwand aus ihrem Gesicht, und zum ersten Mal sah sie älter aus. »Ich muss nach Hause, nicht wahr?« In diesem Moment drehte sich der Wind, und mit ihm hörten sie ein entferntes, unheimliches Weinen. Zuerst dachte Vintage, es müsse ein Tier sein, das irgendwo im Wald verletzt worden war. Doch als der Wind stärker wurde, wurde auch das Heulen deutlicher. Es war das Geräusch einer großen Anzahl von Menschen, die vor Entsetzen und Schmerz schrien; eine andere Stadt irgendwo in der Nähe, die entdeckt hatte, dass das Wurmvolk zurückgekehrt war.

»Ja. Aber lass uns heute Abend nicht darüber reden.« Vintage blickte zum Himmel hinauf, der immer mehr zur Nacht wurde. Die Sterne kamen gerade zum Vorschein und funkelten wie verstreut glitzernder Staub. Sie fand jedoch keinen Trost darin. Die Jure'lia waren zurückgekehrt, und ihnen stand ein Krieg bevor, der sie alle vernichten konnte. Sie griff nach einer Flasche Wein aus ihrem Rucksack und kramte zwei schlichte Becher hervor. »Trink mit mir, meine Liebste, und lass uns die Dunkelheit vergessen. Wenigstens noch für eine weitere Nacht.«

Danksagung

Dieses Buch war eine Reise durch fremde Gezeiten, ohne bekannte Sterne, an denen ich mich orientieren konnte … abgesehen von den Menschen, die mir halfen, das Schiff in die richtige Richtung zu steuern und bei Bedarf Wasser aus dem Rumpf zu schöpfen.

Meine unendliche Dankbarkeit gilt meinen brillanten Lektorinnen Emily Griffin und Claire Baldwin, die Vintage sofort ins Herz geschlossen und mich während des ziemlich langen und schwierigen Prozesses mit unzähligen Ratschlägen und ihrer Unterstützung begleitet haben. Ihr seid großartig, meine Damen. Ein großes Dankeschön auch an Katie Bradburn, die es geschafft hat, mich, den unorganisiertesten Menschen der Welt, im vergangenen Jahr zu verschiedenen Conventions zu bringen, obwohl mir *Der Neunte Regen* fast das Gehirn zerfressen hatte. Und wie immer einen tosenden Applaus für Patrick Insole und das Designteam von Headline, die diesem schwer einzuordnenden Buch ein Cover geschenkt haben. Ich habe die beste Agentin. Danke, Juliet Mushens, dass du dieses Buch liebst und mir begeisterte SMS darüber schickst, dass du mir beigebracht hast, was ich bei Wahaca bestellen muss, und dass du eine super Freundin bist. Wie immer gilt mein Dank auch dem gesamten Team Mushens für die allgemeine Unterstützung und die hervorragende Arbeit. Besonders danken möchte ich Andrew Reid, der nach wie vor einer der besten Menschen ist, die ich kennenlernen durfte und mit denen ich furchtbare Witze austauschen kann, sowie Den Patrick (der mittlerweile technisch gesehen mehr zum Team Mushens gehört als wir alle), der nicht nur weiterhin mit mir auf dem guten Schiff »Super Relaxed Fantasy Club« segelt, sondern mir bis zum Erscheinen dieses Buches auch beigebracht haben wird, wie man *X-Wing Miniatures* spielt. Danke auch an Pete Newman, mit dem ich auf Con-Panels verwirrte Blicke austausche und der mein Kumpel aus Scarborough ist – ein Freund, der weiß, wann er sich deine Probleme anhören und wann er empörte E-Mails in deinem Namen verschicken muss. Danke wie immer an Adam Christopher, meinen ältesten Schreibkumpel, der mir einen fröhlichen Schubs in Richtung Schriftstellerleben gegeben hat. Schriftsteller sind in vielerlei Hinsicht ein fragiles Völkchen, und ich schätze mich sehr glücklich, eine so großartige Gruppe von Schriftstellerkollegen zu haben, an die ich mich klammern kann, wenn die Geschichten sich zieren und ich vergesse, wie man sie in Worte fasst. Dieses Mal möchte ich auch Laura, Blighty, Lee, Christian, Herc, Jonesy, Leslie, Uncle Badger und den Rest der Hard Core Krew (und die Bewohner der Inappropriate Corner) erwähnen. Ich bin mir bewusst, dass ich dieses Jahr aus verschiedenen Gründen kaum präsent war, aber der Anblick eurer Gesichter und Beiträge im Internet war ein Segen, als es mir schlecht ging. Ein großes Dankeschön auch an die Leser, die meine vorherige Serie, die *Copper Cat*-Trilogie, unterstützt haben – dank euch kann ich eine weitere schreiben. Dieses Buch ist meinem Bruder Paul gewidmet, der mein erster Held war und den ich weiterhin bewundere. Als Kind beschloss ich, dass meine Handschrift genauso cool aussehen sollte wie die meines Bruders, also verbrachte ich einige Zeit damit, sie zu kopieren – meine fröhlich-chaotische Kritzelei trägt noch immer die Spuren davon. Tut mir leid, dass ich deine Handschrift geklaut habe, Bruder. Wie immer muss ich meine Mutter erwähnen, die trotz meines enormen Nervpotenzials unfassbar freundlich und tolerant ist, und

meine liebe Freundin Jenni, die, seit ich zehn bin, ein Quell an Stärke und Weisheit für mich ist.
Zu guter Letzt ein riesiges Dankeschön und viel Liebe an Marty, meinen Partner/besten Freund/Seelenverwandten/ Mitkatzenhalter. Wir lachen weiterhin jeden Tag und deshalb sind wir die Besten, Harvey.

Über die Autorin

Jen Williams lebt mit ihrem Partner in Bristol. Schon als Kind faszinierten sie Piraten, Drachen und Magie – heute verwandelt sie diese Leidenschaft in Fantasy-Romane voller Abenteuer, Humor und unvergesslicher Charaktere. Ihr Debüt »Von Göttern und Drachen« wurde für den British Fantasy Award nominiert, später gewann sie mehrfach den Preis für *Best Fantasy Novel*, unter anderem für »Der Neunte Regen«, dem ersten Band der Fantasy-Trilogie »The Winnowing Flame«. Neben epischer Fantasy schreibt sie Thriller und Romantasy für junge Leserinnen und Leser. Als Mitbegründerin des *Super Relaxed Fantasy Club* bringt sie Fantasy-Fans zusammen, um Geschichten zu feiern und neue Welten zu entdecken. In ihrer Freizeit zeichnet sie, spielt Videospiele, liebt Animationen, historische Recherchen und nimmt die Welt gern mit einem Augenzwinkern – stets bereit für ein neues Abenteuer.

Weitere spannende Titel im Ronin Hörverlag

Der Lehrling des Feldschers

Wir schreiben die Jahre ab 1642. Im Heiligen Römischen Reich tobt seit über 20 Jahren ein mörderischer Krieg und er scheint kein Ende zu nehmen. Als plündernde Soldaten Gustavs Familie und Zuhause zerstören, ändert sich sein Leben von Grund auf. Der Wundarzt Martin nimmt ihn auf und offenbart Gustav eine Wahrheit, die für ihn alles ändert: Es sind nicht nur die Menschen, die den Krieg befeuern …

Eine fantastische Geschichte im Umfeld des Dreißigjährigen Krieges.

Der Lehrling des Feldschers (Die Feldscher-Chroniken 1)
ISBN Hörbuch-CD: 978-3-96154-206-2
ISBN Hörbuch-Download: 978-3-96154-150-8

Die weiteren Bände der Feldscher-Chroniken (Band 2 und Band 3) sind ebenfalls im Ronin Hörverlag erschienen.

Die Lügen des Locke Lamora

Locke Lamora ist ein Held. Nein, eigentlich ist er das nicht: Er ist ein Dieb, ein Lügner und ein Ganove, wenn auch mit guten Manieren. Mit seiner Bande bewegt er sich in den Kanälen und engen Gassen des Herzogtums Camorr, um die Nobilität um ihre Schätze zu erleichtern. Und darin ist Locke unschlagbar, denkt er zumindest. Bis ein weiterer Verbrecher in Camorr auftaucht. Locke muss handeln – und das Abenteuer seines Lebens beginnt …

»Episch, witzig, dramatisch, unterhaltsam … Fantasy vom Feinsten.« – Kundenrezension

Die Lügen des Locke Lamora (Gentleman Bastard 1)
ISBN Hörbuch-CD: 978-3-943864-46-5
ISBN Hörbuch-Download: 978-3-943864-24-3

Bisher erschienene Bände der Gentleman Bastard-Reihe:
Die Lügen des Locke Lamora – Sturm über roten Wassern – Die Republik der Diebe